苏东坡全集

八

东坡志林·仇池笔记·东坡手泽

附编 苏沈良方·艾子杂说·杂纂二续·渔樵闲话录·调谑编·问答录

曾枣庄 舒大刚 主编

中华书局

第八册目录

东坡志林	3873
目录	3875
东坡志林叙录	3895
卷一	3899
卷二	3916
卷三	3933
卷四	3949
卷五	3965
附东坡先生志林	3983
卷之一	3983
卷之二	3991
卷之三	3995
卷之四	4001
卷之五	4007
卷之六	4012
卷之七	4016
卷之八	4022
卷之九	4029
卷之十	4036
卷之十一	4042

苏东坡全集

卷之十二	4045
仇池笔记	**4049**
目录	4051
仇池笔记叙录	4059
仇池笔记序	4061
卷上	4062
卷下	4078
东坡手泽	**4103**
目录	4105
东坡手泽叙录	4107
东坡手泽	4109
附编	**4113**
苏沈良方	**4115**
目录	4117
苏沈良方叙录	4127
原序	4131
卷一	4134
卷二	4140
卷三	4147
卷四	4156
卷五	4165

卷六	4174
卷七	4185
卷八	4197
拾遗卷上	4205
拾遗卷下	4221

艾子杂说	4233
目录	4235
艾子杂说叙录	4237
艾子杂说	4241

杂纂二续	4255
目录	4257
杂纂二续叙录	4259
杂纂二续	4261

渔樵闲话录	4267
目录	4269
渔樵闲话录叙录	4271
渔樵闲话录引	4272
上篇	4273
下篇	4277

调谑编	4283
目录	4285

苏东坡全集

调谑编叙录	……………………………………	4287
调谑编	……………………………………	4289

问答录…………………………………………	4297
目录 ……………………………………	4299
问答录叙录 …………………………………	4301
东坡问答录题辞 …………………………………	4302
问答录 ……………………………………	4303

篇名音序索引…………………………………… 4317

东坡志林

东坡志林 目录

东坡志林叙录	3895
东坡志林卷一	**3899**
记游	3899
记过合浦	3899
逸人游浙东	3899
记承天夜游	3900
游沙湖	3900
记游松江	3900
游白水书付过	3901
记游庐山	3901
记游松风亭	3902
僧耳夜书	3902
黄州忆王子立	3902
黎穉子	3902
记刘原父语	3903
怀古	3903
广武叹	3903
涂巷小儿听说三国语	3904

修养……………………………………………………… 3904

养生说 ……………………………………………… 3904

论雨井水 ………………………………………… 3904

论修养帖寄子由 ……………………………………… 3905

导引语 ………………………………………………… 3905

录赵贫子语 ………………………………………… 3905

养生难在去欲 ……………………………………… 3906

阳丹诀 ……………………………………………… 3906

阴丹诀 ……………………………………………… 3906

乐天烧丹 ………………………………………… 3907

赠张鹗 ……………………………………………… 3907

记三养 ……………………………………………… 3907

谢鲁元翰寄暖肚饼 ……………………………… 3908

辟谷说 ……………………………………………… 3908

记服绢 ……………………………………………… 3908

记养黄中 ………………………………………… 3908

疾病……………………………………………………… 3909

子瞻患赤眼 ……………………………………… 3909

治眼齿 ……………………………………………… 3909

庞安常耳聩 ……………………………………… 3909

梦寐……………………………………………………… 3910

记梦参寥茶诗 …………………………………… 3910

记梦赋诗 ………………………………………… 3910

记子由梦 ………………………………………… 3910

记子由梦塔 ……………………………………… 3910

梦中作祭春牛文	3911
梦中论《左传》	3911
梦中作靴铭	3911
记梦	3911
梦南轩	3912
措大吃饭	3913
题李岩老	3913
学问	3913
记六一语	3913
命分	3913
退之平生多得谤誉	3913
马梦得同岁	3914
人生有定分	3914
送别	3914
别子开	3914
昙秀相别	3914
别王子直	3915
别石塔	3915
别姜君	3915
别文甫子辩	3915
东坡志林卷二	3916
祭祀	3916
八蜡三代之戏礼	3916
记朝斗	3916
兵略	3916

苏东坡全集

匈奴全兵	3916
八阵图	3917
时事	3917
唐村老人言	3917
记告讦事	3917
官职	3918
记讲筵	3918
禁同省往来	3919
记盛度诰词	3919
张平叔制词	3919
致仕	3920
请广陵	3920
买田求归	3920
贺下不贺上	3920
隐逸	3920
书杨朴事	3920
白云居士	3921
佛教	3921
读《坛经》	3921
改观音咒	3921
诵经帖	3922
诵《金刚经》帖	3922
僧伽何国人	3922
袁宏论佛说	3923
道释	3923

赠邵道士	3923
书李若之事	3923
记苏佛儿语	3924
记道人戏语	3924
陆道士能诗	3924
朱氏子出家	3924
寿禅师放生	3925
僧正兼州博士	3925
卓契顺禅话	3925
僧文荤食名	3925
本秀非浮图之福	3926
付僧惠诚游吴中代书十二	3926
异事上	**3927**
王烈石髓	3927
记道人问真	3928
记刘梦得有诗记罗浮山	3928
记罗浮异境	3929
东坡升仙	3929
黄仆射	3929
冲退处士	3930
曜仙帖	3930
记鬼	3930
李氏子再生说冥间事	3930
道士张易简	3931
辨附语	3931

三老语 …………………………………………………… 3932

桃花悟道 …………………………………………………… 3932

尔朱道士炼朱砂丹 …………………………………… 3932

东坡志林卷三 …………………………………………… 3933

异事下 …………………………………………………… 3933

朱炎学禅 …………………………………………………… 3933

故南华长老重辩师逸事 ………………………………… 3933

家中弃儿吸蟾气 …………………………………………… 3934

石普见奴为崇 …………………………………………… 3934

陈昱被冥吏误追 …………………………………………… 3934

记异 …………………………………………………… 3935

猪母佛 …………………………………………………… 3935

王翊梦鹿剖桃核而得雄黄 ………………………………… 3936

徐则不传晋王广道 ………………………………………… 3936

先夫人不许发藏 …………………………………………… 3937

太白山旧封公爵 …………………………………………… 3937

记范蜀公遗事 …………………………………………… 3937

记张憨子 …………………………………………………… 3938

记女仙 …………………………………………………… 3938

池鱼踊起 …………………………………………………… 3938

孙朴见异人 …………………………………………………… 3938

修身历 …………………………………………………… 3939

技术 …………………………………………………………… 3939

医生 …………………………………………………… 3939

论医和语 …………………………………………………… 3940

记与欧公语 …………………………………………… 3940

参寥求医 …………………………………………… 3940

王元龙治大风方 …………………………………… 3941

延年术 …………………………………………… 3941

单骧孙兆 …………………………………………… 3941

僧相欧阳公 …………………………………………… 3942

记真君签 …………………………………………… 3942

信道智法说 …………………………………………… 3942

记筮卦 …………………………………………… 3943

费孝先卦影 …………………………………………… 3943

记天心正法咒 …………………………………………… 3943

辨五星聚东井 …………………………………………… 3944

四民 …………………………………………… 3944

论贫士 …………………………………………… 3944

梁贾说 …………………………………………… 3944

梁工说 …………………………………………… 3945

女妾 …………………………………………… 3946

贾氏五不可 …………………………………………… 3946

贾婆婆荐昌朝 …………………………………………… 3946

石崇家婢 …………………………………………… 3946

贼盗 …………………………………………… 3947

盗不劫幸秀才酒 …………………………………………… 3947

梁上君子 …………………………………………… 3947

夷狄 …………………………………………… 3947

曹玮语王殿元昊为中国患 …………………………………… 3947

高丽 …………………………………………………… 3948

高丽公案 …………………………………………… 3948

东坡志林卷四 …………………………………………… 3949

古迹 …………………………………………………… 3949

铁墓厄台 …………………………………………… 3949

黄州隋永安郡 …………………………………… 3949

汉讲堂 …………………………………………… 3949

记樊山 …………………………………………… 3949

赤壁洞穴 …………………………………………… 3950

玉石 …………………………………………………… 3950

辨真玉 …………………………………………… 3950

红丝石 …………………………………………… 3951

井河 …………………………………………………… 3951

筒井用水鞴法 …………………………………… 3951

汴河斗门 …………………………………………… 3951

卜居 …………………………………………………… 3952

太行卜居 …………………………………………… 3952

范蜀公呼我卜邻 …………………………………… 3952

合江楼下戏 …………………………………………… 3952

名西阁 …………………………………………… 3952

亭堂 …………………………………………………… 3953

临皋闲题 …………………………………………… 3953

名容安亭 …………………………………………… 3953

陈氏草堂 …………………………………………… 3953

雪堂问潘邠老 …………………………………… 3953

人物……………………………………………… 3956

尧舜之事 ………………………………………… 3956

论汉高祖羹颉侯事 …………………………… 3956

武帝踞厕见卫青 ……………………………… 3957

元帝诏与《论语》《孝经》小异 ……………… 3957

跋李主词 ……………………………………… 3957

真宗仁宗之信任 ……………………………… 3957

孔子诛少正卯 ………………………………… 3958

戏书颜回事 …………………………………… 3958

辨荀卿言"青出于蓝" ………………………… 3958

颜蠋巧于安贫 ………………………………… 3958

张仪欺楚商於地 ……………………………… 3959

赵尧设计代周昌 ……………………………… 3959

黄霸以鹖为神爵 ……………………………… 3960

王嘉轻减法律事见《梁统传》 ………………… 3960

李邦直言周瑜 ………………………………… 3960

勃逊之 ………………………………………… 3960

刘聪吴中高士二事 …………………………… 3961

郗超出与桓温密谋书以解父 ………………… 3961

论桓范陈宫 …………………………………… 3961

录温峤问郭文语 ……………………………… 3961

刘伯伦 ………………………………………… 3962

房琯陈涛斜事 ………………………………… 3962

张华《鹪鹩赋》 ………………………………… 3962

王济王恺 ……………………………………… 3962

苏东坡全集

王夷甫	3963
卫瓘欲废晋惠帝	3963
裴颁对武帝	3963
刘凝之沈麟士	3963
柳宗元敢为诞妄	3964

东坡志林卷五 …… 3965

论古 …… 3965

武王非圣人	3965
周东迁失计	3966
秦拙取楚	3968
秦废封建	3969
论子胥种蠡	3970
论鲁三桓	3971
司马迁二大罪	3973
论范增	3974
游士失职之祸	3975
赵高李斯	3976
摄主	3978
隐公不幸	3979
七德八戒	3980

东坡先生志林卷之一 …… 3983

记子美《八阵图》诗	3983
书退之诗	3983
评杜默诗	3983
书诸集伪谬	3984

题《文选》……………………………………………… 3984

书谢瞻诗 ……………………………………………… 3984

书日月蚀诗 …………………………………………… 3985

书子美《骢马行》…………………………………… 3985

杂书子美诗 …………………………………………… 3985

记董传论诗 …………………………………………… 3986

评子美诗 ……………………………………………… 3986

书乐天香山寺诗 …………………………………… 3986

题蔡琰传 ……………………………………………… 3986

书子厚诗 ……………………………………………… 3987

如梦词 ………………………………………………… 3987

书苏子美金鱼诗 …………………………………… 3987

记谢中舍诗 …………………………………………… 3988

题所作《书》《易传》《论语说》…………………… 3988

汉武帝巫盅事 ……………………………………… 3988

韩狄盛事 ……………………………………………… 3988

陈辅之不娶 …………………………………………… 3988

书青州石末砚 ……………………………………… 3989

偶书 …………………………………………………… 3989

郁方回郁嘉宾父子事 …………………………… 3989

子由幼达 ……………………………………………… 3990

书田 …………………………………………………… 3990

东坡先生志林卷之二………………………………… 3991

若稽古说 ……………………………………………… 3991

郦寄幸免 ……………………………………………… 3991

蔡延庆追服母丧 …………………………………… 3991

徐仲车二反 ……………………………………… 3992

王僧虔胡广美恶 ………………………………… 3992

书子美《自平》诗 ………………………………… 3992

与子由弟 ………………………………………… 3992

记徐陵语 ………………………………………… 3992

记先夫人不残鸟雀 ……………………………… 3993

记欧阳论退之文 ………………………………… 3993

汉武无秦穆之德 ………………………………… 3993

跋子由《栖贤堂记》后 …………………………… 3993

书李白《十咏》 …………………………………… 3994

书金錞形制 ……………………………………… 3994

书鸡鸣歌 ………………………………………… 3994

东坡先生志林卷之三 …………………………………… 3995

管仲分君谤 ……………………………………… 3995

王翦用兵 ………………………………………… 3995

管仲无后 ………………………………………… 3995

宰我不叛 ………………………………………… 3996

楚子玉兵多败 …………………………………… 3996

英雄自相服 ……………………………………… 3996

霍光疏昌邑王之罪 ……………………………… 3996

晋宋之君与臣下争善 …………………………… 3997

曹衰兴亡 ………………………………………… 3997

西汉风俗谄媚 …………………………………… 3997

褚遂良以飞雉入宫为祥 ………………………… 3998

唐太宗借隋吏以杀兄弟 …………………………………… 3998

宰我不叛 …………………………………………………… 3998

直不疑买金偿亡 …………………………………………… 3999

巢由不可废 ………………………………………………… 3999

尧不诛四凶 ………………………………………………… 3999

商君功罪 …………………………………………………… 4000

刘禹锡文过不悛 …………………………………………… 4000

东坡先生志林卷之四 ………………………………………… 4001

史经臣兄弟 ………………………………………………… 4001

司马穰苴 …………………………………………………… 4001

司马相如之诒死而不已 …………………………………… 4001

孟嘉与谢安石相若 ………………………………………… 4002

永洛事 ……………………………………………………… 4002

彭孙诒李宪 ………………………………………………… 4002

书张芸叟诗 ………………………………………………… 4003

范景仁定乐上殿 …………………………………………… 4003

张安道比孔北海 …………………………………………… 4003

张士逊中孔道辅 …………………………………………… 4003

杜正献焚圣语 ……………………………………………… 4004

王钦若沮李士衡 …………………………………………… 4004

范文正谏止朝正 …………………………………………… 4004

白乐天不欲伐淮蔡 ………………………………………… 4005

邓彤汉之元臣 ……………………………………………… 4005

齐高帝欲等金土之价 ……………………………………… 4006

东坡先生志林卷之五

跋子由《老子解》后	4007
记张元方论麦虫	4007
以乐害民	4007
记退之抛青春句	4008
溪洞蛮神事李师中	4008
宰相不学	4008
书诸集改字	4008
马正卿守节	4009
记孙卿韵语	4009
刘贡父戏介甫	4009
书《文选》后	4010
题萧子云帖	4010
书沈存中石墨	4010
田单火牛	4011
菱芡桃杏说	4011
黄鄂之风	4011

东坡先生志林卷之六

书许敬宗砚	4012
记钱塘杀鹅	4012
金谷说	4013
食鸡卵说	4013
求医诊脉	4013
题《秧马歌》后	4014
服黄连法	4014

书自作木石 …………………………………………… 4015

东坡先生志林卷之七………………………………… 4016

书郑君乘绢纸 ………………………………………… 4016

记宝山题诗 …………………………………………… 4016

书文忠赠李师琴诗 …………………………………… 4016

唐雷氏琴 ……………………………………………… 4017

书林道人论琴棋 ……………………………………… 4017

书蜀僧诗 ……………………………………………… 4017

韩缜酷刑 ……………………………………………… 4018

评七言丽句 …………………………………………… 4018

题渊明诗 ……………………………………………… 4018

书渊明《饮酒》诗后 ………………………………… 4018

跋退之《送李愿序》 ………………………………… 4018

徐寅 …………………………………………………… 4019

书温公志文异扩之语 ………………………………… 4019

八俊说 ………………………………………………… 4019

记《阳关》第四声 …………………………………… 4020

记故人病 ……………………………………………… 4020

东坡先生志林卷之八………………………………… 4022

乐苦说 ………………………………………………… 4022

书《南史·卢度传》 ………………………………… 4022

书赠陈季常诗 ………………………………………… 4023

记所作诗 ……………………………………………… 4023

跋草书后 ……………………………………………… 4023

书董京诗 ……………………………………………… 4023

苏东坡全集

书海南风土	4024
阮籍	4024
书钱塘程奕笔	4024
记汝南桧柏	4025
判辛酒状	4025
题真一酒诗后	4025
书柳公权联句	4025
论食	4026
题合江楼	4026
穆生去楚王戊	4026
书米元章藏帖	4026
王文甫达轩评书	4027
四花相似说	4027
芍药与牡丹	4027
朱晖非张林均输	4027
东坡先生志林卷之九	4029
书杜介求字	4029
跋黄鲁直草书	4029
题李十八净因杂书	4029
论君谟书	4029
记与君谟论书	4030
自记吴兴诗	4030
辩曾参说	4030
《召南》之教	4030
赌书字	4030

书韦苏州诗 ………………………………………… 4030

答贾耘老 ………………………………………… 4031

郭生挽歌 ………………………………………… 4031

书戴嵩画牛 ………………………………………… 4031

跋庾征西帖 ………………………………………… 4032

书海苔纸 ………………………………………… 4032

记太白诗 ………………………………………… 4032

题柳子厚诗 ………………………………………… 4032

书柳文《瓶赋》后 ………………………………………… 4032

夹注轿子 ………………………………………… 4033

记西邸诗 ………………………………………… 4033

服松脂法 ………………………………………… 4033

辨杜子美杜鹃诗 ………………………………………… 4033

记徐州杀狗 ………………………………………… 4034

书煮鱼羹 ………………………………………… 4034

记郭震诗 ………………………………………… 4034

唐彬 ………………………………………… 4035

记竹雌雄 ………………………………………… 4035

书赠徐大正 ………………………………………… 4035

东坡先生志林卷之十 ………………………………………… 4036

艾人着灸法 ………………………………………… 4036

司马相如创开西南夷路 ………………………………… 4036

柳子厚论伊尹 ………………………………………… 4036

书玉川子诗论李忠臣 ………………………………… 4037

潞公 ………………………………………… 4037

苏东坡全集

书茶与墨	4037
看茶吸墨	4037
师中庵题名	4038
试墨	4038
书雪堂义墨	4038
记海南作墨	4038
记温公论茶墨	4039
窦婴田蚡	4039
太息	4039
评诗人写物	4040
题廉州清乐轩	4040
书薛能茶诗	4040
书司空图诗	4041
书迈诗	4041
题渊明诗	4041

东坡先生志林卷之十一

荔枝似江瑶柱说	4042
题李伯祥诗	4042
与周文之	4042
常德必吉	4042
释天性	4043
书赠王十六	4043
书布头笺	4043
书赠孙叔静	4043
题罗浮	4043

题栖禅院 …………………………………………… 4044

书唐名臣像 …………………………………………… 4044

唐制乐律 …………………………………………… 4044

记郑君老佛语 …………………………………………… 4044

东坡先生志林卷之十二 …………………………………………… 4045

何苁之名说 …………………………………………… 4045

桃符艾人语 …………………………………………… 4045

代茶饮子 …………………………………………… 4045

付迈 …………………………………………… 4045

书天台玉版 …………………………………………… 4046

书月石砚屏 …………………………………………… 4046

书赠王文甫 …………………………………………… 4046

书赠王十六 …………………………………………… 4046

答贾耘老 一 …………………………………………… 4046

答贾耘老 二 …………………………………………… 4046

书赠徐大正 一 …………………………………………… 4047

书赠徐大正 二 …………………………………………… 4047

书云成老 …………………………………………… 4047

记与君谟论书 …………………………………………… 4047

管幼安贤于荀孔 …………………………………………… 4047

东坡志林叙录

苏东坡多才多艺,历仁宗、英宗、神宗、哲宗四朝,出入朝禁,又辗转四方,长期在杭州、密州、徐州、黄州、惠州、海南岛、常州等地做官、生活,交游广泛,见多识广。他爱好书法,"见纸辄书",虽然不甚爱惜笔墨,书法遍天下,但也保留不少。《礼记·玉藻》有"父没而不能读父之书,手泽存焉尔"之语,旧时遂以亡父之作为"手泽",亦有称亡故兄长之遗墨为"手泽"者。黄庭坚《豫章集》卷二九《跋东坡叙英皇事帖》就记载说:"往尝于东坡见手泽二囊,中有似柳公权、褚遂良者数纸,绝胜平时所作徐浩体字。……手泽袋盖二十余,皆平生作字。语意类小人不欲闻者,辄付诸郎入袋中,死而后可出示人者也。"就是这些"手泽"成为后来编订成书的《东坡志林》的源材料。

苏东坡晚年曾有意自己编定《志林》一书。他在从儋耳北归途中写信给郑靖老说:"《志林》竟未成,但草得《书传》十三卷。"(《苏轼文集》卷五六《与郑靖老书(三)》)后人所编《志林》十三篇,全为史论,或与此有关。邵博《邵氏闻见后录》卷一四就有记载说:"苏叔党为叶少蕴言:'东坡先生初欲作《志林》百篇,才就十三篇而先生病。'惜哉!先生胸中尚有伟于'武王非圣人'之论者乎?"

在宋代,《志林》主要有两种。一种称为《手泽》。陈振孙《直斋书录解题》卷一一著录"《东坡手泽》三卷,苏轼撰"。《宋史》卷二〇八则著录苏轼《僧耳手泽》一卷。中华书局本《校勘记》称："按本书卷二〇三《艺文志》已有'苏辙《僧耳手泽》'，此处重出，当注明苏辙编录。"查卷二〇三，确如所言，所载卷数亦为一卷。考苏辙没有到过儋耳，说《儋耳手泽》为辙所编录有一定道理。不过，苏辙自己则有辩明。他在所著《老子解》跋文中说："政和元年冬，得侄迈等所编《先公手泽》。其一日：'昨日子由寄《老子新解》，读之不尽卷，废卷而叹：使战国有此书，则无商鞅、韩非；使汉初有此书，则孔、老为一；使晋、宋间有此书，则佛、老不为二。不意老年见此奇特。'"其中所引正是《稗海》本《志林》卷五中《跋子由〈老子解〉后》语。可见，《手泽》为苏东坡子苏迈等人所编无疑。当然，此本并非苏东坡手泽的大部分，从所题"儋耳"二字即可看出。两本《手泽》相差两卷，题名也不一样，大概二者各自成书，并非一本。颇疑《儋耳手泽》一卷即是宋左圭《百川学海》所收《东坡先生志林集》十三篇史论。

另一种则称为《东坡志林》。这种主要见于宋人笔记等书的记载之中。比如宋洪迈《容斋随笔》卷一记载："《东坡志林》云：白乐天尝为王涯所逐，贬江州司马。甘露之祸，乐天有诗云：'当君白首同归日，是我青山独往时。'不知者以乐天为幸之，乐天岂幸人之祸哉！盖悲之也。"又如袁文《瓮牖闲评》卷二载："苏东坡作《志林》，力辨此一段事，谓李斯、荀卿去孔子不远，宜得其实，《弟子传》妄也。"至于其他称引《志林》者更是不少，在此不再赘述。

现存《志林》主要有三个系统：一卷本、五卷本和十二卷本。

一卷本为宋左圭《百川学海》所收《东坡先生东坡志林集》本。又有明成化所刊《东坡七集》本。此本内容实为五卷本的第五卷。十二卷本则只字未及五卷本《志林》是目前最为流行的本子，也被认为是最精审的本子。其源出于明万历赵开美刊本。清张海鹏于嘉庆九年，重刻赵本，次年复辑入《学津讨原》本。商务印书馆于一九一九年出版涵芬楼所藏赵开美刊本《东坡志林》时，夏敬观校勘一过，并写了跋文，比较详细地叙述了有关《志林》的情况。中华书局出版的王松龄点校本《东坡志林》即以此本为底本，再详加勘订点校而成。中华书局本便成为目前最好的本子。

十二卷本《志林》源于明万历商濬所刻《稗海》本。《四库全书》所收《志林》实据此本，《总目》强改书前提要十二卷作五卷本，误也。此外，上海进步书局所印《笔记小说大观》本《志林》也是十二卷本。

在刊刻苏东坡集时，编集者往往将《志林》各篇收入。比如明项煜序、文盛堂刊本《东坡先生集》（以下简称《文集》）所收《志林》篇目就比较多。而《志林》各篇，上自元丰，下迄元符，历时二十余年，内容颇为丰富。从宋人著述的称引来看，我们不能以其中任何一种本子来否认他本。特别是从宋棐朱熹《名臣言行录》、袁文《瓮牖闲评》、姚宽《西溪丛语》、张淏《云谷杂记》等所引看，其中大量引录有目前并不流行的十二卷本的内容，甚而有不见于各本的内容。

考虑到五卷本去取精审而又流行，十二卷本的相对完善，本次校点我们主要以《学津讨原》本五卷为底本，又根据《丛书集成初编》本，附录了《稗海》本十二卷多出的各条，以求两全其美。

在底本基础之上，我们着重参校了项序本《文集》。该《文集》是较好的苏轼文集，其中所收录的《志林》各条，适与《志林》各本互为补足，从中我们也订正了不少错误。此外，我们还特别参考了中华书局王松龄校点五卷本《志林》。对于《稗海》本、四库本以及相关的一些版本、著作也适当作了参考。由于原本涉及各本，所参面较广，此次校点定有不少问题，望识者指正焉。

东坡志林卷一

记游

记过合浦

余自海康适合浦,连日大雨,桥梁大坏,水无津涯。自兴廉村净行院下,乘小舟至官寨。闻自此以西皆涨水,无复桥船,或劝乘蟹并海即白石。是日,六月晦,无月。碇宿大海中,天水相接,星河满天。起坐四顾太息:"吾何数乘此险也！已济徐闻,复厄于此乎?"稚子过在旁鼾睡,呼不应。所撰《书》《易》《论语》皆以自随,而世未有别本。抚之而叹曰:"天未欲使从是也,吾辈必济！"已而果然。七月四日合浦记。时元符三年也。

逸人游浙东

到杭州,一游龙井,谒辩才遗像,仍持密云团为献龙井。孤山下有石室,室前有六一泉,白而甘,当往一酌。湖上寿星院竹极伟,其傍智果院有参寥泉及新泉,皆甘冷异常,当时往一酌。仍寻参寥子妙总师之遗迹,见颖沙弥亦当致意。灵隐寺后高峰塔,一上五里,上有僧不下三十余年矣,不知今在否？亦可一往。元符二年五月十六日,东坡居士书。

记承天夜游①

元丰六年十月十二日夜，解衣欲睡，月色入户，欣然起行。念无与为乐者，遂至承天寺寻张怀民。怀民亦未寝，相与步于中庭。庭下如积水空明，水中藻、荇交横，盖竹柏影也。何夜无月？何处无竹柏？但少闲人如吾两人耳。黄州团练副使苏某书。

游沙湖

黄州东南三十里为沙湖，亦曰螺师店。予买田其间，因往相田，得疾。闻麻桥人庞安常善医而聋，遂往求疗。安常虽聋，而颖悟绝人，以纸画字，书不数字，辄深了人意。余戏之曰："余以手为口，君以眼为耳。皆一时异人也。"疾愈，与之同游清泉寺。寺在蕲水郭门外二里许，有王逸少洗笔泉，水极甘。下临兰溪，溪水西流。余作歌云："山下兰芽短浸溪，松间沙路净无泥，萧萧暮雨子规啼。谁道人生无再少？君看流水尚能西②，休将白发唱黄鸡。"是日，剧饮而归。

记游松江

吾昔自杭移高密，与杨元素同舟，而陈令举、张子野皆从余过李公择于湖，遂与刘孝叔俱至松江。夜半月出，置酒垂虹亭上。子野年八十五，以歌词闻于天下，作《定风波令》，其略云："见说贤人聚吴分，试问，也应傍有老人星。"坐客欢甚，有醉倒者。此乐未尝忘也，今七年耳，子野、孝叔、令举皆为异物，而松江桥亭，今岁七月九日，海风架潮，平地丈余，荡尽无复子遗矣。追思曩时，真一梦

---

①今通行本题作《记承天寺夜游》，无末句。

②君看：本书《词集》卷十一作"门前"，与通行本同。

耳。元丰四年十二月十二日，黄州临皋亭夜坐书。

游白水书付过

绍圣元年十月十二日，与幼子过游白水佛迹院。浴于汤池，热甚，其源殆可熟物。循山而东少北，有悬水百仞，山八九折，折处辄为潭，深者磑石五丈，不得其所止。雪溅雷怒，可喜可畏。水崖有巨人迹数十，所谓佛迹也。暮归倒行，观山烧火甚，俯仰度数谷。至江山月出，击汰中流，掬弄珠璧。到家二鼓，复与过饮酒，食余甘煮菜。顾影颓然，不复甚寐，书以付过。东坡翁。

记游庐山

仆初入庐山，山谷奇秀，平生所未见，殆应接不暇，遂发意不欲作诗。已而见山中僧俗，皆云："苏子瞻来矣！"不觉作一绝，云："芒鞋青竹杖，自挂百钱游。可怪深山里，人人识故侯。"既自哂前言之谬，又复作两绝云："青山若无素，偃蹇不相亲。要识庐山面，他年是故人。"又云："自昔忆清赏，初游杳霭间。如今不是梦，真个是庐山。"是日有以陈令举《庐山记》见寄者，且行且读，见其中云徐凝、李白之诗，不觉失笑。旋入开先寺，主僧求诗，因作一绝云："帝遣银河一派垂，古来惟有谪仙辞。飞流溅沫知多少，不与徐凝洗恶诗。"往来山南北十余日，以为胜绝不可胜谈，择其尤者，莫如漱玉亭、三峡桥，故作此二诗。最后，与总老同游西林，又作一绝云："横看成岭侧成峰，到处看山了不同^①。不识庐山真面目，只缘身在此山中。"仆庐山诗，尽于此矣。

①到处看山：本书《诗集》卷二十三作"远近高低"，与通行本同。

记游松风亭

余尝寓居惠州嘉祐寺,纵步松风亭下,足力疲乏,思欲就林止息。望亭宇尚在木末,意谓是如何得到？良久忽曰:"此间有甚么歇不得处？"由是如挂钩之鱼,忽得解脱。若人悟此,虽兵阵相接,鼓声如雷霆,进则死敌,退则死法,当甚么时也不妨熟歇。

儋耳夜书

己卯上元,余在儋耳,有老书生数人来过,曰:"良月佳夜,先生能一出乎？"予欣然从之。步城西,入僧舍,历小巷,民夷杂揉,屠酤纷然。归舍,已三鼓矣。舍中掩关熟寝,已再鼾矣。放杖而笑,孰为得失？问先生何笑,盖自笑也。然亦笑韩退之钓鱼无得,更欲远去,不知钓者未必得大鱼也。

黄州忆王子立

仆在徐州,王子立、子敏皆馆于官舍,而蜀人张师厚来过。二王方年少,吹洞箫,饮酒杏花下。明年,余谪黄州,对月独饮,尝有诗云:"去年花落在徐州,对月酬歌美清夜。今日黄州见花发,小院闭门风露下。"盖忆与二王饮时也。张师厚久已死,今年子立复为古人,哀哉！

黎穄子

吾故人黎錞,字希声,治《春秋》有家法,欧阳文忠公喜之。然为人质木迟缓,刘贡父戏之为"黎穄子",以谓指其德,不知果木中真有是也。一日,联骑出,闻市人有唱是果鬻之者,大笑,几落马。今吾谪海南,所居有此,霜实累累,然二君皆入鬼录。坐念故友之风味,岂复可见! 刘固不混于世者,黎亦能文守道,不苟随者也。

记刘原父语

昔为凤翔幕,过长安,见刘原父,留吾剧饮数日。酒酣,谓吾曰:"昔陈季弼告陈元龙曰:'闻远近之论,谓明府骄而自矜。'元龙曰:'夫闻门雍穆,有德有行,吾敬陈元方兄弟;渊清玉洁,有礼有法,吾敬华子鱼;清修疾恶,有识有义,吾敬赵元达;博闻强记,奇逸卓荦,吾敬孔文举;雄姿杰出,有王霸之略,吾敬刘玄德。所敬如此,何骄之有? 余子琐琐,亦安足录哉!"因仰天太息。此亦原父之雅趣也。吾后在黄州,作诗云:"平生我亦轻余子,晚岁谁人念此翁。"盖记原父语也。原父既没久矣,尚有贡父在,每与语,今复死矣,何时复见此俊杰人乎? 悲夫!

怀古

广武叹

昔先友史经臣彦辅谓余:"阮籍登广武而叹曰:'时无英雄,使竖子成其名。'岂谓沛公竖子乎?"余曰:"非也,伤时无刘、项也。竖子,指魏、晋间人耳。"其后,余闻润州甘露寺有孔明、孙权、梁武、李德裕之遗迹。余感之,赋诗。其略曰:"四雄皆龙虎,遗迹俨未刊。方其盛壮时,争夺肯少安? 废兴属造化,迁逝谁控抟? 况彼妄庸子,而欲事所难。聊兴广武叹,不得雍门弹。"则犹此意也。今日读李太白《登古战场》诗云:"沉湎呼竖子,狂言非至公。"乃知太白亦误认嗣宗语,与先友之意无异也。嗣宗虽放荡,本有意于世,以魏、晋间多故,故一放于酒,何至以沛公为竖子乎!

涂巷小儿听说三国语

王彭尝云："涂巷中小儿薄劣，其家所厌苦，辄与钱，令聚坐听说古话。至说三国事，闻刘玄德败，颦蹙有涕者，闻曹操败，即喜唱快。以是知君子小人之泽，百世不斩。"彭，恺之子，为武吏，颇知文章，余尝为作哀辞，字大年。

修养

养生说

已饥方食，未饱先止。散步逍遥，务令腹空。当腹空时，即便入室。不拘昼夜，坐卧自便。惟在摄身，使如木偶。常自念言："今我此身，若少动摇，如毛发许，便堕地狱。如商君法，如孙武令，事在必行，有犯无恕。"又用佛语，及老聃语，视鼻端白，数出入息，绵绵若存，用之不勤。数至数百，此心寂然，此身兀然，与虚空等，不烦禁制，自然不动。数至数千，或不能数，则有一法，其名曰随：与息俱出，复与俱入，或觉此息，从毛窍中，八万四千，云蒸雾散。无始以来，诸病自除，诸障渐灭，自然明悟。譬如盲人，忽然有眼，此时何用，求人指路？是故老人，言尽于此。

论雨井水

时雨降，多置器广庭中，所得甘滑不可名。以泼茶、煮药，皆美而有益，正尔食之不辍，可以长生。其次井泉，甘冷者皆良药也。《乾》以九二化《坤》之六二为《坎》，故天一为水。吾闻之道士，人能服井花水，其热与石硫黄、钟乳等。非其人而服之，亦能发背脑为疽。盖尝观之。又分，至日取井水，储之有方，后七日辄生物如云母状。道士谓"水中金"，可养炼为丹。此固常见之者。此至浅近，世独不能为，况所谓玄者乎？

论修养帖寄子由

任性逍遥，随缘放旷，但尽凡心，别无胜解。以我观之，凡心尽处，胜解卓然。但此胜解，不属有无，不通言语。故祖师教人，到此便住。如眼翳尽，眼自有明，医师只有除翳药，何曾有求明药？明若可求，即还是翳，固不可于翳中求明，即不可言翳外无明。而世之昧者，便将颓然无知认作佛地。若如此是佛，猫儿狗儿，得饱熟睡，腹摇鼻息，与土木同，当恁么时，可谓无一毫思念。岂谓猫狗已入佛地？故凡学者，观妄除爱，自粗及细，念念不忘，会作一日，得无所住，弟所教我者是如此否？因见二偈警策，孔君不觉竦然，更以闻之。书至此，墙外有悍妇与夫相殴，罂声飞灰火，如猪嘶狗嗥。因念他一点圆明，正在猪嘶狗嗥里面。譬如江河鉴物之性，长在飞砂走石之中。寻常静中推求，常患不见。今日闹里忽捉得些子。如何如何！元丰六年三月二十五日夜，已封书讫，复以此寄子由。

导引语

导引家云："心不离田，手不离宅。"此语极有理。又云："真人之心，如珠在渊；众人之心，如泡在水。"此善譬喻者。

录赵贫子语

赵贫子谓人曰："子神不全。"其人不服，曰："吾僚友万乘，蜂蚁三军，糠秕富贵，而昼夜生死。何谓神不全乎？"贫子笑曰："是血气所扶,名义所激,非神之功也。"明日,问其人曰:"子父母在乎?"曰:"亡久矣。""常梦见乎?"曰:"多矣。""梦中知其亡乎,抑以为存也?"曰:"皆有之。"贫子曰:"父母之存亡,不待计议而知者也。昼日问子,则不思而对,夜梦见之,则以亡为存。死生之于梦觉,有间矣,物之眩子而难知者,甚于父母之存亡。子自以神全而不学,可忧也哉!"予尝与闻其语,故录之。

养生难在去欲

昨日,太守杨君采,通判张公规邀余出游安国寺。坐中论调气养生之事,余云:"皆不足道,难在去欲。"张云:"苏子卿啮雪啖毡,蹈背出血,无一语少屈,可谓了生死之际矣。然不免为胡妇生子,穷居海上。而况洞房绮疏之下乎!乃知此事不易消除。"众客皆大笑。余爱其语有理,故为记之。

阳丹诀

冬至后斋居,常吸鼻液,漱炼令甘,乃咽下丹田。以三十瓷器,皆有盖,溺其中,已,随手盖之,书识其上,自一至三十。置净室,选谨朴者守之。满三十日开视,其上当结细砂,如浮蚁状,或黄或赤。密绢帕滤取,新汲水净淘澄无度,以秽气尽为度,净瓷瓶合贮之。夏至后,取细研枣肉,丸如梧桐子大。空心酒吞下,不限丸数,三五日后服尽。夏至后,仍依前法采取,却候冬至后服。此名"阳丹阴炼"。须清净绝欲,若不绝欲,其砂不结。

阴丹诀

取首生男子之乳,父母皆无疾恶者,并养其子,善饮食之。日取其乳一升,少只半升已来亦可。以碎砂银作鼎与匙。如无碎砂银,山泽银亦得。慢火熬炼,不住手搅,如淡金色,可丸即丸,如桐子大。空心酒吞下,亦不限丸数。此名"阴丹阳炼"。世人亦知服秋石,皆非清净所结。又此阳物也,须复经火。经火之余,皆其糟粕,与烧盐无异也。世人亦知服乳。乳,阴物,不经火炼,则冷滑而漏精气也。此阳丹阴炼、阴丹阳炼,盖道士灵智妙用,沉机捷法,非其人不可轻泄。慎之慎之!

乐天烧丹

乐天作庐山草堂,盖亦烧丹也。欲成而炉鼎败。来日,忠州刺史除书到。乃知世间,出世间事不两立也。仆有此志久矣,而终无成者,亦以世间事未败故也。今日真败矣!《书》曰:"民之所欲,天必从之。"信而有征。绍圣元年十月二十二日。

赠张鹗

张君持此纸求仆书,且欲发药。不知药,君当以何品？吾闻《战国策》中有一方,吾服之有效,故以奉传。其药四味而已,一曰无事以当贵,二曰早寝以当富,三曰安步以当车,四曰晚食以当肉。夫已饥而食,蔬食有过于八珍。而既饱之余,虽刍豢满前,惟恐其不持去也。若此,可谓善处穷者矣,然而于道则未也。安步自佚,晚食为美,安以当车与肉为哉？车与肉犹存于胸中,是以有此言也。

记三养

东坡居士自今日以往,早晚饮食,不过一爵一肉。有尊客,盛馔则三之,可损不可增。有召我者,预以此先之,主人不从而过是者，乃止。一曰安分以养福，二曰宽胃以养气，三曰省费以养财。元符三年八月。

谢鲁元翰寄暖肚饼

公昔遗余以暖肚饼，其直万钱。我今报公，亦以暖肚饼，其价不可言。中空而无眼，故不漏；上直而无耳，故不悬。以活泼泼为内，非汤非水；以赤历历为外，非铜非铅；以念念不忘为项，不解不缚；以了了常知为腹，不方不圆。到希领取，如不肯承当，却以见还。

辟谷说

洛下有洞穴，深不可测。有人堕其中，不能出，饥甚。见龟蛇无数，每旦辄引首东望，吸初日光咽之。其人亦随其所向，效之不已，遂不复饥，身轻力强。后卒还家，不食，不知其所终。此晋武帝时事。辟谷之法以百数，此为上，妙法止于此。能服玉泉，使铅汞具体，去仙不远矣。此法甚易知易行，天下莫能知，知者莫能行。何则？虚一而静者，世无有也。元符二年，僦耳米贵，吾方有绝粮之忧，欲与过子共行此法，故书以授之。四月十九日记。

记服绢

医官张君传服绢方，真神仙上药也。然绢本以御寒，今乃以充服食，至寒时当盖稻草席耳。世言著衣吃饭，今乃吃衣著饭耶？

记养黄中

元符三年，岁次庚辰，正月朔戊辰，是日辰时，则丙辰也。三辰一戌，四土会焉，而加丙与庚，丙，土母，而庚其子也。土之富，未有过于斯时也。吾当以斯时肇养黄中之气，过此又欲以时取薏苡蜜，作粥以啜。吾终日默坐，以守黄中，非谪居海外，安得此庆耶！东坡居士记。

疾病

子瞻患赤眼

余患赤目，或言不可食脍。余欲听之，而口不可。曰："我与子为口，彼与子为眼，彼何厚？我何薄？以彼患而废我食，不可。"子瞻不能决。口谓眼曰："他日我暗，汝视物，吾不禁也。"管仲有言："畏威如疾，民之上也；从怀如流，民之下也。"又曰："燕安酖毒，不可怀也。"《礼》曰："君子庄敬日强，安肆日偷。"此语乃当书诸绅，故余以"畏威如疾"为私记云。

治眼齿

岁日，与欧阳叔弼、晁无咎、张文潜同在戒坛。余病目昏，数以热水洗之。文潜云："目忌点洗。目有病，当存之；齿有病，当劳之，不可同也。"又记鲁直语云："眼恶剔决，齿便漱洁。治目当如治民，治齿当如治军。治民当如曹参之治齐，治兵当如商鞅之治秦。"颇有理，故追录之。

庞安常耳聩

蕲州庞君安常善医而聩。与人语，须书始能晓。东坡笑曰："吾与君皆异人也。吾以手为口，君以眼为耳。非异人乎？"

梦寐

记梦参寥茶诗

昨夜梦参寥师携一轴诗见过,觉而记其《饮茶》诗两句,云："寒食清明都过了,石泉槐火一时新。"梦中问："火固新矣,泉何故新?"答云："俗以清明淘井。"当续成诗以纪其事。

记梦赋诗

轼初自蜀应举京师,道过华清宫,梦明皇令赋《大真妃裙带词》,觉而记之。今书赠何山潘大临邻老,云："百叠漪漪水皱,六铢缝缝云轻。植立含风广殿,微闻环佩摇声。"元丰五年十月七日。

记子由梦

元丰八年正月旦日,子由梦李士宁相过,草草为具。梦中赠一绝句云："先生惠然肯见客,旋买鸡豚旋烹炙。人间饮酒未须嫌,归去蓬莱却无吃。"明年闰二月六日,为予道之。书以遗过子。

记子由梦塔

明日,兄之生日。昨夜梦与弟同自眉入京,行利州峡,路见二僧。其一僧须发皆深青,与同行。问其向去灾福,答云："向去甚好,无灾。"问其京师所需,"要好碱砂五六钱。"又手擎一小卵塔,云："中有舍利。"兄接得,卵塔自开。其中舍利,灿然如花。兄与弟请吞之。僧遂分为三分,僧先吞,兄弟继吞之。各一两,细大不等,皆明莹而白,亦有飞进空中者。僧言："本欲起塔,却吃了。"弟云："吾三人肩上各置一小塔便了。"兄言："吾等三人,便是三所无缝塔。"僧笑,遂觉。觉后,胸中嘻嘻然,微似含物。梦中甚明,故闲报为笑耳。

梦中作祭春牛文

元丰六年十二月二十七日,天欲明,梦数吏人持纸一幅。其上题云:"请祭春牛文。"予取笔疾书其上云:"三阳既至,庶草将兴。爰出土牛,以戒农事。衣被丹青之好,本出泥涂;成毁须臾之间,谁为喜愠。"吏微笑曰:"此两句,复当有怒者。"旁一吏云:"不妨,此是唤醒他。"

梦中论《左传》

元祐六年十一月十九日,五更,梦数人论《左传》云:"《祈招》之诗固善语,然未见所以感切穆王之心,已其车辙马迹之意者。"有答者曰:"以民力从王事,当如饮酒,适于饥饱之度而已。若过于醉饱,则民不堪命,王不获没矣。"觉而念其言,似有理,故录之。

梦中作靴铭

钱倧武林日,梦神宗召入禁中,宫女围侍,一红衣女童,捧红靴一只,命钱铭之。觉而记其一联云:"寒女之丝,铢积寸累。天步所临,云蒸雾起。"既毕,进御。上极叹其敏。使宫女送出,睥视裙带间,有六言诗一首,云:"百叠滴滴风皱,六铢缕缕云轻。植立含风广殿,微闻环珮摇声。"

记梦

予尝梦客有携诗相过者,觉而记其一诗云:"道恶赋其身,忠先爱厥亲。谁知畏九折，亦自是忠臣。"文有数句若铭赞者，云："道之所以成，不害其耕；德之所以修，不赋其牛。"

予在黄州，梦至西湖上。梦中亦知其为梦也。湖上有大殿三重，其东一殿，题其额云"弥勒下生"。梦中云："是仆昔年所书。"众僧往来行道，太半相识。辩才、海月皆在，相见惊异。仆散衫策杖，谢诸人曰："梦中来游，不及冠带。"既觉，忘之。明日，得芝上人信，乃复理前梦，因书以寄之。

宣德郎、广陵郡王宅大小学教授眉山任伯雨德公，丧其母吕夫人六十四日，号踊稍间，欲从事于佛。或劝诵《金光明经》，具言世所传本多误，惟咸平六年刊行者最为善本，又备载张居道再生事。德公欲访此本而不可得。方苦卧柩前，而外甥进士师续假寐于侧，忽惊觉曰："吾梦至相国寺东门，有鬻姜者云有此经，梦中问曰：'非咸平六年本乎？'曰：'然。''有《居道传》乎？'曰：'然。'此殆非梦也。"德公大惊，即使续以梦求之，而获睹鬻姜者之状，则梦中所见也。德公舟行扶柩，归葬于蜀。余方屺岭外，遇吊德公楚、泗间，乃为之记。

昨日梦有人告我云："如真飱佛寿，识妄吃天厨。"予甚领其意。或曰："真即飱佛寿，不妄吃天厨。"予曰："真即是佛，不妄即是天，何但飱而吃之乎？"其人甚可予言。

梦南轩

元祐八年八月十一日，将朝尚早，假寐。梦归毅行宅，遍历蔬圃中。已而坐于南轩，见庄客数人，方运土塞小池。土中得两芦藤根，客喜，食之。予取笔作一篇文，有数句云："坐于南轩，对修竹数百，野鸟数千。"既觉，惘然思之。南轩，先君名之曰"来风"者也。

措大吃饭

有二措大相与言志。一云："我平生不足，惟饭与睡耳。他日得志，当饱吃饭；饭了便睡，睡了又吃饭。"一云："我则异于是。当吃了又吃，何暇复睡耶？"吾来庐山，闻马道士善睡，于睡中得妙。然吾观之，终不如彼措大得吃饭三昧也。

题李岩老

南岳李岩老好睡。众人食饱下棋，岩老辄就枕，阅数局，乃一展转。云："我始一局，君几局矣？"东坡曰："岩老常用四脚棋盘，只著一色黑子。昔与边韶敌手，今被陈抟饶先。著时自有输赢，著了并无一物。"欧阳公诗云："夜凉吹笛千山月，路暗迷人百种花。棋罢不知人换世，酒阑无奈客思家。"殆是类也。

学问

记六一语

顷岁，孙莘老识欧阳文忠公，尝乘间以文字问之。云："无它术，唯勤读书而多为之，自工。世人患作文字少，又懒读书，每一篇出，即求过人。如此，少有至者。疵病不必待人指摘，多作自能见之。"此公以其尝试者告人，故尤有味。

命分

退之平生多得谤誉

退之诗云："我生之辰，月宿南斗。"乃知退之磨蝎为身宫，而仆乃以磨蝎为命。平生多得谤誉，殆是同病也。

马梦得同岁

马梦得与仆同岁、月生，少仆八日。是岁生者无富贵人，而仆与梦得为穷之冠。即吾二人而观之，当推梦得为首。

人生有定分

吾无求于世矣，所须二顷田，以足馇粥耳。而所至访问，终不可得。岂吾道方艰难，无适而可耶？抑人生自有定分，虽一饱，亦如功名富贵不可轻得也？

送别

别子开

子开将往河北，相度河宁。以冬至前一日被旨，过节遂行。仆以节日来贺，且别之，留饮数盏，颓然竟醉。案上有此佳纸，故为作草露书数纸。迟其北还，则又春矣。当为我置酒、蟹、山药、桃、杏，是时当复从公饮也。

景秀相别

景秀来惠州见予。将去，予曰："山中见公还，必求一物，何以与之？"秀曰："鹅城清风，鹤岭明月，人人送与，只恐它无著处。"予曰："不如将几纸字去，每人与一纸。但向道：此是言法华书，里头有灾福。"

别王子直

绍圣元年十月三日，始至惠州，寓于嘉祐寺松风亭。杖履所及，鸡犬相识。明年，迁于合江之行馆。得江楼翛彻之观，忘幽谷窈窕之趣，未见其所休戚。岭南江北，何以异也！虔州鹤田处士王原子直，不远千里访予于此，留七十日而去。东坡居士书。

别石塔

石塔别东坡。予云："经过草草，恨不一见石塔。"塔起立，云："遮著是砖浮图耶？"予云："有缝塔。"塔云："若无缝，何以容世间蝼蚁？"予首肯之。元丰八年八月二十七日。

别姜君

元符己卯闰九月，琼守姜君来僦耳，日与予相从，庚辰三月乃归。无以赠行，书柳子厚《饮酒》《读书》二诗以见别意。子归，吾无以遣日，独此二事，日相与往还耳。二十一日书。

别文甫子辩

仆以元丰三年二月一日至黄州，时家在南都，独与儿子迈来郡中，无一人旧识者。时时策杖在江上，望云涛渺然，亦不知有文甫兄弟在江南也。居十余日，有长髯者，惠然见过，乃文甫之弟子辩。留语半日，云："迫寒食，且归东湖。"仆送之江上，微风细雨，叶舟横江而去。仆登夏隩尾高丘以望之，仿佛见舟及武昌，步乃还。尔后遂相往来。及今四周岁，相过殆百数，遂欲买田而老焉，然竟不遂。近忽量移临汝，念将复去，而后期未可必。感物凄然，有不胜怀。浮屠不三宿桑下者，有以也哉！七年三月九日。

东坡志林卷二

祭祀

八蜡三代之戏礼

八蜡,三代之戏礼也。岁终聚戏,此人情之所不免也。因附以礼义,亦曰:"不徒戏而已矣。祭必有尸,无尸曰'奠',始死之奠与释奠是也。"今蜡谓之祭,盖有尸也。猫、虎之尸,谁当为之？置鹿与女,谁当为之？非倡优而谁？葛带榛杖,以丧老物;黄冠草笠,以奠野服。皆戏之道也。子贡观蜡而不悦,孔子譬之曰:"一张一弛,文武之道。"盖谓是也。

记朝斗

绍圣二年五月望日,敬造真一法酒成,请罗浮道士邓守安拜奠北斗真君。将奠,雨作。已而清风肃然,云气解驳,月星皆见,魁标皆爽。彻奠,阴雨如初。谨拜手稽首而记其事。

兵略

匈奴全兵

匈奴围汉平城,群臣上言:"胡者全兵,请令强弩傅两矢外乡,徐行出围。"李奇注"全兵"云:"惟弓矛,无杂仗也。"此说非是。

使胡有杂伎，则傅矢外乡之策不得行软？且奇何以知匈奴无杂伎也？匈奴特无弩耳。全兵者，言匈奴自战其地，不致死，不能与我行此危事也。

八阵图

诸葛亮造八阵图于鱼腹平沙之上，垒石为八行，相去二丈。桓温征谯纵，见之，曰："此常山蛇势也。"文武皆莫识。吾尝过之。自山上俯视，百余丈，凡八行，为六十四蕝。蕝正圆，不见凹凸处，如日中盖影。予就视，皆卵石，漫漫不可辨，甚可怪也。

时事

唐村老人言

僩耳进士黎子云言：城北十五里许有唐村，庄民之老曰允从者，年七十余，问子云言："宰相何苦以青苗钱困我，于官有益乎？"子云言："官患民贫富不均，富者逐什一益富，贫者取倍称，至鬻田质口不能偿，故为是法以均之。"允从笑曰："贫富之不齐，自古已然，虽天公不能齐也。子欲齐之乎？民之有贫富，由器用之有厚薄也。子欲磨其厚，等其薄，厚者未动，而薄者先穴矣。"元符三年，子云过予言此。负薪能谈王道，正谓允从辈耶？

记告讦事

元丰初，白马县民有被杀者，畏贼不敢告，投匿名书于县。弓手甲得之，而不识字，以示门子乙。乙为读之。甲以其言捕获贼，而乙争其功。吏以为法禁匿名书，而贼以此发，不敢处之死，而投匿名者当流。为情轻法重,皆当奏。苏子容为开封尹,方废滑州、白马为畿邑,上殿论奏:"贼可减死,而投匿名者可免罪。"上曰："此情虽极轻,而告讦之风不可长。"乃杖而抉之。子容以谓贼许不干己者告捕,而变主匿名,本不足深过,然先帝犹恐长告讦之风,此所谓忠厚之至。然熙宁、元丰之间,每立一法,如手实、禁盐、牛皮之类,皆立重赏以劝告讦者,皆当时小人所为,非先帝本意。时范祖禹在坐,曰:"当书之《实录》。"

官职

记讲筵

秘书监侍讲傅尧俞始召赴资善堂,对迩英阁,尧俞致谢。上遣人宣召答曰:"卿以博学,参预讲筵,宜尊所闻,以辅不逮。"尧俞讲毕,曲谢。上复遣人宣谕:"卿讲义渊博,多所发挥,良深嘉叹。"是日,上读《三朝宝训》,至天禧中,有二人犯罪,法当死。真宗皇帝恻然怜之曰:"此等安知法？杀之则不忍,舍之无以励众。"乃使人持去,笞而遣之,以斩迄奏。又祀汾阴日,见一羊自掷道左,怪问之。曰:"今日尚食,杀其羔。"真宗惨然不乐。自是不杀羊羔。资政殿学士韩维读毕,因奏言:"此特真宗皇帝小善耳。然推其心以及天下,则仁不可胜用也。真宗自澶渊之役却狄之后,十九年不言兵而天下富,其源盖出于此。昔孟子论齐王不忍杀觳觫之牛,以为是心足以王,今恩足以及禽兽而功不及于百姓,岂不能哉？盖不为耳。外人皆云:皇帝陛下仁孝发于天性,每行见昆虫蝼蚁,违而过之,且敕左右勿践履,此亦仁术也。臣愿陛下推此心以及百姓,则天下幸甚!"轼时为右史,奏曰:"臣今月十五日侍迩英阁,切见资政殿学士韩维因读《三朝宝训》,至真宗皇帝好生恶杀,因论皇帝陛下在宫中不忍践履虫蚁。其言深切,可以推明圣德,益增福寿。臣秉备位右史,谨书其事于册。又录一本上进,意望陛下采览,无忘此心,以广好生之德,臣不胜大愿。"

禁同省往来

元祐元年,余为中书舍人。时执政患本省事多漏泄,欲于舍人厅后作露篱,禁同省往来。余曰:"诸公应须简要清通,何必栽篱插棘?"诸公笑而止。明年,竟作之。暇日读乐天集,有云:"西省北院,新构小亭,种竹开窗,东道骑省。与李常侍隔窗下饮酒作诗。"乃知唐时得西掖作窗以通东省,而今日本省不得往来,可叹也!

记盛度诰词

盛度,钱氏婿,而不喜惟演,盖邪正不相入也。惟演建言二后并配,御史中丞范讽发其奸,落平章事,以节度使知随州。时度几七十,为知制诰,责词云:"三星之媾,多戚里之家,百两所迎,皆权要之子。"盖惟演之姑嫁刘氏,而其子娶于丁谓也。人怪度老而笔力不衰,或曰:"度作此词久矣。"元祐三年十二月二十一日讲筵,上未出,立延和殿中,时轼方论周穜擅议宗庙事,苏子容因道此。

张平叔制词

乐天行《张平叔户部侍郎判度支制诰》云:"吾坐而决事,丞相以下,不过四五,而主计之臣在焉。"以此知唐制,主计盖坐而论事也。不知四五者悉何人？平叔议盐法,至为割剥,事见退之集。今乐天制诰亦云:"计能析秋毫,更畏如夏日。"其人必小人也。

致仕

请广陵

今年吾当请广陵,暂与子由相别。至广陵逾月,遂往南郡。自南郡诣梓州,溯流归乡,尽载家书而行。逶迤致仕,筑室种果于眉,以须子由之归而老焉。不知此愿遂否? 言之怅然也。

买田求归

浮玉老师元公,欲为吾买田京口,要与浮玉之田相近者,此意殆不可忘。吾昔有诗云:"江山如此不归山,江神见怪惊我顽。我谢江神岂得已,有田不归如江水。"今有田矣,不归无乃食言于神也耶?

贺下不贺上

贺下不贺上,此天下通语。士人历官一任,得外无官谤,中无所愧于心。释肩而去,如大热远行,虽未到家,得清凉馆舍一解衣漱濯,已足乐矣。况于致仕而归,脱冠佩,访林泉,顾平生一无可恨者,其乐岂可胜言哉! 余出入文忠门最久,故见其欲释位归田,可谓切矣。他人或苟以藉口,公发于至情,如饥者之念食也,顾势有未可者耳。观与仲仪书,论可退之节三,至欲以得罪、病而去。君子之欲退,其难如此,可以为进者之戒。

隐逸

书杨朴事

昔年过洛,见李公简言:"真宗既东封,访天下隐者,得杞人杨朴，能诗。及召对，自言不能。上问：'临行有人作诗送卿否？'朴曰：'惟臣妾一首云："更休落魄耽杯酒，且莫猖狂爱咏诗。今日捉将官里去，这回断送老头皮。"'上大笑，放还山。"余在湖州，坐作诗追赴诏狱，妻子送余出门，皆哭，无以语之。顾语妻曰："独不能如杨子云处士妻，作诗送我乎？"妻子不觉失笑，余乃出。

白云居士

张愈，西蜀隐君子也。与予先君游，居岷山下白云溪，自号"白云居士"。本有经世志，特以自重难合，故老死草野，非稿项黄馘盗名者也。偶至西湖静轩，见其遗句，怀仰其人，命寺僧刻之石。

佛教

读《坛经》

近读六祖《坛经》，指说法、报、化三身，使人心开目明。然尚少一喻，试以喻眼：见是法身，能见是报身，所见是化身。何谓"见是法身"？眼之见性，非有非无。无眼之人，不免见黑，眼枯睛亡，见性不灭，故云"见是法身"。何谓"能见是报身"？见性虽存，眼根不具，则不能见。若能安养其根，不为物障，常使光明洞彻，见性乃全。故云"能见是报身"。何谓"所见是化身"？根性既全，一弹指顷，所见千万，纵横变化，俱是妙用。故云"所见是化身"。此喻既立，三身愈明。如此是否？

改观音咒

《观音经》云："咒咀诸毒药，所欲害身者，念彼观音力，还著于本人。"东坡居士曰："观音，慈悲者也。今人遭咒咀，念观音之力，而使还著于本人，则岂观音之心哉？今改之曰：'咒咀诸毒药，所欲害身者，念彼观音力，两家总没事。'"

诵经帖

东坡食肉诵经。或云："不可诵。"坡取水漱口。或云："一碗水如何漱得？"坡云："惭愧，阇黎会得。"

诵《金刚经》帖

蒋仲甫闻之孙景修，言近岁有人凿山取银矿，至深处，闻有人诵经声。发之，得一人，云："吾亦取矿者。以窟坏，不能出，居此不知几年。平生诵《金刚经》自随，每有饥渴之念，即若有人自腋下以饼饵遗之。殆此经变现也。"道家言"守一"，若饥，"一"与之粮；若渴，"一"与之浆。此人于经中，岂所谓得"一"者乎？

僧伽何国人

《泗州大圣僧伽传》云："和尚，何国人也。"又世云莫知其所从来，云："不知何国人也。"近读《隋史·西域传》，乃有何国。余在惠州，忽被命责儋耳。太守方子容自携告身来，且吊余曰："此固前定，可无恨。吾妻沈素事僧伽谨甚，一夕梦和尚告别。沈问所往，答云：'当与苏子瞻同行。后七十二日，当有命。'今适七十二日矣，岂非前定乎？"余以谓事之前定者，不待梦而知。然余何人也？而和尚辱与同行，得非凤世有少缘契乎？

袁宏论佛说

袁宏《汉纪》曰:"浮屠,佛也。西域天竺国有佛道焉。佛者，汉言觉也,将以觉悟群生也。其教也,以修善慈心为主,不杀生,专务清净。其精者为沙门。沙门,汉言息也。盖息意去欲,归于无为。又以为人死精神不灭,随复受形,生时善恶,皆有报应。故贵行修善道,以炼精神,以至无生而得为佛也。"东坡居士曰:"此殆中国始知有佛时语也。虽浅近,大略具足矣。野人得鹿,正尔煮食之耳。其后卖与市人,遂入公庖中,馔之百方。然鹿之所以美,未有丝毫加于煮食时也。"

道释

赠邵道士

耳如芭蕉,心如莲花。百节疏通,万窍玲珑。来时一,去时八万四千。此义出《楞严》,世未有知之者也。元符三年九月二十一日,书赠都峤邵道士。

书李若之事

《晋·方技传》有幸灵者,父母使守稻。牛食之,灵见而不驱，牛去,乃理其残乱者。父母怒之,灵曰:"物各欲食,牛方食,奈何驱之?"父母愈怒,曰:"即如此,何用理乱者为?"灵曰:"此稻又欲得生。"此言有理,灵故有道者耶? 吕猗母足得痿痹病十余年,灵疗之。去母数步坐,瞑目寂然。有顷,曰:"扶起夫人坐。"猗曰:"夫人得疾十年,岂可仓卒令起耶?"灵曰:"且试扶起。"两人夹扶而立。少顷,去扶者,遂能行。学道养气者,至足之余,能以气与人。

都下道士李若之能之,谓之"布气"。吾中子迨,少赢多疾。若之相对坐,为布气,迨闻腹中如初日所照,温温也。盖若之曾遇得道异人于华岳下云。

记苏佛儿语

元符三年八月,余在合浦,有老人苏佛儿来访。年八十二,不饮酒食肉,两目烂然,盖童子也。自言十二岁斋居修行,无妻子,有兄弟三人,皆持戒念道。长者九十二,次者九十。与论生死事,颇有所知。居州城东南六七里。佛儿:"尝卖菜之东城,见老人,言:'即心是佛,不在断肉。'余言:'勿作此念,众人难感易流。'老人大喜,曰:'如是！如是！'"

记道人戏语

绍圣二年五月九日,都下有道人坐相国寺卖诸禁方,缄题其一曰:"卖赌钱不输方。"少年有博者,以千金得之。归,发视其方,曰："但止乞头。"道人亦善觽术矣,戏语得千金,然亦未尝欺少年也。

陆道士能诗

陆道士惟忠,字子厚,眉山人。好丹药,通术数,能诗,萧然有出尘之姿。久客江南,无知之者。予昔在齐安,盖相从游。因是谒子由高安,子由大赏其诗。会吴远游之过彼,遂与俱来惠州,出此诗。

朱氏子出家

朱氏子出家,小名照僧。少丧父,与其母尹皆愿出家。照僧师守素,乃参寥子弟子也。照僧九岁,举止如成人,诵《赤壁赋》,铿然鸾鹤声也。不出十年，名闻四方。此参寥子之法孙，东坡之门僧也。

寿禅师放生

钱塘寿禅师，本北郭税务专知官。每见鱼虾，辄买放生，以是破家。后遂盗官钱，为放生之用。事发，坐死，领赴市矣。吴越钱王使人视之，若悲惧如常人，即杀之；否，则舍之。禅师淡然无异色，乃舍之。遂出家，得法眼净。禅师应以市曹得度，故菩萨乃现市曹以度之。学出生死法，得向死地走之一遭，抵三十年修行。吾筝逐海上，去死地稍近，当于此证阿罗汉果。

僧正兼州博士

杜牧集有《敦煌郡僧正兼州学博士僧慧苑除临坛大德制词》，盖宣宗复河、湟时事也。蕃僧最贵中国紫衣师号。种世衡知青涧城，无以使此等，辄出牒补授。君子予其权，不责其专也。

卓契顺禅话

苏台定慧院净人卓契顺，不远数千里，陟岭渡海，候无恙于东坡。东坡问："将什么土物来？"顺展两手。坡云："可惜！许数千里空手来。"顺作荷担势，信步而去。

僧文荤食名

僧谓酒为"般若汤"，谓鱼为"水梭花"，鸡为"钻篱菜"，竟无所益，但自欺而已。世常笑之。人有为不义，而文之以美名者，与此何异哉！俗士自患食肉，欲结卜斋社。长老闻之，欣然曰："老僧愿与一名。"

本、秀非浮图之福

稷下之盛，胎骊山之祸。太学三万人，嘘枯吹生，亦兆党锢之冤。今吾闻本、秀二僧，皆以口耳区区奔走王公，泯泯都邑，安得而不败？殆非浮屠氏之福也。

付僧惠诚游吴中代书十二

妙总师参寥子，与予友二十余年矣。世所知独其诗文，所不知者，盖过于诗文也。独好面折人过失，然人知其无心，如虚舟之触物，盖未尝有怒者。

径山长老维琳，行峻而通，文丽而清。始，径山祖师有约，后世止以甲乙住持。予谓以适事之宜，而废祖师之约，当于山门选用有德，乃以琳嗣事。众初有不悦其人，然终不能胜悦者之多且公也。今则大定矣。

杭州圆照律师，志行苦卓，教法通洽，昼夜行道二十余年矣。无一念顷有作相。自辩才归寂，道俗皆宗之。

秀州本觉寺一长老，少盖有名进士，自文字言语悟人，至今以笔研作佛事。所与游，皆一时文人。

净慈楚明长老，自越州来。始，有旨召小本禅师住法云寺。杭人忧之，曰："本去，则净慈众散矣。"余乃以明嗣事，众不散，加多，益千余人。

苏州仲殊师利和尚，能文，善诗及歌词，皆操笔立成，不点窜一字。予曰："此僧胸中无一毫发事。"故与之游。

苏州定慧长老守钦，予初不识。比至惠州，钦使侍者卓契顺来，问予安否，且寄十诗。予题其后曰："此僧清逸绝俗，语有璀，忍之通，而诗无岛、可之寒。"予往来吴中久矣，而不识此僧，何也？

下天竺净慧禅师思义,学行甚高,综练世事。高丽非时遣僧来,予方请其事于朝,使义馆之。义日与讲佛法,词辩蜂起,夷僧莫能测。又具得其情以告。盖其才有过人者。

孤山思聪闻复师,作诗清远如画工,而雅逸可爱,放而不流。其为人称其诗。

祥符寺可久、垂云、清顺三阇黎,皆予监郡日所与往还诗友也。清介贫甚,食仅足,而衣几于不足也,然未尝有忧色。老矣,不知尚健否?

法颖沙弥,参寥子之法孙也。七八岁事师如成人。上元夜,予作乐灭慧,颖坐一夫肩上顾之。予谓曰:"出家儿亦看灯耶?"颖怵然变色,若无所容,啼呼求去,自尔不复出嬉游。今六七年矣,后当嗣参寥者。

予在惠州,有永嘉罗汉院僧惠诚来,谓曰:"明日当还浙东。"问所欲干者,予无以答之。独念吴、越多名僧,与予善者常十九。偶录此数人,以授惠诚。使归见之,致予意,且谓道予居此起居饮食状,以解其念也。信笔书纸,语无伦次,又当尚有漏落者。方醉,不能详也。绍圣二年三月二十三日,东坡居士书。

异事上

王烈石髓

王烈入山得石髓,怀之以俟稚叔夜。叔夜视之,则坚为石矣。当时若杵碎,或错磨食之,岂不贤于云母、钟乳辈哉！然神仙要有定分,不可力求。退之有言:"我宁诘曲自世间,安能从汝巢神山。"如退之性气,虽出世间,人亦不能容,况叔夜婷直又甚于退之也?

记道人问真

道人徐问真，自言潍州人。嗜酒狂肆，能啖生葱、鲜鱼，以指为针，以土为药，治病良有验。欧阳文忠公为青州，问真来从公游。久之，乃求去。闻公致仕，复来汝南。公常馆之，使伯和父兄弟为之主。公常有足疾，状少异，医莫能喻。问真教公汲引气血，自踵至顶。公用其言，病辄已。忽一日，求去甚力。公留之，不可，曰："我有罪。我与公卿游，我不复留。"公使人送之，果有冠铁冠丈夫，长八尺许，立道周俟之。问真出城，顾村童，使持药筒。行数里，童告之求去。问真于囊中出小瓢，如枣大，再三覆之掌中，得酒满掬者二，以饮童子，良酒也。自尔不复知其存亡，而童子径发狂，亦莫知其所终。轼过汝阴，公具言如此。其后，贬黄州，而黄冈县令周孝孙暴得重腿疾。轼试以问真口诀授之，七日而愈。元祐六年十一月二日，与叔弼父、季默父夜坐，话其事，事复有甚异者，不欲尽书，然问真要为异人也。

记刘梦得有诗记罗浮山

山不甚高，而夜见日，此可异也。山有二楼，今延祥寺在南楼下，朱明洞在冲虚观后，云是蓬莱第七洞天。唐永乐道士侯道华，以食邓天师枣仙去。永乐有无核枣，人不可得，道华得之。余在岐下，亦得食一枚云。唐僧契虚，遇人导游稚川仙府。真人问曰："汝绝三彭之仇乎？"虚不能答。冲虚观后有米真人朝斗坛。近于坛上获铜龙六、铜鱼一。唐有《梦铭》，云"紫阳真人山玄卿撰"。又有蔡少霞者，梦遣书牌，题云"五云阁吏蔡少霞书"。

记罗浮异境

有官吏自罗浮都虚观游长寿，中路睹见道室数十间，有道士据槛坐，见吏不起。吏大怒，使人诘之。至，则人室皆亡矣。乃知罗浮凡圣杂处，似此等异境，平生修行人有不得见者。吏何人，乃独见之？正使一凡道士见己不起，何足怒！吏无状如此，得见此者，必前缘也。

东坡升仙

吾昔谪黄州，曾子固居忧临川，死焉。人有妄传吾与子固同日化去，且云如李长吉时事，以上帝召他。时先帝亦闻其语，以问蜀人蒲宗孟，且有叹息语。今谪海南，又有传吾得道，乘小舟入海，不复返者。京师皆云。儿子书来言之。今日有从黄州来者云："太守何述言，吾在僧耳，一日忽失所在，独道服在耳。盖上宾也。"吾平生遭口语无数，盖生时与韩退之相似。吾命在斗间，而退之身宫在焉。故其诗曰："我生之辰，月宿南斗。"且曰："无善声以闻，无恶声以扬。"今诮我者，或云死，或云仙。退之之言，良非虚耳。

黄仆射

虔州布衣赖仙芝言：连州有黄损仆射者，五代时人，仆射盖仕南汉官也，未老退归。一日忽遁去，莫知其存亡，子孙画像事之。凡三十二年，复归，坐阶陛上，呼家人。其子适不在，孙出见之，索笔书壁云："一别人间岁月多，归来人事已消磨。惟有门前鉴池水，春风不改旧时波。"投笔竟去，不可留。子归，问其状貌。孙云："甚似影堂老人也。"连人相传如此。其后颇有禄仕者。

冲退处士

章誉字隐之,本闽人,迁于成都数世矣。善属文,不仕。晚用太守王素荐,赐号冲退处士。一日,梦有人寄书召之者,云东岳道士书也。明日,与李士宁游青城,濯足水中,誉谓士宁曰:"脚踏西溪流去水。"士宁答曰:"手持东岳寄来书。"誉大惊,不知其所自来也。未几,誉果死。其子祀,亦以逸民举,仕一命乃死。士宁,蓬州人也。语默不常,或以为得道者,百岁乃死。常见余成都,曰:"子甚贵,当策举首。"已而果然。

曜仙帖

司马相如谐事武帝,开西南夷之隙。及病且死,犹草《封禅书》。此所谓死而不已者耶！列仙之隐居山泽间,形容甚臞,此殆得道人也。而相如邻之,作《大人赋》,不过欲以侈言广武帝意耳。夫所谓大人者,相如蹇子,何足以知之？若贾生《鹏鸟赋》,真大人者也。庚辰八月二十二日,东坡书。

记鬼

秦太虚言:宝应民有以嫁娶会客者。酒半,客一人竟起出门。主人追之,客若醉甚,将赴水者。主人急持之。客曰:"妇人以诗招我,其辞云:'长桥直下有兰舟,破月冲烟任意游。金玉满堂何所用？争如年少去来休。'仓皇就之,不知其为水也。"然客竟亦无他。夜会说鬼,参寥举此,聊为之记。

李氏子再生说冥间事

戊寅十一月,余在僦耳,闻城西民李氏处子病卒,两日复生。

余与进士何旻同往，见其父，问死生状。云：初昏，若有人引去。至官府，幕下有言："此误追。"庭下一吏云："可且寄禁。"又一吏云："此无罪，当放还。"见犹在地窟中，隧而出入。系者皆僧人，僧居十六七。有一姬，身皆黄毛，如驴马，械而坐。处子识之，盖僧僧之室也。曰："吾坐用檀越钱物，已三易毛矣。"又一僧，亦处子邻里，死已二年矣。其家方大祥，有人持盘餐及钱数千，云："付某僧。"僧得钱，分数百遗门者，乃持饭入门去。系者皆争取其饭。僧饭所食无几。又一僧至，见者攀跪作礼。僧曰："此女可差人速送还。"送者以手攀墙壁，使过，复见一河，有舟，使登之。送者以手推舟，舟跃，处子惊而瘥。是僧岂所谓地藏菩萨耶？书此为世戒。

道士张易简

吾八岁入小学，以道士张易简为师。童子几百人，师独称吾与陈太初者。太初，眉山市井人子也。余稍长，学日益，遂第进士、制策，而太初乃为郡小吏。其后余谪居黄州，有眉山道士陆惟忠自蜀来，云："太初已尸解矣。蜀人吴师道为汉州太守，太初往客焉。正岁日，见师道，求衣食钱物，且告别。持所得尽与市人贫者，反坐于毂门下，遂卒。师道使卒异往野外焚之。卒骂曰：'何物道士，使吾正旦异死人。'太初微笑开目，曰：'不复烦汝。'步自毂门，至金雁桥下，跌坐而逝。焚之，举城人见烟焰上眇眇焉有一陈道人也。"

辨附语

世有附语者，多婢妾贱人。否则衰病，不久当死者也。其声音举止，皆类死者。又能知人密事，然皆非也。意有奇鬼能为是耶？昔人有远行者，欲观其妻于己厚薄，取金钗藏之壁中，忘以语之。既行，而病且死，以告其仆。既而不死。忽闻空中有声，真其夫也。曰："吾已死，以为不信，金钗在某处。"妻取得之，遂发丧。其后夫归，妻乃反以为鬼也。

三老语

尝有三老人相遇，或问之年。一人曰："吾年不可记，但忆少年时，与盘古有旧。"一人曰："海水变桑田时，吾辄下一筹，尔来吾筹已满十间屋。"一人曰："吾所食蟠桃，弃其核于昆仑山下，今已与昆仑齐矣。"以余观之，三子者，与蜉蝣、朝菌何以异哉！

桃花悟道

世人有见古德见桃花悟道者，争颂桃花，便将桃花作饭，五十年转没交涉。正如张长史见担夫与公主争路，而得草书之气。欲学长史书，便日就担夫求之，岂可得哉？

尔朱道士炼朱砂丹

尔朱道士晚客于眉山，故蜀人多记其事。自言："受记于师云：'汝后遇白石浮，当飞仙去。'"尔朱虽以此语人，亦莫识所谓。后去眉山，乃客于涪州，爱其所产丹砂，虽琅细，而皆矢镞状，莹彻不杂土石，遂止。炼丹数年，竟于涪州白石仙去。乃知师所言不谬。吾闻长老道其事甚多，然不记其名字，可恨也。《本草》言："丹砂出符陵谷。"陶隐居云："符陵是涪州。"今无复采者。吾闻熟于涪者云："采药者时复得之，但时方贵辰、锦砂，故此不甚采尔。"读《本草》，偶记之也。

东坡志林卷三

异事下

朱炎学禅

芝上人言：近有节度判官朱炎，学禅久之，忽于《楞严经》若有所得者。问讲僧义江曰："此身死后，此心何住？"江云："此身未死，此心何住？"炎良久以偈答曰："四大不须先后觉，六根还向用时空。难将语默呈师也，只在寻常语默中。"师可之。炎后竟坐化，真庙时人也。

故南华长老重辩师逸事

契嵩禅师常瞋，人未尝见其笑。海月慧辩师常喜，人未尝见其怒。予在钱塘，亲见二人皆跏坐而化。嵩既茶毗，火不能坏，益薪炽火，有终不坏者五。海月比葬，面如生，且微笑。乃知二人以瞋喜作佛事也。世人视身如金玉，不旋踵为粪土，至人反是。予以是知一切法，以爱故坏，以舍故常在，岂不然哉？予迁岭南，始识南华重辩长老，语终日，知其有道也。予自海岭还，则辩已寂久矣。过南华，吊其众，问塔墓所在。曰："我师昔在寿塔南华之东数里，有不悦师者，葬之别墓，既七百余日矣。今长老朗公，独奋不顾，发而归之寿塔。改棺易衣，举体如生，衣皆鲜芳。众乃大愧服。"东坡居士曰："辩视身为何物，弃之尸陀林，以饲乌鸢何有，安以寿塔为！朗公知辨者，特欲以化服同异而已。"乃以茗莫其塔，而书其事以遗其上足南华塔主可兴师。时元符三年十二月十九日。

家中弃儿吸蟾气

富彦国在青社，河北大饥，民争归之。有夫妇襁负一子，未几，迫于饥困，不能皆全，弃之道左空家中而去。岁定归乡，过此家，欲收其骨，则儿尚活，肥健愈于未弃时。见父母，匍匐来就。视家中空无有，惟有一窦滑易，如蛇鼠出入，有大蟾蜍，如车轮，气咻然出穴中。意儿在家中常呼吸此气，故能不食而健。自尔遂不食，年六七岁，肌肤如玉。其父抱儿来京师，以示小儿医张荆筐。张曰："物之有气者能蛰，燕蛇虾蟆之类是也。能蛰则能不食，不食则寿，此千岁虾蟆也。决不当与药，若听其不食不嫁，长必得道。"父喜，携去，今不知所在。张与余言，盖嘉祐六年也。

石普见奴为崇

石普好杀人，以杀为娱，未尝知暂梅也。醉中缚一奴，使其指使投之汴河，指使哀而纵之。既醒而悔，指使畏其暴，不敢以实告。居久之，普病，见奴为崇，自以必死。指使呼奴示之，崇不复出，普亦愈。

陈昱被冥吏误追

今年三月，有书吏陈昱者，暴死三日而苏。云初见壁有孔，有人自孔掷一物至地，化为人，乃其亡姊也。携其手自孔中出，曰："冥吏追汝，使我先。"见吏在旁，昏黑如夜，极望有明处，空有桥，榜曰"会明"。人皆用泥钱。桥极高，有行桥上者，姊曰："此生天也。"昱行桥下，然犹有在下者，或为乌鹊所啄。姊曰："此网捕者也。"又见一桥，曰"阳明"。人皆用纸钱。有吏坐曹十余人，以状及纸钱至者，吏辄刻除之，如抽贯然。已而见冥官，则陈襄述古也。问昱何故杀乳母，昱曰："无之。"呼乳母至。血被面，抱婴儿，熟视昱，曰："非此人也，乃门下吏陈周。"官遂放昱还，曰："路远，当给竹马。"又使诸曹检已籍。曹示之，年六十九，官左班殿直。曰："以平生不烧香，故不甚寿。"又曰："吾辈更此一报，即不同矣。"意谓当超也。昱还，道见追陈周往。既苏，周果死。

记异

有道士讲经茅山，听者数百人。中讲，有自外入者，长大肥黑，大骂曰："道士奴，天正热，聚众造妖何为？"道士起谢曰："居山养徒，资用乏，不得不尔。"骂者怒少解，曰："须钱不难，何至作此！"乃取釜灶杵臼之类，得百余斤，以少药锻之，皆为银，乃去。后数年，道士复见此人，从一老道士，须发如雪，骑白骡。此人腰插一骡鞭，从其后。道士遥望叩头，欲从之。此人指老道士，且摇手作惊畏状，去如飞，少顷即不见。

猪母佛

眉州青神县道侧有一小佛屋，俗谓之猪母佛。云百年前有牝猪伏于此，化为泉，有二鲤鱼在泉中，云盖猪龙也。蜀人谓牝猪为母，而立佛堂其上，故以名之。泉出石上，深不及二尺，大旱不竭，而二鲤莫有见者。余一日偶见之，以告妻兄王愿。愿深疑，意余之诞也。余亦不平其见疑，因与愿祷于泉上曰："余若不诞者，鱼当复见。"已而二鲤复出，愿大惊，再拜谢罪而去。此地应为灵异。青神文及者，以父病求医，夜过其侧。有髻而负琴者邀至室，及辞以父病，不可留。而其人苦留之，欲晓，乃遣去。行未数里，见道傍有劫贼所杀人，赫然未冷也。否则，及亦未免耳。泉在石佛镇南五里许，青神二十五里。

王翊梦鹿剖桃核而得雄黄

黄州岐亭有王翊者，家富而好善。梦于水边，见一人为人所殴伤，几死，见翊而号，翊数之得免。明日，偶至水边，见一鹿为猎人所得，已中几枪。翊发悟，以数千赎之。鹿随翊起居，未尝一步舍翊。又翊所居后有茂林果木。一日，有村妇林中见一桃，过熟而绝大，独在木杪，乃取而食之。翊适见，大惊。妇人食已，弃其核。翊取而剖之，得雄黄一块，如桃仁，乃嚼而吞之，甚甘美。自是断荤肉，斋居一食，不复杀生，亦可谓异事也。

徐则不传晋王广道

东海徐则，隐居天台，绝粒养性。太极真人徐君降之，曰："汝年出八十，当为王者师，然后得道。"晋王广闻其名，往召之。则谓门人曰："吾年八十来召我，徐君之言信矣。"遂诣扬州。王请受道法，辞以时日不利。后数日而死，支体如生。道路皆见其徒步归，云："得放还山。"至旧居，取经书分遗弟子，乃去。既而丧至。予以谓徐生高世之人，义不为杨帝所污，故辞不肯传其道而死。徐君之言，盖聊以避祸，岂所谓危行言逊者耶？不然，杨帝之行，鬼所唾也，而太极真人肯置之齿牙哉！

先夫人不许发藏

昔吾先君夫人僦宅于眉，为纱縠行。一日，二婢子悬帛，足陷于地。视之，深数尺，有大瓮，覆以乌木板。先夫人急命以土塞之，瓮有物，如人咳声，凡一年乃已。人以为此有宿藏物，欲出也。夫人之任之问者闻之，欲发焉。会吾迁居，之问遂僦此宅，掘丈余，不见瓮所在。其后某官于岐下，所居大柳下，雪，方尺不积雪；晴，地坎起数寸。铳疑是古人藏丹药处，欲发之。亡妻崇德君曰："使吾先姑在，必不发也。"铳愧而止。

太白山旧封公爵

吾昔为扶风从事，岁大旱，问父老境内可祷者。云："太白山至灵，自昔有祷无不应。近岁向传师少师为守，奏封山神为济民侯，自此祷不验，亦莫测其故。"吾方思之，偶取《唐会要》看，云："天宝十四年，方士上言，太白山金星洞有宝符灵药，遣使取之而获，诏封山神为灵应公。"吾然后知神之所以不悦者。即告太守，遣使祷之，若应，当奏乞复公爵，且以瓶取水归郡。水未至，风雾相缠，旗幡飞舞，仿佛若有所见。遂大雨三日，岁大熟。吾作奏检具言其状，诏封明应公。吾复为文记之，且修其庙。祀之日，有白鼠长尺余，历酒馔上，嗅而不食。父老云："龙也。"是岁嘉祐七年。

记范蜀公遗事

李方叔言：范蜀公将薨数日，须发皆变苍，郁然如画也。公平生虚心养气，数尽神往而血气不衰，故发于外耶？然范氏多四乳，固与人异。公又立德如此，其化也必不与万物同尽，盖有不可知者也。元符四年四月五日。

记张憨子

黄州故县张憨子,行止如狂人,见人辄骂云"放火贼"。稍知书,见纸辄书郑谷《雪》诗。人使力作,终日不辞。时从人乞,予之钱,不受。冬夏一布褐,三十年不易,然近之不觉有垢秽气。其实如此。至于士人所言,则有甚异者,盖不可知也。

记女仙

予顷在都下,有传太白诗者,其略曰:"朝披梦泽云。"又云："笠钓青茫茫。"此非世人语也。盖有见太白在肆中而得此诗者。神仙之道,真不可以意度。绍圣元年九月过广州,访崇道大师何德顺。有神仙降于其室,自言女仙也。赋诗立成,有超逸绝尘语。或以其托于箕帚,如世所谓紫姑神者疑之。然味其言,非紫姑所能。至人有入狱鬼,群鸟兽者,托于箕帚,岂足怪哉！崇道好事喜客,多与贤士大夫为游,其必有以致之也哉?

池鱼踊起

眉州人任达为余言,少时见人家畜数百鱼深池中,沿池砖砌,四周皆屋舍,环绕方丈间。凡三十余年,日加长。一日,天晴无雷,池中忽发大声,如风雨,鱼皆踊起,羊角而上,不知所往。达云:"旧说,不以神守,则为蛟龙所取,此殆是尔!"余以为蛟龙必因风雨,疑此鱼圈局三十余年,日有腾拔之念。精神不衰,久而自达,理自然尔。

孙朴见异人

眉之彭山进士宋筹者,与故参知政事孙朴梦得同赴举。至华阴，大雪。天未明，过华山。下有牌楼云"毛女峰"者，见一老妪坐楼下，鬓如雪而无寒色。时道上未有行者，不知其所从来，雪中亦无足迹。孙与宋相去数百步，宋先过之，亦怪其异，而莫之顾。孙独留连与语，有数百钱挂鞍，尽予之。既追及宋，道其事。宋悔，复还求之，已无所见。是岁，孙第三人及第，而宋老死无成。此事蜀人多知之者。

修身历

子由言，有一人死而复生，问冥官："如何修身可以免罪？"答曰："子宜置一卷历，昼日之所为，莫夜必记之。但不记者，是不可言、不可作也。"无事静坐，便觉一日似两日，若能处置此生常似今日，得至七十，便是百四十岁。人世间何药可能有此效！既无反恶，又省药钱。此方人人收得，但苦无好汤使，多咽不下。晁无咎言："司马温公有言：'吾无过人者。但平生所为，未尝有不可对人言者耳。'"予亦记前辈有诗曰："怕人知事莫萌心。"皆至言，可终身守之。

技术

医生

近世医官仇鼎疗痈肿为当时第一，鼎死，未有继者。今张君宜所能，殆不减鼎。然鼎性行不甚纯淑，世或畏之。今张君用心平和，专以救人为事，殆过于鼎远矣。元丰七年四月七日。

论医和语

男子之生也覆，女子之生也仰。其死于水也亦然。男子内阳而外阴，女子反是。故《易》曰："坤至柔而动也刚。"《书》曰："沉潜刚克。"世之达者，盖如此也。秦医和曰："天有六气，淫为六疾。阳淫热疾，阴淫寒疾，风淫末疾，雨淫腹疾，晦淫惑疾，明淫心疾。夫女，阳物而晦时，故淫则为内热蛊惑之疾。"女为蛊惑，世之知者众。其为阳物而内热，虽良医未之言也。五劳七伤，皆热中而蒸，晦淫者不为蛊则中风，皆热之所生也。医和之语，吾当表而出之。读《左氏》，书此。

记与欧公语

欧阳文忠公尝言，有患疾者，医问其得疾之由，曰："乘船遇风，惊而得之。"医取多年舵牙为舵工手汗所渍处，刮末，杂丹砂、茯神之流，饮之而愈。今《本草注·别药性论》云："止汗用麻黄根、节及故竹扇，为末服之。"文忠因言："医以意用药，多此比。初似儿戏，然或有验，殆未易致诘也。"予因谓公："以笔墨烧灰饮学者，当治昏惰耶？推此而广之，则饮伯夷之盥水，可以疗贪；食比干之馂余，可以已佞；舐樊哙之盾，可以治怯；嗅西子之珥，可以疗恶疾矣。"公遂大笑。元祐六年闰八月十七日，舟行入颍州界。坐念二十年前见文忠公于此，偶记一时谈笑之语，聊复识之。

参寥求医

庞安常为医，不志于利，得善书古画，喜辄不自胜。九江胡道士颇得其术，与予用药，无以酬之，为作行草数纸而已。且告之曰："此安常故事，不可废也。"参寥子病，求医于胡，自度无钱，且不善书画，求予甚急。予戏之曰："子篆、可、皎、彻之徒，何不下转语作两首诗乎？庞、胡二君与吾辈游，不日索我于枯鱼之肆矣。"

王元龙治大风方

王旁元龙言，钱子飞有治大风方，极验，常以施人。一日，梦人自云："天使已以此病人。君违天怒，若施不已，君当得此病，药不能愈。"子飞惧，遂不施。仆以为天之所病，不可疗耶？则药不应服有效。药有效者，则是天不能病。当是病之崇，畏是药，而假天以禁人耳。晋侯之病，为二竖子。李子豫赤丸，亦先见于梦。盖有或使之者。子飞不察，为鬼所胁。若余则不然。苟病者得愈，愿代受其苦。家有一方，能下腹中秽恶。在黄州试之，病良已，今后当常以施人。

延年术

自省事以来，闻世所谓道人有延年之术者，如赵抱一、徐登、张元梦，皆近百岁，然竟死，与常人无异。及来黄州，闻浮光有朱元经尤异，公卿尊师之者甚众，然卒亦病死。死时中风搐搦。但实能黄白，有余药，药、金皆入官。不知世果无异人耶？抑有而人不见，此等举非耶？不知古所记异人虚实，无乃与此等不大相远，而好事者缘饰之耶？

单骧孙兆

蜀人单骧者，举进士不第，顾以医闻。其术虽本于《难经》《素问》，而别出新意，往往巧发奇中，然未能十全也。仁宗皇帝不豫，诏孙兆与骧入侍，有间，赏赉不赀。已而大渐，二子皆坐诛，赖皇太后仁圣，察其非罪，坐废数年。今骧为朝官，而兆已死矣。予来黄州，邻邑人庞安常者，亦以医闻。其术大类骧，而加之以针术绝妙。然患聋，自不能愈，而愈人之病如神。此古人所以寄论于目睫也耶？骧、安常皆不以赙谢为急，又颇博物通古今，此所以过人也。元丰五年三月，予偶患左手肿，安常一针而愈。聊为记之。

僧相欧阳公

欧阳文忠公尝语："少时有僧相我：耳白于面，名满天下；唇不著齿，无事得谤。其言颇验。"耳白于面，则众所共见。唇不著齿，余亦不敢问公，不知其何如也。

记真君签

冲妙先生季君思聪所制观妙法象。居士以忧患之余，稽首洗心，归命真寂。自惟尘缘深重，恐此志未遂，敢以签卜。得吴真君第三签，云："平生常无患，见善其何乐。执心既坚固，见善勤修学。"敬再拜受教，书《庄子·养生》一篇，致自厉之意，不敢废坠，真圣验之！绍圣元年八月二十一日，东坡居士南迁过虔，与王岩翁同谒祥符官，拜九天使者堂下，观之妙象，实同此言。

信道智法说

东坡居士迁于海南，忧患之余，戊寅九月晦，游天庆观，谒北极真圣，探灵签，以决余生之祸福吉凶。其辞曰："道以信为合，法以智为先。二者不离析，寿命不得延。"览之悚然，若有所得。书而藏之，以无忘信道、法智二者不相离之意。钦恭书古之真人，未有不以信人者。子思则曰："自诚明谓之性。"此之谓也。孟子曰：

"执中无权，犹执一也。"法而不智，则天下之死法也。道不患不知，患不疑；法不患不立，患不活。以信合道则道凝，以智先法则法活。道凝而法活，虽度世可也，况延寿乎？

记筮卦

戊寅十月五日，以久不得子由书，忧不去心。以《周易》筮之，遇《涣》之内三爻。初六变《中孚》，其辞曰："用拯马壮，吉。"《中孚》之九二变为《益》，其辞曰："鸣鹤在阴，其子和之。我有好爵，吾与尔靡之。"《益》之六三变为《家人》，其辞曰："益之，用凶事，无咎。有孚中行，告公用圭。"《家人》之辞曰："《家人》，利女贞。"《象》曰："风自火出，家人。君子以言有物而行有常也。"吾考此卦极精详，口以授过，又书而藏之。

费孝先卦影

至和二年，成都人有费孝先者，始来眉山。云近游青城山，访老人村，坏其一竹床。孝先谢不敏，且欲偿其直。老人笑曰："子视其下字。云：此床以某年月日某造，至某年月日为费孝先所坏。成坏自有数，子何以偿为？"孝先知其异，乃留，师事之。老人授以《易》轨革卦影之术，前此未知有此学者。后五六年，孝先名闻天下，王公大人皆不远千里，以金钱求其卦影，孝先以致富。今死矣，然四方治其学者，所在而有，皆自托于孝先，真伪不可知也。聊复记之，使后人知卦影之所自也。

记天心正法咒

王君善书符，行天心正法，为里人疗疾驱邪。仆尝传此咒法，当以传王君。其辞曰："汝是已死我，我是未死汝。汝若不吾崇，吾亦不汝苦。"

辨五星聚东井

天上失星，崔浩乃云："当出东井。"已而果然。所谓"亿则屡中"者耶？汉十月，五星聚东井。金，水尝附日不远，而十月，日在箕，尾。此浩所以疑其妄。以余度之，十月为正，盖十月乃今之八月尔。八月而得七月节，则日犹在翼，稳间，则金，水聚于井，亦不甚远。方是时，沛公未得天下，甘，石何意谄之？浩之说，未足信也。

四民

论贫士

俗传书生入官库，见钱不识。或怪而问之，生曰："固知其为钱，但怪其不在纸裹中耳。"予偶读渊明《归去来辞》云："幼稚盈室，瓶无储粟。"乃知俗传信而有征。使瓶有储粟，亦甚微矣。此翁平生，只于瓶中见粟也耶？《马后纪》，夫人见大练以为异物，晋惠帝问饥民何不食肉糜。细思之，皆一理也。聊为好事者一笑。永叔常言："孟郊诗'鬓边虽有丝，不堪织寒衣'，纵使堪织，能得多少？"

梁贾说

梁民有贾于南者，七年而后返。茹杏实，海藻，呼吸山川之秀，饮泉之香，食土之洁，泠泠风气，如在其左右。朔易弦化，磨去风瘤，望之蝤蛴然，盖项领也。倦游以归，顾视形影，日有德色。偱徉旧都，踟蹰顾乎四邻，意都之人与邻之人，十九莫已若也。入其闱,登其堂,视其妻,反惊以走："是何怪耶?"妻劳之,则曰:"何关于汝!"馈之浆,则愠不饮;举案而饲之,则愠不食。与之语,则向墙而歔欷;披巾栉而视之,则睡而不顾。谓其妻曰："若何足以当我,亟去之!"妻俯而作,仰而叹,曰："闻之:居富贵者,不易糟糠,有姬姜者,不弃憔悴。子以无瘿归,我以有瘿逐。呜呼!瘿邪,非妾妇之罪也!"妻竟出。于是贾归家。三年,乡之人憎其行,不与婚。而土地风气,蒸变其毛脉,嘬拔饮水,动摇其肌肤,前之丑稍稍复故。于是还其室,敬相待如初。君子谓是行也,知贾之薄于礼义多矣。居士曰:贫易主,贵易交,不常其所守,兹名教之罪人,而不知学术者,蹈而不知耻也。交战乎利害之场,而相胜于是非之境,往往以忠臣为敌国,孝子为格虏,前后纷纭,何独梁贾哉!

梁工说

梁工治丹灶有日矣。或有自三峰来,持淮南王书,欲授枕中奇秘坎离生养之法,阴阳九六之数,子女南北之位,或黄或白,生生而不穷。以是强兵,以是绪余,以博施济众。而其始也,密室为场,空地为炉,外烧山木之上煮天一,坏父鼎母,养以既济,风火细缊,而瓦砾化生。方士未毕其说,工悦之,然以为尽之矣。退试其术,逾月破灶,而黄金已芽矣。于是谢方士。方士曰："子得予之方,未得究其良,知其一不知其二。余弗遽利于子,后日不成,不以相仇,则子之惠也。"工重谢之,曰："若之术弹于是矣! 予固知之矣,岂若愚我者哉!"遂歌《骊驹》以遣送之。束书在于腰,长揖而去。工日治其诀,更增益剂量。其贪婪无厌,童东山之木,汲西江之水。夜火属月魄,昼火属日光。操之弥勤,而其术愈疏;为之不已,而其费滋甚。牛马销于铅汞,室庐尽于钳锤。券土田,质妻子,萧条檠缕,而其效不进。至老以死,终不悟。君子曰:术之不慎,学之不至者然也,非师之罪也。居士曰:朽墙画墁,天下之贱工,而莫不有师。问之不下,思之不熟,与无师同。其师之不至,朽墙画墁之不若也。不至,则欺其中,亦以欺其外。欺其中者己穷,欺外者人穷。如梁工,盖自穷,亦安能穷人哉!

女妾

贾氏五不可

晋武帝欲为太子娶妇,卫瓘曰:"贾氏有五不可,青、黑、短、妒而无子。"竟为群臣所誉,娶之,竟以亡晋。妇人黑白美恶,人人知之,而爱其子,欲为娶妇,且使多子者,人人同也。然至其惑于众口,则颠倒错缪如此。俚语曰:"证龟成鳖。"此未足怪也。以此观之,当云"证龟为蛇"。小人之移人也,使龟蛇易位,而况邪正之在其心,利害之在岁月后者耶?

贾婆婆荐昌朝

温成皇后乳母贾氏,宫中谓之"贾婆婆"。贾昌朝连结之,谓之"姑姑"。台谏论其奸,吴春卿欲得其实而不可。近侍有进对者曰:"近日台谏言事,虚实相半,如贾姑姑事,岂有是哉?"上默然久之,曰:"贾氏实曾荐昌朝。"非吾仁宗盛德,岂肯以实语臣下耶!

石崇家婢

王敦至石崇家,如厕,脱故著新,意色不作。厕中婢曰:"此客必能作贼也。"此婢能知人,而崇乃令执事厕中,殆是无所知也。

贼盗

盗不劫幸秀才酒

幸思顺，金陵老儒也。皇祐中，沽酒江州，人无贤愚皆喜之。时劫江贼方炽，有一官人般舟酒步下，偶与思顺往来相善，思顺以酒十壶饷之。已而被劫于蕲、黄间。群盗饮此酒，惊曰："此幸秀才酒邪？"官人识其意，即给曰："仆与幸秀才亲旧。"贼相顾，叹曰："吾侪何为劫幸老所亲哉？"敛所劫还之，且戒曰："见幸慎勿言。"思顺年七十二，日行二百里，盛夏曝日中不渴，盖尝啖物而不饮水云。

梁上君子

近日颇多贼，两夜皆来入吾室。吾近护魏王葬，得数千缗，略已散去。此梁上君子，当是不知耳。

夷狄

曹玮语王鬷元昊为中国患

天圣中，曹玮以节镇定州。王鬷为三司副使，疏决河北囚徒。至定州，玮谓鬷曰："君相甚贵，当为枢密使。然吾昔为秦州，闻德明岁使人以羊马贸易于边，课所获多少为赏罚。时将以此杀人。其子元昊年十三，谏曰：'吾本以羊马为国，今反以资中原，所得皆茶彩轻浮之物，适足以骄惰吾民。今又欲以此戮人，茶彩日增，羊马日减，吾国其削乎？'乃止不戮。吾闻而异之，使人图其形，信奇伟。若德明死，此子必为中国患，其当君之为枢密时乎？盖自今学兵讲边事!"殿虽受教,盖亦未必信也。其后,殿与张观,陈执中在枢府,元昊反,杨义上书论士兵事。上问三人,皆不知,遂皆罢之。殿之孙为子由婿,故知之。

高丽

昨日见泗倅陈敦固道,言:"胡孙作人状,折旋俯仰中度。细观之,其相侮慢也甚矣。人言'弄胡孙',不知为胡孙所弄。"其言颇有理,故为记之。又见淮东提举黄实言:"见奉使高丽人言,所致赠作有假金银锭,夷人皆拆坏,使露胎素。使者甚不乐。夷云:'非敢慢也,恐北敌有觇者,以为真尔。'"由此观之,高丽所得吾赐物,北敌盖分之矣。而或者不察,谓北敌不知高丽朝我,或以为异时可使牵制北敌,岂不误哉? 今日又见三佛齐朝贡者过泗州,官吏妓乐,纷然郊外;而椎髻兽面,唯卧船中。遂记"胡孙弄人"语,良有理。故并记之。

高丽公案

元祐五年二月十七日,见王伯虎炳之。言:"昔为枢密院礼房检详文字,见高丽公案。始因张诚一使契丹,于敌帐中,见高丽人私语本国主向慕中国之意。归而奏之,先帝始有招徕之意。枢密使李公弼因而迎合,亲书刘子,乞招致。遂命发运使崔极遣商人招之。"天下知非极,而不知罪公弼。如诚一,盖不足道也。

东坡志林卷四

古迹

铁墓厄台

余旧过陈州,留七十余日,近城可游观者无不至。柳湖旁有丘,俗谓之"铁墓",云陈胡公墓也。城濠水往啮其趾,见有铁锢之。又有台曰"厄台",云孔子厄于陈、蔡所居者。其说荒唐不可信。或曰:东汉陈愍王宠散弩台,以控扼黄巾者。此说为近之。

黄州隋永安郡

昨日读《隋书·地理志》,黄州乃永安郡。今黄州都十五里许有永安城,而俗谓之"女王城",其说甚鄙野。而《图经》以为春申君故城,亦非是。春申君所都乃故吴国,今无锡惠山上有春申庙,庶几是乎?

汉讲堂

汉时讲堂今犹在,画固僵然。丹青之古,无复前此。

记樊山

自余所居临皋亭下,乱流而西,泊于樊山,为樊口。或曰"熢山",岁旱熢之,起龙致雨。或曰樊氏居之。不知孰是。其上为卢洲，孙仲谋泛江，遇大风，舵师请所之。仲谋欲往卢洲，其仆谷利以刀拟舵师，使泊樊口。遂自樊口諸山通路归武昌，今犹谓之"吴王岘"。有洞穴，土紫色，可以磨镜。循山而南，至寒溪寺。上有曲山，山顶即位坛、九曲亭，皆孙氏遗迹。西山寺，泉水白而甘，名"菩萨泉"。泉所出石，如人垂手也。山下有陶母庙。陶公治武昌，既病登舟，而死于樊口。寻绎故迹，使人凄然。仲谋猎于樊口，得一豹，见老母，曰："何不速其尾？"忽然不见。今山中有圣母庙。予十五年前过之，见彼板仿佛有"得一豹"三字，今亡矣。

赤壁洞穴

黄州守居之数百步为赤壁，或言即周瑜破曹公处，不知果是否？断崖壁立，江水深碧，二鹊巢其上，有二蛇，或见之。遇风浪静，辄乘小舟至其下。舍舟登岸，入徐公洞。非有洞穴也，但山崦深邃耳。《图经》云是徐邈，不知何时人，非魏之徐邈也。岸多细石，往往有温莹如玉者，深浅红黄之色，或细纹，如人手指螺纹也。既数游，得二百七十枚，大者如枣栗，小者如芡实。又得一古铜盆盛之，注水粲然。有一枚如虎豹首，有口、鼻、眼处，以为群石之长。

玉石

辨真玉

今世真玉甚少。虽金铁不可近，须沙碾而后成者，世以为真玉矣。然犹未也，特珉之精者。真玉须定州磁芒所不能伤者，乃是云。问后苑老玉工，亦莫知其信否。

红丝石

唐彦猷以青州红丝石为甲，或云惟堪作骰盆，盖亦不见佳者。今观雪庵所藏，乃知前人不妄许尔。

井河

筒井用水鞴法

蜀去海远，取盐于井。陵州井最古，淯井，富顺盐亦久矣。惟邛州蒲江县井，乃祥符中民王鸾所开，利入至厚。自庆历、皇祐以来，蜀始创"筒井"，用圆刃凿如碗大，深者数十丈，以巨竹去节，牝牡相衔为井，以隔横入淡水，则咸泉自上。又以竹之差小者出入井中为桶，无底而窍其上，悬熟皮数寸，出入水中，气自呼吸而启闭之，一筒致水数斗。凡筒井皆用机械。利之所在，人无不知。《后汉书》有"水鞴"，此法惟蜀中铁冶用之，大略似盐井取水筒。太子贤不识，妄以意解，非也。

汴河斗门

数年前，朝廷作汴河斗门以淤田。议者皆以为不可，竞为之，然卒亦无功。方樊山水盛时，放斗门，则河田、坟墓、庐舍皆被害。及秋深水退而放，则淤不能厚，谓之"蒸饼淤"。朝廷亦庆之而罢。偶读白居易《甲乙判》，有云："得转运使以汴河水浅不通运，请筑塞两河斗门。节度使以当管营田悉在河次，在斗门筑塞，无以供军。"乃知唐时汴河两岸，皆有营田。斗门若运水不乏，即可沃灌。古有之而今不能，何也？当更问知者。

卜居

太行卜居

柳仲举自共城来,持大官米作饭食我。且言百泉之奇胜,劝我卜邻。此心飘然,已在太行之麓矣。元祐三年九月七日,东坡居士书。

范蜀公呼我卜邻

范蜀公呼我卜邻许下。许下多公卿,而我蓑衣箬笠,放荡于东坡之上,岂复能事公卿哉！若人久放浪,不觉有病,忽然持养,百病皆作。如州县久不治,因循苟简,亦日无事。忽遇能吏,百弊纷然,非数月不能清净也。要且坚忍不退,所谓一劳永逸也。

合江楼下戏

合江楼下,秋碧浮空,光摇几席之上,而有茅店庐屋七八间,横斜砌下。今岁大水再至,居人散避不暇。岂无寸土可迁,而乃眷眷不去,常为人眼中沙乎？绍圣二年九月五日。

名西阁

元丰七年冬至,过山阳,登西阁,时景繁出巡未归。轼方乞归常州,得请,春中方当复过此。故有阁欲名,思之未有佳者。蔡漠、廊,名父子也①,晋、宋间第一流。辄以仰公家,不知可否?

①蔡漠,廊,名父子也：据《宋书》卷五七、《南史》卷二九,廊乃漠之曾孙,此处记述有误。

亭堂

临皋闲题

临皋亭下八十数步，便是大江，其半是峨嵋雪水，吾饮食沐浴皆取焉，何必归乡哉！江山风月，本无常主，闲者便是主人。闻范子丰新第园池，与此孰胜？所以不如君子，上无两税及助役钱尔。

名容安亭

陶靖节云："倚南窗以寄傲，审容膝之易安。"故常欲作小轩，以"容安"名之。

陈氏草堂

慈湖陈氏草堂，瀑流出两山间，落于堂后。如悬布崩雪，如风中絮，如群鹤舞。参寥子问主人，乞此地养老。主人许之。东坡居士投名，作供养主。龙丘子欲作库头，参寥不纳，云："待汝一口吸尽此水，令汝作。"

雪堂问潘邠老

苏子得废园于东坡之胁，筑而垣之，作堂焉，号其正曰"雪堂"。堂以大雪中为，因绘雪于四壁之间，无容隙也。起居偃仰，环顾睥睨，无非雪者。苏子居之，真得其所居者也。

苏子隐几而昼瞑，栩栩然若有所适而方兴也。未觉，为物触而瘏。其适未厌也，若有失焉。以掌抵目，以足就履，曳于堂下。客有至而问者曰："子世之散人耶？拘人耶？散人也而未能，拘人也而嗜欲深。今似系马止也，有得乎？而有失乎？"苏子心若省而口未尝言，徐思其应，揖而进之堂上。

客曰："嘻！是矣，子之欲为散人而未得者也。予今告子以散人之道。夫禹之行水，庖丁之提刀，避众碍而散其智者也。是故以至柔驰至刚，故石有时以泐；以至刚遇至柔，故未尝见全牛也。予能散也，物固不能缚；不能散也，物固不能释。子有惠矣，用之于内可也。今也如蝈之在囊，而时动其脊胁，见于外者，不特一毛二毛而已。风不可搏，影不可捕，童子知之。名之于人，犹风之与影也，子独留之。故愚者视而惊，智者起而轧，吾固怪子为今日之晚也。子之遇我，幸矣！吾今邀子为藩外之游，可乎？"

苏子曰："予之于此，自以为藩外久矣，子又将安之乎？"

客曰："甚矣，子之难晓也！夫势利不足以为藩也，名誉不足以为藩也，阴阳不足以为藩也，人道不足以为藩也。所以藩子者，特智也尔。智存诸内，发而为言，则言有谓也，形而为行，则行有谓也。使子欲嘿不欲嘿，欲息不欲息，如醉者之惹言，如狂者之妄行，虽掩其口执其臂，犹且喑呜踢蹬之不已，则藩之于人，抑又固矣。人之为患以有身，身之为患以有心。是圜之构堂，将以侠子之身也？是堂之绘雪，将以侠子之心也？身待堂而安，则形固不能释；心以雪而警，则神固不能凝。子之知既焚而烦矣，烦又复然，则是堂之作也，非徒无益，而又重子蔽蒙也。子见雪之白乎？则恍然而目眩。子见雪之寒乎？则悚然而毛起。五官之为害，惟目为甚，故圣人不为。雪乎雪乎，吾见子知为目也。子其殆矣！"

客又举杖而指诸壁，曰："此凹也，此凸也。方雪之杂下也，均矣。厉风过焉，则凹者留而凸者散，天岂私于凹凸哉，势使然也。势之所在，天且不能违，而况于人乎？子之居此，虽远人也，而圜有是堂，堂有是名，实碍人耳。不犹雪之在凹者乎？"

苏子曰："予之所为，适然而已，岂有心哉！殆也，奈何？"客曰："子之适然也。适有雨，则将绘以雨乎？适有风，则将绘以风乎？雨不可绘也，观云气之汹涌，则使子有怒心。风不可绘也，见草木之披靡，则使子有惧意。睹是雪也，子之内亦不能无动矣。苟有动焉，丹青之有靡丽，水雪之有水石，一也。德有心，心有眼，物之所袭，岂有异哉！"

苏子曰："子之所言是也，敢不闻命。然未尽也，予不能默。此正如与人讼者，其理虽已屈，犹未能绝辞者也。子以为登春台与入雪堂有以异乎？以雪观春，则雪为静；以台观堂，则堂为静。静则得，动则失。黄帝，古之神也。游乎赤水之北，登乎昆仑之丘，南望而还，遗其玄珠焉。游以适意也，望以寓情也。意适于游，情寓于望，则意畅情出而忘其本矣。虽有良贵，岂得而宝哉！是以不免有遗珠之失也。虽然，意不久留，情不再至，必复其初而已矣，是又惊其遗而索之也。余之此堂，追其远者近之，收其近者内之，求之眉睫之间，是有八荒之趣。人而有知也，升是堂者，将见其不遐而僈，不寒而栗。凄凛其肌肤，洗涤其烦郁，既无灸手之讥，又免饮冰之疾。彼其越趋利害之途，猖狂忧患之域者，何异探汤执热之侯濯乎？子之所言者，上也。余之所言者，下也。我将能为子之所为，而子不能为我之为矣。譬之厌膏粱者，与之糟糠，则必有怨词；衣文绣者，被之以皮弁，则必有愧色。子之于道，膏粱文绣之谓也，得其上者耳。我以子为师，子以我为资，犹人之于衣食，缺一不可。将其与子游，今日之事姑置之，以待后论。予且为子作歌以道之。"

歌曰：

雪堂之前后兮，春草齐。雪堂之左右兮，斜径微。雪堂之上兮，有硕人之颀颀。考槃于此兮，芒鞋而葛衣。挹清泉兮，抱瓮而忘其机。负頍簪兮，行歌而采薇。吾不知五十九年之非而今日之是，又不知五十九年之是而今日之非。吾不知天地之大也，寒暑之变。悟昔日之瘝，而今日之肥。感子之言兮，始也抑吾之纵而鞭吾之口，终也释吾之缚而脱吾之靮。是堂之作也，吾非取雪之势而取雪之意，吾非逃世之事而逃世之机。吾不知雪之为可观赏，吾不知世之为可依违。

性之便，意之适，不在于他，在于群息已动，大明既升，吾方辗转，一观晓隙之尘飞。子不弃兮，我其子归。

客忻然而笑，唯然而出，苏子随之。客顾而额之曰："有若人哉！"

人物

尧舜之事

夫学者载籍极博，尤考信于六艺。《诗》《书》虽缺，然虞、夏之文可知也。尧将逊位让于虞舜，舜、禹之间，岳牧咸荐，乃试之于位。典职数十年，功用既兴，然后授政。示天下重器，王者大统，传天下若斯之难也。而说者曰尧让天下于许由，由不受，耻之逃隐。及夏之时，有卞随、务光者，此何以称焉？东坡先生曰：士有以箪食豆羹见于色者，自吾观之，亦不信也。

论汉高祖羹颉侯事

高祖微时，尝避事，时时与宾客过其丘嫂食。嫂厌叔与客来，阳为羹尽轑釜，客以故去。已而视其釜中有羹，由是怨嫂。及立齐、代王，而伯子独不侯。太上皇以为言。高祖曰："非敢忘之也，为其母不长者。"封其子信为羹颉侯。高祖号为大度不记人过者，然不置镬釜之怨，独不畏太上皇缘此记分杯之语乎？

武帝踞厕见卫青

汉武帝无道，无足观者。惟踞厕见卫青，不冠不见汲长孺，为可佳耳。若青才奴，雅宜舐痔，踞厕见之，正其宜也。

元帝诏与《论语》《孝经》小异

楚孝王嚣疾，成帝诏云："夫子所痛，'葬之，命矣夫'！"东平王不得于太后，元帝诏曰："诸侯在位不骄，然后富贵离其身，而社稷可保。"皆与今《论语》《孝经》小异。"离"，附离也。今作"不离于身"，疑为俗儒所增也。

跋李主词

"三十余年家国，数千里地山河。几曾惯干戈！一旦归为臣虏，沈腰潘鬓消磨。最是仓皇辞庙日，教坊犹奏别离歌。挥泪对宫娥。"后主既为樊若水所卖，举国与人，故当恸哭于九庙之外，谢其民而后行，顾乃挥泪宫娥，听教坊离曲！

真宗仁宗之信任

真宗时，或荐梅询可用者。上曰："李沆尝言其非君子。"时沆之没，盖二十余年矣。欧阳文忠公尝问苏子容曰："宰相没二十年，能使人主追信其言，以何道？"子容言："独以无心故尔。"钦因赞其语，且言："陈执中，俗吏耳，持至公，犹能取信主上，况如李公之才识而济之无心耶？"时元祐三年兴龙节，赐宴尚书省，论此。是日又见王巩,云其父仲仪言:"陈执中罢相,仁宗问:'谁可代卿者?'执中举吴育。上即召赴阙。会乾元节侍宴偶醉,坐睡,忽惊顾拜床,呼其从者。上愕然,即除西京留台。"以此观之,执中虽俗吏,亦可贤也。育之不相,命矣夫！然晚节有心疾,亦难大用,仁宗非弃材之主也。

孔子诛少正卯

孔子为鲁司寇,七日而诛少正卯。或以为太速。此叟盖自知其头方命薄,必不久在相位,故汲汲及其未去发之。使更迟疑两三日,已为少正卯所图矣。

戏书颜回事

颜回箪食瓢饮,其为造物者费亦省矣,然且不免于天折。使回更吃得两箪食半瓢饮,当更不活得二十九岁。然造物者辄支盗跖两日禄料,足为回七十年粮矣,但恐回不要耳。

辨荀卿言"青出于蓝"

荀卿云:"青出于蓝,而青于蓝;冰生于水,而寒于水。"世之言弟子胜师者,辄以此为口实。此无异梦中语。青,即蓝也。冰,即水也。酿米为酒,杀羊烹以为膳羞,曰"酒甘于米,膳羞美于羊",虽儿童必笑之。而荀卿以是为辨,信其醉梦颠倒之言。以至论人之性,皆此类也。

颜蠋巧于安贫

颜蠋与齐王游,食必太牢,出必乘车,妻子衣服丽都。蠋辞去,曰:"玉生于山,制则破焉,非不宝贵也,然而太璞不完。士生于鄙野,推选则禄焉,非不尊遂也,然而形神不全。蝜愿得归,晚食以当肉,安步以当车,无罪以当贵,清静贞正以自娱。"嗟乎！战国之士,未有如鲁连,颜蝜之贤者也,然而未闻道也。晚食以当肉,安步以当车,是犹有意于肉于车也。晚食自美,安步自适,取其美与适足矣,何以当肉与车为哉？虽然,蝜可谓巧于居贫者也。未饥而食,虽八珍犹草木也。使草木如八珍,惟晚食为然。蝜固巧矣,然非我之久于贫,不能知蝜之巧也。

张仪欺楚商於地

张仪欺楚王以商於之地六百里。既而曰:"臣有奉邑六里。"此与儿戏无异。天下无不疾张子之诈,而笑楚王之愚也。夫六百里岂足道哉？而张又非楚之臣,为秦谋耳,何足深过？若后世之臣欺其君者,曰:"行吾言,天下举安,四夷毕服,礼乐兴而刑罚措。"其君之所欲得者,非欲六百里也,而卒无丝毫之获。岂特无获,所丧已不胜言矣。则其所以事君者,乃不如张仪之事楚。因读《晁错传》,书此。

赵尧设计代周昌

方与公谓周昌之吏赵尧年虽少,奇士,"君必异之,且代君"。昌笑曰:"尧,刀笔吏尔,何至是？"居顷之,尧说高祖为赵王置贵强相,独周昌为可。高祖用其策,尧竟代昌为御史大夫。吕后杀赵王,昌亦无能为,特谢病不朝尔。由此观之,尧特为此计规代昌尔,安能为高祖谋哉！吕后怨尧为此计,亦抵尧罪。尧非特不能为高祖谋,其自为谋亦不善矣。昌谓之刀笔吏,岂诬也哉！

黄霸以鹖为神爵

吾先君友人史经臣彦辅,豪伟人也。尝言:"黄霸本尚教化,庶几于富而教之者,乃复用乌攫小数,陋哉! 颍川凤皇,盖可疑也。霸以鹖为神爵,不知颍川之凤以何物为之?" 虽近于戏,亦有理也。

王嘉轻减法律事见《梁统传》

汉仍秦,法至重。高、惠固非虐主,然习所见以为常,不知其重也。至孝文,始罢肉刑与参夷之诛。景帝复挐翠晁错,武帝罪戾有增无损,宣帝治尚严,因武之旧。至王嘉为相,始轻减法律,遂至东京,因而不改。班固不记其事,事见《梁统传》,固可谓疏略矣。嘉,贤相也,轻刑又其盛德之事,可不记乎? 统乃言高、惠、文、景以重法兴,哀、平以轻法衰,因上书乞增重法律,赖当时不从其议。此如人年少时,不节酒色而安,老后虽节而病,见此便谓酒可以延年,可乎? 统亦东京名臣,一出此言,遂获罪于天。其子松、棘皆以非命而死,冀卒灭族。呜呼! 悲夫,戒哉! 疏而不漏,可不惧乎?

李邦直言周瑜

李邦直言:周瑜二十四经略中原,今吾四十,但多睡善饭,贤愚相远。如叔安上言吾子以快活,未知孰贤与否?

勃逊之

与朱勃逊之会议于颍,或言洛人善接花,岁出新枝,而菊品尤多。逊之曰:"菊当以黄为正,余可鄙也。"昔叔向闻鬷蔑一言,得其为人,予于逊之亦云然。

刘聪吴中高士二事

刘聪闻当为须遮国王，则不复惧死。人之爱富贵，有甚于生者。月犯少微，吴中高士求死不得。人之好名，有甚于生者。

郗超出与桓温密谋书以解父

郗超昵为桓温腹心，以其父愔忠于王室，不知之。将死，出一箱付门生，曰："本欲焚之。恐公年尊，必以相伤为髡。我死后，公若大损眠食，可呈此箱。不尔，便烧之。"愔后果哀悼成疾。门生以指呈之，则悉与温往反密计。愔大怒，曰："小子死晚矣！"更不复哭矣。若方回者，可谓忠臣矣，当与石碏比。然超谓之不孝，可乎？使超知君子之孝，则不从温矣。东坡先生曰：超，小人之孝也。

论桓范陈宫

司马懿讨曹爽，桓范往奔之。懿谓蒋济曰："智囊往矣。"济曰："范则智矣。驽马恋栈豆，必不能用也。"范说爽移车驾幸许昌，招外兵，爽不从。范曰："所忧在兵食，而大司农印在吾许。"爽不能用。陈宫，吕布既擒，曹操谓宫曰："公台平生自谓智有余，今日何如？"宫曰："此子不用宫言。不然，未可知也。"仆尝论此二人，吕布，曹爽何人也，而为之用，尚何言知？臧武仲曰："抑君似鼠。"此之谓智。元祐三年九月十八日书。

录温峤问郭文语

温峤问郭文曰："人皆有六亲相容，先生弃之，何乐？"文曰："本行学道，不谓遭世乱，欲归无路耳。"又曰："饥思食，壮思室，自然之理。先生独无情乎？"曰："情由忆生，不忆故无情。"又问："先生独处穷山,死为乌鸢所食,奈何?"曰:"埋藏者食于蝼蚁,复何异?"又问:"猛兽害人,先生独不畏耶?"曰:"人无害兽心,则兽亦不害人。"又问:"世不宁则身不安,先生不出济世乎?"曰:"非野人之所知也。"予尝监钱塘郡,游余杭九镇山,访大涤洞天,即郭生之旧隐。洞大,有巨壑,深不可测,盖尝有敕使投龙简云。戊寅九月七日书。

刘伯伦

刘伯伦常以锸自随,曰:"死即埋我。"苏子曰:"伯伦非达者也。棺椁衣衾,不害为达。苟为不然,死则已矣,何必更埋!"

房琯陈涛斜事

房次律败于陈涛斜,杀四万人,悲哉! 世之言兵者,或取《通典》。《通典》虽杜佑所集,然其源出于刘秩。陈涛之败,秩有力焉。次律云:"热洛河虽多,安能当我?"刘秩挟区区之辨,以待热洛河,疏矣。

张华《鹪鹩赋》

阮籍见张华《鹪鹩赋》,叹曰:"此王佐才也。"观其意,独欲自全于祸福之间耳,何足为王佐乎? 华不从刘卞言,竟与贾氏之祸;畏八王之难,而不免伦、秀之虐。此正求全之过,失《鹪鹩》之本意。

王济王恺

王济以人乳蒸豚。王恺使妓吹笛,小失声韵,便杀之;使美人饮酒，客饮不尽，亦杀之。时武帝在也，而贵戚敢如此，知晋室之乱也久矣。

王夷甫

王夷甫既降石勒，自解无罪，且劝僭号。其女惠风，为愍怀太子妃。刘曜陷洛，以惠风赐其将乔属。将妻之，惠风杖剑大骂而死。乃知王夷甫之死，非独忝见晋公卿，乃当羞见其女也。

卫瓘欲废晋惠帝

晋惠帝为太子。卫瓘欲陈启废立之策而未敢发。会燕凌云台，瓘托醉，跪帝前曰："臣欲有所启。"欲言之而止者三。因抚床曰："此坐可惜！"帝意乃悟，曰："公真大醉。"贾后由是怨之。此何等语！乃于众中言之，岂所谓"不密失身"者耶？以瓘之智，不宜暗此。殆邓艾之冤，天夺其魄尔。

裴颁对武帝

晋武帝探策，岂亦如签也耶？惠帝不肖，得一，盖神以实告。裴颁洽对，士君子耻之，而史以为美谈，鄙哉！惠、怀、愍皆不终，牛系马后，岂及亡乎！

刘凝之沈麟士

《南史》：刘凝之为人认所著履，即与之。此人后得所失履，送还，不肯复取。又沈麟士亦为邻人认所著履，麟士笑曰："是卿履耶？"即与之。邻人得所失履，送还。麟士曰："非卿履耶？"笑而受之。此虽小事，然处事当如麟士，不当如凝之也。

柳宗元敢为诞妄

柳宗元敢为诞妄，居之不疑。吕温为道州、衡州，及死，二州之人哭之逾月，客舟之过于此者，必呱呱然，虽子产不至此。温何以得之？其称温之弟恭，亦贤豪绝人者。又云：恭之妻，裴延龄之女也。孰有士君子肯为裴延龄婿者乎？柳宗元与伍、叔文交，盖亦不差于延龄姻也。恭为延龄婿，不见于史，宜表而出之。见《宗元文集·恭墓志》云。

东坡志林卷五

论古

武王非圣人

武王克殷，以殷遗民封纣子武庚禄父，使其弟管叔鲜、蔡叔度相禄父治殷。武王崩，禄父与管、蔡作乱，成王命周公诛之，而立微子于宋。苏子曰：武王非圣人也。昔孔子盖罪汤、武，顾自以为殷之子孙而周人也，故不敢，然数致意焉，曰："大哉，巍巍乎尧、舜也。禹，吾无间然。"其不足于汤、武也，亦明矣。曰："《武》尽美矣，未尽善也。"又曰："三分天下有其二，以服事殷，周之德，其可谓至德也已矣。"伯夷、叔齐之于武王也，盖谓之弑君，至耻之不食其粟，而孔子予之，其罪武王也甚矣。此孔氏之家法也。

世之君子，苟自孔氏，必守此法。国之存亡，民之死生，将于是乎在，其执敢不严！而孟轲始乱之，曰："吾闻武王诛独夫纣，未闻弑君也。"自是学者以汤、武为圣人之正，若当然者，皆孔氏之罪人也。使当时有良史如董狐者，南巢之事，必以叛书；牧野之事，必以弑书。而汤、武仁人也，必将为法受恶。周公作《无逸》曰："殷王中宗，及高宗，及祖甲，及我周文王，兹四人迪哲。"上不及汤，下不及武王，亦以是哉？文王之时，诸侯不求而自至，是以受命称王，行天子之事。周之王不王，不计纣之存亡也。使文王在，必不伐纣。纣不见伐，而以考终，或死于乱，殷人立君以事周，命为二王后以杞殷,君臣之道,岂不两全也哉？武王观兵于孟津而归,纣若改过,否则殷改立君,武王之待殷,亦若是而已矣。天下无王,有圣人者出,而天下归之,圣人所以不得辞也。而以兵取之,而放之,而杀之,可乎？汉末大乱,豪杰并起。荀文若,圣人之徒也,以为非曹操莫与定海内,故起而佐之。所以与操谋者,皆王者之事也,文若岂教操反者哉？以仁义救天下,天下既平,神器自至,将不得已而受之;不至,不取也。此文王之道,文若之心也。及操谋九锡,则文若死之。故吾常以文若为圣人之徒者,以其才似张子房,而道似伯夷也。

杀其父,封其子,其子非人也则可,使其子而果人也,则必死之。楚人将杀令尹子南,子南之子弃疾为王驭士,王泣而告之。既杀子南,其徒曰:"行乎？"曰:"吾与杀吾父,行将焉人？""然则臣王乎？"曰:"弃父事仇,吾弗忍也。"遂缢而死。武王亲以黄钺诛纣,使武庚受封而不叛,岂复人也哉？故武庚之必叛,不待智者而后知也。武王之封,盖亦有不得已焉耳。殷有天下六百年,贤圣之君六七作,纣虽无道,其故家遗民未尽灭也。三分天下有其二,殷不伐周而周伐之,诛其君,夷其社稷,诸侯必有不悦者,故封武庚以慰之,此岂武王之意哉？故曰:武王非圣人也。

周东迁失计

太史公曰:"学者皆称周伐纣,居洛邑。"其实不然。武王营之,成王使召公卜居九鼎焉。而周复都丰、镐。至犬戎败幽王,周乃东徙于洛。苏子曰:周之失计,未有如东迁之缪者也。自平王至于亡,非有大无道者也。髭髯音兹,即灵王。王之神圣,诸侯服享,然终以不振。则东迁之过也。昔武王克商,迁九鼎于洛邑,成王、周公复增营之。周公既没，盖君陈、毕公更居焉，以重王室而已，非有意于迁也。周公欲葬成周，而成王葬之毕。此岂有意于迁哉！

今夫富民之家，所以遗其子孙者，田宅而已。不幸而有败，至于乞假以生可也，然终不敢议田宅。今平王举文、武、成、康之业而大弃之，此一败而鬻田宅者也。夏、商之王，皆五六百年，其先王之德，无以过周，而后王之败，亦不减幽、厉，然至于桀、纣而后亡。其未亡也，天下宗之，不如东周之名存而实亡也。是何也？则不鬻田宅之效也。盘庚之迁也，复殷之旧也。古公迁于岐，方是时，周人如狄人也，逐水草而居，岂所难哉！卫文公东徙渡河，特齐而存耳。齐迁临淄，晋迁于绛、于新田，皆其盛时，非有所畏也。其余避寇而迁都，未有不亡。虽不即亡，未有能复振者也。

春秋时，楚大饥，群蛮叛之，申、息之北门不启，楚人谋徙于阪高。芳贾曰："不可。我能往，寇亦能往。"于是乎以秦人、巴人灭庸，而楚始大。苏峻之乱，晋几亡矣，宗庙宫室尽为灰烬。温峤欲迁都豫章，三吴之豪欲迁会稽，将从之矣，独王导不可，曰："金陵，王者之都也。王者不以丰俭移都。若弘卫文大帛之冠，何适而不可？不然，虽乐土为墟矣。且北寇方强，一旦示弱，窜于蛮越，望实皆丧矣。"乃不果迁，而晋复安。贤哉，导也！可谓能定大事矣。嗟夫！平王之初，周虽不如楚强，顾不愈于东晋之微乎？使平王有一王导定不迁之计，收丰、镐之遗民，而修文、武、成、康之政，以形势临东诸侯，齐、晋虽强，未敢贰也，而秦何自霸哉！魏惠王畏秦，迁于大梁；楚昭王畏吴，迁于郢；顷襄王畏秦，迁于陈；考烈王畏秦，迁于寿春，皆不复振，有亡征焉。东汉之末，董卓劫帝迁于长安，汉遂以亡。近世李景迁于豫章，亦亡。故曰：周之失计，未有如东迁之缪者也。

秦拙取楚

秦始皇十八年取韩,二十二年取魏,二十五年取赵、取楚,二十六年取燕、取齐,初并天下。苏子曰:秦并天下,非有道也,特巧耳,非幸也。然吾以为巧于取齐,而拙于取楚,其不败于楚者,幸也。

呜呼！秦之巧,亦创智伯而已。魏、韩肘足接而智伯死。秦知创智伯,而诸侯终不知师魏、韩。秦并天下,不亦宜乎！齐湣王死,法章立,君王后佐之,秦犹伐齐也。法章死,王建立六年而秦攻赵,齐、楚救之。赵乏食,请粟于齐,而齐不予。秦遂围邯郸,几亡赵。赵虽未亡,而齐之亡形成矣。秦人知之,故不加兵于齐者四十余年。夫以法章之才而秦伐之,建之不才而秦不伐,何也？太史公曰:"君王后事秦谨,故不被兵。"夫秦欲并天下耳,岂以谨故置齐也哉？吾故曰"巧于取齐"者,所以慰齐之心,而解三晋之交也。齐、秦不两立,秦未尝须臾忘齐也,而四十余年不加兵者,岂其情乎！齐人不悟而与秦合,故秦得以其间取三晋。三晋亡,齐盖发发矣。方是时,犹有楚与燕也。三国合,犹足以拒秦。大出兵伐楚,伐燕,而齐不救。故二国亡,而齐亦房。不阅岁,如晋取虞、號也,可不谓巧乎？二国既灭,齐乃发兵守西界,不通秦使。呜呼！亦晚矣。秦初遣李信以二十万人取楚,不克,乃使王翦以六十万攻之,盖空国而战也。使齐有中主具臣,知亡之无日,而扫境以伐秦。以久安之齐,而人厌兵空虚之秦,覆秦如反掌也。吾故曰"拙于取楚"。

然则奈何？曰:古之取国者必有数。如取韶齿也,必以渐,故齿脱而儿不知。今秦易楚,以为是韶齿也,可拔,遂抉其口,一拔而取之,儿必伤,吾指为啮。故秦之不亡者,幸也,非数也。吴为三军，迳出以肆楚，三年而入郢。晋之平吴，隋之平陈，皆以是物也。惟符坚不然。使坚知出此，以百倍之众，为迳出之计，虽韩、白不能支，而况谢玄、牢之之流乎！吾以是知二秦之一律也。始皇幸胜，而坚不幸耳。

秦废封建

秦初并天下，丞相绾等言："燕、齐、荆地远，不置王，无以镇之，请立诸子。"始皇下其议，群臣皆以为便。廷尉斯曰："周文、武所封子弟同姓甚众，然后属疏远，相攻击如仇雠，诸侯更相诛伐，天子不能禁止。今海内赖陛下神灵一统，皆为郡县，诸子功臣，供赋税重赏赐之，甚足易制。天下无异意，则安宁之术也。置诸侯不便。"始皇曰："天下共苦战斗不休，以有侯王。赖宗庙，天下初定，又复立国，是树兵也，求其宁息，岂不难哉！廷尉议是。"分天下为三十六郡，郡置守、尉、监。

苏子曰：圣人不能为时，亦不失时。时非圣人之所能为也，能不失时而已。三代之兴，诸侯无罪，不可夺削，因而君之，虽欲罢侯置守，可得乎？此所谓不能为时者也。周衰，诸侯相并，齐、晋、秦、楚皆千余里，其势足以建侯树屏。至于七国，皆称王，行天子之事，然终不封诸侯，不立强家世卿者，以鲁三桓、晋六卿、齐田氏为戒也。久矣，世之畏诸侯之祸也！非独李斯，始皇知之。始皇既并天下，分郡邑，置守宰，理固当然，如冬裘夏葛，时之所宜，非人之私智独见也，所谓不失时者。而学士大夫多非之。汉高帝欲立六国后，张子房以为不可也，未有非之者。李斯之论，与子房何异？世特以成败为是非耳。高帝闻子房之言，吐哺骂郦生，知诸侯之不可复明矣。然卒王韩、彭、英、卢。岂独高帝，子房亦与焉。故柳宗元曰：

"封建，非圣人意也，势也。"

昔之论封建者，曹元首、陆机、刘颂及唐太宗时魏徵、李百药、颜师古，其后有刘秩、杜佑、柳宗元。宗元之论出，而诸子之论废矣。虽圣人复起，不能易也。故吾取其说而附益之。曰：凡有血气必争，争必以利，利莫大于封建。封建者，争之端而乱之始也。自书契以来，臣弑其君，子弑其父，父子兄弟相贼杀，有不出于袭封而争位者乎？自三代圣人以礼乐教化天下，至刑措不用，然终不能已篡弑之祸。至汉以来，君臣父子相贼虐者，皆诸侯王子孙。其余卿大夫不世袭者，盖未尝有也。近世无复封建，则此祸几绝。仁人君子，忍复开之轶？故吾以为李斯、始皇之言，柳宗元之论，当为万世法也。

论子胥种蠡

越既灭吴，范蠡以为句践为人长颈乌喙，可与共患难，不可与共逸乐，乃以其私徒属浮海而行。至于齐，以书遗大夫种曰："'蜚鸟尽，良弓藏，狡兔死，走狗烹。'子可以去矣！"苏子曰：范蠡知相其君而已，以吾相蠡，蠡亦乌喙也。夫好货，天下之贱士也。以蠡之贤，岂聚敛积财者！何至耕于海滨，父子力作，以营千金，屡散而复积，此何为者哉？岂非才有余而道不足，故功成名遂，身退而心终不能自放者乎！使句践有大度，能始终用蠡，蠡亦非清净无为以老于越者也。故曰：蠡亦乌喙也。鲁仲连既退秦军，平原君欲封连，以千金为寿。笑曰："所贵于天下士者，为人排难解纷而无所取也。即有取，是商贾之事，连不忍为也。"遂去，终身不复见。逃隐于海上，曰："吾与富贵而诌于人，宁贫贱而轻世肆志焉。"使范蠡之去如鲁连，则去圣人不远矣。呜呼！春秋以来，用舍进退，未有如蠡之全者也，而不足于此。吾是以累叹而深悲焉。

子胥、种、蠡皆人杰，而扬雄曲士也，欲以区区之学，疵瑕此三人者。以三谏不去，鞭尸藉馆，为子胥之罪；以不强谏句践，而栖之会稽，为种、蠡之过。雄闻古有三谏当去之说，即欲以律天下士，岂不陋哉！三谏而去，为人臣交浅者言也，如宫之奇，泄冶乃可耳。至如子胥，吴之宗臣，与国存亡者也，去将安往哉？百谏不听，继之以死可也。孔子去鲁，未尝一谏，又安用三！父受诛，子复仇，礼也；生则斩首，死则鞭尸，发其至痛，无所择也。是以昔之君子，皆哀而恕之，雄独非人子乎？至于藉馆，阖闾与群臣之罪，非子胥意也。句践困于会稽，乃能用二子。若先战而强谏以死之，则雄又当以子胥之罪罪之矣。此皆儿童之见，无足论者，不忍三子之见诬，故为之言。

论鲁三桓

鲁定公十三年，孔子言于公曰："臣无藏甲，大夫无百雉之城。"使仲由为季氏宰，将堕三都。于是叔孙氏先堕郈。季氏将堕费，公山不狃，叔孙辄率费人袭公，公与三子入于季氏之宫。孔子命申句须、乐颀下伐之，费人北，二子奔齐，遂堕费。将堕成，公敛处父以成叛。公围成，弗克。或曰：殆哉！孔子之为政也，亦危而难成矣。孔融曰："古者王畿千里，寰内不封建诸侯。"曹操疑其论建渐广，遂杀融。融特言之耳，安能为哉？操以为天子有千里之畿，将不利己，故杀之不旋踵。季氏亲逐昭公，公死于外，从公者皆不敢入，虽子家鬷亦亡。季氏之忌刻忮害如此！虽地势不及曹氏，然君臣相猜，盖不减操也。孔子安能以是时堕其名都而出其藏甲也哉！考于《春秋》，方是时，三桓虽不悦，然莫能违孔子也。以为孔子用事于鲁，得政与民，而三桓畏之钦？则季桓子之受女乐也，孔子能却之矣。彼妇之口，可以出走，是孔子畏季氏，季氏不畏孔子也。孔子盖始修其政刑，以俟三桓之隙也哉？苏子曰：此孔子之所以圣也。

盖田氏、六卿不服，则齐、晋无不亡之道；三桓不臣，则鲁无可治之理。孔子之用于世，其政无急于此者矣。彼晏婴者亦知之，曰："田氏之僭，惟礼可以已之。在礼，家施不及国，大夫不收公利。"齐景公曰："善哉！吾今而后知礼之可以为国也。"婴能知之，而不能为之。婴非不贤也，其浩然之气，以直养而无害，塞乎天地之间者，不及孔、孟也。孔子以羁旅之臣，得政期月，而能举治世之礼，以律亡国之臣，堕名都，出藏甲，而三桓不疑其害己，此必有不言而信，不怒而威者矣。孔子之圣，见于行事，至此为无疑也。婴之用于齐也，久于孔子；景公之信其臣也，愈于定公，而田氏之祸不少衰。吾是以知孔子之难也。孔子以哀公十六年卒。十四年，陈恒弑其君，孔子沐浴而朝，告于哀公，曰："请讨之。"吾是以知孔子之欲治列国之君臣，使如《春秋》之法者，至于老且死而不忘也。

或曰：孔子知哀公与三子之必不从，而以礼告也钦？曰：否。孔子实欲伐齐。孔子既告哀公，公曰："鲁为齐弱久矣，子之伐之，将若之何？"对曰："陈恒弑其君，民之不予者半。以鲁之众，加齐之半，可克也。"此岂礼告而已哉！哀公患三桓之逼，尝欲以越伐鲁而去之。夫以蛮夷伐国，民不予也，皐如、出公之事，断可见矣，岂若从孔子而伐齐乎？若从孔子而伐齐，则凡所以胜齐之道，孔子任之有余矣。既克田氏，则鲁之公室自张，三桓不治而自服也。此孔子之志也。

司马迁二大罪

商鞅用于秦，变法定令，行之十年，秦民大悦，道不拾遗，山无盗贼，家给人足，民勇于公战，怯于私斗。秦人富强。天子致胙于孝公，诸侯毕贺。苏子曰：此皆战国之游士邪说诡论，而司马迁暗于大道，取以为史。吾常以为迁有大罪二，其先黄老后六经，退处士进奸雄，盖其小小者耳。所谓大罪二，则论商鞅、桑弘羊之功也。自汉以来，学者耻言商鞅、桑弘羊，而世主独甘心焉，皆阳诮其名，而阴用其实，甚者则名实皆宗之，庶几其成功。此则司马迁之罪也。

秦固天下之强国，而孝公亦有志之君也，修其政刑十年，不为声色畋游之所败，虽微商鞅，有不富强乎？秦之所以富强者，孝公务本力稼之效，非鞅流血刻骨之功也。而秦之所以见疾于民，如豺虎毒药，一夫作难，而子孙无遗种，则鞅实使之。至于桑弘羊，斗筲之才，穿窬之智，无足言者。而迁称之曰"不加赋而上用足"。善乎司马光之言也！曰："天下安有此理？天地所生财货百物，止有此数。不在民，则在官，譬如雨泽，夏涝则秋旱。不加赋而上用足，不过设法阴夺民利，其害甚于加赋也。"二子之名，在天下者如蝇粪秽也，言之则污口舌，书之则污简牍。二子之术，用于世者，灭国残民，覆族亡躯者相踵也。而世主独甘心焉，何哉？乐其言之便己也。

夫尧、舜、禹，世主之父师也；谏臣拂士，世主之药石也；恭敬慈俭，勤劳忧畏，世主之绳约也。今使世主日临父师而亲药石、履绳约，非其所乐也。故为商鞅、桑弘羊之术者，必先鄙尧笑舜而陋禹也。曰：所谓贤主，专以天下适已而已。此世主之所以人人甘心而不悟也。世有食钟乳、乌喙而纵酒色以求长年者，盖始于何晏。晏少而富贵，故服寒食散以济其欲，无足怪者。彼其所为，足以杀身灭族者，日相继也，得死于寒食散，岂不幸哉！而吾独何为效之？世之服寒食散，疽背呕血者相踵也，用商鞅、桑弘羊之术，破国亡宗者皆是也。然而终不悟者，乐其言之美便，而忘其祸之惨烈也。

论范增

汉用陈平计，间疏楚君臣。项羽疑范增与汉有私，稍夺其权，增大怒，曰："天下事大定矣！君王自为之，愿赐骸骨归卒伍。"归未至彭城，疽发背死。苏子曰：增之去，善矣；不去，羽必杀增。独恨其不蚤耳。

然则当以何事去？增劝羽杀沛公，羽不听，终以此失天下。当于是去耶？曰：否。增之欲杀沛公，人臣之分也。羽之不杀，犹有君人之度也。增易为以此去哉！《易》曰："知几，其神乎？"《诗》曰："相彼雨雪，先集维霰。"增之去，当以羽杀卿子冠军时也。陈涉之得民也，以项燕、扶苏。项氏之兴也，以立楚怀王孙心；而诸侯叛之也，以弑义帝也。且义帝之立，增为谋主矣。义帝之存亡，岂独为楚之盛衰，亦增之所以同祸福也。未有义帝亡而增独能久存者也。羽之杀卿子冠军也，是弑义帝之兆也。其弑义帝，则疑增之本心也，岂必待陈平哉！物必先腐也，而后虫生之；人必先疑也，而后谗入之。陈平虽智，安能间无疑之主哉！

吾尝论：义帝，天下之贤主也。独遣沛公入关，而不遣项羽；识卿子冠军于稠人之中，而擢以为上将，不贤而能如是乎？羽既矫杀卿子冠军，义帝必不能堪。非羽弑帝，则帝杀羽，不待智者而后知也。增始劝项梁立义帝，诸侯以此服从，中道而弑之，非增之意也。夫岂独非其意，将必力争而不听也。不用其言，杀其所立，项羽之疑增，必自是始矣。方羽杀卿子冠军，增与羽比肩而事义帝，君臣之分未定也。为增计者，力能诛羽则诛之，不能则去之，岂不毅然大丈夫也哉？增年已七十，合则留，不合则去；不以此时明去就之分，而欲依羽以成功，陋矣！虽然，增，高帝之所畏也。增不去，项羽不亡。呜呼！增亦人杰也哉！

游士失职之祸

春秋之末，至于战国，诸侯卿相皆争养士。自谋夫，说客，谈天、雕龙，坚白、同异之流，下至击剑、扛鼎、鸡鸣、狗盗之徒，莫不宾礼。靡衣玉食以馆于上者，何可胜数！越王句践，有君子六千人。魏无忌、齐田文、赵胜、黄歇、吕不韦，皆有客三千人。而田文招致任侠奸人六万家于薛。齐稷下谈者亦千人。魏文侯、燕昭王、太子丹，皆致客无数。下至秦、汉之间，张耳、陈馀号多士，宾客厮养，皆天下豪杰。而田横亦有士五百人。其略见于传记者如此。度其余，当倍官吏而半农夫也。此皆奸民蠹国者，民何以支，而国何以堪乎？苏子曰：此先王之所不能免也。国之有奸，犹鸟兽之有鸷猛，昆虫之有毒螫也。区处条理，使各安其处，则有之矣；锄而尽去之，则无是道也。吾考之世变，知六国之所以久存，而秦之所以速亡者，盖出于此，不可以不察也。

夫智、勇、辩、力，此四者，皆天民之秀杰者也。类不能恶衣食以养人，皆役人以自养者也。故先王分天下之贵富，与此四者共之。此四者不失职，则民靖矣。四者虽异，先王因俗设法，使出于一。三代以上，出于学；战国至秦，出于客；汉以后，出于郡县吏；魏、晋以来，出于九品中正；隋、唐至今，出于科举。虽不尽然，取其多者论之。六国之君，虐用其民，不减始皇、二世，然当是时，百姓无一人叛者，以凡民之秀杰者，多以客养之，不失职也。其力耕以奉上，皆椎鲁无能为者，虽欲怨叛，而莫为之先，此其所以少安而不即亡也。

始皇初欲逐客，因李斯之言而止。既并天下，则以客为无用，于是任法而不任人，谓民可以恃法而治，谓吏不必才取，能守吾法而已。故堕名城，杀豪杰，民之秀异者散而归田亩。向之食于四公子、吕不韦之徒者，皆安归哉？不知其能橘项黄馘以老死于布褐乎？抑将辍耕太息以俟时也？秦之乱虽成于二世，然使始皇知畏此四人者，有以处之，使不失职，秦之亡不至若是速也。纵百万虎狼于山林而饥渴之，不知其将噬人，世以始皇为智，吾不信也。

楚、汉之祸，生民尽矣，豪杰宜无几，而代相陈豨，从车千乘，萧、曹为政，莫之禁也。至文、景、武之世，法令至密，然吴濞、淮南、梁王、魏其、武安之流，皆争致宾客，世主不问也。岂惩秦之祸，以为爵禄不能尽縻天下士，故少宽之，使得或出于此也耶？

若夫先王之政，则不然。曰："君子学道则爱人，小人学道则易使也。"呜呼！此岂秦、汉之所及也哉？

赵高李斯

秦始皇帝时，赵高有罪，蒙毅案之当死，始皇赦而用之。长子扶苏好直谏，上怒，使北监蒙恬兵于上郡。始皇东游会稽，并海走琅琊，少子胡亥、李斯、蒙毅、赵高从。道病，使蒙毅还祷山川，未反而上崩。李斯、赵高矫诏立胡亥，杀扶苏、蒙恬、蒙毅，卒以亡秦。苏子曰：始皇制天下轻重之势，使内外相形，以禁奸备乱者，可谓密矣。蒙恬将三十万人，威振北方，扶苏监其军，而蒙毅侍帷帐为谋臣，虽有大奸贼，敢睥睨其间哉！不幸道病，祷祠山川，尚有人也，而遣蒙毅，故高、斯得成其谋。始皇之遣毅，毅见始皇病，太子未立而去左右，皆不可以言智。然天之亡人国，其祸败必出于智所不及。圣人为天下，不恃智以防乱，恃吾无致乱之道耳。始皇致乱之道，在用赵高。夫阉尹之祸，如毒药猛兽，未有不裂肝碎胆者也。自书契以来，惟东汉吕强、后唐张承业二人，号称善良，岂可望一二于千万，以致必亡之祸哉？然世主皆甘心而不悔，如汉桓、灵，唐肃、代，犹不足深怪。始皇、汉宣皆英主，亦湛于赵高、恭、显之祸，彼自以为聪明人杰也，奴仆熏腐之余何能为？及其亡国乱朝，乃与庸主不异。吾故表而出之，以戒后世人主如始皇、汉宣者。

或曰：李斯佐始皇定天下，不可谓不智。扶苏，亲始皇子，秦人戴之久矣，陈胜假其名犹足以乱天下；而蒙恬持重兵在外。使二人不即受诛，而复请之，则斯、高无遗类矣。以斯之智而不虑此，何哉？苏子曰：呜呼！秦之失道，有自来矣，岂独始皇之罪？自商鞅变法，以诛死为轻典，以惨夷为常法，人臣狼顾胁息，以得死为幸，何暇复请！方其法之行也，求无不获，禁无不止，鞅自以为轶尧、舜而驾汤、武矣。及其出亡而无所舍，然后知为法之弊。夫岂独鞅悔之，秦亦悔之矣。荆轲之变，持兵者熟视始皇环柱而走，莫之救者，以秦法重故也。李斯之立胡亥，不复忌二人者，知威令之素行，而臣子不敢复请也。二人之不敢请，亦知始皇之鸷悍而不可回也，岂料其伪也哉？

周公曰："平易近民，民必归之。"孔子曰："有一言而可以终身行之，其恕矣乎！"夫以忠恕为心，而以平易为政，则上易知而下易达，虽有卖国之奸，无所投其隙，仓卒之变无自发焉。然其令行禁止，盖有不及商鞅者矣，而圣人终不以彼易此。商鞅立信于徙木，立威于弃灰,刑其亲戚师傅,积威信之极,以及始皇。秦人视其君如雷电鬼神,不可测也。古者公族有罪,三宥然后制刑,今至使人矫杀其太子而不忌,太子亦不敢请,则威信之过故也。故夫以法毒天下者,未有不反中其身及其子孙者也。汉武与始皇,皆果于杀者也,故其子如扶苏之仁,则宁死而不请;如庚太子之悍,则宁反而不诉。知诉之必不察也,庚太子岂欲反者哉！计出于无聊也。故为二君之子者,有死与反而已。李斯之智,盖足以知扶苏之必不反也。吾又表而出之,以戒后世人主之果于杀者！

摄主

鲁隐公元年,不书即位,摄也。欧阳子曰:"隐公非摄也,使隐而果摄也,则《春秋》不书为公。《春秋》书为公,则隐非摄无疑也。"苏子曰:非也。《春秋》,信史也。隐摄而桓弑,著于史也详矣。周公摄而克复子者也,以周公嗣,故不称王。隐公摄而不克复子者也,以鲁公嗣,故称公。史有溢,国有庙,《春秋》独得不称公乎?

然则隐公之摄也,礼与？曰:礼也。何自闻之？曰:闻之孔子。曾子问曰:"君薨而世子未生,如之何?"孔子曰:"卿、大夫、士从摄主,北面于西阶南。"何谓摄主？曰:古者天子、诸侯、卿、大夫之世子未生而死,则其弟若兄弟之子次当立者为摄主。子生而女也,则摄主立;男也,则摄主退。此之谓摄主。古之人有为之者,季康子是也。季桓子且死,命其臣正常曰:"南孺子之子男也,则以告而立之;女也,则肥也可。"桓子卒,康子即位。既葬,康子在朝,南氏生男。正常载以如朝,告曰:"夫子有遗言,命其圉臣曰:'南氏生男,则以告于君与大夫而立之。'今生矣,男也,敢告。"康子请退。康子之谓摄主,古之道也,孔子行之。

自秦、汉以来，不修是礼也，而以母后摄。孔子曰："惟女子与小人为难养也。"使与闻外事且不可，曰："牝鸡之晨，惟家之索。"而况可使摄位而临天下乎？女子为政而国安，惟齐之君王后，吾宋之曹、高、向也，盖亦千一矣。自东汉马、邓，不能无讥。而汉吕后、魏胡武灵、唐武氏之流，盖不胜其乱，王莽、杨坚遂因以易姓。由此观之，岂若摄主之庶几乎！使母后而可信也，摄主亦可信也。若均之不可信，则摄主取之，犹吾先君之子孙也，不犹愈于异姓之取哉！

或曰：君薨，百官总己以听于冢宰三年，安用摄主？曰：非此之谓也。嗣天子长矣，宅忧而未出令，则以礼设家宰。若太子未生，生而弱，未能君也，则三代之礼，孔子之学，决不以天下付异姓。其付之摄主也，夫岂非礼而周公行之欤？故隐公亦摄主也。

郑玄，儒之陋者也。其传摄主也，曰："上卿代君听政者也。"使子生而女，则上卿岂继世者乎？苏子曰：摄主，先王之令典，孔子之法言也。而世不知，习见母后之摄也，而以为当然。故吾不可不论，以待后世之君子。

隐公不幸

公子翚请杀桓公以求太宰。隐公曰："为其少故也。吾将授之矣。使营菟裘，吾将老焉。"翚惧，反谮公于桓公而弑之。苏子曰：盗以兵拟人，人必杀之。夫岂独其所拟，涂之人皆捕击之。人与盗非仇也，以为不击，则盗且并杀己也。隐公之智，曾不若是涂人也，哀哉！

隐公，惠公继室之子也。其为非嫡，与桓均耳，而长于桓。隐公追先君之志，而授国焉，可不谓仁人乎？惜乎其不敏于智也。使隐公诛翚而让桓,虽夷、齐何以尚兹！骊姬欲杀申生而难里克,则施优来之；二世欲杀扶苏而难李斯,则赵高来之。此二人所行相同,而其受祸亦不少异。里克不免于惠公之诛,李斯不免于二世之戮,皆无足哀者。吾独表而出之,为世戒。君子之为仁义也,非有计于利害。然君子之所为,义利常兼,而小人反是。李斯听赵高之谋,非其本意,独畏蒙氏之夺其位,故府而听高。使斯闻高之言,即召百官、陈六师而斩之,其德于扶苏,岂有既乎？何蒙氏之足忧！释此不为,而具五刑于市,非下愚而何？

呜呼！乱臣贼子,犹蝮蛇也。其所螫草木犹足以杀人,况其所噬啮者钦？郑小同为高贵乡公侍中,尝诣司马师。师有密疏未屏也,如厕还,问小同："见吾疏乎？"曰："不见。"师曰："宁我负卿,无卿负我。"遂酖之。王允之从王敦夜饮,辞醉先寝。敦与钱凤谋逆,允之已醒,悉闻其言,虑敦疑已,遂大吐,衣面皆污。敦果照视之,见允之卧吐中,乃已。哀哉,小同！殆哉,发发乎允之也！

孔子曰："危邦不入,乱邦不居。"有由也夫。吾读史,得鲁隐公、里克、李斯、郑小同、王允之五人,感其所遇祸福如此,故特书其事。后之君子,可以览观焉。

七德八戒

郑太子华言于齐桓公,请去三族而以郑为内臣。公将许之,管仲不可。公曰："诸侯有讨于郑,未捷。苟有衅,从之,不亦可乎？"管仲曰："君若缓之以德,加之以训辞,而率诸侯以讨郑,郑将覆亡之不暇,岂敢不惧？若总其罪人以临之,郑有辞矣。"公辞子华,郑伯乃受盟。

苏子曰：大哉！管仲之相桓公也。辞子华之请,而不违曹沫之盟,皆盛德之事也。齐可以王矣。恨其不学道,不自诚意正身以刑其国,使家有三归之病,而国有六嬖之祸,故桓公不王,而孔子小之。然其予之也亦至矣,曰:"桓公九合诸侯,不以兵车,管仲之力也。如其仁,如其仁。"曰"仲尼之徒,无道桓、文之事者",孟子盖过矣。

吾读《春秋》以下史,而得七人焉,皆盛德之事,可以为万世法;又得八人焉,皆反是,可以为万世戒,故具论之。

太公之治齐也,举贤而上功。周公曰:"后世必有篡弑之臣。"天下诵之,齐其知之矣。田敬仲之始生也,周史筮之;其奔齐也,齐懿氏卜之,皆知其当有齐国也。篡弑之疑,盖萃于敬仲矣。然桓公、管仲不以是废之,乃欲以为卿,非盛德能如此乎？故吾以为楚成王知晋之必霸,而不杀重耳;汉高祖知东南之必乱,而不杀吴王濞;晋武帝闻齐王攸之言,而不杀刘元海;符坚信王猛,而不杀慕容垂;唐明皇用张九龄,而不杀安禄山,皆盛德之事也。

而世之论者,则以为此七人者,皆失于不杀以启乱。吾以谓不然。七人者,皆自有以致败亡,非不杀之过也。齐景公不繁刑重赋,虽有田氏,齐不可取。楚成王不用子玉,虽有晋文公,兵不败。汉景帝不害吴太子,不用晁错,虽有吴王濞,无自发。晋武帝不立孝惠,虽有刘元海,不能乱。符坚不贪江左,虽有慕容垂,不能叛。明皇不用李林甫,杨国忠,虽有安禄山,亦何能为？秦之由余,汉之金日磾,唐之李光弼,浑瑊之流,皆蕃种也,何负于中国哉,而独杀元海、禄山？且夫自今而言之,则元海、禄山,死有余罪;自当时而言之,则不免为杀无罪。岂有天子杀无罪,而不得罪于天者？上失其道,涂之人皆敌也。天下豪杰,其可胜既乎！

汉景帝以鞅鞅而杀周亚夫,曹操以名重而杀孔融,晋文帝以卧龙而杀嵇康，晋景帝亦以名重而杀夏侯玄，宋明帝以族大而杀王彧，齐后主以谣言而杀斛律光，唐太宗以谶而杀李君羡，武后以谣言而杀裴炎，世皆以为非也。此八人者，当时之虑，岂非忧国备乱，与忧元海、禄山者同乎？久矣！世之以成败为是非也。

故夫嗜杀人者，必以邓侯不杀楚子为口实。以邓之微，无故杀大国之君，使楚人举国而仇之，其亡不愈速乎！吾以谓为天下如养生，忧国备乱如服药。养生者，不过慎起居饮食、节声色而已。节慎在未病之前，而服药在已病之后。今吾忧寒疾而先服乌喙，忧热疾而先服甘遂，则病未作而药杀人矣。彼八人者，皆未病而服药者也。

东坡先生志林卷之一

记子美《八阵图》诗①

仆尝梦见一人，云是杜子美，谓仆曰："世人多误解吾诗。《八阵图》诗云：'江流石不转，遗恨失吞吴。'人皆以为先主，武侯皆欲与关羽复仇，故恨其不能灭吴，非也。我本意谓吴、蜀唇齿之国，不当相图。晋之所以能取蜀者，以蜀有吞吴之意，此为恨耳。"此理甚长。然子美死凡四百年，而犹不忘诗，区区自别其意，此真书生习气耶!

书退之诗

韩退之《青龙寺》诗，终篇言赤色，莫晓其故。尝见小说，郑虔寓青龙寺，贫无纸，取柿叶书。九月，柿叶赤而实红，则退之诗乃谓此也。

评杜默诗

石介作《三豪》诗，其略云："曼卿豪于诗，永叔豪于文，而杜默师雄豪于歌也。"永叔亦赠默诗云："赠之《三豪》篇，而我滥一名。"默之歌，少见于世，初不知之。后闻其一篇，云："学海波中老龙，圣人门前大虫。"皆此等语。甚矣! 介之无识也。永叔不欲嘲笑之者，此公恶争名，且为介讳也。吾观杜默豪气，止是京东学究饮私

---

① 原本无题，今依前例，参考《文集》题新订，下同。

酒，食瘴死牛肉，醉饱后所发者也。作诗狂怪，至卢全、马异极矣，若更求奇，便作杜默矣。

书诸集伪谬

唐末五代，文章衰尽，诗有贯休、齐己，书有亚栖，村俗之气，大率相似。如苏子美家收张长史书云："隔帘歌已俊，对坐貌弥精。"语既凡近，而字无法，真亚栖之流。近见曾子固编《李太白集》后，谓颇获遗亡，而有《赠怀素草书歌》并《笑矣乎》数首，皆贯休、齐己辞格。二人皆号有知识者，故深可怪。如白乐天赠徐凝、退之赠贾岛之类，皆世俗无知者所托，此不足多怪。

题《文选》

舟中读《文选》，恨其编次无法，去取失当。齐、梁文章衰陋，而萧统尤为卑弱，《文选序》斯可见矣。如李陵书苏武五言，皆伪而不能辨。今观渊明集，可喜者甚多，而独取数首，以知其余人忽遗者多矣。渊明作《闲情赋》，所谓《国风》好色而不淫，正使不及《周南》，与屈、宋所陈何异？而统大讥之，此乃小儿强作解事者。

书谢瞻诗

李善注《文选》，本末详备，极可喜。所谓五臣者，真俚儒之荒陋者也。而世以为胜善，亦謬矣。谢瞻《张子房》诗云："苛慝暴三殇。"此礼所谓上中下殇。言暴秦无道，戕及孪稚也。而乃引"苛政猛于暴虎，吾父吾子吾夫皆死于是"，谓夫与父为殇。此岂非俚儒之荒陋者乎？诸如此类甚多，不足言，故不言也。

书日月蚀诗

玉川子作《月蚀》诗，以谓蚀月者，月中之虾蟆也。梅圣俞作《日蚀》诗云："食日者，三足乌也。"此固俳说以寓其意也。然《战国策》曰："日月辉于外，其贼在于内。"则俳说亦尚矣。

书子美《骢马行》

余在岐下，见秦州进一马，鬣如牛，额下垂胡，侧立倒顷，毛生肉端。蕃人云："此肉鬣马也。"乃知《邓公骢马行》云"肉騣碨礌连钱动"，当作"肉鬣"。

杂书子美诗

《悲陈陶》云："四万义军同日死。"此房琯之败也。《唐书》作"陈涛"，抑不知孰是？时琯临败，犹欲持重以有所伺，而中人邢延恩促战，遂大败。故次篇《悲青坂》云："焉得附书与我军，留待明年莫仓卒。"又《北征》诗云："桓桓陈将军，仗钺奋忠烈。"此谓陈玄礼也。玄礼佐玄宗平内难，又从幸蜀，首建诛国忠之策。《洗兵马行》云："张公一生江海客，身长九尺须眉苍。"此张镐也。明皇虽萧至忠，然常怀之。侯君集云"蹭蹬至此"，至忠亦蹭蹬者耶？故子美亦哀之，云："赫赫萧京兆，今为时所怜。"及《出塞》云："我今良家子，出师亦多门。将骄益愁思，身贵不足论。跃马三十年，恐辜明主恩。坐见幽州骑，长驱河洛昏。中夜间道归，故里但空村。恶名幸脱免，投老无儿孙。"详味此诗，盖禄山反时，其将校有脱身归国而禄山尽杀其妻子者，不知其姓名，可恨也。

记董传论诗

故人董传善论诗。尝云："杜子美诗，不免有凡语。'已知仙客意相亲，更觉良工心独苦'，岂非凡语耶？"余笑曰："此句殆为君发。凡人用意深处，人罕能识，此所以为独苦，岂独画哉！"

评子美诗

《忆昔》诗云："关中小儿坏纪纲。"谓李辅国也。"张后不乐上为忙。"谓肃宗张皇后也。"为留猛士守未央。"谓子仪夺兵柄入宿卫也。

子美自许契与稷，人未必许也。然其诗云："舜举十六相，身尊道何高。秦时用商鞅，法令如牛毛。"此自是契、稷辈人口中语也。又云："知名未足称，局促商山芝。"又云："王侯与蝼蚁，同尽随丘墟。愿闻第一义，回向心地初。"乃知子美诗外别有事在也。

书乐天香山寺诗

乐天为王涯所逸，谪江州司马。甘露之祸，乐天在洛，适游香山寺，有诗云："当君白首同归日，是我青山独往时。"不知者以乐天为幸之，乐天岂幸人之祸者哉！盖悲之也。

题蔡琰传

刘子玄辨《文选》所载李陵《与苏武书》非西汉文，盖齐、梁间文士拟作者也。吾因悟陵与苏武赠答五言，亦后人所拟。今日读《列女传》蔡琰二诗，其词明白感慨，颇类世所传《木兰花》诗，东京无此格也。建安七子，犹含养圭角，不尽发见，况伯喈女乎？又：琰之流离，为在父没之后。董卓既诛，伯喈方遇祸。今此诗乃云为董卓所驱房入胡中,尤知其非真也。盖拟作者疏略,而范晔荒浅,遂载之本传,可以一笑也。

书子厚诗

柳子厚诗云:"盛时一失贵反贱,桃笙葵扇安可常。"不知桃笙为何物。偶阅《方言》:"篝,宋,魏之间谓之笙。"乃悟桃笙以桃竹为篝也。梁简文《答南王献书》云:"五离九折,出桃枝之翠筜。"乃谓桃枝竹篝也。桃竹出巴、渝间,杜子美有《桃竹杖引》。

如梦词

元丰七年十二月,浴泗州雍熙塔下,戏作《如梦》两阕云:"水垢何曾相受,细看两俱无有。寄语揩背人,尽日劳君挥肘。轻手,轻手,居士本来无垢。"又云:"自净方能洗彼,我自汗流呀气。寄语澡浴人,且共肉身游戏。但洗,但洗,俯为世间一切。"此曲本唐庄宗制一名《忆仙姿》,嫌其不雅驯,后改云《如梦》。庄宗作此词,卒章云:"如梦,如梦,和泪出门相送。"取以为之名。

书苏子美金鱼诗

旧读子美《六和寺》诗云:"松桥待金鲫,竟日独迟留。"初不喻此语。及倅钱塘,乃知寺后池中有此鱼,如金色。昨日复游池上,投饼饵,久之乃略出,不食复入,不可复见。自子美作诗,至今四百余年,已有"迟留"之语,则此鱼自珍贵盖久矣。苟非难进易退,而不妄食,安得如此寿耶!

记谢中舍诗

寇元弼言："去岁春，徐州通判李陶有子，年十七八，素不善作诗。忽咏《落花》诗云：'流水难穷目，斜阳易断肠。谁同砑光帽，一曲舞山香。'父惊问之，若有物凭附者。自云是谢中舍。问砑光帽事，云：'西王母宴群仙，有舞者带砑光帽，帽上簪花，舞《香山》一曲，曲未终，花皆落去。'"

题所作《书》《易传》《论语说》

孔壁、汲冢竹简，科斗皆漆书也，终于蠹坏。景钟，石鼓盖坚，古人之为不朽之计亦至矣。然其妙意所以不坠者，特以人传人耳。大哉人乎！《易》曰："神而明之，存乎其人。"吾作《易》《书传》《论语说》，亦粗备矣。呜呼，又何以多为？

汉武帝巫蛊事

汉武诛巫蛊之事，疾之如仇雠。盖夫妇，君臣，父子之间，嗷嗷然不聊生矣。然《史记·封禅书》云："丁夫人、雒阳虞初等，以方祠诅匈奴、大宛。"已且为巫蛊之魁，何以责其下？此最可笑云。

韩狄盛事

韩魏公在中山，狄青为副总管，陈荐为幕客。今魏公之子师朴出镇，而青之子咏，荐之子厚复践此职，亦异事也。

陈辅之不娶

九江陈辅之，有於陵仲子之操，不娶，无子。曰："我罪人也。"东坡曰："有犹子乎？"曰："有。"东坡曰："鲁山道州，乃前比也。"

辅之一笑曰："赖古多此贤。陶彭泽不解事，忍饥作此诗，意古贤能饱人。"辅之，今为丹阳南郭人。

书青州石末砚

柳公权论砚，甚贵青州石末，云"墨易冷"。世莫晓其语。此研青州甚易得，凡物尔，无足珍者。盖出陶灶中，无润泽理。唐人以此作鞠鼓鞔，与定州花瓷作对，岂研材乎？研当用石，镜当用铜，此其材本性也。以瓦为研，如使铁镜耳。人之待瓦研，铁镜也微，而责之也轻，粗能磨墨照影，便称奇物，其实岂可与真材本性者同日而语哉？

偶书

张唯阳生犹骂贼，嚼齿穿龈，颜平原死不忘君，握拳透掌。

郗方回郗嘉宾父子事

郗嘉宾既死，出其所与桓温密谋之书一箧，嘱其门生曰："若家君眠食大减，即出此书。"方回见之，曰："是儿死已晚矣。"乃不复念。余读而悲之，曰："士之所甚好者，名也，而爱莫加于父子。嘉宾以父之故，而不匿其恶名；方回以君之故，而不念其子。嘉宾可谓孝子，方回可谓忠臣也。悲夫！"或曰："嘉宾与桓温谋畔，而子以孝子称之，可乎？"曰："采葑采菲，无以下体。"嘉宾之不忠，不待诛绝而明者，其孝可废乎？王述之子坦之，欲以女与桓温。述怒，排坦之曰："汝真痴耶？乃欲以女与兵！"坦之是以不与温之祸。使郗氏父子能如此，吾无间然矣。

子由幼达

子由之达,盖自幼而然。方先君与吾笃好书画,每有所获,真以为乐。唯子由观之,漠然不甚经意。今日有先见,固宜也。

书田

吾无求于世矣。所须二顷田,以足馈粥耳。而所至访问,终不可得。岂吾道方艰难,无适而可耶？抑人生自有定分,虽一饱，亦如功名富贵不可轻得也。

东坡先生志林卷之二

若稽古说

"若"稽古,其训曰"顺"。考古之所谓"若",今之所谓"顺"也。古之所谓"诚",今之所谓"真"也。非以"若"易"顺"、"诚"易"真"也。曰:惠,亦"顺"也。方《虞书》时,未有云"顺"者也。

鄫寄幸免

班固有云:"当孝文时,天下以鄫寄为卖友。夫卖友者,谓见利而忘义也。若寄,父为功臣而又势劫,推吕禄以安社稷,谊存君亲可也。"东坡先生曰:当是时,寄固不得不卖友也。罪在于以功臣子而与国贼游,且相厚善也。石碏之子厚与州吁游,碏禁之不从,卒杀之。君子无所讥,曰:"大义灭亲。"鄫商之贤不及石碏,故寄得免于死,古之幸人也。而固又为洗卖友之秽,固之于义陋矣。

蔡延庆追服母丧

蔡延庆所生母亡,不为服久矣,闻李定不服所生母,为台所弹,乃乞追服。乃知蟢匣蝉绥,不独成人之弟也。是时有朱寿昌,其所生母,三岁舍去;长大刺血写经,誓毕生寻访。凡五十年,乃得之。奉养三年而母亡,寿昌至毁骂。善人恶人相去,乃尔远耶?余谪居于黄,而寿昌为鄂守,与余往还甚熟,余为撰《梁武忏引》者也。

徐仲车二反

徐积，字仲车。古之独行也，於陵仲子不能过。然其诗文则怪而放，如玉川子。此一反也。耳聩甚，画地为字，乃始通语，终日面壁坐，不与人接，而四方事，无不周知其详，虽新且密，无不先知。此二反也。

王僧虔胡广美恶

王僧虔居建康里马粪巷，子孙皆笃实谦和，时人称马粪诸王为长者。《东汉·赞》论李固云："视胡广、赵戒，犹粪土之秽也。"一经僧虔，便为佳号，而以比胡广，则粪土有时而不幸。

书子美《自平》诗

杜子美诗云："自平宫中吕太一。"世莫晓其义，而妄者至以为唐时有自平宫。偶读《玄宗实录》，有宫人吕太一叛于广南。杜诗盖云自平宫中吕太一，故下文有"南海收珠"之句。见书不广而以意改文字，鲜不为人所笑也。

与子由弟

子由为人，心不异口，口不异心，心即是口，口即是心。近日忽作禅语，岂世之自欺者耶？欲移之于老兄而不可得，如人饮水，冷暖自知。死生可以相待，祸福可以相共，唯此一事，对面相分付不得。珍重珍重！

记徐陵语

徐陵多忘，每不识人。人以此咎之，陵曰："公自难识。若曹、刘、沈、谢辈，暗中摸索，亦合认得。"诚哉是言！

记先夫人不残鸟雀

吾昔少年时,所居书室前有竹柏杂花,丛生满庭,众鸟巢其上。武阳君恶杀生,儿童婢仆,皆不得捕取鸟雀。数年间,皆巢于低枝,其鷇可俯而窥也。又有桐花凤,四五日翔集其间。此鸟羽毛至为珍异难见,而能驯扰,殊不畏人。闾里间见之,以为异事。此无他,不忮之诚信于异类也。有野老言:鸟雀巢去人太远,则其子有蛇、鼠、狐狸、鸦、鸢之忧。人既不杀,则自近人者,欲免此害也。由是观之,异时鸟雀巢不敢近人者,以人为甚于蛇鼠之类也。苛政猛于虎,信哉!

记欧阳论退之文

韩退之喜大颠,如喜澄观、文畅之意尔,非信佛法也。世乃妄撰退之与大颠书,其词凡陋,退之家奴仆亦无此语。有一士人又于其末妄题云:"欧阳永叔谓此文非退之莫能及此。"又诬永叔也。永叔作《醉翁亭记》,其辞玩易,盖戏云尔,又不自以为奇特也。而妄庸者亦作永叔语,云:"平生为此文最得意。"又云:"吾不能为退之《画记》,退之又不能为吾《醉翁亭记》。"此又大妄也。仆尝谓退之《画记》近似甲乙帐耳,了无可观。世人识真者少,可叹亦可懑也。

汉武无秦穆之德

汉武帝违韩安国而用王恢,然卒杀恢。是有秦穆违蹇叔之罪,而无用孟明之德也。

跋子由《栖贤堂记》后

子由作《栖贤僧堂记》,读之便如在堂中,见水石阴森,草木胶葛也。仆当为书之，刻石堂上，且欲与庐山结缘。予他日入山，不为生客也。

书李白《十咏》

过姑孰堂下，读李白《十咏》，疑其语浅陋，不类太白。孙邈云：闻之王安国，此李赤诗。秘阁下有赤集，此诗在焉。白集中无此。赤见《柳子厚集》，自比李白，故名赤。卒为厕鬼所惑而死。今观此诗止如此，而以比太白，则其人心疾已久，非特厕鬼之罪。

书金錞形制

《周礼》有金錞，《国语》有錞于、丁宁。萧齐始兴，王鉴尝得之。高三尺六寸六分，围二尺四寸，圆如筒，铜色黑如漆，上有铜马。以绳悬马，令出地尺余，灌之以水，又以器盛水于下，以芒茎当心，跪注錞于，清响如雷，良久乃已。记者能道其尺寸之详如此，而拙于遣词，使古器形制不可复得其仿佛，甚可恨也。

书鸡鸣歌

余来黄州，闻光黄人二三月皆群聚讴歌，其词固不可解，而其音亦不中律吕，但宛转其声，高下往返，如鸡唱尔。与朝堂中所闻鸡人传漏，微有所似，但极鄙野尔。《汉官仪》："宫中不畜鸡，汝南出长鸣鸡，卫士候朱雀门外，专传鸡鸣。"又应劭曰："今《鸡鸣歌》也。"《晋太康地道记》曰："后汉固始、铜阳、公安、细阳四县，卫士习此曲，于阙下歌之，今《鸡鸣》是也。"颜师古不考本末，妄破此说。今余所闻，岂亦《鸡鸣》之遗声乎？今士人谓之山歌云。

东坡先生志林卷之三

管仲分君谤

宋君夺民时以为台,而民非之,无忠臣以掩其过也。子罕释相而为司空,民非子罕而善其君。齐桓公宫中七市,女闾七百,国人非之,管仲所为三归之台,以掩桓公。此《战国策》之言也。苏子曰:"管仲,仁人也。《战国策》之言,庶几是乎!"然世未有以为然者也。虽然,管仲之爱其君,亦陋矣。不谏其过,而务分谤焉。或曰:"管仲不可谏也。"苏子曰:"用之则行,舍之则藏。谏而不听,则不用而已矣。"故孔子曰:"管仲之器小哉!"

王翦用兵

善用兵者,破敌国当如小儿毁齿,以渐摇撼取之。虽小痛,而能堪也。若不以渐,一拔而得齿,则取齿足以杀儿。王翦以六十万人取荆,此一拔取齿之道也,秦亦惫矣。二世而败,坐此也夫?

管仲无后

《左氏》云:"管仲之世祀也,宜哉!"谓其有礼也。而管仲之后,不复见于齐者。余读其书,大抵以鱼盐富齐耳,余然后知管子所以无后于齐者。孔子曰:"微管仲,吾其被发左衽矣!"又曰:"如其仁!"夫以孔子称其仁,左丘明称其有礼,然不救其无后。利不可与民争也如此。桑弘羊灭族,韦坚、王鉷、杨慎矜、王涯之徒皆不免于祸,孔循诛死,有以也夫!

宰我不叛

常病太史公言宰我与田常作乱,夷其族,使吾先师之门,乃有叛臣焉。而天下通祀者容叛臣其间,岂非千载不蠲之惑也耶? 近令儿子迈考阅旧书,究其所因,则宰我不叛,其验明甚。太史公固陋承疑,使宰我负冤千载,而吾先师与蒙其诬,自兹一洗,亦古今之大快也。

楚子玉兵多败

劳贾论子玉过三百乘必败,而邻克自谓不如先大夫,请八百乘。将以用寡为胜,抑将以多为贤也? 如淮阴侯言多多益善,是用多亦不易。古人以兵多败者,不可胜数,如王寻、符坚、哥舒翰者多矣。子玉刚而无礼,少与之兵,或能戒惧而可不败耶?

英雄自相服

桓温之所成,殆过于刘越石。而区区慕之者,英雄必自有以相伏,初不以成败言。以此论之,光武之度,本不如玄德,唐文皇之英气,未必过刘寄奴也。

霍光疏昌邑王之罪

观昌邑王与张敞语,真清狂不慧者耳,乌能为恶? 既废则已矣,何至诛其从官二百余人? 以吾观之,其中从官必有谋光者。光知之,故立废贺,非专以淫乱故也。二百人者方诛,号呼于市,曰:"当断不断,反受其乱。"此其有谋明矣。特其事秘,史无缘得之。

著此者，亦欲后人微见其意也。武王数纣之罪，孔子犹且疑之。光等数贺之恶，可尽信哉！

晋宋之君与臣下争善

人君不得与臣下争善。同列争善，犹以为妒，可以君父而妒臣子乎？晋、宋间，人主至与臣下争作诗写字，故鲍照多累句、王僧虔用拙笔以避祸。悲夫！一至于此哉！汉文帝言："久不见贾生，自以为过之，今乃不及。"非独无损于文帝，乃所以为文帝之盛德也。而魏明乃不能堪，遂作汉文胜贾生之论。此非独求胜其臣，乃与异代之臣争善。岂惟无人君之度，正如妒妇不独禁忌其夫，乃妒他人之妾也。

曹袁兴亡

魏武帝既胜乌桓，曰："吾所以胜者，幸也。前谏我者，万全之计也。"乃赏谏者，曰："后勿难言。"袁绍既败于官渡，曰："诸人闻吾败，必相哀。惟田别驾不然，当幸其言之中也。"乃杀丰。为明主谋而不忠，不惟无罪，乃有赏。为庸主谋而忠，赏固不可得，而祸随之。乃知本初、孟德所以兴亡者。

西汉风俗诌媚

西汉风俗诌媚，不为流俗所移，唯汲长孺耳。司马迁至仇简。然作《卫青传》，不名，但谓之大将军；贾谊何等人也，而谓之爱幸于河南太守吴公。此等语甚可鄙，而迁不知，习俗使然也。本朝太宗时，士大夫亦有此风，至今未甚衰。吾尝发策学士院，问两汉所以亡者，难易相反，意在此也，而答者不能尽。吾亦尝于上前论之。

褚遂良以飞雉入宫为祥

唐太宗时，雉数飞集宫中。上以问褚遂良。良曰："昔秦文公时，童子化为雉，雌鸣陈仓，雄鸣南阳。童子曰：'得雄者王，得雌者霸。'文公得其雌，遂雄诸侯。光武得其雄，起南阳，有四海。陛下本封秦，故雌雄并见，以告明德。"上悦，曰："人不可以无学，遂良所谓多识君子哉！"余以谓秦雉，陈宝也，岂常雉乎？今见雉即谓之宝，犹得白鱼便自比武王，此诳佞之甚，愚譬其君者，而太宗喜之，史不讥焉。野鸟无故数入宫，此正灾异。使魏徵在，必以高宗鼎耳之祥谏也。遂良非不知此，舍鼎耳而取陈宝，非忠臣也。

唐太宗借隋吏以杀兄弟

唐高祖起兵汾、晋间，时子建成、元吉、楚哀王智云，皆留河东护家。高祖起兵，乃密召之。隋购之急，建成、元吉能间道赴太原，智云幼，不能逃，为吏所诛。高祖以父子之故，不能少缓义师数日，以须建成等至乎？以此知为秦王所逼。高祖逼于裴寂乱宫之事，不暇复为三子性命计矣。太宗本谋于是时，借隋吏以杀兄弟，其意明甚。新、旧史皆曲为太宗润饰杀兄弟事，然难以欺后世矣。建成、元吉之恶，亦孔子所谓下流必归纣？

宰我不叛

李斯上书谏二世，其略曰："田常为简公臣，布惠施德，下得百姓，上得群臣，阴取齐国，杀宰予于庭。"是宰我不从田常，为常所杀也。《弟子传》乃云："宰我与田常作乱，而灭其族，孔子耻之。"李斯事荀卿，去孔子不远，宜知其实。《弟子传》妄也。

直不疑买金偿亡

曾子曰："自吾母而不用吾情，吾安所用其情？"故不情者，君子之所甚恶也。虽若孝弟者，犹所不与。以德报怨，行之美者也。然孔子不取者，以其不情也。直不疑买金偿亡，不辩盗嫂，亦士之高行矣，然非人情。其所以蒙垢受诬，非不求名也，求名之至者也。太史公窥见之，故其赞曰："塞侯微巧，周文处诡。君子讥之，为其近于佞也。"不疑蒙垢以求名，周文移迹以求利。均以为佞，佞之为言智也。太史公之论微，世无晓者。吾是以疏之。

巢由不可废

巢、由不受尧禅，尧、舜不害为至德。夷、齐不食周粟，汤、武不害为至仁。故孔子不废是说，曰："武尽美矣，未尽善也。"扬雄者，独何人？乃敢废此，曰："允哲尧让舜，则不轻于由矣。"陋哉斯言！使夷、齐不经孔子，雄亦且废之矣。世祖诚知捐逊之水尚污牛腹，则干戈之粟，岂可溷夷、齐之口乎？于以知圣人以位为械，以天下为牢，庶乎其不骄士矣！

尧不诛四凶

《史记·舜本纪》："舜归而言帝，请流共工于幽陵，以变北狄；放驩兜于崇山，以变南蛮；迁三苗于三危，以变西戎；殛鲧于羽山，以变东夷。"太史公多见先秦古书，故其言时有可考，以证西汉以来儒者之失。四族者，若皆穷奸极恶，则必见诛于尧之世，不待舜矣。屈原云："鲧悻直以亡身。"则鲧盖刚而犯上者耳。若四族者，皆小人也，则安能以变四夷之族哉！由此观之，四族之诛，皆非诛死，亦不废弃，但迁之远方，为要荒之君长尔。如《左氏》之言，皆后世流传之过。若尧世有大奸在朝而不能去，则尧不足为尧矣。

商君功罪

商君之法，使民务本力农，勇于公战，怯于私斗，食足兵强，以成帝业。然其民见刑而不见德，知利而不知义，卒以此亡。故帝秦者，商君也；亡秦者，亦商君也。其生有南面之乐，既足以报其帝秦之功矣；而死有车裂之祸，盖仅足以偿其亡秦之罚。理势自然，无足怪者。后之君子，有商君之罪而无其功，享商君之福而未受其祸者，吾为之惧矣。元丰三年九月十五日，读《战国策》书。

刘禹锡文过不悛

刘禹锡既败，为书自解，言："王叔文实工言治道，能以口辩移人，既得用，所施为，人不以为当。太上久疾，宰相及用事者不得对。官被事秘，建桓立顺，功归贵臣，由是及贬。"《后汉·宦者传·论》云："孙程定立顺之功，曹腾参建桓之策。"腾与梁冀比舍清河而立蠡吾，此汉之所以亡也，与广陵王监国事，岂可同年而语哉！禹锡乃敢以为比，以此知小人为奸，虽已败犹不悛也，其可复置之要地乎？因读《禹锡传》，有所感，书此。

东坡先生志林卷之四

史经臣兄弟

先友史经臣，字彦辅，眉山人。与先子同举制册，有名蜀中，世所共知。沉子疑者，其弟也。沉才气绝人，而薄于德。彦辅才不减沉，而笃于节义，博辩能属文。其《思子台赋》最善，大略言汉武、晋惠天资相去绝远，至其惑，则汉武与晋惠无异。竟不仕，年六十卒，无子。先君为治丧，立其同宗子为后，今为农夫，无闻于人。沉亦无子。哀哉！

司马穰苴

《史记》："司马穰苴，齐景公时人也。"其事至伟，而《左氏》不载，余尝疑之。《战国策》云："司马穰苴，为政者也，闵王杀之，大臣不亲。"则其去景公也远矣。太史公取《战国策》而作《史记》，当以《战国策》为信。凡《史记》所书大事而《左氏》无有者，皆可疑，如程婴、杵臼之类是也。穰苴之书不可诬，抑不在春秋之世矣，当更徐考之。

司马相如之诒死而不已

司马相如归蜀临邛，令王吉谬为恭敬，日往朝相如。相如称病，使者谢吉。及卓氏为具，相如又称病不往。吉自往迎相如。观吉意，欲与相如为率钱之会尔。而相如遂窃妻以逃，大可笑。其

《谕蜀父老》云"以讽天子",以今观之,不独不能讽,殆几于劝矣。治诔之意,死而不已,犹作《封禅书》。相如真所谓小人也哉!

孟嘉与谢安石相若

晋士浮虚无实用,然其间亦有不然者。如孟嘉平生无一事,然桓温谓嘉曰:"人不可以无势,我乃能驾驭卿。"温平生轻殷浩,岂妄许人者哉?乃知孟嘉若遇,当作谢安;安不遇,不过如孟嘉。

永洛事

张舜民言:"永洛之役,李舜举、徐禧、李稷皆在围中。上以手诏赐西人:若能保全吏士,当尽复侵地。诏未至,而舜举等已死。"圣主可谓重一士而轻千里矣。惜此等不被其赐也,哀哉!舜举,中官也。将死,以败纸半幅书其上,云:"臣舜举死无所恨,但愿陛下勿轻此贼。"付一健點者间走以闻。时李稷亦将死,书纸后云:"臣稷千苦万屈。"上为一恸。然以见二人之贤不肖。

彭孙诒李宪

方李宪用事时,士大夫或奴事之,穆衍、孙路至为执袍带;王中正盛时,俞充至令妻执板而歌,以侑中正饮。若此类,不可胜数。而彭孙本以劫盗招出,气凌公卿。韩持国至诣其第,出妓饮酒,酒酣,慢持国。持国不敢对。然常为李宪灌足,曰:"太尉足何其香也!"宪以足踏其头,曰:"奴诒我不太甚乎?"孙在许下造宅,私招逃军三百人役之。予时将乞许,觑至郡考其实,斩讫乃奏。会除颍州而止。

书张芸叟诗

张舜民芸叟,邠人也。通练西事,稍能诗。从高遵裕西征,中途作诗二绝。一云:"灵州城下千株柳,总被官军砍作薪。他日玉关归去路,将何攀折赠行人。"一云:"青铜峡里韦州路,十去从军九不回。白骨似沙沙似雪,将军休上望乡台。"为转运判官李密所奏,得罪贬郴州监税。舜民言:"官军围灵武不下,粮尽而返。西人从城上问官军:'汉人兀擦否?'或仰而答曰:'兀擦。'城上皆大笑。"西人谓懑为兀擦也。"

范景仁定乐上殿

前日见邸报,范景仁乞上殿,不知其何为也。近得其任伯禄书,云景仁上殿,为定大乐也。景仁本以言新法不便致仕,乃以功成治定自荐于乐,则新法果便也?扬子云言齐,鲁有大臣,史失其名,叔孙通欲制君臣之仪,征诸生于齐,鲁,所不能致者二人。以景仁观之,扬雄之言,可谓谬矣。

张安道比孔北海

今日见王巩云:"张安道向渠说,苏子瞻比吾孔北海,诸葛孔明。孔明则吾岂敢,北海或似之,然不若融之蠢也。"吾谓北海以忠义气节冠天下,其势足与曹操相轩轾,决非两立者。北海以一死捍汉室,岂所谓轻于鸿毛者？何名为蠢哉！

张士逊中孔道辅

孔道辅为御史中丞,勘冯士元事,尽法不阿。仁宗称之,有意大用。时大臣与士元通奸利,最甚者宰相程琳。道辅既得其情矣,而退傅张士逊不喜道辅,欲有以中之。上使道辅送札子中书,士逊屏人与语久之。时台官纳札子,犹得于宰相公厅后也。因言"公将大用",道辅喜。士逊曰:"公所以至此,谁之力也？非程公,公不至此。"道辅怅然,愧而德之。不数日上殿,遂力救琳。上大怒,既贬琳,亦黜道辅兖州。道辅知为士逊所卖,感愤得疾,死中路。元祐三年五月三日,闻之苏子容。

杜正献焚圣语

杜正献公为相,蔡君谟、孙之翰为谏官,屡乞出。仁宗云:"卿等审欲得郡,当具所欲乞奏来。"于是蔡除福州,之翰安州。正献云:"谏官无故出,终非美事,乞且仍旧。"上可之。退书圣语。时陈恭公为执政,不肯书,曰:"吾初不闻。"正献惧,遂焚之,由此遂罢相。议者谓正献当俟明日审奏,不当遽焚其书也。正献言:始在西府时,上每访以中书事;及为相,中书事不以访。公因言君臣之间能全始终者,盖难也。

王钦若沮李士衡

李士衡之父壹,以豪恣不法,诛死。士衡方进用,王钦若欲言之,而未有路。会真宗论时文之弊,因言:"路振,文人也,然不识体法。"上曰:"何也?"曰:"李士衡父诛死,而振为赠告,曰'世有显人'。"上领之。士衡以故不大用。

范文正谏止朝正

欧阳文忠公撰《范文正神道碑》,载章献太后临朝时,仁宗欲率百官朝太后,范公力争乃罢。其后,某先君奉诏修《太常因革礼》,求之故府,而朝正案牍具在。考其始末,无谏止之事,而有已行之明验。先君质之于文忠公。公曰:"文正公实谏而卒不从,《墓碑》误也,当以案牍为正。"今日偶与客论此事,夜归乃记之。

白乐天不欲伐淮蔡

吴元济以蔡叛,犯许、汝以惊东都,此岂可不讨者也？当时议者欲置之,固为非策。然不得武、裴二杰,事亦未易办也。白乐天岂庸人哉！然其议论,亦似欲置之者。其诗有"海图屏风"者,可见其意,且注云:"时方讨淮、蔡。"吾以是知仁人君子之于兵,盖不忍轻用如此。淮、蔡且欲以德怀,况欲弊所恃以勤无用乎？悲夫！此未易与世士谈也。

邳彤汉之元臣

王郎反河北,独钜鹿、信都为世祖坚守。世祖既得二郡,议者以为可因二郡兵自送还长安。惟邳彤不可,以为若行此策,"岂徒空失河北,必更惊动三辅。公若无复征战之意,则虽信都之兵,亦难会也。何者？公既西,则邯郸之兵不肯捐父母,背城主而千里送公,其离散逃亡可必也"。世祖深感其言而止。苏子曰:此东汉兴亡之决,邳彤可谓汉之元臣也。景德契丹之役,群臣皆欲避敌江南、西蜀,独莱公不可。武臣中,独高琼与莱公意同尔。公既争之力,上曰:"卿文臣,岂能尽用兵之利害？"公曰:"请召高琼。"琼至,乃言避敌固为安全,但恐扈驾之士,路中逃亡,无与俱西南者耳。上乃大惊,始决意北征。琼之言,大略似邳彤,皆一代雄杰也。

齐高帝欲等金土之价

齐高帝云："吾当使金土同价。"意则善矣，然物岂有此理哉！孟子曰："物之不齐，物之情也。巨履小履同价，人岂为之哉！"而孟子亦自忘此言，为菽粟如水火之论。金之不可使贱如土，犹土之不可使贵如金也。

尧之民，比屋可封；桀之民，比屋可诛。信此说，则尧时诸侯满天下，桀时大辟遍四海也。

东坡先生志林卷之五

跋子由《老子解》后

昨日子由寄《老子新解》，读之不尽卷而叹：使战国时有此书，则无商鞅、韩非；使汉初有此书，则孔、老为一；晋、宋间有此书，则佛、老不为二。不意老年见此奇特。

记张元方论麦虫

元祐八年五月十日，雍丘令米芾存书，言县有虫，食麦叶不食实。适会金部郎中张元方见过，云："麦、豆未尝有虫，有虫盖异事也。既食其叶，则实自病，安有不为害之理？"元方因言："子方虫为害，甚于蝗。有小甲虫，见辄断其腰而去，俗谓之'旁不肯'。"前此吾未尝闻也，故录之。

以乐害民

扬州芍药为天下冠。蔡繁卿为守，始作万花会，用花十余万枝。既残诸园，又吏因缘为奸，民大病之。余始至，问民疾苦，以此为首，遂罢之。万花会本洛阳故事，亦必为民害也，会当有罢之者。钱惟演为留守，始置驿贡洛花，识者鄙之。此官妾爱君之意也。蔡君谟始加法造小团茶贡之。富彦国叹曰："君谟乃为此耶！"近者，余安道孙献策权饶州陶器，自监权得提举，死骂。偶读《太平广记》，贞元五年，李白子伯禽为嘉兴乍浦下场杂盐官，侮慢庙神以死。以此知不肖子，代不乏人也。

记退之抛青春句

退之诗曰："百年未满不得死，且可勤买抛青春。"《国史补》云："酒有郢之富春，乌程之若下春，荥阳之土窟春，富平之石冻春，剑南之烧春。"杜子美亦云："闻道云安曲米春，才倾一盏便醺人。"裴铏作《传奇》记裴航事，亦有酒名松醪春。乃知唐人名酒多以春，则"抛青春"亦是酒名也。

溪洞蛮神事李师中

过太平州，见郭祥正，言："尝从章惇辟，入梅山溪洞中，说谕其首领。见洞主苏甘家有神画像，被服如士大夫，事之甚严。问之，云：'此知桂府李大夫也。'问其名，曰：'此岂可名哉！'叩头称死罪数四，卒不敢名。"徐考其年月本末，则李公师中诚之也。诚之常为提刑，权知桂府尔。吾识诚之，知其为一时豪杰也。然小人多异议，不知夷獠乃尔畏信之，彼其利害不相及耳。

宰相不学

王介甫先封舒公，后改封荆。《诗》曰："戎狄是膺，荆舒是惩。"识者谓宰相不学之过也。

书诸集改字

近世人轻以意改书，鄙浅之人，好恶多同，故从而和之者众，遂使古书日就讹舛，深可忿疾。孔子曰："吾犹及史之阙文也。"自予少时，见前辈皆不敢轻改书，故蜀本大字书皆善本。蜀本《庄子》云："用志不分，乃疑于神。"此与《易》"阴疑于阳"、《礼》"使人疑汝于夫子"同。今四方本皆作"凝"。陶潜诗："采菊东篱下，悠然见南山。"采菊之次，偶然见山。初不用意，而境与意会，故可喜也。今皆作"望南山"。杜子美云："白鸥没浩荡，万里谁能驯。"盖灭没于烟波间耳。而宋敏求谓余云"鸥不解'没'"，改作"波"字。二诗改此两字，便觉一篇神气索然也。

马正卿守节

杞人马正卿作太学正，清苦有气节。学生既不喜，博士亦忌之。余偶至其斋中，书杜子美《秋雨叹》一篇壁上，初无意也，而正卿即日辞归，不复出。至今白首穷饿，守节如故。正卿，字梦得。

记孙卿韵语

孙卿子书有韵语者，其言鄙近，多言"成相"，莫晓其义。《前汉·艺文志·诗赋类》中有《成相杂词》十一篇，则"成相"者，盖古讴谣之名也。疑所谓"邻有丧，春不相及"。《乐记》云："治乱以相讯也。"亦恐由此得名，更当细考之。

刘贡父戏介甫

王介甫多思而喜谐，时出一新说，已而悟其非也，则又出一说以解之。是以其学多说。常与刘原父食，辍箸而问曰："孔子不撤姜食，何也？"原父曰："《本草》：生姜多食损智。道非明民，将以愚民，将以愚之。孔子以道教人者也，故不撤姜食，将以愚之也。"介甫欣然而笑，久之，乃悟其戏己也。原父虽戏言，然王氏之学实大类此。庚辰三月十一日，食姜粥，甚美，叹曰："无怪吾愚，吾食姜多矣。"因并原父言记之，以为后世君子一笑。

书《文选》后

五臣注《文选》，盖荒陋愚儒也。今日偶读嵇中散《琴赋》，云："间辽故音庳，弦长故微鸣。"所谓庳者，犹今俗云敉声也，敉音鲜，出《鸡鼓录》。两弦之间，远则有敉，故曰间辽弦鸣云者，今之所谓泛声也，弦虚而不按，乃可按，故云"弦长而微鸣"也。五臣皆不晓，妄注。又云："《广陵》《止息》，《东武》《太山》，《飞龙》《鹿鸣》，《鹍鸡》《游弦》。"中散作《广陵散》，一名《止息》，此特一曲尔，而注云"八曲"。其他浅妄可笑者极多，以其不足道，故略之。聊举此，使后之学者，勿凭此愚儒也。五臣既陋甚，至于萧统，亦其流尔。宋玉《高唐神女赋》，自"玉曰唯唯"以前皆赋也，而统谓之序，大可笑也。相如又首有子虚、乌有、亡是三人论难，岂亦序耶？其余謬陋不一，亦聊举其一耳。

题萧子云帖

萧子云尝答敕云："臣皆不能赏拔，随时所贵，规模子敬，多历年所。年二十六，著《晋史》，至《二王列传》，欲作论草隶法，言不尽意，遂不能成，略指论飞白一事而已。十许年，乃见敕旨《论书》一卷，商略笔状，洞彻字体，始变子敬，全法元常。逮尔以来，自觉功进。"此又见《梁书》本传。今阁下法帖十卷中，乃有卫夫人与一僧书，班班取子云此文，其伪妄可知也。

书沈存中石墨

陆士衡与士龙书云："登铜雀台，得曹公所藏石墨数瓮，今分寄一螺。"《大业拾遗记》:"宫人以蛾绿画眉。"亦石墨之类也。近世无复此物。沈存中帅郦延,以石烛烟作墨,坚重而黑,在松烟之上。曹公所藏,岂此物也耶?

田单火牛

田单使人食必祭,以致乌鸢。又设为神师。皆近儿戏,无益于事。盖先以疑似置齐人心中,则夜见火牛龙文,足以骇动,取一时之胜。此其本意也。

菱芡桃杏说

今日见提举陈贻叔,云:"舒州有医人李惟熙者,为人清妙,善论物理。云:'菱芡皆水物。菱寒而芡暖者,菱开花背日,芡开花向日故也。'又云:'桃杏花双仁辄杀人者,其花本五出,六出必双。旧说草木花皆五出,惟栀子与雪花六出,此殊阴阳之理。今桃杏六出双仁皆杀人者,失常故也。木实之蠹者必不沙烂,沙烂者必不蠹而能浮,不浮者亦杀人。'"余尝考其理,既沙烂散,则不能蕴蓄而生虫,瓜至甘而不蠹者,以其沙也。此虽末事,亦理有不可欺者。

黄鄂之风

近闻黄州小民贫者生子多不举,初生便于水盆中浸杀之,江南尤甚。闻之不忍。会故人朱寿昌康叔守鄂州,某以书遗之。乃立赏罚,以变此风。而黄之土石耕道,虽椎鲁无他长,然颇诚实,喜为善。乃使率黄人之富者,岁出十千,如愿过此者,亦听。使耕道掌之,多买米布绢絮,使安国寺僧继连书其出入。访闻里田野有贫甚不举子者,辄少遗之。若岁活得百个小儿,亦闲居一乐事也。吾虽贫,亦当出十千。

东坡先生志林卷之六

书许敬宗砚

杜叔元字君懿,为人文雅,学李建中书,作诗亦有可观。蓄一砚,云:"家世相传,是许敬宗砚。"始亦不甚信之。其后官于杭州,渔人于浙江中网得一铜匣,其中有"铸成许敬宗"字。砚有两足,正方,而匣亦有容足处,不差毫毛,始知是真敬宗物。君懿与吾先君善,先君欲求其砚而不可。君懿既死,其子沂以砚遗余,求作墓铭。余平生不作此文,乃归其砚,不为作。沂乃以遗孙觉莘老,而得志文。余过高邮,莘老出砚示余曰:"敬宗在,正好棒杀,何以其砚为?"余以为憎而知其善,虽其人且不可废,况其砚乎？乃问莘老求而得。砚,端溪紫石也,而滑润如玉,杀墨如风,其磨墨处微注,真四百余年物也。匣今在唐逷处,终当合之。

记钱塘杀鹅

鹅能警盗。钱塘人喜杀,日屠百鹅而鬻之市。余自湖上夜归,过屠者之门,群鹅皆号,声震衢路,若有诉者。余凄然,欲赎其死,念终无所置之,故不果,然至今往来予心也。鹅不独能警盗,亦能却蛇,其粪毒杀蛇。蜀人园池养鹅,蛇即远去。有此二能而不能免死,且又有祈雨之厄,悲夫！安得人人如逸少哉！

金谷说

吾昔求地薪水。田在山谷间,投种一斗,得稻十斛。问其故,云:"连山皆野草散木,不生五谷,地气不耗,故发如此。"吾以是知五谷耗地气为最甚也。王莽末,天下旱蝗,黄金一斤易粟一斛。至建武二年,野谷旅生,麻菽尤盛,野蚕成茧,被于山泽,人收其利,岁以为常。至五年,谷渐少,而农事益修。盖久不生谷,地气无所耗,蕴蓄自发,而为野蚕旅谷,其理明甚。庚辰正月六日,读《世祖本纪》,书其事,以为卫生之方。地不生草木者,多产金锡珠贝,亦此理也。

食鸡卵说

水族痴暗,太轻杀之。或云不能偿冤,是乃欺善怕恶。杀之,其不仁甚于杀能偿冤者。李公择尝谓:"金鸡有无雄而卵者,抱之,虽能破壳而出,然不数日辄死。此卵可食,非杀之也。"余曰:"不然。凡能动者,皆佛子也。竹虱初如涂粉竹叶上尔,然久乃能动者。百千为曹,无非佛子者。梁武水陆画像有六道外者,以淡墨作人畜禽兽等形,圆圆然于空中也。乃是佛子流浪,陊劣之极。至于湿生如竹虱者,尤不可得,但若存若亡于冥漠间尔,而谓水族鸡卵可杀乎?但吾起一杀念,则地狱已具,不在其能诉不能诉也。"吾久戒杀,到惠州忽破戒,数食蛤蟹。然自今日忏悔,复修前戒。今日从者买一鲤,长尺有咫,虽困,尚能微动,乃置水瓮中,须其死而食,生即赦之。聊记其事,以为一笑。

求医诊脉

脉之难明,古今所病也。至虚有盛候,而大实有赢状。差之毫厘，疑似之间，便有死生祸福之异。此古今所病也。病不可不谒医，而医之明脉者，天下盖一二数。骐骥不时有，天下未尝徒行；和、扁不世出，病者未尝徒死。亦因其长而护其短尔。士大夫多秘所患以求诊，以验医之能否，使索病于冥漠之中，辨虚实冷热于疑似之间。医不幸而失，终不肯自谓失也，则巧饰遂非，以全其名。至于不救，则曰："是固难治也。"间有谦愿者，虽或因主人之言，亦复参以所见，两存而杂治，以故药不效。此世之通患，而莫之悟也。

吾平生求医，盖于平时默验其工拙。至于有疾而求疗，必先尽告以所患而后求诊，使医了然知患之所在也，然后求之诊。虚实冷热，先定于中，则脉之疑似不能惑也。故虽中医，治吾疾常愈。吾求疾愈而已，岂以困医为事哉？

题《秧马歌》后

吾尝在湖北，见农夫用秧马行泥中，极便。顷来江西，作《秧马歌》以教，人罕有从者。近读《唐书·回鹘部族黠戛斯传》云，其人以竹马行水上，以板荐之，以曲木支腋下，一蹴辄百余步，意殆与秧马类软？聊复记之，异日详问其状，以告江南人也。

服黄连法

丙子寒食日前，宝积长老昙颢言：惠州海澄十五指挥使姚欢，守把阜民监。熙宁中，赵庶明知州，巡检姓申者，与知监俞懿有隙。吏士与监卒忿争，遂告监卒反。庶明为闭衙门，出甲付巡检任讨之。欢执挺立监门，白巡检，以身任监卒不反，乞不交锋。巡检无以夺，为敛兵而止。是日微欢，惠州几殆。欢今年八十余，以安南军功迁雄略指挥使，老于广州，须发不白。自言年六十岁患癣疥，周匡顶踵，或教服黄连，遂愈；久服，故发不白。其法，以黄连去须，酒浸一宿，焙干为末，蜜圆如梧桐子大。空心，日午临卧，酒吞二十粒。

书自作木石

东坡居士移守文登，五日而去官。眷恋山海之胜，与同僚饮酒日宾楼上。酒酣，作此木石一纸，投笔而叹，自谓此来之绝。河内史全叔取而藏之。

东坡先生志林卷之七

书郑君乘绢纸

仆责居黄州，郑元舆君乘亦官于黄。一日，以此纸一轴求仆字，云："有故人孟访者，酷好君书，嘱我为求之。"仍出孟君书数纸。其人亦自善，用笔洒然，虽仆何以加之！郑君言其意勤甚，殆不可阻。后数日，适会中秋，仆与客饮酒江亭上，醉甚，乃为此数字。时元丰四年也。明日视之，纸乃绢也。然古者本谓绢纸，近世失之。君乘简中云，孟伓之子本谓河阳伓也，而仆误以为姓郑也。子瞻虽醉甚，亦是川若藁鲜故态，视绢为纸，以郑为孟，适当子瞻看朱成碧时耳。此公胸中落落，决不至如刘仪同访同舍，见其子犹不悟也。

记宝山题诗

吾昔在钱塘，一日，昼寝宝山僧舍，起，题其壁云："七尺顽躯走世尘，十围便腹贮天真。此中空洞浑无物，何止容君数百人。"其后，有数小子亦题名壁上，见者乃谓予消之也。周伯仁所谓君者，乃王茂弘之流，岂此等辈哉！世子多诮，盖憎者也。吾尝作《李太白真赞》云："生平不识高将军，手污吾足乃敢嗔。"吾今复书此者，欲使后之小人少知自揆也。

书文忠赠李师琴诗

与次公同听贤师琴，贤求诗，仓卒无以应之。次公言："古人赋诗，皆歌所学，何必已云。"次公因诵欧阳公赠李师诗，嘱予书之以赠焉。元祐四年九月二十一日。东坡居士记。

唐雷氏琴

唐雷氏琴，自开元至开成间，世有人。然其子孙渐志于利，追世好而失家法，故以最古者为佳，非贵远而贱近也。予家有一琴，其中铭云："开元十年造。雅州灵关村雷家记。八日合未晓。""八日合"为何等语也？庐山处士崔成老弹之，以为绝伦云。元丰六年十月初四日书。

书林道人论琴棋

元祐五年十二月一日，游小灵隐，听林道人论琴、棋，极有妙语。予虽不通此伎，然以理度之，知其言足信也。杜子美论画云："更觉良工心独苦。"用意之妙，有举世莫知之者。此其所以独苦也？

书蜀僧诗

王中令既平蜀，捕逐余寇，与步队相远。饥甚，入一村寺中。一僧醉甚，箕踞。公怒，欲斩之。僧应对不惧。公奇而赦之，问求蔬食。僧云："有肉无蔬。"公益奇之。馈以一蒸猪头，食之甚美。公喜，问僧："止能饮酒食肉耶，抑有他技也？"僧自言："能诗。"公令赋蒸豚。援笔立成，诗云："嘴长毛短浅含膘，久向山中食药苗。蒸处已将蕉叶裹，熟时更用杏浆浇。红鲜雅称金盘汀，软熟真堪玉箸挑。若把膻根来比并，膻根只合吃藤条。"公大喜，与紫衣。

韩缜酷刑

韩缜为秦州,酷暴少恩,以贼杀不辜去官。秦人语曰:"宁逢暴虎,不逢韩玉汝。"玉汝,缜字也。孙临最喜滑稽,尤善对。或问曰:"莫逢韩玉汝,当以何对?"临应声曰:"何怕李金吾。"天下以为口实。

评七言丽句

七言之伟丽者,杜子美云"旌旗日暖龙蛇动,宫殿风微燕雀高""五更鼓角声悲壮,三峡星河影动摇",尔后寂寥无闻焉。直至欧阳永叔"苍波万古流不尽,白鹤双飞意自闲""万马不嘶听号令,诸蕃无事乐耕耘",可以并驱争先矣。小生亦云:"令严钟鼓三更月,野宿貔貅万灶烟。"又云:"露布朝驰玉关塞,捷书夜到甘泉宫。"亦庶几焉尔。

题渊明诗

"秋菊有佳色,裛露掇其英。泛此忘忧物,远我遗世情。一觞虽独进,杯尽壶自倾。日入群动息,归鸟趋林鸣。笑傲东轩下,聊复得此生。"靖节以无事自适为得,此生则见役于物者,非失此生耶?

书渊明《饮酒》诗后

渊明《饮酒》诗云:"客养千金躯,临化消其宝。"宝不过躯,躯化则宝亡矣。人言靖节不知道,吾不信也。

跋退之《送李愿序》

欧阳文忠公言晋无文章,唯陶渊明《归去来兮》一篇而已。予亦谓唐无文章，唯韩退之《送李愿归盘谷序》一篇而已。平生欲效此作一文，每执笔辄罢。因自笑曰："不若且放，教退之独步。"

徐寅

徐寅，唐末号能赋。谒朱全忠，误犯其讳。全忠色变，寅狼狈走出。未及门，全忠呼知客，将责以不先告语，斩于界石南。寅欲遁去，恐不得脱，乃作《过太原赋》以献。其略曰："千金汉将，感精魄以神交；一眼胡奴，望英风而胆落。"全忠大喜，遗绢五百匹。全忠自言梦见淮阴使受兵法。一眼胡奴，指李克用也。寅虽免一时之祸，殊不忧"一眼胡奴"见此赋也？可笑。

书温公志文异扩之语

《诗》云："榖则异室，死则同穴。"古今之葬者皆为一室。独蜀人为同坟而异葬，其间为通道，高不及眉，广不能容人。生者之室，谓之寿堂。以偶人被甲执戈，谓之寿神以守之，而以石壁塞其通道。既死而葬则去之。某先夫人之葬也，先君为寿室。其后先君之葬，欧阳公志其墓，而司马君实追为先夫人墓志，故其文曰："蜀人之祔也，同茔而异扩。"君实谦，以为己之文不敢与欧阳公之文同藏也。东汉寿张樊宏侯，遗令棺柩一藏，不宜复见，如有腐败，伤孝子之心，使与夫人异藏。光武善之，以书示百官。盖古亦有是也。然不为通道，又非诗人同穴之义。故蜀人之葬，最为得礼也。

八佾说

《宋书·乐志》：宋文帝元嘉十三年，给彭城王义康伎，相承给三十六人。太常傅隆以为《左传》"诸侯用六"，杜预以为三十六人,非是。舞所以节八音,故必以八人为列。自天子至士,降杀以两。两者,减其二列尔。若如预言,至士止有四人,岂复成乐？服虔注《左传》与隆同。又《春秋》:晋悼公纳郑女乐二八,晋以一八赐魏绛。此乐以八人为列之证也。予按《说文》:佾,从人,骨声。骨,许讫切,骨,从肉,八声。其解云:振也。八无缘为"骨"之声,疑古文从八从肉。

记《阳关》第四声

旧传《阳关》三叠,然今世歌者,每句再叠而已,若通一首言之,又是四叠。皆非是。或每句三唱,已应三叠之说,则从然无复节奏。余在密州,有文勋长官以事至密,自云得古本《阳关》,其声宛转凄断,不类向之所闻,每句皆再唱,而第一句不叠。乃知唐本三叠盖如此。及在黄州,偶得乐天《对酒》云:"相逢且莫推辞醉,听唱阳关第四声。"注云:"第四声:'劝君更尽一杯酒。'"以此验之,若一句再叠,则此句为第五声。今为第四声,则一句不叠审矣。

记故人病

元丰六年十月十二日夜,一鼓后,故人有得风疾者,急往视之,已不能言矣。方死生之争,其苦有甚于刀锯木索者矣。予知其不可救,嘿为祈死而已。呜呼哀哉！此复何罪乎？酒色之娱而已。古人云:"甘嗜毒药,戏猛兽之爪牙。"岂虚言哉！明日见一少年,以此戒之。少年笑曰:"甚矣！子言之陋也。色,吾之所甚好,而死生疾苦,非吾之所怖也。"予曰:"有行乞于道,偃而号曰：'遗我一盂饭,吾今以千斛之粟报子。'则市人皆掩口笑之。有千斛之粟,无一盂之饭,不可以欺于小儿。怖生于爱,子能不怖死生而犹好色，其可以欺我哉！"今世之为高者，皆少年之徒也。戒生定，定生慧，此不刊之语也。如其不从戒、定生者，皆妄也，如慧而实痴也，如觉而实梦也。悲夫！

东坡先生志林卷之八

乐苦说

乐事可慕，苦事可畏，此是未至时心尔。及苦乐既至，以身履之，求畏慕者，初不可得，况既过之后，复有何物比之？寻声捕影，系风趁梦，此四者犹有仿佛也。如此推究，不免是病。且以此病对治彼病，彼此相磨，安得乐处？当以至理语君，今则不可。元祐三年八月五日书。

书《南史·卢度传》

予少不喜杀生，时未能断也。近年始能不杀猪羊，然性嗜蟹蛤，故不免杀。自去年得罪下狱，始意不免，既而得脱，遂自此不复杀一物。有见饷蟹蛤者，皆放之江中。虽知蛤在江中无活理，然犹庶几万一。便使不活，亦愈于煎烹也。非有所求觊，但以亲经患难，不异鸡鸭之在庖厨，不复以口腹之故，使有生之类，受无量怖苦尔。犹恨未能忘味，食自死物也。《南史·隐逸传》："始兴人卢度，字彦章，有道术。少随张永北伐魏，永败，魏人追急，淮水不得过。自祝云，若得免死，从今不复杀生。须臾见两楯流来，接之得过。后隐居庐陵西昌三顾山，鸟兽随之，夜有鹿触其壁。度曰：'汝勿坏我壁。'鹿应声去。屋前有池，养鱼皆名呼之，次第取食。逆知死年月，竟以寿终。"偶读此书，与余事粗相类，故拜录之。

书赠陈季常诗

予在黄州，与陈慥季常往来，每往过之，辄作"泣"字韵诗一篇。季常不禁杀，故以此风之。季常既不复杀，而里中皆化之，至有不食肉者。皆云"未死神已泣"，此语使人凄然也。

记所作诗

吾有诗云："日日出东门，步寻东城游。城门抱关卒，怪我此何求。我亦无所求，驾言写我忧。"章子厚谓参寥曰："前步而后驾，何其上下纷纷也？"仆闻之，曰："吾以尻为轮，以神为马，何曾上下乎？"参寥曰："子瞻文过有理，似孙子荆。子荆曰：'所以枕流，欲洗其耳；所以漱石，欲砺其齿。'"

跋草书后

吾酒后乘兴作数十字。觉酒气拂拂，从十指上出去也。

书董京诗

《晋史》："董京，字威辇，作诗答孙子荆，其略曰：'玄鸟污幕，而不被害？鸟隼远巢，咸以欲死。晒彼梁鱼，逮巡倒尾。沉吟不决，忽焉失水。嗟乎！鱼鸟与万世而不悟。以我观之，乃明其故。焉知不有达人，深穆其度，亦将窥我，嘿臆而去。'"京之意盖曰：以鱼鸟自观，万世不悟其非也，我所以知鱼鸟之为非者，以我不与鱼鸟同欲恶也。彼达人者，不与我同欲恶，则其观我之所为，亦如我之观鱼鸟矣。京，得道异人也，世俗不晓其语，故粗为说之。戊寅八月八日，读《隐逸传》。

书海南风土

岭南天气卑陋，气蒸溽，而海南尤甚。秋夏之交，物无不腐坏者。人非金石，其何以能久？然僧耳颇有老人，百有余岁者往往皆是，八九十岁者不论也。乃知寿天无定，习而安之，则冰蚕火鼠，皆可以生。吾当湛然无思，寓此觉于物表，使折胶之寒，无所施其冽，流金之暑，无所措其毒，百余岁何足道哉！彼愚老人，初不知此，特如蚕鼠生于其中，兀然受之而已。一呼之温，一吸之凉，相续亡有间断，虽长生可也。庄子曰："天之穿之，日夜无间，人则固塞其窦。"岂不然哉！九月二十七日，秋霖不已，顾视帏帐，间有蟆蚊，帐已腐烂，感叹不已。信手书此，时戊寅岁也。

阮籍

"世之所谓君子者，惟法是修，惟礼是克。手执圭璧，足履绳墨。行愿为目前检，言愿为无穷则。少称乡党，长闻邻国。上欲图三公，下不失九州牧。独不见群虱之处裈中乎？游乎深缝，匿乎败絮，自以为吉宅也。行不敢离缝际，动不敢出裈裆，自以为得绳墨也。然炎丘火流，焦邑灭都，群虱之处于裆中不能出也。君子之处城内，何异夫虱之处裈中乎？"此阮籍之胸怀本趣也。籍未尝臧否人物，口不及世事。然礼法之士疾之如仇，独赖司马景王保持之耳，其去死无几。以此论之，亦虱之出入往来于衣巾之间者也，安得裈中之藏乎？吾故书之，为将来君子一笑。

书钱塘程奕笔

近世笔工不能经师匠，妄生新意，择毫虽精，形制诡异，不与人手相谋。独钱塘程奕所制，有三十年前意味，使人作字不知有笔,亦是一快。予不久行当致数百枚而去,北方无此笔也。

记汝南桧柏

予来汝南,地平无山,清颍之外,无以娱予者。而地近毫坡,特宜桧柏,自拱把而上,辄有檠枝纽纹。治事堂二柏与荐福两桧,尤为殊绝。孰为使予安此寂寞而忘归者,非此君也欤?

判辛酒状

道士某人,面欺主人,旁及邻座。厕左元放之席,已自厚颜;倾西王母之杯,宜从薄罚。可罚一大青盏。

题真一酒诗后

予作蜜酒,格味与真一相乱。每米一斗,用蒸饼面二两半,饼子一两半,如常法取醋液,再入蒸饼面一两酿之。三日尝看,味当极辣且硬,则以一斗米炊饭投之;若甜软,则每投更入曲与饼各半两。又三日,再投而熟。全在酿者斟酌增损也。入水少为佳。

书柳公权联句

贵公子雪中饮,醉,临槛向风,曰:"爽哉!"左右有泣下者。公子惊问之,曰:"吾父昔日以爽亡。"楚襄王登台,有风飒然而至,王曰:"快哉此风! 寡人与庶人共之者耶。"宋玉讥之:"此独大王之风,庶人安得而共之?"不知者以为谄也,知之者以为风也。唐文宗诗曰:"人皆苦炎热,我爱夏日长。"柳公权续之:"薰风自南来,殿阁生微凉。"惜乎! 宋玉不在傍也。

论食

烂蒸同州羔，灌以杏酪，食之以匕不以箸；南都拨心面，作槐芽温淘，糁以襄邑抹猪；炊共城香稻，荐以蒸子鹅，吴兴庖人斫松江鲈鲙。继以庐山康王谷水，烹曾坑斗品茶。少焉解衣仰卧，使人诵东坡《赤壁》前、后赋，亦足以一快也。

题合江楼

青天素月，固是人间一快，而或者乃云不如微云点缀。乃知居心不净者，常欲淆秽太清。

穆生去楚王戊

楚元王敬礼穆生，每置酒，常为穆生设醴。及王戊即位，常设，后忘设焉。穆生退，曰："可以逝矣。醴酒不设，王之意怠。楚人将钳我于市。"称疾卧。申公与白生强起之，曰："独不念先王之德乎？今王一旦失小礼，何足至此！"穆生曰："君子见几而作，不俟终日。先王所以礼吾三人者，为道之存故也。今而忽之，是忘道也。亡道之人，胡可与久处？岂为区区之礼哉！"遂谢病去。申公、白生独留。王戊稍淫暴，与吴通谋。二人谏，不听，衣之褐衣，使杵臼碓春于市。申公愧之，归鲁教授，不出门。已而赵绾、王臧言于武帝，复以安车蒲轮召。卒坐臧事，病免，死。穆生远引于未萌之前，而申公眷恋于既悔之后。谓祸福皆天不可避就者，未必然也。可书之座右，为士君子终身之戒。

书米元章藏帖

吾尝疑米元章用笔妙一时，而所藏书真伪相半。元祐四年六月十二日，与章致平同过元章。致平谓："吾公尝见亲发锁，两手捉书，去人丈余，近辄掣去者乎？"元章笑，遂出二王、长史、怀素辈十许帖子。然后知平时所出，皆苟以适众目而已。

王文甫达轩评书

唐末五代文章藻丽，字画随之。而杨公凝式笔迹独雄强，往往与颜、柳相上下，甚可怪也。今世多称李建中、宋宣献，此二人书，仆所不要。宋寒而李俗，殆是浪得名。惟近日蔡君谟，天资既高，学识亦至，当为本朝第一。

四花相似说

荼蘼花似通草花，桃花似膦花，杏花似绢花，罂粟花似纸花。三月十一日会王文甫家，众议评花如此。

芍药与牡丹

吕稚卿言，芍药不及牡丹者，以重耳。戴芍药一枝，比牡丹三四，花间犹当着数品。盖有其地而无其花，譬如荔子之与温柑也耶！

朱晖非张林均输

东汉肃宗时，谷贵，经用不足。尚书张林请以布帛为租，官自煮盐，且行均输。独朱晖文季以为不可。事既寝，而陈事者复以为可行，帝颇然之。晖独奏曰："王制：天子不言有无，诸侯不言多少，食禄之家，不与百姓争利。今均输之法，与贾贩无异。盐利归官，则下人宿怨；布帛为租，吏当奸盗。皆非明王所当行。"帝方以林言为然，发怒，切责诸尚书。晖等皆自系狱。三日，诏出，曰："国家乐闻驳议，黄发无愆，诏书过也，何故自系？"晖因称病笃，尚书令以下惶怖，谓曰："今得谴，奈何称病？其祸不细！"晖曰："行年八十，蒙恩得在机密，当以死报。若心知不可，而顺于雷同，负臣子之义。今耳目无所闻见，伏待死命。"遂闭口不复言。诸尚书不知所为，乃共劝奏晖。帝意解，寝其事。后数日，诏使直事郎问晖起居，太医视疾，太官赐食，晖乃起。元祐七年七月二十日，夜读《后汉·朱文季传》，感叹不已。肃宗号称长者，诏书既引罪而谢文季矣，诸尚书何怖之甚也？文季于此强立，不足多贵，而诸尚书为可笑也。云"其祸不细"，不知何等为祸？盖以帝不悦，后必不甚进用为莫大之祸也。悲夫！

东坡先生志林卷之九

书杜介求字

杜幾先以此纸求予书，云："大小不得过此。"且先于卷首自写数字。其意不问工拙，但恐大字费纸，不能多耳。严子陵若见，当复有卖菜之语。无以惩其失言，当干没此纸耳。

跋黄鲁直草书

去病为域蹴鞠，此正不学古兵法者之过也。学即不是，不学亦不可。子瞻书。

题李十八净因杂书

刘十五论李十八草书，谓之鹦哥娇。意谓鹦鹅能言，不过数句，即杂以鸟语。十八其后稍进，以书问仆，近日比旧如何？仆答之："可作秦吉了矣。"然仆此书，自有"公在乾侯"之态也。子瞻书。

论君谟书

欧阳文忠公论书云："蔡君谟独步当世。"此为至言。君谟行书第一，小楷第二，草书第三。就其所长而求其所短，大字为少疏也。天资既高，又辅以笃学，其独步当世，宜哉！近岁论君谟书者颇有异论，故特为明之。

记与君谟论书

自苏子美死，遂觉笔法中绝。近年蔡君谟独步当世，往往谦让不肯主盟。往年，予尝戏谓君谟云，学书如溯急流，用尽气力，船不离处所。君谟颔诺，以为能取譬。今思此语已二十余年，觉如何哉？

自记吴兴诗

仆寓吴兴，有《游飞英》诗，云："微雨止还作，小窗幽更妍。盆中不见日，草木自苍然。"非至吴越，不见此景也。

辩曾参说

孔子曰："参乎，吾道一以贯之。"曾子曰："唯。"子出。门人问曰："何谓也？"曰："夫子之道，忠恕而已矣。"师弟子答问，未尝不"唯"，而曾子之"唯"，独记于《论语》。一"唯"之外，口耳俱丧；而门人方欲问其所谓，此系风捕影之流，何足实告哉！

《召南》之教

从《召南》之教，其志固可嘉；空冀北之群，所悬宜不允。

赌书字

张怀民与张昌言围棋，赌仆书字一纸。胜者得此，负者出钱五百，足作饭会以饭仆。社鬼听之，若不赛者，俾坠其师，无克复国。

书韦苏州诗

世传王子敬帖有"黄柑三百颗"之语。此帖乃在刘季孙家。

景文死，不知今在谁家矣。韦苏州有言："书后欲题三百颗，洞庭须待满林霜。"盖苏州亦见此帖也。予亦尝有诗与景文云："君家子敬十六字，气压邺侯三万签。"

刘季孙景文，平之中子也。慷慨奇士，博学能诗。仆荐之，得隰州以殁。哀哉！尝有诗寄仆："四海共知霜鬓满，重阳能插菊花无。"死之日家无一钱，但有书三万轴，画数百幅耳。

答贾耘老

久在江湖间，不见伟人。前在金山，见滕元发乘小舟破巨浪来相见。出船巍然，使人神竦。好一个没兴底张镐相公。且为我致意，别后酒狂甚长进也。

郭生挽歌

与郭生游于寒溪，主簿吴亮置酒。郭生善作挽歌，酒酣发声，坐为凄然。郭生言："恨无佳词。"因为略改乐天《寒食》诗歌之，坐客有泣者。其词曰："乌啼鹊噪昏乔木，清明寒食谁家哭？风吹旷野纸钱飞，古墓累累春草绿。棠梨花映白杨路，尽是死生离别处。冥漠重泉哭不闻，萧萧暮雨人归去。"每句杂以散声。

书戴嵩画牛

蜀中有杜处士，好书画，所宝以百数。有戴嵩《牛》一轴，尤所爱，锦囊玉轴，常以自随。一日曝书画，有一牧童见之，拍掌大笑，曰："此画斗牛也。牛斗，力在角，尾搐入两股间。今乃掉尾而斗，谬矣。"处士笑而然之。古语云："耕当问奴，织当问婢。"不可改也。

跋庾征西帖

吴道子始见张僧繇画而曰虚得名耳。已而坐卧其下，三日不能去。

书海苔纸

昔人以海苔为纸，今无复有；今人以竹为纸，亦古所无有也。王逸少《竹叶帖》，长安水丘氏传宝之，今不知所在。三十年前，见其摹本于雷寿。

记太白诗

"湘中老人读黄老，手援紫藟坐碧草。春至不知湘水深，日暮忘却巴陵道。"唐末有见人作是诗者，辞气殆是李谪仙。余在都下，见有人携一纸文书，字则颜鲁公也，墨迹如未干，纸亦新健。其首两句云："朝披梦泽云，笠钓青茫茫。"此语亦非太白不能道也。

题柳子厚诗

诗须要有为而后作，用事当以故为新，以俗为雅。好奇新，乃诗之病。柳子厚晚年诗极似渊明，知诗病者也。

书柳文《瓶赋》后

或曰柳子厚《瓶赋》拾《酒箴》而作，非也。子云本以讽谏，设问以见意耳，当复有答酒客语。而陈孟公不取，故史略之，子厚盖补亡耳。然子云论屈原、伍子胥、晁错之流，皆以不智讥之。而子厚以瓶为智，几于信道知命者，子云不及也。子云临忧患颠倒失据，而子厚尤不足观，二人当有愧于斯文也耶。元祐六年六月二十七日。

夹注轿子

施道民为孙威敏所黜，既而复得为民，借两军人肩舆而出。曾子固见之，曰："一只好夹注轿子。"闻者为之绝倒。

记西邸诗

"人间无酒仙，兀兀三杯醉。世上无眼禅，昏昏一觉睡。虽然无交涉，其奈略相似。相似尚如此，何况真个是。"予奉使闽西，见邸店壁上书此数句，爱而诵之。

服松脂法

松脂以真定者为良。细布袋盛，渍水一日，沸汤煮。浮水面者，以新竹笮篑取，投新水中。久煮不出者，皆弃不用。入生白茯苓末，不制，但削去皮，搗罗细末耳。拌匀，每日早取三钱七著口中，用少熟水搅漱，仍以指如常法熟措齿。毕，更噙少熟水咽之，仍以漱吐如常法。能牢牙、驻颜、乌髭也。赠米元章。

辨杜子美杜鹃诗

南都王谊伯《书江滨驿垣》，谓子美诗历五季兵火，多舛缺奇异，虽经其祖文公所理，尚有疑阙者。谊伯谓"西川有杜鹃，东川无杜鹃；洛万无杜鹃，云安有杜鹃"，盖是题下注。断自"我昔游锦城"为首句。谊伯误矣。且杜子美诗备诸家体，非必率合程度侃侃然者也。是篇句处，凡五杜鹃，岂可以文害词，词害意耶？原子美之意，类有所感，托物以发者也。亦六义之比兴、《离骚》之法欤？按《博物志》，杜鹃生子，寄之他巢，百鸟为饲之。胡江东所谓"杜宇曾为蜀帝王，化禽飞去旧城荒"是也。且禽鸟之微，犹知有尊,故子美诗云:"重是古帝魄。"又云:"礼若奉至尊。"子美盖讥当时之刺史,有不禽鸟若也。唐自明皇以后,天步多棘,刺史能造次不忘于君者,可得而考也。严武在蜀,虽横敛刻薄,而实资中原,是"西川有杜鹃"耳。其不虑王命,负固以自抗,擅军旅,绝贡赋,如杜克逊在梓州,为朝廷西顾忧,是"东川无杜鹃"耳。至于涪、万、云安刺史,微不可考。凡其尊君者为有也,怀贰者为无也,不在夫杜鹃真有无也。谊伯以为来东川,闻杜鹃声烦而急,乃始疑子美诗跋窣纸上语,又云子美不应叠用韵,子美自我作古。叠用韵无害于为诗,仆所见如此。谊伯博学强辩,殆必有以折衷之。

记徐州杀狗

今日厢界有杀狗公事。司法言,近敕书不禁杀狗。问其说,出于《礼·乡饮酒》"烹狗于东方",不禁。然则《礼》云:"宾客之牛角尺。"亦不当禁杀牛乎？孔子曰:"敝帷不弃,为埋马也。敝盖不弃,为埋狗也。"死犹不忍食其肉,况可杀乎？

书煮鱼羹

予在东坡,尝亲执枪匕,煮鱼羹以设客,客未尝不称善,意穷约中易为口腹耳！今出守钱塘,厌水陆之品。今日偶与仲夫昆、王元直、秦少章会食,复作此味,客皆云：此羹超然有高韵,非世俗庸人所能仿佛。岁莫寡欲,聚散难常,当时作此,以发一笑也。元祐四年十一月二十九日。

记郭震诗

蜀人任介、郭震、李畋,皆博学能诗,晓音律,相与为莫逆之交，游荡不羁，礼法之士鄙之。然皆才识过人。李顺之将乱，震游成都，忽赋诗曰："今日出东郊，东郊好春色。青青原上草，莫放征马食。"遂走京师，上书言蜀将乱，不报。期年，其言乃效。震竟不仕。介为陕西一幕官而死。败稍达，仕至尚书郎。震将死，其友往问之，侧身敛枕而言。其友曰："子且正身。"震笑曰："此行岂可复咏名哉！"虽其平生谈谐之余习，然亦足以见其临死生而不乱也。

唐彬

唐彬与王濬伐吴，为先驱，所至皆下。度孙皓必降，未至建邺二百里许，称疾不行。已而先到者争财，后到者争功。当时有识，莫不高彬此举。予读《晋书》至此，未尝不废卷太息也。然本传云武帝欲以彬及杨宗为监军，以问文立。立云："彬多财欲，而宗嗜酒。"帝曰："财欲可足，酒不可改。"遂用彬。此言进退无据。岂有人如唐彬而贪财者？使诚贪财，乃远不如嗜酒，何可用也！文立独何人斯，安知非蔽贤者耶？

记竹雌雄

竹有雌雄，雌者多笋，故种竹当种雌。自根而上至生梢，一节发者为雌。物无逃于阴阳，可不信哉！

书赠徐大正

或问东坡草书。坡云："不会。"进云："学人不会？"坡云："则我也不会。"

东坡先生志林卷之十

艾人着灸法

端午日未出，于艾中以意求似其人者，辄撷之以灸，殊有效。幼时见一书中云尔，忘其为何书也。艾未有真似人者，于明暗间，苟以意命之而已。万法皆妄，无一真者，复何疑耶！

司马相如创开西南夷路

司马长卿始以污行不齿于蜀人，既而以诗赋得幸天子，未能有所建明，亡丝毫之善以自赎也。而创为西南夷，逢君之恶，以患苦其父母之邦。乃复矜其车服节旄之美，使邦君负弩先驱，岂得诗人致恭桑梓，万石君下里门之义乎？

柳子厚论伊尹

圣人之所以能绝人者，不可以常情疑其有无。孔子为鲁司寇，堕郈、费，三桓不疑其害己也。非孔子，能之乎？伊尹去毫适夏，既愧有夏，复归于毫。伊尹为政于商，既贰于夏矣，以桀之暴戾，纳其执政而不疑，往来两国之间，而商人父师之。非圣人，能如是乎？是以放太甲而不怨，复其位，太甲不疑，不可以常情断其有无也。后世惟诸葛孔明近之。玄德将死之言，乃真实语也。使孔明据刘禅位，蜀人岂异词哉！元祐八年，读柳宗元《伊尹五就桀赞》，终篇皆妄。伊尹往来两国之间，岂有意教海桀而全其国耶？

不然，汤之当王也久矣，伊尹何疑焉！桀能改过而免于诛，可庶几也。能用伊尹而得志于天下，虽至愚知其不然矣。宗元意欲以此自解其从二王之罪也。

书玉川子诗论李忠臣

玉川子作《月蚀》诗云："岁星主福德，官爵奉董秦。忍使黔娄生，覆尸无衣巾。"详味此诗，则董秦当是无功而享厚禄者。董秦，李忠臣也。天宝末骁将，屡立战功，虽粗官，亦颇知忠义。代宗时，吐蕃犯阙，征兵。忠臣即日赴难。或劝择日，忠臣怒曰："君父在难，乃择日耶？"后卒污朱泚伪命，诛。考其终始，非无功而享其厚禄者。不知玉川子何以有此句。绍圣元年十月二十三日。

潞公

潞公坐客有言新义极迂怪者，公笑不答。久之，曰："颇尝记明皇坐勤政楼上，见钉校者。上呼曰：'朕有一破损平天冠，汝能钉校否？'此人既为完之。上曰：'朕无用此冠，以与汝为工直。'其人惶恐谢罪。上曰：'候夜深闭门后，独自戴，甚无害也。'"

书茶与墨

近时世人好蓄茶与墨，闲暇辄出二物校胜负，云：茶以白为尚，墨以黑为胜。予既不能校，则以茶校墨，以墨校茶，未尝不胜也。

看茶嗳墨

真松煤远烟，馥然自有龙麝气，初不假二物也。世之嗜者，如滕达道、苏浩然、吕行甫。暇日晴暖，研墨水数合，弄笔之余，少啜饮之。蔡君谟嗜茶，老病不能复饮，则把玩而已。看茶而啜墨，亦事之可笑者也。

师中庵题名

元丰七年二月一日，东坡居士与徐得之、参寥子，步自雪堂，并柯池入乾明寺，观竹林，谒乳姑任氏坟，锄治茶圃；遂造赵氏园，探梅堂；至尚氏第，观老枫僵寒，如龙蛇形。憩定惠僧舍，饮茶任公亭，师中庵，乃归。且约后日携酒寻春于此。

试墨

世言竹纸可试墨，误矣。当于不宜墨纸上，竹纸盖宜墨。若池、歙精白玉版，乃真可试墨，若于此纸黑，无所不黑矣。褐墨砚上研，精白玉版上书，凡墨皆败矣。

书雪堂义墨

元祐三年十二月二十一日，驸马都尉王晋卿致墨二十六丸，凡十余品。予杂研之，作数十字，以观其色之浅深。若果佳，当搗合为一品，亦当为佳墨。予昔在黄州，邻近四五郡皆送酒，予合置一器中，为"雪堂义尊"。今又当为"雪堂义墨"耶。

记海南作墨

己卯腊月二十二日夜，墨灶火大发，几焚屋，救灭，遂罢作墨。得佳墨大小五百丸，入漆者几百丸，足以了一世著书。仍以遗所不知何人也。余松明一车，留以照夜。二十八日二鼓，作此纸。

记温公论茶墨

司马温公曰："茶与墨正相反。茶欲白，墨欲黑；茶欲重，墨欲轻；茶欲新，墨欲陈。"予曰："二物之质诚然矣，然亦有同者。"公曰："何谓？"予曰："奇茶妙墨皆香，是其德同也；皆坚，是其操同也。譬如贤人君子，妍丑黔皙之不同，其德操蕴藏，实无以异。"公笑以为是。

窦婴田蚡

窦婴、田蚡俱好儒术。推毂赵绾、王臧，迎鲁申公，欲设明堂，令列侯就国，除关，以礼为服制，欲以兴太平。会窦太后不悦，绾、臧下吏，婴、蚡皆黜。观婴、蚡所为，其名亦善矣。然婴既沾沾自喜，蚡又专为奸利，太平岂可以文致力成哉？申公始不用穆生言，为楚人所辱，亦可以少惩矣。晚又为婴、蚡起，又可一笑。凤凰翔于千仞，乌鸢弹射不去，诚非虚语也。

太息

孔北海《与曹公论盛孝章》云："孝章，实丈夫之雄也。游谈之士，假以成声。今以少年喜誉前辈，或能讣评孝章。孝章要为有天下重名，九牧之人，所共称叹。"吾读之，未尝不废书太息也。嗟乎！英伟奇逸之士，不容于世俗也久矣。虽然，自今观之，孔北海、盛孝章犹在，而向之讣评者与草木同腐久矣。昔吾举进士，试名于礼部，欧阳文忠公见吾文，曰："此我辈人也，吾当避之。"方是时，士以剽裂为文，聚而见讪，讪公者所在成市。曾不数年，忽若濩水之归壑，无复见一人在此，岂复待后世哉！今吾衰老废学，自视缺然，而天下之士不吾之弃，以为可以与于斯文者，犹以文忠公之故也。张文潜、秦少游，此二人者，士之超逸绝尘者，非独吾云尔，二三子亦自以为莫及也。士骇于所未闻，不能无异同，故纷纷之论，未尝及吾与二子。吾策之审矣。士如良金美玉，市有定价，岂可以爱憎口舌贱贵之欤？少游之弟少章，复从吾游，不及期年，而议论日新，若将施于用者。欲归省其亲，且不忍去。呜呼！子行矣。归而求诸兄，吾何加焉！作《太息》一篇，以钱其行。使藏于家，三年然后出之。

评诗人写物

诗人有写物之功。"桑之未落，其叶沃若"，他木殆不可以当此。林逋《梅花》诗云："疏影横斜水清浅，暗香浮动月黄昏。"决非桃李诗。皮日休《白莲》诗云："无情有恨何人见，月晓风清欲坠时。"决非红莲诗。此乃写物之功。若石曼卿《红梅》诗云："认桃无绿叶，辨杏有青枝。"此至陋语，盖村学究体也。元祐三年十月十六日，付过。

题廉州清乐轩

浮屠不三宿桑下，东坡盖三宿矣。去后重修，便当复念我耶？庚辰八月二十四日合浦清乐轩书。

书薛能茶诗

唐人煎茶用姜，故薛能诗云："盐损添常戒，姜宜煮更夸。"据此，则又有用盐者矣。近世有用此二物者，辄大笑之。然茶之中等者，若用姜煎，信佳也，盐则不可。

书司空图诗

司空表圣自论其诗，以为得味外味。"绿树连村暗，黄花入麦稀"，此句最善。又云："棋声花院静，幡影石坛高。"吾尝独游五老峰，入白鹤观，松阴满地，不见一人，惟闻棋声，然后知此句之工也，但恨其寒俭有僧态。若杜子美云："暗飞萤自照，水宿鸟相呼。四更山吐月，残夜水明楼。"则材力富健，去表圣之流远矣。

书迈诗

儿子迈，幼尝作《林檎》诗云："熟颗无风时自脱，半腮迎日斗先红。"于等辈中，亦号有思致者。余已老，无他技，但亦时出新句也。尝作酸枣尉，有诗云："叶随流水归何处，牛载寒鸦过别村。"此句亦可喜也。

题渊明诗

陶靖节诗云："平畴交远风，良苗亦怀新。"非古人之耕耨植杖者，不能道此语；非予之世农，亦不能识此语之妙也。

东坡先生志林卷之十一

荔枝似江瑶柱说

仆尝问："荔枝何所似？"或曰："荔枝似龙眼。"坐客皆笑其陋。荔枝实无所似也。仆云："荔枝似江瑶柱。"应者皆怃然。仆亦不辨。昨日见毕仲游，问："杜甫似何人？"仲游曰："似司马迁。"仆喜而不答，盖与暴言会也。

题李伯祥诗

眉山矮道士李伯祥，好为诗，诗格亦不能高，往往有奇语。如"夜过修竹寺，醉打老僧门"之句，皆可爱也。予幼时尝学于道士张易简观中，伯祥与易简往来，尝见予，叹曰："此郎君贵人也。"不知其何以知之。

与周文之

郑君先辈知其俊敏笃学，向观所为诗文，非止科场手段也。人去，忙作书。不及相见，且致此意。李公弼亦再三传语。蒙许远访，何幸如之！海州穷独，见人即喜，况君佳士乎？林行婆当健，有香与之，到日使去也。八郎房下不幸，伤悼。

常德必吉

伊尹云："德惟一动，罔不吉；德二三动，罔不凶。"贫贱人但有常德，非复富贵，即当得道。虽当大富贵，苟无常德，其后必败。予以此占之多矣。

释天性

孟子曰："形色，天性也。"惟圣人然后可以践形，中虽不然，犹知强之于外。此所以为天性也。

书赠王十六

十六及第，当以风味风字大研与之。请文甫收此为据。十六及第，却当以石碌天貌为仆作利市。

书布头笺

川纸取布头机余，经不受纬者治作之，故名"布头笺"。此纸冠天下。六合人亦作，终不及尔。

书赠孙叔静

饮官法酒，烹团茶，烧衢香，用诸葛笔，皆北归嘉事也。

题罗浮

绍圣元年九月二十六日，东坡居士迁于惠州，般舟泊头镇。明晨，肩舆十五里。窦二十里至罗浮山，入延祥宝积寺，礼天竺瑞像。饮梁僧景秦禅师卓锡泉，品其味，出江水上远甚。东三里，至长寿观。又东北三里，至冲虚观。观有葛稚川丹灶，次之诸仙者朝斗坛。观坛上有获铜龙六、鱼一。坛北有洞，曰"朱明"，榛莽不可入。水出洞中，鸣如琴筑。水中皆菖蒲，生石上。道士邓守安字道立，有道者也。访之，适出山。坐遗履轩，望麻姑峰。方饮憩，进士许毅来游，呼与饮。既醉，还宿宝积阁中。夜大风，晓，壮甚，有声。晨粥已，还舟，憩华光寺。从游者，幼子过，巡检史玉、宝积长老齐德，延祥长老绍冲，冲虚道人陈熙。山中可游而未暇者，明福宫、石楼、黄龙洞，期以明年三月复来。

题栖禅院

绍圣三年八月六日，夜雨风。旦视东西有巨人迹五。是月某日，眉山苏某与男过来观。

书唐名臣像

李卫公言"唐俭辈不足惜"，观其容貌，殆非所谓名下无虚士。

唐制乐律

唐初，即用隋乐。武德九年，始诏祖孝孙、窦琎等定乐。初，隋用黄钟宫，惟击七钟，其五钟悬而不击，谓之哑钟。张文收乃依古断竹为十二律，与孝孙等吹调，扣之而应。由是十二钟皆用。其肃宗时，山东人魏延陵得律一，因李辅国奏之，云："大常乐调，皆不合黄钟，请悉更制诸钟磬。"帝以为然。乃悉取诸乐器磨刻之，二十五日而成。然以常律考之，黄钟，太簇也。当时议者，以为是。唐自肃宗以后，政日急，民日困，俗日偷，以至于亡。以理推之，所谓下者，乃中声也。悲夫！

记郑君老佛语

此道以老聃、佛语兼修之。常自念此身犹如槁木坚，老定不动，若复动摇一毫发许，即堕大地狱，如孙武令、商君法，有死无犯。郑大士所得，辄与老夫不谋而同，乃知前生俱是一会中人也。

东坡先生志林卷之十二

何苓之名说

罗浮道士何宗一以其犹子为童子，状貌肥黑矮小。予尝戏之曰：此罗浮茯苓精也。俗谚曰："下有茯苓，上生兔丝。"因名之曰"苓之"，字"表丝"。且祝老何善待之，壮长，非庸物也。

桃符艾人语

桃符仰视艾人而骂曰："汝何等草芥，辄居我上？"艾人俯而应曰："汝已半截入土，犹争高下乎！"桃符怒，往复纷然不已。门神解之曰："吾辈不肖，方傍人门户，何暇争闲气耶？请妙总大士着此一转语。"

代茶饮子

王焘集《外台秘要》，有《代茶饮子》一首，云格韵高绝，惟山居逸人乃当作之。予尝依法治服，其利膈调中，信如所云。而其气味，乃一服煮散耳，与茶了无干涉。薛能诗云："粗官乞与真抛却，赖有诗情合得尝。"又作《鸟嘴茶》诗，云："盐损添常戒，姜宜煮更夸。"乃知唐人之于茶，盖有河朔脂麻气也。

付迈

古人有言，"有若无，实若虚"，况汝实无而虚者耶？使人谓汝庸人，实无所能，闻于吾者，乃吾之望也。慎言语，节饮食，晏寝早起,务劳其形骸为善也。临别以是告汝。四月十五日。

书天台玉版

李献之遗予天台玉版,殆过澄心堂,顷所未见。

书月石砚屏

月石屏,扣之日微凸,乃伪也。真者必平,然多不圆。圆而平,桂满而不出者,此至难得,可宝。

书赠王文甫

文甫好典买古书奇物。今日自言已典两端砚及陈归圣篆字,用钱五千。余请攀归圣例,每日持一两纸,只典三百文。文甫言："甚幸。"川僧悟清在傍,知状。

书赠王十六

王十六秀才好蓄予书,相从三年,得两牛腰。既入太学,重不可致,乃留文甫,许分遗。然缄锁牢甚。文甫云："相与有瓜葛,那得尔耶?"

答贾耘老 一

老杜云："张公一生江海客,身长九尺须眉苍。"谓张镐也。萧嵩荐之云："用之为帝王师,不用则穷谷一叟耳。"

答贾耘老 二

今日舟中霜寒,十指如悬槌。适有人致嘉酒,遂独饮一杯,醺然径醉。念贾处士贫甚，无以慰其意者，乃作怪石古木一纸，每遇饥时辄开看。还能饱人否？若是吴兴有好事者，能为君月致米三石、酒三斗终君之世者，便以赠之。不尔，令双莲收掌，须添丁长以付之可也。

书赠徐大正 一

此蔡公家赐纸也。建安徐大正得之于公之子穀，以求东坡居士草书。居士既为作此数语。

得□□□之，天下奇男子也。世未有能用之者，然丈夫穷达，固自有时耶？

书赠徐大正 二

江湖间有鸟鸣于四五月，其声若云"麦熟即快活"。今年二麦如云，此鸟不妄语也。

书云成老

云成老来雪堂，日日昼寝。会东坡作陂，喧喧不复成寐。吾能于桔槔之上，听打百面腰鼓，一眸朣舡。且吃茶罢，当传此法也。

记与君谟论书

作字要手熟，则神气完实而有余，于静坐中自是一乐。

管幼安贤于荀孔

曹操既得志，士人靡然归之。自文若盛德，犹为之经营谋虑，一旦小异，便为所杀。程昱、郭嘉之流，固不足数也。孔文举奇逸博闻，志大而才疏，每所建，辄中操病，况肯为用乎？然终亦不免。桓温谓孟嘉曰："人不可无势，我乃能驾御卿。"即温之才百倍于嘉，所以云尔者，自知其阴贼险狠，不为高人胜士所比数尔。管幼安怀宝遁世，龙蟠海表，其视曹操父子真穿窬斗筲而已，终身不屈。既不可得而用，其可得而杀乎！余以谓贤于文若、文举远矣。绍圣二年十二月，与客饮，醉甚，归坐雕堂西阁，面仆案上。睡久之，忽惊觉，已三鼓矣。残烛耿然，偶取一册书视之，则《幼安传》也。会有所感，不觉书此。眼花手软，不复成字。

仇池笔记 目录

仇池笔记叙录	4059
仇池笔记序	4061
仇池笔记卷上	4062
论《文选》	4062
三殇	4062
日月蚀	4062
中宫太一	4062
《八阵图》诗	4063
不枝之诚信于异类	4063
《阳关》三叠	4063
磨蝎为身宫	4063
治齿治目	4064
老子解	4064
三豪诗	4064
万花会	4064
弄胡孙	4064
治大风方	4064
酒名	4065

苏东坡全集

论诗	4065
禁同省往来	4065
刘原父语	4065
溪洞画李师中像	4065
韩玉汝李金吾	4066
舒公封荆公	4066
以意改书	4066
书秋雨诗	4066
杜子美诗	4067
子美诗外有事在	4067
归去来辞	4067
孟郊诗	4068
白乐天诗	4068
成相	4068
拟作	4068
姜多食损智	4068
石墨	4069
桃笙	4069
池鱼	4069
耳白于面	4069
如梦词	4069
论物理	4070
木蠹	4070
小儿吸蟾蜍气	4070
奴为崇	4070

仇池笔记 目录

附语	4070
晋人书	4071
隐者杨朴	4071
古镜	4071
剖桃核得雄黄	4071
研光帽	4071
戴嵩《斗牛》	4072
鹅有二能	4072
戒杀	4072
论医	4072
黎穰子	4073
服井花水	4073
费孝先卦影	4073
看茶噉墨	4073
正献公焚圣语	4073
贾婆婆	4074
世有显人	4074
论柳宗元	4074
论金土同价	4074
青苗钱	4074
巫蛊	4075
字谜	4075
论墨	4075
佛菩萨语	4075
李赤诗	4076

论茶 …………………………………………………… 4076

鲁直诗文 …………………………………………… 4076

论漆 …………………………………………………… 4076

二红饭 ………………………………………………… 4076

大禹周公 …………………………………………… 4077

仇池笔记卷下 …………………………………………… 4078

论设醴 …………………………………………… 4078

服松脂 …………………………………………… 4078

孔北海 …………………………………………… 4078

梁贾 ……………………………………………… 4079

鸡唱 ……………………………………………… 4079

晋卿墨 …………………………………………… 4079

徐仲车二反 …………………………………… 4079

论汉武帝 ………………………………………… 4079

硬黄临二王书 ………………………………… 4080

鲁直诗 …………………………………………… 4080

宝应民 …………………………………………… 4080

佛受戒平冕 …………………………………… 4080

君谟书 …………………………………………… 4080

张子野诗 ………………………………………… 4080

林檎诗 …………………………………………… 4081

凤咮研 …………………………………………… 4081

李十八草书 …………………………………… 4081

杨凝式书 ………………………………………… 4081

杜甫诗 …………………………………………… 4081

仇池笔记 目录

与昙秀倡和	4082
与可拾诗	4082
论董秦	4082
乐天烧丹	4082
盘游饭谷董羹	4082
参寥诗	4083
煮猪头颂	4083
薤草诗	4083
采艾	4083
治内障眼	4083
潘谷墨	4084
雪堂义尊	4084
颜鲁公论逸少字	4084
欧公书	4084
荆公书	4084
真人之心	4084
搬运法	4085
勤修善果	4085
众狗不悦	4085
三老人问年	4086
梦韩魏公	4086
真一酒	4086
法报化三身	4086
蒸豚诗	4086
偿耳地狱	4087

五谷耗地气 …………………………………………… 4087

论菊 …………………………………………………… 4087

本秀二僧 ……………………………………………… 4087

梅询非君子 …………………………………………… 4087

吴育不相 ……………………………………………… 4087

时无英雄竖子成名 …………………………………… 4088

永洛之役 ……………………………………………… 4088

二李优劣 ……………………………………………… 4088

太尉足香 ……………………………………………… 4088

西征途中诗 …………………………………………… 4088

招高丽 ………………………………………………… 4089

《易》《书》《论语说》……………………………… 4089

太极真人 ……………………………………………… 4089

论金盐 ………………………………………………… 4089

放生池碑 ……………………………………………… 4090

三鬉马 ………………………………………………… 4090

诵《金刚经》………………………………………… 4090

神清洞 ………………………………………………… 4090

论杜甫杜鹃诗 ………………………………………… 4091

镬釜 …………………………………………………… 4091

论淳于髡 ……………………………………………… 4091

竹雌雄 ………………………………………………… 4092

戒杀 …………………………………………………… 4092

广利王召 ……………………………………………… 4092

记天心正法咒 ………………………………………… 4092

仇池笔记 目录

勃逊之	4093
张平叔制词	4093
贺下不贺上	4093
书李若之事	4093
记道人问真	4094
记罗浮异苑	4095
东坡升仙	4095
冲退处士	4095
李氏子再生说冥间事	4096
道士张易简	4096
梦南轩	4097
陈昱被冥吏误追	4097
记异	4097
猪母佛	4098
记范蜀公遗事	4098
记张憨子	4098
记女仙	4099
孙朴见异人	4099
参寥求医	4099
延年术	4100
单骧孙兆	4100
辨五星聚东井	4100
辟谷说	4101
高丽	4101

仇池笔记叙录

苏轼见闻广博,爱好书法,见纸即书,给后人留下了不少书帖。后人喜爱苏轼的墨帖,片言只语均为人所宝。爱好者将这些纸墨收辑编订,整理成书。《仇池笔记》即为宋人裒集苏轼纸墨字帖而成的一部书,在宋代已与《东坡志林》并行于世。宋人书籍中便多有引录《笔记》者。比如袁文《瓮牖闲评》引有今本中《梦韩公》一则。谢瞻《张子房诗》则引有《三殇》一则。就是朱熹《名臣言行录》亦载有《正献公焚圣语》。如此者尚多,兹不赘举。

今本《仇池笔记》源于明万历赵开美刊本。赵氏刊《东坡志林》后,又从曾慥《类说》中取《仇池笔记》刊定。其序有曰:"《笔记》于《志林》,表里书也。"又云:"其与《志林》并见者,得三十六则。去其文而存其题,庶无复辞,亦不废若原书。"所以今本《笔记》有有题无文者。不过,其中所删其文而存其题者仅赵氏所刊五卷本《志林》中所有者,甚有删而未尽者一则《真人之心》,见赵刻本卷一《导引语》。此外,《笔记》中还有大量篇目见于《稗海》本《志林》,只是《志林》详赡,《笔记》经删节而简略罢了。此外,编集苏轼文集者大量收罗苏轼遗墨片纸,《笔记》有中大量内容被囊括进去者。比如常见而又编集较好的明项煜序、文盛堂刊本《东坡先生集》(以下简称《文集》)即是如此。现有资料表明,《仇池笔记》所载内容是比较可信的。

《仇池笔记》现主要有徐抄本、四库本、商务印书馆印本,又有

《说郛》本、《唐宋丛书》本和《龙威秘书》本。其中《龙威秘书》本于《说郛》，无校勘价值，商务印书馆所印乃经夏敬观校正，并作有跋文一篇，对有关《笔记》之情况有比较详细的说明，乃目前最好的本子，比四库本又为完瞻。华东师范大学古籍所曾据商务印书馆印本作点校注释，简体横排，较为通行。宛委山堂本《说郛》卷十八收录《仇池笔记》，共载轶事三十九则。其中多有见于《东坡志林》，却出于今《仇池笔记》之外者，而与《唐宋丛书》本适同。商务本《说郛》共载九则，无题。有一则为今本《仇池笔记》所无，今亦补入。

此次校点，以商务印书馆本作底本，以四库本、《说郛》（宛委本、商务本）、《唐宋丛书》所收各则校补，并参考了华东师范大学古籍所点校注释本《东坡志林·仇池笔记》合订本。在此基础上，重点与《稗海》本《志林》及《文集》中所收各则校对，以订正补足商务印书馆本、四库本之不足。又据《说郛》《唐宋丛书》补入今本《笔记》所无数十则，并参考中华书局校点本《东坡志林》（简称五卷本《志林》）等书校正。不足之处，识者指正。

仇池笔记序

《笔记》于《志林》,表里书也。先大夫既已序《志林》而刻之矣。兹于曾公《类说》中复得此两卷,其与《志林》并见者,得三十六则。去其文而存其题,庶无复辞,亦不废若原书。此余刻《笔记》意也。窃谓长公才具七斗,游戏翰墨皆成文章。故片纸只字,无非断圭折璧。才既高而节复峻,此足以起忮矣,况复嗷嗷不胜,其睥睨一世,则侧目而挥揄之者,固将甘心焉？而相公斯坏,殆以柄国者为鉴矣。士固可杀不可辱也,议新法未必伤柄人之心,然此等语不足以彻髓耶？夫荆公固士也,学虽僻而奈何辱之哉？乌台之狱,岂尽人尤也乎？刻《笔记》。万历壬寅孟夏日,海虞清常道人赵开美识。

仇池笔记卷上

论《文选》

舟中读《文选》，根其编次无法，去取失当。齐、梁文字衰陋，萧统尤为卑弱。如李陵五言皆伪，今日《渊明集》可喜者甚多，而独取数篇。渊明作《闲情赋》，所谓《国风》好色而不淫，正使不及《周南》，与屈原所陈何异？而统大讥之，此小儿强作解事也。

三殇

李善注《文选》，本未详备。所谓五臣者，真俚儒荒陋者也。谢瞻《张子房诗》云："苛慝暴三殇。"此《礼》所谓上中下"三殇"。言秦无道，戮及幼稚。而注乃谓"苛政猛于虎，吾父、吾夫、吾子皆死"，谓夫、谓父为殇。此类甚多。

日月蚀

玉川子《月蚀》诗以蚀月者，月中虾蟆也。梅圣俞作《日蚀》诗云："食日者三足乌也。"此因俚说以寓意也。《战国策》："日月辉于外，其贼在内。"则俚说亦当矣。

中宫太一

杜子美诗云："自平中宫吕太一。"举世不晓其义，而妄者以为唐有平中宫。偶读《玄宗实录》，有中宫太一叛于广南。杜诗云

"自平中宫吕太一"，下文又有南海取珠之句。见书不广，轻改文字，鲜不为笑。

《八阵图》诗

予尝梦杜子美云："世人误会《八阵图》诗'江流石不转，遗恨失吞吴'，以为先主，武侯欲与关羽复仇，故恨不灭吴，非也。我意本为吴、蜀唇齿之国，不当相图。晋能取蜀者，以蜀有吞吴之意，此为恨耳。"

不忮之诚信于异类

予少时，书室前竹柏杂花，众鸟巢于上。武阳君恶杀生，婢仆不得捕取。数年间，鸟有巢于低枝，其鷇可俯而窥也。此无它，不忮之诚信于异类。

《阳关》三叠

旧传《阳关》三叠，今歌者每句再叠而已。若通一首，又是四叠。皆非是。每句三唱以应三叠，则丛然无复节奏。有文勋者，得古本《阳关》，每句皆再唱，而第一句不叠，乃知唐本三叠如此。乐天诗云："相逢且莫推辞醉，听唱《阳关》第四声。"第四声者，"劝君更尽一杯酒"。以此验之，若一句再叠，则此句为第五声，今为第四，则一句不叠审矣。

磨蝎为身宫　见《志林》一卷^①

①见本书《东坡志林》卷一《退之平生多得谤誉》。底本删文存目，姑仍其旧，下同。

治齿治目 见《志林》一卷^{①}

老子解

子由寄《老子新解》，使战国时有此书，则无商鞅、韩非；使汉初有此书，则孔、老为一；晋、宋间有此书，则佛、老不为二。

三豪诗

石介作《三豪》诗，云："曼卿豪于诗，永叔豪于辞，师雄豪于歌。"永叔亦赠杜默师雄诗云："赠之《三豪》篇，而我滥一名。"默歌少见于世，有云"学海波中老龙，夫子门前大虫"，皆此类语。永叔不消者，此公恶争名，且为介诮也。默豪气，正是江东学究饮私酒，食瘴死牛肉，醉饱后所发也。作诗狂怪，至卢全、马异极矣，若更求奇，便作杜默矣。

万花会

扬州芍药为天下冠。蔡京为守，始作万花会，用花十余万枝。既困诸邑，更缘为奸，予首罢之。万花本洛阳故事，亦为民害。钱惟演作留守，始置驿贡洛花，有识鄙之。此宫妾爱君之意也。

弄胡孙 见《志林》四卷^{②}

治大风方 见《志林》三卷^{③}

---

①见本书《东坡志林》卷一《治眼齿》。

②见本书《东坡志林》卷三《高丽》。

③见本书《东坡志林》卷三《王元龙治大风方》。

酒名

退之诗云："且可勤买抛青春。"《国史补》云："酒有郢之富水春，乌程之若下春，荥阳之土窟春，富平之石冻春，剑南之烧春。"杜子美诗云："闻道云安曲米春。"裴铏《传奇》亦有酒名松醪春。乃知唐人名酒多以春。

论诗

唐末五代，文物衰尽，诗有贯休，书有亚栖，村俗之气，大率相似。苏子美家有长史书云："隔帘歌已俊，对坐貌弥精。"语既凡恶，而字法真亚栖之流。曾子固编《李太白集》，而有《赠僧怀素草书歌》及《笑已乎》数首，皆贯休以下，格调卑陋。子固号有知识者，故深可怪。如白乐天《赠徐凝》、退之《赠贾岛》，皆世俗无知者所记，不足多怪。

禁同省往来 见《志林》二卷①

刘原父语 见《志林》一卷②

溪洞画李师中像

郭祥正尝从章惇入梅山溪洞中，见洞主苏甘家有画像，事之甚严，云："桂府李大夫也。"问其名，曰："此岂可名哉！"叩头称死罪数四，卒不敢名。徐考其年月，则李师中诚之也。尝为提刑，权桂府耳。夷獠乃尔畏信之！

---

①见本书《东坡志林》卷二《禁同省往来》。

②见本书《东坡志林》卷一《记刘原父语》。

韩玉汝李金吾

韩缜为秦州，以贼杀不辜去官。秦人语曰："宁逢乳虎，莫逢韩玉汝。"孙临最滑稽，或问："莫逢韩玉汝，当以何对？"临曰："可怕李金吾。"

舒公封荆公

王介甫先封舒公，改封荆公。《诗》曰："戎狄是膺，荆舒是惩。"识者曰："宰相不学之过也。"

以意改书

近世人轻以意改书，鄙浅之人，好恶多同，从而和之，遂使古书日就舛讹。孔子曰："吾犹及史之阙文也。"蜀本《庄子》云："用志不分，乃疑于神。"此与《易》"阴疑于阳"、《礼》"使人疑女于夫子"同。今四方本皆作"疑"。陶潜诗："采菊东篱下，悠然见南山。"采菊之次，偶见南山，境与意会，今皆作"望南山"。杜子美云："白鸥没浩荡。"盖灭没于烟波间，而宋敏求云"鸥不解'没'"，改作"波"。二诗改此两字，觉一篇神气索然。

书秋雨诗

杞人马正卿作太学正，有气节，学生不喜，博士亦忌之。予偶至斋，书杜子美《秋雨叹》一篇壁上，初无意也，正卿即日辞归，至今白首固穷守节。

杜子美诗

余在岐山，见秦州进一马，鬃如牛，项下垂胡倒立，毛生肉端。蕃人云："此肉鬃。"乃知《邓公骢马行》"肉骏碨礌连钱动"，当作"肉鬃"。《悲陈陶》云："四万义士同日死。"此房琯之败也。《唐书》作"陈涛"，未知孰是。琯既败，犹欲持重有所伺，而中人促战，遂大败。故后篇云："焉得附书与我军，忍待明年莫仓卒。"《北征》诗云："桓桓陈将军，仗钺奋忠烈。"谓陈玄礼也。佐玄宗平内难，又从幸蜀，建诛国忠之策。《洗兵马》云："张公一生江海客。"此张镐也。明皇虽诛萧至忠，常怀之。侯君集云"蹭蹬至此"，至忠亦蹭蹬者耶？故杜子美亦哀之，云："赫赫萧京兆，今为时所怜。"《后出塞》诗云："我本良家子，出师亦多门。""跃马三十年，恐负明主恩。坐见幽州骑，长驱河洛昏。中夜间道归，故里但荒村。恶名幸脱免，穷老无儿孙。"详味此诗，盖禄山反时，其将有脱身归国而禄山杀其妻子者。不出姓名，可恨也。《忆昔》诗云："关中小儿坏纪纲。"谓李辅国也。"张后不乐上为忙"，谓肃宗张皇后也。"为留猛士守未央"，谓郭子仪夺兵柄入宿卫也。

子美诗外有事在

杜子美自许稷与契，人未必许也。然其诗云："舜举十六相，身尊道何高。秦时用商鞅，法令如牛毛。"此是稷、契非人口中语也。又云："知名未足称，局促商山芝。"又云："王侯与蝼蚁，同尽随丘墟。愿闻第一义，回向心地初。"乃知子美诗外尚有事在也。

归去来辞 见《志林》三卷

孟郊诗

见《志林》三卷，并见《论贫士》则中①

白乐天诗

白乐天为王涯所逸，滴江州司马。甘露之祸，乐天有诗云："当君白首同归日，是我青山独往时。"不知者以为幸祸，乐天岂幸人之祸者哉？盖悲之也。

成相

孙卿子书有韵语者，其言鄙近，多云"成相"，莫晓其义。《前汉·艺文志·诗赋类》中有《成相杂词》十一篇，则"成相"者，古讴谣之名也。疑所谓"邻有丧，春不相"者。又《乐记》云："治乱以相。"亦恐由此得名。

拟作

刘子玄辨《文选》所载李陵《与苏武书》并齐、梁文士拟作。予因悟陵与武五言，亦后人拟作。《列女传》蔡琰二诗，其词明白感慨，颇类《木兰诗》，东京无此格也。建安七子犹含蓄，不尽发见，况伯喈女乎？琰之流离，必在父殁之后。董卓既诛，伯喈乃遇祸。此诗乃云"董卓所驱房入胡"，尤知其非真也。盖范晔荒浅，遂载之本传。

姜多食损智

王介甫多思而喜凿，时出一新说，已而悟其非，又出一说以解

① 即本书《东坡志林》卷三《论贫士》。

之,是以其学多说。尝与刘贡父食,曰:"孔子不撤姜食,何也?"贡父曰:"《本草》言姜食多损智。道非明民,将以愚之。孔子以道教人者,故不撤姜食,所以愚之也。"介甫欣然而笑,久之,乃悟其戏也。贡父虽戏言,王氏之学实大类此。

石墨

陆士衡与士龙书云:"登铜雀台,得曹公所藏石墨数瓮,今分寄一螺。"《大业拾遗》:"宫中以蛾绿画眉。"亦石墨之类也。沈存中帅鄜延,以石烛作墨,坚重而黑,在松烟之上。曹公所藏,岂此物也耶?

桃笙

柳子厚诗云:"盛时一失贵反贱,桃笙葵扇安可常。"不知桃笙为何物。因阅《方言》:"宋、魏之间,簟谓之笙。"乃悟桃笙以桃竹为簟也。

池鱼 见《志林》三卷^①

耳白于面 见《志林》三卷^②

如梦词

泗州雍熙塔下,余戏作《如梦令》两阕云:"水垢何曾相受,细看两俱无有。寄语揩背人,尽日劳君挥肘。轻手,轻手,居士本来

①见本书《东坡志林》卷三《池鱼踊起》。
②见本书《东坡志林》卷三《僧相欧阳公》。

无垢。"又云："自净方能洗彼，我自汗流呷气。寄语澡浴人，且共肉身游戏。但洗，但洗，本为人间一切。"此本唐庄宗制，名《忆仙姿》，嫌其不雅驯，改为《如梦》。庄宗作词云："如梦，如梦，和泪出门相送。"取以为名云。

论物理

舒州医人李惟熙善论物理，云："菱芡皆水物。菱寒而芡暖者，菱花开背日，芡花开向日故也。"又曰："桃杏双仁辄杀人者，其花本五出，六出必双。草木花皆五出，惟雪花六出，此殆阴阳之理。今桃杏六出双仁皆杀人者，失常故也。"

木蠹

木实之蠹者必不沙烂，烂者必不蠹而能浮，不浮亦杀人。常考其理，既沙烂散，则不能蕴蓄而生虫，瓜至甘而不蠹者，以其沙也。

小儿吸蟾蜍气　见《志林》三卷 ^{①}

奴为崇　见《志林》三卷 ^{②}

附语　见《志林》二卷 ^{③}

---

①见本书《东坡志林》卷三《家中奔儿吸蟾气》。
②见本书《东坡志林》卷三《石普见奴为崇》。
③见本书《东坡志林》卷二《辨附语》。

晋人书

唐太宗购晋人书,有二王以下,富千轴,皆在秘府。武后时,为张易之兄弟所攘窃,遂流落人间,多在王涯、张延赏家。涯败,军人劫夺金玉轴而弃其书。余于李玮都尉家,见晋人数帖,皆有小印"涯"字,意其为王氏物也。有谢尚、谢鲲、王衍等字,皆奇;夷甫独超然若群鹤耸翅,欲飞而未起也。

隐者杨朴 见《志林》二卷^{①}

古镜

元丰中,余自齐安过古黄州,获一镜。其背铭云:"汉有善铜出白阳,取为镜,清而明,左龙右虎辅之。"其字如薤,大篆,款甚精妙。白阳,疑白水之阳也。其铜黑色如漆,照人微小。古镜皆然,此道家聚形之法也。

剖桃核得雄黄 见《志林》三卷^{②}

砑光帽

徐倅李陶,有子年十七八,忽咏《落花》诗,云:"流水难穷目,斜阳易断肠。谁同砑光帽,一曲《舞山香》。"父惊问之,若有物凭附者,云:"西王母宴群仙,有舞者戴砑光帽,帽上簪花,《舞山香》一曲未终,花皆落去。"

---

① 见本书《东坡志林》卷二《书杨朴事》。

② 见本书《东坡志林》卷三《王翊梦鹿剖桃核而得雄黄》。

戴嵩《斗牛》

有藏戴嵩《斗牛》者，以锦囊系肘自随。出与客观，旁有牧童日："斗牛力在前，尾入两股间。今画斗而尾掉，何也？"黄荃画飞雁，头足皆展。或曰："飞鸟缩头则展足，缩足则展头，无两展者。"验之，信然。

鹅有二能

钱塘人喜杀，日屠百鹅。予自湖上夜归，屠者之门，百鹅皆号，声振衢路，若有所诉。鹅能警盗，亦能却蛇，其粪杀蛇。蜀人园池养鹅，蛇即远去。有二能而不能免死，又有祈雨之厄。悲夫！安得人如逸少乎！

戒杀

水族痴暗，人轻杀之。或云不能偿怨，是乃欺善怕恶。李公择云："鸡有雌而卵者，抱之虽能破壳而出，不数日辄死。此卵可食，非杀也。"予曰："凡能动者，皆佛子也。竹虱初如涂粉竹叶上，久乃能动。百千为曹，无非佛子。梁武水陆画像，六道外者，以淡墨作人、畜、禽、鱼等形，憧憧然于空中。乃是佛子流浪，陋劣之极。至于湿生如竹虱者，犹不可得，但若存若亡于冥间耳，而谓水族鸡卵可杀乎？但一起杀念，地狱已具，不必在其能诉与不能诉也。"

论医

医之难明，古今所病也。至虚有盛候，而大实有赢状。疑似之间，便有死生之异。士大夫多秘所患以求疹，验医能否，使索病于冥漠之中，辨虚实冷暖于疑似之间。医不幸而失，终不肯自谓失也，巧饰遂非以全其名。间有谨愿者虽惑主人之言，亦参以所见，两存而杂治。吾平生求医，盖于平时默验其工拙。有疾求疗，必尽告以所患，使医了然知患之所以然，然后诊之。虚实冷暖，先定于中，脉之疑似，不能惑也。故虽中医，治吾疾尝愈。吾求疾愈而已，岂以困医为事哉？

黎穆子　见《志林》一卷^①

服井花水　见《志林》一卷^②

费孝先卦影　见《志林》三卷^③

看茶嚼墨

真松煤远烟，自有龙麝气。世之嗜者，如滕达道、苏浩然、吕行甫，暇日晴暖，研墨水数合，弄笔之余，乃嚼饮之。蔡君谟嗜茶，老病不能饮，但把玩而已。看茶嚼墨，亦事之可笑者也。

正献公焚圣语

杜正献公为相，蔡君谟、孙之翰为谏官，屡乞出外。仁宗曰："卿等审欲得郡，当具所欲奏来。"于是蔡除福州，孙除安州。正献公曰："谏官无故出，终非美事，乞且依旧。"上可之。退书圣语。时陈恭公为执政，不肯书，曰："吾初不闻。"正献惧，遂焚之。由此

①见本书《东坡志林》卷一《黎穆子》。
②见本书《东坡志林》卷一《论雨井水》。
③见本书《东坡志林》卷三《费孝先卦影》。

罢相。议者谓正献当明日奏留，不当遽焚其书也。

贾婆婆 见《志林》三卷①

世有显人

李士衡之父豪悰不法，诛死。士衡进用，王钦若欲言之而未有路。会真宗论时文之敝，因言："路振，文人也，然不识体。"上曰："何也？"曰："李士衡父诛死，而振为赠诰，曰'世有显人'。"上颔之。士衡以故不大用。

论柳宗元 见《志林》四卷②

论金土同价

齐高帝云："当使金土同价。"意则善矣，然物岂有此理哉！孟子曰："物之不齐，物之情也。巨屦小屦同价，人岂为之哉！"孟子亦自忘此言，为菽粟如水火之论。金不可贱如土，犹土之不可贵如金也。尧之民，比屋可封；桀之民，比屋可诛。若信此说，则尧时诸侯满天下，桀时大辟遍四海也。

青苗钱 见《志林》二卷③

---

①见本书《东坡志林》卷三《贾婆婆荐昌朝》。

②见本书《东坡志林》卷四《柳宗元敢为诞妄》。

③见本书《东坡志林》卷二《唐村老人言》。

巫蛊

汉武帝恶巫蛊如仇雠。盖夫妇、君臣、父子之间，嗷嗷然不聊生矣。然《史记·封禅书》云："丁夫人、洛阳虞初等以方祠诅匈奴、大宛。"已且为巫蛊，何以责臣下！此最可笑。

字谜

鲍明远诗，有《字谜》三首。飞泉仰流者，旧说是"井"字。又《乾》之上九，只（隻）立无偶；《坤》之六二，宛然双（雙）宿，云是"桑"字。又头如刀，尾如钩，中间横，四角六抽，右面负两刃，左边双属牛，乃"龟（龜）"字也。

论墨

今世论墨，惟取其黑。光而不黑，是为弃墨；黑而不光，索然无神气，亦复安用？要使其光清而不浮，湛湛然如小儿目睛乃佳。

佛菩萨语

济南监镇宋保国出其所集王荆公《华严解》，余曰："《华严》有八十卷，今独解其一，何也？"曰："公谓我此佛语至深妙，他皆菩萨语耳。"曰："予于藏经中取佛语数句，杂菩萨语中，复取菩萨语数句杂佛语中，子能识其非是乎？"曰："不能也。"曰："非独子不能，荆公亦不能也。予昔在岐下，闻河阳猪肉至美，使人往致之。使者醉，猪夜逸，买他猪以偿，吾不知也。客皆大诧，以为非他产所及。已而事败，客皆大惭。今荆公之猪未败耳。屠者买肉，倡者唱歌，或因以悟。子若一念清净，墙壁瓦砾皆说无上法。而云佛语深妙，菩萨不及，岂非梦中语乎？"保国曰："唯。"

李赤诗

姑孰堂下咏李白《十咏》，怪其语不类太白。王平甫云此李赤诗也。赤自比李白，故名赤，后为厕鬼所惑死。今观其诗止于此，以太白自比，其心疾已久矣，岂厕鬼之罪耶！

论茶

除烦去腻，不可缺茶，然暗中损人不少。吾有一法：每食已，以浓茶漱口，烦腻既出，而脾胃不知。肉在齿间，消缩脱去，不烦挑刺。而齿性便若缘此坚密。率皆用中下茶，其上者亦不常有，数日一啜，不为害也。此大有理。

鲁直诗文

黄鲁直诗文，如蝤蛑、江瑶柱，格韵高绝，盘餐尽废。然不可多食，多食则发风动气。

论漆

漆畏蟹。予尝使工作漆器，工以蒸饼洁手而食之，宛转如中毒状，急以蟹黄食之，乃苏。墨入漆最善，然以少蟹黄败之，乃可。不尔，即坚顽不可用也。

二红饭

今年东坡收大麦二十余石，卖之，价甚贱，而粳米适尽，故日夜课奴婢舂以为饭。嚼之嘎嘎有声，小儿女相调，云是"嚼虱子"。然日中腹饥，用浆水淘之，自然甘酸浮滑，有西北村落气味。今日复令庖人杂小豆作饭，尤有味。老妻大笑曰："此新样二红饭也。"

大禹周公

东坡将别，乞一言于徐仲车。曰："自古皆有功，独称大禹之功；自古皆有才，独称周公之才。以其有德以将之故耳。"

仇池笔记卷下

论设醴

楚元王为穆生设醴,王戊即位,忘设。穆生遂谢病去,申公、白公独留。戊稍淫暴,二人谏不听,褚衣杂春于市。申公愧之,归鲁。已而赵绾、王臧言于武帝,以蒲轮召,卒坐绾、臧事病免。穆生远引于未然之前,申公眷恋于既然之后。谓祸福皆天,不可避绝者,未必然也。

服松脂

松脂以镇定者为良。细布袋盛渍水中,沸汤煮之。浮水面者,罩篦掠取,投新水中;久煮不出者,弃不用。入白茯苓末,杵罗为末,每日取三钱,匕箸口中。用少熟水漱,仍如常法措齿。更嚼少熟水咽之,仍漱齿。牢牙、驻颜、乌须也。

孔北海

王巩云:张安道说苏子瞻比予孔北海、诸葛孔明。孔明吾岂敢望?北海或似之,然不若是之蠢也。北海以忠义气节冠天下,其势足与曹操相轩轾,决非两立者。北海以一死捍汉,岂所谓轻于鸿毛者?何名为蠢哉!

梁贾 见《志林》三卷①

鸡唱

光、黄人二三月群聚讴歌,不中音律,宛转如鸡鸣耳。与宫人唱漏微相似,但极鄙野。《汉官仪》:"宫中不畜鸡,汝南出长鸣鸡,卫士候于朱雀门外,专传鸡唱。"又应劭曰:"今《鸡鸣歌》。"《晋太康地道记》曰:"后汉卫士习此曲,于阙下歌之,今《鸡唱》是也。"颜师古不考古本,妄破此说。今余所闻,岂《鸡唱》之遗音乎？今土人谓之山歌云。

晋卿墨

王晋卿造墨用黄金、丹砂,墨成,价与金等。三衢蔡珙自烟、煤、胶外,一物不用,特以和剂有法,甚黑而光,殆不减晋卿。胡人谓犀黑暗,象白暗,可以名墨,亦可以名茶。

徐仲车二反

徐积,字仲车。古之独行,於陵仲子不能过。然其诗文则怪而放,如玉川子。此一反也。耳聩甚,画地为字乃始通;终日面壁坐,不与人接,而四方事无不知。此二反也。

论汉武帝 见《志林》四卷②

---

①见本书《东坡志林》卷三《梁贾说》。
②见本书《东坡志林》卷四《武帝踞厕见卫青》。

硬黄临二王书

王会稽父子书存于世者，盖一二数。唐人薛、褚之流，硬黄临仿，亦足为法。

鲁直诗

读鲁直诗，如见鲁仲连、李太白，不敢复论鄙事。虽若不入用，不无补于世也。

宝应民

见《志林》二卷^{①}

佛受戒平冤

李如损之妹既笄发病，见前世冤对日夜答之，遂归诚佛法。梦中见佛与受戒，平遣冤者。李因蔬食不嫁。

君谟书

仆尝论蔡君谟书为本朝第一，议者多以为不然。或谓君谟书为弱，殊非知书者。若江南李主，外险而中实无有，此真所谓弱者。以李主为劲，则宜以君谟为弱。

张子野诗

张子野诗笔老妙，歌词乃余波耳。《华州西溪》云："浮萍破处见山影，野艇归来闻草声。"和予诗云："愁似鳏鱼知夜永，懒同蝴蝶为春忙"。若此之类，皆可追配古人，而世俗但称其古歌词。昔

---

①见本书《东坡志林》卷二《记鬼》。

周昉画人物皆入神品,世亦但知有周昉士女,可谓"未见好德如好色者"矣?

林檎诗

儿子迈幼作《林檎诗》,云:"熟颗无风时自落,半腮迎日斗鲜红。"于等辈号有思致者。又诗云:"叶随流水归何处,牛带寒鸦过晚村。"此亦可人。

凤咮研

仆好用凤咮石研,论者多异同。盖少得真者,黟然滩石乱之耳。唐彦猷以青州红丝石为甲,或云惟堪作骰盆,盖未见佳者。

李十八草书

刘十五论李十八草书,谓之鹦哥娇。意谓鹦鹉能言,不过数句,大率杂以鸟语。十八后稍进,以书问仆:"近日比旧何如?"仆答曰:"可作秦吉了矣。"

杨凝式书

唐末五代文章卑泥,字画从之。而杨凝式笔迹雄强,往往与颜、柳相上下。今世多称李建中、宋宣献。此二人书,仆所不解。宋寒而李俗,殆是浪得名耳。惟蔡君谟书,姿格既高,而学亦至,当为本朝第一。

杜甫诗

杜甫诗固无敌,然自"致远"已下句,甚村陋也。世人雷同,不复讥评，过矣！然亦不能掩其美也。

与晁秀倡和

余在广陵，送客山光寺。晁秀作诗云："扁舟乘兴到山光，古寺临流胜气藏。惭愧南风知我意，吹将草木作天香。"余和云："闹里清游借隙光，醉时真境发天藏。梦回拾得吹来句，十里南风草木香。"

与可拾诗

余昔对欧公诵文与可诗云："美人却扇坐，羞落庭下花。"公曰："世间元有此句，与可拾得耳。"

论董秦

玉川子《月蚀》诗云："岁星主福禄，官爵奉董秦。"详味此语，当是无功而享厚禄者。秦本忠臣，天宝末屡立战功，亦颇知义。代宗时吐蕃犯阙，征兵，秦即日赴难。或劝择日，答曰："君父在难，乃择日耶？"后污朱泚伪命，诛。考其终始，非无功而享禄者。不知玉川子何以有此句？

乐天烧丹 见《志林》一卷 ^{①}

盘游饭谷董羹

江南人好作盘游饭，鲜脯脍炙无不有，埋之饭中。里谚曰：

---

① 见本书《东坡志林》卷一《乐天烧丹》。

"掘得窖子。"罗浮颖老取凡饮食杂烹之,名谷董羹。诗人陆道士出一联云:"投醪谷董羹锅内,掘窖盘游饭碗中。"

参寥诗

见《志林》一卷①

煮猪头颂

净洗锅,浅著水,深压柴头莫教起。黄豕贱如土。富者不肯吃,贫者不解煮。有时自家打一碗,自饱自知君莫管。

薢草诗

杜子美有《除薢草》一篇,蜀中谓之毛薢。毛芒可畏,触之如蜂蛰。治风疹,以此草点之,一身失去。叶背紫者入药。杜诗注云:"薢,音潜,山韭也。"

采艾

端午日,日未出时,以意求艾似人者,采之以灸,殊效。一书中见之,忘其为何书也。艾未有真似人者,于明暗间以意命之而已。万法皆妄,无一真者,此何疑也!

治内障眼

《本草》云:"熟地黄、麦门冬、车前子相杂,治内障眼有效。"屡试,信然。其法,细捣罗,蜜为丸,如桐子大。三药皆难捣罗和合,异常甘香,真奇药也。露蜂房、蛇蜕皮、乱发,各烧灰存性,取钱匕

①见本书《东坡志林》卷二《记梦参寥茶诗》。

酒服，治疮口久不合。

潘谷墨

潘谷墨既精妙而价不二。一日忽取欠墨钱券焚之，饮酒三日，发狂赴井死。人下视之，跌坐井中，尚持数珠也。

雪堂义尊

元祐中，驸马都尉王晋卿置墨十数品。杂研之，作数十字，以观色之浅深。若果佳，当捣和为一品。昔在黄州，邻近四五州送酒，合置一器，谓之"雪堂义尊"。今又为雪堂义墨耶！

颜鲁公论逸少字

颜真卿写碑，唯《东方朔画赞》最为清雄。后见逸少本，乃知鲁公字临此，虽大小相悬，而意良是。非自得于书，未易为之言也。

欧公书

欧公用尖笔作方阔字，神采秀发，膏润无穷。后人见之，如见其清粹丰颊，进趣裕如也。

荆公书

王荆公书得无法之法，然不可学，学之则无法。仆书作意为之，颇似蔡君谟；稍得意，则似杨风子；更放，则似言法华。

真人之心

道家云："心不离田，手不离宅。"又云："真人之心，若珠在渊；

众人之心,若瓢在水。"

搬运法

扬州有武官侍其者,官于二广十余年,终不染瘴。面红腻,腰足轻快。初不服药,每日五更起坐,两足相向,热摩涌泉穴无数,以汗出为度。欧公平日不信仙佛,笑人行气。晚年云:"数年来足疮一点,痛不可忍。近有人传一法,用之三日,不觉失去。"其法,重足坐,闭目握固,缩谷道,摇颻两足,如气球状。气极即休,气平复为之,日八九度,得暇则为,乃搬运捷法也。文忠痛已即止,若不废,当有益。

勤修善果

佛言:三千大千世界,犹如空华乱起乱灭。而况我在此空华起灭之中,寄此须臾贵贱,寿天,得失,贤愚,所计几何。惟有勤修善果以升神明,照遣虚妄以诚知本性,最为著身要事也。

众狗不悦

惠州市寥落,然每日杀一羊。不敢与在官者争买,时嘱屠者买其脊骨。间亦有微肉,熟煮熟漉。若不熟,则泡水不除。随意用酒,薄点盐,炙微焦食之。终日摘剔,得微肉于牙缝间,如食蟹螯。率三五日一食,甚觉有补。子由三年堂庖所食刍豢,灭齿而不得骨,岂复知此味乎？此虽戏语,极可施用。用此法则众狗不悦矣！

三老人问年 见《志林》二卷^①

梦韩魏公

夜梦登合江楼，月色如银。韩魏公跨鹤来，曰："被命同领剧曹，故来相报。"他日北归中原，当不久也。

真一酒

余在白鹤新居，邓道士忽叩门。时已三鼓，家人尽寝，月色如霜。后有伟人，衣桃椰叶，手携斗酒，丰神英发如吕洞宾。曰："子尝真一酒乎？"就坐，三人各饮数杯，击节高歌。合江楼下，海风振水，大鱼皆出。袖出一书授余，乃真一法及修养九事。其末云九霞仙人李靖书。既去怅然。

法报化三身 见《志林》二卷^②

蒸豚诗

王中令既平蜀，饥甚，入一村寺。主僧醉甚，箕踞。公欲斩之，僧应对不惧。公奇之。公求蔬食，云："有肉无蔬。"馈蒸猪头，甚美。公喜，问："止能酒肉耶？尚有他技也？"僧言："能诗。"公令赋蒸豚，立成，云："嘴长毛短浅含膘，久向山中食药苗。蒸处已将蕉叶裹，熟时兼用杏浆浇。红鲜雅称金盘汀，熟软真堪玉箸挑。若把毡根来比并，毡根自合吃藤条。"公大喜，与紫衣师号。

---

① 见本书《东坡志林》卷二《三老语》。

② 见本书《东坡志林》卷二《读〈坛经〉》。

偬耳地狱 见《志林》二卷 ①

五谷耗地气

吾昔有田在蕲水，仅种一斗，得稻十斛。问其故，云："连山皆野草散木，不生五谷，地气不耗，故发如此。"是以知五谷耗地气为最甚。王莽末，天下旱蝗，黄金一斤，易粟一斗。至汉建武二年，野蚕成茧，被于山泽。至五年，渐少，而农事益修。盖土不生谷，地气无所耗，蕴蓄日久，发而为野蚕旅谷，其理甚明。凡地不生草木者，多产金锡，亦其理也。书此以为卫生之方。

论菊

菊，黄中之色，香味和正，花叶根实，皆长生药也。北方随秋早晚，大略至菊有黄华乃开。岭南冬至乃盛。地暖，百卉造化无时，而菊独后开。考其理，菊性介烈，不与百卉并盛衰，须霜降乃发，岭南尝以冬至微霜也。仙姿高洁如此，宜其通灵也。

本秀二僧 见《志林》二卷 ②

梅询非君子 见《志林》四卷

吴育不相 见《志林》四卷。并上条见《真宗仁宗之信任》内 ③

①见本书《东坡志林》卷二《李氏子再生说冥间事》。
②见本书《东坡志林》卷二《本秀非浮图之福》。
③即本书《东坡志林》卷四《真宗仁宗之信任》。

时无英雄竖子成名 见《志林》一卷①

永洛之役

张舜民云："永洛之役，李舜举、李稷、徐禧皆在围中。上以手诏赐西人，云若能保全吏士，当尽复侵地。诏未至，而舜举等已死。"圣意可谓重一士而轻千里。惜此等不被其赐也，哀哉！

二李优劣

中官李舜举死于永洛，将死，以故纸半幅书曰："臣舜举死无所恨，但愿陛下勿轻此贼。"使一健黠者间走以闻。时李稷亦将死，书纸尾曰："臣稷千苦万屈。"上为一恸。然二人优劣贤不肖已可见矣。

太尉足香

方李宪用事，士大夫或奴事之，穆衍、孙路至为执袍带。王中正盛时，俞充令妻执板以侑酒。彭孙本以劫盗招出，气陵公卿。韩持国至诣其第，出妓饮，酒酣，慢持国。持国不敢对。然尝为李宪灌足，曰："太尉足何香也！"宪以足踏其头，曰："奴谄不太甚乎？"孙在许下，私捉逃军三百人役之。予时将乞许，凯至郡斩迄乃奏，会除颍乃止。

西征途中诗

张舜民通练西事，稍能诗。从高遵裕西征回，途中作诗曰：

① 见本书《东坡志林》卷一《广武叹》。

"灵州城下千株柳，总被官军砍作薪。他日玉关归去后，将何攀折赠行人。""青冈峡里韦州路，十去从军九不回。白骨似山山似雪，将军莫上望乡台。"为李察所奏，贬郴州监税。舜民云："官军围灵州不下，粮尽而返。西人城上问官军：'汉人兀捺否？'答曰：'兀捺。'城上皆笑。"兀捺者，惆怅也。

招高丽 见《志林》三卷^①

《易》《书》《论语说》

孔壁、汲冢竹简科斗，皆漆书也，终于蠹坏。编钟、石鼓益坚，古人为不朽之计至矣。然其妙意所以不坠者，特以人传之耳。《易》言："神而明之，存乎其人。"吾作《易》《书》《论语说》，亦粗备矣。鸣呼！又何以多为？

太极真人 见《志林》三卷^②

论金盐

王莽败时，省中黄金三十万斤。陈平用肆万斤间楚，董卓郿坞金亦多。其余赐三五十斤者，不可胜数。近世金以斤计，虽人主未有以百金与人者，何古多今少也？岂山拔沙无虚日，金为何往哉？颇疑宝货神不可知，复归山泽。即尝闻盐亦然。峡中大宁监日有定数，若大商覆舟，则盐泉顿增。乃知寻常便液之出，不拘远近，皆归本原也。

①见本书《东坡志林》卷三《高丽公案》。
②见本书《东坡志林》卷三《徐则不传晋王广道》。

放生池碑

湖州有《放生池碑》，载其所上肃宗表云："一日三朝，大明天子之孝，问安视膳，不改家人之礼。"鲁公知肃宗有愧于此乎？孰谓公区区于放生哉！

三鬃马

唐李将军思训作《明皇摘瓜图》：嘉陵山水，帝乘赤骠，起三鬃，与诸王、嫔御十数骑，出飞仙岭下。初见乎六马皆若惊，而帝马见小桥不进，正作此状。不知三鬃谓何？今乃见岑参诗有《卫驾赤骠歌》曰："赤髯胡雏金剪刀，平时剪出三鬃高。"乃知唐御马皆剪治，而三鬃其饰也。

诵《金刚经》

见《志林》二卷^①

神清洞

曹焕游嵩山，中途遇道士盘礴石上，揖曰："汝非苏辙之婿曹焕乎？"顾其侣曰："何人？"曰："老刘道士寓此，未尝与人语。"道士曰："苏辙，欧阳永叔门人。汝以永叔为何等人？"焕曰："文章忠义为天下第一。"道士曰："所知者，如是而已。我，永叔同年也。此袍得之永叔，盖尝破而不补，未尝垢而洗也。近得书甚安。汝岂不知神清洞事乎？汝与我以某年某月某日同集某处，我当以某月日化于石上。"复坐，不复语。焕亦行入山。果如期化于石上。

---

① 见本书《东坡志林》卷二《诵〈金刚经〉帖》。

论杜甫杜鹃诗

南都王谊伯谓杜子美诗，历五季兵火，多舛缺。且如"西川有杜鹃，东川无杜鹃。涪万无杜鹃，云安有杜鹃"，盖自题下注，断自"我昔游锦城"为首句，谊伯为误矣。子美诗备诸家体，岂可以文害词，词害意耶？原其意，类皆有感，亦《诗》之比兴、《离骚》之法。按《百物志》：杜鹃生子，寄之他巢，百鸟为饲之。胡江东所谓"杜宇昔为蜀帝王，化禽飞去旧城荒"。此鸟至微，知有尊，故子美云："重是古帝魂。"又曰："礼若奉至尊。"讥当时刺史，禽鸟有不若也。明皇以后，天步多棘，刺史能造次不忘君者可数也。严武在蜀，虽横敛刻剥，实资中原，是"西川有杜鹃"耳。其废王命，擅军旅，绝贡赋，如克逊在梓州为朝廷忧，是"东川无杜鹃"耳。涪，万，云安刺史，微不可考。凡其承君者为有也，怀贰者为无也。谊伯又云："子美不应叠用韵。"子美自我作古，叠韵何害于为诗？

辩釜 见《志林》卷四 ^{①}

论淳于髡

淳于髡一斗亦醉，一石亦醉。至于州闾之会，男女杂坐，几于劝矣，何讽之有？盖有微意。以多少之无常，知饮酒之非我，观变识妄，平生之嗜，亦少衰矣。是以托于放荡之言，而能规荒主长夜之饮，世未有识其趣者。

①见本书《东坡志林》卷四《论汉高祖斩丰沛侯事》。

竹雌雄

竹有雌雄,雌者多笋,故种竹当种雌。自根以上至梢,一节发者为雌。物无逃于阴阳,信哉!

戒杀

余少年不杀,未能断也。近年始能不杀猪羊,惜嗜蟹。每见饵者,皆放之江中。虽在江无活理,庶几求一活。即使不活,亦愈于烹煎也。亲遭患难,不异鸡鸭之在庖厨,不忍以口腹之故,使有生之类,受无量怖苦耳。犹恨未能忘食味,食自死物可也。

广利王召

余一日醉卧,有鱼头鬼身者自海中来,云:"广利王请端明。"予披褐履草黄冠而去,亦不知身步入水中,但闻风雷声。有顷,豁然明白,真所谓水晶宫殿也。其下骊目、夜光、文犀、尺璧、南金、火齐,不可仰视,珊瑚、琥珀,不知几多也。广利佩剑冠服而出,从二青衣。余曰:"海上逐客,重烦邀命。"有顷,东华真人,南溟夫人造焉,出鲛绡丈余,命余题诗。余赋曰:"天地虽虚廓,惟海为最大。圣王皆祀事,位尊河伯拜。祝融为异号,恍惚聚百怪。三气变流光,万里风云快。灵旗摇虹蘧,赤虹喷滂沛。家近玉皇楼,彤光照无界。若得明月珠,可偿逐客债。"写竟,进广利。诸仙迎看,咸称妙。独广利旁一冠簪者,谓之鳖相公,进言:"苏轼不避忌讳,祝融字犯王讳。"王大怒。余退而叹曰:"到处被相公厮坏。"

记天心正法咒

王君善书符,行天心正法,为里人疗疾驱邪。仆尝传此咒法,当以传王君。其辞曰："汝是已死我，我是未死汝。汝若不吾崇，吾亦不汝苦。"

勃逊之

与朱勃逊之会议于颍，或言洛人善接花，岁出新枝，而菊品尤多。逊之曰：菊当以黄为正，余可鄙也。昔叔向闻鬷蔑一言得其为人，予于逊之亦云。

张平叔制词

乐天行《张平叔户部侍郎判度支制浩》云："吾坐而决事，丞相以下，不过四五，而主计之臣在焉。"以此知唐制，主计盖坐而论事也。不知四五者悉何人？平叔议盐法，至为割剥，事见退之集。今乐天制浩亦云："计能析秋毫，吏畏如夏日。"其人必小人也。

贺下不贺上

贺下不贺上，此天下通语。士人历官一任，得外无官谤，中无所愧于心，释肩而去，如大热远行，虽未到家，得清凉馆舍一解衣漱灌，已足乐矣。况于致仕而归，脱冠佩，访林泉，顾平生一无可恨者，其乐岂可胜言哉！余出入文忠门最久，故见其欲释位归田，可谓切矣。他人或苟以藉口，公发于至情，如饥者之念食也，顾势有未可者耳。观与仲仪书，论可退之节二，至欲以得罪、病而去。君子之欲退，其难如此，可以为进者之戒。

书李若之事

《晋·方技传》有幸灵者，父母使守稻，牛食之。灵见而不驱。

牛去，乃理其残乱者。父母怒之。灵曰："物各欲食，牛方食，奈何驱之？"父母愈怒，曰："即如此，何用理乱者为？"灵曰："此稻又欲得生。"此言有理，灵故有道者耶？且猗母足得痿痹病十余年，灵疗之。去母数步坐，瞑目寂然。有顷，曰："扶起夫人坐。"猗曰："夫人得疾十年，岂可仓卒令起耶？"灵曰："且试扶起。"两人夹扶而立。少顷，去夹者，遂能行。学道养气者，至足之余，能以气与人。都下道士李若之能之，谓之"布气"。吾中子迨，少赢多疾。若之相对坐，为布气，迨闻腹中如初日所照，温温也。盖若之曾遇得道异人于华岳下云。

记道人问真

道人徐问真，自言潍州人。嗜酒狂肆，能啖生葱、鲜鱼，以指为针，以土为药，治病良有验。欧阳文忠公为青州，问真来从公游。久之，乃求去。闻公致仕，复来汝南。公常馆之，使伯和父兄弟为之主。公常有足疾，状少异，医莫能喻。问真教公汲引气血，自踵至顶。公用其言，病辄已。忽一日，求去甚力。公留之，不可，曰："我有罪。我与公卿游，我不复留。"公使人送之，果有冠铁冠丈夫，长八尺许，立道周侯之。问真出城，顾村童，使持药筒。行数里，童告之求去。问真于髻中出小瓢，如枣大，再三覆之掌中，得酒满掬者一，以饮童子，良酒也。自尔不复知其存亡，而童子径发狂，亦莫知其所终。轼过汝阴，公具言如此。其后贬黄州，而黄冈县令周孝孙暴得重腿疾。轼试以问真口诀授之，七日而愈。元祐六年十一月二日，与叔弼父、季默父夜坐，话其事，事复有甚异者，不欲尽书，然问真要为异人也。

记罗浮异苑

有官吏自罗浮都虚观游长寿，中路睹见道室数十间，有道士据榻坐，见吏不起。吏大怒，使人诘之，至则人室皆亡矣。乃知罗浮凡圣杂处，似此等异境，平生修行人有不得见者，更何人，乃独见之？正使一凡道士见己不起，何足怒！更无状如此，得见此者，必前缘也。

东坡升仙

吾昔谪黄州，曾子固居忧临川，死焉。人有妾传吾与子固同日化去，且云如李长吉时事，以上帝召他。时先帝亦闻其语，以问蜀人蒲宗孟，且有叹息语。今谪海南，又有传吾得道，乘小舟入海不复返者。京师皆云，儿子书来言之。今日有从黄州来者，云太守何述言：吾在僧耳，一日忽失所在，独道服在耳。盖上宾也。吾平生遭口语无数，盖生时与韩退之相似，吾命在斗间而身宫在焉。故其诗曰："我生之辰，月宿南斗。"且曰："无善声以闻，无恶声以扬。"今谤吾者，或云死，或云仙。退之之言，良非虚尔。

冲退处士

章誉字隐之，本闽人，迁于成都数世矣。善属文，不仕。晚用太守王素荐，赐号冲退处士。一日，梦有人寄书召之者，云东岳道士书也。明日，与李士宁游青城，濯足水中，誉谓士宁曰："脚踏西溪流去水。"士宁答曰："手持东岳寄来书。"誉大惊，不知其所自来也。未几，誉果死。其子禠，亦以逸民举，仕一命乃死。士宁，蓬州人也，语默不常，或以为得道者，百岁乃死。常见余成都，曰："子甚贵，当策举首。"已而果然。

李氏子再生说冥间事

戊寅十一月,余于僧耳闻城西民李氏处子病卒,两日复生。余与进士何旻同往见其父,问死生状。云初昏,若有人引去。至官府,幕下有言:"此误追。"庭下一吏云:"可且寄禁。"又一吏云:"此无罪,当放还。"见狱在地窟中,隧而出入。系者皆僧人,僧居十六七。有一姬,身皆黄毛,如驴马,械而坐。处子识之,盖僧僧之室也。曰:"吾坐用檀越钱物,已三易毛矣。"又一僧,亦处子邻里,死已二年矣。其家方大祥,有人持盘馔及钱数千,云:"付某僧。"僧得钱,分数百遗门者,乃持饭入门去。系者皆争取其饭。僧饭,所食无几。又一僧至,见者擎跪作礼。僧曰:"此女可差人速送还。"送者以手擘墙壁使过,复见一河,有舟,使登之。送者以手推舟,舟跃,处子惊而瘥。是僧岂所谓地藏菩萨耶？书此为世戒。

道士张易简

吾八岁入小学,以道士张易简为师。童子几百人,师独称吾与陈太初者。太初,眉山市井人子也。余稍长,学日益,遂第进士制策。而太初乃为郡小吏。其后余谪居黄州,有眉山道士陆惟忠自蜀来,云:"太初已尸解矣。蜀人吴师道为汉州太守,太初往客焉。正岁日,见师道求衣食钱物,且告别。持所得尽与市人贫者,反坐于戟门下,遂卒。师道使卒舁往野外焚之,卒骂曰:'何物道士,使吾正旦异死人!'太初微笑开目,曰:'不复烦汝。'步自戟门至金雁桥下,跌坐而逝。焚之,举城人见烟焰上眇眇焉有一陈道人也。"

梦南轩

元祐八年八月十一日,将朝尚早,假寐。梦归毅行宅,遍历蔬圃中。已而坐于南轩,见庄客数人方运土塞小池。土中得两芦菔根,客喜,食之。予取笔作一篇文,有数句云："坐于南轩,对修竹数百,野鸟数千。"既觉,惘然思之。南轩,某君名之曰"来风"者也。

陈昱被冥吏误追

今年三月,有书吏陈昱者,暴死三日而苏。云初见壁有孔,有人自孔掷一物,至地化为人,乃其亡姊也。携其手自孔中出,曰："冥吏追汝,使我先。"见吏在旁,昏黑如夜,极望有明处,空有桥,榜曰"会明"。人皆用泥钱。桥极高,有行桥上者。姊曰："此生天也。"昱行桥下,然犹有在下者,或为乌鹊所啄。姊曰："此网捕者也。"又见一桥,曰"阳明"。人皆用纸钱。有吏坐曹十余人,以状及纸钱至者,吏辄刻除之,如抽贯然。已而见冥官,则陈襄述古也。问昱何故杀乳母,曰："无之。"呼乳母至,血被面,抱婴儿,熟视昱,曰："非此人也,乃门下吏陈周。"官遂放昱还,曰："路远,当给竹马。"又使诸曹检己籍。曹示之,年六十九,官左班殿直。曰："以平生不烧香,故不甚寿。"又曰："吾辈更此一报,即不同矣。"意谓当超之。昱还,道见追陈周往。既苏,周果死。

记异

有道士讲经茅山,听者数百人。中讲,有自外入者,长大肥黑,大骂曰："道士奴,天正热,聚众造妖何为?"道士起谢曰："居山养徒,资用乏,不得不尔。"骂者怒少解,曰："须钱不难,何至此作此!"乃取釜灶杵臼之类,得百余斤,以少药锻之,皆为银,乃去。

后数年,道士复见此人从一老道士,须发如雪,骑白骡。此人腰插一骡鞭从其后。道士遥望叩头,欲从之。此人指老道士,且摇手作惊畏状,去如飞,少顷即不见。

猪母佛

眉州青神县道侧有一小佛屋,俗谓之猪母佛。云百年前有牝猪伏于此,化为泉;有二鲤鱼在泉中,云盖猪龙也。蜀人谓牝猪为母,而立佛堂其上,故以名之。泉出石上,深不及二尺,大旱不竭,而二鲤莫有见者。余一日偶见之,以告妻兄王愿。愿深疑,意余之诞也。余亦不平其见疑,因与愿祷于泉上,曰:"余若不诞者,鱼当复见。"已而二鲤复出。愿大惊,再拜谢罪而去。此地应为灵异。

青神文及者,以父病求医,夜过其侧。有髯而负琴者邀至室,及辞以父病不可留,而其人苦留之,欲晓乃遣去。行未数里,见道傍有劫贼所杀人,赫然未冷也。否则及亦未免耳。泉在石佛镇南五里许,青神二十五里。

记范蜀公遗事

李方叔言:范蜀公将薨,数日须发皆变苍,郁然如画也。公平生虚心定气,数尽神往而血气不衰,故发于外耶?然范氏多四乳,固与人异;公又立德如此,其化也,必不与万物同尽,盖有不可知者也。元符四年四月五日。

记张憨子

黄州故县张憨子,行止如狂人,见人辄骂云"放火贼"。稍知书,见纸辄书郑谷《雪诗》。人使力作,终日不辞。时从人乞,予之钱，不受。冬夏一布褐，三十年不易，然近之不觉有垢秽气。其实如此。至于土人所言，则有甚异者，盖不可知也。

记女仙

予顷在都下，有传太白诗者，其略曰："朝披梦泽云。"又云："笠泽青茫茫。"此非世人语也。盖有见太白在肆中而得此诗者。神仙之道，真不可以意度。绍圣元年九月，过广州，访崇道大师何德顺。有神仙降于其室，自言女仙也。赋诗立成，有超逸绝尘语。或以其托于箕帚，如世所谓"紫姑神"者疑之。然味其言，非紫姑所能至。人有人狱鬼，群鸟兽者，托于箕帚，岂足怪哉！崇道好事喜客，多与贤士大夫为游，其必有以致之也哉？

孙朴见异人

眉之彭山进士有宋筹者，与故参知政事孙朴梦得同赴举。至华阴，大雪。天未明，过华山。下有牌楼云"毛女峰"者，见一老姥坐楼下，髪如雪而无寒色。时道上未有行者，不知其所从来，雪中亦无足迹。孙与宋相去数百步，宋先过之，亦怪其异，而莫之顾。孙独留连与语，有数百钱挂鞍，尽与之。既追及宋，道其事。宋悔，复还求之，已无所见。是岁，孙第三人及第，而宋老死无成。此事蜀人多知之者。

参寥求医

庞安常为医，不志于利，得善书古画，喜辄不自胜。九江胡道士颇得其术，与予用药，无以酬之，为作行草数纸而已。且告之曰："此安常故事，不可废也。"参寥子病，求医于胡，自度无钱，且不善书画,求予甚急。予戏之曰:"子繁、可、皎、彻之徒,何不下转语作两首诗乎?"庞、胡二君与吾辈游,不日索我于枯鱼之肆矣。

延年术

自省事以来,闻世所谓道人有延年之术者,如赵抱一、徐登、张元梦,皆近百岁,然竟死,与常人无异。及来黄州,闻浮光有朱元经尤异,公卿尊师之者甚众,然卒亦病,死时中风搐搦。但实能黄白,有余药、金,皆入官。不知世果无异人耶？抑有而人不见,此等举非耶？不知古所记异人虚实,无乃与此等不大相远,而好事者缘饰之耶？

单骧孙兆

蜀人单骧者,举进士不第,顾以医闻。其术虽本于《难经》《素问》,而别出新意,往往巧发奇中,然未能十全也。仁宗皇帝不豫,诏孙兆与骧入侍,有间,赏赉不赀。已而大渐,二子皆坐诛,赖皇太后仁圣,察其非罪,坐废数年。令骧为朝官,而兆已死矣。予来黄州,邻邑人庞安常者,亦以医闻。其术大类骧,而加之以针术妙绝。然患聋,自不能愈,而愈人之疾如神。此古人所以寄论于目睫也耶？骧、安常皆不以赂谢为急,又颇博物,通古今,此所以过人也。元丰五年三月,予偶患左手肿,安常一针而愈。聊为记之。

辨五星聚东井

天上失星,崔浩乃云:"当出东井。"已而果然。所谓"亿则屡中"者耶？汉十月,五星聚东井。金、水尝附日不远,而十月,日在箕尾。此浩所以疑其妄。以余度之,十月为正,盖十月乃今之八月尔。八月而得七月节,则日犹在翼、轸间,则金、水聚于井亦不甚远。方是时,沛公初得天下,甘、石何意诒之？浩之说,未足信也。

辟谷说

洛下有洞穴,深不可测。有人堕其中不能出,饥甚,见龟蛇无数,每旦辄引首东望,吸初日光咽之。其人亦随其所向,效之不已,遂不复饥,身轻力强。后卒还家,不食,不知其所终。此晋武帝时事。辟谷之法以百数,此为上,妙法止于此。能服玉泉,使铅汞具体,去仙不远矣。此法甚易知易行,天下莫能知,知者莫能行。何则？虚一而静者,世无有也。元符二年,僦耳米贵,吾方有绝粮之忧,欲与过子共行此法,故书以授之。四月十九日记。

高丽

陈敦云:"胡孙作人服,折旋俯仰中度。细视之,其相侮慢也甚矣。人言'弄胡孙',不知为胡孙所弄。"此言颇有理。

东坡手泽

东坡手泽 目录

东坡手泽叙录	4107
东坡手泽	**4109**
用兵	4109
宰我非叛臣	4109
论霍光	4109
论孙卿子	4110
汉武帝	4110
巫蛊	4110
绝欲为难	4110
辨《文选》	4110
妇姑皆贤	4111
妻作送夫诗	4111
祭春牛文	4111
卦影	4112
益智	4112
何国	4112
艾人	4112

东坡手泽叙录

《东坡手泽》最早见于陈振孙《直斋书录解题》卷一一。其著录为:"《东坡手泽》三卷,苏轼撰。今俗本《大全集》中所谓《志林》者也。"可见,所谓《手泽》即《志林》的前身。黄庭坚《豫章集》卷二十九《跋东坡叙英皇事帖》云:"往尝于东坡见手泽二囊，中有似柳公权、褚遂良者数纸,绝胜平时所作徐浩体字。……手泽袋盖二十余,皆平生作字。语意类小人不欲闻者,辄付诸郎入袋中,死而后可出示人者也。"可见,《手泽》乃苏轼随手而记,有意而结集的。其实,最早的苏轼《手泽》由苏迈等编成。《宋史》卷二〇三《艺文志》著录有"苏辙《僧耳手泽》一卷",卷二〇八又著录为苏轼"《僧耳手泽》一卷"。中华书局本《校勘记》曰:"按本书卷二〇三《艺文志》已有'苏辙《僧耳手泽》',此处重出,当注明苏辙编录。"苏辙未曾到过僧耳,说苏辙编录有一定道理。苏辙自己则在《跋老子解》中说:"政和元年冬,得任迈等所编《先公手泽》。"大概苏辙也曾有所加工,故又有题为"苏辙"者。陈振孙所著录的《东坡手泽》及《宋史》所著录者,今均已佚失。今天所能见者乃《说郛》所转引的数则而已。其书题下原用小字标明"三卷",盖是陈氏所载者。此本《东坡手泽》与《僧耳手泽》关系如何亦不可考。不过,《百川学海》所收《东坡先生志林集》一卷全论史事,颇疑为《僧耳手泽》。

此次校点以商务印书馆《说郛》卷二九所引各条作底本,并参考了中华书局点校本《东坡志林》、明项煜序文盛堂刊本《东坡先生集》(以下简称《文集》)等书。

东坡手泽

用兵

善用兵者，破敌灭国当如小儿毁齿，以渐撼摇取之。虽小痛，儿能堪也。若不以渐，一拔而得齿，则取齿足以杀儿。吾观王翦以六十万人取荆，此一拔得齿之道也，秦亦愈矣。二世而败，坐此也夫？

宰我非叛臣

常病太史公言宰我尝作乱夷其族，使吾先师之门乃有叛臣。而天下所通祀者，乃容叛臣其间，岂非千载不灊之惑也耶？近令儿子过考阅经书，究其所因，则宰我不叛，左验甚明。太史公因陋承疑，使宰我负冤千岁，而吾师与蒙其垢，自兹一洗，亦古今之快也。

论霍光

吾观昌邑王与张敞语，真清狂不惠者耳，恶能为恶？既废则已矣，何至诛杀其从官二百余人？以予观之，其从官中必有谋光者。光知之，故立废贺，非专以淫乱故也。二百人者方诛，号呼于市，曰："当断不断，反受其乱。"此其有谋明矣。特其事秘，史无缘得之。著此者，亦欲后人微见其意也。武王数纣之罪，孔子犹且疑之，光等疏贺之恶，可尽信耶？

论孙卿子

孙卿子云："青出于蓝，而青于蓝；冰生于水，而寒于水。"世人言弟子胜师者，辄以此为口实。此无异梦中语。青即蓝也，冰即水也。酿米为酒，杀羊豕为膳羞，曰"酒甘于米，膳羞美于羊豕"，虽儿童必笑之。而孙卿子以是为辨，信其醉梦颠倒之言。以恶论人之性，皆此类也。

汉武帝

汉武帝无道，无足观者，惟踞厕见卫青，不冠不见汲长孺为可嘉耳。若青奴才，雅宜舐痔，踞厕见之，正其宜也。

巫蛊

汉武帝诛巫蛊，疾之如仇雠。盖夫妇、父子、君臣之间，啾啾然不聊生矣。然《史记·封禅书》云："丁夫人、雒阳虞初等，以方祠诅匈奴、大宛。"己且为巫蛊之魁，何以责其下？此最可叹云。

绝欲为难

昨日，太守杨君采、通守张君规邀予出游安国寺。坐中论服气养生之事，余云："皆不足道，难在去欲。"张云："苏子卿啮雪咽毡，齿皆出血，无一语少屈，可谓了生死之际矣。然不免与胡妇生子穹海之上，而况洞房绮疏之下乎！乃知此事不易消除。"众客皆大笑。予爱其语有理，故为录之。

辨《文选》

刘子玄辨《文选》所载李陵《与苏武书》非西汉文，盖齐、梁间文士拟作者也。予因以悟陵与武赠答五言，亦后人所拟。今日读

《列女传》蔡琰二诗，其词明白感慨，颇类世所传《木兰》诗，东京无此格也。建安七子犹涵养圭角，不尽发见，况伯喈女乎？又琰之流离，必在父没之后。董卓既诛，伯喈乃遇祸。今此诗乃云为董卓所驱虏入胡，尤知其非真也。盖拟作者疏略，而范晔荒浅，遂载之本传，可以一笑也。

妇姑皆贤

昔吾先君先夫人僦宅于眉之纱縠行。一日，一婢子熨帛，足陷于地。视之，深数尺，有大瓮，覆以乌木板。先夫人急命以土塞之，瓮中有物，如人咳声，凡一年乃已。人以为此有宿藏物，欲出也。夫人之任程之问者闻之，欲发焉。会吾家迁居，之问遂僦此宅，掘地丈余，终不见瓮所在。其后某官于岐下，所居大柳，雪，方尺不积雪；晴，地坎起数寸。某疑是古人藏丹药处，欲发之。亡妻崇德君曰："使吾先姑在，必不发也。"某愧而止。

妻作送夫诗

真皇既东封，访天下隐者，得杞人杨璞，能为诗。召对，自言不能。上问："临行有人作诗送卿否？"璞言："惟臣妻一首云：'更休落魄耽杯酒，且莫猖狂爱咏诗。今日捉将官里去，这回断送老头皮。'"上大笑，放还山。予在湖州，坐作诗追赴诏狱，妻，子送予出门，皆哭。予无以语之，顾老妻曰："子独不能如杨处士妻，作一诗送我乎？"妻子不觉失笑。予乃出。

祭春牛文

元丰六年十一月二十七日，天欲明，梦数吏人持纸一幅，其上题云"请祭春牛文"。余取笔疾书其上云："三阳既至,庶草将兴,爰出土牛,以戒农事。衣被丹青之好,本出泥涂;成毁须臾之间,谁为喜愠?"吏微笑曰："此两句,复当有怒者。"傍一吏云："不妨,此是唤醒他。"

卦影

至和二年,成都人有费孝先,始来眉山。云近游青城山,访老人村,坏其一床。孝先谢不敏,且欲偿其直。老人笑曰："子视其下字云：此床以某年月日某造,某年月日为费孝先所坏。成坏自有数,子何以偿为!"孝先知其异,乃留,师事之。老人授以《易》轨革卦影之术,前此未有知此学者也。后五六年,孝先名闻天下。

益智

海南产益智花,实皆作长穗,而分为三节。其实熟否,以候岁之丰歉。其下节以候早禾,中,上亦如之。吉则实,大凶之岁则皆不实,盖罕有三节并熟者。其为药,治气止水,而无益于智。智岂求之于药者乎？其得此名,盖以其知岁也耶?

何国

《泗州大圣僧伽传》云："和尚,何国人也。"又曰："世莫知其所从来。"云不知何国人也。近读《隋史·西域传》,乃有何国。

艾人

端午,日未出,于艾中以意求其似人者,辄揪之以灸,殊有效。幼时见一书中云,忘其为何书也。艾未有真似人者,于明暗间,苟以意命之而已。万法皆妄,无一真者,此何疑耶!

苏沈良方目录

内容	页码
苏沈良方叙录	4127
原序	4131
苏沈良方卷一	4134
炼丹砂法	4134
谷子煎法	4136
服茯苓说	4136
阳丹诀	4136
阴丹诀	4137
秋石方	4137
阴炼法	4137
阳炼法	4138
记松丹砂	4139
苏沈良方卷二	4140
治风气四神丹	4140
四味天麻煎方	4140
木香散	4140
左经丸	4141
烧肝散	4141

伊祁丸	4142
乌荆丸	4142
天麻煎丸	4142
服威灵仙法	4143
煮肝散	4143
乌头煎丸 又方	4143
通关散	4144
辰砂散	4145
治诸风上攻头痛方	4145
侧子散	4145
四生散	4146

苏沈良方卷三

圣散子	4147
圣散子启	4147
圣散子方	4148
小柴胡汤	4148
麻黄丸	4150
治暑喝逸巡闷绝不救者	4150
木香丸	4150
枳壳汤	4151
加减理中丸	4152
五积散	4153
顺元散	4154
紫金丹	4154
七枣散	4154

苏沈良方 目录

葱熨法	4154
金液丹	4155
苏沈良方卷四	**4156**
治消渴方	4156
木香散	4156
硇砂煎丸	4157
黑神丸	4158
神保丸	4158
小建中汤	4159
进食散	4160
压气散	4160
诃子丸	4161
椒朴丸	4161
无碍丸	4161
阴阳二胜散	4162
乌头散	4162
茱黄丸	4163
治噎方	4163
槐花散	4163
紫粉丸	4164
软红丸	4164
酒磨丸	4164
苏沈良方卷五	**4165**
桂香散	4165
引气丹	4165

沉麝丸 …………………………………………………… 4165
礞石丸 …………………………………………………… 4166
褐丸 ……………………………………………………… 4166
神圣香薷散 ……………………………………………… 4167
治腹中气块方 …………………………………………… 4167
栀子汤 …………………………………………………… 4167
苏合香丸 ………………………………………………… 4168
明月丹 …………………………………………………… 4168
火角法 …………………………………………………… 4169
九宝散 …………………………………………………… 4169
何首乌散 ………………………………………………… 4170
经效阿胶方 ……………………………………………… 4170
灸咳逆法 ………………………………………………… 4171
羌活散 …………………………………………………… 4171
治肺喘方 ………………………………………………… 4171
硃砂膏 …………………………………………………… 4172
蕊珠丹 …………………………………………………… 4172
至宝丹 …………………………………………………… 4172
苏沈良方卷六 ………………………………………… 4174
四神散 …………………………………………………… 4174
千缗汤 …………………………………………………… 4174
白雪丸 …………………………………………………… 4174
龙胆丸 …………………………………………………… 4174
治内障眼 ………………………………………………… 4175
还睛神明酒 ……………………………………………… 4175

苏沈良方 目录

治诸目疾	4176
点眼熊胆膏	4176
苘实散	4177
治眼齿	4177
狸鸠丸	4177
偏头痛方	4178
硫黄丸	4178
葫芦巴散	4178
治鼻衄	4178
刺蓟散	4178
治鼻衄不可止欲绝者 三方	4179
绿云膏	4179
灸牙疼法	4179
服松脂法	4180
水气肿满法	4180
逐气散	4180
二姜散	4180
川楝散	4181
仓卒散	4181
断弓弦散	4181
治小便数方 又方	4181
茯苓散	4182
香姜散	4182
暴下方	4183
治泻痢方	4183

四神散 …………………………………………… 4183

芍药散 …………………………………………… 4183

陈应之疗痢血方 ………………………………… 4183

楮根散 …………………………………………… 4184

健脾散 …………………………………………… 4184

宪宗赐马总治泻痢腹痛方 ……………………… 4184

治肠痔下血如注久不瘥者 ……………………… 4184

疗寸白虫 ………………………………………… 4184

苏沈良方卷七 …………………………………………… 4185

小还丹 …………………………………………… 4185

柞叶汤 …………………………………………… 4185

治肿毒痈疽 ……………………………………… 4186

白膏 ……………………………………………… 4186

治痈疽方 ………………………………………… 4186

治痈疽疡久不合方 ……………………………… 4187

云母膏 …………………………………………… 4187

小䗪散 …………………………………………… 4190

治发疮疹不透、蓄伏危困者 …………………… 4190

柴胡汤 又方 …………………………………… 4190

祛风丸 …………………………………………… 4191

地骨散 …………………………………………… 4191

治癣方 …………………………………………… 4192

治远年里外臁疮不瘥者 ………………………… 4193

火府丹 …………………………………………… 4193

疗久疮 …………………………………………… 4193

治疮疡甚者 …………………………………………… 4193

治阴疮痒痛出水久不瘥 又方 …………………………… 4194

治癣 …………………………………………………… 4194

系瘤法 …………………………………………………… 4194

治甲疽弩肉裹甲胀血、疼痛不瘥 …………………… 4194

续骨丸 …………………………………………………… 4194

神授散 …………………………………………………… 4195

筋断须续者 …………………………………………… 4196

治骨鲠或竹木签刺喉中不下 ………………………… 4196

治诸鲠 …………………………………………………… 4196

火烧疮方 ………………………………………………… 4196

毒蛇所伤方 ……………………………………………… 4196

苏沈良方卷八 ………………………………………… 4197

朱贡琥珀散 …………………………………………… 4197

麦煎散 …………………………………………………… 4197

白术散 …………………………………………………… 4197

肉桂散 …………………………………………………… 4198

大黄散 …………………………………………………… 4198

泽兰散 …………………………………………………… 4198

治褒中小儿脐风撮口法 ……………………………… 4199

黑神丸 …………………………………………………… 4199

青金丹 …………………………………………………… 4199

桔梗散 …………………………………………………… 4200

小黑膏 …………………………………………………… 4200

治疮疹方 ………………………………………………… 4200

苏东坡全集

治痘疮欲无瘢	4201
治小儿豌豆疮入目,痛楚,恐伤目	4201
辰砂丸	4201
治走马牙疳方	4201
麝香散	4202
牛黄煎	4202
吴婆散	4202
寒水石散	4203
小砗砂丸	4203
妙香丸	4203
治小儿脐久不干、赤肿、出脓及清水	4203
治小儿热嗽	4204
治小儿痃肥疮	4204

苏沈良方拾遗卷上

脉说	4205
苍耳说	4205
记菊	4206
记海漆	4206
记益智花	4206
记食芋	4207
记王屋山异草	4207
记元修菜	4207
记苍术	4208
记流水止水	4208
论脏腑	4208

苏沈良方 目录

论君臣	4209
论汤散丸	4209
论采药	4209
论橘柚	4210
论鹿茸麋茸	4210
论鸡舌香	4211
论金罂子	4211
论地骨皮	4211
论淡竹	4212
论细辛	4212
论甘草	4212
论胡麻	4212
论赤箭	4213
论地菘	4213
论南烛草木	4213
论太阴元精	4214
论粳米	4214
论苦耽	4214
论苏合香	4214
论薰陆香	4215
论山豆根	4215
论青蒿	4215
论文蛤海蛤魁蛤	4215
论漏芦	4215
论赭魁	4216

苏东坡全集

论龙芮	4216
论麻子	4216
灸二十二种骨蒸法	4216
唐中书侍郎崔知梯序	4217
取穴法	4217
用尺寸取穴法	4219
艾炷大小法	4219
取艾法	4220
用火法	4220

苏沈良方拾遗卷下

论风病	4221
服茯苓赋	4221
与翟东玉求地黄	4222
问养生	4223
论修养寄子由	4223
养生说	4224
续养生论	4224
书《养生论》后	4226
养生偈	4226
寄子由三法	4226
上张安道养生诀	4228
药歌　并引	4229
杂记	4230
子瞻杂记	4231

苏沈良方叙录

《苏沈良方》，一名《内翰良方》或《苏沈内翰良方》，世传为宋苏轼、沈括二人所集方书。沈括博学善文，史称其于医药、卜算无所不精，且均有著述。其见于《宋史·艺文志》者，有《灵苑方》二十卷、《良方》十卷，而别出《苏沈良方》十五卷，并注为沈括、苏轼著。

今考晁公武《郡斋读书志》，有《苏沈良方》与《沈存中良方》两书，而尤袤《遂初堂书目》只载《苏沈良方》一书，陈振孙《直斋书录解题》亦同。晁公武在《沈存中良方》下云："或以苏子瞻论医药杂说附之。"《苏沈良方》下也道："括集得效方成一书，后人附益以苏轼医药杂说。"因此晁公武所载《沈存中良方》即为沈括之原本，其云"或以苏子瞻论医药杂说附之"即为《苏沈良方》。而《永乐大典》又载有《苏沈良方》之《原序》一篇，亦括一人所作，且自言"予所著《良方》"等等，那么此《原序》即为《沈存中良方》之序。因此我们可以这样说，《沈存中良方》为沈括所著原本，而后人（当为南宋人）以苏轼所言医方附入其间而成为后来的《苏沈良方》，虽然并非当时合著之书，但说《苏沈良方》为沈括、苏轼二人所集之药方书也不无道理。

《苏沈良方》成书之初，由于还有原本《沈存中良方》，两书并行，故晁公武两书俱载。后来由于附苏说者（即《苏沈良方》）盛行，原本遂微，因此尤袤、陈振孙没有收载原本（即《沈存中良方》)。《宋史·艺文志》所载"《沈氏良方》十卷",极大可能就是沈括原本《沈存中良方》,而其所载"《苏沈良方》十五卷"就是宋人在沈括原十卷本《沈存中良方》的基础上,附益苏轼的医药杂说而成之书。合书之初,十五卷当为合理。今本所见为《苏沈良方》八卷、《苏沈良方拾遗》两卷,可能在流传过程中有散佚。然而其内症、外症、妇人、小儿以至杂说,依稀略备,似非不全之本,抑或其间分合而致。

宋世士大夫精通医理,而苏轼与沈括尤博洽多闻,其所征引,于病证治验,皆详著其状,确凿可据。是书有说,有记,有论,有方,终以杂录。其中如"苏合香丸""至宝丹""礞石丸""椒朴丸"等类已为世所常用,至今依然神效,即为奇秘之方。书中诸方,间见之于《博济方》《灵苑》诸书。

现存《苏沈良方》有以下三种形式的版本:

（一）十卷本：

明嘉靖刊本；

《六醴斋医书》本；

清乾隆五十九岁年甲寅（1794）修敬堂刊《六醴斋十书》单行本；

《知不足斋丛书》本（名《苏沈内翰良方》）；

日本宽政十一年（1799）恬居刊本；

日本宽政十一年风月堂孙助刻本；

日本宽政十二年（1800）刊本；

清道光二十六年丙午（1846）大兴施禹泉据鲍氏知不足斋复六醴斋刊本；

清同治、光绪间于然室刊本（名《苏沈内翰良方》）；

清光绪二十三年丁酉（1897）武强贺氏仿知不足斋校印本；

古书流通处影印鲍氏《知不足斋丛书》本；

1925年上海千顷堂石印本（名《苏沈内翰良方》）；

1956年人民卫生出版社据《六醴斋十书》影印本。

（二）八卷本：

清乾隆三十九年甲午（1774）刊本；

《四库全书》本（文津阁本、文溯阁本、文渊阁本）；

清乾隆四十一年丙申（1776）刊本（武英殿版）；

《艺海珠尘》本；

清同治十年辛未（1871）闽刻武英殿聚珍版丛书；

清光绪十九年癸巳（1893）聚珍版；

清光绪二十年甲午（1894）翻刻武英殿版。

（三）《良方》八卷、《拾遗》二卷本：

清光绪二十五年己亥（1899）广州广雅书局重刊武英殿聚珍版丛书本；

仿武英殿聚珍版；

《丛书集成初编》本，系据清光绪二十五年广雅书局重刊武英殿聚珍版丛书本（即所谓的"粤本"）排印。

其中，十卷本明嘉靖刊本内容较完整，并且一直流传，但流传不是很广，所以《四库全书》编纂时未用此本，但成书于乾隆五十九年的《六醴斋医书》（即程永培辑本，简称"程本"）收入了此本，并还流传到了日本。《四库全书》本系据《永乐大典》本辑佚，然后又收入《武英殿聚珍版书》（清乾隆四十一年丙申（1776）刊本，清同治十年辛未（1871）闽刻本）、《艺海珠尘》。《知不足斋丛书》本以程本为底本，参校《武英殿聚珍版书》本而成，既弥补了《武英殿聚珍版书》本内容的不完整,又纠正了程本的众多谬误之处,是传世较好的一种版本。清光绪二十五年己亥(1899)广州广雅书局重刊《聚珍版丛书》,有《良方》八卷、《拾遗》二卷,系以原《武英殿聚珍版丛书》本校《知不足斋丛书》本,将多出部分列入《拾遗》,分为上、下二卷,后来的《丛书集成初编》本即据此本排印。

另外,还有各种形式的手抄本、单行本及残本。

本次整理以广雅本《聚珍版丛书》中的《苏沈良方》为底本,而以《知不足斋丛书》本(道光二十六年本,简称《知》本)、《丛书集成初编》本(简称《丛初》本)校勘。

原序①

予尝论治病有五难：辨疾、治疾、饮药、处方、别药，此五也。

今之视疾者，惟候气口六脉而已；古之人视疾，必察其声音、颜色、举动、肤理、情性、嗜好，问其所为，考其所行，已得其大半，而又遍诊人迎气口十二动脉。疾发于五藏，则五色为之应，五声为之变，五味为之偏，十二脉为之动，求之如此其详，然而犹惧失之。此辨疾之难一也。

今之治疾者，以一二药，书其服饵之节授之而已；古之治疾者，先知阴阳运历之变故、山林川泽之窍发，而又视其人老少、肥瘠、贵贱、居养、性术、好恶、忧喜、劳逸，顺其所宜，违其所不宜，或药或火，或刺或砭，或汤或液，矫易其故常，揣摩其性理，搜而索之，投几顺变，间不容发。而又调其衣服，理其饮食，异其居处，因其情变，或治以天，或治以人。五运六气、冬寒夏暑、旸雨电霓、鬼灵厌蛊、甘苦寒温之节，后先胜复之用，此天理也；盛衰强弱、五脏异禀、循其所同、察其所偏，不以此形彼，亦不以一人例众人，此人事也。言不能传之于书，亦不能喻之于口。其精过于承蜩，其察甚于刻棘。目不舍色，耳不舍声，手不释脉，犹惧其差也。授药遂去，而希其十全，不其难哉！此治疾之难二也。

古之饮药者，煮炼有节，饮嗄有宜。药有可以久煮，有不可以

①按：此《原序》实非《苏沈良方》之序，而是沈括《沈存中良方》之序。

久煮者，有宜炮火，有宜温火者，此煮炼之节也。宜温宜寒，或缓或速，或乘饮食喜怒，而饮食喜怒为用者，有违饮食喜怒，而饮食喜怒为敌者，此饮啖之宜也。而水泉有美恶，操药之人有勤惰，如此而责药之不效者，非药之罪也。此服药之难三也。

药之单用为易知，药之复用为难知。世之处方者，以一药为不足，又以众药益之，殊不知药之有相使者，相反者，有相合而性易者。方书虽有使佐畏恶之性，而古人所未言，人情所不测者，庸可尽哉？如酒于人，有饮之逾石而不乱者，有濡吻则颠眩者；漆之于人，有终日挥洒而无害者，有触之则疮烂者。焉知药之于人无似此之异者？此禀赋之异也。南人食猪鱼以生，北人食猪鱼以病，此风气之异也。水银得硫黄而赤如丹，得砒石而白如雪。人之欲酸者无过于醋矣，以醋为未足，又益之以橙，二酸相济，宜其甚酸而反甘。巴豆，善利也，以巴豆之利为未足，而又益之以大黄，则其利反折。蟹与柿，尝食之而无害也，二物相遇，不旋踵而呕。此色为易见，味为易知，而呕利为大变，故人人知之。至于相合而知他藏致他疾者，庸可易知耶！如乳石之忌参、术，触者多死。至于五石散，则皆用参、术，此古人处方之妙，而世或未喻也。此处方之难四也。

医诚艺也，方诚善也，用之中节也，而药或非良，奈何哉？橘过江而为枳，麦得湿而为蛾，鸡逾岭而黑，鹦鹉逾岭而白，月亏而蚌蛤消，露下而蚊喙坏，此形器之易知者也。性岂独不然乎？予观越人艺茶畦稻，一沟一陇之异，远不能数步，则色味顿殊。况药之所生，秦越燕楚之相远，而又有山泽膏瘠燥湿之异禀，岂能物物尽其所宜？又《素问》说："阳明在天，则花实败气；少阳在泉，则金石失理。"如此之论，采摭者固未尝晰也，抑又取之有早晚，藏之有焙曝，风雨燥湿，动有槁暴。今之处药，或有恶火者，必日之而后咀。

然安知采藏之家不常烘焙哉？又不能必。此辨药之难五也。

此五者大概而已，其微至于言不能宣，其详至于书不能载，岂庸庸之人而可以易言医哉？予治方最久，有方之良者辄为疏之。世之为方者，称其治效常喜过实，《千金》《肘后》之类，尤多溢言，使人不复敢信。予所谓《良方》者，必目睹其验，始著于篇，闻不预也。然人之疾如向所谓五难者，方岂能必良哉？一睹其验即谓之良，殆不异乎刻舟以求遗剑者？予所以详著其状于方尾，疾有相似者，庶几偶值云尔。篇无次序，随得随注，随以与人。拣道贵速，故不暇待完也。沈括序。

苏沈良方卷一

炼丹砂法^① 王倪丹砂，无所不主，尤补生^②、益精血、愈痰疾、壮筋骨，久服不死。王倪者，丞相遵十二代孙，文明九年为沧州无棣令。有桑门善相人，知其死期，无不验。见倪，曰："公死明年正月乙卯。"倪以为妄，囚之。复令验邑人，其言死者数辈皆信。倪乃出桑门，礼谢之，日为死计。忽有人，不言姓名，谓倪曰："知公忧死，我有药可以不死。公能从我授乎？"倪再拜称幸。乃出"炼丹砂法"授之，倪饵之。过明年正月，乃复召桑门视之。桑门骇曰："公必遇神药，面有异色，且不死。"开元元年，倪妻之弟亦遇异人，授以"杏丹法"曰："吾闻王倪能炼丹砂，愿以此易之。"倪以杏丹赐其子弃。而倪与授杏丹者后皆仙去。刺史李休光表闻，赐其第为道观。开元十二年，上东封太山，拜弃左散骑常侍，隐遁不知所终。此旧传也。

光明辰砂二十八两。 甘草 远志去心秤。 槟榔 河藜 勒皮各二大两。《圣济总录》云一两。 紫肉桂八大两。桂一半，留蒸丹砂时拍碎，再复搗^③。

右甘草等四味，剉^④，以水二大斗【原案】此下疑有脱字。后用细

---

①炼丹砂法：《知》本作"神仙补益"。

②补生：《知》本作"补心"。

③再复搗：《知》本作"用覆籍"。

④剉：《知》本作"剉碎"。

布囊盛丹砂①，悬于釜中，著水和药，炭火煮之。第一日，兼夜，用阴火，水纹动。第二日，兼夜，用阳火，鱼眼沸。第三日，兼夜，用木火，动花沫沸。第四日，兼夜，用火火，泪泪沸。第五日，兼夜，用土火，微微沸。第六日，兼夜，用金火，乍缓乍急沸。第七日，兼夜，用水火，缓调调沸。先期泥二釜，常暖水周②，添水煮药，釜水涸即添。暖水常令不减二斗。七日满，即出丹砂于银盒中蒸。其盒中布肉桂一两，拍碎，即匀布丹砂，又以余桂一两覆之。即下盒，置甑中。先布糯米，厚三寸，乃置盒。又以糯米拥覆上，亦令上米厚三寸许。桑薪火蒸之，每五日换米换桂。其甑蔽可用莞竹子为之，不尔，蒸久甑堕下釜中也。甑下侧开一小孔，常暖水用小竹子注添釜中，勿令水减。第一五日，兼夜，用春火，如常炊饭。第二五日，兼夜，用夏火，猛于炊饭。第三五日，兼夜，用秋火，似炊饭乍缓乍急。第四五日，兼夜，用冬火，缓于炊饭，依五行相生，用文武火助之。药成，即出丹砂，以玉捶力士钵中，研之，当下碎如面，即可服之。以谷子煎丸如桐子大，每日食上服一丸，每日三食，服三丸，非顿服三丸。炼成丹砂二十两为一月剂③，二年服尽。尽后每十年即炼服三两，仍取正月一日起，服一月使尽④，既须每十年三两，不可旋合，当宜预炼，取一剂藏贮，随时服之。其硃砂须是上等丹砂⑤。【原案】文云：二十两为一月剂，二年服尽，则各自正月一日起，服至三十日止。当日服三钱三分有零，计十年应炼服一百两，乃合前二年之数。文又云：尽后每十年即炼服三两，仍取正月一日起，服一月使尽。则又是每日止服

---

①"以水二大斗"至"丹砂":《知》本作"以水二大斗釜用细布囊盛丹砂"。

②周:《知》本作"用"。

③月:《知》本作"大"。

④一月:《知》本作"三月"。

⑤硃砂:《知》本作"辰砂"。

一分矣,多少大相悬绝。盖两"每十年","十"字疑是"一"字之误。余文恐有错脱。又案前方云：辰砂二十八两,此云二十两,文亦互异,岂多经煮炼,重体变轻然耶?

谷子煎法　　取赤谷子,熟时绞汁,煎如稀饧,可用和丹砂。如无谷子,谷皮亦得。凡服丹砂,忌一切鱼肉、陈宿生冷、蒜,尤忌生血物及见血秽。江阴葛侍郎中年病足几废,久治不瘥,得此服,遂愈。而轻健过于少时,年八十岁饮啖视听不衰。宝此方,未尝传人。予治平中感足病,万端求得之,然游宦竟今,未曾得为之。有太医孙用和亦尝得此方,仁宗时表献之,其大概虽相似,然甚粗略,非真方也。

服茯苓说　　茯苓自是仙家上药,但其中有赤筋脉,若不能去,服久不利人眼,或使人眼小。当削去皮,切为方寸块,银石器中清水煮,以酥软解散为度。入细布袋中,以冷水揉摆①,如作葛粉状,澄取粉,而筋脉留布袋中,弃去不用。其粉,以蜜和,如湿香状,蒸过,食之尤佳。胡麻但取纯黑,脂麻九蒸九暴,入水烂研,滤取白汁,银石器中熬,如作杏酪汤。更入,去皮核,研烂枣肉与茯苓粉一处搜和,食之尤有奇效。

阳丹诀　　冬至后斋居,尝吸鼻液漱炼,令甘,乃咽下丹田。以三十磁器,皆有盖,溺其中,已,随手盖之,书识其上。自一至三十,置净室,选谨朴者守之。满三十日开视,其上当结细砂如浮蚁状,或黄或赤。密绢帕滤,取新汲水净淘,澄无数,以秽气尽为度,净瓷瓶合贮之。夏至后,取细研枣肉,丸如桐子大,空心酒吞下,不限丸数,三五日后取尽。夏至后仍依前法采取,却候冬至后服。此名

---

①摆:《苏轼文集》卷七三作"搜"。

"阳丹阴炼"，须清净绝欲，若不绝欲，真砂不结。

阴丹诀　取首生男子之乳，父母皆无疾恙者，并养其子，善饮食之。日取其乳一升，只半升亦可，以碎砂银作鼎与匙。如无碎砂银，山泽银亦得。慢火熬炼，不住手搅，令如淡金色。可丸即丸，如桐子大，空心酒吞下，亦不限丸数。此名"阴丹阳炼"，世人亦知服秋石，然皆非清净所结。又此阳物也，须复经火。经火之余，皆其糟粕，与烧盐无异色。世人亦知服乳。乳，阴物，不经火炼，则冷滑而漏精气也。此"阳丹阴炼""阴丹阳炼"，盖道士灵智妙用，沉机捷法，非其人不可轻泄，慎之慎之！

秋石方　凡世之炼秋石者，但得火炼一法而已。此药须兼用阴阳二石，方为至药。今具二法于后：

凡火炼秋石者，阳中之阴，故得火而凝，入水则释然消散，归于无体。盖质去，但有味在，此离中之虚也。水炼秋石，阴中之阳，故得水而凝，遇暴润千载不变，味去而质留，此坎中之实。二物皆出于心、肾二脏而流于小肠。水火二脏，腾蛇玄武正气，外假天地之水火，凝而为体，服之还补太阳、相火二脏。上为养命之本，具方于后：

阴炼法　小便三五石，夏月虽腐败亦堪用，分置大盆中，以新水一半以上相和，旋转扰数百匝①。放令澄清，撇去清者，留浊脚。又以新水同扰，水多为妙。又澄去清者，直候无臭气，澄下秋石如粉即止。暴干刮下，如腻粉，光白，粲然可爱，都无臭气为度。再研，取用产男之乳和如膏，烈日中暴干。如此九度，须拣好日色乃和，盖假太阳真气也。第九度即丸如桐子大，暴干，每服三十丸，温

①扰：《知》本作"搅"。下"同扰"，《知》本也作"同搅"。

酒下。

阳炼法　小便不计多少，大约两桶为一担，先以清水接好皂角浓汁，以布绞去渣。每小便一担，入皂角汁一盏，用竹篦急搅，令转百千遭乃止。直候小便澄清，白浊者皆定底，乃徐徐撇去清者不用，只取浊脚，并作一满桶。又用竹篦子搅百余匝，更候澄清，又撇去清者不用，十数担不过取得浓脚一二斗。其小便须先以布滤过，勿令有渣，取得浓汁，入净锅中熬干，刮下捣碎，再入锅，以清汤煮令化。乃于筲箕内布纸筋纸两重，倾入筲箕纸内，滴淋下清汁，再入锅熬干，又用汤煮化，再依前法滴淋。如熬干，色未洁白，更准前滴淋，直候色如霜雪即止。乃入固济沙盒内，歇口火煅成汁，倾出。如药未成窝，更煅一两遍，候莹白玉色即止。细研入沙盒内，固济顶火四两，养七昼夜。久养火尤善。再研，每服二钱，空心温酒下。或用枣肉为丸，如桐子大，每服三十丸亦得。空心服阳炼，日午服阴炼，各一服。广南有一道人，惟与人炼秋石为业，谓之还元丹。先大夫曾得瘦疾且嗽，凡九年，万方不效，服此而愈。郎侍郎简帅南海，其室病，夜梦神人告之曰："有沈殿中携一道人，能合丹，可愈汝疾，宜求服之。"空中掷下数十粒，曰："此道人丹也。"及旦，卧席上得药十余粒，正如梦中所见。及先大夫到番禺，郎首问此丹，先大夫乃出丹示之，与梦中所得不殊。其妻服之，遂愈。又予族子常病颠眩腹鼓，久之渐加喘满，凡三年，垂困，亦服此而愈。皆只自火炼者。时予守宣城，亦大病逾年，族子急以书劝服此丹，云实再生人也。予方合炼，适有一道士又传阴炼法，云须得二法相兼，其药能洞人骨髓，无所不至。极秘其术。久之，道士方许传，依法服之，又验。此药不但治疾，可以常服，有功无毒。予始得之甚艰难，意在救济人，理不当秘。火炼秋石，世人皆能之。煎炼时，须大作炉鼎，煎炼数日，臭达四邻。此法极省力，只一小锅便可炼。体如金石，永不暴润，与常法功力不侔，久疾人只数服便效。

记松丹砂　　祥符东封，有虞驾军士，昼卧东岳真君观古松下，见松根去地尺余，有补塞处。偶以所执兵攻刺之，塞者动。有物如流火自塞下出，径走入地中。军士以语观中人，有老道士掩膺曰："吾藏丹砂于是三十年矣。"方卜日取之，因掘地数丈不复见。道士怅恨成疾，竟死。其法用碎砂精良者，凿大松腹，以松气炼之，自然成丹。吾老矣，不暇为此。当以山泽银为鼎，有盖。择砂之良者二斤，以松明根节悬胎煮之，傍置沙瓶，煎水以补耗。满百日，取砂玉捶研，七日投入蜜中。通油瓷瓶盛，日以银匕取少许，淳酒搅汤饮之，当有益也。

苏沈良方卷二

治风气四神丹

熟干地黄 玄参 当归 羌活各等分

右搗为末，和蜜，丸桐子大，空心酒服，丸数随宜。《列仙传》："有山图者，入山采药，折足，仙人教服此四物而愈。因久服，遂度世。"顷余以问名医康师孟，师孟大异之，云："医家用此多矣，然未有专用此四物如此方者。"师孟遂名之曰"四神丹"。洛下公卿士庶争饵之，百病皆愈，药性中和，可常服。大略补虚益血，治风气，亦可名"草还丹"。

四味天麻煎方 世传四味五两天麻煎方，盖古方。本以四时加减，世但传春利耳。春肝旺多风，故倍天麻；夏伏阴，故倍乌头，当须去皮，生用治之，万搗乌头，无复毒；秋多泻痢，故倍地榆；冬伏阳，故倍玄参。依此方常服，不独去病，乃保身延年，与仲景八味丸并驱矣。

木香散 治偏风瘫痪、脚气等疾。

羌活一两。 麻黄去节，水煮少时，去沫^{①}。二两。 防风三分。 木香 槟榔 附子炮去皮。 白术 川乌头炮去皮。 草豆蔻和皮用。 陈橘皮去瓤。 牛膝酒浸一宿。 杏仁生，去皮尖。 当归酒浸一宿。 人参 茯苓 甘草炙。 川芎 官桂不得见火。各半两。

---

①沫：《知》本作"水"。《知》本案：馆本"去水"作"去沫"。

右十八味，剉如麻豆。每服一两，水一碗，姜七片，煎至一盏，去滓，得七分，温服。大肠不通，加大黄末，每服一钱，以老少加减。如久不通，加至三五钱不害。心腹胀，加萆薢并滑石末，每服各一钱。如上膈壅滞、痰嗽气急，加半夏、升麻、天门冬、知母末各二钱同煎。其药滓两合为一服，用水一碗半，煎至一盏服。此药福唐陈氏者謇以自给，郡人极神之，未有得其方者。一日，为其亲戚攫得与予。予作官处，即合以施人。如法煮服，以衣覆取汗，不过三五服辄瘥。所至人来求药者无穷，其验如神。

左经丸　　治小儿筋骨诸疾、手足不随，不能行步运动。

草乌头肉白者，生，去皮脐。　木鳖子去壳，别研。　白胶香　五灵脂各三两半。　班猫一百个，去足翅，少醋，煮熟。　当归一两。

右为末，用黑豆去皮，生杵粉一斤，醋煮糊，为丸如鸡头实大。每服一丸，酒磨下。筋骨疾但不曾针灸伤筋络者，四五丸必效。予邻里胡生者，一女子膝腕软，不能行立已数年。生因游净因佛寺，与僧言，有一僧云能治。出囊中丸十枚，以四枚与生曰："服此可瘥。"生如其言与服，女子遂能立。生再求药于院僧，曰："非有爱也，欲留以自备。必欲之，须合一料。"生与钱一千，辞不受，止留百钱。后数日得药，并余钱十余悉归之。同院僧佐其理药，乃剽得此方。予至嘉兴，有一里巷儿，年十岁，双足不能行，以一丸分三服服之，尽四五丸，遂能行。自此大为人所知，其效甚著。此药能通荣卫，导经络，专治心、肾、肝三经，服后小便少淋涩，乃其验也。

烧肝散　　治三十六种风、二十四般冷、五劳七伤、一切痢疾、脾胃久虚、不思饮食、四肢无力、起止甚难、小便赤涩、累年口疮久医不瘥，但依此法，服之必愈。

茵陈　犀角　石斛　柴胡　芍药　白术各半两。　干姜　防

风　桔梗　紫参　人参　胡椒　官桂去皮。　白芜荑　吴茱萸各一两。

右共十五味，同为末，以羊肝一具，如无，即以猪肝代之，分作三分，净去血脉脂膜。细切，用末五钱，葱白一茎，细切相和。以湿纸三五重裹之。掘地坑，纳以火，烧令香熟。早晨生姜汤嚼下。大段冷劳，不过三服见效。庐州刁参军，病泄痢日久，黑瘦如墨，万法不瘥。服此一二服，下墨汗，遂安。

伊祁丸　　治鹤膝风及腰膝风缩。

伊祁头尾全者。　桃仁生。　白附子　阿魏　桂心　白芷　安息香用胡桃瓤研。各一两。　没药三分。已前八物，用童便五升，无灰酒二升，银器内煎，令厚。　乳香三分。　当归　北漏芦　牛膝　芍药　地骨皮去土。　威灵仙　羌活各一两。

右为丸如弹丸大，空心暖酒化下一丸。胡楚望博士病风疰，手足指节皆如桃李，痛不可忍，服此悉愈。

乌荆丸　　治风。

川乌头一两，炮去皮。　荆芥穗二两①。

右醋糊，丸如桐子大，每服二十丸，或酒或熟水下。有疾，食空时日三四服；无疾，早晨一服。少府郭监丞少病风，拳搐，颐领宽蜕不收，手承领然后能食，服此六七服即瘥，遂长服之。已五十余年，年七十余，强健，须发无白者。此药疗肠风下血尤妙，余所目见下血人服此而瘥者，一岁之内已数人。

天麻煎丸②　　治风气不顺，骨痛，或生赤点隐疹，日久不治，则加冷痹，筋骨缓弱。【原案】此方原缺，今从王裒《博济方》补入。

①二：《知》本作"一"。
②天麻煎丸：《知》本作"沉香天麻煎丸"。

五灵脂 附子 白术 赤小豆 干蝎炒。 羌活 防风各一两。 天麻半两。

右先以沉香二两、酒一升煎为膏,毋犯铁器,入药搗千下,为丸桐子大,空腹下荆芥汤或荆芥酒二十丸,过五日加至三十丸。秋夏宜荆芥汤,春冬宜荆芥酒。春末夏初生赤根白头疮,服之瘥。

服威灵仙法 服威灵仙有二法。别一帖云:"以威灵仙杂牛膝服之,视气虚实加减。牛膝以酒浸焙干。二物皆为末,丸,散皆可。丸即以酒煮面糊。一法:净洗阴干,搗罗为末,杂酒浸牛膝末,或蜜丸,或为散酒。调牛膝之多少,视脏腑之虚实而增减之。此眉山一僧,患脚气至重,依此服半年,遂永除。一法:取药粗细得中者,寸截之,七寸作一帖。每岁作三百六十帖,置床头。五更初,面东,细嚼一帖,候津液满口,咽下。此牟山一僧,年百余岁,上下山如飞,云得此药方。二法皆以得真为要。真者有五验:一、味极苦;二、色深黑;三、折之脆而不韧;四、折之微尘如胡黄连状;五、断处有黑白晕,谓之鹧鸪眼。无此五验,则薬本根之细者耳。又须忌茶。别一帖云:"但忌茶。若常服此药,当以皂角槐芽为茶。取极嫩者,汤中略煮一沸便取出。布裹压干,入焙,以软熟火焙干。与饮茶无异。以槐芽皂角至嫩者,依造草茶法作。或只取《外台秘要》代茶饮子方,常合服乃可。

煮肝散 治肝瘵、脚弱及伤寒、手足千小不随。

紫苑 桔梗 苍术 芍药各等分。

右为末。每服四钱,羊肝半具,大竹刀切,勿犯水,勿令血散。入盐、醋、葱、姜、酒,同煮熟。空腹食前日三服。谷熟尉宋钧伤寒病瘥后,双足但有骨不能立。服此散,见其肉生,一两日间,生复如旧。

乌头煎丸 治风毒气攻眼、久成内外障、痛楚、努肉赤脉等,病十年者，皆可疗。

黑豆二两，小者。 川乌头一两，去皮，生。 青橘皮半两，去瓤①，同乌头、黑豆为末，以水一升三合浸一宿，缓火煎成膏子。 牛膝 枸杞子 荆芥穗 川芎 羌活 地龙去土。 白蒺藜 当归 干薄荷各半两。 甘菊花一两。

右将前青皮煎，和为丸，如桐子大。每服二十丸，空心茶、酒任下，蜜汤下亦得。先君因失少女，感伤哭泣，忽目瞑不见物，治之逾月复明。因盛怒，呵一罪人，目复瞑，逾年得此，服不尽一剂，目复如故。

又方

羌活 防风酒浸一宿。 黄耆 木贼 附子炮。 蛇蜕一条，青竹炙。 蝉壳 荆芥穗 甘草 甘菊花 白蒺藜去角。 旋覆花 石决明泥裹，烧赤，别研。

右等分，除附子、蛇蜕、决明，皆剉碎。新瓦上烙令燥，为散。每二钱，第二米汁煎熟调下，空心日午夜卧各一服。予少感目疾，逾年，人有以此方见遗，未暇为之。有中表兄许复，尝苦目昏，后已都瘥。问其所以瘥之由，云服此药。遂合服，未尽一剂而瘥。自是与人莫不验。

通关散 治大人小儿诸风伤寒②。

旌德乌头四两，皱皮，有芦头肌白者。 藁本 防风 川芎芳当归 天南星 白芷 干姜 雄黄细研。 桂心各半两，并生，勿近火。

右为细末，煎葱酒下一字或半钱。瘫痪加牛黄、麝香，小儿减

---

①瓤：《知》本作"白"。

②治大人小儿诸风伤寒：《知》本作"治中风伤寒"。《知》本案：馆本云"治大人小儿诸风伤寒"。

半，薄荷酒下。此散余目见医数人，今聊记其一二：曾在江南，见市门有卧者，问之，乃客贩，因病偏风。医之，遂至病困。为邸家所委，时伯氏为令，使人异到令舍，调药饮之，又与十服。数日，伯氏出市，有一人扶倚床而呼曰："昔日卧者，今能扶楣而行矣。药尽，愿少继之。"伯氏又与十服，服讫，能起。又一吏病疬而挛，逾岁月卧矣。伯氏与散二钱七，为八服。吏缪以为一服，服已，僵眩呕吐，几困，将殆，数日，疬挛悉除。大抵中风挛，施治之，须先去涎①，去已，乃用续命汤辈汗之，未乃用此为宜。盖风病多挟热，若未发散，便投乌头辈，或不相当也，更消息治之必验。

辰砂散　　治风邪诸痫，狂言妄走，精神恍惚，思虑迷乱，乍歌乍哭，饮食失常，疾发仆地，吐沫戴目，魂魄不守，医禁无验。

辰砂一两，须光明，有墙壁者。　酸枣仁微炒　乳香光莹者。各半两。

右量所患人饮酒几何，先令恣饮沉醉，但勿令吐，静室中服药讫，便安置床枕令睡。以前药为一服，温酒一盏调之，顿服令尽。如素饮酒少人，但随量取醉，病浅人一两日，深者三五日。睡不觉，令家人潜伺之，觉即神魂定矣。慎不可惊触使觉及他物惊动，一为惊瘥，更不可治。上枢吴公少时病心，服一剂，三日方瘥，遂瘥。

治诸风上攻头痛方

地龙谷精草为末，同乳香，火饼上燃，以纸筒笼烟，鼻闻之即瘥。

侧子散　　治筋脉抽掣，疼痛不止。

侧子炮裂，去皮脐。　赤箭　漏芦　芎劳　枣仁微炒②。　海桐皮各一两。　桂心　五加皮　仙灵脾　牛膝　木香③　枳壳麸皮炒，

---

①涎：《知》本作"痰"。

②枣仁：《知》本作"酸枣仁"。

③"木香"后：《知》本有"各三五钱"四字。

去瓤。各半两。

右为末,每服一钱,温酒调下,不计时候服。此药尤治目赤痛,屡用每验,盖攻治肝风。凡目赤皆主于风,余于"四生散"论之甚详。此方主疗,亦"四生散"之类也。

四生散　　治肾脏风、治眼、治癣。

白附子脚生疮,用黑附子。　沙苑蒺藜①　羌活　黄芪

右等分,皆生为末。每服二钱,盐酒调下,空腹,猪肾中煨服尤善。予为河北察访使时,病赤目四十余日,黑睛傍骶赤成疮,昼夜痛楚,百疗不瘥。郎官丘革相见,问予病目如此,曾耳中痒否？若耳中痒,即是肾家风。有"四生散"疗肾风,每作二三服即瘥,闾里号为"圣散子"。予传其方,合服之。午时一服,临卧一服,目反大痛,至二鼓时乃能眠。及觉,目赤稍散,不复痛矣。更进三四服,遂平安如常。是时孙和甫学士帅镇阳,闻余说,大喜曰："吾知所以自治目矣。"向久病目,尝见吕吉甫参政云："项目病久不瘥,因服透水丹乃瘥。"如其言修合透水丹一剂试服,二三十服目遂愈。乃知"透水丹"亦疗肾风耳。凡病目人当记一事：予在河北病目时,曾治浴具。洛州守阎君缓见访云："目赤不可浴,浴汤驱体中热并集头目,目必甚。"又转运判官李长卿亦云然。予不信,卒浴,浴毕,目赤遂大作。行数程,到钜鹿,见陈彦升学士以病目废于家,问其病目之因,云项年病目赤,饮酒归,过同舍林亿邀同大学浴。彦升旧知赤目不可浴,坚拒之不得,龟勉一浴。浴已,几失明。后治之十余年,竟不瘥。此亦以为戒也。又予之门人徐搏病癣,久不瘥,服四生散,数日都除。

---

① "沙苑蒺藜"前:《知》本有"肾形"二字。

苏沈良方卷三

圣散子① 昔予览《千金方》"三建散"，云于病无所不治。而孙思邈特为著论，谓此方用药节度不近人情。至于救急，其验特异。乃知神物效灵，不拘常制，至理开悟，智不能知。今予得"圣散子"，殆此类也。自古论病，惟伤寒为急。表里虚实、日数证候、应汗应下之类，差之毫厘，辄至不救。而用"圣散子"者，一切不问，阴阳二感，或男子女人相易，状至危笃，连饮数剂而汗出气通，饮食渐进，神宇完复，更不用诸药连服取瘥。其余轻者，心额微汗，正尔无恙。药性小热而阳毒发狂之类，入口便觉清凉。此药殆不可以常理而诘也。若时疫流行，不问老少良贱，平旦辄煮一釜，各饮一盏，则时气不入。平居无事，空腹一服，则饮食快美，百疾不生。真济世卫家之宝也。其方不知所从出，而故人巢君穀世宝之，以治此疾，百不失一。余既得之，谪居黄州，连岁大疫，所全活者不可胜数。巢甚秘此方，指松江水为誓盟，不得传人。予窃隘之，乃以传蕲水庞君安时。庞以医闻于世，又善著书，故以授之，且使巢君名与此方同不朽也。

圣散子启

圣散子主疾功效非一，去春杭州民病，得此药全活者不可胜数。所用皆中下品药，略计每千钱即得千服，所济已及千人。由此积之，其利甚薄。凡人欲施惠而力能自办者，犹有所止，若合众力，

①圣散子：《知》本作"论圣散子"。

则人有善利,其行可久。今募信士就楞严院修制,自立春后起施,直至来年春夏之交,有人名者,径以施送本院。昔薄拘罗尊者以诃梨勒施一病比丘,故获报身,身常无众疾。施无多寡,随力助缘,疾病必相扶持,功德岂有限量？仁者恻隐,当崇善因。吴郡陆广秀才施此方并药,得之于智藏主禅月大师宝泽,乃乡僧也。其陆广见在京施方并药在麦犁巷住,出此方。陈无择《三因方》云此药似治寒疫,因东坡作《序》,天下通行。辛未年,永嘉瘟疫,被害者不可胜数,盖寒疫流行。其药偶中,抑未知方士有所偏宜,未可考也。东坡便谓与"三建散"同类。一切不问,似太不近人情。夫寒疫亦自能发狂,盖阴能发躁,阳能发厥。物极则反,理之常然,不可不知。今录以备疗寒疫,用者宜审究其寒温二疫,无使偏奏也。

圣散子方

草豆蔻去皮。面裹,炮。一个①。 木猪苓去皮。 石菖蒲 高良姜 独活去芦头。 附子炮制,去皮脐。 麻黄去根。 厚朴去皮,姜汁炒。 藁本去瓤,土炒。 芍药 枳壳去瓤,麸炒。 柴胡 泽泻 白术 细辛 防风去芦头。 藿香 半夏姜汁制。 茯苓各半两。 甘草炙,一两。

右剉碎如麻豆大,每服五钱②。清水一钟半,煮取八分,去滓,热服。余滓两服合为一服,重煎,空心服下。

小柴胡汤 解伤寒诸症。

柴胡二两。 黄芩 人参 甘草炙。 生姜各三钱。 半夏汤洗,一两半。 大枣十二枚,破。

右剉如麻豆大,以水三升,煮取一升半,去滓再煎。取九盒,

①一个:《知》本作"十个"。《知》本案:馆本作"一个"。
②五钱:《知》本作"五钱七"。

温服三盒,日三服①。此古法也,今可作粗散,每服三钱,枣三枚、姜三片②、水一盏半,煎至八分,温服,气实痰势盛者,加至四五钱不妨,并去滓。此张仲景方。余以今秤量改其分剂,孙兆更名"黄龙汤"。近岁此药大行,患伤寒,不问阴阳表里,皆令服之。此甚误也。此药治伤寒,虽主数十证,大要其间有五证最的,服之必愈。一者,身热、心中逆或呕吐者,可服。伤寒,此证最多,正当服小柴胡汤。若因渴饮水而呕者,不可服;身体不温热者,不可服。仍当识此。二者,寒者,寒热往来者,可服。三者,发潮热可服。四者,心烦胁下满,或渴或不渴,皆可服。五者,伤寒已瘥后更发热者,可服。此五证但有一证,更勿疑,便可服,服之必瘥。若有三两证以上,更的当也。其余证候须子细详论,及脉候相当,方可用,不可一概轻用。盖世人但知小柴胡治伤寒,不问何证便服,不徒无效,兼有所害。缘此药瘥寒故也。唯此五证的不蹉跌,决效无疑。此伤寒中最要药也。家家有本,但恐用之不审详,故备论于此,使人了然易晓。本方更有加减法,虽不在此五证内,用之亦屡效,今亦载于此:若胸中烦而不呕,去半夏,加人参,合前成一两,栝蒌根一两;若腹中痛者,去黄芩,加芍药三分,此一证最有验,常时腹痛亦疗;若胁下痞鞭,去大枣,加牡蛎一两;若心下悸、小便不利,去黄芩,加茯苓一两;若不渴,外有微热者,去人参,加桂三分,温覆微汗愈;若咳,去人参、大枣、生姜,加五味子半两、干姜半两。元祐二年时行,无少长皆咳,服此皆愈。常时上雍痰实,只依本方,食后,卧时服甚妙。赤白痢尤效,痢药中无如此妙。盖痢多因伏暑,此药极解暑毒。凡伤暑之人,审是暑喝,不问是何候状,连进数服即解。

①取九盒,温服三盒,日三服:原本作"取丸温服,日三服",据《知》本改。
②三片:《知》本作"五片",并案曰:馆本"三片"。

麻黄丸 治伤寒解表，止头痛，兼治破伤风及一切诸风。

麻黄六两。去节，沸汤泡，去黄水，焙干。 乌头水浸三日，频换水。去皮，干^①，炮，去脐。 天南星别捣。 半夏汤洗七遍。 石膏泥裹，火烧通赤，研。以上各四两。 白芷三两。 甘草一两，炙。 龙脑半两。只用樟木龙脑，但要发散，不必南番龙脑。 麝香一分。

右为末，水煮天南星为丸，如小弹子大，每服一丸，葱茶或茶酒嚼下^②，薄荷茶亦得，连二三服。此本予家白龙丸，已编入《灵苑》，后又加麻黄作六两、寒水石，用石膏末为衣，治伤寒至佳。小小伤风，服之立瘥。解表药中，此尤神速。

治暑嗑逡巡闷绝不救者

道上热土 大蒜

右各等多少，烂研，冷水和，去滓，饮之即瘥。此方在徐州沛县城门上板书揭之，不知何人所施也。治暑伤肌肤多疮烂或因搔成疮者。林才中尝暑中卧病，肌肤多疮烂，汁出。有一乳姥曰："此易愈。"取干壁土揉细末傅之，随手即瘥。

木香丸 治癖。

鸡心槟榔 陈橘皮去白。各二两。 青木香 大附子 人参 厚朴 官桂去无味者。 羌活 荆三棱 独活 干姜炮。 甘草炙。 芎劳 川大黄剉，微炒。 芍药各半两。 牵牛子一斤。淘去浮者，措拭，熟捣，取末四两。余滓不用。 肉豆蔻六枚，去壳。止泻方用。

右十五味为末，磁器盛之，密封。临服，用牵牛末二两、药末一两，同研令匀，炼蜜为丸如桐子大。心腹胀满，一切风劳冷气，脐下刺痛、口吐清水白沫、醋心疼癖气块、男子肾脏风毒攻刺四体，及

①"干"上：《知》本有一"日"字。
②茶酒：《知》本作"酒"，《知》本案：馆本无"茶"字。

阳毒脚气、目昏头痛、心间呕逆，及两胁坚满不消，卧时橘皮汤下三十丸，以利为度。此后每夜二十丸。女人血痢、下血、刺痛、积年血块、胃口逆、手足心烦热、不思饮食，姜汤下三十丸，取利。每夜更服二十丸。小儿五岁以上，痃气、腹胀气喘，空心温汤下五七丸，小者减丸数服。凡胸腹饱闷不消、脾泄不止，临卧温酒下，取利。食毒、痈疽发背、山岚瘴气，才觉头痛、背膊拘紧，便宜服之，快利为度。常服，可以不染瘴疾。凡瘴疾，皆因脾胃实热所致。常以凉药解腑上壅热，并以此药通利，弥善。此丸本治岚瘴及瘟疫，大效。李校理敦裕尝为传，刻石于大庾岭，蒙效者不可胜数。予伯氏任闽中，尝拥兵捕山寇，过漳浦，军人皆感疟，用此治之，应时患愈。予在江南时，值岁发疟，以此药济人，其效如神，皆以得快利为度。又记："凡久疟，服药讫，乃灸气海百壮，又灸中脘三十壮，尤善。"

枳壳汤　　治伤寒痞气、胸满欲死者。

桔梗　枳壳炙，去瓤。各一两。

右细剉如米豆大，用水一斗半^①，煎减半，去滓，分二服。伤寒下早，则气上膨胸，世俗即谓之结胸。多更用巴豆粉、霜腻粉下之，下之十有七八死。此盖泻其下焦，下焦虚，则气愈上攻胸膈，多致不救。凡胸胀病只可泻膈，若按之坚硬而痛，此是结胸。如胸有水，须用大黄、甘遂辈下之，陷胸丸之类是也。若按之不甚硬，亦不甚痛^②，此名痞气，正虚气热鼓胀^③，只可用黄芩、黄连、大黄之类化之。尝有人患胸胀已危困，作结胸、痞气治，皆不瘥。史大夫以此汤饮之，下黄水一升许，遂瘥。予得此法，用之如神。若是痞气，莫

---

①斗：《知》本作"升"。

②甚：《知》本无，并案曰：馆本无"甚"字。

③正：《知》本作"上"。

不应手而消。凡伤寒胸胀，勿问结胸、痞气，但先投此药。若不痊，然后别下药。缘此汤但行气下膈耳，无他损。又西晋崔行功方，伤寒或下或不下，心中结满、胸肋痞塞，气急厥逆欲绝、心胸高起、手不能近，二三日辄死。用泻心，大小陷胸汤皆不痊。此当是下后虚逆，气已不理而毒复上攻，气毒相持结于胸中，气毒相激，故致此病。疗之当用"加减理中丸"，先理其气，次疗诸疾。

加减理中丸

人参　白术　茯苓　甘草炙。各二两。　干姜炮，一两半。　枳实十六片，麸炒或炙。

右为末，蜜丸弹子大，一丸不效，再服。予时用此，神速，下喉气即相接续。复与之，不过五六弹丸，胸中豁然矣。渴者，更加栝萎二两；下痢者，加牡蛎二两。余以告领军韩康伯、右卫毛仲祖、光禄王道预、台郎顾君苗，著作殷仲堪，并悉用之，咸叹其应速。于时枳实乃为之贵，缘此病由毒攻于内，多类少阴。泄痢之后，理应痞结。虽已泄痢，毒尚未除。毒与气争，凝结于胸。时或不痢，而毒已入于胃。胃中不通，毒必上冲，或气先不理，或上焦痰实，共相冲结，复成此患。大抵毒之与气相干不宜，关津壅遏，涂径不通。故泻心疗满而不疗气，虽复服之，其痞莫由。疗毒气结①，莫过理中丸：解毒通气，痞自消释。然干姜性热，故减其分。茯苓通津，栝萎除渴，牡蛎止痢，谨审其宜，无不得矣。家人黄珍者，得病如上，其弟扶就叔尚书乞药，余曰："可与理中丸。"坐中数客皆疑不可，余自决于箱中取一弹丸与之。竺法太调余曰："此人不活。君微有缘矣。"与时合嗽许，比至三筹，扶又来，便叩头自搏。四坐愕然，谓

①疗毒气结：《知》本作"疗气理结"。《知》本案：馆本云"疗毒气结"。

其更剧。叔问："何如？"扶答："向药一服，便觉大佳。"更复乞耳。余谓竺法太曰："上人不忧作缘，但恐夜更来乞，失人眠耳，果尔如何？"余复与数弹丸，明日便愈。叔遂至今用之。护军司马刘元宝妻病，亦如此，叔复与之二丸，服尽便瘥。叔以此施之，遂多蒙救济。伤寒难疗，故详记焉。此行功自叙也。予以此丸与枳壳汤兼服，理无不验。理中丸所用枳实，只是枳壳，古人只谓之枳实，后人方别出"枳实"一条^①。

五积散

余家旧方，《博济》亦载，小有不同。

苍术二十两。 桔梗十两。 陈橘皮六两。 白芷 甘草各三两。 当归二两。 川芎一两半。 芍药 白茯苓 半夏汤洗。各一两。 麻黄春夏二两，秋冬三两。 干姜春夏一两半，秋冬二两。 枳壳麸炒，去瓤，四两。以下三物可别捣。 肉桂春夏三两，秋冬四两。 厚朴二两，姜汁炙。

右前十二味为粗末，分六服。大锅内缓火炒令微赤，香熟即止，不可过焦。取出以净纸藉板床上，晾令冷，入后三物和之和气^②。每服三钱，加姜、枣煎至六分，去滓服。伤寒手足逆冷、虚汗不止、脉沉细、面青呃逆，加顺元散一钱同煎，热服。产妇阵疏难产，经三两日不生，胎死腹中，或产母气乏委顿、产道干涩，加顺元散、水七分、酒三分煎，相继两服，气血内和，即产。胎死者，不过三服^③，当下。其顺元散多量产母虚实，伤寒发热、胁内寒者，加葱白二寸^④，豉七粒同煎，相继三两服，当以汗解。

①枳实：《知》本作"枳壳"。

②和气：原本作"为丸"，据《知》本改。《知》本案："和气"即后所云"和一切气"也，与下"伤寒"及"难产"一例。馆本作"为丸"，误矣。

③不过三服：《知》本作"日"。

④二：《知》本作"三"。

顺元散

乌头二两。 附子炮。 天南星炮。各一两。 木香半两。

右予叔祖得此方于民家，故吴中至今谓之"沈氏五积散"。大抵此散能温里外。但内外感寒，脉迟细沉伏，手足冷，毛发悚栗，伤寒里证之类，大嚼三两杯，当手足温或汗，乃愈。今世名医多用此散治气，极效。和一切气，通血络，无出此药。人病脾疟，用紫金丸逐下，乃服此散，数服多愈。

紫金丹

硫黄 针沙各三钱。 铁粉^① 腻粉各五钱^②。

四味炒为末，粟米饭丸如弹子大，乳香汤下一丸。气实，服一丸半至二丸。

七枣散

治脾寒疟疾。

川乌头，大者一个，炮。良久，移一处再炮，凡七处。炮满，去皮脐，为细末，都作一服。用大枣七个、生姜十片，葱白七寸，水一碗同煎至一盏。疾发前，先食枣，次温服，只一服瘥。元祐二年，两浙疟疾盛作，常州李使君举家病疟甚久，万端医禁不效。常时至效，万服亦不止。遇客传此方，一家服之，皆一服瘥。又长兴贾耘老传一方，与此方同，只乌头不炮，却用沸汤泡。以物盖之，候温更泡。满十四遍，去皮，切，焙干，依上法作一服。耘老云施此药三十年，治千余人，皆一服瘥。

葱熨法

治气虚阳脱，体冷无脉、气息欲绝，不省人及伤寒阴厥百药不效者。

右以葱用索缠如盏许大，切去根及叶，惟存白，长二寸许，如

---

① "铁粉"后：《知》本有"五钱"二字。

② 各五钱：《知》本作"十五钱"。《知》本案：馆本作"钱粉腻粉各五钱"。

大饼嗦。先以火助一面令通热，又勿令灼人。乃以热处搭病人脐，连脐下，其上以熨斗满贮火熨之，令葱饼中热气郁入肌肉中。须预作三四饼，一饼坏不可熨，又易一饼。良久，病人当渐醒，手足温有汗即瘥。更服四逆汤辈，温其体，万万无忧。予伯兄忽病伤寒，冥昧不知人事八日，四体坚冷如石，药不可复入，用此遂瘥。集贤校理胡完夫用此方，拯人之危，不可胜计。

金液丹

【原案】原方缺，今从王衮《博济方》补入。

硫黄十两精莹者，研碎，入罐子，及八分为度，勿大满。石龙芮两握，又云狗蹄掌一握。水鉴草两握，稻田中生，一茎四花如"田"字，亦名水田草，独茎生，以黄土一掬同搗为泥。只用益母草并泥搗亦得。

右固济药罐子，约厚半寸，置平地，以瓦片覆罐口，四面炭五斤拥定，以热火一斤自上燃之。候罐子九分赤，口缝有碧焰，急退火，以湿灰三斗覆。至冷，剖罐取药，削去沉底渣滓，准前再煅，通五煅为足。药如熟鸡卵气，并取罐埋润地一夜。又以水煮半日，取药，柳木槌研，顿滴水。候扬之无渣更研，令干。每药一两，用蒸饼一两汤释化，同搗丸之，暴干。金液丹旧方主病甚多，大抵治气赢。凡久疾虚困，久吐痢不瘥，老人脏秘、伤寒脉微阴厥之类，皆气赢所致，服此多瘥。大人数十丸至百丸，小儿以意裁度多少，皆粥饮下，赢甚者化灌之。小儿久吐痢垂困、药乳皆不入，委顿待尽者，并与数十丸，往往自死得生，少与即无益。予亲见小儿吐痢极已气绝，弃之在地，知其不救，试漫与服之，复活者数人。

苏沈良方卷四

治消渴方　　眉山有杨颖臣者，长七尺，健饮啖，偍侬人也。忽得消渴疾，日饮水数斗，食倍常而数溺。服消渴药逾年，疾日甚，自度必死，治棺釜，嘱其子于人。蜀有良医张玄隐之子，不记其名，为诊脉，笑曰："君几误死矣。"取麝香当门子，以酒濡之，作十许丸。取枳枸子为汤，饮之，遂愈。问其故，张生言："消渴消中，皆脾衰而肾败①，土不能胜水，肾液不上溯，乃成此疾。今诊颖臣，脾脉极热而肾不衰②，当由果实、酒过度，虚热在脾，故饮食兼人而多饮水。水既多，不得不多溺也，非消渴也。麝香能败酒，瓜果近辄不实，而枳枸子亦能胜酒。屋外有此木，屋中酿酒不熟；以其木为屋，其下亦不可酿酒。故以此二物为药，以去酒、果之毒也。宋玉云'枳枸来巢'，枳，音句里切；枸，音矩。以其实如鸟乳，故能来巢。今俗讹谓之'鸡距子'，亦谓之'癞汉指头'，盖取其似也。嚼之如乳，小儿喜食之。"

木香散　　治脏腑冷极及久冷、伤愈、口疮、下泄、谷米不化、饮食无味、肌肉瘦颊、心多嘈悲、妇人产后虚冷下泄、一切水泄冷痢。

木香　破故纸　高良姜　砂仁　厚朴姜汁炙。各三分。　赤芍药　陈橘红　肉桂　白术各半两。　胡椒　吴茱萸汤洗，去黑水。各一分。　肉豆蔻四枚。　槟榔一个。

---

①败：《知》本作"意"。
②不：《苏轼文集》卷七三作"且"。

右为散。每服三钱,不经水猪肝四两许,去筋膜,剐为薄片，重重掺药,置一鼎中。入浆水一碗、醋一茶脚许,盖覆。煮肝熟,入盐一钱,葱白三茎,细切。生姜弹子许,槌碎,同煮水欲尽。空心为一服,冷食之。初服微泻不妨,此是逐下冷气,少时自止。经年冷痢滑泻,只是一服,渴即饮,粥汤下。忌生冷油腻物。如不能食冷物,即少添浆水暖服。张简夫职方尝久泻,忽有人召食,以疾辞不住。主人曰:"吾有良药,一服可瘥。"煮药而召之。简至,先服药，使就席,熟醉而归,竟不复泻。简夫得此方与人服,莫不神应。嘉兴谢医得此方,恶其烦,只用浆水煮猪肝,为丸如桐子大,每服五十丸,粥饮下,其效亦同。若暴泻痢,只是一服,唯热痢热泻不治①。予家极宝此药,可大惊异,非余药可比。

硇砂煎丸　　治一切积滞,化气消食,补益真气,产后逐败血。补虚损至善。

硇砂捣通明无石者,别研,令如粉。　当归无灰酒浸一宿,去芦,切薄片子,焙。　肉苁蓉无灰酒浸一宿,薄切作片子干秤。　穿心巴戟无灰酒浸一宿,去心用。　槟榔　黑附子　天雄用无灰酒煮五七百沸②,候软，刮去皮。　木香　沉香　舶上茴香微炒。以上各一两。　金铃子三两，洗过,切破四面,无灰酒浸一宿,候软,以刀子刮下瓤,去皮核不用。　阿魏半两。米醋磨成膏,入诸药。

右为细末,以无灰酒煮白面,糊丸如桐子大。每服三十丸,空心日午温酒下。此方家家有。予家妇尝病膈中下痢日久,甚困笃，百方不瘥。土人李潜善医,曰:"膈中下痢,与他痢不同。常痢可用

---

①唯热痢热泻不治:原本作"唯热痢热泻不住须加服",据《知》本改。《知》本案：馆本云"唯热痢热泻不住须加服",盖承《永乐大典》之误。

②百:《知》本无。

苦涩药止之,蓐中痢生于血不足,投涩药则血愈不行,痢当更甚。"为予作硇砂法,云此药最能治产后痢。先以桂圆方小下之①,次投硇砂丸,日九十丸,痢顿减半,次日遂愈。硇砂丸,产后虽无疾亦宜服之,能养血,去积滞。"桂圆方"今附于后：

硇砂研。　肉桂　甘遂　巴豆去心皮,勿去油。　丁香　木香　芫花醋炒焦。

右等分捣治,面糊为圆,小绿豆大。每服二圆,三圆②,温水下。加减更量虚实。潜,名医也,云此圆攻积最胜,不论久近,皆能化。

黑神丸

漆六两,半生,半用重汤煮半日,令香。　神曲　茴香各四两。　木香　椒红　丁香各半两。　槟榔四枚。除椒外,五物皆半生半炒。

右圆如弹丸。取茴香末十二两,铺盖阴地,茵干。候外干,并茴香收器中。极干,乃去茴香。肾余育肠、膀胱痃癖,七疝下坠、五膈、血崩、产后诸血漏下、白赤③,并圆分四服；死胎,一圆,皆无灰酒下；难产,炒葵子四十九枚,捣碎,酒煎,下一圆。诸疾不过三服,元气十服。【原案】此句疑有脱字。隔气症癖五服、血痕三圆当瘥。予族子妇病,腹中有大块如杯④,每发,痛不可堪。时子妇已贵,京下善医者悉投方,莫愈,陈应之曰："此血痕也。"投黑神丸,尽三圆,杯气消尽⑤,终身不复作。

神保丸　出《灵苑》。

---

①先以桂圆方小下之:《知》本作"先以桂小丸下之"。

②圆:《知》本作"丸"。下同。

③白赤:《知》本作"赤白"。

④杯:《知》本案："杯"疑"痞"字之讹,馆本同。

⑤杯:《知》本案：当作"痞"。

木香 胡椒各一分。 巴豆十枚,去皮心,研。 干蝎七枚^①。

右汤释蒸饼,丸麻子大,碎砂为衣,每服三丸。心膈痛,柿蒂灯心汤下^②;腹痛,柿蒂煨姜煎汤下;血痛,炒姜醋下;小便不通,灯心汤下;血痢脏毒,楮叶汤下;肺气甚者,白矾蛙粉各三分、黄丹一分,同研为散,煎桑根白皮,糯米饮调下三丸^③,若小喘止,用桑皮糯饮下;肾气胁下痛,茴香酒下;大便不通,蜜汤调槟榔末一钱下;气噎,木香汤下;宿食不消,茶、酒、浆、饮任下。予三十年前客金陵,医人王琪传此方,琪云:"诸气惟膀胱气、胁下痛最难治,独此丸辄能去之。"熙宁中,予病项筋痛,诸医皆以为风,治之数月不瘥,乃流入背臀,久之又注右胁,挛痛甚苦。忆琪语方,向已编入《灵苑》,取读之,有此一验,乃合服之,一投而瘥。后尝再发,又一投而瘥。

小建中汤 治腹中切痛。

官桂^④ 生姜切。各三分。 甘草炙,半两。 大枣十二枚,擘。 白芍药一两半。 胶饴二两。

右以水二升煮取九合,去滓,内饴,更上火微煮,令饴化。温服三合,日三服。尝有人患心腹切痛不可忍,累用良医治之,皆不效。灸十余处,亦不瘥。土人陈丞善医,投一药遂定,问之,乃"小建中汤"也。此药偏治腹中虚寒,补血,尤主腹痛。常人见其药性温平,未必信之。古人补虚止用此体面药,不须附子、硫黄承用。此药治腹痛如神。然腹痛,按之便痛,重按却不甚痛,此止是气痛;

---

①七枚:《知》本作"一枚"。《知》本案:馆本作"十枚"。

②柿蒂灯心汤下:《知》本作"柿蒂汤或灯心同柿蒂汤下"。

③三丸:原本作"三钱",据《知》本改。《知》本案:馆本作"三钱"。

④"官桂"后:《知》本有小字"削"。

重按愈痛而坚者，当自有积也。气痛不可下，下之愈痛，此虚寒证也。此药尤相当，按《外台》："虚劳腹中痛、梦失精、四肢酸痛、手足烦热、咽干口燥、妇人少腹痛宜服。" 张仲景《伤寒论》："阳脉涩，阴脉弦，法当腹中急痛，先与此，不差者，小柴胡汤主之。"此二药皆主腹痛，予已于"小柴胡汤"叙之。若作散，即每服五钱七，生姜五片、枣三个大者，饴一栗大者。若痰势盛，须作汤剂，散服恐力不胜病。元丰中，丞相王郇公病少腹痛不止，宣差太医，攻治备至，皆不效。凡药之至热，如附子、硫黄、五夜叉丸之类，用之亦不瘥。骆马张都尉令取妇人油头发烧为灰，细研筛过，温酒服二钱，即时痛止。妇人用男子头发，如前类用方。

进食散

青皮 陈皮去瓤。 甘草炙。 肉桂去外皮。 高良姜薄切，炒。各一分。 川乌头一个，泡，去皮脐。 草豆蔻三个。 诃子煨，去核，五个。

右每服一钱，水一中盏、生姜二片，煎七分，食空时服。此庐州李潜方，治脾胃虚冷不思食及久病人脾虚全不食者，只一二服便顿能食。潜，名医也，予目见在真州治贾使君女子，已五十余日，病脾多呕，不进食，久医绝无验。潜投此药，一服遂食蒸饼半枚，明日百味皆思。潜云此药进食极神速，余疑此药太热，潜云："不然，用之三十年，无不效也。"

压气散

止逆定喘、治疏取多后，气之控上膈者。

木香 人参 白茯苓 藿香 陈橘皮 枳壳 附子炮。 甘草炙。已上各等分。

右一大盏，煎紫苏木瓜生姜汤，再入银盏，重汤煎，五七沸，通口服。

诃子丸　　消食化气。

诃子皮三两,洗泡。　木香　白豆蔻　槟榔　官桂　人参　干姜　茯苓各二两。　甘草粗大者,炙。　牵牛子略炒。各一两。

右酒煮,面糊为丸桐子大,每服十五丸至二十丸。如有气疾发动,吃食过多,筑心满闷,烂嚼茶酒任下。陆子履学士知蔡州平舆县,值石普南迁,子履与治行甚勤,普极德之。未几,普召还平舆,见子履叙南行之惠,曰:"他物不足以为报,有一药方奉传。"乃此方也。普唆物极多,常致懊闷成疾,服此辄愈。予问子履求得之,家中常合食饱胀满及气膨胸膈,只一服,如人手按下,极有验也。

椒朴丸　　治脾胃虚冷,岁久不思饮食,或发虚肿,或日渐羸瘦,四肢衰倦,吐痢无节,一应脾虚候状皆可服。

汉椒去目。　厚朴去粗皮,剉。　茴香　青盐淘去沙土,取净。

右各二两,以水二升煮令干,焙燥,捣为末。面糊丸如桐子大,每服三四十丸,空心温米饮及盐汤下。病深者日三服。予中表许君病脾逾年,通身黄肿,不能起,全不嗜食。其甥为本道转运使,日遣良医治之,都不效。有傅主簿传此方,服十许日,渐安。自尔常服,肌肤充硕,嗜饮食兼人,面色红润,年六十余,日行数十里,强力如少年。椒朴丸,《博济》及诸集中多载,有加附子者,有加姜皮者,皆不快捷。此方得其精要,与病相当,如神,慎勿增别药。药之中病处,人多不识看,不上面自有奇功,多因增益他药,却致不验,此难可以意测也。

无碍丸　　此丸传自湖州处士刘某,其叔父病喘,手足皆肿,殆不能起。刘君梦神谓之曰:"君叔父病脾病,横泻四肢,非他也,子有隐德,吾能愈子叔父之疾。"手疏方授之,曰"无碍丸",且诫曰:"慎勿服他药。"刘君得方,以饵其叔父,三饵而疾间。君先迎医于钱塘,后数日,医至,日："此肺逆,当治肺。"药入口,疾复作。君谕日："神人预尝戒我。"急谢医,复投无碍丸,遂瘥。

大腹皮炙。二两。 蓬莪术三棱,皆湿纸裹,煨熟。一两。 槟榔生。一分。 木香面裹,煨熟。半两。

右为末,炒麦蘖搗粉为糊,丸如桐子大,每服二十丸①,生姜汤下。

阴阳二胜散② 治久患翻胃及小儿惊吐诸吐。

好硫黄半两。细研。 水银一分。与硫黄研,无星。

右同研,如黑煤色。每服三钱,生姜四两,取汁酒一盏,同姜汁煎熟,调药,空心服。衣被盖覆,当侯足指间汗出,淅淅遍身汗出即瘥。常有人病翻胃,食辄吐出,午后即发,经三年不瘥。国医如孙兆辈皆治疗,百端无验,消赢殆尽,枯黑骨立。有守库季季吉者见之,日："此易治也,一服药可瘥。"始都不信之,一日试令合药,与少钱市药,仆次日持药至,止一服。如法服之,汗出皆如胶,膻秽不可近,当日更不复吐,遂瘥。楚人田医善治小儿诸吐,亦用此药,量儿长少,服一钱至一分,冷水调下,吐立定。此散极浮难调,须先滴少水,以至缓缓研杀,稍稍增汤,使令调和。若顿入汤酒,尽浮泛不可服。又予旧官属陈宣德之妻,病翻胃亦弥年,得一"乌头散"服之,一服瘥。又楚人孙生有一"茱萸丸",亦疗翻胃,其人自有传,今皆附于此。予校此三方,惟田季有阴阳理,故自胜捷。乌头、茱萸二方皆性热,用者量其脏寒温投之。

乌头散

乌头三两。炮,去皮。 川楝子一两半。 槟榔 木香各一两。

右为末,每服二钱,水一盏,煎至七分,盐一捻,温服。

---

① 每服二十丸:《知》本作"服二、三十丸"。

② 阴阳二胜散:《知》本作"田季散"。《知》本案：馆本"阴阳二圣散"。

茱萸丸　　孙生传曰:年深膈气翻胃,饮食之物至晚皆吐出,悉皆生存不化,膈上常有痰涎,时时呕血,胸中多酸水,吐清水无时,日渐羸瘦,腹中痛楚,时复冷滑,或即闭结,候状不可尽述。自患此疾六年,日可吐及五七度,百方无验。因遇此法,服及两月,诸疾悉瘥。尝愿流传救人,具方如左:

吴茱萸三分。瓦上焙出油。　胡椒　人参　当归各五钱。　甘草半两。一半生,一半纸裹五七重,醋浸令透,火内慢煨干,再浸,如此七遍。　半夏一两。用姜四两研汁,入砂罐子内。用姜汁并水煮,候破,看存二分白心,取半夏研为膏子。　白矾半两,炒干,存性一分。

右为末。半夏膏丸如稍硬,添姜汁,丸如桐子大,每服七丸。桑柳条各三十茎,上等银器内煎汤吞下,日三服,忌诸毒物,惟可食油,猪胰脾,软饭。此孙生自叙如此。

治噎方　《广五行记》治噎疾:永徽中,绛州有僧病噎数年,临死,遗命令破喉视之,得一物,似鱼而有两头,遍体悉是肉鳞,致钵中,跳跃不止。时寺中方刘蓝作淀,试取少淀致钵中,此虫绕钵畏避,须臭,虫化成水。世人以淀治噎疾始此。　张果医说:"病噎吐蛇。"华佗行道,见一人病噎,嗜食而不得下,家人车载欲往就医。佗闻其呻吟,驻车往视,语之曰:"向来道傍有卖饼家,蒜薤大酢,从取三升饮之,病自当瘥。"即如佗言,立吐蛇一条,悬之车边。欲造佗,佗尚未还。佗家小儿戏门迎见,自相谓曰:"客车边有物,必是逢我公也。"疾者前入,见佗壁北悬此蛇辈以十数。　食饧至噎。吴廷绍为太医令,烈祖因食饧,喉中噎,国医皆莫能愈。廷绍尚未知名,独谓当进楂实汤一服,疾失去。群医默识之,日取用皆不验,或扣之,答曰:"噎因甘起,故以楂实汤治之。"

槐花散　　治热吐。

皂角去皮,烧烟绝。 白矾熬沸定。 槐花炒黄黑色。 甘草炙。

右等分为末,每服二钱,白汤调下。嘉兴李使君曾病呃,每食讫辄吐。如此两月,服翻胃药愈甚。或谓有痰饮,投半夏散服之,亦皆不验。幕下药判官授此方,服之即时瘥。又有一老青衣,久病呃,与服之,又瘥。大凡吐,多是膈热,热且生痰。此药能化胃膈热涎,特有殊效。

紫粉丸 治吐。

针砂醋浸一夜,辟去醋,便带醋炒,直候铫子红色无烟乃止。候冷,细研,更用醋团火烧洞赤。取起候冷,再研极细。面糊丸如桐子大,每服四十丸,粥饮下。服讫,便啜一盏许粥,已不吐。如未定,再服决定。小儿小丸之,随儿大小与此药,极神异。然吐有多端,《良方》中有数法,皆累验者,可参用之。

软红丸 止吐。

辰砂五钱。 信砒半钱强。 胭脂一钱^{①}。 巴豆取霜。七个。

右熔蜡少许,入油一、二滴,和滴药为剂。以油单裹之,大人如绿豆,小儿如芥子。浓煎槐花甘草汤,放温,下一丸,忌热食半食久。此药疗人吐,只一服止。尝与人一丸,偶两人病,分与两人服,两人皆愈。

酒磨丸 治吐逆粥药不下者。万侯迪中《济急经验单》:用生姜丸弹子大,服法同。

五灵脂,狗胆汁和丸如鸡头实大,每服一枚,煎热,生姜酒磨化。再汤蒸,令极热,先煮温粥半升,持在手,令病人乘药热顿饮,便以粥送下。

---

① 胭脂:《知》本作"山脂"。

苏沈良方卷五

桂香散　　治脾胃虚弱，并妇人脾血久冷。

高良姜剉，炒香熟。　草豆蔻去壳炒。　甘草　白术　缩砂仁　厚朴去粗皮，剉。各一两。　青橘皮去瓤，炒黄。　诃子肉各半两。　肉桂一分。　生姜切。　枣肉各一两。二味同厚朴一处，用水一碗，煮令干，同杵为团，焙干用。

右同为末，每服二钱，入盐少许，沸汤点，空心服。此药偏疗腹痛。天台吕使君自来有腹痛，遇疾发即闷绝，连日不差。有一道士点此散饮之，一服遂定。自后每发，即饮数服，痛如失去。予得之，累与人服，莫不神验。治冷泻尤妙，腹痛最难得药。此方只是温脾药耳，特工止痛，理不可知。

引气丹　　理一切滞气。

硇砂研。　安息香研。　麝香研。各一分。　白芥子三百六十粒，炒。　大戟末一钱七。　牛黄半钱。研入。　牵牛末一钱七。　五灵脂研入。　乳香研入。　没药研入。各一钱。　班猫二十七个。去翅、头、足，研入。　巴豆十七粒①。研出油，不出油，助便快。

右件都研令匀，用红米饭为丸如麻子大，临时汤下之。太医潘璟带囊中常贮此药，仓卒疾多用之。

沉麝丸　　治一切气痛不可忍。端午日午时合。

①十七粒：《知》本作"二十七粒，去皮"，《知》本案：馆本"二七粒"。

没药 辰砂 血竭 麝香 沉香各一两。 木香半两。

右皆生用。银磁器熬生甘草膏，为丸皂荚子大。姜、盐汤送下。血气，醋汤嚼下。松滋令万君拟宝此药。妇人血痛不可忍者，只一丸。万君神秘之，每有人病，止肯与半丸，往往亦瘥。

礞石丸　　治诸气。

硝砂一两。米醋三升化。 巴豆霜二两半。以上先煮。 青礞石半两。研。 三棱一两。醋浸一宿，煨。以上次煮。 大黄一两半。分三分煨炒。又次煎。 木香 槟榔 肉豆蔻 猪牙皂角去皮，炒，一云"炙"。 肉桂 干姜炮。 丁香 蓬莪术各一两。 芫花醋浸一宿，炒微有烟。 青橘皮 白豆蔻 墨烧八分过。各半两。 胡椒 粉霜研。各一分。 面二两，酒半斤化。又次煎。

以硝砂、醋合巴豆煮两食久，投礞石、三棱，又投酒面，又投大黄，相去皆半食久，乃入众药。熬圆绿豆大。每服三五圆，酒饮杂下。凡症积饮食所伤、气凝、谷食不化，皆能愈。

褐丸　　消食化气，止泄泻、腹中诸冷疾。

乌头炮，去皮。 桂 香附子微炒。 干姜炮。 陈橘皮微炒。

右先用川巴豆取肉，麻油内慢火煎。自旦及午，候巴豆如皂子色即止。净拭，冷水中浸两日，日再换水。又拭干，研如油极细，须研一日方可用。以铁匙刮起，薄摊新瓦上，如一重纸厚。候一伏时，以铁匙刮下，再研极细。每巴豆霜一两，即诸药各五两为细末，水调成膏^{①}，与巴豆同研千万匝，再用绢罗过。更研令匀，用陈米一升半为细末，水调成膏，直候微酸臭，即煮为硬糊。细研，令无块硬处，乃与众药一处为丸，如巴豆大^{②}。每服五七丸，随汤使下。此

①水调成膏:《知》本无。
②巴豆:《知》本作"绿豆"。

只是食药,然食药方至多,无如此方者,能和脾、消气、进食、止泻、去积。凡食物壅隘,服之即消。腹中不平,脾胃诸疾,服之莫不康泰。苏州有人卖一砗砂丸食药,无所不治,其效如神,以此致巨富。服其药者遍天下,人无有得其真方者。后有亲人窃得,乃与此一同,但加砗砂为衣耳。人家宜常合,长少皆可服,的的可赖。

神圣香薷散^{①}

治胃气虚、霍乱吐泻、转筋腹痛。【原注】出吴崑《五脏论》。

香薷穗经霜者。一两半。 新厚朴取心。 川黄连各二两。 白扁豆一两。焙。

右先用姜汁四两,一处杵黄连、厚朴二味,令细,炒成黑色。入香薷、扁豆二味,都为末。每服五钱,水一盏,酒一盏,共煎至一盏,入磁瓶内,蜡纸封,沉入井底,候极冷,一并服。二服,至死者亦活。京师有人卖此药,一服三百钱。

治腹中气块方

大黄 草拨等分。生用。

右蜜丸梧子大,麝香水下二三十丸,空心服,日三服。贵州守李承议得岚瘴,夫妇、儿女数人相继而死。有二子归岭北,皆病腹中有块如瓜,瘦若欲死。陈应之与此方,服及三十服,气块皆消。应之云:"此寒热相杂所致,当以寒热二物攻之。"

栀子汤

治胸痹切痛。

栀子二两。 附子一两。炮。

右每服三钱。水一大盏,葱白三寸,同煎至五分,温服。泗州有人病岁余,百方不效,服此二服顿愈。

①《知》本案:程本作"香草散"。方中"香薷"及制法内入"香薷"俱作"香草",疑误,今遵馆本。

苏合香丸　　治肺痿、客忤、鬼气、传尸、伏连、瘴疟等疾，卒得心痛、霍乱、吐痢、时气、诸疰、瘀血、月闭、疫癖、丁肿、惊痫、邪气、狐媚、瘴疟等疾。

苏合香　白术　硃砂　沉香　诃子肉　丁香　木香　香附子　白檀香　乳香　荜拨　乌犀屑　安息香各一两。　　麝香　龙脑各半两。

右为末，炼蜜丸如鸡头实大，每服一丸，温酒嚼下，人参汤亦得。此方人家皆有，恐未知其神验耳。本出《广济方》，谓之"白术丸"，后人编入《外台》《千金》等方，真宗朝尝出苏合香酒赐近臣，又赐苏合香丸，自此方盛行于世。此药大能安气血，却外邪。凡疾自内作，不晓其名者，服此往往得效。惟治气注、气厥、气逆、气不和、吐痢、荣卫阻塞尤有神功。予所亲见者，尝有淮南监司官谢执方，因呕血甚久，遂奄奄而绝，赢败已甚，手足都冷，鼻息皆绝，计无所出。惟研苏合香丸灌之，尽半两遂苏。又有某船工病伤寒，日久而死，但心窝尚暖，不忍弃而不救，试与苏合香丸灌之，四丸乃省，遂瘥。又友人为两浙提点刑狱，尝病大泻，目视天地皆转，神思不理，诸药不效。服苏合香至两丸许，顿觉轻爽，腹泻亦止。予目睹救人于将绝者不可胜计。人家不可无此药，以备急难，瘟疫时服之尤验。仓猝求人参不得，只白汤亦佳，勿用酒。古方虽云用酒下，多不效，切宜记之。东阳刘使君少时尝病疗，日渐赢削，至于骨立，肌热、盗汗不止①。人有劝服此药，凡服八九两，所苦都瘥。一方有牛黄半两，古方无之，乃后人加也。

明月丹　　治诸痨。

---

①不止：《知》本作"劳状皆俱"。

兔屎四十九枚。 硇砂如兔屎相类大者四十九枚。

右用生蜜为丸，以生甘草半两，碎，浸一夜。取汁，五更初下七丸，勿令病人知之。药下后，频看，若有虫，急打杀，以桑火油煎使焦，弃恶水中。三日不下，更服，须月三日以后，望前服之。忌见丧服、色衣、妇人、猫、犬之类。后服治痨补气药，取瘥。威懿孙元规藏此方，数能活人。江阴万融病痨，四体如焚，垂困。一夜梦神腹拥一月，大如盘，明烂不可正视，逼人心骨皆寒。已而惊瘥，俄有人扣关，乃威懿使人遗之药，服之遂瘥。问其名，则"明月丹"也，始悟向之所梦。大抵此药最治热痨，又云伤寒、烦燥、骨热皆治。

火角法 治久冷痰咳嗽及多年痨嗽服药无效者。

雄黄通明不夹石者。一两。 雌黄不夹石者。半两。二味同研极细。 蜡三两^{①}。

右先镕蜡令汁，下药末搅匀，候凝刮下。用纸三五段，每段阔五寸、长一尺，镕药蜡，涂其一面令厚。以竹箭卷成筒子，令有药在里，干令相著，乃拔去箭。临卧，熨斗内盛火，燃筒子一头令有烟，乃就筒子长引气吸取烟，陈米饮送下。又吸，每三吸为一节，当大咳，咯出冷涎，即以衣覆卧，良久汗出。若病三五年者，二三节即瘥^{②}。十年已上，瘦甚、咳声不绝、胸中常有冷痰、服药寒温补泻俱无效者，日一为之，不过五七日良愈。先君户部病痰嗽，胸中常如冰雪，三年而伯父继感嗽，又六年赢瘵殆困，百方治之皆莫愈。用此二三为之，皆瘥。

九宝散 治积年肺气。

---

①三两：《知》本作"二两"。《知》本案：馆本"三两"。
②节：原本作"吸"，据《知》本改。

大腹并皮。 肉桂 甘草炙。 干紫苏① 杏仁去皮尖。 桑白皮各一两。 麻黄去根。 陈橘皮炒。 干薄荷各二两②。

右捣为粗末,每服一钱七③,用水一大盏、童子小便半盏、乌梅二个、姜钱五片,同煎至一中盏,滤去滓。食后临卧服。两浙张大夫病喘二十年,每至秋冬辄剧,不可坐卧,百方不瘥。后得临平僧法本方,服之遂瘥。法本凡病喘三十年,服此药半年乃愈,永不复发。凡服此药,须久乃效。

何首乌散 治脚气、流注、头目昏重、肢节痛、手足冷、重热、拘挛、浮肿、麻痹、目生黑花。出《灵苑》。

何首乌水浸一日,切厚半寸,黑豆水拌匀,令湿。何首乌与重重相间,蒸豆烂,去豆,阴干。 仙灵脾叶 牛膝以上各酒浸一宿。 乌头水浸七日,入盐二两半,炒黄色。以上各半斤。

右每服二钱,酒下,或粥饮调下,日三服,空心食前。久患者半月效。先君同官王绂礼部有女子病足挛痛二岁,得此方半月愈。予老姊亦病手足骨髓中痛,不能堪,久治不瘥,亦得此愈。

经效阿胶方 治嗽,并嗽血、唾血。

阿胶剉碎,微炒。 卷柏去尘土。 生干地黄熟者不用。 干山药 大蓟独根者更佳。日影干。 五味子净。各一两。 柏子别研。 茯苓 百部 远志去心。各五钱。 人参 鸡苏 麦门冬 防风净。各半两④。

右十四味⑤,并择好药材,依方修制,捣罗为末。炼蜜丸如弹

---

①干:《知》本作"甘"。

②二:《知》本作"三",《知》本案:馆本"各二两"。

③一:《知》本作"十"。

④按:"人参、鸡苏、麦门冬、防风"四味,原本无,据《知》本补。

⑤十四味:原本无,据《知》本补。

子大,不拘时候,浓煎小麦并麦门冬汤嚼下半丸,加至一丸。若觉气虚,空心不用服。

灸咳逆法　予族中有病霍乱,吐痢垂困,忽发咳逆,半日之间,遂至危殆。有一客云有灸咳逆法,凡伤寒久疾得咳逆,皆为恶候,投药皆不效者,灸之必愈。予遂令灸之,火至肌,咳逆已定。元丰中,予为鄜延经略使,有幕官张平序病伤寒已困,一日官属会饮,通判延州陈平裕忽言张平序已属纩,求往见之。予问："何遽至此？"云："咳逆甚,气已不属。"予忽记灸法,试令灸之。未食顷,平裕复来,喜笑曰："一灸遂瘥。"其法：乳下一指许,正与乳相直骨间陷中,妇人即屈乳头度之,乳头齐处是穴。艾炷如小豆许,灸三壮。男灸左,女灸右,只一处,火到肌即瘥。若不瘥,则多不救矣。

羌活散　止咳逆。【原案】《三因方》有丁香一两^①。

羌活　附子炮。　茴香微炒。各半两。　木香　干姜炮,去土。各一两^②。

右每服二钱,水一盏,盐一捻同煎一二十沸,带热服,一服止。

治肺喘方

蒲颖叶微似棠叶,尤柔厚。背白似熟羊皮,经冬不凋。花正如丁香,蒂极细如丝,倒悬之,风吹则摇摇然。冬未生花,至春乃敷实,一如山茱萸,味酸可唆,与麦齐熟。其木甚大,吴人名半含,江南名棠,京师名纸钱球^③,襄汉名黄婆妳。

右一物为末,每服二钱,或温水调下,发时服。有患喘三十年者,服之皆愈。疾甚者服后胸上生小瘾疹痒者,其疾即瘥。一方用

①《三因方》有丁香一两：《知》本作"出《灵苑》"。
②各一两：《知》本作"各枣许"。
③纸钱球：《知》本作"纸钱棠球"。

人参等分服。

砗砂膏 镇心安神、解热及损嗽血等疾。

砗砂别细研。 生犀 玳瑁 真珠末 苏合香用油和药亦可。 钱液粉各一分^①。 牛黄 麝香 生脑子 硼砂 琥珀别研。 羚羊角 安息香酒蒸，去沙石，别研入药。各半两。 金末一分。用箔子，研。 新罗人参 甘草微炒。各一两 远志去心。 茯苓各半两。参以下四味同捣。

右都为细末，拌和炼蜜、破苏合油剂诸药为小锭子，更以金箔裹之，磁器内密封。每用一皂子大，食后含丸^②。卫尉叶丞得效，并阿胶丸相杂服。此药治血安神，更胜至宝丹。

蕊珠丹 镇心空腹、去人邪气及妇人血攻寒热等疾，但惊忧成病皆主之。

辰砂一两二分^③。凤尾草一握，水研汁，煮砂一食久，水洗干，研。 桃仁四十九枚，生。 牛黄一分。 附子一分半。纸裹煨。 安息香一分。蜜一分，酒少许煮成膏。 麝香二钱。 阿魏薄切，微焙。 木香各半两。

右丸如豆大，五七至十圆。妇人桃仁醋汤下^④，丈夫桃仁盐汤下。侍郎郎简之妻，因悲忧病，腹中有两块，皆如拳，每相冲击，则闷绝，坚不可破，卧岁余。服此药，两块皆失所在。

至宝丹 本池州医郑感庆历中为予处此方，以其屡效，遂编入《灵苑》。

生乌犀 生玳瑁 琥珀 砗砂 雄黄各一两。 牛黄 龙

---

①钱液：原本作"铁艳"；"各一分"，原本作"各一两"，俱据《知》本改。

②丸：《知》本作"化"。

③二：《知》本作"一"。

④桃仁：《知》本作"桃心"。《知》本案：馆本"桃仁"。下同。

脑 麝香各一分。 安息香一两半。酒浸,重汤煮令化,滤去滓,约取一两净。 金箔五十片。

右丸如皂角子大,人参汤下一丸,小儿量减。旧说主疾甚多,此丸专疗心热血凝、心胆虚弱、喜惊多诞、眠中惊魇、小儿惊热、女子忧劳、血滞血厥,产后心虚怔忪尤效。血病,生姜、小便化下。

苏沈良方卷六

四神散　　治血气心腹痛。出《灵苑》。

当归　芍药　川芎各一两。　干姜半两。炮。

右每服二钱，暖酒调下。予每作以疗妇人气痛，常以一服瘥。

千缗汤①　　急下涎。

齐州半夏七枚。炮裂，四破之。　皂角去皮，炙。一寸半。　甘草一寸。　生姜两指大。

右同以水一碗煮，去半顿服。沈待制兴宗常病痰喘不能卧，人扶而坐数日矣。客有见之者曰："我曾如此得药，一服瘥。我以千缗酬之，谓之千缗汤，可试为之。"兴宗得汤，一啜而愈。

白雪丸　　治痰壅，胸膈，噫逆及头目昏眩，困倦，胀痛。

天南星炮。　乌头炮，去皮。　白附子生。　半夏洗。各二两。　滑石研。　石膏研。　龙脑研。　麝香研。各一分。

右面和为丸，极稀为妙，如绿豆大。每服三十丸，姜蜡茶或薄荷茶下。予每遇头目眩困，精神憒冒，胸中痰逆，愤愤如中酒，则服此药。良久间，如拳去重裘，豁然清爽，顿觉爽畅。食后服为佳。

龙胆丸　　解暴热，化涎，凉膈，清头目。

草龙胆　白矾烧沸定。各四两。　天南星　半夏各二两半。以水浸，切作片，用浆水、雪水钟半同煮三五沸，焙干，取各秤二两。

---

①千缗汤:《知》本作"半夏汤"。

右为末,面糊为丸,极稀为妙,如桐子大。每服三十丸,蜡茶清下,食后临卧服。应痰壅膈热、头目昏重,服之顿清。岭南瘴毒,才觉意思昏闷,速服便解。咽喉肿痛、口舌生疮,凡上壅热涎诸证,悉可服,小儿尤良。

治内障眼 《本草》云:"熟干地黄、麦门冬、车前子,相杂,治久患内障眼有效。"屡试之,信然。其法,细捣罗,蜜为丸,如桐子大,每服温酒熟水任下。然三药皆润,难捣,旋焙旋捣和合,异常甘香,真奇药也。

还睛神明酒

黄连五两。 石决明 草决明 硝石① 生姜 石膏 薏仁 秦皮 山茱萸 当归 黄芩 沙参 朴硝 甘草炙。 芍药 泽泻 桂心 茅子 车前子 淡竹叶 柏子仁 防风 川乌头 辛夷 人参 川芎 白芷 蓷麦 桃仁去皮尖,双仁。 细辛 地肤子已上各三两。 龙脑三钱。 丁香半两。 真珠生,二十五颗。

右咬咀,练囊盛。用好酒五斗,瓮中浸之,春秋十四日,夏七日,冬二十一日。食后服半合,勿使醉吐。稍稍增之,百日后,明目如旧。忌热面、酢葵、秽臭、五辛及猪、鱼、鸡、马、驴肉,生冷、粘滑、入房、惠怒、大劳、大忧愁、大寒热悉慎之。惟不疗枯睛损破者。但白睛不枯损,服此药更生瞳子,平复如故,出五符。汉司空仓元明两目盲,经十五年两瞳子俱损,翳出如云,赤白肤肉如乳头。服此酒未满百日,两目还得清净。夜任针,胜如未患时十倍。晋大夫于公,失明经二十余年,不辨明夜,两目俱损,无瞳子。身年七十,服

① 硝石:《知》本作"黄消石"。

此酒一百日,万病除。两目明,见物益明。予表亲有病目者,服此酒十余日,翳皆消尽。

治诸目疾

右盛热汤满器,铜器尤佳,以手掬熨眼,眼紧闭勿开,亦勿以手揉眼,但掬汤冷即已。若有疾,一日可三四为之;无疾,日一两次,沃令眼明。此法最治赤目及脸眦痒^①。予自十八岁因书小字病目,楚痛凡三十年,用此法遂永瘥。枢密邵兴宗苦目昏,用此法逾年后,遂能灯下观细字。大率血得温则荣释,目全要血养。若冲风冒冷,归即沃之,极有益于目。

点眼熊胆膏

古铜钱二十一枚,完用。菊花四两^②。黄连　郁金　黄柏各二两。以上菊花揉碎,黄连以下三物细剉,用水二升,银石器中慢火熬至一升,新布滤去滓,入后药。铅丹　玄精石　井泉石　龙骨　不灰木　芫荽去皮。薏仁去壳。代赭石各半两。滑石　乌贼鱼骨去坚处。各一两。以上细研成膏粉,入蜜六两,并前药汁和匀银器中,重汤煮六时辰,再以新绵绞滤去滓,入后药。硼砂　麒麟竭　没药　青盐　铜青各半两。川牙硝一两。乳香一分。麝香　生龙脑各一钱。水银粉二钱。熊胆半斤^③。雄雀粉七粒^④。硇砂一钱半。

右并细研,罗过再研,如面,入前药内^⑤,再用重汤煮如稀饧。如要为丸,即便熬,可丸即丸如梧桐子大。每用一丸,水化。并以铜箸点两眦。此本舒州甘露山僧长老方,治目疾殊圣。久患瘑肉、

---

①"脸眦":《知》本作"睑皆"。

②四:《知》本作"一"。《知》本案:馆本"四两"。

③斤:《知》本作"个"。

④粉:《知》本作"粪"。

⑤药:《知》本作"膏"。

脸烂诸疾，点此无不瘥者。暴赤目、风痒，只点三两次即瘥。有人瘜肉满眼，用此亦消尽，清明如未病时。煎药须用银器，皆须上品药，洗濯捣择极细，方有效。

苘实散　治眼。

苘麻子，以柳木制碓子磨之，马尾筛取黄肉，其乌壳弃不用，每十两可得四两精肉。非柳木碓不能去壳碾为末。取猪猪肝薄切裹药中，令相著。用缓火灸肝熟①，为末。临卧，陈米饮调下二钱。一法，煎醋酸醋为丸，每服二十丸；一法，取苘实内囊蒸一次②，暴干为末，或散或蜜丸，温水下。予亲家女子儿童时病翳，一目中五翳，病十五年，治之莫愈，医者皆以为不可疗之疾。试用灸肝散十许日，一翳消，逾月消尽，目如为儿时。

治眼齿　前日与欧阳叔弼、晁无咎、张文潜同在戒坛，余病目昏，数以热水洗之。文潜曰："忌点洗，目有病当存之，齿有病当劳之，不可同也。治目当如治民，治齿当如治军；治民当如曹参之治齐，治军当如商鞅之治秦。"颇有理，故追录之。

狸鸠丸　治内障、青盲、翳晕及时暂昏暗一切眼疾。

花鸠一只。去毛、肠、嘴、足，炙熟。羊肝一具。炒。　细辛　防风　肉桂　黄连　牡蛎　甘菊花　白蒺藜各五两。　白茯苓　瞿麦各四两。　羌活三两。　蔓菁子二升。蒸三炊。　薏仁半升。　决明二合。

右炼蜜丸如桐子大，每服二十至三十丸，空心日午，临卧茶酒下。半月见效。忌房事、五辛、猪、鸡、鱼、蒜。楚医陈中立双盲数年，服此，视物依旧。

①用：《知》本作"家"。灸：《知》本作"炙"。
②次：《知》本作"炊"。

偏头痛方

裕陵传王荆公"偏头痛方"，云是禁中秘方。用生莱菔汁一蚬壳，仰卧注鼻中，左痛注右，右痛注左，或两鼻皆注亦可。数十年患，皆一注而愈。荆公与仆言，已愈数人矣。

硫黄丸　　治头痛。

硫黄二两。细研。　硝石一两。

右水丸指头大，空心蜡茶嚼下。予中表兄病头风二十余年，每发，头痛如破，数日不食，百方不能疗。医田滋见之，曰："老母病此数十年，得一药遂效。"就求得之十丸，日服一丸。十余日后，滋复来云："头痛平日食何物即发？"答云："最苦饮酒食鱼。"滋取鱼酒，令恣食云："服此药十枚，岂复有头痛耶！"如其言食之，竟不发，自此遂瘥。予与滋相识数岁，临别以此方见遗。陈州怀医有此药，丸如梧桐子大，每服十五丸。暑喝憧冒者，冰冷水服，下咽即豁然清爽。伤冷，以沸艾汤下。

葫芦巴散　　治气攻头痛。

葫芦巴微炒。　三棱剉，醋浸一宿，炒干。各一两。　干姜炮。一分。

右为末，每服二钱，温生姜汤或酒调下。凡气攻头痛，一服即瘥。万法不愈，头痛如破者，服之即愈，尤利妇人。姻家有病疟，差后头痛，号呼十余日，百方不效，用一服，如失。小小头痛更捷。

治鼻衄

取河阳石炭心，如无，只用光明者为末，新水下，立止。又法：鼻左衄用绵塞右耳，右衄，塞左耳，神应。余亦曾用之。

刺蓟散　　治鼻衄。

大蓟根一两。　相思子半两。

右每服十钱①,水一盏,煎至七分,去滓,放冷服。王朝散女子大衄,一日已昏不识人,举家发哭,用药皆无效。有人传此方,一服止。

治鼻衄不可止欲绝者

用茅花,无,即以根代,每服一大把。剉,水两碗煎浓汁一碗,分二服。林次中御史在楚州,尝访一故人,久之不出,或问之,云："子妇衄血垂尽,方救视,未及延客。"坐中一客云："适有药。"急令撷茅花一大把,煎浓汁一碗,帯囊中取一小红丸二粒,茅花煎汤吞下,一服即瘥。问其方,不言。后有人闻之,曰："此止是茅花之功耳。"试复问之,其人大笑曰："诚如此。"红丸乃含香砒砂丸,恐不信茅花之功,以此为记耳。予在廊延,一将官卒病衄甚困,以此疗之即瘥。又徐德占教衄者,急灸项后、发际、两筋间宛穴中三壮,立定。盖血自此入脑注鼻中,常人以线勒颈后,尚可止衄,此灸决效无疑。

又方 用青蒿纳鼻中,即止。

又方 治鼻衄久不止,昏晕。

棕榈皮不以多少烧灰。

右,随鼻左右搐之。

绿云膏 治口疮。

黄柏半两。 螺子黛二钱。

右同研如碧玉色,临卧置舌根下一字,咽津无妨,迟明瘥。凡口疮不可失睡,一夜失睡,口疮顿增。

灸牙疼法

随左右所患肩尖微近后骨缝中,小举臂取之,当骨解陷中,灸

①十:《知》本作"一"。《知》本案:馆本作"十钱"。

五壮。予目睹灸数人皆愈。灸毕,项大痛,良久乃定,永不发。予亲病齿,百方治之皆不验,用此法灸遂瘥。

服松脂法

松脂以真定者为良。细布袋盛,清水百沸汤煮,浮水面者,以新竹罩篦掠取投新水中。久煮不出者,皆弃不用。入生白茯苓末,不制,但削去皮,搗罗细末耳,拌匀,每日早取三钱七著口中。用少热水搅漱,仍以脂如常法热措齿。毕,更以热水咽之,仍漱吐如常法,能牢牙、驻颜、乌髭也。赠米元章。

水气肿满法^①

张微之屡验。【原案】《圣济总录》名"商陆豆汤"。

生商陆切作麻豆大。赤小豆如商陆之多。鲫鱼三尾。去肠,存鳞。

右二物,实鱼腹中,取盈线缚之,水三升缓煮,赤豆烂,取,去鱼,只取二物。空腹食之,以鱼汁送下。不汗则利即瘥,甚者过二日再为之,不过三剂。微之家乳姑病水饮,一剂愈。

逐气散

《博济》治气^②。

白商陆根去粗皮,薄切,阴干或晒干。

右为末,黄颡鱼三尾、大蒜三瓣、绿豆一合、水一升,同煮。以豆烂为度。先食豆,饮汁送下。又以汁下药末二钱,水化为气,内消。省郎王申病水气,四体悉满,不能坐卧,夜倚壁而立,服一剂即愈。

二姜散

治小肠气。

高良姜 干姜等分。炮八分,留二分,椎。

右一大钱,用续随子,去皮,细研。纸裹,出油,取白霜入一

①水气肿满法:《知》本作"治水气肿满法"。
②气:《知》本作"水气"。

字。将热酒一盏,入猪胆汁十数滴,同调下,一服瘥。

川楝散　　治小肠气、下元闭塞不通。

川楝子一两。和皮破为四片。　巴豆一两。并壳捣令碎。

右同和匀,入铫内,炒令紫色。取出,去巴豆,只取川楝子。净刷,去末,每服一钱。先炒茴香,秤一钱令香,用酒一盏冲,更煎三五沸,去滓,调川楝子末,连进二服,得下泄,立瘥。此方同治远年里外膀疝方,于建安军中人吴美得之。

仓卒散　　治小肠气。

山栀子四十九枚,烧半过。　附子一枚,炮。

右每服二钱,酒一盏,煎至八分①,入盐一捻,温服。脾肾气拳急、极痛不可屈伸、腹中冷重如石、痛不可忍、自汗如浇、手足冰冷久不瘥、卧欲死者,服此药一剂,忽如失去,甚者两服瘥。余自得效,亦屡以治人,皆验。

断弓弦散　　治小肠气。

五灵脂　蒲黄等分。

右二物,先用醇醋一合,熬药成膏,以水一小盏,煎至六七分,热呷。此又名"失笑散",疗妇人血气尤验。曾有妇人病心腹痛,欲死十余日,百药不验,服此亦愈。

治小便数方　　并治渴。

取纯糯米糠一手大,临卧炙,令软熟,嚼之,以温酒送下,不饮酒人温汤下,多嚼弥佳。行坐良久,待心间空便睡。一夜十余行者,当夜便止。予尝以为戏术,与人赌物,用之如有神圣。或言假火气温水送,不然也。大都糯稻主缩水,凡人夜饮酒者,是夜辄不

---

① 八:《知》本作"七"。《知》本案:馆本"八分"。

尿,此糯米之力也。又记一事:予故人刘正夫罢官闽州,次建溪,叩一大家求舍,闭门不纳。既而使人谢云:"其父有甚病,不能延客。"刘问其状,曰:"病渴,殆死矣。"刘许为其营药,俄而其子弟群至,求治其父。刘即烧药与之,明日来谢,云饮药一杯,是夜嗽水减七八分。此刘君目击者。其方用糯稻秆,斫去穗及根,取其中心,净器中烧作灰。每用一合许,汤一碗,沃浸良久,澄去淖,尝其味如薄灰汁。乘渴顿饮之。此亦糯米缩水之一验也,故因附此。

又方 治小便不通。

琥珀研成粉,每服二钱,煎萱草根浓汁调下,空心服。予友人曾小肠秘甚成淋,每旋只一二滴,痛楚至甚,用恶药逐之,皆不通。王郁公与此药,一服遂通。人有病痔肠肿,因不能尿,候如淋疾,他药不能通,惟此法可治。

茯苓散 治梦中遗泄。

坚白茯苓为末,每服五钱,温水调下,空心食前临卧服,一日四五服。方书言梦泄,皆云肾虚,但补肾涩精,然亦未尝有验。予论之,此疾有三证:一者至虚,肾不能摄精,心不能摄念,或梦而泄,或不梦而泄。此候皆重,须大服补药。然人病此者甚少,其余皆只是心虚,或心热,因心有所感,故梦而泄。此候差轻,人之患者,多是此候,但服茯苓散自瘥。予累以拯人,皆良验。又有少年气盛或螺夫道人强制情欲,因念而泄。此为无病,医及摄生家多言梦寐甚于房劳,此殆不然。予尝验之,人之病天行未复而犯房劳者多死,至于梦寐,则未尝致困,此决然可知,但梦寐自有轻重耳。

香姜散 治久患脾泄。出《博济方》。

生姜四两。 黄连一两。

右剉如豆大,慢火一处炒,令姜干脆深赤。去姜,取黄连为细末,每服二钱①,空腹蜡茶清下,不过二服即愈。

暴下方

欧阳文忠公尝得暴下,国医不能愈。夫人云:"市人有此药，三文一贴,甚效。"公云:"吾辈胜膰,与市人不同,不可服。"夫人使以国医药杂进之,一服而愈。公召卖者厚遗之,求其方,久之,乃肯传。但用车前子一味为末,米饮下二钱匕,云:"此药利水道而不动气,水道利则清浊分,谷脏自止矣。"

治泻痢方

肉豆蔻剖作瓮子,入通明乳香少许,复以未塞之,不尽,即用面和少许,裹豆蔻煨熟,焦黄为度。三物皆研末,仍以茶末对烹之。

四神散　　治痢。

干姜　黄连　当归　黄柏皆炒。各等分。

右为末,乌梅一个,煎汤调下二大钱。水泻等分,赤痢加黄柏,白痢加姜,后重肠痛加黄连,腹中痛加当归,并空心食前服。予家常作此药,夏月最获用。大凡泻痢,宜食酸苦,忌甘咸。盖酸收苦坚,甘缓咸濡,不可不知也。

芍药散　　治痢。

茱萸炒。半两。　黄连炒。　赤芍药各一两。

右三味水煎服②。

陈应之疗痢血方

丞相曾鲁公痢血百余日,国医无能疗者。应之取盐水梅,除核,研一枚,合蜡茶,加醋汤沃服之,一啜而瘥。又丞相庄肃梁公亦痢血,应之曰:"此授水谷,当用三物散。"亦数服而愈。三物散用

---

①二:《知》本作"一"。

②三味:《知》本作"二钱"。

胡黄连、乌梅肉、灶下土，等分为末，蜡茶清调下，食前空腹温服。

樗根散　　治水泻、里急后重。

樗根皮一两。　枳壳半两^①。　甘草一钱^②。

右粥饮下二钱，食前一服止。

健脾散　　治胃虚泄泻，老人脏泄尤效。

乌头炮。三分。　厚朴姜汁炙。　甘草炙。　干姜炮。各一分。

右服一钱，水三合、生姜三片，煎至二合，热服，并二服止。予家尝贮此药，治脾泄极验。

宪宗赐马总治泻痢腹痛方

生姜，和皮切碎如粟米，用一大盏，并草茶相对煎服。元祐二年，欧阳文忠公得此疾，百药不效，予传此方而愈。

治肠痔下血如注久不瘥者

右件唯用市河中水，每遇更衣罢，便冷沃之，久沃为佳，久患者皆瘥。予始得于信州侯使君，日沃之两次即瘥。予用之亦再沃而瘥，并与数人用，皆然，神奇可惊，不类他药。无河水，井水亦可。

疗寸白虫

锡沙作银泥者，即以黄丹代，油和桐子大。　芜荑　槟榔　二物等分为散。

右煎石榴根浓汁半升，下散三钱，丸五枚，中夜服，旦日下。予少时病白虫，始则逾粳米，数岁之后遂长寸余，古说虫长盈尺人即死。以药攻之，下虫数合，或如带，长尺余，蟠蜿如猪脏，熠熠而动。其未寸断，辄为一虫。虫去，病少已。后数月复如初，如是者数四。后得此方服之，虫悉化为水，自此永断。

---

①半：原无，据《知》本补，《丛初》本作"一"。

②一钱：《知》本作"炙，一分。"

苏沈良方卷七

小还丹　　治背疽痈疖、一切胕肿。

腻粉　水银　硫黄同研。各一分。　大巴豆肉四十个^①。

右将巴豆单覆排铫底，以三物按上巴豆，令平，以瓷盏盖之，四面湿纸封，慎勿令气泄。炭火四面缓缓烧，时于水中蘸铫底，少时又烧，频蘸为善。其盏上底内滴水一点，如大豆，干则复滴，以三滴干为度。候冷，研陈米饮丸作二十三丸，每服一丸^②，熟水吞下。疏下恶物，以白粥补之。予族父藏此方，未易与人。吴中往往用此活人，曾无失者。才取下即时不痛，其疮亦干。

柞叶汤　　治发疽。

柞木叶干。　荷叶干。各四两。　萱草根干。　甘草节生。

地榆各一两。

右细剉，每服半两，水二碗，煎去半，分二服，早晚各一服，二服滓并煎作一服^③。有脓血者、自安脓血在内者、自大肠下未成者，自消。忌一切毒物。有疮者，帖后药。

通明牛皮胶水半升，熬令化。　黄丹入胶中，煮三五沸。各一两。

右放温冷，以鸡羽傅疮口，疮即敛。未成疮者，涂肿处即内消。元丰中，丞相王荆公疽发背，医攻之皆不效，渐觉昏懵不省人

---

①四十个：《知》本作"十四个"。

②每服一丸：原本无，据《知》本补。

③一服：《知》本作"未者"。

事，事已危甚。上元知县、朝奉郎梁彦章有此药，自言其效如神，秘其方，但得药，荆公服之，利下恶物一升许，遂瘥。乃以方献丞相，予从丞相得之。此药常人服之，并不疏转，但逐胀血耳。

治肿毒痈疽

疗肿毒痈疽，未溃令消，已溃令速愈。

草乌头屑，水调，鸡羽扫肿上。有疮者，先以膏药贴定，无令药著疮。人有病疮肿甚者，涂之，坐中便见皮皱，稍稍而消。初涂，病人觉冷如冰，疮乃不痛。

白膏

登州孙医方，善消肿及坠击所伤。

柳白皮半两。洗，阴干。　白蜡四钱。　黄丹二钱。　胡粉　商陆根各三两①。　油生，四两；熟②，三两八钱。

右先熟油，入柳皮，候变色，去滓，入诸药，数搅，良久下。③此药尤善消肿及坠击所伤，登州孙医每以三百钱售一厇。

治痈疽方

忍冬嫩苗一握。　甘草半两，生用。

右忍冬烂研，同甘草入酒一斤半砂瓶中，塞口，煮两食顷，温服。予在江西，有医僧鉴清善治发背疽。得其方，用老翁须。余颇神秘之。后十年过金陵，闻医王琪亦善治疡，其方用水杨藤。求得观之，乃老翁须也。又数年，友人王子渊自言得神方，尝活数人，方用大薜荔。又过历阳，杜医者治疡，尝以二万钱活一人，用千金藤。过宣州，宁国尉王子驺传一方：用金银花。海州士人刘纯臣传一方：用金钗股。此数君皆自神其术，求其草视之，盖一物也。余以《本草》考之，乃忍冬也。古人但为补药，未尝治疽。其用甘草煮

---

①商：原本作"当"，据《知》本改。"各三两"，《知》本作"三分"。

②熟：原本作"热"，据《知》本改。下"熟油"同。

③《知》本案：疑有脱文。

饮之法，制方皆同。若仓卒求不获，只用干叶为散，每服三方寸匕，甘草方寸匕，酒煮服之亦可，然不及生者。　忍冬，叶尖茎圆，生，茎、叶皆有毛，田野、篱落处处有之。两叶对生，春夏新叶，梢尖而色嫩绿柔薄；秋即坚厚，色深而圆，得霜则叶卷而色紫，经冬不凋。四月开花，极芬芳可爱，似茉莉瑞香。初色白，数日变黄，每黄白相间，故一名"金银花"；花开，曳蕊数茎如丝，故一名"老翁须"，一名"金钗股"；冬间叶圆厚似薜荔，故一名"大薜荔"。可移根庭槛间以备急。

治痈疽疮疡久不合方

仆尝读《本草》：露蜂房、蛇蜕皮、乱发各烧灰，每味取一钱匕，酒调服。治疮疡久不合神验，仆屡试之。烧灰略存性。

云母膏　出《博济方》。

云母光明者，薄揭，先煮。　硝石研。　甘草各四两。　槐枝　柏叶近道者不堪。　柳枝　桑白皮各二两。　陈橘皮一两。　桔梗　防风　桂心　苍术　菖蒲①　黄芩　高良姜　柴胡　厚朴　人参　芍药　胡椒子　龙脑草②　白芷　白茯　白敛　黄芪　芎劳　茯苓　夜合花　附子炮。各半两。已上咀咬，次煎。　松脂　当归　木香　麒麟竭　没药　麝香　乳香各半两。已上为末。　黄丹十四两。罗。　盐花五钱。　水银二两。　大麻油六斤③。

右先炼油令香，下云母，良久，投附子。已上药，候焦黄，住火令冷。以绵滤去滓，始下末，皆须缓火。常以柳木篦搅，勿停手。滤毕，再入铛中进火，下"盐花"至"黄丹"，急搅，须臾色变，稍益

①菖蒲：《知》本作"龙骨"。
②龙脑草：原本作"龙脑"，据《知》本改。《知》本案：馆本作"龙脑"，似误。
③大麻油六斤：原本无，据《知》本补。《知》本案：馆本佚。

火煎之。膏色凝黑，少取滴水上，凝结不粘手即下火。先炙一磁器令热，倾药在内，候如人体温，以绢袋子盛水银，手弹在膏上，如针头大，以蜡纸封合，勿令风干，可三二十年不损。发背，先以败蒲一斤，水三升煮三五沸①，候如人体温，将洗疮。帛拭干，贴药。又以药一两，分三服，取温酒下，未成脓者即差，更不作疮。瘘疡骨疽毒穿至骨者，用药一两，分三服，温酒下。甚者，即下恶物，兼外贴。肠痈，以药半两，分五服，甘草汤下，未成脓者当时消；已有脓者，随药下脓，脓出后，每日酒下五丸桐子大，脓止即住服。风眼，贴两太阳。肾痈并伤折痛不可忍者，酒下半两，老少更以意加减。五日一服，取尽，外贴包裹，当时止痛。箭头在肉者，外贴，每日食少烂绿豆，箭头自出。虎豹所伤，先以甘草汤洗，后贴，每日一换，不过三贴。蛇狗伤，生油下十丸桐子大，仍外贴。难产三日不生者，温酒下一分便下。血晕欲死，以姜汁和小便半升，温酒下十丸桐子大，死者复生。胎死在腹，以榆白汤下半两，便生。小肠气，茴香汤下一分，每日一服。血气，当归酒下一分，每日一服。中毒，温酒洗汗袜汁，每日一服，吐污出恶物为度。一切痈疽疮疡疥虫飞所伤，并外贴。忌羊肉。

《国史补》言有白岑者，疗发背甚验。后为淮南节度使高適肋取其方，然不甚效。岑后至九江，为虎所食，驿吏于囊中得其真方，太原王昇之写以传布。后鲁国孔南得岑方，为"王传号灵方"，今具于后：【原案】原方传写缺。吕君子西华，洛阳人，孤贫无家。著作郎韦顗与其先有旧，以其子妻之。应秀才，五举不第。与同志张元伯入王屋山，时莫知之者。俄西华痈发背，脓血被身，筋骨俱见。

①一：《知》本作"二"。

告元伯曰："吾将死矣。幸扶至水傍，俟天命而已。"元伯无可奈何，因从其言，露卧数宿。忽有一胡僧振锡而至，视其疮曰："膜尚完，可治也。"乃出合中药，涂于软帛上，贴四五日生肌，八九日肉乃平，饮膳如故。僧云："吾将去，他时虑发此疾，无药疗。"因示其方，约令秘之。西华顿首曰："微吾师，遗骸丘亩矣。虽力未能报，愿少伸区区，可遽言别乎？"僧曰："始以君病而来，今愈，吾去矣，安用报为？"乃去，数步之间，不复见。西华归，以事白韦，韦因请其方。西华不与，韦知其终不可得，乃白于考功裴辉卿员外，请以名第唤而取之。裴如其言，西华对曰："愚修文以求名，不沽方以求进。"竟下第而返。后河南尹闻之，谓韦曰："有一计取之。"韦曰："何计？"曰："陷于法禁，免其罪而购之。"逾月，果罹其罪，狱成，引决。亲喻之，令出其所秘方，可以免雪。西华守死，无求免之色。尹无奈何，乃释之。西华知失考功之旨，又见薄于外舅，虽苦日甚，而文趣转疏。如是经五稔，见黜于春官，乃罢去。薄游梁、宋间，值姨弟李潜尉封丘，淹延半岁。以酒食过量，疮复发，既笃。欲以前方疗之，惧人知之，忧疑阻丧，久不能决。潜知意，乃喻之曰："闻兄神授名方，今病亟矣，奈何惧潜见方之故，忍死而不治，岂保生承继之意耶？"西华不得已，乃口授之。潜欲审其意，皆三反而复之。及药成，潜亲傅之，寻疾平。乃游荆蛮，不知所之。潜于是手疏五十本，遍遗亲识，以矫西华之僻。前润州金坛县尉得其方，每贮其药，尝游西蜀，活将死者五六人。每欲传其事贴于后，以家故行役，未谐此意。贞元十年冬十月，偶于秋浦与霍愿同诣周南宅，夜话既久，言及方书，遂授之于周南，令志之。

方曰：此发背者，自内而出外者也。热毒中膈，上下不已，蒸背上虚处。先三五日隐脉妨闷，积渐成肿，治出皮肤结聚成胗也。

其方如后:【原案】此节文义不甚可解,疑有错落。

白麦饭石颜色黄白①,类麦饭者尤佳。炭火烧,取出,醋中浸十遍。 白敛末 鹿角二三寸,截之,不用自脱者。元带脑骨者,炭火烧,烟尽为度,杵为末。各等分。

右并捣细末,取多年米醋于铫中煎,并令鱼眼沸,即下前件药末,调如稀饧,以篦子涂傅肿上。只当疮头留一指面地,勿令合,以出热气。如未胀,当内消。若已作头,当撮小。若日久疮甚,肌肉损烂,筋骨出露,即布上涂药贴之,疮上干即再换。但以膈中不穴,无不瘥。疮切忌手触,宜慎之。刘梦得《传信方》亦有,不及如此之备。

小砒散 治瘑疹久不瘥。每发,或先心腹痛、痰哎麻痹、筋脉不仁。

成块赤土有沙石者,不可用。 当归各等分。

右冷酒调下二钱,日三服,兼用涂药。

护火草大叶者,又名"景天"。 生姜和皮不洗。等分,研。 盐量多少。

右涂摩痒处,如遍身瘑疹,涂发甚处,余处自消。

治发疮疹不透、蓄伏危困者

以人牙齿三五枚,炙令黄,为末,乳香汤调下。余目见两人用之,皆一服瘥,方如上法。一方烧过温酒下亦可。服讫片时疮便透。

柴胡汤 治瘑疥。

柴胡 荆芥穗 秦艽 知母 当归 官桂 藿香 甘

①颜色黄白:原本作"色黄",据《知》本改。《知》本案:馆本"颜色黄",无"白"字。

松　败龟醋炙。　川乌头炮。　地骨皮　白胶香　白芍药以上各半两。　京芎劳一两。　芒根湿秤二两,碎剉。

右件药并净洗曝干搗罗为粗末,每服二钱,水一盏,入姜三片、大枣一个,同煎七分,去滓服。早午食后,夜睡各一服。三服滓并煎一服。忌一切鱼面等毒,仍忌房事。不善忌口及诸事者,服此药无验。又用贴疮药:石行根,不以多少为细末,用蜜调如膏药,用贴疮口,两三日一看,频易之。此二方得于华亭陶中夫宰君,中夫先得柴胡一方,用之如神,又于里巷医处得此贴药方,二方相须冥若神契。中夫在华亭,半年之间治二十余人,皆愈。此予寓秀州所目见者。

又方

取鲫鱼长三寸者,去肠,以和皮巴豆填满腹,麻皮缠,以一束稈草烧。烟尽研,硬米粥丸绿豆大,粟饮下一丸。未利,加一丸,以利为度。每日以此为准,常令小利,尽剂乃安。甚者破者效尤速。忌猪肉动风物。

祛风丸　　治风毒瘑疥。

皂荚三十枚,十枚火烧过,十枚涂酥炙,去皮子,十枚水浸,槌去滓。何首乌蒸。　干薄荷　玄参各四两。　精羊肉半斤。

右以皂荚水煮肉,使烂,细研,和药为丸梧桐子大。每服二十丸,空心温酒下,薄荷汤亦可。伯父吏部病瘑疥,百疗不瘥,得此乃愈。梁氏老姬领下有疮如垂囊,服此药囊日消至于都平;闽僧嘉履病瘑疥,服之皆半月愈。此皆予目击者。

地骨散　　治恶疮。

地骨皮一物,先刮去浮皮,别收之。次取浮皮下腻白粉为细散,其白粉下,坚赤皮细剉,与浮皮一处为粗末,粗末细散各贮之。

每用粗皮一合许，煎浓汁，乘热洗疮，直候药汤冷。以软绵裹干，乃用细散傅之。每日洗贴一次，以瘥为期。梓州路转运判官张君曾当胸下锐骨端隐隐微痛，后月余，渐有小瘤子如豆粒，久之愈大如栗，遂溃胀成疮，痛楚不可卧，每夜倚物而坐至晓，如此三年不瘥。国医仇鼎、沈遇明辈治之，都不验。后赴梓州，行次华阴道中，有旧相识华山道士武元亨来迎，就客亭中见之。元亨首问胸疮如何，张答以未瘥。元亨曰："尝得一药，效验无比，久欲寄去，不值便人。闻当道过华阴，特来此奉候已数日。今日方欲还山，而公适至，殆此疾当瘥矣。"遂手授此方。张如法用之：始用药洗，极觉畅适异常，淋至夜深，方用散傅疮，遂不痛，是夜得睡至晓。自此每夜一次洗贴，疮不复痛矣。然尚未敛，间或一夜不洗贴，则复发痛，自此用之便不敢阙。凡四个月，疮虽尚在，而起居饮食如常。一旦疮忽痛，通夕不寐，淋之亦痛不止。使人视之，疮中一肉颗如石榴子，痛已渐定。数日间疮口肉已合，自此遂瘥。太学博士马君希孟之弟，亦尝患疮于胸腹间，久不瘥。疮透腹见膜，医皆阁手。得此散，用之即瘥。扬州士人李君在太学，手掌心生一疮，日久掌穿透，惟有筋骨。谒假归广陵，值张梓州，得方服之遂瘥。此药用之惟须久，暂用未瘥，切不可住，但勤施之，日久无不瘥者，要在勤志不怠，乃见奇验。小疗疮肿疼痛，只以枸杞根生剉，煎浓汁热淋亦效。

治癫方

苦胡麻半升。别捣。　天麻二两。　乳香三分。

右荆芥蜡茶下三钱，忌盐、酒、房事、动风物，凡一百二十日。服半月后，两腰眼灸十四壮。此丞相长安公家方，已手医人无数，又尝与方。扬州天长东氏卖此药，遂著于《淮南》。若头面四体风疮肿痒多汁者，只七八服即瘥，予亲试之。

治远年里外臊疮不瘥者

槟榔 干猪粪烧成性。各半两。 龙骨一分。 水银粉少许。

右三物为细末,入水银粉研匀,先以盐水洗疮,熟绢裹干。以生油调药如膏,贴疮,三日一易,三五易定瘥。忌食无鳞鱼鲊、热面。凡胫内外疮,世谓"里外臊疮",最难愈。此方并前治小肠气方,本建安一军人吴美犯伪印坐死,司理参军王炳之怜其晓事,常加存恤。其人临刑,泣念曰:"生平有两方,治疾如神,常卖以自给,可惜死而不传。"遂以献。炳之屡用有验。予就炳之求,值其远官,数年方得之。许、孙二真人方用定粉,不用水银粉。夏子益方多"地骨皮"一味,并用地骨皮煎汤洗。

火府丹 治下疰脚疮。

甘遂肥实连珠者,一两。薄切,疏布囊盛。 芎劳一块,剖如豆。

右以纸笼香炉,令至密不漏烟,顶留一窍,悬甘遂囊于窍间。其下烧芎劳一块,令烟熏甘遂。烧过,更燃一块,芎劳尽,取甘遂为末。三十岁以上气盛者,满三钱;虚者,平二钱半。羯羊肾一对,剖开,匀分药末在内,净麻皮缠定,炭火炙熟,无令焦。临卧烂嚼,温酒下,随人酒量,能饮一斗者,可饮五升也。以高物支起双脚,一服即瘥。

疗久疮

右用猪筒骨中髓,以腻粉和为剂,复纳骨中,泥裹,火煨香熟出。先以温盐水浴疮,乃傅之。临安陈令传,极妙。

治疮疡甚者

草乌头一两。每个四破之^{①}。 大豆一两半。

右同入沙瓶内,煮极烂。每服一片,豆少许,空腹酒下^{②}。予兄

---

①草乌头:《知》本作"川乌"。《知》本案:馆本"草乌头"。
②酒:原本无,据《知》本补。

之子病疮,遍体拘挛,立不可卧,卧不可起,服此即瘥。

治阴疮痒痛出水久不瘥　　出《灵苑》。

铜钱百枚。　乌梅七枚。　盐二钱。

右水一碗半,煎至一碗,热洗。

又方

蜡茶　五倍子等分。　腻粉少许。

右先以浆水葱椒煎汤洗,后傅之。未瘥,再为之。二方相须用之,无不即验。

治癣　久患,用之即瘥。

决明子不以多少。

右为末,加少水银粉为散,先以物擦破癣上,以散傅之,立瘥。

系瘤法

右取稻上花蜘蛛十余个,置桃李枝上。候垂丝下,取东边者捻为线子,系定瘤子。七日,候换,瘤子自落。沈兴宗待制家老姥病瘤如掌拳,用此法系之,至三换,瘤子遂干,一夜忽失所在。天明于枕边得之,如一干栗。袁当时方,瘤落后,以白花蛇头烧灰,和轻粉傅之。

治甲疽臀肉裹甲脓血、疼痛不瘥　　出《灵苑》。

胆矾烧。

右先剔去肉中【原案】此句下传写缺,傅药疮上。纵有臀肉,一傅即干落。

续骨丸　　出《灵苑》。

腊月猪脂五两。　蜡半斤。以上洗煎。　铅丹罗。　自然铜蜜陀僧研细。各四两。　白矾十二两。　麒麟竭　没药　乳香　硇砂细研。各一两。

右新鼎中先镕猪脂,次下蜡。出鼎,于冷处下蜜陀僧、铅丹、自然铜,缓火再煎,滴入水中不散,更出鼎,于冷处下诸药,用柳篦搅匀,泻入瓷盆内,不停住手搅,至凝。丸如弹丸,且用笋皮之类衬之,极冷收贮。凡折伤用一丸,入少油,火上化开,涂伤痛处,以油罩护之。其甚者,以灯心裹木夹之,更取一丸,分作小丸,热葱酒下,痛即止。如药力尽,再觉痛,更一服,痛止即已。骨折者,两上便安;牙疼甚者,贴之即止。此方小说所载,有人遇异人得之。予家每合以拯人,无不应验。

神授散　　治伤折内外损。

川当归洗净,别捣。　铅粉洛粉最上。各半两。　硼砂二钱。

右同研匀细,每服二钱,浓煎苏枋汁调下。若损在腰以上,先吃淡面半碗,然后取药;在腰以下,即先服药,后吃面,仍不住呷苏枋汁,更以糯米为粥,入药末三钱拌和,摊在纸上或绢上,封裹损处。如骨碎,则更须用竹木夹定,外以纸或衣物包之。长安石使君,一日谒尹至阛阓中,忽有人呼其姓名,石顾之,稠人中不及识。明日过市,复闻其呼,顾其人近在马后。问何以见呼,其人曰:"我无求于人,以尔有难,特来救尔,昨日何以不应?"石辞谢之,欲下马与语,其人止之曰:"市中非下马之所。"褫衣领中出一书授之曰:"有难则用之。"稠人中遂引去。石归视之,乃此方也。石到京师,赴朝,立马右掖门外,为他马所踢,折足坠地,又为马踏手臂折。异至家,屡气绝,急合此药,服且裹,半夜,痛遂止。后手足皆完复。石子为朝官,知名,关中人往往闻此事。熙宁中府界教保甲,时四方馆使刘君提举,每有坠马或击刺所伤,皆与药,用之即瘥。好事者欲其方,赂主方者,窃得,止有两物,而无当归,汤悉同。后予见两浙提点刑狱使者云:"亲得其方于石君,恐保甲主方者隐其一味耳。"

筋断须续者

旋覆根绞取汁，以筋相对，取汁涂而封之，即相续如故。蜀儿如逃走，多刻筋。以此续之，百不失一。

治骨鲠或竹木签刺喉中不下

出《灵苑》。

右腊月取鸬鱼胆，悬北檐下，令干。有鲠，即取一皂角子许，再以酒一合煎化温噙。若得逆便吐，骨即随出。若未吐，更饮，以吐为度。虽鲠在腹中，日久疼痛，黄瘦甚者，服之皆出。若卒求鸬鱼不得，鲢鱼、鳙鱼、鲫鱼皆可，然不及鸬鱼胆。腊月收者最佳。有逻卒食鸡鲠在腹中，常楚痛，但食粥，每食即如锥刺。如是半年，支离几死，杖而后能起。与此一服，大吐，觉有一物自口出。视之，乃鸡骨，首锐如刺，其尾为饮食所磨，莹滑如珠。

治诸鲠

以木炭皮为细末，研令极细。如无炭皮，坚炭亦可。粥饮调下二钱，日四五服，以鲠下为度。此法人家皆用，予在汉东，乃目睹其神：有刘晦士人邻家一儿，误吞一钱，以此饮之，下一物如大乌梅，剖之，乃炭末裹一钱也。池州徐使君极宝此方，数数用之，未有不效者。近岁累有人言得此方之效，不复悉载。

火烧疮方

《北梦琐言》记火烧疮法：孙光宪家人作煎饼，一婢抱孩子拥炉，不觉落火之炉上。遽以醋泥傅之，至晓不痛，亦无瘢痕。定知俗说，亦不厌多闻。

毒蛇所伤方

《朝野金载》记：毒蛇伤，用艾柱当啮处灸之，引去其毒气，即瘥。其余恶虫所螫、马汗入疮，用之亦效。

苏沈良方卷八

朱贲琥珀散　　治妇人血风劳。

琥珀　没药　木香　当归　芍药　白芷　羌活　干地黄　延胡索　川芎各半两。　土瓜根　牡丹皮　白术　桂各一两。

右件为末，每服二钱，水一盏，煎至七分，益酒三分，复煎少时，并滓热服。重疾数服则知效。

麦煎散　　治少男室女骨蒸、妇人血风攻注四肢、心胸烦壅。

鳖甲醋炙。　大黄湿纸裹，煨熟。　常山　柴胡　赤茯苓　当归酒浸一宿。　干生漆　白术　生干地黄　石膏各一两。　甘草炙，半两。

右为末，每服二钱，小麦五十粒，水一盏，煎至六分，食后卧时温服。有虚汗，加麻黄根一两。此黄州吴判官方，疗骨热、黄瘦、口臭、肌热、盗汗极效。麦煎散甚多，此方吴君宝之如希世之至珍，其效可知。

白术散　　治妇人妊娠伤寒。

白术　黄芩等分。新瓦上同炒香。

右为散，每服三钱，水一中盏、生姜三片、大枣一个，擘破同煎至七分，温服。但觉头发热，便可服，三二服即瘥。惟四肢厥冷阴症者未可服。此方本常州一士人卖此药，医工皆论斤售去，行医用之如神，无人得其方。予自得此，治疾无有不效者。仍安胎益母子。

肉桂散　　治产后众疾、血气崩晕、肿满发狂、泻痢寒热等，惟泻而吐者难瘥。

黑豆炒熟，去皮。二两。　肉桂　当归酒浸。　芍药　干姜炮。　干地黄　甘草　蒲黄纸包炒，共为末。各一两。

右温酒调下二钱，日三服。疾甚者，三服瘥；无疾，日二服，七日止。

大黄散　　治产后血晕及伤折内损、妇人血症血瘕。出《灵苑》。

羊胫炭烧赤，酒淬十遍。五两。　大黄小便浸七日，日一易。日足，湿纸裹，煨熟，切焙。　巴豆肉浆水煮黄色，焙。各三两半。

古铜钱用半两钱，烧赤，米醋淬为粉，新水措过，去粗取细者二两^{①}。

右和研，一日每服半钱，当归一分，小便煎浓，稍温调下。产后血晕百病，且当逐血者，至甚乃服口嗫者，辟开灌下。候识人，更一服。累经生产，有血积症癖块及败血、风劳、寒热诸疾，当下如烂猪肝片，永无他疾。坠击内损，当归酒下一字。有某坠下折胁，当折处陷入肌中，痛不可忍，服此药，如人以手自内拓之，筋骨遂平。

泽兰散　　治妇人产乳百疾、安胎调气、产后血晕、蜗血、血积虚劳、无子、有子即堕、难产、子死腹中、胎衣不下、血注遍身生疮、经候不调、赤白带下、乳生恶核、咳嗽寒热、气攻四肢、处女任脉不调等。常服益血，美饮食，使人安健有子。

泽兰嫩叶。九分。　石膏八分。研。　当归　赤芍药　川芎微炒。　甘草炙。　白芜荑各七分。　生地黄六分。　肉桂五分。　厚朴姜炙。　桔梗　吴茱萸炒。　卷柏并根。　防风　白茯苓　柏子仁　细辛各四分。　人参　白芷炒。　白术米泔浸一宿，切麸，炒黄

---

① 去粗取细者二两：原本作"取细者二两一分"，据《知》本改。

色。藁本 椒红 干姜炒。乌头炮。黄芪 五味子各三分。白薇 丹参 阿胶炒。各二分。

右为细末，空心热酒调下二钱。予家妇人子赢弱多疾者，服此药悉瘥。

治裸中小儿脐风撮口法 右视小儿上下龈，当口中心处，若有白色如红豆大，此病发之候也。急以指爪正当中拑之，自外达内，令断，微血出，亦不妨。又于白处两尽头，亦依此拑，令内外断。只拑令气脉断，不必破肉，指爪勿令太钜，恐伤儿甚。予为河北察访使日，到赵郡，有老人来献此法，云笃老惜此法将不传，愿以济人。询之，赵人云："此翁生平手救千余儿矣。环赵数邑人，皆就此翁治，应手皆愈。"

黑神丸 治小儿急惊慢惊风。

腻粉一钱半。黑土 白面 芦荟炙。各一钱。麝香 龙脑 牛黄 青黛 使君子去壳，面裹，煨熟。各五分。

右面糊丸梧桐子大，每服半丸，薄荷汤研下。要痢，即服一丸。楚州小儿医王鉴卖此药，致厚产。鉴神之，未尝传人。予得之，乃常人家睡惊丸，小不同耳，治惊风极效。前后用之，垂死儿一服即瘥。

青金丹 治小儿诸风、诸疳、诸痢。出《博济方》。

青黛三分，研。雄黄研。胡黄连各二分。砒砂研。腻粉 熊胆温水化。白附子 芦荟研。各一分。麝香研。半分。蟾酥 水银各皂子大。铅霜 龙脑各一字。

右同入乳钵内，再研令匀。用猪猪胆一个，取汁，熬过，浸蒸饼少许，为丸黄米大，曝干。一岁可服二丸，量儿大小增之。惊风诸痢，先以一丸，温水化，滴鼻中令嚏，戴目者当自下。癫痫亦定，更用薄荷汤下。诸疳,粥饮下;变蒸寒热,薄荷汤下;诸泻痢,米饮下;疳蚘咬心,苦楝子煎汤下;鼻下赤烂、口齿疳虫、口疮等,乳汁研涂。病疳眼雀目白,羊子肝一枚,竹劈开,纳药肝中,以麻缕缠,米泔煮令熟,空腹服。乳母当忌毒鱼、大蒜、鸡、鸭、猪肉。此丸疗小儿诸疳至良。予目见小儿病疳瘵尽,但粗有气,服此,或下虫数合,无不即瘥。而肥壮无疾,几能再生小儿也。

桔梗散 治小儿风热及伤寒时气、疮疹发热等症。

桔梗 细辛 人参 白术 栝蒌根 甘草炙 白茯苓 芎䓖

右各等分为末,每服二钱,水一盏、姜一片、薄荷二叶同煎七分。三岁已下儿,作四五服;五岁已上,分二服。予家常作此药,凡小儿发热,不问伤寒风热,先与此散数服,往往辄愈。兼服小黑膏尤善。 此桔梗散与《活人书方》同名"惺惺散",《孔氏家传》云:"惺惺散,加钩藤蝉蜕,与小儿吃甚妙,理上壅风热。"

小黑膏 治小儿伤寒风痫。

乌头 天南星大者,烧通赤,入小瓶内,湿纸密口。令火灭,取刮之中心存白处,如皂荚子大为度。须烧数枚,择中度者可用。各一枚。 薄荷 玄参末。各五钱。

右为末,蜜和葱白汤下豆许①,频服。筋缓急,加乳香,同葱白煎汤下。润州傅医,卖此药,累千金。余家小儿伤寒风发热,与二三丸,令小睡,及瘥则已凉矣。

治疮疹方 治疮疹欲发及已发而陷伏者,皆宜速治;不速,毒入脏,必致困。宜服此。

---

①《知》本案:葱蜜不宜同食,此或有误。

猪血腊月取瓶盛,挂风处令干。

右取半枣大,加龙脑大豆许,温酒调下。潘医加绿豆、英粉、半枣块同研。病微有即消,甚则疮发亦愈。予家小女病伤寒,但腹痛,昼夜号呼,手足厥冷,渐加昏困,形症极恶,时例发疮。予疑甚,为医以药伏之,先不畜此药,急就屠家买少生血。时盛暑,血至已败恶,无可奈何,多以龙脑香和灌之,一服,遂得少睡须臾。一身皆疮点而安,不尔几至不救。

治痘疮欲无瘢

痘疮欲无瘢,频揭去痂,勿令隐肌,乃不成瘢。纵揭伤有微血,但四面膏涂无苦也。疮痂不可食鸡鸭卵,食即时盲,瞳子如卵色,其应如神,不可不戒也。

治小儿豌豆疮入目,痛楚,恐伤目。

浮萍阴干。

每服一二钱,随儿大小。以羊子肝半个入盏子内,以杖子刺碎烂,投水半合,绞取肝汁,调下,食后服。不甚者一服瘥,已伤目者十服瘥。邢州杜医用此药,前后效者甚多。

辰砂丸　　治小儿惊热多涎、痰疟、久痢、吐乳、午后发热、惊痫等疾。

辰砂　粉霜　腻粉各一分。　生龙脑一钱。

右软糯米饭为丸绿豆大,一岁一丸,甘草汤下。大人七丸。

治走马牙疳方

治小儿走马疳,唇齿疮烂,逐巡狼狈,用此即瘥。

砒霜　粉霜二味先研极细。　石灰罗过,次研。

右等分相合,左右转研各千下,当极腻如面。每以鸡羽尖挑少许扫疮上,其疮即干。慎勿多用,恐入腹中,有大毒,慎之。海州东海县民家卖此药，每一日只一扫如米许大，无不瘥者。

麝香散　　治小儿走马疳，牙龈腐烂、恶血口臭、牙齿脱落。

黄连末。三钱。　铜绿　麝香各二钱①。　水银一钱。煮枣一枚，同研。

右漱口净，以药傅疮上，兰香叶覆之。内蚀为坎者，一傅即生肉。

牛黄煎　　治小儿诸疳、诸痢、食伤、气胀、体赢、头大、头发作穗、壮热不食、多困、齿烂、鼻疮等疾。

大蝎蛇一枚。去皮、骨、腹、胃，炙为末。以无灰酒一盏、磁猪胆一枚，同煎成膏。　河子炮。　使君子　胡黄连　蝉壳不洗。　墨石子　芦荟　芜荑　熊胆　硇砂　夜明砂　雄黄各一分。研。　木香　肉豆蔻春夏各半分，秋冬各一分。　牛黄二钱。　麝香一钱。　龙脑五分。

右为丸如麻子大，饮下五七丸。惊疳，金银薄荷汤下；肝疳腹胀，桃仁茴香汤下；疳虫东引，石榴苦楝根汤下。五岁以上十丸。此药尤治疳痢，肋热而痢者不可服。

吴婆散　　治小儿疳泻不止、日夜遍数不记、渐渐赢瘦众药不效者。

黄柏蜜炙。　黄连微炒。　桃根白皮　芜荑去皮。各一分。木香　厚朴姜汁炙。　丁香　槟榔各一钱。　没石子一钱半。　楝根白皮七分。

右为末，每服一字，三岁以上半钱，五六岁一钱，用紫苏木瓜米饮调下，乳食前，一日三服。予家小儿曾有患泻百余日，瘦但有皮骨，百方不瘥。有监兵锺离君见之，曰："何不服吴婆散？立可瘥

---

①二钱：《知》本作"一钱"。

也。"予因问吴婆散何药，曰："古方也，人家多有之。"乃问求方合，与两三服便效。又一孙男，亦痃疟，势甚危困，两服遂定。若病深者，服一两日间决瘥。此药若是痃疟，无不验者。药性稍温，暴热泻者，或不相当。

寒水石散　　治小儿之病多因惊，则心气不行，郁而生涎，逆为大疾。宜服"常行小肠去心热"。儿自少惊，亦不成疾。

寒水石　滑石水研如汁，扬去粗者，存细者。沥干，更研无声①。各三两。　甘草一两②。生。

右量儿大小，热月冷水下，寒月温水下。凡被惊及心热，不可安卧，皆与一服。加龙脑更良。

小砗砂丸　　治小儿惊积、镇心化涎。出《博济方》。

砗砂一分。　巴豆三十粒。去皮膜，出尽油。　半夏汤洗七遍，为末，炒。二钱。　杏仁五枚。炮，去皮尖。

右面和丸如绿豆大，二岁一丸，荆芥薄荷汤下。三岁二丸，五岁三丸。如惊伏在内，即行尽，仍旧药出。如无惊，药更不下。

妙香丸　　治小儿虚中积，潮热、寒热、心腹胀满、疼痛。

辰砂一两。研。　牛黄　生龙脑　麝香各一分。　粉霜　腻粉各一钱。　金箔十四片。　蜡二两。　巴豆一百二十个。肥大者。

右丸，量虚实加减，龙脑浆水下，夜半后服。脏虚，即以龙脑米饮下，每服三丸如小豆大。药势缓，即按令扁。疾坚者，加至十丸。皆以针刺作数孔，以行药力。小儿取积丸如绿豆，治小儿吐逆尤效。此药最下胸中烦及虚积。

治小儿脐久不干、赤肿、出脓及清水　　出《圣惠方》。

---

①"无声"下：《知》本用"乃止"二字。
②"甘草"下：《知》本有一"粉"字。

当归焙干为末,研细。

右著脐中,频用自瘥。予家小儿尝病脐湿五十余日,贴他药不瘥。《圣惠》有十余方,试之亦不效。至此方,一傅而干。后因尿入疮复病,又一贴愈。

治小儿热嗽

马牙硝　白矾各半斤。　黄丹一分。

右同研入合子,固济,火烧令红。覆润地一夜,再研。加龙脑半钱,甘草汤下一字或半钱。

治小儿宿肥疮　多生头上,浸淫久不瘥及耳疮等,悉主之。

石绿　白芷等分。

右以生甘草洗疮傅药,一日愈。

苏沈良方拾遗卷上

脉说

脉之难明,古今所病也。至虚有盛候,大实有赢状,差之毫厘,疑似之间,便有死生祸福之异。此古今所病也。病不可不谒医,而医之明脉者,天下盖一二数。骐骥不时有,天下未尝徒行;和、扁不世出,病者终不能死。亦因其长而护其短尔。士大夫多秘所患以求诊,以验医之能否,使索病于冥漠之中,辨虚实冷热于疑似之间。医不幸而失,终不肯自谓失也,则巧饰掩非以全其名。至于不救,则曰是固难治也。间有谨愿者,虽或因主人之言,亦复参以所见,两存而杂治,以故药不效。此世之通患而莫之悟也。吾平生求医,盖于平时默验其工拙,至于有疾而求疗,必先尽告以所患而后求诊,使医了然知患之所在也。然后求之诊,虚实冷热先定于中,则脉之疑似不能惑也。故虽中医,治吾疾常愈。吾求疾愈而已,岂以困医为事哉?

苍耳说

药至贱而为世要用,未有如苍耳者。他药虽贱,或地有不产。惟此药不为间南北、夷夏、山泽、斥卤、泥土、沙石,但有地则产。其花、叶、根、实皆可食,食之如菜。亦治病无毒,生熟丸散,无适不可。多食愈善,久乃使人骨髓满,肌理如玉,长生药也。杂疗风痹、癫痫、瘘疮、疥痒,不可胜言。尤治瘘金疮。一名鼠黏子,一名羊负来,《诗》谓之"卷耳",《疏》谓之"枲耳",俗谓之"道人头"。海南无药,惟此药生舍下,多于茨棘,迁客之幸也。己卯二月望日书。

记菊

菊,黄中之色,香味和正,花、叶、根、实,皆长生药也。北方随秋之早晚,大略至菊有黄花乃开,独岭南不然,至冬至乃盛发。岭南地暖,百卉造作无时,而菊独后开。考其理,菊性介烈,不与百卉盛衰,须霜降乃发,而岭南常以冬至微霜故也。其天姿高洁如此,宜其通仙灵也。吾在海南,艺菊九畹,以十一月望,与客泛菊作《重九》,书此为记。

记海漆

吾谪海南,以五月出陆至藤州,自藤至僦,野花夹道,如芍药而小,红鲜可爱,朴樕丛生。土人云"倒黏子花"也。至僦则已。结子如马乳,烂紫可食,味甘美。中有细核,并嚼之瑟瑟有声。亦颇苦涩,儿童食之,或大便难通。叶皆白,如石韦之状。野人夏秋痢下,食其叶辄已。海南无柿,人取其皮,剥浸揉接之,得胶,以代柿,却愈于柿也。余久苦小便白胶,近又大膃滑,百药不瘥。取倒黏子嫩叶酒蒸之,焙燥为末,酒糊丸,日吞百余,二膃皆平复,然后知奇药也。因名之曰"海漆",而私记之,以贻好事君子。明年子熟,当取子研滤,晒煮为膏以剂之,不复用糊矣。戊寅十一月一日记。【原案】《苏集》,"酒为丸"作"醉为丸","晒煮"作"溃煮"。

记益智花

海南产益智花,实皆长穗,而分为三节。其实熟否,以候岁之丰歉。其下节以候早禾,其中上亦如之。大吉则实,凶岁皆不实,罕有三节并熟者。其为药治气止水,而无益于智。智岂求于药者乎？其得名也,岂以知岁也耶？今日见僧耳圃儒黎子云言,候之审矣。聊复记之,以俟好事者补注《本草》。

记食芋

岷山之下,凶年以蹲鸱为粮,不复疫疠,知此物之宜人也。《本草》谓芋"土芝",云"益气充饥"。惠州富此物,人食者不免癖。吴远游曰:"此非芋之罪也。芋当去皮,湿纸包,煨之火,过熟乃热啖之,则松而腻,能益气充饥。"今惠人皆和皮水煮冷啖,坚顽少味,其发癖固宜。丙子除夜前二日夜,饥甚,远游煨芋两枚见啖,美甚,乃为书此帖。

记王屋山异草

王屋山有异草,制百毒,能于鬼手夺命。故山中人谓此草"墓头回"。龚葆光托吴远游寄来。吾闻兵无刃,虫无毒,皆不可任。若阿罗汉永断三毒,此药遂无所施耶？

记元修菜

蜀中有菜,如豌豆而小,食之甚善。耕而覆之,能肥瘠地。性甚热,食之使人呀呷。若以少酒晒而蒸之,则甚益人而不为害。眉山巢毅元修,始以其子来黄州,江淮间始识之。此菜名巢菜,黄州人谓之"元修菜"。

记苍术

黄州山中苍术至多，就人买之，一斤数钱耳。此长生药也。人以其易得，不复贵重，至以熏蚊子。此亦可为太息。舒州白术，茎叶亦皆相似，特花紫耳。然至难得，三百一两。其效止于和胃气、去游风，非神仙上药也。

记流水止水

孙思邈《千金方·人参汤》言：须用流水煮，用止水即不验。人多疑流水、止水无别。予尝见丞相荆公喜放生，每日就市买活鱼，纵之江中，莫不洋然。惟鳅鮎入江水辄死，乃知鳅鮎但可居止水。则流水与止水果不同，不可不知。又鲫鱼生流水中，则背鳞白而味美；生止水中，则背鳞黑而味恶，此亦一验也。

论脏腑

古方言：云母粗服，则著人肝肺不可去。如枇杷，狗脊毛，皆不可食，食之射入肝肺。世俗似此之论甚多，皆谬说也。又言人有水喉、食喉、气喉者，亦谬说也。世传欧希范真《五脏图》亦画三喉，盖当时验之不审耳。水与食同咽，岂能就口中遂分入二喉哉？人但有咽有喉二者而已，咽则纳饮食，喉则通气。咽则咽入胃脘，次入胃中，又次入广肠，又次入大、小肠；喉则下通五脏，为出入息。五脏之含气呼吸，正如冶家鼓鞴。人之饮食药饵，但自咽入肠胃，何尝能至五脏？凡人肌、骨、五脏、肠、胃虽各别，其入腹之物，英精之气味，皆能洞达，但淬移即入二肠。故人饮食及服药，既入腹，为真气所蒸，英精之气味，以至金石之精者，如细研硫黄、朱砂、乳石之类，凡能飞走融结者，皆随真气洞达肌骨。犹如天地之气，贯穿金、石、土、木，曾无留碍。其余顽石、草木，则但气味洞达尔。及其势尽，则渣秽传入大肠，润湿渗入小肠。此皆败物，不复能变化，惟当退泄耳。凡所谓某物入肝、某物入肾之类，但气味到彼尔，其质岂能到彼哉？此医不可不知也。

论君臣

旧说用药有一君二臣三佐五使之说，其意以谓药虽众，主病者专在一物，其他则节级相为用，大略相统制，如此为宜，不必尽然也。所谓君者，主此一方，固无定物也。《药性论》乃以众药之和厚者定为君，其次为臣为佐，有毒者多为使。此谬论也。设若欲攻坚积，则巴豆辈岂得不为君也？

论汤散丸

汤、散、丸各有所宜。古方用汤最多，用丸，散者殊少。煮散古方无用者，惟近世人为之。大体欲达五脏四肢者，莫如汤；欲留膈胃中者，莫如散；久而后散者，莫如丸。又无毒者宜汤，小毒者宜散，大毒者须用丸。又：欲速用汤，稍缓用散，甚缓者用丸。此大概也。近世用汤者全少，应汤者全用煮散。大率汤剂气势完壮，力与丸、散倍蓰，煮散多者，一啜不过三五钱极矣。比功较力，岂敌汤势？然既力大，不宜有失。消息用之，要在良工，难可以定论拘也。

论采药

古方采草药，多用二、八月。此殊未当，二月草已芽，八月苗未枯，采掇者易辨识耳，在药则未为良时。大率用根者，若有宿根，须取无茎叶时采，则津泽皆归其根。欲验之，但取芦蕨、地黄辈观。

无苗时采，则实而沉；有苗时采，则虚而浮。其无宿根者，即候苗成而未有花时采，则根生定而又未衰。如今紫草，未花时采，则根色鲜泽；花过而采，则根色黯恶。此其验也。用叶者，取其初长足时取。用芽者亦从本说。用花者，取花初敷时采；用实者，取成实时采，皆不可限以时月。缘土气有早晚，天时有愆伏，如平地三月花者，深山中须四月花。白乐天《游大林寺》诗云："人间四月芳菲尽，山寺桃花始正开。"盖常理也。此地势高下之不同也。如笔竹笋有二月生者，有三四月生者，有五月方生者，谓之晚筇。稻有七月熟者，有八九月熟者，有十月熟者，谓之晚稻。一物同一畦之间，自有早晚，此物性之不同也。岭峤微草，凌冬不凋；并汾乔木，望秋先殒。诸越则桃李夏实，朔漠则桃李夏荣。此地气之不同也。同苗之稼，则粪溉者先芽；一丘之禾，则后种者晚实。此人力之不同也。岂可一切拘以定月哉？

论橘柚

《本草》注："橘皮味苦，柚皮味甘。"此误也。柚皮极苦，不可向口。皮甘者，乃柑耳。

论鹿茸麋茸

按《月令》：冬至麋角解，夏至鹿角解，阴阳相反如此。今人用麋鹿茸作一种，殆疏也。又有刺麋鹿血以代茸，云茸亦血耳，此大误也。窃详古人之意，凡含血之物，肉差易长，其次筋难长，最后骨难长。故人自胚胎至成人，二十年骨髓方坚。惟鹿角自生至坚，无两月之久，大者乃重二十余斤，其坚如石，计一昼夜须生数两。凡骨之顿成，生长神速，无甚于此。虽草木至易生者，亦无能及之。

此骨之至强者,所以能补骨血、坚阳道、强精髓也,岂可与血为比哉?麋茸利补阳,鹿茸利补阴。凡用茸无须太嫩,世谓之茄子茸,但珍其难得耳,其实少力,坚者又太老,唯长数寸,破之肌如朽木,茸端如玛瑙红玉者最善。又北方沙漠中有麋麇驼麋,极大而色苍,尻黄而无班,亦鹿之类。角大有文,坚莹如玉,其茸亦可用。

论鸡舌香

予集《灵苑方》,论鸡舌香以为丁香母,盖出陈氏《拾遗》。今细考之,尚未然。案《齐民要术》云:"鸡舌香,世以其似丁子,故一名丁子香,即今丁香是也。"日华子云:"鸡舌香治口气。"所以三省故事,郎官含鸡舌香。欲其奏事对答,其气芬芳,此正谓丁香治口气。至今方书为然。又古方五香连翘汤,用鸡舌香;《千金》五香连翘汤,无鸡舌香,却有丁香,此最为明验。《新补本草》又出"丁香"一条,盖不曾深考也。今世所谓鸡舌香者,乳香中得之,大如山茱萸,剖开,中如柿核,略无气味。以此治疾,殊极乖谬。

论金罂子

金罂子止遗泄,取其温且涩也。世之用金罂者,待其红熟时,取汁熬膏用之,大误也。红则味甘,熬膏则全断涩味,都失本性。今当取半黄时采,干,捣末用之。

论地骨皮

枸杞,陕西极边生者,高丈余,大而作柱,叶长数寸,无刺,根皮如厚朴,甘美异于他处者。《千金翼》云:甘州者为真,叶厚大者是大体,出河西诸郡;其次,江池间坞壁上者,实圆如樱桃,全少核,曝干如饼,极膏润有味。

论淡竹

淡竹对苦竹为文,除苦竹外,悉谓之淡竹,不应别有一品谓之淡竹。后人不晓,于《本草》别疏"淡竹"为一物。今南人食笋,有苦笋有淡笋两色。淡笋,淡竹也。

论细辛

东南方所用细辛,皆杜衡也,又谓之马蹄香。色黄白,拳局而胞,干则作团,非细辛也。细辛出华山,极细而直,深紫,气味极辛,嚼之习习如生椒,其辛更甚于椒。故《本草》云"细辛,水渍令直",是杜衡伪为之也。襄汉间又有一种细辛,极细而直,色黄白,乃是鬼督邮,亦非细辛也。

论甘草

《本草》注引《尔雅》云"蘦,大苦。"注:"甘草也。"蔓延生,叶似荷,茎青赤。【原案】程本云："叶似荷,青黄色。"今据《梦溪笔谈》改正。此乃黄药也。其味极苦,故谓之大苦,非甘草也。甘草枝叶悉如槐,高五六尺,但叶端微尖而糙涩,似有白毛,实作角生。如相思角,四五角作一本生,熟则角拆,子如小扁豆,极坚,齿啮不破。

论胡麻

胡麻,直是今油麻,更无他说。予已于《灵苑方》论之。其角有六棱者,有八棱者,中国谓之麻,今谓之大麻是也。有实为苴麻；无实为枲麻,又曰牡麻。张骞始自大宛得油麻之种,亦谓之麻,故以"胡麻"别之,谓汉麻为"大麻"也。

论赤箭

赤箭,即今天麻也。后人既误出"天麻"条,遂指赤箭别为一物。既无此物,不得已又取天麻苗为之,殊为不然。《本草》明称采根阴干,安得以苗为之？草药上品,除五芝之外,赤箭为第一。此神仙补理养生上药,世人惑于天麻之说,遂止用之治风,良可惜哉！或以谓其茎如箭,既言赤箭,疑当用茎,此犹不然。至如鸢尾、牛膝之类,皆谓茎叶有所似,用则用根尔,何足疑哉？

论地菘

地菘,即天名精也。世人既不识天名精,又妄认地菘为火敕。《本草》又出"鹤虱"一条,都成纷乱。今案地菘,即天名精也,其叶似菘又似蔓菁,名精,即蔓菁也。故有二名,鹤虱即其实也。世间有单服火敕法,乃是服地菘尔,不当服火敕。火敕,《本草》名藜芦,即是猪膏莓。【原案】《梦溪笔谈》作"苗",俟考定。后人不识,亦重复出之尔。

论南烛草木

南烛草木,记传、《本草》所说多端,今少有识者。为其作青精饭,色黑,乃误用乌臼为之,全非也。此木类也,又似草类,故谓之南烛草木,今人谓之"南天烛"者是也。南人多种于庭槛之间,茎如蒴藋;有节,高三四尺,庐山有盈丈者;叶微似楝而小,至秋则实赤如丹。南方至多。

论太阴元精

太阴元精,生解州盐泽大卤中。沟渠土内得之,大者如杏叶,小者如鱼鳞。悉皆六角,端正似刻,正如龟甲。其裙袖小摺,其前则下剡,其后则上剡,正如穿山甲。相掩之处,全是龟甲,更无异也。色绿而莹彻,叩之则直理而析,莹明如鉴。析处亦六角如柳叶,火烧过则悉解,析薄如柳叶,片片相离,白如霜雪,平洁可爱。此乃禀积阴之气凝结,故皆六角。今天下所用元精,乃绛州山中所出,绛石尔,非元精也。楚州盐城县古盐仓下土中,又有一物,六棱如马牙硝,清莹如水晶,润泽可爱,彼方亦名太阴元精,然喜暴润,如盐卤之类。惟解州出者为正。

论稷米

稷,乃今之"穄"也。齐晋之人谓"积",皆曰"祭",是其土音,无他义也。《本草》注云:"又名糜子。"糜子乃黍属。《诗》云"维柜维杞,维糜维芑"。柜、杞、糜、芑,皆黍属。以色为别,丹黍谓之糜,"糜"音"门"。今河西人用"糜"字而音"糜"。

论苦酒

苦酒,即《本草》"酸浆"也。《新集本草》又重出"苦酒"一条。河西番界中,酸浆有盈丈者。

论苏合香

今之苏合香,如坚木,赤色。又有苏合油,如糯胶。今多用之为苏合香。案刘梦得《传信方》用苏合香,云"皮薄,子如金色,案之则小,放之则起,良久不定,如虫动。气烈者佳也。"如此,则全非今所用者,更当精考之。

论薰陆香

薰陆,即乳香也。本名薰陆,以其滴下如乳头者,谓之乳头香。镕塌在地上者,谓之塌香。如腊茶之有滴乳、白乳之品,岂可各是一物?

论山豆根

山豆根,味极苦,《本草》言味甘者,大误也。

论青蒿

蒿之类至多,如青蒿一类,自有两种:有黄色者,有青色者,《本草》谓之青蒿,亦恐有别也。陕西绥、银之间有青蒿丛,其间时有一两株迥然青色,土人谓之香蒿,茎叶与常蒿悉同,但常蒿色绿,而此蒿色青翠,一如松桧之色,至深秋,余蒿并黄,此蒿独青,气颇芬芳。恐古人所用以此为胜。

论文蛤海蛤魁蛤

按:文蛤,即吴人所食花蛤也,魁蛤,即车螯也;海蛤,今不识其生时,但海岸泥沙中得之,大者如棋子,细者如油麻粒,黄白或赤相杂。盖非一类,乃诸蛤之房为海水奓砻光莹,都非旧质。蛤之属其类至多,房之坚久莹洁者,皆可用,不适指一物,故通谓之海蛤耳。

论漏芦

今方家所用漏芦,乃飞廉也。飞廉一名漏芦,苗似苦芙,根似牛蒡绵头者是也,采时用根。今闽中所用漏芦,茎如油麻,高六七寸,秋深枯黑如漆,采时用苗。《本草》自有一条,正谓之"漏芦"。

论赭魁

《本草》所谓"赭魁",皆未详审。今赭魁南中极多,肤黑肌赤,似何首乌。切破,其中赤白,理如槟榔,有汁赤如赭。南人以染皮制靴,闽岭人谓之余粮。《本草》禹余粮注中所引,乃此物也。

论龙芮

石龙芮今有两种:水生者叶光而末圆,陆生者其叶毛而末锐。入药用水生者。陆生者亦谓之天灸,取少叶采系臂上,一夜作大泡如火烧者是也。

论麻子

麻子,海东来者最胜,大如莲实。出柘【原案】《梦溪笔谈》作"屯",俟考。萝岛,其次上郡、北地所出,大如大豆,亦善,其余皆下材。用时去壳。其法:取麻子帛包,沸汤中浸,候汤冷,乃取悬井中一夜,勿令著水。明日,日中曝干,就新瓦上轻挼,其壳悉解。簸扬取肉,粒粒皆完。

灸二十二种骨蒸法

《崔丞相灸劳法》《外台秘要》《崔相家传方》及王宝臣《经验方》悉编载,然皆差误。毗陵郡有石刻最详。余取诸本参校,成此一书,比古方极为委曲。依此治人,未尝不验,往往一灸而愈。予在宜城久病虚羸,用此而愈。

唐中书侍郎崔知悌序

夫含灵受气，禀之于五行；摄生乖理，降之以六疾。若《岐黄广记》，蔚有旧经，攻灸兼行，显著斯术。骨蒸病者，亦名传尸，亦谓殚殗，亦称复连，亦曰无辜。丈夫以癖气为根，妇人以血气为本。无问长少，多染此病，婴孺之流，传注更苦。其为状也：发干而耸，或聚或分；或腹中有块；或脑后两边有小结，多者乃至五六；或夜卧盗汗，梦与鬼交；虽目视分明，而四肢无力，且上气食少，渐就沈羸。纵延日时，终于瘵尽。余昔奉洛州司马，尝三十日灸活一十三人，前后瘥者数逾二百。至于狸骨獭肝，徒闻囊说，金牙铜鼻，罕见其能；未若此方，扶危拯急，非止单攻骨蒸，又别疗气疗风，或癖或劳，或邪或癣，或患状既广，灸活者不可具述，略陈梗概。又恐传受讹谬以误将来，今故具图形状，庶令览者易悉，使所在流布。颇用家藏，未暇外请名医，傍求上药。还魂返魄，何难之有，遇斯疾可不务乎！

取穴法

先定穴：令患人平身立正，取一细绳撺之，勿令展缩。顺脚底贴肉坚踏之，男左女右。其绳前头与大拇指端齐，后头令当脚根中心。向后引绳循脚肚贴肉，直上至曲腘中大横纹截断。又令患人解发分两边，令见头缝，自囟门平分至脑后，乃平身正坐，取向所截绳一头，令与鼻端齐。引绳向上，正循头缝至脑后贴肉垂下，循脊骨引绳向下至绳尽处。当脊骨，以墨点记之。墨点不是灸处。又取一绳子，令患人合口，将绳子按于口上，两头至吻，却拘起绳子中心，至鼻柱根下止。如此便齐两吻截断，将此绳展令直，于前来脊骨上墨点处，横量取平，勿令高下。绳子先中折，当中以墨记之。

却展开绳子横量，以绳子上墨点正压脊骨上墨点为正，两头取中，勿令高下。于绳子两头，以白圈记。白圈是灸穴也。

以上是第一次点二穴。

次二穴：令其人平身正坐，稍缩臂膊。取一绳绕项向前双垂，与鸠尾齐。鸠尾是心歧骨，人有无心歧骨者，至从胸前两歧头下，量取一寸，即是鸠尾也。即双截断，却背翻。绳头向项后，以绳子中停取心正，令当喉咙结骨上。其绳两头夹项双垂，循脊骨以墨点记之。墨点不是灸处。又取一绳子，令其人合口横量，齐两吻截断，还于脊骨上墨点横量如法。绳子两头以白圈记之。白圈是灸穴处。

以上是第二次点穴，通前共四穴。同时灸日别各七壮，至第二穴壮，累灸至一百或一百五十壮为妙。候灸疮欲瘥，又依后法灸二穴。【原案】"日别"二字疑误。

又次二穴：以第二次量口吻绳子，于第二次双绳头尽处墨点上，当脊骨直上下竖点，令绳中停，中心在墨点上。于上下绳尽头，以白圈两穴。白圈是灸穴处。

以上是第三次点两穴，谓之四花穴。灸两穴各百壮，三次共六穴，各取离日量度，度讫即下火，唯须三月三日艾最佳。病瘥，百日内忌饮食房室，安心静处将息。若一月后觉未瘥，复初穴上再灸。

凡骨蒸候所起辩验，有二十二种，并依上项灸之。

一、胞蒸小便赤黄。

二、玉房蒸男遗尿失精，女月漏不调。

三、脑蒸头眩热闷。

四、髓蒸觉髓沸热。

五、骨蒸齿黑。

六、筋蒸甲焦。

七、血蒸发焦。

八、脉蒸急缓不调。

九、肝蒸或时眼前昏暗。

十、心蒸舌焦,或疮,或时胸满。

十一、脾蒸唇焦拆,或口疮。

十二、肺蒸口干生疮。

十三、肾蒸耳干焦。

十四、膀胱蒸右耳焦。

十五、胆蒸眼目失光。

十六、胃蒸舌下痛。

十七、小肠蒸下痢不禁。

十八、大肠蒸右鼻孔痛。

十九、三焦蒸乍寒乍热。

二十、肉蒸别人觉热,自觉冷寒。

二十一、皮蒸皮生粟起。

二十二、气蒸遍身壮热,不自安息。

用尺寸取穴法

凡孔穴尺寸,皆随人身形大小,须男左女右,量手指中一节,两横纹中心为一寸。

艾炷大小法

凡艾炷,须令脚跟足三分。若不足三分,恐覆孔穴不备穴中经脉,火气不行,即不能抽邪气引正气。虽小儿,必以中指取穴为准。

取艾法

端午日日未出,于艾中以意求其似人者,辄揽之以灸,殊有效。幼时见一书云尔,忘其为何书也。艾未有真似人者,于明暗间,苟以意命之而已。万法皆妄,无一真者,此何疑焉?

用火法

黄帝曰:"松、柏、柿、桑、枣、榆、柳、竹等,依火用灸,必害肌血,慎不可用。"凡取火者,宜敲石取火,或水晶镜子于日得者,太阳火为妙。天阴,则以槐木取火亦良。灸后,宜服治劳地黄丸。

具方：

生地黄汁　青蒿汁　薄荷汁　童便　好酒已上各二升,煎成膏入。　柴胡去头。　鳖甲醋灸。　秦艽各一两。　朱砂　麝香各半两。研。

右五味为末,入前膏,和为丸如桐子大。每服十五丸至二十二丸,温酒下,切忌生冷毒物。以上鲍刻本卷一。

苏沈良方拾遗卷下

论风病

王辟元龙言：钱子飞治大风方，极验，常以施人。一日梦人云："天使以此病人，君为天怒，若施不已，君当得此病，药不能救。"子飞惧，遂不施。仆以为天之所病，不可疗邪？则药不应复有效。药有效者，则是天不能病。当是病之崇畏是药，而假天以禁人尔。晋侯之病，为二竖子。李子豫赤丸，亦先见于梦。盖有或使之者。子飞不察，为鬼所胁。若予则不然。苟病者得愈，愿代受其苦。家有一方，以傅皮肤，能下腹中积恶。在黄州试之，病良已。今当常以施人。以上鲍刻本卷二。

服茯苓赋 并引

予少而多病，夏则脾不胜食，秋则肺不胜寒。治肺则病脾，治脾则病肺。平居服药，殆不复能愈。年三十有二，官于宛丘①，或怜而授之以道士服气法，行之期年，疾良愈。盖自是始有意养生之说。晚读《抱朴子》书，言服气与草木之药，皆不能致长生。古神仙真人，皆服金丹，以为草木之性，埋之则腐，煮之则烂，烧之则焦，不能自生，而况能生人乎？予既泪没世俗，意金丹不可得也，则试求之草木之类，寒暑不能移，岁月不能败，惟松柏为然。古书言松

①校者按:《苏沈良方拾遗》大多为苏轼之医药杂说,但此则"服茯苓赋"并非苏轼所作,而是其弟苏辙所作,因为苏轼没有在宛丘做过官,只有苏辙在宛丘做过官。

脂流入地下为茯苓，茯苓千岁举则为琥珀，虽非金玉，而能自完也亦久矣。于是求之名山，屑而治之，去其脉络而取其精华，庶几可以固形养气、延年而却老者，因为之赋以道之：

春而荣，夏而茂，憔悴乎风霜之前，摧折乎冰雪之后。阅寒暑以同化，委粪壤而兼朽。兹固百草之微细，与众木之凡陋，虽或效骨髓于刀几，尽性命于杵臼，解急难于俄顷，破奇邪于邂逅，然皆受命浅狭。与时变迁，朝菌无日，蟪蛄无年，苟自救之不暇，划他人之足延，乃欲撷根茎之微末，假臭味以登仙。是犹托疲牛于千里，驾鸣鸠于九天，则亦辛勤于涧谷之底，槁死于峰崖之巅，顾桑榆之窃叹，意神仙之不然者矣。若夫南涧之松，拔地千尺，皮厚犀兕，根坚铁石，须发不改；苍然独立，流膏脂于黄泉，乘阴阳而固结，像鸟兽之蹲伏，类龟蛇之闭蛰；外黝黑以鳞皱，中结白而纯密，上薹莽之不犯，下蝼蚁之莫贼，经历千岁化为琥珀。受雨露以弥坚，与日月而终毕。故能安魂魄而定心志，却五味与谷粒，追赤松于上古，以百岁为一息。颜如处子，绿发方目，神止气定，浮游自得。然后乘天地之正，御六气之辨，以游夫无穷，又何求而何食？以上鲍刻本卷四。

与翟东玉求地黄

马，火也，故将火而梦马。火就燥，燥而不已则穷，故膏油所以为无穷也。药之膏油者，莫如地黄，啖老马复为驹，乐天诗云："与君啖老马，可使照地光。"今人不复能知此法。吾晚学道，血气衰耗如老马矣，欲多食生地黄而不可常致。近见人言循州兴宁令欧阳叔向，于县圃中多种此药，意欲作书干之而未敢。君与叔向故人，可为致此意否？此药以二、八月采者良。如许，以此时寄惠为幸，欲烹以为煎也。以上鲍刻本卷五。

问养生

余问养生于吴子,得二言焉:曰和,曰安。何谓和？曰:"子不见天地之为寒暑乎？寒暑之极,至为折胶流金,而物不以为病。其变者微也,寒暑之变,昼与日俱逝,夜与月并驰。俯仰之间,屡变而人不知者,微之至,和之极也。使此二极者相寻而狎至,则人之死久矣。"何谓安？曰:"吾尝自牟山浮海达于淮,遇大风焉。舟中之人,如附于桔槔而与之上下,如蹈车轮而而行,反逆眩乱不可止。而吾饮食起居如他日,吾非有异术也,惟莫与之争而听其所为。顾凡病我者,举非物也。食中有蛆,人之见者必呕也,其不见而食者,未尝呕也。请察其所从生,论八珍者必咽,言粪秽者必唾,二者未尝与我接也,唾与咽何从生哉？果生于我乎,知其生于我也,则虽与之接而不变,安之至也。安则物之感我者轻,和则我之应物者顺。外轻内顺,而生理备矣。"吴子,古之静者也,其观于物也审矣,是以私识其言而时省观焉。

论修养寄子由

任性逍遥,随缘放旷,但尽凡心,别无胜解。以我观之,凡心尽处,胜解卓然。但此胜解,不属有无,不通言话。故祖师教人,到此便住。如眼翳尽,眼自有明,医师只有除翳药,何曾有求明药？明若可求,即还是翳,固不可翳中求明,即不可言翳外无明。夫世之味者,便将颓然无知认作佛地,若此是佛,猫儿、狗儿得饱熟睡,腹摇鼻息,与土木同,当恁麽时,可谓无一毫思念。岂谓猫儿狗儿已入佛地？故凡学者,当观安除爱,自粗及细,念念不忘,会作一日,得无所除。弟所教我者,是如此否？因见二偈警策,孔君不觉竦然,更以问之。书至此,墙外有悍妇与夫相殴骂,声飞灰火,如猪嘶狗嗥。因念他一点圆明，正在猪嘶狗嗥里面，譬若江河鉴物之性，长在飞砂走石之中，寻常静中推求，常患不见。今日闹里，提得些子如何？元丰六年。

养生说

已饥先食，未饱先止，散步逍遥，务令腹空。每腹空时，即便入定。不拘昼夜，坐卧自便。惟在摄身，使如木偶，常自念言：我今此身，若少动摇，如毛发许，便堕地狱，如商君法，如孙武令。事在必行，有死无犯。又用佛语及老君语，视鼻端，自数出入息，绵绵若存，用之不倦。数至数百，此心寂然，此身兀然，与虚空等，不烦禁制，自然不动。数至数千，或不能数，则有一法，其名曰"随"，与息俱出，复与俱入，随之不已，一息自住。不出不入，或觉此息从毛窍中，八万四千，云蒸雾散，无始已来，诸病自除，诸障自灭，自然明悟。譬如盲人，忽言有眼，此时何用，求人指路。是故老人言尽如此。

续养生论

郑子产曰："火烈者，人望而畏之；水弱者，人狎而玩之。"翼奉论六情十二律，其论水火也，曰："北方之情好也，好行贪狼；南方之情恶也，恶行廉正。廉正故为君子，贪狼故为小人。"予参二人之学而为之说曰："火烈而水弱，烈生正，弱生邪；火为心，水为肾。"故五脏之性，心正而肾邪。肾无不邪者，虽上智之肾亦邪，然上智常不淫者，心之官正而肾听命也；心无不正者，虽下愚之心亦正，然下愚常淫者，心不官而肾为政也。知此则知铅汞龙虎之说矣。

何谓铅？凡气之谓铅，或趋或躇，或呼或吸，或执或击；凡动物者皆铅，肺实出纳之，肺为金，为白虎，故曰铅，又曰虎。何为汞？凡水皆为汞，唾涕脓血，精汗便利，凡湿者皆汞也，肝实宿藏之，肝为木，为青龙，故曰汞，又曰龙。古之真人论内丹曰："五行颠倒术，龙从火内出；五行不顺行，虎向水中生。"世未有知其说者也。方五行之顺行也，则龙出于水，虎出于火，皆死之道也。心不官而肾为政，声色外诱，淫邪内发，壬癸之英，下流为人，或为腐坏，是汞龙之出于水也。喜怒哀乐皆出于心者也：喜则攫拏随之，怒则殴击随之，哀则蹦踊随之，乐则扑舞随之。心动于内，而气应于外，是铅虎之出于火者也。汞龙之出于水，铅虎之出于火，有能出于火，有能出于水而复返者乎？故曰皆死之道也。

真人教之以逆行，龙从火出，虎从水生也。其说若何？孔子曰："思无邪。"凡有思皆邪也，而无思则土木也。孰能使有思而非邪、无思而非土木乎？盖必有无思之思焉。夫无思之思，端正壮栗，如临君师，未尝一念放逸，然卒无所思，如龟毛兔角，非作故无，本性无故，是谓之戒。戒生定，定则出入息自住，出入息住则心火不复炎。在《易》为"离"。离，丽也，必有所丽，未尝独立，而汞其妃也。既不炎上，则从其妃矣。水火合，则壬癸之英上流于脑而溢于元英。若鼻液而不咸，非肾出故也，此汞龙之自火出者也。长生之药，内丹之萌，无过此者矣。阴阳之始交，天一为水。凡人之始造形，皆水也，故五行一曰水；从暖气而后生，故二曰火；生而后有骨，故三曰木；骨生而曰坚，凡物之坚壮者皆金气也，故四曰金；骨坚而后生肉焉，土为肉，故五曰土。人之在母也，母呼亦呼，母吸亦吸，口鼻皆闭而以脐达，故脐者生之根也。汞龙之出于火、流于脑、溢于元英，必归于根。心火不炎上，必从其妃，是火常在根也。故壬癸之英，得火而曰坚，达于四肢，渍于肌肤而曰壮。究其极，则金刚之体也。此铅虎之自水出者也。龙虎生而内丹成矣,故曰:顺行则为人,逆行则为道。道则未也,亦可为长生不死之术矣。

书《养生论》后

东坡居士桑榆之末景,忧患之余生,而后学道,虽为达者所笑,然犹贤乎已也。以稀叔夜《养生论》颇中予病,故手写数本,其一以赠罗浮郑师。

养生偈

闲邪存诚,炼气养精。一存一明,一炼一清。清明乃极,丹元乃生,坎离乃交,梨枣乃成。中夜危坐,服此四药,一药一至,到极则处,几费千息。闲之廓然,存之卓然,养之郁然,炼之赫然。守之以一,成之以久,功在一日,何迟之有?《易》曰:"闲邪存其诚。"详味此字,知邪中有诚,无非邪者,闲亦邪也。至于无所闲,乃见其诚者。幻灭灭故,非幻不灭。

寄子由三法

吴子野云:"芡实盖温平耳,本不能大益人。"然俗谓水硫黄,何也？人之食芡,必枚啖而细嚼之,未有多嗑而亟咽者也。舌颊唇齿,终日嗢嚅。而芡无五味,腴而不腻,足以致玉池之水。故食芡者,能使人华液流通,转相挹注,积其力,虽过乳石可也。以此知人能澹食而徐饱者,当有大益。吾在黄冈山中见牧羊者,必驱之瘠土,云:"草短而有味,羊得细嚼,则肥而无疾。"羊犹尔,况人乎？ 食芡法

养生之方,以胎息为本。此固不刊之语,更无可议,但以气若

不闭，任其出入，则澶绵混滞，无卓然近效。待其兀然自住，恐终无此期。若闭而留之，不过三五十息奔突而出，虽有微暖养下丹田，益不偿于损，决非度世之术。近日深思，似有所得。盖因看孙真人《养生门》中《调气第五》篇，反覆寻究，恐是如此。其略曰："和神气之道，当得密室，闭户，安床暖席。枕高二寸半，正身偃卧，瞑目闭气于胸膈间，以鸿毛著鼻上而不动。经三百息，耳无所闻，目无所见，心无所思。如此，则寒暑不能侵，蜂蛊不能毒，寿三百六十岁。此邻于真人也。"此一段要诀，弟且静心细意，字字研究看。既云闭气于胸膈中，令鼻端鸿毛不动，则初机之人，安得持三百息之久哉？恐是元不闭鼻中气，只以意坚守此气于胸膈中，令出入息似动不动，氤氲缥缈，如香炉盖上烟、汤瓶嘴中气，自在出入，无呼吸之者，则鸿毛可以不动。若心不起念，虽过三百息可也，仍须一切依此本诀卧而为之，仍须真以鸿毛黏著鼻端，以意守气于胸中。遇欲吸时，不免微吸，及其呼时，全不得呼，但任其氤氲缥缈，微微自出尽。气平，则又微吸。如此出入元不断，而鸿毛自不动，动亦极微。觉其微动，则又加意制勒之，以不动为度。虽云制勒，然终不闭。至数百息，出者少，不出者多，则内守充盛，血脉通流，上下相灌输，而生理备矣。兄悟此玄意，甚以为奇。恐是夜夜烧香，神启其心，自悟自证。适值痔疾，及热甚，未能力行。亦时时小试，觉其理不谬，更侯疾平天凉，稍稍置力，续见效，当报。弟不可谓出意杜撰而轻之也。　胎息法。

《抱朴子》云，古人藏丹砂井中，而饮者犹获上寿。今但悬望大丹，丹既不可望，又欲学烧，而药物火候皆未必真，纵使烧成，又畏火毒而不敢服，何不趁此且服生丹砂。意谓煮过百日者，力亦不慢。草药是覆盆子，亦神仙所饵，百日熬炼，草石之气，亦相乳人。

每日五更，以井华水服三丸。服竟，以意送至下丹田，心火温养，久之，意谓必有丝毫留者。积三百余服，恐必有刀圭留丹田。致一之道，初若眇昧，久乃有不可量者。兄老大别无见解，直欲以抽守而致神仙，此大可笑，亦可取也。　藏丹砂法。

吾虽了了见此理，而资躁偏，害之者众，事不便成。子由端静淳淑，使少加意，当先我得道。得道之日，必却度我。故书此纸，为异日符信，非虚语也。

绍圣二年八月二十七日居士记。

上张安道养生诀

某近年颇留意养生，读书，延问方士多矣，其法百数，择其简易可行者，间或为之，辄有奇验。今此间放益究其妙，乃知神仙长生非虚语尔。其效初不甚觉，但积累百余日，功用不可量。比之服药，其力百倍。久欲献之左右，其妙处非言语文字所能形容。然亦可道其大略。若信而行之，必有大益。其诀具左：

每夜以子时后，三更三四点至五更以来皆可。披衣起，只床上拥被坐亦得。面东或南，盘足坐，扣齿三十六通，握固。以两拇指指第三指，或以四指都握拇指，两手拄腰腹间。闭息，闭息最是道家要妙。先须闭目静虑，扫灭妄想，使心源湛然，诸念不起，自觉出入息调匀微细，即闭口并鼻，不令气出也。内视五脏：肺白、肝青、脾黄、心赤、肾黑，当更求《五脏图》《烟罗子》之类，常挂壁上，使心中熟识五脏六腑之形状。次想心为炎火，光明洞彻，入下丹田中。丹田在脐下。待腹满气极，则徐出气。不得令耳闻声。候出入息匀调，即以舌搅唇齿，内外漱炼津液，若有鼻沸，亦须漱炼，不嫌其咸，漱炼良久，自然甘美。此是真气，不可弃之。未得咽下。复作前法，闭息内观，纳心丹田，调息漱津，皆依前法。如此者三，津液满口，即低头咽下，以气送入丹田中。须用意精猛，令津与气谷谷然有声，径入丹田。又依前法为之。凡九闭息，三咽津而止。然后以左右手熟摩两脚心，止涌泉穴上彻顶门，气诀之妙。及脐下腰脊间，皆令热彻，徐徐摩之，微汗出，不妨。不可喘促。次以两手摩熨眼、面、耳、项，皆令极热。仍案捏鼻梁左右五七下，梳头百余梳，散发而卧，熟寝至明。

右其法至简易，惟在常久不废，即有深功。且试行一二十日，精神自已不同。觉脐下实热，腰脚轻快，面目有光，久久不已，去仙不远。但常常习闭息，使渐能持久。以脉候之，五至为一息。某近来闭得渐久，每一闭百二十至而开，盖已闭得二十余息也。又不可强闭多时，使气错乱，或奔突而出，反为害也。慎之慎之！又须常节晚食，令腹中宽虚，气得回转。昼日无事，亦时时闭目内观，漱炼津液咽之，摩熨耳目，以助真气。但清净专一，即易见功矣。神仙至术，有不可学者三：一急躁，二阴险，三贪欲。公雅量清德，无此三疾，窃谓可学。故献其区区，若笃信力行，他日相见，复陈其妙者焉。文书口诀，多枝词隐语，卒不见下手门路。今直指精要，可谓至言不烦，长生之根本也。幸深加宝秘，勿使浅妄者窥见，以泄至道也。以上鲍刻本卷六。

药歌　并引

稽中散作《幽愤诗》，知不死矣。而卒章乃曰"采薇山阿，散发岩岫，永啸长吟，颐神养寿"者，悼此志之不遂也。司马景王既杀中散而悔，使悔于未杀之前，中散得免于死者。吾知其扫迹屏影于人间，如脱兔之投林也。采薇散发，岂所难哉？孙真人著《大风恶疾论》，《神仙传》有数人皆因恶疾而得仙道，何者？割弃尘累，怀颖阳之气，所以因祸而取福也。吾始得罪迁岭表，不自意逾年无后命，知不死矣。然旧苦痔疾，至是大作，呻呼几百日。地无医药，有亦不效。道士教吾去滋味、绝韮血，以清净胜之。痔有虫，馆于吾后。滋味、韮血既以自养，亦以养虫。自今日已往，且暮食淡面四两，犹复念食，则以胡麻茯苓抄足之。饮食之外，不唆一面物。主人枯槁，则客自弃去。尚恐习性易流，故取中散、真人之言，对症为药，使人诵之曰："东坡居士，汝忘逾年之忧、百日之苦乎？使汝不幸有中散之祸、伯牛之疾，虽愿采薇散发，岂可得哉？今食麦麻茯苓多矣。"居士则以歌答之云："百事治兮，味无味之味；五味备兮，茯苓麻麦；有时而匮兮，有即食无即已者，与我无既兮！呜呼馆客，终不以是为愧兮！"以上鲍刻本卷八。

杂记

《独异志》：唐贞观中，张宝藏为金吾卫士，尝因下直归栎阳，路逢少年畋猎。割鲜野食，倚树叹曰："张宝藏身年七十，未尝得一食酒肉如此者，可悲哉！"傍有僧指曰："六十日内官登三品，何足叹也。"言迄不见。宝藏异之，即时还京师。时太宗苦于气痢，众医不效，即下诏问殿廷左右有能治此疾者，当重赏之。宝藏曾困其疾，即具疏"乳煎荜拨方"，上服之立瘥。宣下宰臣与五品官。魏徵难之，逾月不进拟。上疾复发，问左右曰："吾前服'乳煎荜拨'有功。"复命进一嗯，又平。因思曰："尝令与进方人五品官，不见除授，何也？"徵惧曰："奉诏之后，未知文武二更。"上怒曰："治得宰相，不妨已授三品官。我天子也，岂不及汝也？"乃厉声曰："与三品文官，授鸿胪寺卿。"时正六十日矣。其方每服用牛乳半斤、荜拨三钱七，同煎减半，空心顿服。

马提刑记医先祖忠肃公，天圣中以工部尚书知濠州，家有媪，病漏盖十余年。一日老兵扫庭下，且言前数日过市，有医自远来，道疮漏可治，特顷刻之力耳。媪曰："吾更医多矣，不信也。"其党有以白忠肃公者，即为召医视之，曰："可治无疑。须活鳝一、竹针五七枚。"医乃掷鳝于地，鳝因屈盘就盘，以竹针贯之，覆疮，良久取视，有白虫数十如针著鳝。医即令置杯中，蠕动如线。复覆之，又得十余枚，如是五六。医者曰："虫固未尽，然其余皆小虫。竟请以常用药傅之。"时家所有槟榔、黄连，为散傅之。医未始用药，明日可以干艾作汤，投白矾末二三钱洗疮，然后傅药。盖老人血气冷，必假艾力以佐阳，而艾性亦能杀虫也。如是者再，即生肌，不一月当愈。既而如其言。医曰："疮一月不治则有虫，虫皆蠕动，气血亦随之。故疮漏不可遽合，则结痛，实虫所为。"又曰："人每有疾，经月不瘥，则必愈虚劳。妇人则补脾血，小儿则防惊痫。二病则并治瘿疡。"医无名于世，而治病有效，亦良医也。又其言有理，故并录之。【原案】此条后数行，似有脱误。

子瞻杂记

男子之生也覆，女子之生也仰，其死于水也亦然。男内阳而外阴，女子反之。故《易》曰："坤至柔而动也刚。"《书》曰："沉潜刚克。"古之达者盖知此也。秦医和曰："天有六气，淫为六疾：阳淫热疾，阴淫寒疾，风淫末疾，雨淫腹疾，晦淫惑疾，明淫心疾。"夫女阳物而晦时，故淫则为内热蛊惑之疾。女为蛊惑，世知之者众。其为阳物而内热，虽良医未之言也。五劳七伤，皆热肝而蒸晦者，不为蛊则中风，皆热之所生也。医和之语，吾尝表而出之。读《左氏春秋》书此。

枣耳，并根、苗、叶、实，皆灌去沙土，悬阴干净扫地上，烧为灰,汤淋,取浓汁泥,连二灶炼之。侯灰汁耗,即旋取傍釜中已滚灰汁益之。经一日夜,不绝火,乃渐得霜。干磁瓶盛之,每服,早、晚、临睡,酒调一钱七。补暖、去风、驻颜,不可备言。尤治皮肤风,令人肤革滑净。每洗面及浴,取少许如澡豆用,尤佳,无所忌。昌图之父从谏宜州文学,家居于邕。服此十余年,今八十七,红润轻健,盖专得此药力也。

杜甫诗有《除蘘草》一篇,今蜀中谓之毛琎,毛芒可畏,触之如蜂蛰,然治风疼,择最先者,以此草点之,一身皆失去。叶背紫者入药。

仆有一相识,能治马背鬣。有富家翁买马直百余千,以有此病,故以四十千得之。已而置酒饮人,求为治之。酒未三行,而鬣以正。举座大笑。其方用烹猪汤一味,暖令热浴之,其鬣随手即正,不复回。良久,乃以少冷水洗之。此物能令马尾软细,及治焦秃。频以洗之,不月余,效极神良。秘之秘之。

马肺损,鼻中出脓,医所不疗,云肺药率用凉冷,须食上饮之。而肺痛畏草所制,不敢食草,若不食而饮凉药,是速其死也,故不医。有老卒教予以芦薐根煮糯米作粥,入少许阿胶,唆之,马乃敢食。食已,用常肺药入河梨勒皮饮之,凉药为河子所涩于肺上,必愈。用其言信然。以上鲍刻本卷十。

艾子杂说

艾子杂说 目录

艾子杂说叙录	4237
艾子杂说	**4241**
引	4241
小儿得效方	4241
一蟹不如一蟹	4241
冯驩索债	4242
苜蓿	4242
三脏	4242
二嵬让路	4242
钻火	4242
百钱独裁	4243
赶兔失筝	4243
齐王筑城	4243
镇宅狮子	4243
白起伐营	4244
禽大无事省出入	4244
尧禅位许由	4244
城下窃盗未获	4245

公孙龙辨屈 …………………………………………… 4245

营丘诸难 …………………………………………… 4245

鸭搦兔 …………………………………………… 4246

失题 …………………………………………… 4246

改《观音经》语 …………………………………………… 4247

木履 …………………………………………… 4247

猞猁 …………………………………………… 4247

诛有尾 …………………………………………… 4247

龙王问蛙 …………………………………………… 4248

齐王择婿 …………………………………………… 4248

愚子 …………………………………………… 4248

毛手鬼 …………………………………………… 4249

虾三德 …………………………………………… 4249

鬼怕恶人 …………………………………………… 4249

狗道我是 …………………………………………… 4250

哭彭祖 …………………………………………… 4250

食肉之智 …………………………………………… 4250

點鬼嫌牛头 …………………………………………… 4251

骚雅大儒 …………………………………………… 4252

印雨龙与指日蛮 …………………………………………… 4252

耀州知白 …………………………………………… 4253

虚粘奇帽 …………………………………………… 4253

扛钟 …………………………………………… 4253

季氏入狱 …………………………………………… 4254

秦士好古 …………………………………………… 4254

艾子杂说叙录

《艾子杂说》，又称《艾子》。旧题宋苏轼撰。关于该书的作者是否为苏轼，从宋代迄今都有不少争论。

宋代陈振孙《直斋书录解题》卷十一云："《艾子》一卷，相传为东坡作，未必然也。"马端临《文献通考》卷二百十六亦著录《艾子》一卷，并引陈氏之语。戴埴《鼠璞》(《学津讨原》本）之《艾子》条亦云："世传《艾子》为坡仙所作。"明代胡应麟《少室山房笔丛》卷三十二《四部正讹下》云："《艾子》，世传苏长公作。子瞻生平善俳谐，故此类率附之。宋人赞坡嘻笑怒骂皆成文章，岂笔之于书浅俚若是乎！然此书已见《文献通考》，盖亦出于宋世，非后人所托也。何《语林》记坡调刘贡父避孔子塔语，不若'大风起兮眉飞扬，安得猛士兮守鼻梁'语尤剧而何不收？以论《艾子》，漫及之。"韩国学者安熙珍于2016年也发表《〈艾子杂说〉作者质疑》一文（载《中国苏轼研究》第6辑）。他们认为《艾子》不一定是苏轼所作。

与上述意见截然相反的是，宋代周紫芝《太仓稊米集》、曾慥《类说》，元代陶宗仪《说郛》（宛委山堂本）、李治《敬斋古今黈》，明嘉靖刊《顾氏文房小说》、万历赵开美刊《东坡杂著五种》等，都肯定《艾子杂说》是苏轼的作品。当代苏轼研究两位著名学者孔凡礼、朱靖华也持肯定态度，分别撰《〈艾子〉是苏轼的作品》（载《文学遗产》1985年第3期）、《论〈艾子杂说〉确为东坡所作》（载

《文学遗产》增刊1987年第18辑），从新发现的宋人资料，苏轼的身世经历、《艾子》的作品风格与苏轼的个性、品格的统一等多方面进行力证。尤其是宋代周紫芝《太仓稀米集》卷七有《夜读（艾子）书其尾》诗，表明《艾子》的创作时间是苏轼贬于惠、儋期间，而周紫芝（1081—？）是两宋之际人，为李之仪（端叔）之门人，而之仪与苏轼关系为师友之间，情谊甚密，其说自应充分尊重。明代陆灼序其自作《艾子后语》，也认为《艾子》为苏轼所作，其文云："世皆知《艾子》为坡翁戏笔，而不知其有为作也。观其问蟹、问米、乘驴之说，则以讥父子；獭多、雨龙、移钟之说，则以讥时相，即其意指。其殆为王氏作乎？坡翁平日好以言语文章规切时政，若此亦其一也。"《艾子》中《百钱独裁》一则涉及吕梁、彭门，乃苏轼为官之地，也可作为作者为苏轼的佐证。《艾子》设为艾子与齐王诸人相嘲笑之语，为寓言体，与《苏轼文集》卷七三《桃符艾人语》《螺蚌相语》《记道人戏语》诸文亦绝相类。今本题作《艾子杂说》，其"杂说"二字，疑为后人所加。

此书早在宋代就开始流传。除上述周紫芝《夜读（艾子）书其尾》、曾慥《类说》提及外，还有潘自牧《记纂渊海》、赵与时《宾退录》、陈寅《爱日斋丛钞》、祝穆《事文类聚》、张端义《贵耳集》、谢维新《事类备要》也载有《艾子》书名或书中的故事一则至十数则不等。该书在宋以后的流传，则多收入丛书之中。《顾氏文房小说》（明嘉靖刊本、影嘉靖刊本）、宛委山堂本《说郛》（简称"宛本"）、《五朝小说》《五朝小说大观》《丛书集成初编》（系据阳山顾氏文房本排印）、王利器《历代笑话集》（简称"王本"）均收有苏轼《艾子杂说》一卷。王本后出，又经过校订，较其他版本为善，然而亦有错讹。除以上各种版本之外，还有明万历壬寅（1602）赵开美刻本（简称"赵本"），收入《东坡杂著五种》中。该本较以上各本为精，王本及《顾氏文房小说》本之错讹处，该本皆无误。另外，宛本与赵本，每则故事上俱有标题。本次整理以《丛书集成初编》本为底本，参校宛本，孔凡礼《苏轼文集·苏轼佚文汇编》（系据赵本转录）。其文首、文末两则及每则标题，据《苏轼文集·苏轼佚文汇编》卷七转录赵本补入。不当之处，敬请指正。

艾子杂说

引

公孙龙、魏牟，生于列御寇之后，其事乃见于列子之书。说者谓列子弟子以其义无乖统而有所发明，故类而附之，无嫌也。艾子事齐宣王，而书之所载，亦多后世之事，岂为艾子之学者，务广其道，凡论议不诡于统叙者，皆存而不去耶？览之者以意逆志，则艾子之学可明，姑置其时之后先可也。东坡居士题。

小儿得效方

艾子事齐王，一日，朝而有忧色，宣王怪而问之。对曰："臣不幸，稚子属疾，欲谒告，念王无与图事者，所朝，然心实系焉。"王曰："盍早言乎？寡人有良药，稚子顿服，其愈矣。"遂索以赐。艾子拜受而归，饮其子，辰服而已卒。他日，艾子忧甚戚，王问之故，凄然曰："卿丧子可伤，赐卿黄金以助葬。"艾子曰："殇子不足以受君赐，然臣将有所求。"王曰："何求？"曰："只求前日小儿得效方。"

一蟹不如一蟹

艾子行于海上，见一物圆而扁，且多足，问居人曰："此何物也？"曰："蟛蜞也。"既又见一物圆扁多足，问居人曰："此何物也？"曰："螃蟹也。"又于后得一物，状貌皆若前所见而极小，问居人曰："此何物也？"曰："彭越也。"艾子嘡然叹曰："何一蟹不如一蟹也！"

冯驩索债

艾子使于魏，见安釐王，王问曰："齐，大国也，比年息兵，何以为乐？"艾子曰："敝邑之君好乐，而群臣亦多效伎。"安釐王："何人有伎？"曰："淳于髡之笼养、孙膑之踢球、东郭先生之吹竽，皆足以奉王欢也。"安釐王曰："好乐不无横赐，奈侵国用何？"艾子曰："近日却告得孟尝君处，借得冯驩来，索得几文冷债，是以饶足也。"

苜蓿

齐地多寒，春深求笋甲。方立春，有村老挈苜蓿一筐，以与于艾子，且曰："此物初生，未敢尝，乃先以荐。"艾子喜曰："烦汝致新。然我享之后，次及何人？"曰："献公罢，即刈以喂驴也。"

三脏

艾子好饮，少醒日。门生相与谋曰："此不可以谏止，唯以险事怖之，宜可诫。"一日，大饮而哕，门人密抽觳肠致哕中，持以示曰："凡人具五脏方能活，今公因饮而出一脏，止四脏矣，何以生耶？"艾子熟视而笑曰："唐三藏犹可活，况有四耶？"

二媪让路

艾子行，出邯郸道上，见二媪相与让路。一曰："媪几岁？"曰："七十。"问者曰："我今六十九，然则明年当与尔同岁矣。"

钻火

艾子一夕疾呼一人钻火，久不至。艾子呼促之，门人曰："夜暗，索钻具不得。"谓先生曰："可持烛来，共索之矣。"艾子曰："非我之门，无是客也。"

百钱独载

艾子见有人徒行，自吕梁托舟人以趋彭门者，持五十钱遗舟师。师曰："凡无赍而独载者，人百金。汝尚少半，汝当自此为我挽牵至彭门，可折半直也。"

赶兔失獐

穆侯与纲寿接境，魏冉将以广其封也，乃伐纲寿而取之。兵回，而范雎代其相矣。艾子闻而笑曰："真所谓'外头赶兔，屋里失獐'也。"

齐王筑城

齐王一日临朝，顾谓侍臣曰："吾国介于数强国间，岁苦支备。今欲调丁壮筑大城，自东海起，连即墨，经大行，接辕辕，下武关，逮逦四千里，与诸国隔绝，使秦不得窥吾西，楚不得窃吾南，韩、魏不得持吾之左右，岂不大利邪？今百姓筑城，虽有少劳，而异日不复有征戍侵虞之患，可以永逸矣。闻吾下令，孰不欣跃而来耶？"艾子对曰："今旦大雪，臣趋朝，见路侧有民，裸露僵踣，望天而歌。臣怪之，问其故，答曰：'大雪应候，且喜明年人食贱麦，我即今年冻死矣。'正如今日筑城，百姓不知享永逸者当在何人也。"

镇宅狮子

艾子使于秦，还，语宣王："秦昭王有吞噬之心，且其状貌又正虎形也。"宣王曰："何质之？"曰："眉上五角笔，目光烂然，鼻直口哆，丰貌壮隐，每临朝，以两手按膝，望之宛然镇宅狮子也。"

白起伐营

艾子为营守，一日，闻秦将以白起为将伐营，营之民悉欲逃避。艾子呼父老而慰安之，日："汝且弗逃，白起易与耳。且其性仁，前且伐赵，兵不血刃也。"

禽大无事省出入

艾子日："田巴居于稷下，是三皇而非五帝，一日屈千人，其辩无能穷之者。弟子禽滑釐出逢髡妪，揖而问日：'子非田巴之徒乎？宜得巴之辩也。妪有大疑，愿质于子。'滑釐日：'妪姑言之，可能折其理。'妪日：'马鬃生向上而短，马尾生向下而长，其故何也？'滑釐笑日：'此殊易晓事。马鬃上拄，势逆而强，故天使之短；马尾下垂，势顺而逸，故天使之长。'妪日：'然则人之发上拄，逆也，何以长？须下垂，顺也，何以短？'滑釐茫然自失，乃日：'吾学未足以臻此，当归咨师。妪幸专留此，以须我还，其有以奉酬。'即入见田巴日：'适出，髡妪问以鬃尾长短，弟子以逆顺之理答之，如何？'日：'甚善。'滑釐日：'然则妪申之以须顺为短，发逆而长，则弟子无以对，愿先生折之。妪方坐门以俟，期以余教诏之。'巴俯首久之，乃以行【原案】音忙呼滑釐日：'禽大禽大，幸自无事也，省可出入。'"

尧禅位许由

艾子日："尧治天下久而茕勤，呼许由以禅焉。由入见之，所居土阶三尺，茅茨不翦，采橡不斫，虽逆旅之居，无以过其陋；命许由食,则饭土铏,啜土器,食粗栃,衣薜荔,无以过其约。食毕,顾而言曰:'吾都天下之富,享天下之贵,久而厌矣,今将举以授汝,汝其享吾之奉也。'许由顾而笑曰:'似此富贵,我未甚爱也。'"

城下窃盗未获

秦破赵于长平,坑众四十万,遂以兵围邯郸。诸侯救兵,列壁而不敢前。邯郸垂亡,平原君无以为策,家居愁坐,顾府吏而问曰："相府有何未了公事?"吏未对。新垣衍在坐,应声曰："唯城外一火窃盗未获尔。"

公孙龙辨屈

公孙龙见赵文王,将以夸事眩之,因为王陈大鹏九万里、钓连鳌之说。文王曰:"南海之鳌,吾所未见也,独以吾赵地所有之事报子。寡人之镇阳,有二小儿,曰东里,曰左伯,共戏于渤海之上。须臾,有所谓鹏者,群翔于水上。东里遽入海以捕之,一攫而得。渤海之深,才及东里之胫。顾何以贮也,于是挽左伯之巾以囊焉。左伯怒,相与斗,久之不已。东里之母乃拽东里回。左伯举太行山掷之,误中东里之母,一目眯焉。母以爪剔出,向西北弹之。故太行中断,而所弹之石,今为恒山也。子亦见之乎?"公孙龙逡巡丧气,揖而退。弟子曰："嘻！先生持大说以夸眩人,宜其困也。"

营丘诸难

营丘士,性不通慧,每多事,好折难而不中理。一日,造艾子问曰:"凡大车之下与骞驼之项,多缀铃铎,其故何也?"艾子曰：

"车、驼之为物甚大，且多夜行，忽狭路相逢，则难于回避。以藉鸣声相闻，使预得回避尔。"营丘士曰："佛塔之上，亦设铃铎，岂谓塔亦夜行而使相避邪？"艾子曰："君不通事理，乃至如此！凡鸟鹊多托高以巢，粪秽狼藉，故塔之有铃，所以警鸟鹊也，岂以车、驼比邪？"营丘士曰："鹰鹞之尾，亦设小铃，安有鸟鹊巢于鹰鹞之尾乎？"艾子大笑曰："怪哉，君之不通也！夫鹰隼击物，或入林中，而绊足缯线，偶为木之所绊，则振羽之际，铃声可寻而索也，岂谓防鸟鹊之巢乎？"营丘士曰："吾尝见挽郎秉铎而歌，虽不究其理，今乃知恐为木枝所绊，而便于寻索也。抑不知绊郎之足者，用皮乎？用线乎？"艾子愠而答曰："挽郎乃死者之导也，为死人生前好诳难，故鼓铎以乐其尸耳。"

鸭掘兔

赵以马服君之威名，擢其子括为将以拒秦，而适当武安君白起。一战军破，掳赵括，坑其众四十万，邯郸几败。艾子闻之曰："昔有人将猎而不识鹞，买一鸧而去。原上兔起，掷之使击，鸧不能飞。投于地，又再掷，又投于地，至三四。鸧忽蹒跚而人语曰：'我鸭也，杀而食之，乃其分，奈何加我以提掷之苦乎？'其人曰：'我谓尔为鹞，可以猎兔耳，乃鸭邪？'鸧举掌而示，笑以言曰：'看我这脚手，可以搂得他兔否？'"

失题

范睢一见秦昭王，而怀之以近祸。昭王遂幽太后，逐穰侯，废高陵、华阳君。于是秦之公族与群臣侧目而惮睢。然以其宠，而未敢害之。一旦，王稽及郑安平叛，而睢当缘坐。秦王念未有以代之者，尚缓其罪，因下令："敢有言郑安平叛者死。"然虽固已畏摄而不敢宁矣。艾子因使人告之曰："佛经有云：'若被恶人逐，堕落金刚山，念彼观音力，如日虚空住。'空中非可久住之地，此一扑终在，但迟速之间耳。"睢闻，荐蔡泽自代。

改《观音经》语

艾子一日观人诵佛经者，有曰："咒咀诸毒药，所欲害身者，念彼观音力，还着于本人。"艾子嗟然叹曰："佛，仁也，岂有免一人之难而害一人之命乎？是亦去彼及此，与夫不爱者何异也？"因谓其人曰："今为汝体佛之意而改正之，可者乎？曰：'咒咀诸毒药，所欲害身者，念彼观音力，两家都没事。'"

木履

有人献木履于齐宣王者，无刻斫之迹。王曰："此履岂非生乎？"艾子曰："鞋楦乃其核也。"

獬豸

齐宣王问艾子曰："吾闻古有獬豸，何物也？"艾子对曰："尧之时，有神兽曰獬豸，处廷中，辨群臣之邪僻者触而食之。"艾子对已，复进曰："使今有此兽，料不乏食矣。"

诛有尾

艾子浮于海，夜泊岛屿中，夜闻水下有人哭声，复若人言，遂听之。其言曰："昨日龙王有令：'应水族有尾者斩。'吾鼍也，故惧诛而哭。汝虾蟆无尾，何哭？"复闻有言曰："吾今幸无尾，但恐更理会科斗时事也。"

龙王问蛙

艾子使于燕,燕王曰:"吾小国也,日为强秦所侵,征求无已,吾国贫,无以供之,欲革兵一战,又力弱不足以拒敌,如之何则可?先生其为谋之。"艾子曰:"亦有分也。"王曰:"其有说乎?"艾子曰："昔有龙王,逢一蛙于海滨,相问讯后,蛙问龙王曰:'王之居处何如?'王曰:'珠宫贝阙,翠飞璇题。'龙复问:'汝之居处何若?'蛙曰:'绿苔碧草,清泉白石。'复问曰:'王之喜怒如何?'龙曰:'吾喜则时降膏泽,使五谷丰稔;怒则先之以暴风,次之以震霆,继之以飞电,使千里之内,寸草不留。'龙问蛙曰:'汝之喜怒何如?'曰:'吾之喜则清风明月,一部鼓吹;怒则先之以努眼,次之以腹胀,然后至于胀过而休。'"于是燕王有惭色。

齐王择婿

齐王于女,凡选婿必择美少年,颜长而白皙,虽中无所有而外状稍优者必取之。齐国之法,民为王婿,则禁与士人往还,唯奉朝请外,享美服珍味,与优伶为伍,但能奉其王女,则为效矣。一日,诸婿退朝,相叙而行,傲然自得。艾子顾谓人曰:"齐国之安危重轻,岂不尽在此数公乎?"

愚子

齐有富人,家累千金。其二子甚愚,其父又不教之。一日,艾子谓其父曰:"君之子虽美,而不通世务,他日易能克其家?"父怒曰:"吾之子敏,而且恃多能,岂有不通世务耶?"艾子曰:"不须试之他，但问君之子所食者米从何来，若知之，吾当妄言之罪。"父遂呼其子问之，其子嘻然笑曰："吾岂不知此也，每以布囊取来。"其父懊然而改容曰："子之愚甚也，彼米不是田中来？"艾子曰："非其父不生其子。"

毛手鬼

邹忌子说齐王，齐王说之，遂命为相。居数月，无善誉。艾子见淳于髡问曰："邹子为相之久，无誉，何也？"髡曰："吾闻齐国有一毛手鬼，凡为相，必以手捏之，其人遂忘平生忠直，默默而已。岂其是欤？"艾子曰："君之过矣，彼毛手只择有血性者捏之。"

虾三德

艾子一夕梦一丈夫，衣冠甚伟，谓艾子曰："吾东海龙王也，凡龙之产儿女，各与江海为婚姻，然龙性又暴，又以其类同，少相下者。吾有小女，甚爱之，又其性尤庚。若吾女更与龙为匹，必无安谐，欲求耐事而易制者，不可得。子多智，故来请问，姑为我谋之。"

艾子曰："王虽龙，亦水族也，求婿，亦须水族。"王曰："然。"艾子曰："若取鱼，彼多贪饵，为钩者获之，又无手足；若取龟鳖，其状丑恶；唯虾可也。"王曰："无乃太卑乎？ 艾子曰："虾有三德：一、无肚肠；二、割之无血；三、头上带得不洁，是所以为王婿也。"王曰："善。"

鬼怕恶人

艾子行于涂，见一庙，矮小而装饰甚严。前有一小沟，有人行至，水不可涉，顾庙中，而辄取大王像横于沟上，履之而去。复有一人至，见之，再三叹之，曰："神像直有如此褒慢。"乃自扶起，以衣拂饰，捧至坐上，再拜而去。须臾，艾子闻庙中小鬼曰："大王居此为神，享里人祭祀，反为愚民之辱，何不施祸患以谴之？"王曰："然则祸当行于后来者。"小鬼又曰："前人以履大王，辱莫甚焉，而不行祸；后来之人，敬大王者，反祸之，何也？"王曰："前人已不信矣，又安敢祸之？"艾子曰："真是鬼怕恶人也。"

狗道我是

艾子有从禽之僻，畜一猎犬，甚能搏兔。艾子每出，必牵犬以自随。凡获兔，必出其心肝以与之食，莫不餍足。故凡获一兔，犬必摇尾以视艾子，自喜而待其饲也。一日出猎，偶兔少，而犬饥已甚，望草中二兔跃出，鹰翔而击之，兔狡，翻覆之际，而犬已至，乃误中其鹰，毙焉，而兔已走矣。艾子忽遽将死鹰在手，叹恨之次，犬亦如前摇尾而自喜，顾艾子以待食。艾子乃顾犬而骂曰："这神狗犹自道我是里。"

哭彭祖

艾子出游，见一妪白发而衣衰粗之服，哭甚哀。艾子谓曰："妪何哭而若此之哀也？"妪曰："哭吾夫也。"艾子曰："妪自高年，而始哭夫，不识夫谁也？"曰："彭祖也。"艾子曰："彭祖寿八百而死，固不为短，可以无恨。"妪曰："吾夫寿八百，诚无恨，然又有寿九百而不死者，岂不恨邪？"

食肉之智

艾子之邻，皆齐之鄙人也。闻一人相谓曰："吾与齐之公卿，皆人而禀三才之灵者，何彼有智，而我无智？"一曰："彼日食肉，所以有智；我平日食粗粝，故少智也。"其问者曰："吾适有秫粟钱数千，姑与汝日食肉试之。"数日，复又闻彼二人相谓曰："吾自食肉后，心识明达，触事有智，不徒有智，又能穷理。"其一曰："吾观人脚面，前出甚便，若后出，岂不为继来者所踣？"其一曰："吾亦见人鼻窍，向下甚利，若向上，岂不为天雨注之乎？"二人相称其智。艾子叹曰："肉食者，其智若此！"

黠鬼赚牛头

艾子病热，稍昏，梦中神游阴府，见阎罗王升殿治事，有数鬼抬一人至。一吏前白之，曰："此人在世，唯务持人阴事，恐取财物。虽无过者，一巧造端以诱陷之，然后摘使准法，合以五百亿万斤柴于镬汤中煮讫放。"王可之，令付狱。有一牛头捽执之而去。其人私谓牛头曰："君何人也？"曰："吾镬汤狱主也，狱之事皆可主之。"其人又曰："既为狱主，固首主也，而豹皮裈若此之弊！"其鬼曰："冥中无此皮，若阳人焚化方得，而吾名不显于人间，故无焚赆者。"其人又曰："某之外氏，猎徒也，家常有此皮。若蒙狱主见悯，少减柴数，得还，则焚化十皮，为狱主作裈。"其鬼喜曰："为汝去'亿万'二字，以欺其徒，则汝得速还，兼免沸煮之苦三之二也。"于是又人镬煮之。其牛头者，时来相问。小鬼见如此，必欲庇之，亦不敢令火炽，遂报柴足。既出镬，束带将行，牛头曰："勿忘皮也。"其人乃回顾曰："有诗一首奉赠云：'牛头狱主要知闻，权在阎王不在君。减刻官柴犹自可，更求枉法豹皮裈。'"牛头大怒，又人镬汤益薪煮之。艾子既瘥，语于徒曰："须信口是祸之门也。"

骚雅大儒

艾子好为诗。一日，行齐、魏间，宿逆旅。夜闻邻房人言曰："一首也。"少间曰："又一首也。"比晓六七首。艾子意其必诗人清夜吟咏，兼爱其敏思。凌晨，冠带候谒。少顷，一人出，乃商贾也，危赢若有疾者。艾子深感之，岂有是人而能诗乎？抑又不可膈度，遂问曰："闻足下篇什甚多，敢乞一览。"其人曰："某负贩也，安知诗为何物？"再三拒之。艾子曰："昨夜闻君房中自鸣曰：'一首也'，须臾，又曰'一首也'，岂非诗乎？"其人笑言："君误矣。昨日，偶腹疾暴下，夜黑寻纸不及，因污其手，疾势不止，殆六七污手。其言曰也，非诗也。"艾子有忸色，门人因戏之曰："先生求骚雅，乃是大儒。"

印雨龙与指日蛮

艾子一日晨出，见齐之相府门前有数十人，皆贫窭之甚，人相聚而立。因问之，曰："汝何者而集于此？"其人曰："吾皆齐之贫民，以少业自营，亦终岁不乏。今有至冤，欲诉于丞相辩之。"艾子曰："相府非辩讼之所，当诣士师也。"其人曰："事由丞相，非士师可辩。"艾子曰："然则何事也？"其人曰："吾所业乃印雨龙与指日蛮也。今丞相为政数年，率春及夏旱，仆印卖求雨龙，才秋至冬多雨潦，即卖指日蛮。吾获利以足衣食，皆前半年取通债印造，及期无不售者。却去年冬系大雪，接春又阴晦，或雨泥泞牛马皮，下令人家求晴。吾数家但习常年，先印下求雨龙，唯一人有秋时剩下指日蛮，遂专其利，岂不为至冤乎？"艾子曰："汝印者龙，当秋却售也。此乃丞相恐人道燮理手段年年一般，且要倒过耳。"

耀州知白

秦既并灭六国，专有天下，罢侯置守。艾子当是时，与秦之相有旧，喜以趣之，欲求一佳郡守。秦相见艾子，甚笃故情，日延饮食，皆玉醴珍馐。数日，以情白之。相欣然谓曰："细事可必副所欲。"又数日，乃曰："欲以一寸原。"艾子曰："吾见丞相望之，然又日享甘旨，必谓甚有筹画，元来只有生得耀州知白。"

虚粘奇帽

齐之士子，相尚里乌纱帽，长其顶，短其檐，直其势，以其纱相粘，为之虚粘奇帽，设肆相接。其一家自榜其门曰"当铺"，每顶只卖八百文。以其廉，人日拥门，以是多衍期。一日，艾子方坐其肆，见一士子与其肆主语："吾先数日约要帽，反失期，五七日尚未得，必是为他人皆卖九百文，尔独卑于价以欺吾也。"唠唠久之。艾子因曰："秀才但勿喧，只管将八百文钱与他，须要九百底帽子。"

扛钟

齐有二老臣，皆累朝宿儒大老，社稷倚重。一日家相，一日亚相，凡国之重事乃关预焉。一日，齐王下令迁都，有一宝钟，重五千斤，计人力须五百人可扛。时齐无人，有司计无所出，乃白亚相。久亦无语，徐曰："嘻，此事亚相何不能了也？"于是令有司曰："一钟之重，五百人可扛。今总均凿作五百段，用一人五百日扛之。"有司欣然承命。艾子适见之，乃曰："家宰奇画，人固不及。只是般到彼，莫却费铜镏也无。"

季氏入狱

齐宣王时，人有死而生，能言阴府间言。乃云："方在阴府之时，见阎罗王诘责一贵人，曰：'汝何得罪之多也？'因问曰：'何人也？''鲁正卿季氏也。'其贵人再三不服，曰：'无罪。'阎王曰：'某年齐人侵境，汝只遣万人往应之，皆曰：多寡不敌，必无功，岂徒无功，必枉害人之命。汝慢而不从，是以齐兵众万人皆死。又某年某日饥，汝蔽君之聪明而不言，遂不发廪，因此死数万人。又汝为人相，职在燮理阴阳，汝为政乖戾，多致水旱，岁之民被其害。此皆汝之罪也。'其贵人叩头乃服。王曰：'可付阿鼻狱。'乃有牛头人数辈执之而去。"艾子闻之，太息不已。门人问曰："先生与季氏有旧邪？何叹也？"艾子曰："我非叹季氏也，盖叹阎罗王也。"门人曰："何谓也？"曰："自此安得狱空邪？"

秦士好古

秦士有好古者，一日，有携败席造门者，曰："鲁哀公命以问孔子，此孔子席也。"秦士大喜，易以负郭之田。又有携枯竹杖者，曰："太王避狄去邠所操之杖也，先孔子数百年矣。"秦士罄家之财，悉与之。又有持漆碗至者，曰："席，竹皆周物，未为古也，此碗乃纣作漆器时所为。"秦士愈以为古，遂虚所居宅而与之。三器得而田宅资用尽去矣。好古之笃，终不舍三物。于是披哀公之席，托纣之碗，持去邠之杖丐于市，曰："衣食父母，有太公九府钱，乞一文。"

杂纂二续

杂纂二续 目录

杂纂二续叙录	4259
杂纂二续	4261
匡耐	4261
自羞耻	4261
强陪奉	4261
伴不会	4261
旁不忿	4262
不快活	4262
未足信	4262
陡顿欢喜	4262
这回得自在	4262
不图好	4263
将不了就不了	4263
怕人知	4263
说不得	4263
漫不得	4263
讳不得	4264
改不得	4264

得人惜…………………………………………… 4264

学不得…………………………………………… 4264

忘不得…………………………………………… 4265

留不得…………………………………………… 4265

劝不得…………………………………………… 4265

悔不得…………………………………………… 4265

爱不得…………………………………………… 4265

怕不得…………………………………………… 4266

省不得…………………………………………… 4266

杂纂二续叙录

《杂纂二续》一卷，旧题宋苏轼撰。《直斋书录解题》《文献通考》俱著录。《文献通考》引陈振孙曰："俚俗常谈鄙事，可资戏笑，以类相从，今世所称'杀风景'，盖出于此。"又引巽岩李氏曰："用诸酒杯流行之际，可谓善谑。其言虽不雅驯，然所讥消，多中俗病。闻者或足以为戒，不但为笑也。"此继唐李商隐《杂纂》及宋王君玉《杂纂续》而作，《杂纂续》及《二续》皆为发挥李商隐《杂纂》未尽之意。苏氏《杂纂二续》，涵芬楼铅印本《说郛》，宛委山堂本《说郛》及《古今说海》都收录。目前版本有：涵芬楼铅印本《说郛》卷五（简称"涵本"），宛委山堂《说郛》卷七六（简称"宛本"），《五朝小说》本，《五朝小说大观》本，《杆花庵丛书》本，《丛书集成初编》本（简称《丛初》本）。其中，涵本最善，故《苏轼文集》收录苏轼《杂纂续》据此本。虽然宛本不及涵本善，但为存异，本次整理，以宛本为底本，参校涵本、《丛初》本及《苏轼文集·苏轼佚文汇编》。合各本，共出二十五则。

杂纂二续

巨耐

猎胥曲法取受。 监司闻部下赃滥事。 奴婢不伏使唤。 见非理论讼平人。 知人去上官处损陷。

自羞耻

和尚道士有家累。 师姑养孩儿。 应举遭风水榜。 说脱空漏绽。 在官赃污事发。

强陪奉

庄家人与妓筵。 不饮酒人伴醉汉。 做债对财主说闲话。 对上官说葛藤话。 入国与蕃使接谈。 无钱人被人要赌赛。

伴不会

对尊官饶棋。 假耳聋。 问新到仆妾手艺。 初到官问旧事体。 新金民兵问力气。

旁不忿

村汉有钱。 无才识人作好官。 见善人被小人凌辱。 见初学人及第。 俗夫有好妻。

不快活

步行著窄鞋。 赴尊官筵席。 入试遇酷暑。 暑月对生客。 重囚被锁缚。 妒妻头白相守。 村里女婿戴幞头。 小儿初入学堂。 吏胥遇严明长官。

未足信

卖物人索价说咒。 和尚不吃酒肉。 醉汉隔宿请客。 媒人夸好儿女。 吏胥小心畏慎。 妓别筵哭如不欲生。 敌国讲和。

陡顿欢喜

穷措大及第。 未有嗣生男。 远地得家书。 有罪遇赦。 富家儿乍入赘。

这回得自在

僧尼还俗。 宫人放出。 重孝服阕。 囚徒释脱。 不肖子乍无尊长。 宠妾独得随任。

不图好

癞子吃猪肉。 乞儿突好人。 已欠债更转。 去任官放泼要钱。 死囚骂法官。 劫盗妄引徒伴。 户目赂物。

将不了就不了

逃军酒醉叫反。 赌钱输首滩。 虔婆索钱大家领了。

怕人知

流配人逃走归。 买得贼赃物。 藏匿奸细人。 同居私房畜财物。 卖马有毛病。 去亲戚家避罪。

说不得

哑子做梦。 举子就试偶疏脱。 医人自病。 行奸被窘辱。 贼被狗咬。 作官处被家人带累。 藏违禁物被盗。 贼赃被人转取去。 善相扑偶输。 处子怀孕。 教骏兵士落马。 被人冤枉。 奸良人陪却钱物。 招箭人中箭。 阁门舍人误通谒。

谩不得

曹司对晓事官员。 谙熟行市买卖。 妒妻不会饮酒。 灵利孩儿买物。

讳不得

健儿面上逃走字。 屎桶。 捉贼见真赃。 小官祖父名。 有罪对知证人。

改不得

生来劣相。 性好偷窃。 好说脱空。 好笑话人。 爱说是非。 淫欲无度。 谬汉好作文章。 口吃人多说话。 贪财人爱便宜。 不肖子好赌博。 还俗僧道举止。 婢作正室有旧态。 偷食猫儿。 村里人体段。

得人惜

初学行孩儿。 善歌舞小妓。 不偷食猫儿。 快马稳善。 做活计女婿。 会读书儿子。 良仆妾。 好书画。有行止公人。

学不得

神仙。 天性敏速。 才识过人。 有胆气。 能饮唤。 临官行事迅疾。 临事果断。

忘不得

父母教育。 好交友。 受恩处。 得意文字。 少年记诵书。

留不得

春雪。 暑月盛馔。 爱逃席客。 潮水。 顺风下水船。 猴狲看果子。 穷人粟帛。 城门发更后。 大官得替后。

劝不得

服硫黄。 酒病汉。 爱赌钱人。 醉后相骂。 夫妻因婢争闹。 两竞人须要厮打。

悔不得

赌钱输。 中酒病。 失口许人物。 好景失游赏。 作过后事发。 出语容易。 少年废学。 见好物失买。

爱不得

见他人好书画奇玩物。 路上见名山水。 隔壁窥美妇人。

怕不得

上阵相杀。 夏月饼师。 相扑汉拳踢。 有罪吃棒。 丑妇见舅姑。 弄潮。 台谏官言事。 上竿。 射虎招箭。

省不得

闽人读书。 诸行市语。 番人说话。 争论讼无道理。 上山无路。 为客少裹缠。

渔樵闲话录 目录

渔樵闲话录叙录	4271
渔樵闲话录引	4272
渔樵闲话录上篇	4273
渔樵闲话录下篇	4277

渔樵闲话录叙录

《渔樵闲话录》,旧题宋苏轼撰。《读书志》《通考》俱同。《四库全书总目》无"录"字,作二卷。晁公武《郡斋读书志》卷一三云："设为渔樵问答及史传杂事,不知何人所为。"可见南宋初已有此书,并未定为苏轼所作。元末陶宗仪编《说郛》已题作苏轼撰。今观各本,分上、下两篇,多袭唐人小说而敷衍之。与邵雍《渔樵对问》之谈名理者,宗旨迥异,且议论亦浅近。前有万历壬寅常熟赵开美引,疑即其刊刻时以之为宋人旧笈,因妄题东坡名氏,并增以"录"字,而并其卷帙耳①。《说郛》所收,为节录本。

其现存版本有：明万历三十年（1621）海虞赵开美刻《东坡杂著》五种、《宝颜堂秘笈》本（万历本、民国石刻本）、涵芬楼铅印本《说郛》卷二一（简称"涵本"）,宛委山堂本《说郛》卷二九（简称"宛本"）、《龙威秘书》本（系据《说郛》本收入）、《广四十家小说》本、《丛书集成初编》本。本次整理,从《丛书集成初编》（系据《宝颜堂秘笈》本排印）本转录,参校两种《说郛》本、中华书局《苏轼文集·苏轼佚文汇编·渔樵闲话》本（系据明赵开美《东坡杂著五种》转录）。

---

①《四库全书总目》卷一四四云："疑宋时流俗相传有是书,而明人重刻者复假钦以行耳。"

渔樵闲话录引

尧夫《渔樵问答》,字字名理,老坡《渔樵闲话》,句句名喻,非理则不入,非喻则不启,吾谓二书为一经一纬。嘻!理者其糟粕耶,喻者未尝非筌蹄也。醉浓饱鲜,是在得其旨而已。是书前卷凡脱数则,俟博雅者续之。刻《渔樵闲话录》。

时万历壬寅孟秋朔日,海虞清常道人赵开美识。

渔樵闲话录上篇

有客谓渔樵曰："二老之谈，于治世之鄙事，民间之俗务可也。不然，则议论几席之间，有清风明月，可以啸咏；有素琴尊酒，可以娱乐，高谈而遣累忘怀，陶然以适物外之情可也，奈何其间往往辄语及朝政故事，非所谓渔樵之闲话者，吾所以不取焉。独不闻庄叟曰：'庖人虽不治庖，尸祝不越尊俎之间而代之。'所以各存其分也，子得无失其分者乎？"

二老相顾而笑曰："是客也，乌知吾闲话之端哉？伊尹耕于有莘之野，吕望钓于渭水之滨，世俗徒见其迹于耕钓之间，而不知之人也，心存乎先王之道。大率古者有道之士，虽不见用于时，而退处深山穷谷，亦未尝暂忘圣人之道。今之所谈，果有毫铢可补于见闻，亦足以发也，又且何间于野人之论哉？"客深然之而退。

渔曰："人之有祸福成败、盛衰得失、穷达荣辱、兴亡治乱，莫非命也。知之由命，则事虽毫铢之微，皆素定也。一遇之而理不可以苟免，势不可以力回，岂非命欤？岂非素定欤？景云初，有僧万回者，善言人吉凶祸福，寓迹尘间，而出处言语不循常而特异于人，自恐因此见疑于时，或佯狂以自晦也。然而人见之，莫非恭敬，亦不敢以狂而见忽。是时明皇为临淄郡王，因却左右而见之，万回辄拊其背曰：'五十年太平天子，已后不可知之，愿自重。'言讫佯狂而去。及明皇即位，开元、天宝中，可谓太平矣，至禄山之乱，果五十年也。万回之言，验如符契。然至于翠华西幸，蒙尘万里，登桥望远，纳曲充饥，而困亦甚矣；挥涕马嵬，驰雨栈道，貽羞宗社，受耻宫闱，辱亦至矣；华清萧索，南内荒凉，节物可悲，嫔嫱零落，气亦愈矣。此皆人生至困至苦、至危至厄之事也，何为万回无一言以及之？抑知之而不言耶？如何？"

樵曰："非万回之不知也，命之所有，分之所定，不可逃也。使当时言之，亦不足为戒也，虽戒亦不能免也，天命之出，其可易乎！呜呼，揽天下之权，拥天下之势，赏罚号令，速于雷霆，一喜则轩冕塞路，一怒则伏尸千里，天下岂有贵势之可敢哉！不幸一旦时违事变，艰戚万端。大都兴废成败，虽出乎天，系乎命，然亦必先有其兆以成其事也。开元中，用姚崇、宋璟，则天下四方熙熙然丰富娱乐，无羡于华胥。天宝末，委国政于李林甫，此其所以召乱也；归事权于杨国忠，此其所以召祸也。盛衰得失，岂不有由而然也？"

渔曰："天宝末，明皇倦于万机，思欲以天下之务决于大臣，而且将优游于宫掖之间以自适也。无何得李林甫，一以国政委之，自此奸谋诡论，交结以炽，而忠言谠议，不复进矣，日以放恣行乐为事。一夕，因乘月登勤政楼，命梨园弟子进《水调歌》，其间偶有歌曰：'富贵荣华能几时，山川满目泪沾衣。不见只今汾水上，惟有年年秋雁飞。'是时明皇春秋已高，遇事多感，闻此歌凄然出涕，不终曲而起。因问谁人作此歌，对曰：'李峤诗。'明皇叹曰：'李峤真才子也。'及范阳兵起，銮舆幸蜀，过剑门关，登白卫岭，周览山川之胜，迟久而不棹，乃思水调所歌之词而再举之，又叹曰：'李峤真才子也。'感慨不已，扶高力士而下，不胜呜咽。"

樵曰："天下之物，不能感人之心，而人心自感于物也；天下之事，不能移人之情，而人情自移于事也。李峤之诗，本不为明皇而作也，亦不知其诗他日可以感人之情如此也。盖明皇为情所溺而自感于诗也。庄斐所谓山林欤？皋壤欤？使我忻忻然而乐欤？夫山林之茂，皋壤之盛，彼自茂盛尔，又何尝自知其茂盛而能邀人之乐乎？盖人感于情，见其茂盛而乐之也。此谓之无故之乐也。有无故之乐，必有无故之忧，故曰乐未毕也而哀又继之，信哉是言也。"

渔曰："旧事有传之于世，而人或喜得之可以为谈笑之资者，时多尚之，以助燕闲之乐。然而岁月浸远，语及同异，有若明皇尝燕诸王于木兰殿，贵妃醉起舞《霓裳羽衣曲》，明皇大悦。《霓裳羽衣曲》，说者数端：《逸史》云：罗公远引明皇游月宫，掷一竹枝于空中为大桥，色如金，行十数里，至一大城阙。罗曰：'此乃月宫也。'仙女数百，素衣飘然，舞于广庭中。明皇问：'此何曲？'曰：'《霓裳羽衣曲》也。'明皇素晓音律，乃密记其声。及归，使伶人继其声作《霓裳羽衣曲》。及郑愚作《津阳门》诗云：'蓬莱池上望秋月，万里无云悬清辉。上皇半夜月中去，三十六宫愁不归。月中秘乐天半闻，玎珰玉石和埙篪。宸聪听览未终曲，却到人间迷是非。'释云：'叶静能尝引上入月宫，时秋已深，上苦凄寒不堪久。回至半天，尚闻天乐。及归，但记其半，遂于笛中写之。西凉都督杨敬述进婆罗门曲，与其音相符，遂以月中所闻为散序，用敬述所进作腔名《霓裳羽衣曲》。'又，刘禹锡诗云：'开元天子万事足，惟惜当时光景促。三乡陌上望仙山，归作《霓裳羽衣曲》。仙心从此在瑶池，三清八景相追随。天上忽乘白云去，世间空有秋雁辞。'"【原案】此下当有脱误。

樵曰："不然，非欲天下之人皆愚也。当战国之时，诸子纷然，各持诡异之说，惑于当世，且欲游闻于诸侯，以张虚名而求其用矣。故诞妄邪怪之说充塞于道路，天下之人不识其是非可否，于是各安于习尚,以为耳目之新,既非圣人道德之言,又非先王仁义之术,宜乎焚之。又恐其徒呼噪不已,以乱天下,于是玩之,有何不可?"

渔樵闲话录下篇

渔曰:"世常传云:'欲人不知,莫若不为。'以谓既为之也,安得人之不知？夫至隐而密者,莫若中帷之事,岂欲人之知耶,然而不能使人不知,以此知凡事而不循理者,虽毛发之细不可为也。明皇旧置五王帐,长枕大被,与兄弟同处于其间。无何,妃子辄窃宁王玉笛吹之。始亦不彰。因张祜诗云:'梨花静院无人处,闲把宁王玉笛吹。'妃因此忤,明皇不怿,乃遣中使张韬光送归杨钊宅。妃子涕泣谓韬光曰:'托以下情敷奏:妾罪固当万死,衣服之外,皆圣恩所赐,惟发与肤生从父母耳。今当即死,无以谢上。'乃引刀剪发一结,付韬光以献。自妃之一逐,皇情怏然,至是韬光取发搭之肩上以奏,明皇见之大惊惋,遂令高力士就召以归。嗟乎！道路之言,亦可畏也。使张祜不为此诗,事亦何由彰显之如此？然张亦何从得此为之说？以此可验其'欲人不知,莫若不为'亦名言也。"

樵曰:"床箦之事,至隐密也,尚且暴扬于外,而况明目张口,公然为不道之事,宜何如哉！隐袤潜虑,倾人害物,而谓人不知,诚自欺也。人其可欺乎？世有为是者,不可不戒。"

渔曰:"明皇以八月诞降,醼会于勤政楼下,命之曰千秋节。大合乐,设连楯,使马舞于其上。马皆衣纨绮,被铃铛,骧首奋鬣,举跪翘尾,变态动容,皆中节奏,故养之颇甚优厚。末年,禄山宠数优厚,遂将数匹以归而习之。后为田承嗣所得,而承嗣殊不知其马舞也。一日,大享士伍作乐,其马于枥上轩奋首举足以舞,圉人恶之,举足以击,其马尚谓不尽技之妙,愈更周旋宛转,以极其态度。厩役以状告承嗣,承嗣以为妖而戮之。天下有舞马,由此绝矣。"

樵曰:"祸之与福,命也,遇与不遇,时也。命之与时,祸福会违者,幸不幸在其间也。是马也,当明皇之时,衣纨绮,被铃铎,论其身之所享,可不谓之福乎？谓其见贵于时,可不谓之遇乎？不幸一旦失之于厩役之手,而椎楚窘苦其体,可谓不遇也。既而欲求免于椎楚,愈竭其能,而反为不知己者戮之,可谓祸矣。庄叟又尝称祸福相倚伏,诚哉是言也！鸣呼！马之遇时则受其福,及夫不为人之所知,则身被其祸。士之处世,岂不然哉？伸于知己,屈于不知己,遇与不遇,乃时命也。"

渔曰:"张君房好志怪异,尝记一人：'剑州男子李忠者,因病而化为虎也。忠既病久,而其子市药归,乃省其父。忠视其子,朵颐而涎出。子诧而视父,乃虎也。急走而出,与母弟返闭其室。旋闻嗥吼之声,穴壁而窥之,乃真虎也。'悲哉！忠受气为人,俄然化之为兽,事有所不可。审其来也,观其涎流于舌,欲啖其子,岂人之所为乎？得非忠也久畜惨毒狠暴之心而然耶？内积贪婪吞噬之志而然耶？素有伤生害物之蕴而然耶？居常恃凶悍,恣残忍,发于所触而然耶？周旋宛转,思之不得。"

樵曰:"有旨哉！释氏有'阴骘报应'之说,常戒人动念以招因果。若已向所述之事,遂失人身而托质于虎,是释氏之论胜矣。子知之乎？昂昂然擅威福,恣暴乱,毒流于人之骨髓,而祸延于人之宗族者,此形虽未化而心已虎矣。倾人于沟壑,以徇己之私意,非虎哉？剥人之膏血,以充无名之淫费,非虎哉？使人父子兄弟,夫妻男女,不能相保,而骸骨狼藉于郊野,非虎哉？吾故曰：'形虽未化而心已虎矣。於戏，以仁恩育物，岂欲为是哉？然而不能使为之者自绝于世，又何足怪也！"

渔曰："唐末，有宜春人王毂者，以歌诗擅名于时。尝作《玉树曲》，略云：'碧月夜，琼楼春，连舌泠泠词调新。当时狎客尽丰禄，直谏犯颜无一人。歌未阕，晋王剑上黏腥血。君臣犹在醉乡中，一面已无陈日月。'此词大播于人口。毂未第时，尝于市廛中，忽见有同人被无赖辈殴击，毂前救之，扬声曰：'莫无礼，识吾否？吾便解道'君臣犹在醉乡中，一面已无陈日月'者。无赖辈闻之，敛耻惭谢而退。噫！无赖者乃小人也，能为此等事，亦可重也。方其倚力恃势，勃然以发凶暴之气，将行殴击，视其死且无悔矣。及一闻名人，则惭谢之色形于外，斯亦难矣。有改悔之耻，向善之心，安得不谓之君子哉！"

樵曰："此亦一端也，古今富于词笔者，不为不多矣。然或终身憔悴而不遇，士大夫虽闻之，亦未尝出一言以称之，况有服膺乐善之心哉！以此知其无赖者，迹虽小人，而其心有愈于君子之所存也，又岂知迹虽君子，而其心不有愈于小人之所存哉！"

渔曰："裴铏《传奇》，尝记一事甚怪者，云：'有唐魏博大将聂锋，有女方十岁，名隐娘。忽一日，为乞丑尼窃去。父母不知其所向，但日夜悲泣叹息而已。后五年，尼辎送隐娘还，告锋曰：'教已成矣，却领取。'尼亦遂亡矣。父母且惊且喜。乃询其所学之事。隐娘云：'携我至一岩洞中，与我药一粒服之，便令持一宝剑，教之以习击刺之法。一年后，刺猿猱如飞，刺虎豹如无物。三年，渐能飞腾以刺鹰隼。四年，挈我于都市中，每指其人，则必数其过恶，曰："为我取首来。"某应声而首已至矣。'自此日往都市中刺人之首，置于大囊中而归，即时以药消之为水。后五年，忽曰："大僚某人者，罪已贯盈，欺君罔民，残贼忠良，为国之害，故已甚矣，今夜为我取其首来。"隐娘承命而往，伏于大僚居室之梁上，移时方持其首至。尼大怒曰："何太晚如是？"隐娘再拜云："为见前人戏弄一儿可爱，未欲下手。"尼叱之曰："已后遇此辈，先断其所爱，然后决之。"隐娘拜谢，尼曰："汝术已成，可归。"遂还家。父母闻其语甚怪，但畏惧而终不敢诘，亦不敢禁其所为。后至陈许节帅之事，尤更怪异。噫！吾闻剑侠世有之矣，然以女子柔弱之质，而能持刃以决凶人之首，非以有神术所资，恶能是哉？"

樵曰："隐娘之所学，非常人之能教也。学之既精，而又善用其术，世有险诐邪恶者，辄决去其首，亦一家之正也。嗟乎！据重位厚禄，造恶不悛，以结人怨者，不可不畏隐娘之事也。及尼之戒曰：'须先断其所爱，然后决之。'是欲奸凶之人绝嗣于世，尚恐流毒余及于后，深可惧也。"

渔曰："长寿中，有处士马拯，与山人马绍相会于衡山祝融峰之精舍。见一老僧，古貌庞眉，体甚魁梧，举止言语，殊亦朴野。得拯来甚喜。及倩拯之仆持钱往山下市少盐酪，俄已不知老僧之所向。因马绍继至，乃云在路逢见一虎食一仆，食讫，即脱斑衣而衣禅祫，熟视乃一老僧也。拯诘其服色，乃知已之仆也。拯大惧，及老僧归，绍谓拯曰：'食仆之虎，乃此僧也。'拯视僧之口吻，尚有余血殷然。二人相顾而骇惧，乃默为之计，因给其僧云：'寺井有怪物，可同往观之。'僧方窥井，二人并力推入井中，僧坠乃变虎形也。于是投之以巨石，而虎毙于井。二人者急趁以图归计。值日已薄暮，遇一猎者张机于道旁而居棚之上，谓二人曰：'山下尚远，群虎方暴，何不且止于棚上？'二人悸栗，相与攀援而上，寄宿于棚。及昏瞑，忽见数十人过，或僧或道，或丈夫，或妇女，有歌吟者，有戏舞者，俄至张机所。众皆大怒曰：'早来已被二贼杀我禅师，今方追捕，次又敢有人张机杀我将军。'遂发机而去。二人闻其语，遂诘猎者：'彼众何人也？'猎者曰：'此伥鬼也。乃畴昔尝为虎食之人，既已鬼矣，遂为虎之役使，以属前道。'二人遂请猎者再张机。方毕，有一虎哮吼而至，足方触机，箭发贯心而踣。遂巡，向之诸伥鬼奔走却回，俯伏虎之前，号哭甚哀，曰：'谁人又杀我将军也？'二人者，乃厉声叱之曰：'汝辈真所谓无知下鬼也，生既为虎之食，死又为虎之役使。今幸而虎已毙，又从而哀号之，何其不自疚之如此邪！'忽有一鬼答之曰：'某等性命，既为虎之所食啖，固当捐心刻志以报冤，今又左右前后以助其残暴，诚可愧耻而甘受责矣，然终不知所谓禅师，将军者乃虎也。'悲哉！人之愚惑，已至于此乎！近死而心不知其非，宜乎沉没于下鬼也。"

樵曰："举世有不为伥鬼者，几希矣。苟于进取以速利禄，呕疣甜痔无所不为者，非伥鬼欤？巧诈百端，甘为人之鹰犬以备指呼，驰奸走伪，惟恐后于他人。始未得之，俯首卑辞，态有余于妾妇。及既得之，尚未离于咫尺，张皇诞傲，阴纵毒螫，遂然起残人害物之心。一旦失职，既败乃事，则怯惶窜逐，不知死所。然终不悟其所使，往往尚怀悲惑之意，失内疚之责。鸣呼！哀哉，非伥鬼欤？"

渔曰："李义山赋三怪物，述其情状，真所谓得体物之精要也。其一物曰：'臣姓搪狐氏。帝名臣曰巧彰，字臣曰九尾，而官臣为佞魅焉。'佞魅之状：领佩丰【原案】一作"瀛"，手贯风轮，其能以乌为鹤，以鼠为虎，以蚩尤为诚臣，以共工为贤王，以夏姬为廉，以祝鮀为鲁。诵节义于寒泥，赞韶曼于媪姆。其一物曰：'臣姓潜弩氏。帝名臣曰携人，字臣曰衍骨，而官臣为逸髗。'逸髗之状：能使亲为疏，同为殊，使父脸其子，妻貌其夫。又持一物，状若丰石，得人一恶，乃镌乃刻。又持一物，大如长箦，得人一善，扫掠盖蔽。诒啼伪泣，以就其事。其一物曰：'臣姓狼贪氏。帝名臣曰欲得，字臣曰善覆，而官臣为贪魅。'贪魅之状：顶有千眼，亦有千口，鼠牙蚕嗉，通臂众手。常居于仓，亦居于囊，颏钩骨篝，环联琅玕，或时败累，囚于牢狴，拳桔履校，蘖棘死灰。侥幸得释，他日复为。鸣呼！义山状物之怪，可谓中时病矣。"

樵曰："然。夫怪物之为害，充塞于道路矣，何所遇而非怪也。传声接响，更相出没，揣摅人之阴私，窥伺人之间隙，罗织描画，惟恐刺骨之不深，非怪物之为害乎！殊不知此亦多岐之义也，何足以怪而自恃哉！"

调谐编目录

调谐编叙录	4287
调谐编	**4289**
七分读	4289
二相公病	4289
酸馅气	4289
司马牛	4289
免税	4290
好了你	4290
朵颐	4290
子瞻帽	4291
吾从众	4291
禅悦味	4291
狮子吼	4291
不合时宜	4292
抵三觉	4292
阃上困	4292
姜制之	4293
鳖厮踢	4293

苏东坡全集

字说	4293
断屠	4293
须当归	4294
致仕	4294
水骨	4294
烧猪	4294
巧对	4295
俗语	4295
不留诗	4295
莫相疑	4296
咒法	4296
争闲气	4296
洗儿戏作	4296

调谐编叙录

《调谐编》一卷。旧题宋苏轼撰，实为苏轼与士贤交游之轶事笑话。从中可见宋代的世俗之风与士大夫的风趣乐观。此书明以前各家书录均未著录，明末重编《说郛》始收之，《五朝小说》据以翻印，显出明人伪作。

其现存版本有：宛委山堂本《说郛》（简称"宛本"），《五朝小说》本，《五朝小说大观》本，另外，《历代笑话集》中也有收载。本次整理，从宛本收录。

调谑编

七分读

秦少章尝云，郭功甫过杭州，出诗一轴示东坡，先自吟诵，声振左右，既罢，谓坡曰："祥正此诗几分？"坡曰："十分。"祥正喜，问之，坡曰："七分来是读，三分来是诗，岂不是十分耶？"

二相公病

韩子华、玉汝兄弟相继命相，未几持国又拜门下侍郎，甚有爱立之望。其家构堂，欲榜曰"三相"，俄持国罢政，遂请老。东坡闻之曰："既不成三相堂，可即名'二相公庙'耳。"

酸馅气

子瞻赠惠通诗云："语带烟霞从古少，气含蔬笋到公无。"尝语人曰："颇解蔬笋语否？为无酸馅气也。"闻者皆笑。

司马牛

东坡公元祐时登禁林，以高才狎侮诸公卿，率有标目，殆遍也,独于司马温公不敢有所重轻。一日,相与共论免役差役利害,偶不合,及归舍,方卸巾弛带,乃连呼曰:"司马牛！司马牛！"

免税

某谪监黄州市征,有一举子惠简求免税,书札稍如法,乃言："舟中无货可税,但奉大人指挥,令往荆南府取先考灵枢耳。"同官皆绝倒。

好了你

东坡性不忍事,尝云如食中有蝇,吐之乃已。晁美叔每见,以此为言。坡云:"某被昭陵擢在贤科,一时魁旧往往为知己。上赐对便殿,有所开陈,悉蒙嘉纳。已而章疏屡上,虽甚剀切,亦终不怒,使某不言,谁当言者？某之所虑,不过恐朝廷杀我耳。"美叔默然,坡浩叹久之,曰:"朝廷若果见杀我,微命亦何足惜？只是有一事:杀了我后,好了你。"遂相与大笑而起。

朵颐

参寥子言:"老杜诗云:'楚江巫峡半云雨,清簟疏帘看奕棋。'此句可画,但恐画不就耳。"仆言:"公禅人,亦复能爱此语耶？"寥云:"譬如不事口腹,人见江瑶柱,岂免一朵颐哉？"

子瞻帽

东坡常令门人辈作《人物不易赋》，或人戏作一联曰："伏其几而升其堂，曾非孔子；袭其书而戴其帽，未是苏公。"盖元祐初，士大夫效东坡顶高桶帽，谓之"子瞻样"，故云。

吾从众

坡公在维扬，一日设客，十余人皆名士，米元章亦在坐。酒半，元章忽起，自赞曰："世人皆以帝为颠，愿质之。"子瞻公笑曰："吾从众。"

禅悦味

东坡尝约刘器之同参玉版和尚。器之每倦山行，闻见玉版，欣然从之。至帘泉寺，烧笋而食，器之觉笋味胜，问："此何名？"东坡曰："玉版。此老僧善说法，令人得禅悦之味。"于是器之方悟其戏。

狮子吼

陈慥，字季常，公弼之子，居于黄州之岐亭，自称"龙丘先生"，又曰"方山子"，好宾客，喜畜声妓。然其妻柳氏绝凶妒，故东坡有诗云："龙丘居士亦可怜，谈空说有夜不眠。忽闻河东狮子吼，拄杖落手心茫然。""河东狮子"，指柳氏也。坡又尝醉中与季慥书云：

"一绝乞秀英君。"想是其姜小字。

不合时宜

东坡一日退朝食罢，扪腹徐行，顾谓侍儿曰："汝辈且道是中何物？"一婢遽曰："都是文章。"坡不以为然。又一人曰："满腹都是机械。"坡亦未以为当。至朝云，乃曰："朝士一肚皮不合时宜。"坡捧腹大笑。

抵三觉

东坡喜嘲谑，以吕微仲丰硕，每戏之曰："公真有大臣体。此《坤》六二所谓'直方大'也。"微仲拜相，东坡当直，其词曰："果艺以达，有孔门三子之风；直大而方，得《坤》交六二之动。"一日，东坡谒微仲，微仲方昼寝，久而不出，东坡不能堪。良久，见于便坐有一菖蒲盆，畜绿毛龟，东坡云："此龟易得。若六眼龟，则难得。"微仲问："六眼龟出何处？"东坡曰："昔唐庄宗同光中，林邑国尝进六眼龟。时伶人敬新磨在殿下，进口号曰：'不要闹，不要闹，听取这龟儿口号！六只眼儿分明，睡一觉抵别人三觉。'"

阇上困

东坡知湖州，尝与宾客游道场山，屏退从者而入。有僧凭门熟睡，东坡戏云："髡阇上困。"有客即答曰："何不用钉顶上钉？"

姜制之

子瞻与姜至之同坐友宴,姜先举令云:"坐中各要一物药名。"因指子瞻曰:"君药名也。"问其故,曰:"子苏子。"子瞻应声曰:"君亦药名也。若非半夏,定是厚朴。"姜诘其故,子瞻曰:"非半夏、厚朴,何以曰'姜制之'?"

鳖厮踢

东坡与温公论事,公之论,坡偶不合,坡曰:"相公此论,故为鳖厮踢。"温公不解其意,曰:"鳖安能厮踢?"坡曰:"是之谓鳖厮踢。"

字说

东坡闻荆公《字说》新成,戏曰:"以竹鞭马为'笃',不知以竹鞭犬,有何可笑?"公又问曰:"'鸠'字从'九'从'鸟',亦有证据乎?"坡云:"《诗》曰:'鸤鸠在桑,其子七兮。'和爷和娘,恰似九个。"公欣然而听,久之,始悟其谑也。

断屠

鲁直戏东坡云:"昔王右军字为'换鹅书'。韩宗儒性饕餮,每得公一帖,于殿帅姚麟许换羊肉十数斤,可名二丈书为'换羊书'矣。"坡大笑。一日公在翰苑,以圣节,撰著纷冗。宗儒日作数简以图报书,使人立庭下,督索甚急。坡公笑语曰:"传语:本官今日断屠。"

须当归

刘贡父觞客,子瞻有事,欲先起,刘调之曰:"幸早里,且从容。"子瞻曰:"奈这事,须当归。"各以三果一药为对。

致仕

山谷尝和东坡《春菜》诗云:"公如端为苦笋归,明日春衫诚可脱。"坡得诗,戏语坐客曰:"吾固不爱做官,鲁直遂欲以苦笋硬差致仕。"闻者绝倒。

水骨

东坡尝举"坡"字,问荆公何义。公曰:"'坡'者,土之皮。"东坡曰:"然则'滑'者,水之骨乎?"荆公默然。

烧猪

东坡喜食烧猪,佛印住金山时,每烧猪以待其来。一日,为人窃食,东坡戏作小诗云:"远公沽酒饮陶潜,佛印烧猪待子瞻。采得百花成蜜后,不知辛苦为谁甜。"

巧对

东坡在黄州时,尝赴何秀才会食,油果甚酥,因问主人："此名为何？"主人对以无名。东坡又问："为甚酥？"坐客皆曰："是可以为名矣。"又潘长官以东坡不能饮,每为设醴,坡笑曰："此必错煮水也。"他日,忽思油果,作小诗求之云："野饮花前百事无,腰间唯系一葫芦。已倾潘子错煮水,更觅君家为甚酥。"李端叔尝为余言东坡云："街谈市语皆可入诗,但要人熔化耳。"

俗语

熙宁初,有人自常调上书迎合宰相,意遂擢。御史苏长公戏之曰："有甚意头求富贵,没些巴鼻便奸邪。""有甚意头""没些巴鼻",皆俗语也。

不留诗

先生在黄日,每有燕集,醉墨淋漓,不惜与人。至于营妓、供侍,扇书带画,亦时有之。有李琪者,小慧而颇知书札,坡亦每顾之喜,终未尝获公之赐。至公移汝郡,将祖行,酒酣奉觞再拜,取领巾乞书。公顾视久之,令琪磨砚,墨浓,取笔大书："东坡七岁黄州住,何事无言及李琪。"即掷笔袖手,与客笑谈。坐客相谓："语似凡易,又不终篇,何也？"至将撤具,琪复拜请,坡大笑曰："几忘出场。"继书云："恰似西川杜工部,海棠虽好不留诗。"一座击节,尽欢而散。

莫相疑

大通禅师者，操律高洁，人非斋沐，不敢登堂。东坡一日挟妙妓谒之，大通愠形于色。公乃作《南柯子》一首，令妙妓歌之，大通亦为解颐。公曰："今日参破老禅矣。"其词云："师唱谁家曲，宗风嗣阿谁。借君拍板与门槌，我也逢场作戏莫相疑。　　溪女方偷眼，山僧莫睫眉，却悉弥勒下生迟，不见老婆二五少年时。"

咒法

王君善书符，行天心正一法，为里人疗疾驱邪。仆尝传咒法，当以授王君。其辞曰："汝是已死我，我是未死汝。汝若不吾崇，吾亦不汝苦。"

争闲气

东坡示参寥云："桃符仰视艾人而骂曰：'汝何等草芥？辄居我上。'艾人俯而应曰：'汝已半截入土，犹争高下乎？'桃符怒，往复纷纷不已。门神解之曰：'吾辈不肖，傍人门户，何暇争闲气耶？'请妙总大士看此一转语。"

洗儿戏作

《洗儿戏作》："人皆养子望聪明，我被聪明误一生。惟愿孩儿愚且鲁，无灾无难到公卿。"

问答录

目录 问答录

问答录叙录	4301
东坡问答录题辞	4302
问答录	4303
与佛印嘲戏	4303
纳佛印令	4303
佛印讥谑	4304
题僧诗轴	4304
为佛印真赞题答	4304
联佛印松诗	4304
游藏春坞	4305
联句嘲僧	4305
与佛印答问	4306
因打虱诘辨	4307
佛印纳东坡令	4307
的对	4308
佛印因坡见罪	4308
与佛印商谜	4309
佛印与东坡商谜	4309

佛印与东坡墨斗说……………………………………… 4309

与佛印起令……………………………………………… 4310

佛印题茶诗与东坡……………………………………… 4310

因月素行令……………………………………………… 4310

宴同官行令……………………………………………… 4311

借意状物名令…………………………………………… 4311

坡妹与夫来往歌诗……………………………………… 4312

登厕讥行者……………………………………………… 4314

问答录叙录

《问答录》，又名《东坡问答录》《东坡佛印问答录》，一卷，旧本题宋苏轼撰。是书凡二十七条，所记皆与僧佛印往复之语，以及商谜、行令并叠字诗。前有万历辛丑常熟赵开美之《题辞》。《四库全书总目》卷一四四认为，其语"诙谐谑浪，极为猥亵。又载佛印《环叠字诗》及东坡《长亭诗》，词意鄙陋，亦出委巷小人之所为。伪书中之至劣者也"。然书中故事流传颇广，兹姑录存。本书现存版本有：《宝颜堂秘笈》本（万历本、民国石刻本）、《丛书集成初编》本。本次整理据《丛书集成初编》本收人。

东坡问答录题辞

东坡以世法游戏佛法，佛印以佛法游戏世法。二公心本无法，故不为法缚。而诙谐谑浪，不以顺逆为利钝，直是滑稽之雄也。彼优髡视之，失所据矣。刻《东坡佛印问答录》。

万历辛丑九月日，海虞清常道人赵开美识。

问答录

与佛印嘲戏

佛印未为僧日,乃儒家流,群书无不遍读,滑稽应对,当时无出其右者。与东坡厚善,会饮必相谐谑。在神庙朝,因祷旱,乃诏在京各僧人内修设道场,演经说法。东坡乃戏谓佛印曰:"君素喜释教,窃闻诏僧供奉,盖不冒侍者之名入观盛事?"佛印信之。既入,上适见之,状貌魁伟,遂赐披剃,佛印不得已而顺受,实非本意,亦颇衔根。后东坡宴而戏之曰:"向尝与公谈及昔人诗云:'时闻啄木鸟,疑是扣门僧。'又云:'鸟宿池边树,僧敲月下门。'未尝不叹息前辈以僧对鸟,不无薄僧之意,岂谓今日公亲犯之?"佛印曰:"所以老僧今日得对学士。"东城愈喜其辨捷。

纳佛印令

东坡与佛印同饮,佛印曰:"敢出一令,望纳之:不悭不富,不富不悭。转悭转富,转富转悭。悭则富,富则悭。"东坡见有讥讽,即答曰:"不毒不秃,不秃不毒。转毒转秃,转秃转毒。毒则秃,秃则毒。"

佛印讥谑

东坡一日携宅眷游西湖,因往灵隐,适见佛印临涧掬水,怡然忘机。坡诘之,答曰:"闻此中有花纹小蚌可爱,欲得数枚,置之盆池,间以供闲玩,犹恨未获。"东坡戏之曰:"佛印水边寻蚌吃。"佛印应声答云:"子瞻船上带家来。""蚌"与"家"二字借意也。坡颇恨之,各分散而去。

题僧诗轴

佛印令一僧每于东坡前言诗,公甚鄙之。一日,僧乃携诗轴求公为序,正所谓"持布鼓过雷门"也。公戏题之曰:"大杜之下有小杜,小杜之下,翘然杰出,非吾师而谁?"

为佛印真赞题答

东坡一日会为佛印禅师题真赞云:"佛相佛相,把来倒挂,只好搪酱。"别一日,佛印禅师却与东坡居士题云:"苏胡苏胡,比上不足,比下有余。"盖子瞻多髯也。

联佛印松诗

东坡过天竺谒佛印,款语间,因言窗前两松,昨为风折其一,怅怅成一联,竟未得续其后,举以示坡云:"龙枝已逐风雷变,减却虚窗半日凉。"坡续云:"天爱禅心圆似镜,故添明月伴清光。"佛印喜其敏捷，叹服不已。

游藏春坞

东坡居西山日，有徐都尉于所居之背面山辟一花坞，广植奇花异木，名曰"藏春坞"。时值芳春，争妍竞秀，盛称一时。东坡召佛印同往访之，徐以他出不遇，洞门锁钥，无以启局者。忽见楼头有一女，艳妆凭栏凝望，坡遂索笔题诗于门曰："我来亭馆寂寥寥，镇镇朱扉不敢敲。一点好春藏不得，楼头半露小花梢。"佛印用坡韵复题其后曰："门掩青春春自饶，未容取次老僧敲。输他蜂蝶无情物，相逐偷香过柳梢。"徐归见所题诗，明日乃约二人来访，久而不至，因用前韵以足之曰："藏春日日春如许，门掩应防俗客敲。准拟款为花下饮，莫教明月上花梢。"须臾，东坡同佛印至，徐乃出家姬侍宴，遍赏红紫，真胜集也。酒酣，坡即席赠词于姬曰："满院桃花，尽是刘郎未见，于中更一枝纤软。仙家日日，笑人间春晚。浓醉起，惊落红千片。　　密意难窥，盖容易见。平白地，为伊肠断，问君终日，怎安排心眼？须信道司空自来见惯。"徐乃即席和坡词，付姬歌此以劝，坡大醉而去。词云："小苑藏春，信道游人未见。花脸嫩，柳腰娇软，停觞缓引，正夕阳逗晚。莺误入，惊触海棠花片。　　只恨春心，当时露见。小楼外，曾劳目断。樽前料想，也饥心饱眼。从此去索心有人可惯。"【原案】词名《嘲人娇》。

联句嘲僧

东坡与子由、佛印同饮于水阁，偶见一妇人浣衣脚白，东坡日："可联句。"坡云："玉箸插银河。"印云："红裙蘸碧波。"子由大笑，戏后二句云："更行三五步，浸着老僧窠。"

与佛印答问

东坡得杭州倅，一日过天竺，与佛印遇于九里松。握手纵步，坡见一峰峭拔稍可爱，因问何山。佛印曰："此飞来峰也。"坡曰："何不'飞去'？"印曰："一动不如一静。"坡曰："若欲静，'来'作么？"答曰："既来之，则安之。"及寺门，见捏塑金刚壮丽，问佛印曰："二金刚何者为重？"印曰："握拳者尊。"及至殿，见有奉佛者斋供罗列，香烛具陈，复询曰："金刚尊大，斋供不及，何也？"印曰："彼司门户，恃势张盛，降魔护法，无预斋供。所以时人有诗嘲云：'撑肩努眼恶精神，捏合从来假似真。刚被法门借权势，不知身自是泥人。'"后至上天竺，见观音手持数珠，坡曰："观音既是佛，持念珠果何意耶？"印曰："亦不过念佛号耳。"复询念何佛号，印曰："亦只念观音佛号。"坡曰："彼自是观音，自诵其号，未审何谓？"印曰："求人不如求己。"复见座前致经一卷于其上云："咒咀诸毒药，所欲害身者。念彼观音力，还著于本人。"坡嗟然叹曰："佛仁人也，岂有免一人之难而害一人之命乎？是亦去彼及此，与夫不爱者何异也？"因谓佛印曰："今我体佛之意而改正之可乎？曰：'咒咀诸毒药，所欲害身者。念彼观音力，两家都没事。'"佛印曰："善。"坡赞云："南海大士真奇绝，手持数珠一百八。始知求己胜求人，自念'观世音菩萨'。"

因扪虱洁辨

东坡闲居，日与秦少游夜宴，坡因扪得虱，乃曰："此是垢腻所生。"秦少游曰："不然。绵絮成耳。"相辨久而不决，相谓曰："明日质疑佛印，理曲者当设一席以表胜负。"及酒散，少游竟往扣门，谓佛印曰："适与坡会，因辨虱之所由生，坡曰生于垢腻，愚谓成于绵絮。两疑不释，将决吾师。师明日若问，可答生自绵絮，容胜后当作怀音不忒音托会。"既去，顷之坡复至，乃以前事言之，祝令答以虱本生于垢腻，许作冷淘。明日果会，具道诘难之意，佛印曰："此易晓耳，乃垢腻为身，絮毛为脚，先吃冷淘，后吃怀忒。"二公大笑，具宴为乐。

佛印纳东坡令

东坡、王介甫设一令，各人预先言之，取其外无可言者，以难佛印。谓要令中有"三百六十"字，又有"牛"字。东坡云："天下有三百六十军州，惟有秦国出金牛。"介甫云："一年有三百六十日，惟有春日打春牛。"佛印云："人身有三百六十骨节，惟有丑生人肖牛。"亦应之巧妙也。

东坡、黄鲁直、佛印禅师三人同在百花亭上赏花饮酒，至数杯后，佛印起去小解。子瞻遂问去那里，佛印答云："小僧忙，片时至。"佛印来坐，子瞻道："我今行个'忙'令。"便先道云："我有百亩田，全无一叶秧。夏已相将半，问君忙不忙。"黄鲁直云："我有百箔蚕，全无一叶桑。春已相将老，问君忙不忙。"佛印曰："和尚养婆娘，相牵正上床。夫主外面入，问君忙不忙。"

苏子瞻在正堂置酒会客,时黄鲁直、佛印禅师俱在。饮酒数杯,子瞻要行一个"急急"令,当先道令曰:"急急急,穿靴水里立。走马到安邑,走马却回来,靴里犹未湿。争几多？二三分。"黄鲁直云:"急急急,把箭射粉墙。走马到南阳,走马却回来,箭头未点墙。争几多？二三尺。"佛印云:"急急急,娘子放个屁。走马到慈剎,走马却回来,孔门犹未闭。争几多？三五寸。"

的对

东坡之妹,少游之妻也。一日妹归集宴,因食煨栗,妹谓坡曰:"栗破凤凰见。"坡思之:"天下未尝无对。"数日竟思,未能还之。佛印来访,问坡有何著述,坡曰:"欲琢一对,未能也。"因举前事。佛印应声曰:"何不云'藕断鹭鸶飞'?"佛印复云:"正如'无山得似巫山秀',此亦同音两意。"坡即对云:"何叶能如荷叶圆。"子由曰:"不若曰'何水能如河水清',以水对山,最为的对。"

东坡与子由夜雨对床,子由因举曰:"尝见瞽术者云:'课卖六爻,内卦三爻,外卦三爻。'思之亦未易对。"一日同出,坡见戏场有以棒呈戏者云:"棒长八尺,随身四尺,离身四尺。"坡曰:"此语正可还前日枕上之对。"子由曰:"触机而发,诚佳对也。"

佛印因坡见罪

东坡诋毁大臣变新法,由是获罪。当时遂置东坡于乌台按鞫,其平昔所与交游者一时连坐,滴斥废秩者不下一二百人,累及佛印,遂法加编配。有与其厚善者,皆至慰劳,且伤其刺字之苦。

佛印怡然叹曰："我佛胸题万字，老僧面带两行。"佛印后至一州，太守怜之，使健卒二人肩舁以送往，佛印戏谓健儿曰："健儿，你辈抬我，便是夹颂底《金刚经》，面面皆有字。"闻者莫不大笑。

与佛印商谜

东坡即拾一片纸，画一和尚右手把一柄扇，左手把长柄笊篱。与佛印云："可商此谜？"佛印沉吟良久："莫是《关雎》序中之语欤？"东坡曰："何谓也？"佛印曰："'风以动之，教以化之'，非此意乎？"东坡曰："吾师本事也。"相与大笑而已。

佛印与东坡商谜

佛印持二百五十钱示东坡云："与你商此一个谜。"东坡思之，少顷，谓佛印曰："一钱有四字，二百五十个钱乃一千个字，莫非《千字文》谜乎？"佛印笑而不答。

佛印与东坡墨斗说

佛印持匠人墨斗，谓东坡曰："吾有两间房，一间赁与转轮王。有时放出一线路，天下邪魔不敢当。"东坡答云："我有一张琴，一条丝弦藏在腹。有时将来马上弹，弹尽天下无声曲。"

与佛印起令

东坡谓佛印起令曰："要头是曲名，尾是二十八宿，四个字不同。"东坡曰："黄莺儿扑蝴蝶不著，虚张尾翼。"佛印应声答曰："二郎神绑佛阁相视，鬼奎危娄。"

佛印题茶诗与东坡

"穿云摘尽社前春，一两平分半与君。遇客不须容易点，点茶须是吃茶人。"东坡答佛印云："嫩蕊馨香两味过，感师远赠隔烟罗。试烹一盏精神爽，好物元来不须多。"

因月素行令

东坡谪官黄州，一日佛印来访，居佛印于雪堂而寝食焉。官妓月素者，坡喜其能诗，凡会席必命至焉。坡方宴佛印，月素适从外来，坡问："汝来何为？"对曰："适过门，闻宴客，敢来求一杯酒。"坡曰："汝来搅坐，我作一令，汝能还之，令汝预坐。"坡曰："要一物不唤自来，下用两句诗。"坡出令云："酒既清，肴又馨，不唤自来是青蝇。不识人嫌生处恶，撞来筵上敢营营。"佛印即口还令云："夜向晚，睡思浓，不唤自来是蚊虫。吃人嘴脸生来惯，枵腹贪图一饱充。"月素云："只将自身还令得否？"坡曰："人亦天地一物尔，何害？"乃还令云："绮席张，日将暮，不唤自来是月素。红裙一醉又何妨，未饮便论文与字。"坡大喜其以己自喻，意亦美也，因命人坐，遂同饮焉。

宴同官行令

东坡在翰林日，春宴同官，适八人预焉，佛印亦居其内。中席，东坡谓众客曰："某行一令，上以二字重说，下用一诗句协韵以状其意。"东坡令云："闲似忙，蝴蝶双双过粉墙；忙似闲，白鹭饥时立小滩。"王介甫云："来似去，潮翻巨浪还西注；去似来，跃马番身射箭回。"秦少游云："动似静，万顷碧潭澄宝镜；静似动，长桥影逐秋波送。"又客云："难似易，百尺竿头呈巧艺；易似难，执手临岐话别间。"佛印云："悲似乐，送葬之家喧鼓乐；乐似悲，送女之家日日啼。"又一客云："有似无，仙子乘风送太虚；无似有，掬水分明月在手。"永叔云："贫似富，船子满船金玉渡；富似贫，石崇著得敝衣裙。"吴客云："重似轻，万斛云帆一霎经；轻似重，柳絮纷纷铺画栋。"又客云："'难似易'，不若云'少年一举登高第'。"又曰："'富似贫'，不若云'恋恋绨袍有故人'。"

借意状物名令

东坡令云："水林檎，未是水林檎，菱荷翻雨洒鸳鸯，恁时方是水林檎。"少游云："清消梨，未是清消梨，夜半匆匆话别时，恁时方是清消梨。"坐客云："清沙烂，未是清沙烂，六幅裙儿留半片，恁时方是清沙烂。"又客云："红娘子，未是红娘子，凝脂二八谁家女，恁时方是红娘子。"佛印云："荔枝儿，未是荔枝儿，夜半婆娘生下子，恁时方是荔枝儿。"永叔云："肉苁蓉，未是肉苁蓉，暮□□□朝食龙，恁时方是肉苁蓉。"又客云："地骨皮，未是地骨皮，万顷良田买断时，恁时方是地骨皮。"

坡妹与夫来往歌诗

东坡之妹,聪慧过人,博学强记,尤工为文。有欲以秦少游议亲者,妹索其所业,视之曰:"秦之文粗足以敌吾子由之才。"遂得借伉俪。后子瞻在翰林日,妹往省行之,适佛印以长歌寄坡,有勉其退休之意。坡读之尤少凝思,妹从旁适见之,一览了然。叹曰:"使汝作男子,名位必在我上。"妹因喜得纵观翰苑未见之书,乃遣价报书于秦,姑迟其归,因录佛印歌以示秦云。歌曰:

野野 鸟鸟 啼啼 时时 有有 思思 春春 气气 桃桃 花花 发发 满满 枝枝 莺莺 雀雀 相相 呼呼 唤唤 岩岩 畔畔 花花 红红 似似 锦锦 屏屏 堪堪 看看 山山 秀秀 丽丽 山山 前前 烟烟 雾雾 起起 清清 浮浮 浪浪 促促 潺潺 漫漫 水水 景景 幽幽 深深 处处 好好 追追 游游 傍傍 水水 花花 似似 雪雪 梨梨 花花 光光 皎皎 洁洁 玲玲 珑珑 似似 坠坠 银银 花花 折折 最最 好好 柔柔 茸茸 溪溪 畔畔 草草 青青 双双 蝴蝴 蝶蝶 飞飞 来来 到到 落落 花花 林林 里里 鸟鸟 啼啼 叫叫 不不 休休 为为 忆忆 春春 光光 好好 杨杨 柳柳 枝枝 头头 春春 色色 秀秀 时时 常常 共共 饮饮 春春 浓浓 酒酒 似似 醉醉 闲闲 行行 春春 色色 里里 相相 逢逢 竞竞 忆忆 游游 山山 水水 心心 息息 悠悠 归归 去去 来来 休休 役役

秦少游答短歌

未及梵僧歌,词重而意复。字字似联珠,行行如贯玉。想汝惟一览,顾我劳三复。裁诗思远寄,因以真类触。汝其审思之,安表予心曲。

并叠字诗一首

秦之书记既，到值坡与妹游湖上，得秦诗且会其意，因睹物用其体，即成《采莲歌》云。

坡妹《采莲叠字》诗一首：

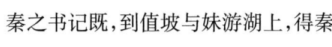

东坡亦和叠字诗一首：

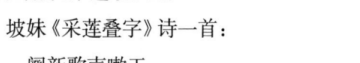

东坡书字意成诗，比房使至，每以能诗自矜，朝廷议以东坡馆伴之，使者索赋诗，坡曰："赋诗易事，观诗稍难耳。"因出《长亭诗》以示之。诗云：

环叠字诗及东坡效体诗，精敏者一见固可以决，又恐有如房使终日疑思不辨者，今逐一明解于下：

佛印长歌云："野鸟啼，野鸟啼时时有思；有思春气桃花发，春气桃花发满枝；满枝莺雀相呼唤，莺雀相呼唤岩畔；岩畔花红似锦屏，花红似锦屏堪看；堪看山山秀丽，秀丽山前烟雾起；山前烟雾起清浮，清浮浪促溪溪水；浪促溪溪水景幽，景幽深处好追游，追游傍水花；傍水花似雪，似雪梨花光皎洁；梨花光皎洁玲珑，玲珑似坠银花折，似坠银花折最好，最好柔茸溪畔草，柔茸溪畔草青青，双双蝴蝶飞来到；蝴蝶飞来到落花，落花林里鸟啼叫；林里鸟啼叫不休，不休为忆春光好；为忆春光好杨柳，杨柳枝枝春色秀；春色秀时常共饮，时常共饮春浓酒，春浓酒似醉；似醉闲行春色里，闲行春色里相逢；相逢竞忆游山水，竞忆游山水心息，心息悠悠归去来，归去来休休役役。"

秦少游诗云："静思伊久阻归期，久阻归期忆别离。忆别离时闻漏转，时闻漏转静思伊。"

东坡妹《采莲诗》云："采莲人在绿杨津，在绿杨津一阕新。一阕新歌声嗽玉，歌声漱玉采莲人。"

东坡诗云："赏花归去马如飞，去马如飞酒力微。酒力微醒时已暮，醒时已暮赏花归。"

东坡《长亭诗》云："长亭短景无人画，老大横拖瘦竹筇。回首断云斜日暮，曲江倒蘸小山峰。"

登厕讥行者

东坡与佛印最厚，往来不常。一日去访佛印，语言酬答，不觉坐久，东坡仓皇登厕，有一行者会意，便随后送些茅纸与之。东坡喜其会事，次日以一本度牒舍与披剃。一寺僧行骇然，才知其因送茅纸之有功也。后东坡又访佛印，因而再至厕所，众行者喧闹相争，各将茅纸进前。东坡在厕所，闻外面嘈杂作声，遂问其故，左右以实对。东坡笑曰："行者们，自去腹上增修字，【原案】以'福'字代'腹'字。不可专靠那厕屎处。"

篇名音序索引

篇名音序索引

编写说明：

1. 本索引收录本书除第七册（《苏氏易传》《东坡书传》《论语说》）之外的所有作品篇名。有细目的组诗类作品，如《诗集》卷四《凤翔八观》，既收录总题《凤翔八观》，也收录《石鼓歌》等细目，以便检索。

2. 本索引按篇名音节为序排列。篇名相同且本书有连续编号者，则依照编号及页码先后顺序为序。

3. 本索引首列篇名，次为册数/页码。

A

阿子歌	6/2943	僧藏其一，以为往来之信，戏谓之	
艾人	8/4112	调水符	1/128
艾人着灸法	6/3019	安国寺寻春	1/361
艾人着灸法	8/4036	安国寺浴	1/361
艾炷大小法	8/4219	安老亭诗	2/891
艾子杂说引	8/4241	安平泉	2/817
爱不得	8/4265	安期生	2/735
爱玉女洞中水，既致两瓶，恐后复取，		安州老人食蜜歌	2/586
而为使者见绐，因破竹为契，使寺		懊恼歌	6/2943

B

八境图后叙	5/2366	跋蔡君谟书海会寺记	5/2471
八境图诗叙	5/2366	跋蔡君谟天际乌云诗卷	5/2519
八蜡三代之戏礼	8/3916	跋草书后	5/2481
八声甘州（有情风）	2/965	跋草书后	8/4023
八伯说	5/2761	跋晁无咎藏画马	5/2524
八伯说	8/4019	跋陈氏欧帖	5/2476
八月二十八日入内高班蔡克明传宣		跋陈隐居书	5/2475
宰臣以下贺生获鬼章表太皇太后		跋陈莹中题朱表臣欧公帖	5/2488
批答	3/1313	跋赤溪山主颂	5/2376
八月二十八日入内高班蔡克明传宣		跋褚薛临帖	5/2463
宰臣以下贺生擒鬼章表皇帝批答		跋邓慎思石刻	5/2384
	3/1313	跋董储书（一）	5/2473
八月七日初入赣过惶恐滩	2/680	跋董储书（二）	5/2473
八月十七日，复登望海楼，自和前篇。		跋杜祁公书	5/2475
是日榜出，与试官两人复留，五首		跋范文正公帖	5/2482
	1/168	跋勾信道郎中集朝贤书《夹颂金刚经》	
八月十七日，天竺山送桂花，分赠元素			5/2487
	1/230	跋翰林钱公诗后	5/2432
八月十日夜，看月，有怀子由并崔度		跋胡需然书匣后	5/2470
贤良	1/167	跋《画苑》	5/2502
八月十五日看潮五绝	1/199	跋怀素帖	5/2470
八阵碛	1/78	跋桓元子书	5/2467
八阵图	8/3917	跋黄鲁直草书	5/2483
《八阵图》诗	8/4063	跋黄鲁直草书	8/4029
跋艾宣画	5/2501	跋嵇叔夜《养生论》后	5/2374
跋蔡君谟书	5/2482	跋姜君弼课册	2/874

篇名音序索引

跋姜君弼课策	5/2528	跋欧阳文忠公小草	5/2522
跋焦千之帖后	5/2485	跋蒲传正燕公山水	5/2499
跋进士题目后	5/2385	跋钱君倚书《遗教经》	5/2476
跋荆溪外集	5/2378	跋黔安居士渔父词	5/2452
跋旧与辩才书	5/2488	跋秦少游书	5/2483
跋君谟飞白	5/2472	跋山谷草书	5/2491
跋君谟书	5/2473	跋《石钟山记》后	5/2389
跋君谟书赋	5/2472	跋司马温公《布衾铭》后	5/2381
跋李伯时《卜居图》	5/2504	跋宋汉杰画	5/2503
跋李伯时《孝经图》	5/2505	跋送石昌言引	5/2384
跋李康年篆《心经》后	5/2480	跋所书《东皋子传》	5/2388
跋李氏述先记	6/2918	跋所书《圜通偈》	5/2493
跋李主词	8/3957	跋所书《摩利支经》后	5/2477
跋刘景文欧公帖	5/2486	跋所书《清虚堂记》	5/2477
跋《刘威临墓志》	5/2387	跋所赠县秀书	5/2490
跋柳闳《楞严经》后	5/2382	跋太虚辩才庐山题名	6/2955
跋卢鸿学士《草堂图》	5/2505	跋太宗皇帝御书历子	5/2485
跋鲁直李氏传	5/2385	跋退之《送李愿序》	5/2375
跋鲁直为王晋卿小书《尔雅》	5/2484	跋退之《送李愿序》	8/4018
跋某人帖（一）	5/2523	跋王巩所收藏真书	5/2468
跋某人帖（二）	5/2523	跋王进叔所藏画	2/778
跋南唐《挑耳图》	5/2505	跋王晋卿所藏《莲华经》	5/2484
跋内教博士水墨《天龙八部图》卷		跋王荆公书	5/2470
	5/2523	跋王氏《华严经解》	5/2377
跋欧阳寄王太尉诗后	5/2432	跋王元甫《景阳井》诗	5/2528
跋欧阳家书	5/2476	跋卫夫人书	5/2467
跋欧阳文公书	5/2493	跋文勋扇画	5/2500
跋欧阳文忠公书	5/2476	跋文与可草书	5/2473

跋文与可论草书后	5/2481	跋自书《后赤壁赋》	5/2529
跋文与可墨竹	5/2497	跋自书诗	5/2514
跋文忠公送惠勤诗后	5/2425	跋《醉道士图》	5/2507
跋吴道子《地狱变相》	5/2500	罢登州谢杜宿州启	4/1734
跋希白书	5/2491	罢徐州,往南京,马上走笔寄子由五首	
跋先君书送吴职方引	5/2482		1/332
跋先君书与孙叔静帖	5/2481	白帝庙	1/79
跋咸通湖州刺史牒	5/2470	白骨	8/4186
跋邢敦夫《南征赋》	5/2386	白沟驿传宣抚问大辽贺兴龙节人使	
跋阎右相洪崖仙图卷	5/2525	及赐御筵口宣	3/1241
跋杨文公书后	5/2475	白沟驿赐大辽贺坤成节人使御筵兼	
跋杨文公与王魏公帖	5/2512	传宣抚问口宣	3/1230
跋叶致远所藏永禅师千文	5/2467	白沟驿赐大辽贺坤成节人使御筵兼	
跋与可纤竹	5/2500	传宣抚问口宣	3/1261
跋庚征西帖	5/2466	白鹤峰新居欲成,夜过西邻翟秀才,	
跋庚征西帖	8/4032	二首	2/728
跋再送蒋颖叔诗后	5/2444	白鹤山新居,凿井四十尺,遇磐石,石	
跋《摘瓜图》	5/2506	尽乃得泉	2/732
跋张广州书	5/2388	白鹤新居上梁文	6/3368
跋张希甫墓志后	5/2380	白鹤吟留钟山觉海	2/863
跋张益孺《清净经》后	5/2382	白乐天不欲伐淮蔡	5/2796
跋赵云子画	5/2501	白乐天不欲伐淮蔡	8/4005
跋追和连宇韵诗示过	5/2519	白乐天诗	8/4068
跋子由《老子解》后	5/2388	白鹭亭题柱	6/3051
跋子由《老子解》后	8/4007	白起伐营	8/4244
跋子由《栖贤堂记》后	5/2381	白水山佛迹岩	2/688
跋子由《栖贤堂记》后	8/3993	白塔铺歇马	1/417
跋自书《赤壁》二赋	5/2528	白雪丸	8/4174

篇名音序索引 4321

白云居	2/881	班荆馆赐大辽贺兴龙节人使到阙御	
白云居士	8/3921	筵口宣	3/1272
白术散	8/4197	班荆馆赐大辽贺兴龙节人使回程御	
白纻歌	6/2944	筵口宣	3/1252
百步洪二首	1/319	班荆馆赐大辽贺兴龙节人使回程御	
百钱独载	8/4243	筵口宣	3/1274
柏	1/352	班荆馆赐大辽贺兴龙节人使酒果口宣	
柏家渡	2/684		3/1248
柏石图诗	1/406	班荆馆赐大辽贺兴龙节人使却回酒	
柏堂	1/199	果口宣	3/1274
班荆馆赐大辽贺坤成节人使到阙		班荆馆赐大辽贺兴龙节人使御筵口宣	
御筵口宣	3/1231		3/1248
班荆馆赐大辽国贺兴龙节人使赴阙		班荆馆赐大辽贺正旦人使到阙酒果	
口宣	3/1224	口宣	3/1253
班荆馆赐大辽贺坤成节国信使副到		班荆馆赐大辽贺正旦人使到阙御筵	
阙酒果口宣	3/1281	口宣	3/1247
班荆馆赐大辽贺坤成节人使回程酒		班荆馆赐大辽贺正旦人使回程酒果	
果口宣	3/1236	口宣	3/1227
班荆馆赐大辽贺坤成节人使回程酒		班荆馆赐大辽贺正旦人使却回酒果	
果口宣	3/1267	口宣	3/1279
班荆馆赐大辽贺坤成节人使回程酒		班荆馆赐大辽贺正旦人使却回御筵	
果口宣	3/1286	口宣	3/1226
班荆馆赐大辽贺坤成节人使回程御		班荆馆赐大辽贺正旦使回程御筵口宣	
筵口宣	3/1264		3/1278
班荆馆赐大辽贺坤成节人使回程御		搬运法	8/4085
筵口宣	3/1285	半山亭	1/422
班荆馆赐大辽贺兴龙节人使到阙酒		半月泉,苏轼、曹辅、刘季孙、鲍朝懋、	
果口宣	3/1225	郑嘉会、苏固同游。元祐六年三月	

十一日	2/848	被命南迁途中寄定武同僚	2/674
半月泉题名	6/3062	本秀二僧	6/2984
薄薄酒二首	1/263	本秀二僧（存目）	8/4087
薄命佳人	1/188	本秀非浮图之福	8/3926
宝绘堂记	6/2867	碧落洞	2/683
宝墨亭	2/849	臂痛谒告作三绝句示四君子	2/614
宝山新开径	1/212	鳊鱼	1/91
宝山昼睡	1/190	汴河斗门	8/3951
宝应民（存目）	8/4080	辨道歌	2/696
宝月大师塔铭	6/3251	辨杜子美杜鹃诗	8/4033
保母杨氏墓志铭	6/3256	辨法帖	5/2463
葆光法师真赞	6/3136	辨附语	8/3931
鲍者年京东运判张响京西运判制		辨官本法帖	5/2464
	3/1112	辨黄庆基弹劾札子	3/1609
暴下方	8/4183	辨贾易弹奏待罪札子	3/1543
杯样舞	6/2943	辨举王巩札子	3/1461
北归度岭寄子由	2/837	辨漆叶青粘散方	6/3024
北海十二石记	6/2903	辨题诗札子	3/1545
北齐校书图	5/2507	辨《文选》	8/4110
北山广智大师回自都下，过期而归。		辨五星聚东井	8/3944
时率开祖、无悔同访之，因留录净		辨五星聚东井	8/4100
堂竹鹤二绝	2/827	辨荀卿言青出于蓝	8/3958
北寺悟空禅师塔	1/172	辨真玉	8/3950
北亭	1/97	辩才大师真赞	6/3137
北园	1/260	辩才老师退居龙井，不复出入。余往
北岳祈雨祝文	6/3360	见之，尝出至风篁岭，左右惊曰：
被酒独行，遍至子云、威、徽、先觉四		"远公复过虎溪矣。"辩才笑曰：
黎之舍，三首	2/756	"杜子美不云乎，'与子成二老，来

篇名音序索引 4323

往亦风流'。"因作亭岭上,名曰过 病中独游净慈,谒本长老,周长官以
溪,亦曰二老。谨次辩才韵 2/590 诗见寄,仍邀游灵隐,因次韵答之

辩杜子美杜鹃诗	5/2404		1/196
辩试馆职策问札子（一）	3/1425	病中闻子由得告不赴商州三首	1/105
辩试馆职策问札子（二）	3/1426	病中夜读朱博士诗	2/630
辩曾参说	5/2510	病中游祖塔院	1/196
辩曾参说	8/4030	碈溪石	1/103
表弟程德孺生日	2/662	伯父送先人下第归蜀诗云："人稀野	
表乞致仕不许诏（二）	3/1174	店休安枕,路入灵关稳跨驴。"安	
表忠观碑	6/3185	节将去,为通此句,因以为韵,作小	
鳖脚赐	8/4293	诗十四首送之	1/381
别东武流杯	1/268	泊南井口期任遵圣长官,到晚不及	
别公择	1/452	见,复来	1/73
别海南黎民表	2/843	勃逊之	8/3960
别黄州	1/409	勃逊之	8/4093
别姜君	8/3915	舶趠风	1/342
别石塔	8/3915	卜算子（缺月挂疏桐）	2/961
别岁	1/107	卜算子（蜀客到江南）	2/961
别王子直	8/3915	补龙山文	6/3375
别文甫子辩	8/3915	捕蝗至浮云岭,山行疲苦,有怀子由	
别子开	8/3914	弟,二首	1/230
别子由三首,兼别迟	1/416	捕鱼图赞	6/3118
冰池	1/255	不合时宜	8/4292
丙子重九二首	2/724	不快活	8/4262
病后醉中	2/576	不留诗	8/4295
病中大雪数日,未尝起观,虢令赵荐		不图好	8/4263
以诗相属,戏用其韵答之	1/106	不伎之诚信于异类	8/4063

C

采艾	8/4083	藏丹砂法	6/3013
采日月华赞	6/3119	曹旦知南平军制	3/1166
采桑子（多情多感仍多病）	2/974	曹既见和复次韵	1/394
菜羹赋	3/1090	曹玮语王殿元昊为中国患	8/3947
蔡景繁官舍小阁	1/430	曹玮知人料事	6/2973
蔡使君传	6/3165	曹溪夜观传灯录，灯花落一僧字上，	
蔡延庆追服母表	6/2975	口占	2/782
蔡延庆追服母表	8/3991	曹袁兴亡	5/2782
蔡延庆追服母表	8/3991	曹袁兴亡	8/3997
参定叶祖洽延试策状（一）	3/1439	曹袁兴亡	8/3997
参定叶祖洽延试策状（二）	3/1440	侧子散	8/4145
参宴惠杨梅	2/581	策别安万民（一）	5/2695
参宴家上梁文	6/3370	策别安万民（二）	5/2697
参宴求医	8/3940	策别安万民（三）	5/2700
参宴求医	8/4099	策别安万民（四）	5/2701
参宴泉铭	6/3079	策别安万民（五）	5/2703
参宴上人初得智果院，会者十六人，		策别安万民（六）	5/2705
分韵赋诗，试得心字	2/570	策别厚货财（一）	5/2706
参宴诗（存目）	8/4083	策别厚货财（二）	5/2709
参宴子真赞	6/3138	策别课百官（一）	5/2685
残腊独出二首	2/713	策别课百官（二）	5/2687
仓卒散	8/4181	策别课百官（三）	5/2689
苍耳录	6/3026	策别课百官（四）	5/2691
苍耳说	8/4205	策别课百官（五）	5/2692
苍术录	6/3025	策别课百官（六）	5/2694
沧洲亭怀古	2/860	策别叙例	5/2685
藏春坞	2/867	策别训兵旅（一）	5/2711

篇名音序索引 4325

策别训兵旅（二）	5/2713	巢由不可废	8/3999
策别训兵旅（三）	5/2714	朝辞赴定州论事状	3/1614
策断（一）	5/2716	朝奉大夫田待问淮南提刑制	3/1167
策断（二）	5/2719	朝奉郎孙览除右司员外郎制	3/1167
策断（三）	5/2720	朝散郎殿中侍御史林旦淮南运副使制	
策略（一）	5/2673		3/1167
策略（二）	5/2675	嘲子由	1/153
策略（三）	5/2677	潮中观月	2/890
策略（四）	5/2679	潮州澄海第六指挥使谢皋可三班借	
策略（五）	5/2681	职制	3/1113
策问六首	5/2664	潮州韩文公庙碑	6/3192
策总叙	5/2673	尘外亭	2/681
茶诗	2/897	辰砂散	8/4145
柴胡汤 又方	8/4190	辰砂丸	8/4201
禅戏颂	6/3102	沉麝丸	8/4165
禅悦味	8/4291	沉香山子赋	3/1087
蝉	1/433	沉香石	2/666
忏经疏	6/3343	陈伯比和回字复次韵	2/865
常德必吉	6/3042	陈次升淮南提刑制	3/1163
常德必吉	8/4042	陈侗知陕州制	3/1130
常润道中有怀钱塘寄述古五首	1/223	陈辅之不娶	6/2980
常山赠刘锜	1/457	陈辅之不娶	8/3988
常州太平寺法华院蘑菇亭醉题	1/447	陈公弼传	6/3149
常州太平寺观牡丹	1/224	陈季常见过三首	1/388
超然台记	6/2863	陈季常所蓄《朱陈村嫁娶图》二首	1/360
晁错论	5/2585	陈季常自岐亭见访,郡中及旧州诸豪争	
晁君成诗集引	5/2361	欲邀致之,戏作陈孟公诗一首	1/365
巢由不可废	5/2766	陈荐赠光禄大夫制	3/1115

陈平论全兵	5/2772	池鱼（存目）	8/4069
陈氏草堂	8/3953	池鱼踊起	8/3938
陈隋好乐	5/2792	池鱼自达	6/2992
陈太初尸解	6/3002	赤壁洞穴	8/3950
陈应之疗痢血方	8/4183	赤壁赋	3/1082
陈昱被冥吏误追	8/3934	冲退处士	8/3930
陈昱被冥吏误追	8/4097	冲退处士	8/4095
陈昱再生	6/2998	重寄（《次韵答孙侔》）	1/350
陈州与文郎逸民饮别，携手河堤上，		重请成长老住石塔疏	6/3346
作此诗	1/355	重阳宴	6/3372
宸奎阁碑	6/3186	重游终南，子由以诗见寄，次韵	1/126
成伯家宴，造坐无由，辄欲效颦，而酒		出城送客，不及，步至溪上，二首	1/242
已尽。入夜，不欲烦扰，戏作小诗，		出都来陈，所乘船上有题小诗八首，	
求数酌而已	1/240	不知何人，有感于余心者，聊为和之	
成伯席上赠所出岐川人杨姐	1/240		1/139
成都进士杜暹伯升，出家，名法通，往		出局偶书	2/833
来吴中	1/225	出峡	1/82
成相	8/4068	出颍口，初见淮山，是日至寿州	1/144
呈定国	2/565	初贬英州过杞赠马梦得	2/673
城南县尉水亭得长字	1/348	初别子由	1/283
城下窃盗未获	8/4245	初别子由至奉新作	1/417
乘舟过贾收水阁，收不在，见其子，		初到杭州寄子由二绝	1/150
三首	1/341	初到黄州	1/359
程德孺惠海中柏石，兼辱佳篇，辄复		初发嘉州	1/71
和谢	2/654	初秋寄子由	1/401
程公密子石砚铭	6/3067	初入庐山三首	1/411
澄迈驿通潮阁二首	2/771	初自径山归，述古召饮介亭，以病先起	
池上二首	2/858		1/206

篇名音序索引 4327

樗	1/99	川棟散	8/4181
樗根散	8/4184	垂拱殿开启神宗皇帝大祥道场斋文	
除范纯仁特授太中大夫守尚书右仆			6/3302
射兼中书侍郎进封高平郡开国侯		春步西园见寄	1/275
加食邑实封余如故制	3/1132	春菜	1/291
除翰林学士谢启	4/1736	春祈北岳祝文	6/3361
除皇伯祖宗晟特起复制	3/1134	春祈诸庙祝文	6/3361
除吕大防特授太中大夫守尚书左仆		春日	1/444
射兼门下侍郎加上柱国食邑实封		春日与闲山居士小饮	2/878
余如故制	3/1132	春帖子词二十七首	2/798
除吕公著特授守司空同平章军国事		春夜	2/815
加食邑实封余如故制	3/1131	淳于髡一石亦醉	5/2798
除苗授特授武泰军节度使殿前副都		辞两职并乞郡札子	3/1632
指挥使勋封食实如故制	3/1133	辞免翰林学士承旨第一状	3/1339
除起居舍人谢启	4/1735	辞免翰林学士承旨第二状	3/1340
除夜病中赠段屯田	1/237	辞免翰林学士承旨第三状	3/1340
除夜大雪,留潍州。元日,早晴,遂		辞免翰林学士第一状	3/1326
行。中途,雪复作	1/270	辞免翰林学士第二状	3/1327
除夜访子野食烧芋戏作	2/837	辞免兼侍读札子	3/1633
除夜野宿常州城外二首	1/216	辞免起居舍人第一状	3/1324
楚明	6/2985	辞免起居舍人第二状	3/1324
楚颂帖	6/3051	辞免侍读状	3/1330
楚子玉兵多败	5/2768	辞免中书舍人状	3/1325
楚子玉兵多败	8/3996	辞免撰赵瞻神道碑状	3/1538
褚遂良以飞雉入宫为祥	5/2793	辞诸庙祝文	6/3362
褚遂良以飞雉入宫为祥	8/3998	慈湖夹阻风五首	2/676
处士王临试太学录制	3/1152	慈云四景	2/881
处子再生	6/3003	此君庵	1/259

苏东坡全集

此君轩	2/580	次韵程正辅游碧落洞	2/703
次晁无咎韵阎子常携琴人村	2/877	次韵聪上人见寄	2/672
次丹元姚先生韵二首	2/655	次韵答邦直、子由五首	1/277
次京师韵送表弟程懿叔赴夔州运判		次韵答宝觉	1/425
	2/585	次韵答顿起二首	1/313
次荆公韵四绝	1/422	次韵答黄安中兼简林子中	2/605
次旧韵赠清凉长老	2/797	次韵答贾耘老	1/448
次前韵寄子由	2/734	次韵答荆门张都官维见和惠泉诗	
次前韵送程六表弟	1/505		1/88
次前韵送刘景文	2/622	次韵答开祖	2/826
次前韵再送周正孺	1/512	次韵答李端叔	1/464
次秦少游韵赠姚安世	2/655	次韵答刘泾	1/300
次天字韵答岑岩起	2/652	次韵答刘景文左藏	2/568
次韵参寥寄少游	2/868	次韵答马忠玉	2/604
次韵参寥师寄秦太虚三绝句,时秦君		次韵答满思复	1/464
举进士不得	1/318	次韵答钱穆父,穆父以仆得汝阴,用	
次韵参寥同前	2/601	杭、越酬唱韵,作诗见寄	2/616
次韵曹辅寄壑源试焙新芽	2/583	次韵答舒教授观余所藏墨	1/306
次韵曹九章见赠	1/407	次韵答孙侔	1/350
次韵曹子方龙山真觉院瑞香花	2/602	次韵答完夫穆父	1/464
次韵曹子方运判雪中同游西湖	2/600	次韵答王定国	1/308
次韵晁无咎学士相迎	2/639	次韵答王巩	1/340
次韵陈海州乘槎亭	1/235	次韵答元素	1/390
次韵陈海州书怀	1/235	次韵答张天觉二首	1/501
次韵陈履常雪中	2/627	次韵答章传道见赠	1/180
次韵陈履常张公龙潭	2/624	次韵答子由	1/369
次韵陈时发太博双竹	2/824	次韵代留别	1/187
次韵陈四雪中赏梅	1/385	次韵道潜留别	1/419

篇名音序索引 4329

次韵德麟西湖新成见怀绝句	2/633	次韵黄鲁直画马试院中作	1/502
次韵定国见寄	2/646	次韵黄鲁直寄题郭明父府推颍州西	
次韵定慧钦长老见寄八首	2/698	斋二首	2/566
次韵段缝见赠	1/424	次韵黄鲁直见赠古风二首	1/305
次韵法芝举旧诗一首	2/796	次韵黄鲁直书伯时画王摩诘	1/506
次韵范纯父涵星砚、月石风林屏诗		次韵黄鲁直戏赠	1/509
	2/648	次韵黄鲁直效进士作二首	1/515
次韵范淳父送秦少章	2/639	次韵回文三首	1/375
次韵奉和钱穆父蒋颍叔王仲至诗四首		次韵惠循二守相会	2/729
	2/650	次韵江晦叔二首	2/793
次韵高要令刘湜峡山寺见寄	2/718	次韵江晦叔兼呈器之	2/793
次韵贡父独直省中	1/484	次韵蒋颍叔	1/428
次韵关令送鱼	1/337	次韵蒋颍叔二首	2/652
次韵郭功甫观予画雪雀有感二首		次韵蒋颍叔钱穆父从驾景灵宫二首	
	2/796		2/646
次韵韩康公置酒见留	1/497	次韵借观《睢阳五老图》	2/847
次韵杭人裴维甫	1/423	次韵景仁留别	1/272
次韵和刘贡父登黄楼见寄并寄子由		次韵孔常父送张天觉河东提刑	1/490
二首	1/350	次韵孔文仲推官见赠	1/170
次韵和王巩	1/469	次韵孔毅父集古人句见赠五首	1/397
次韵和王巩六首	1/382	次韵孔毅父久旱已而甚雨三首	1/392
次韵和子由闻子善射	1/112	次韵李邦直感旧	1/277
次韵和子由欲得骊山澄泥砚	1/112	次韵李端叔送保倅瞿安常赴阙,兼寄	
次韵胡完夫	1/463	子由	2/671
次韵黄鲁直嘲小德。小德,鲁直子,其		次韵李端叔谢送牛戬《鸳鸯竹石图》	
母微,故其诗云"解著《潜夫论》,不			2/671
妨无外家"	1/508	次韵李公择梅花	1/344
次韵黄鲁直赤目	1/474	次韵李修孺留别二首	1/473

次韵林子中春日新堤书事见寄	2/632	次韵毛滂法曹感雨	2/569
次韵林子中见寄	2/586	次韵米黻二王书跋尾二首	1/492
次韵林子中蒜山亭见寄	2/581	次韵穆父尚书侍祠郊丘,瞻望天光,	
次韵林子中王彦祖唱酬	2/578	退而相庆,引满醉吟	2/649
次韵刘贡父春日赐幡胜	2/563	次韵穆父舍人再赠之什	1/463
次韵刘贡父,李公择见寄二首	1/251	次韵前篇(《定惠院寓居月夜偶出》)	
次韵刘贡父省上	1/481		1/361
次韵刘贡父叔侄觥觞	1/496	次韵钱穆父	1/463
次韵刘贡父所和韩康公忆持国二首		次韵钱穆父还张天觉行县诗卷	2/887
	1/496	次韵钱穆父会饮	2/648
次韵刘贡父西省种竹	1/483	次韵钱穆父马上寄蒋颖叔二首	2/661
次韵刘京兆石林亭之作,石本唐苑中		次韵钱穆父王仲至同赏田曹梅花	
物,散流民间,刘购得之	1/95		2/658
次韵刘景文登介亭	2/584	次韵钱穆父紫薇花二首	2/587
次韵刘景文见寄	2/613	次韵钱舍人病起	1/468
次韵刘景文路分上元	2/597	次韵钱越州	2/567
次韵刘景文山堂听筝三首	2/588	次韵钱越州见寄	2/569
次韵刘景文送钱蒙仲三首	2/582	次韵潜师放鱼	1/302
次韵刘景文西湖席上	2/603	次韵秦观秀才见赠,秦与孙莘老,李	
次韵刘景文赠傅义秀才	2/644	公择甚熟,将入京应举	1/303
次韵刘景文,周次元寒食同游西湖		次韵秦少游王仲至元日立春三首	
	2/577		2/656
次韵刘焘抚勾蜜渍荔支	2/669	次韵秦少章和钱蒙仲	2/566
次韵柳子玉二首	1/150	次韵秦太虚见戏耳聋	1/337
次韵柳子玉过陈绝粮二首	1/142	次韵三舍人省上	1/480
次韵柳子玉见寄	1/135	次韵僧潜见赠	1/302
次韵吕梁仲屯田	1/284	次韵邵守狄大夫见赠二首	2/782
次韵马元宾	1/462	次韵邵倅李通直二首	2/783

篇名音序索引 4331

次韵沈长官三首	1/226	次韵王定国会饮清虚堂	1/514
次韵舒教授寄李公择	1/305	次韵王定国马上见寄	1/312
次韵舒尧文祈雪雾猪泉	1/323	次韵王定国南迁回见寄	1/432
次韵述古过周长官夜饮	1/208	次韵王定国书丹元子宁极斋	2/661
次韵水官诗	1/94	次韵王定国谢韩子华过饮	1/461
次韵宋肇惠澄心纸二首	1/492	次韵王定国倅扬州	1/491
次韵送徐大正	1/454	次韵王都尉偶得耳疾	1/498
次韵送张山人归彭城	2/578	次韵王巩独眠	1/316
次韵苏伯固游蜀冈,送李孝博奉使岭表	2/640	次韵王巩留别	1/316
次韵苏伯固主簿重九	2/588	次韵王巩南迁初归二首	1/402
次韵孙巨源寄涟水李、盛二著作,并以见寄五绝	1/236	次韵王巩颜复同泛舟	1/315
次韵孙秘丞见赠	1/341	次韵王海夜坐	1/138
次韵孙莘老斗野亭寄子由,在邵伯堰	1/453	次韵王晋卿奉诏押高丽宴射	2/658
次韵孙莘老见赠,时莘老移庐州,因以别之	1/187	次韵王晋卿惠花栽,裁所寓张退傅第中	2/564
次韵孙职方苍梧山	1/235	次韵王晋卿上元侍宴端门	2/564
次韵滕大夫三首	2/666	次韵王郎子立风雨有感	1/508
次韵滕元发、许仲涂、秦少游	1/426	次韵王廷老和张十七九日见寄	1/318
次韵田国博部夫南京见寄二绝	1/329	次韵王庭老退居见寄二首	1/321
次韵完夫再赠之什,某已卜居毗陵,与完夫有庐里之约云	1/463	次韵王雄州还朝留别	2/672
次韵王滁州见寄	2/626	次韵王雄州送侍其泾州	2/673
次韵王巩正言喜雪	1/466	次韵王夷仲茶磨	1/510
次韵王定国得晋卿酒相留夜饮	1/516	次韵王郁林	2/775
次韵王定国得颍倅二首	1/460	次韵王震	1/461
		次韵王忠玉游虎丘绝句三首	2/572
		次韵王仲至喜雪御筵	2/649
		次韵吴传正《枯木歌》	2/659
		次韵谢子高读《渊明传》	2/860

次韵徐积	1/455	次韵章传道喜雨	1/244
次韵徐仲车	2/631	次韵章子厚飞英留题	1/348
次韵许冲元送成都高士敦铃辖	1/505	次韵赵德麟雪中惜梅且饷柑酒三首	
次韵许遵	1/449		2/628
次韵颜长道送傅倅	1/322	次韵赵景贶春思且怀吴越山水	2/623
次韵阳行先	2/788	次韵赵景贶督两欧阳诗,破陈酒戒	
次韵杨褒早春	1/150		2/613
次韵杨次公惠径山龙井水	2/584	次韵赵令铄	1/459
次韵杨公济奉议梅花十首	2/595	次韵赵令铄惠酒	1/460
次韵叶致远见赠	1/423	次韵正辅表兄江行见桃花	2/703
次韵颖叔观灯	2/658	次韵正辅同游白水山	2/702
次韵袁公济谢芎椒	2/583	次韵郑介夫二首	2/780
次韵乐著作送酒	1/364	次韵致远	1/423
次韵乐著作天庆观醮	1/364	次韵致政张朝奉仍招晚饮	2/625
次韵乐著作野步	1/362	次韵仲殊雪中游西湖二首	2/600
次韵曾仲锡承议食蜜渍生荔支	2/665	次韵周邠	1/462
次韵曾仲锡元日见寄	2/670	次韵周邠寄《雁荡山图》二首	1/265
次韵曾子开从驾二首	1/480	次韵周开祖长官见寄	1/345
次韵詹适宣德小饮巽亭	2/572	次韵周穜惠石铫	1/428
次韵张安道读杜诗	1/140	次韵周长官寿星院同钱鲁少卿	1/208
次韵张昌言给事省宿	1/479	次韵朱光庭初夏	1/470
次韵张昌言喜雨	1/486	次韵朱光庭喜雨	1/471
次韵张塂棠美述志	2/864	次韵子由病酒肺疾发	1/371
次韵张塂棠美昼眠	2/814	次韵子由初到陈州二首	1/137
次韵张十七九日赠子由	1/316	次韵子由弹琴	1/111
次韵张舜民自御史出倅虢州留别		次韵子由寄题孔平仲草庵	1/387
	1/491	次韵子由柳湖感物	1/149
次韵张琬	1/432	次韵子由论书	1/109

篇名音序索引 4333

次韵子由绿筠堂	1/137	次韵子由种杉竹	1/401
次韵子由岐下诗	1/97	次周焘韵	2/574
次韵子由清汶老龙珠丹	2/669	刺蓟散	8/4178
次韵子由三首	2/742	赐安焘乞退不允断来章批答口宣	
次韵子由使契丹至涿州见寄四首			3/1262
	2/574	赐保静军节度使检校司空开府仪同	
次韵子由书李伯时所藏韩幹马	1/484	三司建安郡王宗绰生日礼物口宣	
次韵子由书清汶老所传《秦湘二女图》			3/1239
	2/669	赐保宁军节度使冯京告敕茶药诏	
次韵子由书王晋卿画山水二首	2/606		3/1180
次韵子由书王晋卿画山水一首，而晋		赐保宁军节度使知大名府冯京进奉	
卿和二首	2/605	贺端午节马诏	3/1193
次韵子由送陈侗知陕州	1/472	赐保宁军节度使知大名府冯京进奉贺	
次韵子由送家退翁知怀安军	1/482	兴龙节马一十匹并冬节马二匹诏	
次韵子由送蒋夔赴代州学官	1/274		3/1207
次韵子由送千之任	1/468	赐保宁军节度使知大名府冯京进奉	
次韵子由送赵㞦归观钱塘遂赴永嘉		兴龙节并冬至正旦马诏	3/1195
	1/310	赐保州团练使滁州总管王宝进奉恋	
次韵子由所居六咏	2/725	阙并到任马敕书	3/1218
次韵子由题《憩寂图》后	1/504	赐北京恩冀等州修河官吏及都转运	
次韵子由五月一日同转对	1/504	使运判监丞等银合茶药并兵级等	
次韵子由辛丑除日见寄	1/100	夏药特支兼传宣抚问口宣	3/1262
次韵子由与颜长道同游百步洪，相地		赐朝奉郎通判梓州赵君爽进奉坤成	
筑亭，种柳	1/276	节无量寿佛敕书	3/1216
次韵子由浴罢	2/743	赐朝散大夫试御史中丞傅尧俞乞外	
次韵子由月季花再生	2/743	郡不允诏	3/1180
次韵子由赠吴子野先生二绝句	2/755	赐朝散大夫守尚书吏部侍郎充龙图阁	
次韵子由种菜久旱不生	1/124	待制傅尧俞乞外郡不允诏	3/1207

赐朝议大夫试户部尚书李常乞除沿边一州不允诏 3/1185

赐大辽国贺坤成节使副时花酒果口宣 3/1283

赐大辽贺坤成节人使朝辞迆归驿酒果口宣 3/1285

赐大辽贺坤成节人使朝辞迆归驿御筵口宣 3/1284

赐大辽贺坤成节人使内中酒果口宣 3/1234

赐大辽贺坤成节人使生饩口宣 3/1233

赐大辽贺坤成节人使生饩口宣 3/1262

赐大辽贺坤成节使副内中酒果口宣 3/1285

赐大辽贺兴龙节朝辞迆归驿御筵口宣 3/1250

赐大辽贺兴龙节前一日内中酒果口宣 3/1250

赐大辽贺兴龙节人使班荆馆却回酒果口宣 3/1253

赐大辽贺兴龙节人使朝辞归驿酒果口宣 3/1253

赐大辽贺兴龙节人使朝辞迆归驿御筵口宣 3/1273

赐大辽贺兴龙节人使朝辞迆就驿酒果口宣 3/1273

赐大辽贺兴龙节人使射弓例物口宣 3/1252

赐大辽贺兴龙节人使生饩口宣 3/1271

赐大辽贺兴龙节人使雄州回程御筵口宣 3/1257

赐大辽贺兴龙节人使瀛洲回程御筵口宣 3/1251

赐大辽贺兴龙节十日内中酒果口宣 3/1250

赐大辽贺兴龙节使副铊锣等口宣 3/1255

赐大辽贺正旦朝辞迆归驿御筵酒果口宣 3/1257

赐大辽贺正旦朝辞迆归驿御筵口宣 3/1256

赐大辽贺正旦却回班荆馆御筵口宣 3/1256

赐大辽贺正旦人使白沟驿御筵并抚问口宣 3/1241

赐大辽贺正旦人使朝辞迆就驿御筵口宣 3/1227

赐大辽贺正旦人使内中酒果口宣 3/1278

赐大辽贺正旦人使却回雄州御筵口宣 3/1254

赐大辽贺正旦人使生饩口宣 3/1255

赐大辽贺正旦人使银铊锣唾盂子锦

被等口宣	3/1277	赐殿前都指挥使以下罢散坤成节道	
		场香酒果口宣	3/1282
赐大辽贺正旦人使正月一日就驿御		赐殿前副都指挥使苗授已下罢散兴	
筵口宣	3/1278	龙节道场香酒果口宣	3/1270
赐大辽贺正旦人使正月一日入贺毕		赐殿前司罢散坤成节道场香酒果口宣	
就驿御筵口宣	3/1226		3/1264
赐大辽贺正旦人贺毕使副就驿酒果		赐端明殿学士银青光禄大夫致仕范	
口宣	3/1255	镇奖谕诏	3/1206
赐大辽贺正旦人贺毕使副就驿御筵		赐范纯仁吕大防辞恩命上第二表不	
口宣	3/1256	允断来章批答口宣	3/1259
赐大辽贺正旦使副春幡胜口宣			
	3/1257	赐淅马都尉李玮已下罢散兴龙节道	
赐大辽贺正旦使副前一日内中酒果		场香酒果口宣	3/1269
口宣	3/1256	赐故夏国主嗣子乾顺进奉谢恩马驼	
赐大辽贺正旦使副射弓例物口宣		回诏（一）	3/1182
	3/1257	赐故夏国主嗣子乾顺进奉谢恩马驼	
赐大辽贺正旦使副银铤锣等口宣		回诏（二）	3/1182
	3/1254	赐观文殿大学士光禄大夫知永兴军韩	
赐大辽坤成节使副生饩口宣	3/1281	缜茶银合兼传宣抚问口宣	3/1237
赐大辽人使贺坤成节入见讫归驿酒		赐观文殿大学士光禄大夫知永兴军	
果口宣	3/1263	韩缜三上表陈乞致仕不允断来章诏	
赐大辽人使贺坤成节入见讫归驿御			3/1197
筵口宣	3/1263	赐观文殿大学士光禄大夫知永兴军	
赐殿前都虞候宁州团练使知熙州刘		韩缜三上表乞致仕不许断来章诏	
舜卿进奉贺冬马敕书	3/1220		3/1197
赐殿前都指挥使燕达已下罢散坤成		赐观文殿大学士知颍昌府韩缜上表	
节道场香酒果口宣	3/1235	辞免恩命不允诏	3/1177
赐殿前都指挥使燕达已下罢散兴龙		赐观文殿学士正议大夫知河南府孙	
节道场香酒果口宣	3/1249	固乞致仕不允诏（一）	3/1178

赐观文殿学士正议大夫知河南府孙固乞致仕不允诏（二） 3/1178

赐观文殿学士正议大夫知河南府孙固乞致仕不允诏（三） 3/1178

赐观文殿学士正议大夫知河南府孙固乞致仕不允诏（四） 3/1179

赐光禄大夫守吏部尚书兼侍读苏颂上表乞致仕不允诏（一） 3/1209

赐光禄大夫守吏部尚书兼侍读苏颂上表乞致仕不允诏（二） 3/1209

赐光禄大夫守吏部尚书兼侍读苏颂上第二表陈乞致仕不允诏（一） 3/1209

赐光禄大夫守吏部尚书兼侍读苏颂上第二表陈乞致仕不允诏（二） 3/1210

赐韩绛上第二表乞致仕不允诏 3/1175

赐韩绛上第三表乞致仕不许断来章诏（一） 3/1175

赐韩绛上第三表乞致仕不许断来章诏（二） 3/1176

赐翰林学士中大夫兼侍读赵彦若辞免国史修撰不允诏 3/1211

赐河北两路诸军秋季银鞋兼传宣抚问臣寮将校口宣 3/1261

赐河东节度使太师开府仪同三司太原尹致仕文彦博温溪心马诏 3/1211

赐河东路诸军来年春季银鞯兼传宣抚问臣寮将校口宣 3/1225

赐河西军节度使西蕃邈川首领阿里骨进奉回程诏 3/1204

赐河西军节度使西蕃邈川首领阿里骨进奉回诏 3/1202

赐胡宗愈辞免恩命不允断来章批答口宣 3/1260

赐护国军节度使济阳郡王曹佾罢散坤成节道场香酒果口宣 3/1266

赐护国军节度使检校太师济阳郡王曹佾生日礼物口宣 3/1231

赐皇伯祖高密郡王宗晟已下罢散兴龙节道场香酒果口宣 3/1248

赐皇伯祖高密郡王宗晟以下罢散坤成节道场香酒果口宣 3/1282

赐皇伯祖嗣濮王宗晖已下罢散坤成节道场香酒果口宣 3/1265

赐皇伯祖嗣濮王宗晖已下罢散兴龙节道场香酒果口宣 3/1271

赐皇伯祖彰化军节度使高密郡王宗晟生日礼物口宣 3/1232

赐皇伯祖镇南军节度使开府仪同三司宗晖已下罢散坤成节道场香酒果口宣 3/1235

赐皇伯祖宗晟辞免恩命起复允终丧制诏（一） 3/1211

赐皇伯祖宗晟辞免恩命起复允终丧

制诏（二） 3/1212
赐皇伯祖宗晟辞免起复恩命不许诏
（一） 3/1194
赐皇伯祖宗晟辞免起复恩命不许诏
（二） 3/1194
赐皇伯祖宗晟辞免起复恩命不许诏
（三） 3/1194
赐皇伯祖宗晟辞免起复恩命不许诏
（四） 3/1195
赐皇伯祖宗晟辞免起复恩命不允断
来章批答口宣 3/1269
赐皇伯祖宗晟辞免起复恩命不允批
答口宣 3/1269
赐皇伯祖宗晟辞免起复恩命不允诏
（一） 3/1205
赐皇伯祖宗晟辞免起复恩命不允诏
（二） 3/1205
赐皇弟大宁郡王俣生日礼物口宣
3/1281
赐皇弟定武军节度使开府仪同三司
咸宁郡王侯生日礼物口宣 3/1239
赐皇弟普宁郡王似生日礼物口宣
3/1287
赐皇弟普宁郡王侯生日礼物口宣
3/1275
赐皇弟山南东道节度使开府仪同三
司俣生日礼物口宣 3/1232
赐皇弟山南东道节度使开府仪同三司
大宁郡王俣生日礼物口宣 3/1263
赐皇弟武成军节度使祁国公偲生日
礼物口宣 3/1238
赐皇弟镇宁军节度使开府仪同三司
遂宁郡王佶生日礼物口宣 3/1243
赐皇叔成德荆南等军节度使守太尉
开府仪同三司荆王颢生日礼物口宣
3/1238
赐皇叔改封徐王颢上表辞免册礼允
诏（一） 3/1204
赐皇叔改封徐王颢上表辞免册礼允
诏（二） 3/1204
赐皇叔新封徐王上第二表辞免恩命
不允断来章批答口宣 3/1268
赐皇叔徐王罢散兴龙节道场香酒果
口宣 3/1272
赐皇叔徐王颢生日礼物口宣 3/1280
赐皇叔扬王颢生日礼物口宣 3/1236
赐皇叔扬王荆王醴泉观罢散坤成节
道场香酒果口宣 3/1236
赐皇叔扬王醴泉观罢散坤成节道场
香酒果口宣 3/1265
赐皇叔祖保信军节度使安康郡王宗
隐生日礼物口宣 3/1228
赐皇叔祖建雄军节度观察留后同知
大宗正事宗景上表辞恩命不允诏
3/1171
赐皇叔祖宁国军节度使华原郡王宗

愈生日礼物口宣 3/1229

赐刘挚辞免恩命不允断来章批答口宣 3/1260

赐皇叔祖同知大宗正事宗景罢散兴龙节道场香酒果口宣 3/1271

赐龙图阁学士河东路经略使兼知太原府曾布乙除一闲慢州郡不允诏 3/1204

赐皇叔祖昭信军节度使汉东郡王宗瑗生日礼物口宣 3/1228

赐龙图阁直学士尚书工部侍郎蔡延庆乙知应天府不允诏 3/1187

赐皇叔祖宗景上表辞恩命不许诏 3/1171

赐龙图阁直学士新差知秦州吕公著乙改授官观小郡差遣不允诏 3/1181

赐集禧观使镇江军节度使开府仪同三司韩绛到阙生犒口宣 3/1231

赐龙图阁直学士正议大夫权知开封府吕公著上表陈乙致仕不允诏（一） 3/1208

赐集禧观使镇江军节度使开府仪同三司韩绛乙致仕不允诏（一） 3/1183

赐龙图阁直学士正议大夫权知开封府吕公著上表陈乙致仕不允诏（二） 3/1208

赐集禧观使镇江军节度使开府仪同三司韩绛乙致仕不允诏（二） 3/1183

赐吕公著辞恩命上第二表不允断来章批答口宣 3/1259

赐济阳郡王曹佾罢散兴龙节道场酒果口宣 3/1249

赐马步军司罢散坤成节道场香酒果口宣 3/1265

赐济阳郡王曹佾罢散兴龙节道场香酒果口宣 3/1271

赐马步军太尉姚麟已下罢散坤成节道场香酒果口宣 3/1281

赐济阳郡王曹佾在朝假将百日特与宽假将理诏 3/1208

赐南平王李乾德历日敕书 3/1213

赐检校司空左武卫上将军郭逵进奉谢恩马诏 3/1193

赐平海军节度使驸马都尉李玮已下罢散坤成节道场香酒果口宣 3/1235

赐交州进奉人朝见诏就驿御筵口宣 3/1230

赐平海军节度使驸马都尉李玮已下罢散坤成节道场香酒果口宣 3/1283

赐金紫光禄大夫守尚书右仆射兼中书侍郎吕公著生日诏 3/1174

赐前两府并待制已上知州初冬衣袄诏 3/1187

赐泾原路经略使并应守城御贼汉蕃使臣已下银合茶药兼传宣抚问口宣 3/1240

篇名音序索引 4339

赐权管勾马军司公事姚麟已下罢散兴龙节道场酒果口宣 3/1270

赐权陕府西路转运判官孙路银绢奖谕敕书 3/1214

赐陕府西路转运判官孙路银合茶药口宣 3/1240

赐陕府西路转运司勾当公事游师雄银合茶药口宣 3/1240

赐尚书刑部侍郎范百禄乞外任不允诏 3/1181

赐尚书右仆射兼中书侍郎范纯仁生日诏 3/1203

赐尚书左丞李清臣乞退不允批答（一） 3/1290

赐尚书左丞李清臣乞退不允批答（二） 3/1291

赐尚书左丞李清臣乞退不允批答口宣 3/1230

赐尚书左丞李清臣生日诏 3/1179

赐尚书左丞刘挚生日诏 3/1188

赐侍卫亲军马军都虞候刘昌祚进奉贺明堂礼毕马敕书 3/1213

赐试户部侍郎赵瞻陈乞便郡不允诏 3/1194

赐守尚书右丞胡宗愈乞除闲慢差遣不允诏 3/1203

赐守司空开府仪同三司致仕韩绛乞受册礼毕随班称贺免赴诏 3/1186

赐枢密安焘已下罢散兴龙节道场香酒果口宣 3/1272

赐枢密直学士守兵部尚书王存乞知陈州不允诏 3/1179

赐嗣濮王宗晖生日礼物口宣 3/1243

赐太师平章军国重事文彦博辞免免入朝拜礼允批答口宣 3/1239

赐太师平章军国重事文彦博上第一表乞致仕不许批答（一） 3/1310

赐太师平章军国重事文彦博上第一表乞致仕不许批答（二） 3/1311

赐太师平章军国重事文彦博宰相吕公著自今后入朝凡有拜礼宜并特与免拜诏 3/1185

赐太师文彦博辞免不拜恩命许批答（一） 3/1296

赐太师文彦博辞免不拜恩命许批答（二） 3/1297

赐太师文彦博等请太皇太后受册第二表不许批答 3/1294

赐太师文彦博等上第三表请太皇太后受册许批答 3/1294

赐太师文彦博乞致仕不许断来章批答（一） 3/1300

赐太师文彦博乞致仕不许断来章批答（二） 3/1300

赐太师文彦博乞致仕不许批答（一） 3/1289

赐太师文彦博乞致仕不许批答（二） 3/1289

赐太师文彦博乞致仕不允断来章批答口宣 3/1241

赐太师文彦博乞致仕不允断来章批答口宣 3/1268

赐太师文彦博乞致仕不允批答口宣 3/1229

赐太师文彦博乞致仕不允诏（一） 3/1187

赐太师文彦博乞致仕不允诏（二） 3/1187

赐太师文彦博乞致仕不允诏（一） 3/1192

赐太师文彦博乞致仕不允诏（二） 3/1192

赐太师文彦博乞致仕第一表不允批答口宣 3/1241

赐太师文彦博上第一表乞致仕不允批答（一） 3/1299

赐太师文彦博上第一表乞致仕不允批答（二） 3/1299

赐太师文彦博生日礼物口宣 3/1244

赐太师文彦博生日诏 3/1188

赐太师文彦博已下罢散坤成节道场香酒果口宣 3/1234

赐太师文彦博已下罢散坤成节道场香酒果口宣 3/1266

赐太师文彦博已下罢散兴龙节酒果口宣 3/1250

赐太中大夫守尚书左仆射兼门下侍郎吕大防生日礼物口宣 3/1263

赐泰宁军节度观察留后知相州李珣进奉贺冬马一匹诏 3/1207

赐同知枢密院事范纯仁生日诏3/1184

赐同知枢密院事韩忠彦已下罢散坤成节道场香酒果口宣 3/1283

赐外任臣寮等进奉坤成节功德疏诏敕书 3/1216

赐外任臣寮进奉贺皇太后皇太妃受册马诏敕 3/1192

赐外任臣寮进奉坤成节银敕书 3/1215

赐外任臣寮进奉谢恩马诏敕 3/1195

赐外任臣寮进奉兴龙节功德疏诏敕 3/1196

赐外任臣寮进奉兴龙节马敕书 3/1218

赐外任臣寮进奉兴龙节马诏敕书 3/1214

赐外任臣寮进奉兴龙节马诏敕书 3/1220

赐外任臣寮进贺太皇太后受册马诏敕 3/1192

赐外任臣寮历日敕书 3/1217

赐外任臣寮历日诏敕书 3/1213

赐王存辞免恩命不允断来章批答口宣 3/1260

篇名音序索引 4341

赐文太师已下罢散兴龙节道场香酒果口宣 3/1272

赐文武百寮太师文彦博以下上第一表请举乐不许批答（一） 3/1292

赐文武百寮太师文彦博以下上第一表请举乐不许批答（二） 3/1293

赐文武百寮太师文彦博以下上第二表请举乐不许批答（一） 3/1293

赐文武百寮太师文彦博以下上第二表请举乐不许批答（二） 3/1293

赐文武百寮太师文彦博以下上第三表请举乐不许批答（二） 3/1293

赐文武百寮太师文彦博以下上第四表请举乐不许批答（一） 3/1294

赐文武百寮太师文彦博以下上第四表请举乐不许批答（二） 3/1294

赐文武百寮文彦博以下上第五表请皇帝御正殿复常膳允批答 3/1292

赐文武百寮文彦博以下上第五表请太皇太后复常膳许批答 3/1292

赐文武百寮文彦博以下上第一表请皇帝御正殿复常膳不允批答 3/1291

赐文武百寮文彦博以下上第一表请太皇太后复常膳不许批答 3/1291

赐五台山十寺僧正省奇等奖谕敕书 3/1221

赐五台山十寺僧正省奇等进奉兴龙节功德疏等奖谕敕书 3/1217

赐五台山十寺僧正省奇已下奖谕敕书 3/1220

赐西南蕃莫世忍等进奉敕书 3/1221

赐西南罗藩进奉敕书 3/1215

赐溪洞蛮人彭允宗等进奉端午布敕书 3/1214

赐溪洞彭儒武等进奉兴龙节溪布敕书 3/1218

赐熙河路副总管姚兕等银合茶药口宣 3/1242

赐熙河秦凤路帅臣并沿边知州军臣寮茶银合兼传宣抚问口宣 3/1237

赐熙河秦凤路提刑转运茶银合兼传宣抚问口宣 3/1237

赐夏国主进奉贺坤成节回诏 3/1211

赐新除保宁军节度使冯京告敕诏书茶药口宣 3/1229

赐新除殿前副都指挥使武泰军节度使苗授辞免恩命第二表不允批答口宣 3/1267

赐新除殿前副都指挥使武泰军节度使苗授上第一表辞免恩命不许断来章批答（一） 3/1310

赐新除殿前副都指挥使武泰军节度使苗授上第一表辞免恩命不许断来章批答（二） 3/1310

赐新除翰林学士朝请大夫知制诰许将赴阙诏 3/1200

赐新除兼侍读依前光禄大夫吏部尚书苏颂辞免恩命不允诏 3/1186

赐新除检校太保依前河西军节度使阿里骨加恩制告诏　3/1172

赐新除检校太尉守司空依前开府仪同三司致仕韩绛辞免恩命不允批答（一）　3/1296

赐新除检校太尉守司空依前开府仪同三司致仕韩绛辞免恩命不允批答（二）　3/1296

赐新除吏部侍郎傅尧俞辞免恩命乞知陈州不允诏　3/1184

赐新除龙图阁直学士李之纯辞恩命不允诏　3/1191

赐新除龙图阁直学士依前中散大夫陈安石辞免恩命不允诏　3/1212

赐新除落致仕依前光禄大夫范镇赴阙诏　3/1176

赐新除门下侍郎孙固辞恩命不允诏　3/1199

赐新除门下侍郎孙固辞免恩命不允断来章批答口宣　3/1260

赐新除尚书左丞刘挚辞免恩命不允诏　3/1183

赐新除尚书左仆射吕大防尚书右仆射范纯仁辞免恩命不允批答口宣　3/1259

赐新除试吏部侍郎范百禄辞免恩命不允诏　3/1184

赐新除试御史中丞孙觉辞免恩命不

允诏　3/1199

赐新除守尚书右仆射兼中书侍郎范纯仁上第二表辞免恩命不许断来章批答（一）　3/1306

赐新除守尚书右仆射兼中书侍郎范纯仁上第二表辞免恩命不许断来章批答（二）　3/1307

赐新除守尚书右仆射兼中书侍郎范纯仁上第一表辞免恩命不允批答（一）　3/1304

赐新除守尚书右仆射兼中书侍郎范纯仁上第一表辞免恩命不允批答（二）　3/1304

赐新除守尚书左仆射兼门下侍郎吕大防上第二表辞免恩命不许断来章批答（一）　3/1305

赐新除守尚书左仆射兼门下侍郎吕大防上第二表辞免恩命不许断来章批答（二）　3/1306

赐新除守尚书左仆射门下侍郎吕大防辞免恩命不允批答（一）　3/1311

赐新除守尚书左仆射门下侍郎吕大防辞免恩命不允批答（二）　3/1312

赐新除守司空同平章军国事吕公著辞免不允批答口宣　3/1287

赐新除守司空同平章军国事吕公著辞免恩命不允诏　3/1196

赐新除守司空同平章事吕公著上表

辞免不许批答 3/1312
赐新除守司空同平章事吕公著上第一表辞免恩命不允批答 3/1311
赐新除枢密直学士知定州韩忠彦乞改一偏州不允诏 3/1179
赐新除司空同平章军国事吕公著辞免册礼许诏 3/1200
赐新除司空同平章军国事吕公著辞免册礼允诏 3/1201
赐新除司空同平章军国事吕公著上第二表辞免恩命不许断来章批答（一） 3/1305
赐新除司空同平章军国事吕公著上第二表辞免恩命不许断来章批答（二） 3/1305
赐新除太中大夫守尚书右仆射兼中书侍郎范纯仁辞免恩命不允诏 3/1196
赐新除太中大夫守尚书右仆射兼中书侍郎范纯仁再上札子辞免恩命不允诏 3/1197
赐新除太中大夫守尚书左仆射兼门下侍郎吕大防辞免恩命不允诏 3/1196
赐新除依前朝散大夫守尚书更部侍郎充龙图阁待制傅尧命辞免恩命不允诏 3/1202
赐新除依前光禄大夫刑部尚书苏颂辞恩命不允诏 3/1176
赐新除依前交趾郡王李乾德加恩制告敕书 3/1213
赐新除依前静海军节度使进封南平王李乾德制诰敕书 3/1215
赐新除依前正议大夫守门下侍郎孙固辞免恩命不许断来章批答（一） 3/1307
赐新除依前正议大夫守门下侍郎孙固辞免恩命不许断来章批答（二） 3/1307
赐新除依前中大夫守尚书左丞王存辞免恩命不许断来章批答（一） 3/1302
赐新除依前中大夫守尚书左丞王存辞免恩命不许断来章批答（二） 3/1303
赐新除依前中大夫守尚书左丞王存辞免恩命不允诏 3/1198
赐新除依前中大夫守中书侍郎刘挚辞免恩命不许断来章批答（一） 3/1302
赐新除依前中大夫守中书侍郎刘挚辞免恩命不许断来章批答（二） 3/1302
赐新除依前中大夫守中书侍郎刘挚辞免恩命不允诏 3/1198
赐新除依前中大夫守中书侍郎吕大防辞恩命不允诏 3/1174

赐新除依前中大夫守中书侍郎吕大防辞免恩命不允断来章批答口宣 3/1224

赐新除依前中散大夫充枢密直学士金书枢密院事赵瞻辞免恩命不允断来章批答（一） 3/1308

赐新除依前中散大夫充枢密直学士金书枢密院事赵瞻辞免恩命不允断来章批答（二） 3/1309

赐新除依前中散大夫充枢密直学士签书枢密院事赵瞻辞免恩命不允诏 3/1198

赐新除依前中散大夫充枢密直学士签书枢密院事赵瞻辞免恩命不允诏 3/1200

赐新除右光禄大夫依前知枢密院事安焘辞恩命不允诏 3/1199

赐新除御史中丞傅尧命辞免恩命不允诏 3/1175

赐新除知枢密院安焘辞免恩命不许断来章批答（一） 3/1295

赐新除知枢密院安焘辞免恩命不许断来章批答（二） 3/1295

赐新除知枢密院安焘辞免恩命不允断来章批答口宣 3/1237

赐新除知枢密院安焘辞免恩命不允诏 3/1185

赐新除中大夫守尚书右丞胡宗愈辞免恩命不许断来章批答（一） 3/1308

赐新除中大夫守尚书右丞胡宗愈辞免恩命不许断来章批答（二） 3/1308

赐新除中大夫守尚书右丞胡宗愈辞免恩命不允诏 3/1198

赐新除中大夫守尚书右丞胡宗愈辞免恩命不允诏 3/1200

赐新除中大夫守尚书右丞胡宗愈辞免恩命不允诏 3/1201

赐新除中大夫守尚书右丞刘挚辞恩命不许断来章批答（一） 3/1288

赐新除中大夫守尚书右丞刘挚辞恩命不许断来章批答（二） 3/1289

赐新除中大夫守尚书右丞刘挚辞恩命不允断来章批答口宣 3/1224

赐新除中大夫守尚书右丞王存辞免恩命不允断来章批答（一） 3/1295

赐新除中大夫守尚书右丞王存辞免恩命不允断来章批答（二） 3/1295

赐新除中大夫守尚书右丞王存辞免恩命不允诏 3/1183

赐新授枢密直学士赵尚进奉谢恩马诏 3/1212

赐徐王罢散坤成节道场香酒果口宣 3/1284

赐许将辞免恩命不允诏 3/1201

赐宣徽南院使充太一宫使冯京乞依职任官例祇赴六参不允诏 3/1210

篇名音序索引 4345

赐右正议大夫守尚书左仆射吕大防生日礼物口宣 3/1280

赐右正议大夫守尚书左仆射吕大防生日诏 3/1210

赐于阗国黑汗王进奉登位敕书 3/1217

赐于阗国黑汗王进奉示谕敕书 3/1218

赐于阗国黑汗王进奉示谕敕书（一） 3/1219

赐于阗国黑汗王进奉示谕敕书（二） 3/1219

赐于阗国黑汗王进奉示谕敕书（二） 3/1219

赐于阗国黑汗王男被令帝英进奉敕书 3/1219

赐于阗国进奉人进发前一日御筵口宣 3/1247

赐于阗国进奉人使正旦就驿御筵口宣 3/1278

赐宰臣吕公著生日礼物口宣 3/1222

赐宰相吕大防已下罢散坤成节道场香酒果口宣 3/1285

赐宰相吕公著辞免不拜恩命允批答（一） 3/1298

赐宰相吕公著辞免不拜恩命允批答（二） 3/1299

赐宰相吕公著乞罢免相位不允诏 3/1186

赐宰相吕公著乞罢相位不许断来章批答（一） 3/1297

赐宰相吕公著乞罢相位不许断来章

批答（二） 3/1297

赐宰相吕公著乞罢相位不允断来章批答口宣 3/1238

赐宰相吕公著乞罢相位除一外任不许批答（一） 3/1298

赐宰相吕公著乞罢相位除一外任不许批答（二） 3/1298

赐宰相吕公著乞退不许批答 3/1290

赐宰相吕公著乞退不允批答 3/1290

赐宰相吕公著乞退不允批答口宣 3/1230

赐宰相吕公著乞外任不允批答口宣 3/1238

赐宰相吕公著乞致仕不允断来章批答口宣 3/1258

赐宰相吕公著上第二表乞致仕不许断来章批答（一） 3/1301

赐宰相吕公著上第二表乞致仕不许断来章批答（二） 3/1301

赐宰相吕公著上第二表乞致仕不允批答口宣 3/1258

赐宰相吕公著上第一表乞致仕不允批答（一） 3/1300

赐宰相吕公著上第一表乞致仕不允批答（二） 3/1301

赐宰相吕公著生日礼物口宣 3/1246

赐宰相吕公著生日诏 3/1191

赐彰化军节度使开府仪同三司判大

宗正事宗晟上表乞还职事不允诏（一） 3/1182

赐彰化军节度使开府仪同三司判大宗正事宗晟上表乞还职事不允诏（二） 3/1182

赐赵瞻辞免恩命不允断来章批答口宣 3/1261

赐镇江军节度使充集禧观使韩绛茶药诏 3/1180

赐镇江军节度使充集禧观使韩绛赴阙诏（一） 3/1180

赐镇江军节度使充集禧观使韩绛赴阙诏（二） 3/1181

赐镇江军节度使充集禧观使韩绛诏书茶药口宣 3/1229

赐镇江军节度使检校太傅开府仪同三司上柱国康国公判大名府韩绛上表乞致仕不许诏（一） 3/1173

赐镇江军节度使判大名府韩绛上第二表乞致不许诏 3/1177

赐镇江军节度使判大名府韩绛诏书汤药口宣（一） 3/1223

赐镇江军节度使判大名府韩绛诏书汤药口宣（二） 3/1223

赐正议大夫守门下侍郎孙固生日诏 3/1203

赐正议大夫同知枢密院安焘乞退不允诏（一） 3/1313

赐正议大夫同知枢密院安焘乞退不允诏（二） 3/1314

赐正议大夫同知枢密院事安焘乞退不允批答口宣 3/1222

赐正议大夫同知枢密院事安焘乞退不允诏 3/1175

赐正议大夫同知枢密院事安焘乞外郡不许批答（一） 3/1288

赐正议大夫同知枢密院事安焘乞外郡不许批答（二） 3/1288

赐正议大夫同知枢密院事安焘乞外郡不允断来章批答口宣 3/1224

赐正议大夫知邓州蔡确乞量移弟硕允诏 3/1206

赐正议大夫知枢密院事安焘辞免迁官恩命允诏 3/1201

赐正议大夫知枢密院事安焘乞退不允批答（一） 3/1309

赐正议大夫知枢密院事安焘乞退不允批答（二） 3/1309

赐正议大夫知枢密院事安焘生日诏 3/1203

赐知兰州王文郁银绢奖谕敕书3/1214

赐知乾宁军内殿承制张赴奖谕敕书 3/1219

赐知枢密院事安焘已下罢散坤成节道场香酒果口宣 3/1234

赐知枢密院事安焘已下罢散坤成节

篇名音序索引 4347

道场香酒果口宣	3/1265	臣初冬衣袄敕书	3/1215
赐知枢密院事安焘已下罢散坤成节御筵口宣	3/1233	赐资政殿学士太中大夫新差知成都府王安礼银合茶药诏	3/1190
赐知枢密院事安焘已下罢散兴龙节道场酒果口宣	3/1249	赐资政殿学士太中大夫新知成都府王安礼乞知陈颍等一郡不允诏	3/1188
赐知枢密院事安焘已下罢散兴龙节道场香果口宣	3/1249	赐资政殿学士新差知成都府王安礼诏书银合茶药传宣抚问口宣	3/1247
赐知渭州刘昌祚进奉谢恩并赐月俸公使及贺端午节马诏	3/1206	赐资政殿学士知邓州韩维进奉谢恩马诏	3/1193
赐知渭州刘昌祚进奉兴龙节银诏	3/1205		
赐中大夫守尚书右丞王存生日诏	3/1193	赐宗室开府仪同三司以下罢散坤成节道场香酒果口宣	3/1264
赐中大夫守尚书左丞王存生日诏	3/1207	葱羹法	8/4154
		促织	1/433
赐诸路臣寮春季银绢兼抚问口宣	3/1252	崔浩占星	5/2792
		崔文学甲携文见过,萧然有出尘之姿。问之,则孙介夫之甥也。故复用前韵赋一篇示志举	2/791
赐诸路臣寮中冬衣袄口宣	3/1246		
赐诸路蕃官并溪洞蛮人初冬衣袄敕书	3/1216	催试官考较戏作	1/167
赐诸路屯驻驻泊就粮本城诸员寮等初冬衣袄都敕	3/1216	村醪二尊献张平阳	2/816
		措大吃饭	8/3913
赐诸路知州职司等并总管钤辖至使			

D

答安师孟书	4/1829	答晁发运及诸郡启	4/1766
答毕仲举（一）	4/2037	答晁君成	4/2145
答毕仲举（二）	4/2038	答晁以道索书	2/865

答陈传道（一）	4/1953	答范景山	4/2143
答陈传道（二）	4/1954	答范蜀公书（一）	4/1836
答陈传道（三）	4/1954	答范蜀公书（二）	4/1836
答陈传道（四）	4/1955	答范蜀公书（三）	4/1836
答陈传道（五）	4/1955	答范蜀公书（四）	4/1837
答陈履常（一）	4/1939	答范蜀公书（五）	4/1837
答陈履常（二）	4/1939	答范蜀公书（六）	4/1837
答陈师仲主簿书	4/1820	答范蜀公书（七）	4/1838
答陈述古二首	1/249	答范蜀公书（八）	4/1838
答陈提刑启	4/1766	答范蜀公书（九）	4/1838
答陈斋郎启	4/1770	答范蜀公书（一〇）	4/1838
答刁景纯（一）	4/2075	答范蜀公书（一一）	4/1839
答刁景纯（二）	4/2076	答弓明夫	4/2286
答丁连州朝奉启	4/1768	答馆职启	4/1770
答杜侍郎启	4/1761	答龟山长老（一）	4/2234
答范纯夫（一）	4/1843	答龟山长老（二）	4/2234
答范纯夫（二）	4/1843	答龟山长老（三）	4/2234
答范纯夫（三）	4/1843	答龟山长老（四）	4/2234
答范纯夫（四）	4/1843	答海上翁	2/754
答范纯夫（五）	4/1844	答汉卿	4/2145
答范纯夫（六）	4/1844	答杭州交代林待制启（一）	4/1763
答范纯夫（七）	4/1844	答杭州交代林待制启（二）	4/1763
答范纯夫（八）	4/1845	答黄鲁直（一）	4/1915
答范纯夫（九）	4/1845	答黄鲁直（二）	4/1915
答范纯夫（一〇）	4/1845	答黄鲁直（三）	4/1916
答范纯夫（一一）	4/1846	答黄鲁直（四）	4/1916
答范淳甫	1/307	答黄鲁直（五）	4/1917
答范端明启	4/1761	答贾耘老	8/4031

篇名音序索引 4349

答贾耘老（一）	4/2086	答李端叔（七）	4/1924
答贾耘老（二）	4/2086	答李端叔（八）	4/1924
答贾耘老（三）	4/2086	答李端叔（九）	4/1925
答贾耘老（四）	4/2087	答李端叔（一〇）	4/1925
答贾耘老（一）	8/4046	答李端叔书	4/1824
答贾耘老（二）	8/4046	答李方叔（一）	4/1955
答径山琳长老	2/797	答李方叔（二）	4/1956
答君瑞殿直	4/2146	答李方叔（三）	4/1956
答郡中同僚贺雨	1/331	答李方叔（四）	4/1956
答开元明座主（一）	4/2230	答李方叔（五）	4/1957
答开元明座主（二）	4/2230	答李方叔（六）	4/1957
答开元明座主（三）	4/2230	答李方叔（七）	4/1957
答开元明座主（四）	4/2230	答李方叔（八）	4/1957
答开元明座主（五）	4/2231	答李方叔（九）	4/1958
答开元明座主（六）	4/2231	答李方叔（一〇）	4/1958
答开元明座主（七）	4/2231	答李方叔（一一）	4/1958
答开元明座主（八）	4/2231	答李方叔（一二）	4/1958
答开元明座主（九）	4/2232	答李方叔（一三）	4/1959
答孔君颂	6/3100	答李方叔（一四）	4/1959
答孔周翰求书与诗	1/289	答李方叔（一五）	4/1959
答李邦直	1/254	答李方叔（一六）	4/1959
答李琮书	4/1826	答李方叔（一七）	4/1960
答李端叔（一）	4/1922	答李方叔书	4/1823
答李端叔（二）	4/1923	答李公择	1/282
答李端叔（三）	4/1923	答李寺丞（一）	4/2174
答李端叔（四）	4/1923	答李寺丞（二）	4/2174
答李端叔（五）	4/1924	答李秀才元	4/2145
答李端叔（六）	4/1924	答李昭玘书	4/1830

苏东坡全集

答李知府启	4/1767	答庞安常（二）	4/1964
答廖明略（一）	4/1936	答庞安常（三）	4/1964
答廖明略（二）	4/1936	答彭贺州启	4/1767
答临江军知军王承议启	4/1768	答彭舍人启	4/1764
答刘道原	4/2241	答虔人王正彦	4/2156
答刘景文	4/2274	答虔倅俞括	4/2143
答刘巨济书	4/1825	答乔舍人启	4/1765
答刘沔都曹书	4/1821	答秦太虚（一）	4/1917
答刘无言	4/2153	答秦太虚（二）	4/1917
答刘元忠（一）	4/2028	答秦太虚（三）	4/1918
答刘元忠（二）	4/2028	答秦太虚（四）	4/1918
答刘元忠（三）	4/2028	答秦太虚（五）	4/1919
答刘元忠（四）	4/2028	答秦太虚（六）	4/1920
答吕梁仲屯田	1/288	答秦太虚（七）	4/1920
答吕熙道（一）	4/2146	答青州张秘校	4/2177
答吕熙道（二）	4/2146	答清凉长老	4/2235
答吕元钧（一）	4/2148	答求亲启	4/1772
答吕元钧（二）	4/2148	答任师中，家汉公	1/282
答吕元钧（三）	4/2149	答任师中次韵	1/163
答毛泽民（一）	4/1950	答史彦明主簿（一）	4/2149
答毛泽民（二）	4/1951	答史彦明主簿（二）	4/2149
答毛泽民（三）	4/1951	答试馆职人启	4/1771
答毛泽民（四）	4/1951	答舒尧文（一）	4/2036
答毛泽民（五）	4/1952	答舒尧文（二）	4/2036
答毛泽民（六）	4/1952	答蜀僧几演	4/2229
答毛泽民（七）	4/1952	答宋寺丞	4/2173
答莫提刑启	4/1766	答苏伯固（一）	4/2099
答庞安常（一）	4/1964	答苏伯固（二）	4/2099

篇名音序索引

答苏伯固（三）	4/2100	答杨礼先（二）	4/2151
答苏伯固（四）	4/2100	答杨礼先（三）	4/2151
答苏子平先辈（一）	4/2091	答杨屯田启（一）	4/1765
答苏子平先辈（二）	4/2091	答杨屯田启（二）	4/1765
答王定民	1/321	答曾舍人启	4/1764
答王巩	1/312	答曾学士启	4/1762
答王龙图	4/2172	答张文潜（一）	4/1921
答王明州启	4/1767	答张文潜（二）	4/1921
答王圣美	4/2150	答张文潜（三）	4/1922
答王太仆启	4/1763	答张文潜（四）	4/1922
答王幼安（一）	4/2156	答张文潜县丞书	4/1819
答王幼安（二）	4/2156	答张主簿	4/2173
答王幼安（三）	4/2156	答仲屯田次韵	1/307
答王幼安宣德启	4/1770	答周循州	2/706
答王庄叔（一）	4/2155	答子勉三首	2/866
答王庄叔（二）	4/2155	大别方丈铭	6/3089
答吴子野（一）	4/2094	大臣论上	5/2600
答吴子野（二）	4/2094	大臣论下	5/2601
答吴子野（三）	4/2095	大池院题柱	6/3052
答吴子野（四）	4/2095	大慈极乐院题名	6/3052
答吴子野（五）	4/2095	大风留金山两日	1/335
答新苏州黄龙图启	4/1762	大寒步至东坡赠巢三	1/398
答秀州胡朝奉启	4/1769	大还丹诀	6/3005
答许状元启	4/1769	大黄散	8/4198
答杨君素（一）	4/2033	大觉鼎铭	6/3071
答杨君素（二）	4/2034	大老寺竹间阁子	1/125
答杨君素（三）	4/2034	大秦寺	1/127
答杨礼先（一）	4/2150	大相国寺开启祈雨道场斋文	6/3303

大行太皇太后高氏挽词二首	2/665	代张安道进功德疏文	6/3301
大行太皇太后灵驾发引文	6/3278	代张方平谏用兵书	3/1639
大雪独留尉氏,有客入驿,呼与饮,至		代任媧彭寿与其二伯母	4/2303
醉,诘旦,客南去,竟不知其谁	1/93	追砚铭	6/3068
大雪论差役不便札子	3/1441	追作《淮口遇风》诗,戏用其韵	1/454
大雪乞省试展限兼乞御试不分初覆		待旦	2/836
考札子	3/1440	待月台	1/256
大雪,青州道上,有怀东武园亭,寄交		戴安道不及阮千里	6/2941
代孔周翰	1/270	戴道士得四字代作	1/329
大雨联句	2/892	戴嵩《斗牛》	8/4072
大禹周公	8/4077	丹石砚铭	6/3066
代茶饮子	6/3021	丹元子示诗,飘飘然有谪仙风气,吴	
代茶饮子	8/4045	传正继作,复次其韵	2/660
代夫人与福应真大师	4/2235	儋耳	2/770
代侯公说项羽辞	5/2747	儋耳地狱（存目）	8/4087
代黄檗答子由颂	6/3100	儋耳山	2/735
代李琮论京东盗贼状	3/1646	儋耳夜书	8/3902
代吕大防乞录用吕海子孙札子		旦起理发	2/745
	3/1648	澹轩铭	6/3087
代毛正仲军衔厅成庆土道场疏		灊泉亭	1/257
	6/3340	导引语	8/3905
代普宁王贺冬表四首	3/1365	祷观音祈晴祝文	6/3363
代书答梁先	1/285	祷灵慧塔文（一）	6/3366
代宋选奏乞封太白山神状	3/1649	祷灵慧塔文（二）	6/3366
代滕达道湖州谢上表	3/1367	祷灵慧塔文（三）	6/3366
代滕达道景灵宫奉安表	3/1366	祷龙水祝文	6/3347
代滕甫辨谤乞郡状	3/1645	祷雨后稷祝文	6/3351
代滕甫论西夏书	3/1643	祷雨后土祝文	6/3350

篇名音序索引 4353

祷雨榖神祝文	6/3351	德有厚薄	6/3043
祷雨蝗溪祝文	6/3347	灯花一首赠王十六	2/835
祷雨社神祝文	6/3350	登厕讯行者	8/4314
祷雨天竺观音文	6/3367	登常山绝顶广丽亭	1/262
祷雨张龙公既应刘景文有诗次韵		登玲珑山	1/202
	2/620	登庐山	2/885
到昌化军谢表	3/1362	登望歇亭	1/286
到常州谢表（一）	3/1322	登云龙山	1/316
到常州谢表（二）	3/1322	登云龙山题名	6/3053
到官病倦，未尝会客。毛正仲惠茶，		登州海市	1/457
乃以端午小集石塔，戏作一诗为谢		登州孙氏万松堂	1/458
	2/634	登州谢两府启	4/1734
到黄州谢表	3/1318	登州谢上表（一）	3/1323
到惠州谢表	3/1362	登州谢上表（二）	3/1323
到颍未几，公帑已竭，斋厨索然，戏作		登州谢宣召赴阙表	3/1372
	2/615	登州召还议水军状	3/1407
盗不劫幸秀才酒	8/3947	邓公砚铭	6/3064
悼朝云	2/724	邓纲朝散郎监邕州慎门金坑制	
道德	5/2605		3/1117
道士锻铁	6/2999	邓义叔主客郎中王溥水部郎中制	
道士张易简	8/3931		3/1151
道士张易简	8/4096	邓忠臣母周氏挽词	1/404
道有升降政由俗革	5/2633	狄山论匈奴和亲	5/2650
道者院池上作	1/468	狄韶州煮蔓菁芦菔羹	2/783
得人惜	8/4264	狄咏石屏	1/475
德威堂铭	6/3083	狄溶刘定各降一官制	3/1111
德音到州祭诸庙祝文	6/3358	的对	8/4308
德音赦文	3/1169	籴米	2/742

荻蒲	1/256	蝶恋花（花褪残红青杏小）	2/970
抵三觉	8/4292	蝶恋花（记得画屏初会遇）	2/973
地骨散	8/4191	蝶恋花（帘外东风交雨霰）	2/971
地黄	2/712	蝶恋花（簌簌无风花自堕）	2/971
地炉	1/150	蝶恋花（一颗樱桃樊素口）	2/970
地狱变相偈	6/3142	蝶恋花（雨后春容清更丽）	2/971
第二札子（《辞两职并乞郡札子》）		蝶恋花（雨霰疏疏经泼火）	2/973
	3/1633	蝶恋花（云水萦回溪上路）	2/972
点绛唇（不用悲秋）	2/987	蝶恋花（自古涟漪佳绝地）	2/972
点绛唇（红杏飘香）	2/988	蝶恋花（昨夜秋风来万里）	2/973
点绛唇（莫唱阳关）	2/987	丁公默送蝍蛆	1/343
点绛唇（我辈情钟）	2/987	鼎砚铭	6/3064
点绛唇（闲倚胡床）	2/988	定风波（常羡人间琢玉郎）	2/950
点绛唇（月转乌啼）	2/988	定风波（好睡慵开莫厌迟）	2/949
点绛唇（醉漾轻舟）	2/987	定风波（两两轻红半晕腮）	2/947
点眼熊胆膏	8/4176	定风波（莫怪鸳鸯绣带长）	2/948
刁景纯赏瑞香花,忆先朝侍宴,次韵		定风波（莫听穿林打叶声）	2/948
	1/217	定风波（千古风流阮步兵）	2/949
刁景纯席上和谢生二首	1/222	定风波（与客携壶上翠微）	2/948
刁同年草堂	1/217	定风波（雨洗娟娟嫩叶光）	2/949
吊李台卿	1/394	定风波（月满苕溪照夜堂）	2/949
吊天竺海月辩师三首	1/198	定光师赞	6/3146
吊徐德占	1/395	定惠院颙师为余竹下开啸轩	1/367
蝶恋花（别酒劝君君一醉）	2/972	定惠院寓居月夜偶出	1/360
蝶恋花（春事阑珊芳草歇）	2/973	定州祷雨岳庙题名	6/3055
蝶恋花（灯火钱塘三五夜）	2/971	定州到任谢执政启	4/1737
蝶恋花（蝶懒莺慵春过半）	2/974	定州到状	4/1773
蝶恋花（泛泛东风初破五）	2/972	定州谢到任表	3/1360

定州学生砚盖隐语	6/3374	东园	2/867
东川清丝寄鲁冀州戏赠	2/572	冬季传宣抚问河北东路沿边臣寮口宣	
东府雨中别子由	2/664		3/1277
东莞资福堂老柏再生赞	6/3136	冬季传宣抚问诸路沿边臣寮口宣	
东湖	1/114		3/1246
东交门篾	6/3103	冬季抚问陕西转运使副口宣	3/1246
东栏梨花	1/275	冬季抚问诸路沿边臣寮口宣	3/1247
东林第一代广惠禅师真赞	6/3125	冬至福宁殿作水陆道场资荐神宗皇	
东楼	2/742	帝斋文	6/3302
东坡	1/405	冬至日独游吉祥寺	1/173
东坡八首	1/373	冬至日赠安节	1/380
东坡羹颂	6/3102	董储郎中尝知眉州,与先人游。过安	
东坡酒经	5/2760	丘,访其故居,见其子希甫,留诗	
东坡居士过龙光,求大竹作肩舆,得		屋壁	1/269
两竿。南华珪首座方受请为此山		董卓	1/237
长老。乃留一偈院中,须其至授		洞庭春色	2/626
之,以为他时语录中第一问	2/784	洞庭春色赋	3/1086
东坡居士过龙光,求大竹作肩舆,得		洞仙歌（冰肌玉骨）	2/964
两竿。时南华珪首座方受请为此		洞仙歌（江南腊尽）	2/964
山长老,乃留一偈院中,须其至授		洞霄宫	1/205
之,以为他时语录中第一问	6/3145	陡顿欢喜	8/4262
东坡升仙	8/3929	豆粥	1/427
东坡升仙	8/4095	窦婴田蚡	5/2776
东太一宫翻修殿宇奉告十神太一真		窦婴田蚡	8/4039
君祝文	6/3314	毒蛇所伤方	8/4196
东亭	2/742	独觉	2/744
东新桥	2/723	独游富阳普照寺	1/184
东阳水乐亭	1/200	独酌试药玉滑盏,有怀诸君子。明日	

苏东坡全集

望夜，月庭佳景不可失，作诗招之		杜沂游武昌，以酿酿花菩萨泉见饷，	
	2/617	二首	1/365
读道藏	1/117	杜正献焚圣语	6/2975
读后魏《贺狄干传》	2/821	杜正献焚圣语	8/4004
读晋史	2/820	杜子美诗	8/4067
读《开元天宝遗事》三首	1/107	妒佳月	1/120
读孟郊诗二首	1/293	端午遍游诸寺得禅字	1/338
读《坛经》	8/3921	端午帖子词二十七首	2/801
读《王衍传》	2/821	端午游真如，迟、适、远从，子由在酒局	
读文宗诗句	5/2440		1/416
读仲闵诗卷，因成长句	2/830	端溪紫蟾蜍砚铭	6/3091
髑髅赞	6/3107	端砚铭	6/3064
赌书字	6/3374	端砚铭	6/3067
赌书字	8/4030	端砚铭	6/3092
杜处士传	6/3156	端砚诗	2/840
杜纯大理少卿制	3/1164	端砚石铭	6/3066
杜纯刑部员外郎制	3/1147	短桥	1/97
杜甫诗	8/4081	断弓弦散	8/4181
杜纮右司郎中制	3/1148	断屠	8/4293
杜介送鱼	1/477	对韩柳诗	5/2417
杜介熙熙堂	1/300	遁轩	1/220
杜沂卫尉少卿钟离景伯少府少监制		朱颐	8/4290
	3/1145		

E

阿弥陀佛颂	6/3095	尔朱道士炼朱砂丹	8/3932
阿弥陀佛赞	6/3121	耳白于面（存目）	8/4069
鹅有二能	8/4072	二媪让路	8/4242

篇名音序索引 4357

二虫	1/388	二相公病	8/4289
二措大言志	6/3044	二鱼说	5/2763
二公再和,亦再答之	1/238	二月八日,与黄焘、僧县颖过逍遥堂	
二红饭	6/3044	何道士宗一问疾	2/718
二红饭	8/4076	二月二十六日,雨中熟睡。至晚,强起	
二姜散	8/4180	出门。还,作此诗。意思殊昏昏也	
二乐榭	1/256		1/363
二李优劣	8/4088	二月十九日携白酒、鲈鱼过詹使君,	
二十六日,五更起行,至磻溪,天未明		食槐叶冷淘	2/695
	1/118	二月十六日,与张、李二君游南溪,醉	
二十七日,自阳平至斜谷,宿于南山		后,相与解衣濯足,因咏韩公《山	
中蟠龙寺	1/119	石》之篇。慨然知其所以乐,而忘	
二疏图赞	6/3106	其在数百年之外也。次其韵 2/819	
二鲜于君以诗文见寄,作诗为谢 2/628			

F

发广州	2/686	泛舟城南,会者五人,分韵赋诗,得	
发洪泽,中途遇大风,复还	1/146	"人皆苦炎"字,四首	1/343
法报化三身（存目）	8/4086	范百禄刑部侍郎制	3/1159
法惠寺横翠阁	1/181	范纯礼可吏部郎中制	3/1112
法惠小饮,以诗索周开祖所作	2/824	范景仁定乐上殿	6/2974
法颖	6/2987	范景仁定乐上殿	8/4003
法云寺礼拜石记	6/2902	范景仁和赐酒烛诗,复次韵谢之	1/516
法云寺钟铭	6/3074	范景仁墓志铭	6/3223
蕃官兀遗常等十二人覃恩转官制		范蜀公呼我卜邻	8/3952
	3/1109	范文正公文集叙	5/2355
翻香令（金炉犹暖麝煤残）	2/983	范文正谏止朝正	6/2972
泛颍	2/612	范文正谏止朝正	8/4004

范子奇将作监制	3/1141	凤翔醴土火星青词	6/3338
范子渊知峡州制	3/1111	凤翔太白山祈雨祝文	6/3348
范祖禹可著作郎制	3/1108	凤咮研	8/4081
梵天寺见僧守诠小诗清婉可爱,次韵		凤咮砚铭	6/3065
	1/169	奉安神宗皇帝御容赴景灵宫导引歌辞	
方山子传	6/3153		6/3315
方丈记	6/2899	奉宸库翻修圣字等库了毕安慰土地	
房琯陈涛斜事	8/3962	道场斋文	6/3306
房琯之败	5/2794	奉敕祭西太一,和韩川韵四首	1/471
访散老不遇	2/833	奉酬仲闵食新面汤饼,仍闻杂麦甚	
访张山人得山中字二首	1/294	盛,因以戏之	2/830
放榜后论贡举合行事件	3/1447	奉和陈贤良	1/457
放鹤亭记	6/2871	奉和成伯大雨中会客解嘲	1/264
放生池碑	8/4090	奉和程正辅表兄一字韵诗跋	5/2517
费孝先卦影	6/2992	奉和赵成伯,兼戏禹功	1/261
费孝先卦影（存目）	8/4073	奉议王绩知太康县制	3/1138
费孝先卦影	8/3943	奉诏祷雨诸庙祝文	6/3350
丰年有高廪诗	2/837	佛菩萨语	8/4075
风水洞二首和李节推	1/183	佛日净慧寺题名	6/3052
风水洞闻二禽	2/824	佛日山荣长老方丈五绝	1/197
冯骥索债	8/4242	佛受戒平冤	8/4080
冯宗道右骐骥使内侍省内侍押班梁		佛心鉴偈	6/3144
惟简文思副使内侍省内侍押班制		佛印讥谑	8/4304
	3/1154	佛印纳东坡令	8/4307
凤将雏	6/2942	佛印题茶诗与东坡	8/4310
凤鸣驿记	6/2882	佛印因坡见罪	8/4308
凤翔八观	1/112	佛印与东坡墨斗说	8/4309
凤翔到任谢执政启	4/1732	佛印与东坡商谜	8/4309

篇名音序索引 4359

伏波将军庙碑	6/3190	抚问鄜延路臣寮口宣	3/1280
凫绎先生诗集叙	5/2356	抚问刘舜卿兼赐银合茶药口宣	
扶风天和寺	1/121		3/1240
芙蓉	1/443	抚问秦凤等路臣寮口宣	3/1243
芙蓉城	1/296	抚问秦凤路臣寮口宣	3/1268
服地黄法	6/3019	抚问熙河兰会路臣寮口宣	3/1227
服茯苓法	6/3019	抚问知大名府冯京口宣	3/1252
服茯苓赋	8/4221	抚问知大名府冯京口宣	3/1277
服茯苓说	8/4136	抚问知河南府张璪知永兴军韩镇口宣	
服胡麻赋	3/1082		3/1246
服黄连法	6/3023	抚问资政殿学士知扬州王安礼口宣	
服黄连法	8/4014		3/1228
服井花水（存目）	8/4073	鼅砚铭	6/3066
服绢法	6/3022	付龚行信	4/2236
服生姜法	6/3018	付过	4/2187
服松脂	8/4078	付迈	4/2187
服松脂法	6/3022	付迈	8/4045
服松脂法	8/4033	付僧惠诚游吴中代书十二	8/3926
服松脂法	8/4180	妇姑皆贤	8/4111
服威灵仙法	8/4143	附语（存目）	8/4070
服薇灵仙法	6/3018	驸马都尉张敦礼节度观察留后制	
茯苓散	8/4182		3/1153
浮山洞	1/146	赴英州乞舟行状	3/1634
符陵丹砂	6/3006	复次放鱼韵答赵承议、陈教授	2/610
涪州得山胡次子由韵	1/75	复次韵谢赵景贶、陈履常见和，兼简	
抚问保宁军节度使知大名府冯京兼		欧阳叔弼兄弟	2/611
赐银合茶药口宣	3/1262	复改科赋	3/1097
抚问鄜延路臣寮口宣	3/1280	复古	5/2666

苏东坡全集

傅大士赞	6/3122
傅懿知郑州制	3/1131
傅尧俞济源草堂	1/141
傅子美召公择饮，偶以病不及往，公	
择有诗，次韵	1/298
富阳道中	2/827
富阳妙庭观董双成故宅，发地得丹	

鼎，覆以铜盘，承以琉璃盆。盆既破碎，丹亦为人争夺持去，今独盘

鼎在耳。二首	1/184
富郑公神道碑	6/3206
鳗鱼行	1/459
覆盆子帖	4/2312

G

改不得	8/4264	高士永知文州制	3/1158
改《观音经》	6/2918	高邮陈直躬处士画雁二首	1/431
改《观音经》语	8/4247	高子寿三班借职制	3/1145
改观音咒	8/3921	告赐灵慧谥号塔文	6/3367
甘菊	2/712	告封太白山明应公祝文	6/3348
甘露泉	2/881	告五岳祝文	6/3362
甘露寺	1/149	告谢灵慧塔文	6/3367
甘蔗	2/888	告颜子文	6/3148
赶兔失猧	8/4243	告颜子祝文	6/3362
感旧诗	2/609	阁门赐新除守司空同平章军国事吕	
橄榄	1/405	公著诰口宣	3/1258
刚说	5/2744	阁门赐新除徐王诰口宣	3/1268
高公绘公纪并防御使制	3/1142	阁门赐新除宰相吕大防范纯仁诰口宣	
高丽	8/3948		3/1259
高丽	8/4101	盖公堂记	6/2859
高丽公案	8/3948	葛延之赠龟冠	2/842
高密郡王宗晟建安郡王宗绰所生母		给事中兼侍讲傅尧俞可吏部侍郎制	
孙氏封康国太夫人制	3/1109		3/1102
高士良可文思副使制	3/1118	庚辰岁人日作，时闻黄河已复北流，	

篇名音序索引 4361

老臣旧数论此，今斯言乃验，二首 府仪同三司汉东郡王宗瑗堂祭文

2/761 6/3258

庚辰岁正月十二日，天门冬酒熟，予 故皇叔祖昭信军节度使检校司空开

自瀹之，且瀹且尝，遂以大醉，二首 府仪同三司汉东郡王宗瑗下事祭文

2/761 6/3258

耿政可东头供奉官致仕制 3/1146 故李诚之待制六丈挽词 1/490

更漏子（水涵空） 2/990 故龙图阁学士滕公墓志铭 6/3244

公莫渡河 6/2944 故南华长老重辩师逸事 8/3933

公莫舞 6/2943 故尚服刘氏坟所祭文 6/3261

公孙龙辩屈 8/4245 故尚服刘氏堂祭文 6/3261

巩县抚问奉安神宗御容礼仪使吕大 故尚宫吴氏坟所祭文 6/3260

防已下口宣 3/1242 故尚宫赵氏可特赠郡君制 3/1154

贡院札子四首 3/1442 故枢密副使包拯男太常寺太祝绶之

供备库使苏子元可权知新州制 3/1139 妻寿安县君崔氏可特封永嘉郡君

狗道我是 8/4250 仍封表门闺制 3/1105

枸杞 2/712 故听宣刘氏坟所祭文 6/3260

孤山二咏 1/198 故听宣刘氏堂祭文 6/3260

古别离送苏伯固 2/643 故渭州防御使宗蕃出殡一夕祭文

古缠头曲 1/217 6/3260

古风 2/854 故渭州防御使宗蕃下事祭文 6/3260

古镜 8/4071 故赠太师追封温国公司马光安葬祭文

古姆黄 6/3073 6/3259

古意 2/855 故周茂叔先生濂溪 2/574

古乐制度 5/2665 顾恺之画《黄初平牧羊图》赞 6/3112

谷庵铭 6/3081 顾临直龙图阁河东转运使唐义问河

谷林堂 2/643 北转运副使制 3/1140

谷子煎法 8/4136 卦影 8/4112

故皇叔祖昭信军节度使检校司空开 怪石供 5/2759

关陇游民私铸钱与江淮漕卒为盗之由		管仲无后	5/2768
	5/2671	管仲无后	8/3995
关中战守古今不同与夫用民兵储粟		光道人真赞	6/3139
马之术	5/2655	光禄庵二首	1/252
观藏真画布袋和尚像偈	6/3143	《广成子》解	5/2636
观大水望朝阳岩作	2/777	广利王召	6/2994
观过斯知仁矣	5/2634	广利王召	8/4092
观杭州钤辖欧育刀剑战袍	1/442	广陵后园题申公扇子	1/446
观湖二首	2/592	广陵会三同舍,各以其字为韵,仍邀
观净观堂效韦苏州诗	1/282	同赋	1/147
观开西湖次吴左丞韵	2/865	广武叹	8/3903
观妙堂记	6/2901	广心斋铭	6/3086
观棋	2/741	广州东莞县资福禅寺罗汉阁记
观世音菩萨颂	6/3095		6/2897
观宋复古画叙	5/2367	广州东莞县资福寺舍利塔铭	6/3090
观台	2/580	广州何道士众妙堂	2/780
观音赞	6/3122	广州女仙	6/3000
观鱼台	1/145	广州蒲涧寺	2/685
观张师正所蓄辰砂	1/370	广倅萧大夫借前韵见赠,复和答之
观子美病中作,嗟叹不足,因次韵		二首	2/778
	1/298	桃椰庵铭	6/3081
观子玉郎中草圣	1/213	桃椰杖寄张文潜一首,时初闻黄鲁直
观自在菩萨如意陀罗尼自跋	5/2530	迁黔南、范淳父九疑也	2/705
管幼安贤于荀孔	5/2782	归朝欢（我梦扁舟浮震泽）	2/931
管幼安贤于荀孔	8/4047	归鹤	6/3073
管仲分君谤	5/2768	《归来引》送王子立归筠州	2/844
管仲分君谤	8/3995	归去来辞（存目）	8/4067
管仲论	5/2571	归去来集字十首	2/766

篇名音序索引

归宜兴留题竹西寺三首	1/446	过都昌	2/885
归真亭	1/418	过高邮寄孙君孚	2/675
龟山	1/333	过广爱寺,见三学演师,观杨惠之塑	
龟山辩才师	1/429	宝山、朱瑶画文殊、普贤,三首	
鬼蝶	1/434		1/194
鬼附语	6/3001	过海得子由书	2/734
鬼怕恶人	8/4249	过淮	1/356
癸丑春分后雪	1/186	过淮三首赠景山兼寄子由	1/334
贵戚专杀	5/2787	过建昌李野夫公择故居	1/415
桂酒颂	6/3101	过江夜行武昌山闻黄州鼓角	1/409
桂香散	8/4165	过金山寺一首	2/881
桧	1/99	过旧游	1/251
郭骏开封府司录参军制	3/1164	过莱州雪后望三山	1/458
郭纶	1/71	过黎君郊居	2/756
郭生挽歌	8/4031	过岭二首	2/785
郭熙画秋山平远	1/486	过岭寄子由	2/785
郭熙秋山平远二首	1/493	过庐山下	2/678
郭祥正家醉画竹石壁上,郭作诗为		过密州,次韵赵明叔、乔禹功	1/456
谢,且遗二古铜剑	1/419	过木栅观	1/79
郭祥正覃恩转承议郎制	3/1113	过泗上喜见张嘉父二首	1/455
郭忠恕画赞	6/3115	过汤阴市得豌豆大麦粥示三儿子	
国学秋试策问二首	5/2659		2/674
魏国夫人夜游图	1/470	过土山寨	2/874
过安乐山,闻山上木叶有文,如道士		过潍州驿,见蔡君谟题诗壁上,云:	
篆符,云此山乃张道陵所寓,二首		"绰约新娇生眼底,逐巡旧事上眉	
	1/73	尖。春来试问愁多少,得似春潮夜	
过巴东县不泊,闻颇有莱公遗迹	1/81	夜添。"不知为谁而作也。和一首	
过大庾岭	2/681		2/828

过文觉显公房　　　　　1/446　　皆粲然可观。子由有诗相庆也,因

过溪亭　　　　　　　　1/258　　用其韵赋一篇,并寄诸子任　2/747

过新息留示乡人任师中　1/356　　过云龙山人张天骥　　　1/281

过宜宾见夷牟乱山　　　1/72　　过子忽出新意,以山芋作玉糁羹,色

过永乐文长老已卒　　　1/228　　　香味皆奇绝。天上酥酡则不可知,

过于海舶得迈寄书酒,作诗,远和之,　　人间决无此味也　　　2/740

H

虾蟆　　　　　　　　　1/433　　韩康公挽词三首　　　　1/504

虾蟆培　　　　　　　　1/82　　韩康公坐上侍儿求书扇上二首　1/497

海会殿上梁文　　　　6/3369　　韩太祝送游太山　　　　1/245

海会寺清心堂　　　　　1/204　　韩退之《孟郊墓铭》云"以昌其诗",

海南人不作寒食,而以上巳上冢。予　　　举此问王定国:"当昌其身耶? 抑

　携一瓢酒寻诸生,皆出矣,独老符　　　昌其诗也?"来诗下语未契,作此

　秀才在,因与饮至醉。符,盖僧人　　　答之　　　　　　　　2/616

　之安贫守静者也　　　2/748　　韩维父忆赠冀国公制　　3/1125

海漆录　　　　　　　6/3025　　韩维故妻苏氏赠永嘉郡夫人制　3/1126

海上道人传以神守气诀　2/727　　韩维故妻张氏赠同安郡夫人制　3/1125

海棠　　　　　　　　　1/407　　韩维母蒲氏王氏赠秦国太夫人制

海月辩公真赞　　　　6/3137　　　　　　　　　　　　　3/1125

海之鱼　　　　　　　5/2763　　韩维曾祖处均赠燕国公制　　3/1123

涵虚亭　　　　　　　　1/257　　韩维曾祖母李氏赠燕国太夫人制

韩狄盛事　　　　　　6/2977　　　　　　　　　　　　　3/1124

韩狄盛事　　　　　　8/3988　　韩维祖保枢赠鲁国公制　　3/1124

韩非论　　　　　　　5/2581　　韩维祖母郭氏周氏赠鲁国太夫人制

韩幹画马赞　　　　　6/3113　　　　　　　　　　　　　3/1124

韩幹马　　　　　　　　2/838　　韩玉汝李金吾　　　　8/4066

韩幹马十四匹　　　　　1/286　　韩愈论　　　　　　　5/2590

篇名音序索引 4365

韩愈优于扬雄	5/2795	汉武帝唐太宗优劣	5/2651
韩缜酷刑	6/2977	汉武帝巫蛊事	5/2777
韩缜酷刑	8/4018	汉武帝巫蛊事	8/3988
韩忠彦黄履并特转朝请郎制	3/1162	汉武无秦穆之德	5/2774
韩子华石凉庄	1/194	汉武无秦穆之德	8/3993
寒节就驿赐于闽国进奉人御筵口宣		汉宣帝诘责杜延年治郡不进	5/2649
	3/1228	汉之变故有六	5/2653
寒具	2/583	茜苕亭	1/258
寒芦港	1/259	杭州到状	4/1773
寒热偈	6/3144	杭州故人信至齐安	1/378
寒食日答李公择三绝次韵	1/295	杭州贺冬表（一）	3/1368
寒食未明,至湖上,太守未来,两县令		杭州贺冬表（二）	3/1368
先在	1/187	杭州贺兴龙节表	3/1373
寒食宴提刑口号	2/810	杭州牡丹开时,仆犹在常,润,周令作
寒食夜	2/814	诗见寄,次其韵,复次一首送赴阙
寒食与器之游南塔寺寂照堂	2/793		1/224
寒食雨二首	1/389	杭州乞度牒开西湖状	3/1489
寒水石散	8/4203	杭州请圆照禅师疏	6/3342
汉鼎铭	6/3070	杭州题名（一）	6/2957
汉封功臣	5/2666	杭州题名（二）	6/2957
汉高帝论	5/2566	杭州谢放罪表（一）	3/1336
汉高祖封雍颍侯	5/2798	杭州谢放罪表（二）	3/1336
汉高祖赦季布唐屈突通不降高祖		杭州谢上表（一）	3/1335
	5/2649	杭州谢上表（二）	3/1335
汉讲堂	8/3949	杭州谢执政启	4/1736
汉水	1/89	杭州与莫提刑启	4/1760
汉文帝之行事有可疑者三	5/2662	杭州召还乞郡状	3/1532
汉武帝	8/4110	濠州七绝	1/145

苏东坡全集

好了你	8/4290	和陈述古拒霜花	1/170
好事近（红粉莫悲啼）	2/959	和代器之	2/843
好事近（湖上雨晴时）	2/959	和董传留别	1/132
好事近（烟外倚危楼）	2/959	和段屯田荆林馆	1/242
号钟	6/3072	和顿教授见寄，用除夜韵	1/245
河子丸	8/4161	和公济饮湖上	2/588
合江楼下戏	8/3952	和郭功甫韵送芝道人游隐静	2/697
合浦愈上人以诗名岭外，将访道南岳，		和何长官六言次韵五首	1/369
留诗壁上，云"闲伴孤云自在飞"。		和黄龙清老三首	2/873
东坡居士过其精舍，戏和其韵 2/773		和黄鲁直烧香二首	1/478
何公桥铭	6/3079	和黄鲁直食笋次韵	1/401
何公桥诗	2/683	和黄秀才《鉴空阁》	2/779
何国	8/4112	和寄天选长官	2/814
何琴之名说	5/2746	和蒋发运	1/466
何琴之名说	8/4045	和蒋夔寄茶	1/252
何首乌散	8/4170	和孔君亮郎中见赠	1/271
河复	1/286	和孔郎中荆林马上见寄	1/268
河满子（见说岷峨凄怆）	2/985	和孔密州五绝	1/275
河之鱼	5/2763	和孔周翰二绝	1/282
荷花	1/98	和李邦直沂山祈雨有应	1/274
荷华媚（霞苞电荷碧）	2/1012	和李太白	1/418
和蔡景繁海州石室	1/404	和林子中待制	2/605
和蔡准郎中见邀游西湖三首	1/157	和刘长安题薛周逸老亭，周善饮酒，	
和参寥	1/408	未七十而致仕	1/96
和参寥见寄	1/321	和刘道原寄张师民	1/155
和晁美叔老兄	2/836	和刘道原见寄	1/155
和晁同年九日见寄	1/267	和刘道原咏史	1/155
和陈传道雪中观灯	2/628	和刘景文见赠	2/621

篇名音序索引 4367

和刘景文雪	2/622	和孙莘老次韵	1/300
和流杯石上草书小诗	1/276	和孙叔静兄弟李端叔唱和	2/777
和柳子玉喜雪次韵仍呈述古	1/213	和孙同年卞山龙洞祷晴	1/340
和鲁人孔周翰题诗二首	1/265	和陶《丙辰岁八月中于下潠田舍获》	
和潞公超然台次韵	1/261		2/753
和梅户曹会猎铁沟	1/250	和陶《酬刘柴桑》	2/737
和穆父新凉	1/487	和陶《答庞参军》	2/755
和南都赵少师	2/886	和陶《答庞参军》六首	2/730
和欧阳少师会老堂次韵	1/164	和陶东方有一士	2/729
和欧阳少师寄赵少师次韵	1/164	和陶《读山海经》	2/720
和钱安道寄惠建茶	1/215	和陶《庚戌岁九月中于西田获早稻》	
和钱穆父送别并求顿递酒	2/667		2/753
和钱四寄其弟龢	2/573	和陶《归去来兮辞》	2/766
和秦太虚梅花	1/406	和陶《归园田居》六首	2/699
和人登海表亭	2/826	和陶《癸卯岁始春怀古田舍》二首	
和人回文五首	2/852		2/752
和人假山	1/467	和陶《郭主簿》	2/747
和人见赠	1/438	和陶《和胡西曹示顾贼曹》韵	2/749
和人求笔迹	1/174	和陶《和刘柴桑》	2/736
和人雪晴书事	2/830	和陶《还旧居》	2/736
和邵同年戏赠贾收秀才三首	1/176	和陶《己酉岁九月九日》	2/740
和沈立之留别二首	1/170	和陶《九日闲居》	2/738
和叔盎画马	2/653	和陶《连雨独饮》	2/757
和述古冬日牡丹四首	1/212	和陶《拟古》九首	2/750
和宋肇游西池次韵	1/502	和陶《拟古》九首	2/875
和苏州太守王规父侍太夫人观灯之		和陶《贫士》七首	2/707
什,余时以刘道原见访,滞留京口,		和陶《乞食》	2/749
不及赴此会,二首	1/222	和陶《劝农》	2/737

和陶《神释》	2/716	和田国博喜雪	1/323
和陶《时运》	2/728	和田仲宣见赠	1/438
和陶《始作镇军参军经曲阿》	2/764	和王定国	2/833
和陶《示周续之祖企谢景夷三郎》		和王晋卿	1/495
	2/757	和王晋卿送梅花次韵	2/564
和陶《岁暮作和张常侍》	2/727	和王晋卿题李伯时画马	1/506
和陶《桃花源》	2/765	和王胜之三首	1/438
和陶《停云》	2/739	和王斿二首	1/432
和陶《王抚军座送客》	2/755	和文与可洋川园池三十首	1/255
和陶《五月旦日作和戴主簿》	2/758	和吴安持使者迎驾	1/500
和陶《辛丑七月赴假还江陵夜行涂		和吴少卿绝句	2/826
中》作口号	2/753	和鲜于子骏《郓州新堂月夜》二首	
和陶《形赠影》	2/716		1/308
和陶《移居》二首	2/727	和犹子迟赠孙志举	2/788
和陶《乙巳岁三月为建威参军使都		和张昌言喜雨	1/483
经钱溪》	2/750	和张均题峡山	2/818
和陶《饮酒》二十首	2/634	和张未高丽松扇	1/489
和陶《影答形》	2/716	和张子野见寄三绝句	1/251
和陶《咏二疏》	2/717	和章七出守湖州二首	1/250
和陶《咏荆轲》	2/717	和赵德麟送陈传道	2/630
和陶《咏三良》	2/717	和赵景贶栽桧	2/618
和陶《游斜川》	2/746	和赵郎中捕蝗见寄次韵	1/262
和陶《与殷晋安别》	2/754	和赵郎中见戏二首	1/276
和陶《怨诗楚调示庞主簿邓治中》		和芝上人竹轩	2/835
	2/758	和致仕张郎中春昼	1/175
和陶《杂诗》十一首	2/762	和仲伯达	1/444
和陶《赠羊长史》	2/758	和周正孺坠马伤手	1/476
和陶《止酒》	2/733	和子由蚕市	1/109

篇名音序索引 4369

和子由除夜元日省宿致斋三首	1/501	贺坤成节表	3/1354
和子由次王巩韵,"如囊"之句,可为一噱	2/867	贺立皇后表（一）	3/1354
		贺立皇后表（二）	3/1354
和子由次月中梳头韵	2/707	贺列郡守佐正旦启	4/1758
和子由寒食	1/110	贺列郡知通冬至启	4/1758
和子由记园中草木十首	1/122	贺邻帅及监司冬至启	4/1758
和子由苦寒见寄	1/131	贺邻帅及监司正旦启	4/1757
和子由,柳湖久涸,忽有水,开元寺山茶旧无花,今岁盛开,二首	1/156	贺林待制启	4/1753
		贺吕副枢启	4/1751
和子由渑池怀旧	1/95	贺吕学士启	4/1742
和子由木山引水二首	1/131	贺明堂敕书表（一）	3/1337
和子由盆中石菖蒲忽生九花	2/720	贺明堂敕书表（二）	3/1337
和子由四首	1/245	贺欧阳少师致仕启	4/1748
和子由送将官梁左藏仲通	1/303	贺欧阳枢密启	4/1750
和子由踏青	1/109	贺彭发运启	4/1754
和子由闻子瞻将如终南太平宫溪堂读书	1/116	贺青州陈龙图启	4/1754
		贺时宰启	4/1747
贺陈述古弟章生子	1/211	贺孙枢密启	4/1750
贺冬表	3/1374	贺提刑马宣德启	4/1756
贺冬启	4/1758	贺王发运启	4/1754
贺范端明启	4/1752	贺王钦臣除太仆卿启	4/2311
贺高阳王待制启	4/1752	贺文太尉启	4/1749
贺韩丞相启	4/1746	贺吴副枢启	4/1751
贺韩丞相再入启	4/1747	贺下不贺上	8/3920
贺驾幸太学表（一）	3/1350	贺下不贺上	8/4093
贺驾幸太学表（二）	3/1351	贺新郎（乳燕飞华屋）	2/963
贺蒋发运启	4/1755	贺新运使张大夫启	4/1756
贺坤成节表	3/1339	贺兴龙节表	3/1338

贺兴龙节表	3/1350	胡穆秀才遗古铜器，似鼎而小，上有	
贺杨龙图启	4/1753	两柱，可以覆而不踣，以为鼎则不	
贺赵大资少保致仕启	4/1749	足，疑其饮器也。胡有诗，答之	
贺正表（一）	3/1373		1/210
贺正表（二）	3/1373	胡完夫母周夫人挽词	1/142
贺正启（一）	4/1756	壶中九华诗	2/678
贺正启（二）	4/1757	葫芦巴散	8/4178
贺正启（三）	4/1757	湖桥	1/255
贺正启（四）	4/1757	湖上夜归	1/186
褐丸	8/4166	湖州上监司先状	4/1772
鹤叹	2/667	湖州谢上表	3/1317
黑神丸	8/4158	湖州与人	4/2191
黑神丸	8/4199	虎儿	1/237
横池	1/97	虎跑泉	1/197
横湖	1/255	虎跑泉	2/840
红梅三首	1/387	虎丘寺	1/225
红丝石	8/3951	笏记（一）	3/1330
侯滩	2/871	笏记（二）	3/1330
后赤壁赋	3/1084	笏记（一）	3/1334
后怪石供	5/2760	笏记（二）	3/1335
后稷像赞	6/3148	笏记（一）	3/1343
后杞菊赋	3/1081	笏记（二）	3/1343
后十余日复至	1/173	笏记（一）	3/1359
后苑瑶津亭开启祈雨道场斋文（一）		笏记（二）	3/1359
	6/3304	戽从景灵宫	2/652
后苑瑶津亭开启祈雨道场斋文（二）		花落复次前韵	2/691
	6/3305	花蕊夫人《宫词》跋	5/2514
后苑瑶津亭开启谢雨道场斋文	6/3305	华清引（平时十月幸兰汤）	2/990

篇名音序索引 4371

华阴寄子由	1/132	浣溪沙（菊暗荷枯一夜霜）	2/1003
华阴老妪	6/2991	浣溪沙（料峭东风翠幕惊）	2/1004
化度牒疏	6/3372	浣溪沙（罗袜空飞洛浦尘）	2/1006
画车二首	2/792	浣溪沙（麻叶层层苘叶光）	2/1004
画水记	6/2905	浣溪沙（门外东风雪洒裾）	2/1007
画堂春（柳花飞处麦摇波）	2/1014	浣溪沙（缥缈红妆照浅溪）	2/1010
画鱼歌	1/175	浣溪沙（缥缈危楼紫翠间）	2/1005
怀仁令陈德任新作占山亭二绝	1/456	浣溪沙（轻汗微微透碧纨）	2/1008
怀西湖寄晁美叔同年	1/250	浣溪沙（倾盖相逢胜白头）	2/1008
淮上早发	2/631	浣溪沙（入袂轻风不破尘）	2/1009
淮阴侯庙碑	6/3190	浣溪沙（软草平莎过雨新）	2/1005
槐	1/99	浣溪沙（山色横侵蘸晕霞）	2/1009
槐	1/351	浣溪沙（山下兰芽短浸溪）	2/1001
槐花散	8/4163	浣溪沙（芍药樱桃两斗新）	2/1007
还睛神明酒	8/4175	浣溪沙（霜鬓真堪插拒霜）	2/1003
桓范奔曹爽	5/2799	浣溪沙（四面垂杨十里荷）	2/1005
浣溪沙（白雪清词出坐间）	2/1007	浣溪沙（簌簌衣巾落枣花）	2/1004
浣溪沙（半夜银山上积苏）	2/1002	浣溪沙（桃李溪边驻画轮）	2/1005
浣溪沙（惭愧今年二麦丰）	2/1007	浣溪沙（万顷风涛不记苏）	2/1002
浣溪沙（长记鸣琴子贱堂）	2/1006	浣溪沙（惟见眉间一点黄）	2/1006
浣溪沙（道字娇讹苦未成）	2/1005	浣溪沙（西塞山边白鹭飞）	2/1001
浣溪沙（风卷珠帘自上钩）	2/1001	浣溪沙（细雨斜风作晓寒）	2/1007
浣溪沙（风压轻云贴水飞）	2/1006	浣溪沙（徐邈能中酒圣贤）	2/1008
浣溪沙（傅粉郎君又粉奴）	2/1003	浣溪沙（旋抹红妆看使君）	2/1004
浣溪沙（覆块青青麦未苏）	2/1002	浣溪沙（学画鸦儿正妙年）	2/1008
浣溪沙（花满银塘水漫流）	2/1010	浣溪沙（雪颔霜髯不自惊）	2/1003
浣溪沙（画隼横江喜再游）	2/1009	浣溪沙（雪里餐毡例姓苏）	2/1002
浣溪沙（几共查梨到雪霜）	2/1009	浣溪沙（阳羡姑苏已买田）	2/1010

浣溪沙（一别姑苏已四年）	2/1006	皇帝达太皇太后回大辽皇帝贺正旦书	
浣溪沙（一梦江湖费五年）	2/1008		3/1652
浣溪沙（照日深红暖见鱼）	2/1004	皇帝达太皇太后回大辽皇帝贺正旦书	
浣溪沙（炙手无人傍屋头）	2/1009		3/1654
浣溪沙（珠桧丝杉冷欲霜）	2/1003	皇帝达太皇太后回大辽皇帝问候书	
浣溪沙（醉梦醺醺晓未苏）	2/1002		3/1654
皇伯仲郜赠使相制	3/1114	皇帝达太皇太后回大辽皇帝问候书	
皇伯仲晔赠保宁军节度使东阳郡王制			3/1655
	3/1147	皇帝贺大辽皇帝生辰书	3/1653
皇伯仲婴赠奉国军节度使追封申国		皇帝贺大辽皇帝正旦书	3/1652
公制	3/1150	皇帝贺大辽皇帝正旦书	3/1654
皇伯祖克愉可赠忠正军节度使开府		皇帝回大辽皇帝贺兴龙节书	3/1654
仪同三司制	3/1109	皇帝回大辽皇帝贺兴龙节书	3/1655
皇伯祖宗胜赠太尉北海郡王制	3/1127	皇帝回大辽皇帝贺正旦书	3/1652
皇城使裴景知慈州庄宅副使郭逢知		皇帝回大辽皇帝贺正旦书	3/1654
阶州西京左藏库副使王克询知顺		皇帝回大辽皇帝问候书	3/1653
安军制	3/1148	皇帝回大辽皇帝问候书	3/1655
皇帝赐故夏国主嗣子乾顺进奉贺正		皇帝为冬节奏告永裕陵神宗皇帝表本	
马驼回诏	3/1177		6/3289
皇帝达太皇太后贺大辽皇帝生辰书		皇帝为三月一日奏告神宗皇帝旦表本	
	3/1653		6/3290
皇帝达太皇太后贺大辽皇帝正旦书		皇帝为神宗皇帝大祥内中奏告表本	
	3/1653		6/3290
皇帝达太皇太后贺大辽正旦书	3/1651	皇帝为神宗皇帝大祥往永裕陵奏告	
皇帝达太皇太后回大辽皇帝贺坤成		表本	6/3290
节书	3/1653	皇帝为正月一日奏告永裕陵神宗皇	
皇帝达太皇太后回大辽皇帝贺坤成		帝旦表本	6/3289
节书	3/1655	皇叔故魏王启殡祭文	6/3259

篇名音序索引 4373

皇叔故魏王外殡前一夕夜祭文 6/3259	黄甘陆吉传	6/3160
皇叔故魏王下事祭文	6/3259	黄光瑞可内殿崇班制	3/1157
皇叔克眷赠曹州观察使追封济阴侯制		黄河	1/93
	3/1152	黄精鹿	1/503
皇叔某赠婺州观察使追封东阳侯皇		黄葵	1/442
兄某赠蔡州观察使追封汝南侯制		黄楼口号	2/808
	3/1105	黄鲁直铜雀砚铭	6/3067
皇叔叔曹赠洛州防御使封广平侯制		黄鲁直以诗馈双井茶,次韵为谢	
	3/1110		1/473
皇叔叔遂可赠怀州防御使追封河内		黄泥坂词	2/844
侯制	3/1118	黄泥坂辞	3/1100
皇叔祖克爱皇叔仲巩并遥郡团练使制		黄牛庙	1/82
	3/1163	黄仆射	8/3929
皇太妃宫阁庆落成开启道场青词		黄仆射得道	6/3002
	6/3295	黄寔言高丽通北房	6/2974
皇太后殿夫人为冬节往永裕陵酌献		《黄庭经》赞	6/3121
神宗皇帝表本	6/3289	黄宪章获贼可承事郎制	3/1152
皇太后殿夫人为年节往永裕陵酌献		黄州	2/854
神宗皇帝表本	6/3290	黄州安国寺记	6/2895
皇太后殿夫人为神宗皇帝大祥往永		黄州春日杂书四绝	2/829
裕陵酌献表本	6/3291	黄州还回太守毕仲远启	4/1761
皇太后殿内人为神宗皇帝忌辰朝永		黄州李槱卧帐颂	6/3101
裕陵表本	6/3292	黄州上文潞公书	4/1778
皇兄令夫赠博州防御使博平侯制		黄州隋永安郡	8/3949
	3/1158	黄州忆王子立	8/3902
黄霸以鹣为神爵	8/3960	黄州与人（一）	4/2191
黄鄂之风	6/2998	黄州与人（二）	4/2192
黄鄂之风	8/4011	黄州与人（三）	4/2192

苏东坡全集

黄州与人（四）	4/2192	惠崇芦雁	2/874
黄州与人（五）	4/2192	惠山谒钱道人,烹小龙团,登绝顶,望	
黄州再祭文与可文	6/3266	太湖	1/215
回列郡守倅启	4/1761	惠守詹君见和复次韵	2/690
回苏州黄龙图启	4/1760	惠州官葬暴骨铭	6/3091
回同官先状	4/1773	惠州祭枯骨文	6/3282
回先生过湖州东林沈氏,饮醉,以石		惠州荐朝云疏	6/3344
榴皮书其家东老庵之壁云："西邻		惠州近城数小山,类蜀道。春与进士	
已富忧不足,东老虽贫乐有余。白		许毅野步会意处,饮之且醉,作诗	
酒酿来因好客,黄金散尽为收书。"		以记。适参寥专使欲归,使持此以	
西蜀和仲闻而次其韵三首。东老,		示西湖之上诸友,庶使知予未尝一	
沈氏之老自谓也,湖人因以名之。		日忘湖山也	2/694
其子僧,作诗有可观者	1/233	惠州李氏潜珍阁铭	6/3088
回叶运使启	4/1773	惠州灵惠院壁间画一仰面向天醉僧,	
悔不得	8/4265	云是蜀僧隐峦所作,题诗于其下	
会客有美堂,周邠长官与数僧同泛			2/687
湖,往北山。湖中闻堂上歌笑声,		火府丹	8/4193
以诗见寄,因和二首。时周有服		火角法	8/4169
	1/191	火烧疮方	8/4196
会双竹席上奉答开祖长官	2/826	火星岩	2/871
会饮有美堂,答周开祖湖上见寄	2/825	获果庄二十韵	1/493
讳不得	8/4264	霍光论	5/2586
惠诚	6/2987	霍光疏昌邑王之罪	5/2778
惠崇春江晚景二首	1/462	霍光疏昌邑王之罪	8/3996

J

鸡唱	8/4079	吉祥寺僧求阁名	1/155
吉祥寺花将落而述古不至	1/188	吉祥寺赏牡丹	1/154

篇名音序索引

汶江煎茶	2/769	记道人间真	8/3928
圣逸说珍行	5/2628	记道人间真	8/4094
集官详议亲祠北郊诏	3/1169	记道人戏语	6/3046
集禧观洪福殿罍散谢雨道场朱表	6/3296	记道人戏语	8/3924
集禧观洪福殿等处罍散谢雨道场青词	6/3294	记董传论诗	5/2433
集禧观开启祈雪道场青词	6/3293	记董传论诗	8/3986
集禧观开启祈雨道场青词	6/3294	记都下熟毫	6/2930
集英殿春宴教坊词十五首	6/3294	记夺鲁直墨	6/2924
集英殿春宴教坊词十五首	6/3321	记樊山	6/2950
集英殿春宴口号	2/807	记樊山	8/3949
集英殿秋宴教坊词十五首	6/3324	记范蜀公遗事	8/3937
集英殿秋宴口号	2/808	记范蜀公遗事	8/4098
耤田	2/650	记佛语	5/2386
己未十月十五日,狱中恭闻太皇太后		记服绢	8/3908
不豫,有赦,作诗	1/352	记告讦事	8/3917
记白鹤观诗	5/2438	记公择天柱分桃	6/2948
记宝山题诗	5/2444	记古人系笔	6/2930
记宝山题诗	8/4016	记故人病	6/3040
记参寥龙丘答问	6/2988	记故人病	8/4020
记参寥诗	5/2451	记关右壁间诗	5/2438
记苍术	8/4208	记鬼	8/3930
记朝斗	6/2963	记鬼诗	5/2459
记朝斗	8/3916	记郭震诗	5/2428
记承天夜游	6/2954	记郭震诗	8/4034
记承天夜游	8/3900	记过合浦	8/3899
记赤壁	6/2950	记海南菊	6/3032
记导引家语	6/2917	记海南作墨	6/2927
		记海南作墨	8/4038

记海漆	8/4206	记梦参寥茶诗	8/3910
记汉讲堂	6/2951	记梦赋诗	6/3061
记合浦老人语	6/3044	记梦赋诗	8/3910
记黄鲁直语	6/3049	记梦回文二首	1/384
记黄州对月诗	5/2460	记梦诗文	5/2457
记黄州故吴国	6/2913	记梦中句	5/2458
记惠州土芋	6/3030	记梦中论《左传》	6/2914
记讲筵	8/3918	记南华长老答问	6/2989
记焦山长老答问	6/2988	记南兔毫	6/2930
记菊	8/4206	记女仙	8/3938
记乐天西掖通东省诗	5/2446	记女仙	8/4099
记李邦直言周瑜	6/2915	记欧公论把笔	6/2931
记李方叔惠墨	6/2920	记欧阳公论文	6/2912
记李公择惠墨	6/2919	记欧阳论退之文	6/2912
记里舍联句	5/2442	记欧阳论退之文	8/3993
记临江驿诗	5/2452	记潘延之评予书	5/2479
记岭南竹	6/3031	记钱塘杀鹅	6/3039
记刘景文诗	5/2448	记钱塘杀鹅	8/4012
记刘梦得有诗记罗浮山	8/3928	记汝南桧柏	6/3030
记刘原父语	8/3903	记汝南桧柏	8/4025
记流水止水	8/4208	记三养	8/3907
记六一语	8/3913	记少游论诗文	5/2433
记房使诵诗	5/2449	记神清洞事	6/2990
记罗浮异境	6/2951	记盛度诰词	8/3919
记罗浮异境	8/3929	记石塔长老答问	6/2989
记罗浮异苑	8/4095	记食芋	8/4207
记梦	1/439	记筮卦	8/3943
记梦	8/3911	记授真一酒法	6/2995

篇名音序索引 4377

记松	6/3060	记谢中舍诗	5/2441
记松丹砂	8/4139	记谢中舍诗	8/3988
记苏佛儿语	8/3924	记徐陵语	6/2912
记苏秀才遗墨砚	6/3050	记徐陵语	8/3992
记孙卿韵语	6/2911	记徐仲车语	6/2981
记孙卿韵语	8/4009	记徐州杀狗	6/3039
记所见开元寺吴道子画佛灭度,以答		记徐州杀狗	8/4034
子由	1/110	记沿流馆诗	5/2452
记所作诗	5/2428	记《阳关》第四声	5/2396
记所作诗	8/4023	记《阳关》第四声	8/4020
记太白诗（一）	5/2402	记养黄中	6/3014
记太白诗（二）	5/2402	记养黄中	8/3908
记太白诗	8/4032	记异	8/3935
记天心正法咒	8/3943	记异	8/4097
记天心正法咒	8/4092	记益智花	8/4206
记铁墓厄台	6/2913	记永叔评孟郊诗	5/2422
记退之抛青春句	5/2404	记游白水岩	6/2961
记退之抛青春句	8/4008	记游定惠院	6/2952
记王晋卿墨	6/2928	记游庐山	8/3901
记王彭论曹刘之泽	6/2915	记游松风亭	6/2963
记王屋山异草	8/4207	记游松风亭	8/3902
记温公论茶墨	6/2925	记游松江	8/3900
记温公论茶墨	8/4039	记与安节饮	6/2952
记西邸诗	5/2438	记与君谟论书	5/2482
记西邸诗	8/4033	记与君谟论书	8/4030
记先夫人不残鸟雀	6/3039	记与君谟论书	8/4047
记先夫人不残鸟雀	8/3993	记与欧公语	8/3940
记先夫人不发宿藏	6/3038	记与舟师夜坐	6/2962

记元修菜	8/4207	季氏人狱	8/4254
记袁宏论佛	5/2392	《既醉》备五福论	5/2546
记张公规论去欲	6/3040	祭伯父提刑文	6/3279
记张憨子	8/3938	祭蔡景繁文	6/3270
记张憨子	8/4098	祭常山回小猎	1/250
记张君宜医	6/3042	祭常山神祝文	6/3365
记张元方论麦虫	6/3030	祭常山祝文（一）	6/3351
记张元方论麦虫	8/4007	祭常山祝文（二）	6/3352
记赵贫子语	6/3040	祭常山祝文（三）	6/3352
记真君签	8/3942	祭常山祝文（四）	6/3352
记郑君老佛语	6/3043	祭常山祝文（五）	6/3352
记郑君老佛语	8/4044	祭陈君式文	6/3270
记朱勃论菊	6/3030	祭陈令举文	6/3267
记朱炎禅颂	6/2918	祭春牛文	8/4111
记竹雌雄	6/3031	祭大觉禅师文	6/3281
记竹雌雄	8/4035	祭追妇欧阳氏文	6/3281
记卓契顺答问	6/2988	祭刁景纯墓文	6/3266
记子美《八阵图》诗	5/2405	祭范夫人文	6/3278
记子美《八阵图》诗	8/3983	祭范蜀公文	6/3272
记子美丽句	5/2407	祭风伯雨师祝文	6/3353
记子美逸诗	5/2408	祭佛陀波利祝文	6/3365
记子由梦	8/3910	祭勾芒神祝文（一）	6/3346
记子由梦塔	8/3910	祭勾芒神祝文（二）	6/3347
记子由诗	5/2426	祭古冢文	6/3282
记子由言修身	6/3041	祭韩献肃公文	6/3269
记潘米	6/3033	祭韩忠献公文	6/3275
纪梦	1/124	祭胡执中郎中文	6/3263
系瘤法	8/4194	祭黄几道文	6/3273

篇名音序索引

祭老泉焚黄文	6/3279	祭张文定公文（一）	6/3274
祭刘原父文	6/3268	祭张文定公文（二）	6/3274
祭柳仲远文（一）	6/3276	祭张文定公文（三）	6/3275
祭柳仲远文（二）	6/3276	祭张子野文	6/3267
祭柳子玉文	6/3262	寄傲轩	2/565
祭龙井辩才文	6/3281	寄蔡子华	2/573
祭欧阳伯和父文	6/3271	寄邓道士	2/692
祭欧阳文忠公夫人文	6/3277	寄高令	2/719
祭欧阳文忠公夫人文（颍州）	6/3277	寄怪石石斛与鲁元翰	1/440
祭欧阳文忠公文	6/3261	寄虎儿	2/689
祭欧阳仲纯父文	6/3264	寄黎眉州	1/262
祭任钤辖文	6/3264	寄刘孝叔	1/247
祭任师中文	6/3268	寄馏合刷瓶与子由	2/668
祭单君贶文	6/3263	寄吕穆仲寺丞	1/248
祭石幼安文	6/3271	寄欧叔弼	2/873
祭司马光文	6/3287	寄蕲簟与蒲传正	1/439
祭司马君实文	6/3271	寄汝阴少师	2/886
祭堂兄子正文	6/3279	寄题刁景纯藏春坞	1/260
祭滕大夫母杨夫人文	6/3278	寄题梅宣义园亭	2/592
祭亡妹德化县君文	6/3280	寄题清溪寺	1/83
祭亡妻同安郡君文	6/3280	寄题潭州徐氏春晖亭	2/786
祭王君锡丈人文	6/3265	寄题兴州晁太守新开古东池	1/132
祭王宜甫文	6/3272	寄吴德仁兼简陈季常	1/443
祭魏国韩令公文	6/3262	寄周安孺茶	2/811
祭文与可文	6/3265	寄子由	1/392
祭吴子野文	6/3276	寄子由三法	6/3011
祭徐君献文	6/3269	寄子由三法	8/4226
祭英烈王祝文	6/3355	加减理中丸	8/4152

家藏雷琴	6/2940	减字木兰花（双鬟绿坠）	2/999
夹注轿子	6/2978	减字木兰花（双龙对起）	2/996
夹注轿子	8/4033	减字木兰花（天然宅院）	2/997
贾充叛魏	5/2784	减字木兰花（天台旧路）	2/996
贾婆婆（存目）	8/4074	减字木兰花（天真雅丽）	2/999
贾婆婆荐昌朝	8/3946	减字木兰花（惟熊佳梦）	2/995
贾氏五不可	8/3946	减字木兰花（贤哉令尹）	2/995
贾谊论	5/2583	减字木兰花（晓来风细）	2/995
贾种民知汉阳军且升卿通判海州制		减字木兰花（银筝旋品）	2/998
	3/1135	减字木兰花（莺初解语）	2/998
假山	2/885	减字木兰花（玉房金蕊）	2/997
稼说	5/2745	减字木兰花（玉觞无味）	2/995
监洞霄宫俞康直郎中所居四咏 1/220		减字木兰花（云鬟倾倒）	2/994
监试呈诸试官	1/165	减字木兰花（云容皓白）	2/997
键为王氏书楼	1/71	减字木兰花（郑庄好客）	2/994
减字木兰花（春光亭下）	2/995	见邸家园留题	1/275
减字木兰花（春牛春杖）	2/996	见和仇池	2/650
减字木兰花（春庭月午）	2/997	见和西湖月下听琴	2/650
减字木兰花（海南奇宝）	2/999	见题壁	1/252
减字木兰花（回风落景）	2/999	见子由与孔常父唱和诗,辄次其韵。	
减字木兰花（江南游女）	2/998	余昔在馆中,同舍出入,辄相聚饮	
减字木兰花（娇多媚骋）	2/998	酒赋诗。近岁不复讲,故终篇及	
减字木兰花（空床响琢）	2/999	之,庶几诸公稍复其旧,亦太平盛	
减字木兰花（闽溪珍献）	2/994	事也	1/479
减字木兰花（琵琶绝艺）	2/996	荐布衣陈师道状	3/1431
减字木兰花（凭谁妙笔）	2/1000	荐陈师锡状（残）	3/1650
减字木兰花（柔和性气）	2/998	荐诚禅院五百罗汉记	6/2896
减字木兰花（神闲意定）	2/997	荐何宗元《十议》状	3/1466

荐鸡疏	6/3345	江神子（玉人家在凤凰山）	2/969
荐毛淆状	3/1650	江西一首	2/679
荐苏子容功德疏	6/3340	江瑶柱传	6/3159
荐朱长文札子	3/1417	江月五首	2/709
荐宗室令時状	3/1561	江涨用过韵	2/696
健脾散	8/4184	江子静字序	5/2740
冻买浙灯状	3/1377	将不了就不了	8/4263
江城子（墨云拖雨过西楼）	2/1013	将官雷胜过字代作	1/326
江城子（腻红匀脸衬檀唇）	2/1013	将军树	1/201
江城子（前瞻马耳九仙山）	2/1012	将往终南和子由见寄	1/117
江东提刑侯利建可江东转运副使福		将之湖州戏赠莘老	1/174
建运判孙奕可福建路转运副使新		将至广州用过韵寄迈，追二子	2/777
差权发遣郑州傅變可江东提刑知		将至筠，先寄迟、适、远三犹子	1/415
常州张安上可两浙提刑朝请郎刘		姜多食损智	8/4068
士彦可福建转运判官制	3/1137	姜制之	8/4293
江郊	2/691	讲武台南有感	2/868
江上看山	1/74	奖谕敕记	6/2886
江上值雪，效欧阳体，限不以盐玉鹤		蒋之奇集贤殿修撰知广州制	3/1149
鹭鹭蝶飞舞之类为比，仍不使皓白		蒋之奇天章阁待制知潭州制	3/1127
洁素等字，次子由韵	1/76	郊祀庆成诗	2/649
江神子（翠蛾差黛怯人看）	2/967	胶西盖公堂照壁画赞	6/3112
江神子（凤凰山下雨初晴）	2/967	椒朴丸	8/4161
江神子（黄昏犹是雨纤纤）	2/968	焦千之求惠山泉诗	1/163
江神子（老夫聊发少年狂）	2/967	皎然禅师《赠吴凭处士诗》云："世人	
江神子（梦中了了醉中醒）	2/966	不知心是道，只言道在西方妙。还	
江神子（十年生死两茫茫）	2/970	如暑者望长安，长安在东向西笑。"	
江神子（天涯流落思无穷）	2/968	东坡居士代答云	2/835
江神子（相逢不觉又初寒）	2/968	缴楚建中户部侍郎词头状	3/1420

缴进陈绎词头状	3/1414	金橙径	1/259
缴进范子渊词头状	3/1412	《金刚经》跋尾	5/2395
缴进给田募役议札子	3/1430	《金刚经》报	6/3000
缴进李定词头状	3/1415	金谷说	6/3032
缴进免五谷力胜税钱议札子	3/1599	金谷说	8/4013
缴进沈起词头状	3/1413	金门寺中见李西台与二钱唱和四绝	
缴进吴荀词头状	3/1412	句,戏用其韵跋之	1/209
缴进应诏所论四事状	3/1525	金沙台	2/892
缴进张诚一词头状	3/1415	金山梦中作	1/428
醮北岳青词	6/3338	金山妙高台	1/451
醮上帝青词（一）	6/3337	金山寺与柳子玉饮,大醉,卧宝觉禅	
醮上帝青词（二）	6/3337	榻。夜分方醒,书其壁	1/220
醮上帝青词（三）	6/3338	金山长老宝觉师真赞	6/3135
接伴大辽贺兴龙节人使送伴回程与大		金星洞铭	6/3076
辽贺正旦人使相逢扰问口宣 3/1244		金盐说	6/3033
接果说	6/3029	金液丹	8/4155
节饮食说	6/3036	筋断须续者	8/4196
碣石庵戏赠湛庵王	1/466	锦溪	1/201
介亭钱杨杰次公	2/585	进何去非《备论》状	3/1520
戒杀	8/4072	进郊祀庆成诗表	3/1356
戒杀	8/4092	进单锷《吴中水利书》状	3/1536
戒坛院文与可画墨竹赞	6/3117	进食散	8/4160
借前韵贺子由生第四孙斗老	2/744	晋卿墨	8/4079
借意状物名令	8/4311	晋人书	8/4071
借职杨晟该差使吴奉云等各转一官制		晋宋之君与臣下争善	5/2790
	3/1148	晋宋之君与臣下争善	8/3997
今年正月十四日,与子由别于陈州。五		晋武娶妇	5/2785
月,子由复至齐安,以诗迎之	1/368	禁同省往来	8/3919

篇名音序索引 4383

禁同省往来（存目）	8/4065	景灵宫宣光殿奉安神宗皇帝御容日	
京师哭任遵圣	1/273	开启道场青词	6/3293
经效阿胶方	8/4170	景灵宫宣光殿奉安神宗皇帝御容日	
荆公书	8/4084	开启道场斋文	6/3303
荆轲卫生	5/2800	景灵宫宣光殿开启神宗皇帝忌辰道	
荆门惠泉	1/87	场斋文	6/3306
荆王新妇王氏潭国夫人制	3/1117	径山道中次韵答周长官兼赠苏寺丞	
荆王扬王所乞推恩八人制	3/1107		1/204
荆州十首	1/85	净因净照臻老真赞	6/3136
井华水	6/3020	净因院画记	6/2876
景纯复以二篇，一言其亡兄与伯父同		静安县君许氏绣观音赞	6/3123
年之契，一言今者唱酬之意，仍次		静常斋记	6/2874
其韵	1/219	洞酌亭	2/771
景纯见和，复次韵赠之，二首	1/218	九宝散	8/4169
景昵、履常屡有诗，督叔弼、季默倡		九成台铭	6/3080
和，已许诺矣，复以此句挑之	2/615	九马图赞	6/3113
景灵宫罍散奉安神宗皇帝御容道场		九日次定国韵	2/645
功德疏文	6/3296	九日次韵王巩	1/314
景灵宫奉安神宗皇帝御容祝文	6/3308	九日，湖上寻周、李二君不见，君亦见寻	
景灵宫祈福道场功德疏文	6/3301	于湖上，以诗见寄。明日乃次其韵	
景灵宫启建仁宗忌辰黄箓道场青词			1/207
	6/3372	九日黄楼作	1/313
景灵宫天兴殿开淘井眼祭告里域真		九日，寻臻阇黎，遂泛小舟，至勤师	
官祝文	6/3311	院，二首	1/206
景灵宫宣光殿奉安神宗皇帝御容罍		九日邀仲屯田，为大水所隔，以诗见	
散朱表	6/3296	寄，次其韵	1/285
景灵宫宣光殿奉安神宗皇帝御容毕		九日袁公济有诗，次其韵	2/588
皇太后亲诣行礼祝文	6/3309	九日，舟中望见有美堂上鲁少卿饮，	

苏东坡全集

以诗戏之,二首	1/207	被褥等口宣	3/1232
九月二十日微雪,怀子由第二首	1/105	就驿赐大辽贺兴龙节人使回程酒果	
九月十五日,迩英讲《论语》终篇,赐		口宣	3/1227
执政、讲读、史官燕于东宫,又遣中		就驿赐大辽贺兴龙节人使宴花酒果	
使就赐御书诗各一首。臣轼得紫		口宣	3/1254
微花绝句,其词云:"丝纶阁下文书		就驿赐大辽贺兴龙节人使宴口宣	
静,钟鼓楼中刻漏长。独坐黄昏谁			3/1253
是伴,紫微花对紫微郎。"翼日各以		就驿赐大辽贺兴龙节使副钞锭等口宣	
表谢,又进诗一篇,臣轼诗云	1/494		3/1276
九月十五日,观月听琴西湖,示坐客		就驿赐大辽贺正旦人使银钞锭唾盂	
	2/610	子锦被褥等口宣	3/1226
九月中曾题二小诗于南溪竹上,既而		鞠承之可秦州通判制	3/1128
忘之,昨日再游,见而录之	1/130	桔梗散	8/4200
九州璜	6/3073	菊说	6/3029
灸二十二种骨蒸法	8/4216	举毕仲游自代状（残）	3/1651
灸咳逆法	8/4171	举何去非换文资状	3/1467
灸牙疼法	8/4179	举黄庭坚自代状	3/1369
酒名	8/4065	聚星堂雪	2/619
酒磨丸	8/4164	倦夜	2/759
酒隐赋	3/1091	绝句	2/587
酒子赋	3/1088	绝句	2/795
救月图赞	6/3118	绝句二首	2/815
就驿赐大辽国贺坤成节人使宴口宣		绝句三首	2/870
（一）	3/1267	绝句一首	2/887
就驿赐大辽国贺坤成节人使宴口宣		绝欲为难	8/4110
（二）	3/1267	君谟书	8/4080
就驿赐大辽贺坤成节人使银钞锭等		君使臣以礼	5/2635
口宣	3/1280	峻灵王庙碑	6/3194
就驿赐大辽贺坤成节使副银钞锭锦		浚井	1/386

K

开湖祭祷吴山水仙五龙三庙祝文		口目相语	6/3046
	6/3356	寇彦卿彦明左班殿直制	3/1153
开先漱玉亭	1/414	枯骨观颂	6/3099
看茶嗑墨	8/4037	哭刁景纯	1/288
看茶嗑墨	8/4073	哭欧阳公，孤山僧惠思示小诗，次韵	
扣钟	8/4253		1/169
可久清顺	6/2987	哭彭祖	8/4250
克巩遂郡防御使制	3/1114	哭王子立次儿子迨韵三首	2/570
刻秦篆记	6/2905	快哉此风赋	3/1098
客省副使刘琦知恩州制	3/1110	款塞来享	1/515
客位假寐	1/104	馈岁	1/106
客租经旬无肉，又子由功不读书，萧		坤成节赐同知枢密院事韩忠彦已下	
然清坐，乃无一事	2/739	尚书省御筵酒果口宣	3/1284
空蒙小儿	6/2990	坤成节功德疏文（一）	6/3299
孔北海	8/4078	坤成节功德疏文（二）	6/3299
孔北海赞	6/3106	坤成节功德疏文（三）	6/3299
孔毅甫凤咮石砚铭	6/3065	坤成节功德疏文（四）	6/3299
孔毅甫龙尾砚铭	6/3065	坤成节功德疏文（五）	6/3300
孔毅父妻挽词	1/401	坤成节功德疏文（六）	6/3300
孔毅父以诗戒饮酒，问买田，且乞墨		坤成节功德疏文（七）	6/3300
竹，次其韵	1/403	坤成节集英殿宴教坊词十五首	6/3333
孔长源挽词二首	1/247	坤成节集英殿宴口号	2/805
孔子赞《易》有申交辞而无损益者		坤成节就驿赐阿里骨进奉人使御筵	
	5/2656	口宣	3/1286
孔子诛少正卯	5/2769	坤成节就驿赐于阗国进奉人使御筵	
孔子诛少正卯	8/3958	口宣	3/1286

苏东坡全集

坤成节就驿赐于闽国进奉人御筵口宣		口宣	3/1284
	3/1235	昆阳城赋	3/1080
坤成节尚书省赐宰臣已下御筵酒果		阃上困	8/4292

L

腊日游孤山访惠勤、惠思二僧	1/151	梨	1/98
蜡梅一首赠赵景昵	2/624	黎檬子	6/2983
蜡说	5/2761	黎穆子	8/3902
来鹤亭	2/851	黎穆子（存目）	8/4073
浪淘沙（昨日出东城）	2/1014	黎琼知南雄州制	3/1150
稂釜（存目）	8/4091	黎子明父子	6/2983
老人行	2/857	礼刑	5/2665
老饕赋	3/1089	礼以养人为本论	5/2545
老翁井	2/852	礼义信足以成德论	5/2542
老子解	8/4064	李	1/98
乐苦说	6/3041	李白滴仙诗	2/862
乐苦说	8/4022	李邦直言周瑜	8/3960
乐全先生生日，以铁拄杖为寿，二首		李伯时画其弟亮工旧隐宅图	2/783
	1/377	李伯时画像跋	5/2526
乐全先生文集叙	5/2357	李伯时所画沐猴马赞	6/3118
乐天论张平叔	5/2796	李承祐内殿崇班制	3/1157
乐天烧丹	8/3907	李承之知青州制	3/1123
乐天烧丹（存目）	8/4082	李赤诗	8/4076
雷岩诗	2/886	李琮知吉州制	3/1117
雷州八首	2/855	李端叔真赞	6/3110
狸鸠丸	8/4177	李昊卿可京西转运副使张公库可广	
骊山	2/859	东转运副使楚潜可广西转运副使	
骊山三绝句	1/96	吴革可广东转运判官制	3/1129

篇名音序索引 4387

李公择过高邮，见施大夫与孙莘老赏		李西平画赞	6/3107
花诗，忆与仆去岁会于彭门折花馈		李宪仲哀词	1/441
笋故事，作诗二十四韵见戏。依韵		李行中秀才醉眠亭三首	1/233
奉答，亦以戏公择云	1/339	李与权节士	6/2982
李公择求黄鹤楼诗，因记旧所闻于冯		李薿宣德郎制	3/1156
当世者	1/167	李之纯户部侍郎制	3/1143
李肩可殿中省尚药奉御直翰林医官制		李之纯可集贤殿修撰河北都转运使制	
	3/1145		3/1146
李靖李勣为唐腹心之病	5/2794	李仲蒙哀词	6/3283
李曼知果州制	3/1150	李周可太仆少卿制	3/1112
李南公知沧州穆珣知庐州王子韶知		俚语说	5/2801
寿州赵扬知润州制	3/1142	醴泉观真靖崇教大师真赞	6/3138
李顾秀才善画山，以两轴见寄，仍有		历代世变	5/2797
诗，次韵答之	1/214	立春祭土牛祝文	6/3359
李杞寺丞见和前篇，复用元韵答之		立春祭土牛祝文	6/3361
	1/151	立春日，病中邀安国，仍请率禹功同
李铃辖坐上分题戴花	1/188	来。仆虽不能饮，当请成伯主会。
李若之布气	6/3009	某当杖策倚几于其间，观诸公醉
李十八草书	8/4081	笑，以拨滞闷也。二首	1/254
李氏山房藏书记	6/2870	立春日小集戏李端叔	2/670
李氏园	1/115	立秋日祷雨宿灵隐寺，同周、徐二令
李氏子再生说冥间事	8/3930		1/196
李氏子再生说冥间事	8/4096	吏隐亭	1/257
李思训画《长江绝岛图》	1/315	荔支叹	2/706
李太白碑阴记	6/2861	荔枝龙眼说	6/3029
李太师墓志	6/3253	荔枝似江瑶柱说	6/3029
李潭《六马图》赞	6/3115	荔枝似江瑶柱说	8/4042
李委吹笛	1/396	郦寄幸免	5/2773

郦寄幸免	8/3991	梁上君子	8/3947
连日与王忠玉、张金翁游西湖，访北		梁统议法	5/2779
山清顺、道潜二诗僧。登垂云亭，		梁谐供备库副使转出制	3/1155
饮参寥泉。最后过唐州陈使君，夜		两汉之政治	5/2661
饮。忠玉有诗，次韵答之	2/577	两桥诗	2/723
连雨江涨二首	2/697	两浙运副乔执中可吏部郎制	3/1138
莲	2/880	两浙转运副使孙昌龄可秘阁校理知	
莲龟	1/503	福州制	3/1103
联	2/892	两浙转运副使许懋可令再任制	3/1104
联	2/893	疗寸白虫	8/4184
联	2/893	疗久疟	8/4193
联	2/894	蘦屿	1/256
联	2/894	猎会诗序	5/2364
联佛印松诗	8/4304	林檎诗	8/4081
联句嘲僧	8/4305	林邵开封推官制	3/1151
廉泉	2/680	林邵太仆丞何琬鸿胪丞制	3/1142
廉州龙眼质味殊绝，可敌荔支	2/772	林希中书舍人制	3/1164
炼丹砂法	8/4134	林子中以诗寄文与可及余，与可既	
炼枣耳霜法	6/3023	殁，追和其韵	1/346
浏阳早发	1/88	临安三绝	1/201
梁从吉遥郡团练使入内内侍省副都		临城道中作	2/673
知制	3/1154	临皋闲题	8/3953
梁工说	5/2764	临江仙（冬夜夜寒冰合井）	2/943
梁工说	8/3945	临江仙（多病休文都瘦损）	2/943
梁贾（存目）	8/4079	临江仙（九十日春都过了）	2/942
梁贾说	5/2763	临江仙（诗句端来磨我钝）	2/941
梁贾说	8/3944	临江仙（谁道东阳都瘦损）	2/943
梁上君子	6/3047	临江仙（四大从来都遍满）	2/942

篇名音序索引 4389

临江仙（忘却成都来十载） 2/941
临江仙（我劝髯张归去好） 2/941
临江仙（细马远驮双侍女） 2/940
临江仙（夜饮东坡醒复醉） 2/943
临江仙（一别都门三改火） 2/942
临江仙（自古相从休务日） 2/941
临江仙（尊酒何人怀李白） 2/942
临江仙（昨夜渡江何处宿） 2/944
临贺笺图并题 5/2524
灵壁张氏园亭记 6/2877
灵感观音偈 6/3139
灵鹫题名 6/3052
凌虚台 1/129
凌虚台记 6/2862
菱芡桃杏说 6/3028
菱芡桃杏说 8/4011
岭外归与人启 4/2312
刘伯伦 8/3962
刘伯伦非达 5/2785
刘丑厮诗 2/668
刘聪吴中高士二事 8/3961
刘夫人墓志铭 6/3254
刘贡父 1/147
刘贡父见余歌词数首，以诗见戏，聊次其韵 1/213
刘贡父戏介甫 6/2979
刘贡父戏介甫 8/4009
刘监仓家煎米粉作饼子，余云："为甚

酥？"潘邠老家造逡巡酒，余饮之，云："莫作醋，错著水来否？"后数日，携家饮郊外，因作小诗戏刘公，求之 1/408
刘景文家藏乐天《身心问答》三首，戏书一绝其后 2/620
刘恺丁鸿执贽论 5/2541
刘凝之沈麟士 8/3963
刘莘老 1/147
刘沈认辰 5/2791
刘衮阁门祗候制 3/1114
刘霆知陈留县制 3/1147
刘庠赠大中大夫制 3/1117
刘孝叔会虎丘，时王规父斋素祈雨，不至，二首 1/227
刘谊知韶州制 3/1135
刘有方可昭宣使依旧嘉州刺史内侍省内侍押班制 3/1128
刘有方内侍省右班副都知制 3/1154
刘禹锡文过不棱 5/2797
刘禹锡文过不棱 8/4000
刘原父语（存目） 8/4065
刘壮舆长官是是堂 2/795
刘颜官苑，退老于庐山石碑庵，颜，陕西人，本进士换武，家有声伎 2/878
留别登州举人 1/459
留别寒道士拱辰 2/605
留别金山宝觉、圆通二长老 1/222

苏东坡全集

留别廉守	2/774	六观堂赞	6/3111
留别释迦院牡丹呈赵倅	1/268	六和寺冲师闸山溪为水轩	1/173
留别叔通元弼坦夫	1/331	六年正月二十日,复出东门,仍用前韵	
留别零泉	1/268		1/398
留不得	8/4265	六事廉为本赋	3/1096
留侯论	5/2582	六言乐语	2/840
留题兰皋亭	1/437	六一居士集叙	5/2358
留题石经院三首	1/280	六一泉铭	6/3078
留题峡州甘泉寺	1/84	六月二十七日望湖楼醉书五绝	1/158
留题仙都观	1/75	六月二十日夜渡海	2/772
留题仙游潭中兴寺,寺东有玉女洞,		六月七日,泊金陵,阻风,得钟山泉公	
洞南有马融读书石室。过潭而		书,寄诗为谢	2/675
南,山石益奇,潭上有桥,畏其险,		六月十二日,酒醒步月,理发而寝	
不敢渡	1/103		2/706
留题显圣寺	2/786	龙胆丸	8/4174
留题徐氏花园二首	1/192	龙虎铅汞说	6/3007
留题延生观后山上小堂	1/102	龙华题名	6/3054
硫黄丸	8/4178	龙井题名	6/3054
柳	1/100	龙井题名	6/3055
柳氏二外甥求笔迹二首	1/214	龙山补亡	2/879
柳子厚诞妄	5/2796	龙图阁直学士朝请大夫知定州蔡延	
柳子厚论伊尹	5/2795	庆朝请大夫试户部尚书李常并磨	
柳子厚论伊尹	8/4036	勘转朝议大夫制	3/1166
柳子玉以诗见邀,同刁丈游金山	1/219	龙王问蛙	8/4248
柳子玉亦见和,因以送之,兼寄其兄		龙尾石研寄犹子远	2/693
子璋道人	1/218	龙尾石月砚铭	6/3067
柳宗元敢为诞妄	8/3964	龙尾砚歌	1/419
六观堂老人草书	2/612	隆祐宫设庆宫醮青词	6/3295

隆中	1/90	论仓法札子	3/1576
楼观	1/104	论茶	8/4076
楼观	1/126	论赤箭	8/4213
卢敖洞	1/243	论春秋变周之文	5/2562
卢山五咏	1/243	论淳于髡	8/4091
庐山二胜	1/414	论淡竹	8/4212
鲁直诗	8/4080	论地骨皮	8/4211
鲁直诗文	8/4076	论地菘	8/4213
鲁直所惠洮河石砚铭	6/3069	论祷于太庙用致夫人	5/2557
陆道士墓志铭	6/3252	论董秦	5/2415
陆道士能诗	8/3924	论董秦	8/4082
陆佃礼部侍郎充修实录院修撰官制		论杜甫杜鹃诗	8/4091
	3/1166	论范蠡	5/2620
陆莲庵	2/814	论范增	8/3974
陆龙图洗挽词	1/141	论风病	8/4221
录陶渊明诗	5/2413	论封建	5/2622
录温峤问郭文语	8/3961	论改定受册手诏乞罢札子	3/1430
录赵贫子语	8/3905	论甘草	8/4212
鹿鸣宴	1/318	论纲梢欠折利害状	3/1577
禄有重轻	6/3042	论高丽进奉第二状	3/1484
辘轳歌	2/863	论高丽进奉状	3/1474
潞公	6/3057	论高丽买书利害札子（一）	3/1593
潞公	8/4037	论高丽买书利害札子（二）	3/1597
露香亭	1/257	论高丽买书利害札子（三）	3/1598
卯砚铭	6/3068	论高强户应色役疏	3/1649
论边将隐匿败亡宪司体量不实札子		论给田募役状	3/1408
	3/1465	论古文	5/2801
论采药	8/4209	论管仲	5/2614

苏东坡全集

论汉高祖羹颉侯事	8/3956	论鲁隐公	5/2612
论汉武帝（存目）	8/4079	论鹿茸麝茸	8/4210
论好德锡之福	5/2552	论麻子	8/4216
论河北京东盗贼状	3/1395	论每事降诏约束状	3/1423
论黑肱以滥来奔	5/2561	论墨	8/4075
论胡麻	8/4212	论南烛草木	8/4213
论桓范陈宫	8/3961	论贫士	8/3944
论会于澶渊宋灾故	5/2560	论漆	6/2947
论霍光	8/4109	论漆	8/4076
论鸡舌香	8/4211	论齐侯卫侯胥命于蒲	5/2556
论积欠六事并乞检会应诏所论四事		论秦	5/2611
一处行下状	3/1562	论擒获鬼章称贺太速札子	3/1432
论稷米	8/4214	论青蒿	8/4215
论金土同价	8/4074	论取部大鼎于宋	5/2555
论金盐	8/4089	论元官札子	3/1424
论金器子	8/4211	论闰月不告朔犹朝于庙	5/2558
论菊	8/4087	论山豆根	8/4215
论橘柚	8/4210	论商鞅	5/2621
论君臣	8/4209	论设醴	8/4078
论君谟书	5/2472	论沈传师书	5/2521
论君谟书	8/4029	论沈辽米芾书	5/2492
论孔子	5/2617	论诗	8/4065
论苦耽	8/4214	论食	6/3060
论柳宗元（存目）	8/4074	论食	8/4026
论六祖《坛经》	5/2391	论始皇汉宣李斯	5/2624
论龙芮	8/4216	论书	5/2474
论漏芦	8/4215	论书	5/2521
论鲁三桓	8/3971	论苏合香	8/4214

篇名音序索引

论孙卿子	8/4110	论郑伯克段于鄢	5/2553
论太阴元精	8/4214	论郑伯以璧假许田	5/2554
论汤散丸	8/4209	论周东迁	5/2618
论特奏名	3/1444	论周穜擅议配享自劾札子（一）	
论魏王在殡乞罢秋燕礼子	3/1454		3/1462
论文蛤海蛤魁蛤	8/4215	论周穜擅议配享自劾札子（二）	
论《文选》	8/4062		3/1462
论伍子胥	5/2620	论诸处色役轻重不同札子	3/1418
论武王	5/2608	论桩管坊场役钱礼子	3/1417
论物理	8/4070	论子胥种蠡	8/3970
论细辛	8/4212	罗汉赞	6/3131
论项羽范增	5/2625	罗汉赞十六首	6/3125
论行遣蔡确札子	3/1467	罗适知开封县程之邵知祥符县制	
论修养寄子由	8/4223		3/1147
论修养帖寄子由	8/3905	螺蚌相语	6/3045
论薰陆香	8/4215	洛尹到任谢宰相启	4/1774
论养士	5/2609	吕大临太学博士制	3/1146
论叶温叟分擘度牒不公状	3/1487	吕大忠发运副使制	3/1148
论医	8/4072	吕公弼招致高丽人	6/2973
论医和语	8/3940	吕公著妻鲁氏赠国夫人制	3/1119
论役法差雇利害起请画一状	3/1479	吕和卿知台州制	3/1166
论隐公里克李斯郑小同王允之	5/2613	吕惠卿责授建宁军节度副使本州安	
论用郑	5/2559	置不得签书公事制	3/1136
论雨井水	8/3904	吕穆仲京东提刑唐义问河北西路提	
论宰相用人之术不正疏	3/1649	刑制	3/1116
论脏腑	8/4208	吕温卿知饶州李元辅知绛州制	
论褚魁	8/4216		3/1106
论浙西闭粜状	3/1635	吕由庚太常寺太祝制	3/1144

吕与叔学士挽词	2/660	绿云膏	8/4179
率子廉传	6/3154		

M

麻黄丸	8/4150	满庭芳（香霭雕盘）	2/925
马传正大理寺主簿制	3/1155	漫不得	8/4263
马梦得穷	6/2983	毛手鬼	8/4249
马梦得同岁	8/3914	眉州远景楼记	6/2864
马眼糯说	6/3034	眉子石砚歌赠胡閔	1/425
马正卿守节	6/2982	梅花	1/442
马正卿守节	8/4009	梅花二首	1/358
马子约送茶，作六言谢之	2/888	梅圣俞诗集中，有毛长官者，今於潜	
买田求归	8/3920	令国华也。圣俞殁十五年，而君犹	
迈砚铭	6/3068	为令。捕蝗至其邑，作诗戏之	
麦煎散	8/4197		1/231
麦岭题名	6/3055	梅圣俞之客欧阳晦夫，使工画茅庵，	
脉说	6/3059	己居其中，一琴横床而已。曹子方	
脉说	8/4205	作诗四韵，仆和之云	2/773
满江红（东武南城）	2/930	梅询非君子（存目）	8/4087
满江红（江汉西来）	2/930	鄗坞	1/103
满江红（清颍东流）	2/930	美哉一首送韦城主簿欧阳君	2/612
满江红（天岂无情）	2/931	渍鲛鱼	1/129
满江红（忧喜相寻）	2/929	礜石丸	8/4166
满庭芳（归去来兮，清溪无底）	2/927	孟尝君宾礼狗盗	5/2770
满庭芳（归去来兮，吾归何处）	2/925	孟嘉与谢安石相若	5/2787
满庭芳（三十三年，今谁存者）	2/926	孟嘉与谢安石相若	8/4002
满庭芳（三十三年，飘流江海）	2/926	孟郊诗（存目）	8/4068
满庭芳（蜗角虚名）	2/926	孟仰之	6/3057

篇名音序索引 4395

孟子论	5/2577	密州与人（三）	4/2191
梦韩魏公	6/2989	蜜酒歌	1/390
梦韩魏公	8/4086	免税	8/4290
梦弥勒殿	6/2995	妙香丸	8/4203
梦南轩	6/2968	妙总	6/2985
梦南轩	8/3912	庙欲有主祭欲有尸	5/2655
梦南轩	8/4097	名容安亭	6/2964
梦雪	2/813	名容安亭	8/3953
梦斋铭	6/3086	名西阁	6/2969
梦中赋裙带	2/839	名西阁	8/3952
梦中绝句	2/795	明君可与为忠言赋	3/1094
梦中论《左传》	8/3911	明日复以大鱼为馈，重二十斤，且求	
梦中作祭春牛文	6/3288	诗，故复戏之	2/618
梦中作祭春牛文	8/3911	明日南禅和诗不到，故赋数珠篇以	
梦中作寄朱行中	2/797	督之，二首	2/789
梦中作靴铭	8/3911	明日重九，亦以病不赴述古会，再用	
梦作司马相如求画赞	6/3106	前韵	1/206
米黻石钟山砚铭	6/3065	明堂祭诸庙文	6/3371
觅俞俊笔	2/833	明堂赦文	3/1168
密州到任谢执政启	4/1732	明堂执政安焘加恩制	3/1161
密州请皋长老疏	6/3341	明堂执政范纯仁加恩制	3/1162
密州宋国博以诗见纪在郡杂咏，次韵		明堂执政韩维加恩制	3/1160
答之	1/307	明堂执政李清臣加恩制	3/1161
密州题名	6/3053	明堂执政吕大防加恩制	3/1162
密州通判厅题名记	6/2883	明堂执政张璪加恩制	3/1161
密州谢上表	3/1315	明月丹	8/4168
密州与人（一）	4/2190	明正	5/2753
密州与人（二）	4/2190	《鸣泉思》，思君子也。君子抱道且	

殉,而时弗与,民咸思之。鸣泉故基埋圮殆尽,眉山苏轼摇首踟蹰,作《鸣泉思》以思之 2/837

磨衲赞	6/3134	木兰花令（经旬未识东君信）	2/935
		木兰花令（霜余已失长淮阔）	2/934
		木兰花令（梧桐叶上三更雨）	2/935
磨蝎为身宫（存目）	8/4063	木兰花令（元宵似是欢游好）	2/935
		木兰花令（知君仙骨无寒暑）	2/935
陌上花三首	1/202	木履	8/4247
莫相疑	8/4296	木山	1/511
莫笑银杯小,答乔太博	1/241	木香散	8/4140
墨宝堂记	6/2868	木香散	8/4156
墨花	1/448	木香丸	8/4150
墨君堂记	6/2867	目忌点灌说	6/3016
墨妙亭记	6/2866	沐浴启圣僧舍与赵德麟邂逅	2/651
牡丹	2/880	苜蓿	8/4242
牡丹	1/98	墓头回草录	6/3026
牡丹和韵	2/880	暮归	2/836
牡丹记叙	5/2365	穆生去楚王戊	5/2773
木蠹	8/4070	穆生去楚王戊	8/4026
木峰偈	6/3143	穆衍金部员外郎制	3/1143
木兰花令（高平四面开雄壁）	2/936		

N

纳佛印令	8/4303	南风	6/3073
乃言底可绩	5/2627	南歌子（寸恨谁云短）	2/958
南安军常乐院新作经藏铭	6/3090	南歌子（带酒冲山雨）	2/955
南安军学记	6/2879	南歌子（绀绾双蟠髻）	2/958
南禅长老和诗不已,故作《六虫篇》		南歌子（古岸开青葑）	2/954
答之	2/789	南歌子（海上乘槎侣）	2/956
南都妙峰亭	1/439	南歌子（琥珀装腰佩）	2/958

篇名音序索引 4397

南歌子（见说东园好）	2/958	几迁之	1/128
南歌子（苒苒中秋过）	2/956	南溪之南，竹林中新构一茆堂，予以	
南歌子（日薄花房绽）	2/955	其所处最为深邃，故名之曰避世堂	
南歌子（日出西山雨）	2/955		1/126
南歌子（山与歌眉敛）	2/954	南乡子（冰雪透香肌）	2/951
南歌子（山雨潇潇过）	2/957	南乡子（不到谢公台）	2/950
南歌子（师唱谁家曲）	2/956	南乡子（怅望送春杯）	2/953
南歌子（卫霍元勋后）	2/957	南乡子（东武望余杭）	2/951
南歌子（笑拍蔷薇冒）	2/957	南乡子（寒雀满疏篱）	2/950
南歌子（雨暗初疑夜）	2/955	南乡子（寒玉细凝肤）	2/953
南歌子（欲执河梁手）	2/956	南乡子（何处倚阑干）	2/953
南歌子（云鬓裁新绿）	2/959	南乡子（回首乱山横）	2/951
南歌子（紫陌寻春去）	2/957	南乡子（旌旆满江湖）	2/952
南华老师示四韵，事忙，姑以一偈答之		南乡子（凉簟碧纱厨）	2/952
	2/782	南乡子（千骑试春游）	2/954
南华寺	2/683	南乡子（裙带石榴红）	2/952
南华寺六祖塔功德疏	6/3339	南乡子（霜降水痕收）	2/951
南华长老宠示四颂，事忙，只还一偈		南乡子（天与化工知）	2/952
	6/3145	南乡子（晚景落琼杯）	2/950
南华长老题名记	6/2896	南乡子（未倦长卿游）	2/953
南康望湖亭	2/679	南乡子（绣轭玉骢游）	2/954
南屏激水偈	6/3143	南行前集叙	5/2364
南寺千佛阁	1/172	南园	1/259
南堂五首	1/400	南昭庆寺题名	6/3055
南溪有会景亭，处众亭之间，无所见，		硇砂煎丸	8/4157
甚不称其名。予欲迁之少西，临断		内人张氏可特封典赞制	3/1153
岸，西向可以远望，而力未暇，特为		内中慈氏殿告迁神御于新添修殿奉	
制名曰招隐。仍为诗以告来者，蕉		安祝文	6/3308

内中福宁殿下寒节为神宗皇帝作水	拟进士对御试策	5/2733
陆道场斋文	6/3303	拟孙权答曹操书	4/2236
内中神御殿张挂奉安神宗皇帝御容	拟作	8/4068
祝文	6/3308	念奴娇（大江东去）	2/932
内中添盖诸帝后神御殿告迁御容权	念奴娇（凭高眺远）	2/932
奉安于慈氏殿祝文	6/3307	凝祥池	2/653
内中御侍已下贺冬至词语三首	牛黄煎	8/4202
	6/3317	牛酒帖	6/3048
内中御侍以下贺冬至词语三首	牛口见月	1/72
	6/3316	农政	5/2665
内中御侍以下贺年节词语三首	弄胡孙（存目）	8/4064
	6/3317	奴为崇（存目）	8/4070
拟殿试策问	5/2667		

O

欧公书	8/4084	偶书（二）	6/2915
欧阳公论琴诗	6/2940	偶书	8/3989
欧阳暐夫惠琴枕	2/773	偶书赠陈处士	6/3049
欧阳暐夫遗接篱琴枕，戏作此诗谢之	偶题	6/3048
	2/774	偶题	6/3048
欧阳季默以油烟墨二丸见饷，各长寸	偶题	6/3049
许，戏作小诗	2/617	偶于龙井辩才处得歙砚，甚奇，作小诗
欧阳少师令赋所蓄石屏	1/143		2/591
欧阳叔弼见访，诵陶渊明事，叹其绝	偶与客饮，孔常父见访，方设席延请，
识。既去，感慨不已，而赋此诗2/619	忽上马驰去。已而有诗，戏用其韵
偶书（一）	6/2915	答之	1/484

P

怕不得	8/4266	偏头痛方	8/4178
怕人知	8/4263	贫家净扫地	2/754
潘谷墨	8/4084	平山堂次王居卿祠部韵	1/235
潘推官母氏挽词	1/477	评草书	5/2474
盘游饭谷董羹	8/4082	评杜默诗	5/2429
判幸酒状	3/1655	评杜默诗	8/3983
判幸酒状	8/4025	评韩柳诗	5/2412
判营妓从良	3/1656	评七言丽句	5/2439
判周妓牒	3/1656	评七言丽句	8/4018
庞安常耳聩	8/3909	评诗人写物	5/2439
庞安常善医	6/3014	评诗人写物	8/4040
庞公	2/603	评杨氏所藏欧蔡书	5/2477
旁不忿	8/4262	评淄端砚	6/2938
陪欧阳公燕西湖	1/143	评子美诗	5/2408
裴颜对武帝	8/3963	评子美诗	8/3986
裴颜之治	5/2786	瓶笙	2/774
彭孙诒李宪	6/2972	坡妹与夫来往歌诗	8/4312
彭孙诒李宪	8/4002	匹耐	8/4261
彭祖庙	1/145	破琴诗	2/607
蓬莱阁记所见	6/2956	剖桃核得雄黄（存目）	8/4071
邳彤汉之元臣	5/2781	仆领贡举未出,钱穆父雪中作诗见	
邳彤汉之元臣	8/4005	及。三月二十日,同游金明池,始	
披锦亭	1/258	见其诗,次韵为答	1/503
辟谷说	8/3908	仆囊于长安陈汉卿家见吴道子画佛,	
辟谷说	8/4101	碎烂可惜。其后十余年,复见之于	

鲜于子骏家,则已装背完好。子骏以见遗,作诗谢之　1/304

仆年三十九,在润州道上过除夜,作此诗。又二十年,在惠州,追录之以付过,二首　2/869

仆去杭五年,吴中仍岁大饥疫,故人往往逝去。闻湖上僧舍,不复往日繁丽,独净慈本长老,学者益盛,作诗寄之　1/342

仆所藏仇池石,希代之宝也。王晋卿以小诗借观,意在于夺,仆不敢不借,然以此诗先之　2/652

仆所至未尝出游,过长芦,闻复禅师病甚,不可不一问。既见,则有间矣。明日阻风,复留,见之。作三绝句呈闻复,并请转呈参寥子,各赋数首　2/675

菩萨蛮（碧纱微露纤纤玉）　2/978

菩萨蛮（城隅静女何人见）　2/980

菩萨蛮（翠鬟斜幔云垂耳）　2/981

菩萨蛮（风回仙驭云开扇）　2/979

菩萨蛮（画檐初挂弯弯月）　2/979

菩萨蛮（火云凝汗挥珠颗）　2/980

菩萨蛮（井桐双照新妆冷）　2/981

菩萨蛮（娟娟侵鬓妆痕浅）　2/981

菩萨蛮（娟娟缺月西南落）　2/979

菩萨蛮（柳庭风静人眠昼）　2/981

菩萨蛮（落花闲院春衫薄）　2/980

菩萨蛮（买田阳羡吾将老）　2/980

菩萨蛮（峤南江浅红梅小）　2/980

菩萨蛮（秋风湖上萧萧雨）　2/978

菩萨蛮（湿云不动溪桥冷）　2/982

菩萨蛮（天怜豪俊腰金晚）　2/979

菩萨蛮（涂香莫惜莲承步）　2/982

菩萨蛮（绣帘高卷倾城出）　2/978

菩萨蛮（雪花飞暖融香颊）　2/981

菩萨蛮（玉镮坠耳黄金饰）　2/982

菩萨蛮（玉笙不受朱唇暖）　2/979

菩萨蛮（玉童西迓浮丘伯）　2/978

菩萨泉铭　6/3076

菩提寺南漪堂杜鹃花　2/582

Q

七德八戒　8/3980

七分读　8/4289

七年九月,自广陵召还,复馆于浴室东堂。八年六月,乞会稽,将去,汶公乞诗,乃复用前韵三首　2/662

七日赐大辽贺兴龙节人使内中酒果口宣　3/1273

七月二十四日,以久不雨,出祷磻溪。是日,宿郿县。二十五日晚,自郿县渡渭,宿于僧舍曾阁。阁,故曾

篇名音序索引

氏所建也。夜久不寐，见壁间有前		祈雨吴山祝文	6/3349
县令赵荐留名，有怀其人	1/118	祈雨迎张龙公祝文	6/3358
七月五日二首	1/264	祈雨诸庙祝文	6/3361
七月一日出城舟中苦热	1/159	祈雨祝文	6/3355
七枣散	8/4154	祈雨祝文	6/3364
妻作送夫诗	8/4111	乞罢登莱榷盐状	3/1408
栖贤三峡桥	1/415	乞罢税务岁终赏格状	3/1582
戚氏（玉龟山）	2/962	乞罢详定役法札子	3/1416
齐高帝欲等金土之价	5/2791	乞罢宿州修城状	3/1587
齐高帝欲等金土之价	8/4006	乞罢学士除闲慢差遣札子	3/1449
齐王择婿	8/4248	乞罢转般仓斗子仓法状	3/1582
齐王筑城	8/4243	乞不分差经义诗赋试官	3/1446
齐州请确长老疏	6/3341	乞不分经取士	3/1445
岐亭道上见梅花，戏赠季常	1/377	乞不给散青苗钱斛状	3/1421
岐亭五首	1/409	乞裁减巡铺兵士重赏	3/1445
祈晴风伯祝文	6/3349	乞常州居住表	3/1320
祈晴文	6/3371	乞常州居住状	3/1321
祈晴吴山庙祝文	6/3356	乞赐度牒条斛准备赈济淮浙流民状	
祈晴吴山祝文	6/3350		3/1555
祈晴雨师祝文	6/3349	乞赐度牒修廨宇状	3/1472
祈晴祝文	6/3355	乞赐光梵寺额状	3/1560
祈晴祝文	6/3365	乞赐州学书板状	3/1469
祈雪雾猪泉，出城马上作，赠舒尧文		乞聘赠刘季孙状	3/1589
	1/323	乞改居丧婚娶条状	3/1607
祈雪雾猪泉祝文	6/3364	乞候坤成节上寿讫复遂前请状	
祈雪祝文	6/3364		3/1340
祈雨龙祠祝文	6/3348	乞加张方平恩礼札子	3/1424
祈雨僧伽塔祝文	6/3359	乞检会应诏所论四事行下状	3/1519

乞减价粜常平米赈济状	3/1628	乞约鬼章讨阿里骨札子	3/1438
乞将合转一官与李直方酬奖状		乞越州札子	3/1635
	3/1558	乞允安焘辞免转官札子	3/1638
乞将上供封桩斛斗应副浙西诸郡接		乞允文彦博等辞免拜札子	3/1637
续粜米札子	3/1540	乞允宗晟辞免起复恩命札子	3/1638
乞将损弱米贷与上户令赈济佃客状		乞增修弓箭社条约状（一）	3/1619
	3/1629	乞增修弓箭社条约状（二）	3/1626
乞将台谏官章疏降付有司根治札子		乞诏边吏无进取及论鬼章事宜札子	
	3/1468		3/1436
乞降度牒修北岳庙状	3/1630	乞赈济浙西七州状	3/1476
乞降度牒修定州禁军营房状	3/1616	乞致仕状	3/1651
乞降度牒召人入中斛斗出粜济饥等状		乞桩管钱氏地利房钱修表忠观及坟	
	3/1486	庙状	3/1525
乞校正陆贽奏议上进札子	3/1608	乞擢用程遵彦状	3/1541
乞禁商旅过外国状	3/1511	乞擢用林豫札子	3/1589
乞郡札子	3/1458	乞擢用刘季孙状	3/1523
乞令高丽僧从泉州归国状	3/1485	乞子珪师号状	3/1524
乞留顾临状	3/1432	起伏龙行	1/298
乞留刘攽状	3/1420	器之好谈禅,不喜游山,不喜游山,山中筇出,戏
乞录用郑侠王斿状	3/1430	语器之可同参玉版长老,作此诗	
乞免五谷力胜税钱札子	3/1590		2/794
乞诗赋经义各以分数取人将来只许		千锺汤	8/4174
诗赋兼经状	3/1473	千秋岁（岛边天外）	2/974
乞数珠赠南禅湜老	2/787	千秋岁（浅霜侵绿）	2/974
乞岁运额斛以到京定殿最状	3/1583	迁居	2/719
乞外补回避贾易札子	3/1542	迁居临皋亭	1/368
乞相度开石门河状	3/1528	迁居之夕,闻邻舍儿诵书,欣然而作	
乞医疗病囚状	3/1404		2/736

篇名音序索引 4403

迁御容道场青词	6/3371	诗戏之	1/261
捷云篇	1/119	乔太博见和,复次韵答之	1/238
前汉歌	6/2942	乔执中可朝请郎尚书吏部郎中制	
虔守霍大夫、监郡许朝奉见和,复次			3/1146
前韵	2/787	乔执中两浙运副张安上提刑制	3/1137
《虔州八境图》八首	1/291	巧对	8/4295
虔州崇庆禅院新经藏记	6/2893	郄超出与桓温密谋书以解父	8/3961
虔州法幢下水陆道场荐孤魂滞魄疏		秦废封建	8/3969
	6/3345	秦穆公墓	1/116
虔州景德寺荣师湛然堂	2/788	秦少游梦发殡而葬之者,云是刘发之
虔州曰倚承事年八十三,读书作诗不		柩。是岁发首荐秦,以诗贺之。刘
已,好收古今帖,贫甚,至食不足		泾亦作,因次其韵	1/427
	2/792	秦少游真赞	6/3110
钱安道席上令歌者道服	1/215	秦始皇帝论	5/2564
钱道人有诗云"直须认取主人翁",		秦士好古	8/4254
作两绝戏之	1/216	秦抽取楚	8/3968
钱君倚哀词	6/3284	琴非雅声	6/2941
钱塘六井记	6/2885	琴贵桐孙	6/2941
钱塘勤上人诗集叙	5/2362	琴鹤之祸	6/2941
钱顗给事中制	3/1160	琴枕	2/773
钱长卿比部郎邓义叔水部郎制	3/1141	琴枕	2/834
钱子飞施药	6/3016	禽大无事省出入	8/4244
蘝草录	6/3027	勤而或治或乱断而或兴或衰信而或
蘝草诗	8/4083	安或危	5/2659
羌活散	8/4171	勤修善果	8/4085
蜣螂	1/434	沁园春（孤馆灯青）	2/934
强陪奉	8/4261	青金丹	8/4199
乔将行,烹鹅、鹿,出刀剑以饮客,以		青苗钱（存目）	8/4074

苏东坡全集

青牛岭高绝处有小寺，人迹罕到 少游各为赋一首，为老人光华 1/505

1/231 穷措大 2/893

青玉案（三年枕上吴中路） 2/1012 琼州惠通泉记 6/2900

清都谢道士真赞 6/3138 秋风 6/3073

清风阁记 6/2887 秋怀二首 1/169

清平调引（陌上花开蝴蝶飞） 2/1017 秋日寄友人 2/886

清平调引（陌上山花无数开） 2/1018 秋赛祝文（二） 6/3363

清平调引（生前富贵草头露） 2/1018 秋赛祝文（一） 6/3362

清平乐（清淮浊汴） 2/962 秋石方 8/4137

清溪词 2/845 秋思寄子由 2/871

清隐堂铭 6/3084 秋晚客兴 2/589

清远舟中寄耘老 2/684 秋兴三首 2/589

茜实散 8/4177 秋阳赋 3/1085

顷年杨康功使高丽还，奏乞立海神庙 求婚启 4/1772

于板桥，仆嫌其地泷隘，移书使迁 求医诊脉 6/3015

之文登，因古庙而新之，杨竟不从。 求医诊脉 8/4013

不知定国何从见此书，作诗称道不 屈到嗜芰论 5/2604

已。仆不能记其云何也，次韵答之 屈原庙赋 3/1080

2/651 屈原塔 1/77

请超公住持南华寺疏 6/3374 祛风丸 8/4191

请广陵 8/3920 雕仙帖 5/2776

请洁难圆丘六议札子 3/1606 雕仙帖 8/3930

请净慈法涌禅师入都疏 6/3343 曲槛 1/97

庆源宣义王丈，以累举得官，为洪雅 取艾法 8/4220

主簿，雅州户掾。遇吏民如家人， 取穴法 8/4217

人安乐之。既谢事，居眉之青神瑞 去杭州十五年，复游西湖，用欧阳察

草桥，放怀自得。有书来求红带，既 判韵 2/567

以遗之，且作诗为戏。请黄鲁直、秦 去年秋，偶游宝山上方，入一小院，阅

然无人。有一僧隐几，低头读书， | 去岁与子野游道遥堂，日欲没，因并
与之语，漠然不甚对。问其邻之 | 西山叩罗浮道院，至已三鼓矣，遂
僧，日："此云阇黎也，不出十五年 | 宿于西堂。今岁索居僧耳，子野复
矣。"今年六月，自常、润还，复至 | 来相见，作诗赠之 2/739
其室，则死葬数月矣。作诗题其壁 | 劝不得 8/4265
1/229 | 劝金船（无情流水多情客） 2/934
去岁九月二十七日，在黄州，生子遹，小 | 却鼠刀铭 6/3063
名幹儿，颀然颖异。至今年七月二 | 鹊桥仙（乘槎归去） 2/960
十八日，病亡于金陵。作二诗哭之 | 鹊桥仙（缑山仙子） 2/959
1/421 | 裙靴铭 6/3075

R

人日猎城南，会者十人，以"身轻一 | 仁说 5/2744
鸟过，枪急万人呼"为韵，得鸟字 | 仁宗皇帝御飞白记 6/2857
1/326 | 仁宗皇帝御书颂 6/3093
人参 2/711 | 仁祖盛德 6/2970
人生有定分 8/3914 | 任兵部尚书乞外郡札子 3/1632
人与法并用 5/2667 | 任师中挽词 1/403
壬寅二月，有诏令郡吏分往属县减决 | 日日出东门 1/399
囚禁。自十三日受命出府，至宝 | 日食祈祷祝文 6/3373
鸡、跳、郧、盖屋四县。既毕事，因 | 日喻 5/2754
朝谒太平宫，而宿于南溪溪堂。遂 | 日月蚀 8/4062
并南山而西，至楼观，大秦寺，延生 | 戎州 1/72
观、仙游潭。十九日乃归，作诗五 | 冗官之弊水旱之灾河决之患 5/2661
百言，以记凡所经历者，寄子由 | 肉桂散 8/4198
1/100 | 如梦词 8/3987
壬寅重九，不预会，独游普门寺僧阁， | 如梦词 8/4069
有怀子由 1/104 | 如梦令（城上层楼叠巘） 2/993

如梦令（手种堂前桃李）	2/993	阮郎归（暗香浮动月黄昏）	2/965
如梦令（水垢何曾相受）	2/992	阮郎归（歌停檀板舞停鸾）	2/966
如梦令（为向东坡传语）	2/993	阮郎归（绿槐高柳咽新蝉）	2/965
如梦令（自净方能净彼）	2/993	阮郎归（一年三度过苏台）	2/966
儒者可与守成论	5/2537	软红丸	8/4164
乳母任氏墓志铭	6/3256	蕊珠丹	8/4172
入馆	2/821	瑞金东明观	2/849
入寺	2/742	瑞鹧鸪（碧山影里小红旗）	2/961
入峡	1/74	瑞鹧鸪（城头月落尚啼乌）	2/961
阮籍	5/2784	润州甘露寺弹筝	1/234
阮籍	8/4024	若稀古说	5/2761
阮籍求全	5/2785	若稀古说	8/3991
阮籍啸台	1/93		

S

三部乐（美人如月）	2/965	三泉	1/243
三朵花	1/385	三殇	8/4062
三尊牡丹	2/604	三月二十九日二首	2/732
三法求民情赋	3/1095	三月二十日多叶杏盛开	2/672
三国名臣	5/2799	三月二十日开园三首	2/672
三豪诗	8/4064	三月三日点灯会客	1/399
三槐堂铭	6/3082	三脏	8/4242
三洞岩题名	6/3056	三暴马	8/4090
三老人论年	6/3045	散净狱道场疏	6/3344
三老人问年（存目）	8/4086	散郎亭	2/684
三老语	8/3932	散庆土道场疏	6/3343
三马图赞	6/3113	桑叶措弦	6/2942
三禽图赞	6/3119	骚雅大儒	8/4252

篇名音序索引 4407

僧	2/888	扇	2/887
僧伽何国人	8/3922	伤春词	6/3287
僧伽同行	6/3002	商君功罪	5/2771
僧伽赞	6/3121	商君功罪	8/4000
僧惠勤初罢僧职	1/229	商人赏罚	5/2767
僧清顺新作垂云亭	1/190	赏功罚罪之疑	5/2657
僧爽白鸡	1/173	上蔡省主论放欠书	4/1803
僧文荤食名	8/3925	上初即位论治道二首	5/2605
僧相欧阳公	8/3942	上堵吟	1/89
僧圆泽传	6/3155	上富丞相书	4/1774
僧正兼州博士	8/3925	上毫州太守启	4/1759
僧自欺	6/2988	上韩丞相论灾伤手实书	4/1793
山茶	1/443	上韩持国	1/496
山村	2/889	上韩枢密书	4/1780
山村五绝	1/185	上韩太尉书	4/1779
山光寺送客回,次芝上人韵	2/642	上韩魏公论场务书	4/1791
山坡陀行	2/846	上韩魏公书	4/1832
山堂铭	6/3083	上皇帝贺冬表	3/1369
山行见月四言	2/832	上皇帝贺正表	3/1368
山阴陈迹	2/606	上皇帝书	3/1631
删定官孙谓鲍朝宾并宣议郎制		上联一句	2/895
	3/1156	上联一句	2/896
单可度可三班借职出职制	3/1129	上刘侍读书	4/1785
单庞二医	6/3014	上留守宣徽启	4/1759
单同年求德兴俞氏聚远楼诗三首		上吕仆射论浙西灾伤书	4/1800
	1/234	上吕相公书	4/1835
单骧孙兆	8/3941	上梅直讲书	4/1784
单骧孙兆	8/4100	上清储祥宫碑	6/3187

苏东坡全集

上清储祥宫成贺德音表（一）	3/1349	烧猪	8/4294
上清储祥宫成贺德音表（二）	3/1349	芍药散	8/4183
上清词	2/845	芍药与牡丹	6/3060
上清辞	3/1099	芍药与牡丹	8/4027
上清宫成诏告诸庙祝文	6/3373	韶州月华寺题梁	6/3048
上神宗皇帝书	3/1379	《召南》之教	8/4030
上已日，与二三子携酒出游，随所见，辄作数句。明日集之为诗，故辞无伦次	1/407	少年时，尝过一村院，见壁上有诗云："夜凉疑有雨，院静似无僧。"不知何人诗也。宿黄州禅智寺，寺僧皆不在，夜半雨作，偶记此诗，故作一绝	1/360
上已日，与二子迨、过游涂山、荆山，记所见	2/631		
上太皇太后贺正表	3/1369	少年游（去年相送）	2/946
上王兵部书	4/1782	少年游（银塘朱槛曲尘波）	2/946
上王刑部书	4/1784	少年游（玉肌铅粉傲秋霜）	2/947
上文侍中论强盗赏钱书	4/1796	邵伯埭钟铭	6/3074
上文侍中论权盐书	4/1798	邵伯梵行寺山茶	1/431
上元过祥符僧可久房，萧然无灯火	1/182	邵刚通判泗州制	3/1107
		邵茂诚诗集叙	5/2362
上元侍饮楼上三首呈同列	2/656	哨遍（睡起画堂）	2/986
上元夜	2/692	哨遍（为米折腰）	2/986
上元夜过赴僧守召独坐有感	2/747	舍幅帖	4/2236
上圆丘合祭六议札子	3/1601	舍铜龟子文	5/2759
上曾丞相书	4/1776	设供攘灾集福疏	6/3370
上张安道养生诀	8/4228	摄主	8/3978
上知府王龙图书	4/1787	麝香散	8/4202
上执政乞度牒赈济因修廨宇书	4/1804	申明户部符节略赈济状	3/1514
		申明举人卢君倚、王灿等	3/1443
烧肝散	8/4141	申明扬州公使钱状	3/1585

篇名音序索引 4409

申三省起请开湖六条状	3/1493	神宗皇帝御容至会圣宫并应天禅院	
申省读汉唐正史状	3/1614	前一日奏告诸帝祝文	6/3312
申省论八丈沟利害状（一）	3/1546	沈谏议召游湖,不赴。明日,得双莲	
申省论八丈沟利害状（二）	3/1546	于北山下。作一绝持献。沈既见	
申省乞罢详定役法状	3/1416	和,又别作一首,因用其韵	1/163
申省乞不定夺役法议状	3/1419	沈叔通知海州制	3/1116
申王画马图	2/856	生查子（三度别君来）	2/982
莘老葺天庆观小园,有亭北向,道士		生获鬼章文武百僚称贺皇帝宣答词	
山宗说乞名与诗	1/178		3/1312
神保丸	8/4158	生获鬼章文武百僚称贺太皇太后宣	
神女庙	1/80	答词	3/1312
神清洞	8/4090	生擒西蕃鬼章奏告永裕陵祝文	6/3313
神圣香薷散	8/4167	生日蒙刘景文以古画松鹤为寿,且赋	
神授散	8/4195	佳篇,次韵为谢	2/654
神宗恶告讦	6/2971	生日,王郎以诗见庆,次其韵,并寄茶	
神宗皇帝大祥祭讫彻除灵座时皇		二十一片	1/405
帝躬亲扶神御别设一祭祝文		省不得	8/4266
	6/3308	省冗官裁奉给	5/2663
神宗皇帝禘祭皇帝亲行祝文	6/3310	省试策问三首	5/2662
神宗皇帝禘祭皇太后亲行祝文		省试放榜后札子三首	3/1445
	6/3310	省试刑赏忠厚之至论	5/2532
神宗皇帝禘祭太皇太后亲行祝文		省试宗室策问:汉唐宗室之盛与本朝	
	6/3310	教养选举之法	5/2664
神宗皇帝挽词三首	1/445	圣灯岩	1/243
神宗皇帝御容进发前一日奏告天地		圣散子	8/4147
社稷宗庙等处祝文	6/3312	圣散子后序	5/2368
神宗皇帝御容进发前一日奏告诸宫		圣散子叙	5/2367
观等处青词	6/3294	胜相院经藏记	6/2891

盛度责钱惟演诏词	6/2976	十二时中偈	6/3142
尸说	5/2762	十二月二十八日,蒙恩责授检校水部	
失题	2/817	员外郎,黄州团练副使,复用前韵	
失题	8/4246	二首	1/353
失题二首	2/882	十二月十七日夜坐达晓寄子由	2/744
失题二首	2/883	十二月十四日夜,微雪。明日早往南	
失题三首	2/850	溪,小酌至晚	1/130
失题一首	2/887	十拍子（白酒新开九酝）	2/962
师仁祖之忠厚法神考之励精	5/2660	十日赐大辽贺兴龙节人使内中酒果	
师续梦经	6/3000	口宣	3/1274
师中庵题名	6/3053	十一月二十六日,松风亭下梅花盛开	
师中庵题名	8/4038		2/689
诗二句	2/894	十一月九日,夜梦与人论神仙道术,	
诗二句	2/894	因作一诗八句。既觉,颇记其语,	
诗二句	2/894	录呈子由弟。后四句不甚明了,今	
诗二句	2/895	足成之耳	2/711
诗二句	2/895	十月二日初到惠州	2/687
诗二句	2/895	十月二日,将至涡口五里所,遇风留宿	
诗二句	2/896		1/144
诗二句	2/896	十月二十日,恭闻太皇太后升遐,以	
诗二句	2/896	轼罪人,不许成服,欲哭则不敢,欲	
诗二句	2/896	泣则不可,故作挽词二章	1/352
诗三句	2/897	十月十六日记所见	1/146
诗四句	2/892	十月十四日以病在告,独酌	2/617
狮子吼	8/4291	十月十五日观月黄楼席上次韵	1/321
施饿鬼文	6/3370	十月朔本殿夫人往永裕陵酌献神宗	
十八大阿罗汉颂	6/3096	皇帝表本	6/3291
十二琴铭	6/3072	十月一日永裕陵下宫开启资荐神宗	

皇帝道场斋文	6/3304	食鸡卵说	6/3037
石鼻城	1/103	食鸡卵说	8/4013
石苍舒醉墨堂	1/136	食荔支二首	2/718
石菖蒲赞	6/3119	食茨法	6/3011
石崇婢知人	5/2786	食肉之智	8/4250
石崇家婢	8/3946	食雉	1/91
石鼎铭	6/3071	食粥帖	4/2312
石鼓歌	1/112	湜长老真赞	6/3136
石镜	1/202	史经臣兄弟	6/2980
石格画维摩颂	6/3094	史经臣兄弟	8/4001
石格《三笑图》赞	6/3112	史彦辅论黄霸	5/2779
石榴	1/99	始于文登海上得白石数升,如芡实,	
石墨	8/4069	可作枕,闻梅丈嗜石,故以遗其子	
石普见奴为崇	8/3934	子明学士。子明有诗,次其韵	
石普嗜杀	6/3001		2/568
石氏画苑记	6/2874	士暇右班殿直制	3/1114
石室先生画竹赞	6/3116	士燮论	5/2572
石塔戒衣铭	6/3090	士斋可西头供奉官制	3/1105
石塔寺	2/641	示谕武泰军官吏军人僧道百姓等敕书	
石炭	1/324		3/1220
石屋洞题名	6/3052	世传徐凝《瀑布》诗云:"一条界破	
石芝	1/367	青山色。"至为尘陋。又伪作乐天	
石芝	2/666	诗,称羡此句有"赛不得"之语。	
石钟山记	6/2878	乐天虽涉浅易,然岂至是哉!乃戏	
时无英雄竖子成名(存目)	8/4088	作一绝	1/414
食槟榔	2/709	世有显人	8/4074
食豆粥颂	6/3102	事不能两立	6/3043
食甘	1/398	侍其公气术	6/3010

试笔自书	5/2801	轼欲以石易画,晋卿难之,穆父欲兼	
试东野晖墨	6/2926	取二物,颖叔欲焚画碎石,乃复次	
试馆职策问三首	5/2660	前韵,并解二诗之意	2/654
试墨	6/2919	轼在颍州,与赵德麟同治西湖,未成,	
试墨	8/4038	改扬州。三月十六日,湖成,德麟	
试吴说笔	6/2932	有诗见怀,次其韵	2/633
试院观伯时画马绝句	2/833	释迦文佛颂	6/3095
试院煎茶	1/166	释天性	5/2801
视远惟明听德惟聪	5/2628	释天性	8/4043
是日偶至野人汪氏之居,有神降于其		嗜甘帖	4/2312
室,自称天人李全,字德通,善篆		守钦	6/2986
字,用笔奇妙,而字不可识,云天		守岁	1/107
篆也。与予言,有所会者。复作一		首夏官舍即事	1/246
篇,仍用前韵	1/386	寿禅师放生	6/3003
是日宿水陆寺,寄北山清顺僧二首		寿禅师放生	8/3925
	1/171	寿叔文	2/889
是日,至下马碛,憩于北山僧舍。有		寿星院寒碧轩	2/578
阁曰怀贤,南直斜谷,西临五丈原,		寿阳岸下	2/878
诸葛孔明所从出师也	1/119	寿州李定少卿出钱城东龙潭上	1/144
是日,自磻溪将往阳平,憩于麻田青		授经台	1/127
峰之下院翠麓亭	1/118	书艾宣画四首	1/503
轼近以月石砚屏献子功中书,公复以		书谤	6/2965
涵星砚献纯父侍讲,子功有诗,纯		书《鲍静传》	5/2369
父未也。复以月石风林屏赠之,谨		书北极灵签	6/2964
和子功诗,并求纯父数句	2/648	书北房墨	6/2924
轼以去岁春夏,侍立迩英,而秋冬之		书汴河斗门	6/2913
交,子由相继入侍。次韵绝句四		书辩才白云堂壁	2/591
首,各述所怀	1/485	书辩才次韵参寥诗	5/2440

篇名音序索引

书别造高丽墨	6/2922	书狄遵度诗	5/2429
书别子开	6/2989	书《东皋子传》后	5/2372
书布头笺	6/2929	书董京诗	5/2418
书布头笺	8/4043	书董京诗	8/4023
书参寥论杜诗	5/2433	书杜介求字	5/2484
书参寥诗	5/2440	书杜介求字	8/4029
书曹希蕴诗	5/2428	书杜君懿藏诸葛笔	6/2931
书茶墨相反	6/2924	书杜牧集僧制	6/2914
书茶与墨（一）	6/3050	书杜子美诗	5/2418
书茶与墨（二）	6/3050	书杜子美诗后	5/2419
书茶与墨	8/4037	书冯当世墨	6/2922
书常建诗	5/2412	书冯祖仁父诗后	5/2454
书晁补之所藏与可画竹三首	1/487	书风味砚	6/2934
书晁说之《考牧图》后	2/660	书风味砚	6/2937
书晁无咎所作《杜舆子师字说》后		书浮玉买田	6/2954
	5/2374	书付过	5/2518
书陈怀立传神	5/2502	书葛道纯诗后	5/2431
书城北放鱼	6/2966	书古铜鼎	6/2946
书程全父诗后	5/2455	书《归去来辞》赠契顺	5/2490
书出局诗	5/2439	书鬼仙诗	5/2437
书次韵王晋卿送梅花一首后	5/2514	书郭文语	6/2916
书祖徕煤墨	6/2919	书过送景秀诗后	5/2456
书《大方广圆觉修多罗了义经》		书海南风土	6/2965
	5/2527	书海南风土	8/4024
书戴嵩画牛	5/2501	书海南墨	6/2927
书戴嵩画牛	8/4031	书海苔纸	6/2929
书丹元子所示李太白真	2/664	书海苔纸	8/4032
书狄武襄事	6/2909	书韩定辞马郁诗	5/2410

苏东坡全集

书韩幹二马	2/776	书浑令公燕鱼朝恩图	2/603
书韩幹《牧马图》	1/273	书鸡鸣歌	5/2396
书韩李诗	5/2413	书鸡鸣歌	8/3994
书韩维读《三朝宝训》	5/2651	书《济众方》后	5/2382
书韩魏公黄州诗后	5/2450	书寄蔡子华诗后	5/2516
书合浦舟行	6/2967	书寄韵	2/815
书《和王晋卿题李伯时画马》《戏书		书贾祐论真玉	6/2947
李伯时画骏马好头赤》《次韵黄鲁		书焦山纶长老壁	1/221
直观李伯时画马》后	5/2516	书结绳砚	6/3049
书贺遂亮诗	5/2418	书《金光明经》后	5/2394
书画壁易石	5/2502	书金錞形制	6/2946
书怀民所遗墨	6/2923	书金錞形制	8/3994
书皇亲画扇	1/488	书荆公暮年诗	5/2516
书黄道辅《品茶要录》后	5/2383	书快哉亭石	5/2529
书黄鲁直画跋后三首	5/2506	书拉杂变	5/2379
书黄鲁直惠郎奇笔	6/2932	书乐天诗	5/2415
书黄鲁直李氏传后	5/2373	书乐天香山寺诗	5/2412
书黄鲁直诗后	5/2433	书乐天香山寺诗	8/3986
书黄鲁直诗后（一）	5/2422	书《楞伽经》后	5/2393
书黄鲁直诗后（二）	5/2423	书李白集	5/2401
书黄泥坂词后	5/2435	书李白《十咏》	5/2401
书黄筌画《翎毛花蝶图》二首	2/813	书李白《十咏》	8/3994
书黄筌画雀	5/2500	书李邦直《超然台赋》后	5/2377
书《黄庭经》跋	5/2522	书李伯时《山庄图》后	5/2498
书《黄庭内景经》尾	1/508	书李承晏墨	6/2925
书黄州古编钟	6/2946	书李公择白石山房	1/414
书黄州诗记刘原父语	5/2460	书李公择墨薮	6/2921
书黄子思诗集后	5/2424	书李简夫诗集后	5/2443

书李将军《三鬃马图》	5/2497	书柳氏试墨	6/2925
书李峤诗	5/2417	书柳文《瓶赋》后	5/2508
书李若之事	8/3923	书柳文《瓶赋》后	8/4032
书李若之事	8/4093	书柳子厚大鉴禅师碑后	5/2393
书李世南所画秋景二首	1/488	书柳子厚《觉衰》诗	5/2513
书李宪臣藏墨	6/2921	书柳子厚南涧诗	5/2417
书李岩老棋	6/2947	书柳子厚《牛赋》后	5/2376
书李志中文后	5/2384	书柳子厚诗	5/2411
书李主词	5/2446	书柳子厚诗	5/2421
书李主诗	5/2410	书柳子厚诗后	5/2421
书李宗晟《水帘图》	2/834	书柳子厚《渔翁》诗	5/2513
书林通诗后	1/444	书六赋后	5/2388
书林次中所得李伯时《归去来》《阳		书六合麻纸	6/2928
关》二图后	1/509	书《六一居士传》后	5/2371
书林道人论琴棋	6/2945	书《龙马图》	2/834
书林道人论琴棋	8/4017	书卢全诗	5/2416
书临皋亭	6/2968	书鲁直所藏徐偃笔	6/2932
书岭南笔	6/2933	书鲁直浴室题名后	6/2956
书刘昌事	5/2373	书陆道士镜砚	6/2939
书刘景文诗后	5/2449	书陆道士诗	5/2423
书刘景文所藏宗少文一笔画	2/579	书陆道士诗	5/2448
书刘景文左藏所藏王子敬帖	2/579	书罗浮五色雀诗	5/2452
书刘君射堂	1/436	书《罗汉颂》后	5/2389
书刘梦得诗记罗浮半夜见日事		书吕道人砚	6/2934
	6/2951	书吕行甫墨颠	6/2921
书刘庭式事	6/2909	书绿筠亭诗	5/2434
书柳公权联句	5/2409	书迈诗	5/2450
书柳公权联句	8/4025	书迈诗	8/4041

苏东坡全集

书《孟德传》后	5/2369	书青州石末砚	8/3989
书孟东野诗	5/2397	书清泉寺词	5/2458
书梦祭句芒文	5/2387	书清悟墨	6/2920
书梦中靴铭	6/2917	书请郡	6/2956
书米元章藏帖	5/2521	书秋雨诗	8/4066
书米元章藏帖	8/4026	书求墨	6/2923
书名僧令休砚	6/2935	书裙带绝句	2/840
书摹本《兰亭》后	5/2461	书日月蚀诗	5/2416
书摩诘《蓝田烟雨图》	5/2496	书日月蚀诗	8/3985
书墨	6/2919	书润州道上诗	5/2446
书南华长老重辩师逸事	6/2911	书若逮所书经后	5/2495
书《南史·卢度传》	5/2371	书《单道开传》后	5/2370
书《南史·卢度传》	8/4022	书上清词后	5/2514
书摩公诗后	1/357	书上元夜游	6/2966
书欧阳公黄牛庙诗后	5/2457	书沈存中石墨	6/2922
书潘谷墨	6/2926	书沈存中石墨	8/4010
书潘衡墨	6/2927	书沈辽智静大师影堂铭	5/2492
书庞安时见遗廷珪墨	6/2920	书圣俞赠欧阳阀诗后	5/2453
书裴言墨	6/2926	书石昌言爱墨	6/2921
书彭城观月诗	5/2445	书石晋笔仙	6/2929
书《破地狱偈》	5/2386	书石曼卿诗笔后	5/2454
书破琴诗后	2/608	书石芝诗后	5/2445
书普慈长老壁	1/221	书食蜜	6/3060
书钱塘程奕笔	6/2930	书士琴二首	6/2944
书钱塘程奕笔	8/4024	书试院中诗	5/2436
书秦少游词后	5/2455	书筮	6/2964
书秦少游挽词后	5/2453	书蜀公约邻	6/2953
书青州石末砚	6/2938	书蜀僧诗	5/2445

篇名音序索引 4417

书蜀僧诗	8/4017	书唐氏六家书后	5/2494
书双竹湛师房二首	1/212	书唐太宗诗	5/2419
书司空图诗	5/2420	书堂屿	2/776
书司空图诗	8/4041	书《陶淡传》	5/2370
书四戒	5/2380	书《天蓬咒》	5/2491
书四适赠张鸦	6/2917	书天庆观壁	6/2961
书泗州孙景山西轩	1/333	书天台玉板纸	6/2938
书《松醪赋》后	5/2387	书天台玉版	8/4046
书苏李诗后	5/2396	书田	6/2953
书苏养直诗	5/2455	书田	8/3990
书苏子美金鱼诗	5/2441	书廷珪墨	6/2924
书苏子美金鱼诗	8/3987	书通叔蒙	5/2497
书孙叔静常和墨	6/2927	书退之诗	5/2404
书孙叔静诸葛笔	6/2933	书退之诗	5/2422
书孙元忠所书《华严经》后	5/2495	书退之诗	8/3983
书所和回先生诗	5/2442	书瓦砚	6/2938
书所获镜铭	5/2380	书外曾祖程公逸事	6/2910
书所造油烟墨	6/2922	书汪少微砚	6/2937
书所作字后	5/2471	书王奥所藏太宗御书后	5/2488
书太白广武战场诗	5/2422	书王定国所藏王晋卿画著色山二首	
书太白诗卷	5/2514		2/565
书太宗皇帝《急就章》	5/2470	书王定国所藏《烟江叠嶂图》	1/513
书昙秀龙尾砚	6/2939	书王定国赠吴说帖	6/2933
书昙秀诗	5/2449	书王梵志诗	5/2421
书唐林夫惠砚	6/2937	书王公峡中诗刻后	5/2454
书唐林夫惠诸葛笔	6/2931	书王进叔所蓄琴	6/2946
书唐名臣像	5/2506	书王君佐所蓄墨	6/2926
书唐名臣像	8/4044	书王石草书	5/2471

书王太尉送行诗后	5/2451	书鄢陵王主簿所画折枝二首	1/489
书韦苏州诗	5/2419	书砚（一）	6/2934
书韦苏州诗	8/4030	书砚（二）	6/2934
书温公志文异扩之语	5/2379	书杨朴事	8/3920
书温公志文异扩之语	8/4019	书《养生论》后	8/4226
书《文选》后	5/2400	书药方赠民某君	6/3059
书《文选》后	8/4010	书遗蔡允元	6/2956
书文与可《超然台赋》后	5/2377	书逸少《竹叶帖》	5/2467
书文与可墨竹	1/468	书颍州祷雨诗	5/2443
书文忠赠李师琴诗	6/2945	书游垂虹亭	6/2948
书文忠赠李师琴诗	8/4016	书游灵化洞	6/2948
书吴道子画后	5/2498	书游汤泉诗后	5/2424
书吴说笔	6/2932	书玉川子诗论李忠臣	8/4037
书鲜于子骏楚词后	5/2375	书渊明《酬刘柴桑》诗	5/2416
书谢瞻诗	5/2400	书渊明东方有一士诗后	5/2416
书谢瞻诗	8/3984	书渊明《归去来》序	5/2391
书徐则事	6/2916	书渊明《孟府君传》后	5/2371
书许道宁画	5/2506	书渊明《乞食》诗后	5/2414
书许敬宗砚（一）	6/2935	书渊明诗	5/2413
书许敬宗砚（二）	6/2936	书渊明诗（一）	5/2414
书许敬宗砚	8/4012	书渊明诗（二）	5/2414
书轩	1/255	书渊明《述史章》后	5/2374
书薛能茶诗	5/2415	书渊明羲农去我久诗	5/2398
书薛能茶诗	8/4040	书渊明《饮酒》诗后	5/2397
书学太白诗	5/2403	书渊明《饮酒》诗后	5/2414
书雪	6/2953	书渊明《饮酒》诗后	8/4018
书雪堂义墨	6/2923	书月石砚屏	6/2939
书雪堂义墨	8/4038	书月石砚屏	8/4046

篇名音序索引

书云庵红丝砚	6/2939	书赠徐大正（二）	8/4047
书云成老	6/3051	书赠徐信	5/2518
书云成老	8/4047	书赠杨子微	6/2959
书赠陈季常诗	5/2430	书赠游浙僧	6/2967
书赠陈季常诗	8/4023	书赠张临溪	6/2958
书赠法通师诗	5/2425	书赠宗人鎔	5/2484
书赠古氏	6/2969	书张少公判状	5/2469
书赠何圣可	6/2953	书张遇潘谷墨	6/2920
书赠柳仲矩	6/2957	书张芸叟诗	5/2436
书赠荣师	6/2987	书张芸叟诗	8/4003
书赠邵道士	5/2392	书张长史草书	5/2469
书赠孙叔静	6/2933	书张长史书法	5/2489
书赠孙叔静	8/4043	书章誉诗	5/2456
书赠王十六（一）	5/2479	书章郇公写《遗教经》	5/2477
书赠王十六（二）	5/2479	书正信和尚塔铭后	5/2392
书赠王十六	8/4043	书郑谷诗	5/2420
书赠王十六	8/4046	书郑君乘绢纸	6/2928
书赠王文甫	5/2479	书郑君乘绢纸	8/4016
书赠王文甫	8/4046	书仲殊琴梦	6/2945
书赠王元直（一）	6/2957	书舟中作字	5/2492
书赠王元直（二）	6/2958	书周韶	5/2519
书赠王元直（三）	6/2958	书咒语赠王君	5/2384
书赠徐大正（一）	5/2480	书朱象先画后	5/2498
书赠徐大正（二）	5/2480	书珠子法后	5/2379
书赠徐大正（三）	5/2480	书诸葛笔	6/2929
书赠徐大正（四）	5/2480	书诸葛散卓笔	6/2931
书赠徐大正	8/4035	书诸公送鬼绎先生诗后	5/2427
书赠徐大正（一）	8/4047	书诸公送周梓州诗后	5/2423

书诸集改字	5/2403	书《醉翁操》后	6/2944
书诸集改字	8/4008	书遵师诗	5/2431
书诸集伪谬	5/2403	书《左传》医和语	6/2914
书诸集伪谬	8/3984	叔弼云履常不饮,故不作诗,劝履常饮	
书诸药法	6/3022		2/614
书煮鱼羹	6/3061	叔颍男旷之可三班借职制	3/1111
书煮鱼羹	8/4034	叔孙通不能致二生	5/2649
书《篆髓》后	5/2493	舒公封荆公	8/4066
书卓锡泉	6/2960	舒啸亭	2/891
书子厚梦得造语	5/2411	秦麦说	6/3034
书子厚诗	5/2412	属辽使者对	2/895
书子厚诗	8/3987	蜀公不与物同尽	6/2977
书子美《骢马行》	5/2406	蜀僧明操思归书龙丘子壁	1/396
书子美《骢马行》	8/3985	蜀盐说	6/3033
书子美黄四娘诗	5/2407	鼠须笔	2/834
书子美《屏迹》诗	5/2407	述古闻之明日即至,坐上复用前韵	
书子美《忆昔》诗	5/2408	同赋	1/188
书子美云安诗	5/2406	述古以诗见责屡不赴会,复次前韵	
书子美《自平》诗	5/2406		1/209
书子美《自平》诗	8/3992	述灾诊论赏罚及修河事缴进欧阳修	
书子由《超然台赋》后	5/2377	议状札子	3/1455
书子由《黄楼赋》后	5/2378	庶言同则绎	5/2632
书子由金陵天庆观诗	5/2431	数日前,梦人示余一卷文字,大略若	
书子由绝胜亭诗	5/2431	谕马者,用"吃曨"两字。梦中甚	
书子由《君子泉铭》后	5/2375	赏之,觉而忘其余,戏作数语足之	
书子由梦中诗	5/2459		2/816
书自作木石	5/2523	数日前,梦一僧出二镜求诗,僧以镜	
书自作木石	8/4015	置日中,其影甚异,其一如芭蕉,其	

篇名音序索引 4421

一如莲花,梦中作此诗	1/377	司马光父池赠太师追封温国公制	
漱茶说	6/3035		3/1121
双池	1/98	司马光故妻张氏赠温国夫人制	
双鬼观	1/92		3/1122
双荷叶（双溪月）	2/1011	司马光母聂氏赠温国夫人制	
双井白龙	2/849		3/1122
双石	2/634	司马光曾祖母薛氏赠温国太夫人制	
霜筠亭	1/257		3/1120
水骨	8/4294	司马光曾祖政赠太子太保制	3/1120
水龙吟（楚山修竹如云）	2/923	司马光祖母皇甫氏赠温国太夫人制	
水龙吟（古来云海茫茫）	2/923		3/1121
水龙吟（露寒烟冷蒹葭老）	2/925	司马光祖炫赠太子太傅制	3/1120
水龙吟（似花还似非花）	2/923	司马光左仆射追封温国公制	3/1164
水龙吟（小沟东接长江）	2/924	司马君实独乐园	1/278
水龙吟（小舟横截春江）	2/924	司马牛	8/4289
水陆法像赞	6/3132	司马迁二大罪	8/3973
水气肿满法	8/4180	司马穰苴	5/2770
水调歌头（安石在东海）	2/928	司马穰苴	8/4001
水调歌头（落日绣帘卷）	2/928	司马温公神道碑	6/3195
水调歌头（明月几时有）	2/929	司马温公行状	6/3166
水调歌头（呢呢儿女语）	2/929	司马相如创开西南夷路	5/2775
水月寺	2/848	司马相如创开西南夷路	8/4036
睡起	2/871	司马相如之诒死而不已	5/2776
睡起,闻米元章冒热到东园,送麦门		司马相如之诒死而不已	8/4001
冬饮子	2/797	司命宫杨道士息轩	2/839
顺济王庙新获石磬记	6/2900	司农少卿范子渊可知兖州制	3/1104
顺元散	8/4154	司竹监烧苇园,因召都巡检柴贻勖左	
说不得	8/4263	藏,以其徒会猎园下	1/130

苏东坡全集

私试策问	5/2667	泗州过仓中刘景文老兄戏赠一绝	
私试策问八首	5/2653		1/334
思成堂	1/417	泗州南山监仓萧湖东轩二首	1/434
思聪名说	5/2746	泗州僧伽塔	1/333
思堂记	6/2873	松	1/99
思无邪丹赞	6/3111	松风	6/3072
思无邪斋铭	6/3085	松气炼砂	6/3007
思义	6/2986	宋复古画《潇湘晚景图》三首	1/324
思治论	5/2592	宋杀王瑶	5/2791
思子台赋引	5/2368	宋叔达家听琵琶	1/179
四达斋铭	6/3085	宋襄公论	5/2563
四花相似说	6/3028	宋滋可右侍禁制	3/1128
四花相似说	8/4027	送安惇秀才失解西归	1/136
四明狂客	2/607	送伴正旦使副沿路与贺北朝生辰并	
四菩萨阁记	6/2889	正旦使副相逢传宣抚问口宣	
四神丹说	6/3027		3/1255
四神散	8/4174	送伴正旦使副沿路与贺北朝生日并	
四神散	8/4183	正旦使副相见传宣抚问口宣	
四生散	8/4146		3/1225
四十年前元夕,与故人夜游,得此句		送碧香酒与赵明叔教授	1/266
	2/877	送表弟程六知楚州	1/466
四时词	1/378	送表忠观钱道士归杭	1/345
四望亭	1/145	送别	2/811
四味天麻煎方	8/4140	送蔡冠卿知饶州	1/153
四月十一日初食荔支	2/705	送参寥师	1/320
泗岸喜题	6/2955	送曹辅赴闽漕	1/508
泗州除夜雪中黄师是送酥酒二首		送岑著作	1/154
	1/435	送晁美叔发运右司年兄赴阙	2/641

篇名音序索引

送陈伯修察院赴阙	2/632	送黄师是赴两浙宪	2/659
送陈睦知潭州	1/465	送惠州押监	2/709
送程德林赴真州	2/642	送家安国教授归成都	1/499
送程建用	1/473	送贾讷倅眉二首	1/472
送程七表弟知泗州	1/507	送寒道士归庐山	1/509
送程之邵签判赴阙	2/592	送江公著知吉州	2/598
送春	1/246	送将官梁左藏赴莫州	1/308
送戴蒙赴成都玉局观,将老焉	1/464	送蒋颖叔帅熙河	2/657
送淡公二首	2/853	送金山乡僧归蜀开堂	1/426
送邓宗古还乡	2/570	送酒与崔诚老	2/831
送杜介归扬州	1/477	送孔郎中赴陕郊	1/294
送段屯田分得于字	1/242	送李公恕赴阙	1/290
送顿起	1/314	送李公择	1/299
送范纯粹守庆州	1/460	送李供备席上和李诗	1/246
送范德孺	1/461	送李陶通直赴清溪	2/590
送范景仁游洛中	1/272	送刘攽倅海陵	1/138
送范中济经略侍郎,分韵赋诗,钰得		送刘道原归观南康	1/139
先字,且赠以鱼枕杯四、马樽一,以		送刘寺丞赴余姚	1/338
"元戎十乘,以先启行"为韵	2/659	送柳宜归	2/870
送冯判官之昌国	2/884	送柳子玉赴灵仙	1/220
送佛面杖与罗浮长老	2/710	送鲁元翰少卿知卫州	1/273
送公为游淮南	2/857	送路都曹	2/627
送顾子敦奉使河朔	1/482	送吕昌朝知嘉州	2/566
送毫令赵荐	2/819	送吕希道知和州	1/138
送海印禅师偈	6/3143	送吕行甫司门倅河阳	1/483
送杭州杜、戚、陈三掾罢官归乡	1/208	送穆越州	1/451
送杭州进士诗叙	5/2351	送南屏谦师	2/574
送胡掾	1/307	送牛尾狸与徐使君	1/378

苏东坡全集

送欧阳辩监潭州酒	1/493	送王伯敷守號	1/467
送欧阳季默赴闽	2/621	送王淙朝散赴闽	2/625
送欧阳推官赴华州监酒	2/616	送文与可出守陵州	1/139
送欧阳主簿赴官韦城四首	2/611	送鲜于都曹归蜀灌口旧居	2/776
送千乘千能两侄还乡	1/511	送襄阳从事李友谅归钱塘	2/658
送钱承制赴广西路分都监	1/480	送小本禅师赴法云	2/602
送钱穆父出守越州二首	1/507	送颜复兼寄王巩	1/279
送钱塘僧思聪归孤山叙	5/2352	送杨奉礼	1/285
送钱藻出守婺州得英字	1/138	送杨杰	1/453
送乔施州	1/267	送杨孟容	1/478
送乔全寄贺君六首	1/498	送俞节推	1/349
送人序	5/2352	送玉面狸	2/889
送任伋通判黄州,兼寄其兄孜	1/137	送渊师归径山	1/345
送僧应纯偈	6/3139	送运判朱朝奉入蜀	2/629
送邵道士彦肃还都峤	2/776	送曾仲锡通判如京师	2/667
送沈逵赴广南	1/427	送曾子固倅越得燕字	1/135
送寿圣聪长老偈	6/3140	送张安道赴南都留台	1/141
送蜀人张师厚赴殿试二首	1/330	送张道士叙	5/2354
送蜀僧去尘	2/852	送张嘉父长官	2/632
送水丘秀才叙	5/2353	送张嘉州	2/587
送司勋子才丈赴梓州	2/821	送张龙公祝文	6/3358
送宋构朝散知彭州迎侍二亲	1/485	送张天觉得山字	1/490
送宋君用游辈下	2/822	送张轩民寺丞赴省试	1/174
送孙勉	1/314	送张职方吉甫赴闽漕,六和寺中作	
送孙著作赴考城,兼寄钱醇老、李邦			1/156
直二君,于孙处有书见及	1/343	送章子平诗叙	5/2351
送笋芍药与公择二首	1/299	送赵寺丞寄陈海州	1/248
送通教钱大师还杭诗序	5/2354	送郑户曹	1/291

篇名音序索引 4425

送郑户曹	1/305	诉衷情（钱塘风景古来奇）	2/989
送郑户曹赋席上果得椑子	1/306	诉衷情（小莲初上琵琶弦）	2/990
送芝上人游庐山	2/642	宿海会寺	1/203
送周朝议守汉州	1/510	宿建封寺,晓登尽善亭,望韶石三首	
送周正孺知东川	1/512		2/682
送竹几与谢秀才	1/449	宿九仙山	1/202
送竹香炉	2/888	宿临安净土寺	1/159
送煮菜赠包安静先生	2/838	宿望湖楼再和	1/161
送子由使契丹	2/567	宿余杭法喜寺后绿野堂,望吴兴诸	
诵《金刚经》（存目）	8/4090	山,怀孙莘老学士	1/159
诵《金刚经》帖	8/3922	宿州次韵刘泾	1/274
诵经帖	6/2981	宿资福院	2/891
诵经帖	8/3922	酸馅气	8/4289
苏程庵铭	6/3081	蒜山松林中可卜居,余欲僦其地,地	
苏合香丸	8/4168	属金山,故作此诗与金山元长老	
苏幕遮（暑笼晴）	2/975		1/430
苏潜圣挽词	1/267	隋文帝户口之蕃仓廪府库之盛	
苏世美哀词	6/3285		5/2659
苏颂刑部尚书制	3/1144	岁除题王文甫家桃符	2/895
苏廷评行状	6/3182	岁寒知松柏	1/515
苏州闾丘江君二家雨中饮酒二首		岁晚,相与馈问,为馈岁;酒食相邀,	
	1/226	呼为别岁;至除夜,达旦不眠,为守	
苏州请通长老疏	6/3342	岁。蜀之风俗如是。余官于岐下,	
苏州僧	6/3058	岁暮思归而不可得,故为此三诗,	
苏州姚氏三瑞堂	1/226	以寄子由	1/106
苏子容母陈夫人挽词	1/445	孙朴见异人	8/3938
俗语	8/4295	孙朴见异人	8/4099
诉衷情（海棠珠缀一重重）	2/989	孙觉除吏部侍郎制	3/1165

苏东坡全集

孙觉可给事中制	3/1108	孙武论上	5/2573
孙巨源	1/147	孙武论下	5/2575
孙路陕西运判制	3/1143	孙向保州通判制	3/1116
孙莘老寄墨四首	1/436	娑罗树	2/881
孙莘老求墨妙亭诗	1/166		

T

塔前古桧	1/173	太皇太后赐故夏国主嗣子乾顺诏	
踏青游（口火初晴）	2/1017	（一）	3/1172
踏莎行（山秀芙蓉）	2/1017	太皇太后赐故夏国主嗣子乾顺诏	
踏莎行（这个秃奴）	2/1017	（二）	3/1172
胎息法	6/3012	太皇太后赐门下手诏（一）	3/1170
台头寺步月得人字	1/326	太皇太后赐门下手诏（二）	3/1170
台头寺送宋希元	1/327	太皇太后皇太后皇太妃受册礼毕奏	
台头寺雨中送李邦直赴史馆,分韵得		谢天地社稷宗庙诸宫观并诸陵祝	
忆字,人字,兼寄孙巨源二首	1/284	文	6/3314
太白词	1/120	太皇太后皇太后皇太妃受册奏告景	
太白山旧封公爵	8/3937	灵宫等处青词	6/3294
太白山神	6/2991	太皇太后皇太后皇太妃受册奏告太	
太白山下早行,至横渠镇,书崇寿院壁		庙并诸陵祝文	6/3311
	1/102	太皇太后祭奠故夏国主祭文	6/3258
太常少卿赵瞻可户部侍郎制	3/1102	太皇太后受册诏词	3/1313
太夫人以无咎生日置酒,书壁一绝		太皇太后再从弟高士繇高士派可并	
	2/641	左班殿直文思副使梁惟简可皇城	
太行卜居	8/3952	副使制	3/1158
太皇太后本命岁功德疏文	6/3300	太极真人（存目）	8/4089
太皇太后赐故夏国主嗣子乾顺进奉		《太上玄灵北斗本命延生真经注解》	
贺正马驼回诏	3/1177	后序	5/2527

篇名	页码	篇名	页码
太守徐君獻、通守孟亨之皆不饮酒，		韬光题名	6/3055
以诗戏之	1/379	桃符艾人语	6/3045
太尉足香	8/4088	桃符艾人语	8/4045
太息	8/4039	桃花	1/98
太息一章送秦少章秀才	5/2753	桃花梧道	8/3932
太虚以《黄楼赋》见寄，作诗为谢	1/314	桃笙	8/4069
暑秀相别	8/3914	桃源忆故人（华胥梦断人何处）	2/990
谈妙斋铭	6/3087	陶骥子骏侠老堂二首	1/418
探梅	2/897	滕达道挽词二首	2/640
汤村开运盐河雨中督役	1/171	滕县公堂记	6/2883
唐彬	5/2784	滕县时同年西园	1/317
唐彬	8/4035	藤州江上夜起对月，赠邵道士	2/775
唐村老人言	8/3917	提举玉局观谢表	3/1364
唐道人言天目山上俯视雷雨，每大雷		题白水山	6/2962
电，但闻云中如婴儿声，殊不闻雷		题宝鸡县斯飞阁	1/104
震也	1/193	题鲍明远诗	5/2399
唐画罗汉赞	6/3131	题《笔阵图》	5/2462
唐雷氏琴	8/4017	题别子由诗后	5/2432
唐陆鲁望砚铭	6/3068	题伯父谢启后	5/2381
唐太宗借隋吏以杀兄弟	5/2793	题蔡君谟诗翠	5/2522
唐太宗借隋吏以杀兄弟	8/3998	题蔡君谟帖	5/2471
唐虞稽古建官惟百夏商官倍亦克用义		题蔡琰传	5/2400
	5/2633	题蔡琰传	8/3986
唐允从论青苗	6/2983	题陈公园	2/891
唐制乐律	5/2797	题陈吏部诗后	5/2430
唐制乐律	8/4044	题陈履常书	5/2483
唐中书侍郎崔知悌序	8/4217	题崔白布袋真仪	5/2524
堂后白牡丹	1/276	题大江东去后	5/2521

题登望饿亭诗	5/2517	题李景元画	2/878
题杜子美《枯木》诗后	5/2513	题李十八净因杂书	5/2473
题二主书	5/2462	题李十八净因杂书	8/4029
题法帖	5/2466	题李岩老	8/3913
题冯通直明月湖诗后	2/780	题连公壁	6/2952
题凤山诗后	5/2442	题廉州清乐轩	6/2967
题凤翔东院王画壁	5/2496	题廉州清乐轩	8/4040
题广州清远峡山寺	6/2960	题灵峰寺壁	2/780
题过所画枯木竹石三首	2/768	题领巾绝句	2/840
题合江楼	6/2963	题刘景文所收欧阳公书	5/2486
题合江楼	8/4026	题刘壮舆文编后	5/2390
题和王巩六诗后	5/2430	题柳著卿《八声甘州》	5/2518
题和张子野见奇诗后	5/2517	题柳子厚诗（一）	5/2411
题画赞（残）	5/2526	题柳子厚诗（二）	5/2411
题怀素草帖	2/869	题柳子厚诗	8/4032
题嘉祐寺壁	6/2962	题卢鸿一《学士堂图》	2/861
题姜秀郎几间	2/893	题《鲁公放生池碑》	5/2469
题金山寺回文体	2/848	题鲁公书草	5/2469
题晋人帖	5/2462	题鲁公帖	5/2468
题晋武书	5/2466	题陆东之临摹帖	5/2520
题净因壁	2/872	题罗浮	6/2961
题净因院	2/872	题罗浮	8/4043
题《兰亭记》	5/2461	题毛女真	2/668
题李伯时画赵景仁琴鹤图二首	1/512	题梅圣俞诗后	5/2444
题李伯时临刘商《观弈图》	5/2526	题孟郊诗	5/2397
题李伯时《渊明东篱图》	1/506	题名	6/3054
题李伯祥诗	5/2434	题女唱驿	2/818
题李伯祥诗	8/4042	题欧阳公送张著作诗后	5/2443

篇名音序索引 4429

题欧阳帖	5/2486	题王晋卿画	2/891
题七月二十日帖	5/2474	题王晋卿画后	2/608
题栖禅院	6/2963	题王晋卿诗后	5/2434
题栖禅院	8/4044	题王维画	2/817
题《憩寂图》诗	5/2435	题王羲之敬和帖（一）	5/2520
题虔州祥符宫乞签	6/2959	题王羲之敬和帖（二）	5/2520
题清淮楼	2/850	题王逸少帖	1/443
题僧诗轴	8/4304	题卫夫人书	5/2465
题僧语录后	5/2382	题卫恒帖	5/2465
题山公启事帖	5/2465	题温庭筠湖阴曲后	5/2401
题沈氏天隐楼	2/826	题文潞公诗	5/2427
题寿圣寺	6/2960	题《文选》	5/2399
题双楠轩	2/892	题《文选》	8/3984
题双竹堂壁	2/824	题文与可墨竹	1/476
题苏才翁草书	5/2486	题西湖楼	2/824
题孙思邈真	1/424	题西林壁	1/412
题孙仲谋千山竞秀卷	5/2530	题鲜于子骏八咏后	5/2426
题损之故居	6/2957	题萧子云书	5/2466
题所书《宝月塔铭》	5/2491	题萧子云帖	5/2463
题所书《东海若》后	5/2487	题萧子云帖	8/4010
题所书《归去来辞》后	5/2487	题欣济桥	5/2528
题所作《书》《易传》《论语说》5/2389		题颜长道书	5/2483
题所作《书》《易传》《论语说》8/3988		题颜公书画赞	5/2468
题《潭州石刻法帖》第九卷后 5/2528		题燕文贵山水卷	5/2525
题唐太宗帖	5/2466	题《秧马歌》后（一）	5/2446
题陶靖节《归去来辞》后	5/2512	题《秧马歌》后（二）	5/2447
题万松岭惠明院壁	6/2958	题《秧马歌》后（三）	5/2447
题王霭画如来出山相赞	6/3124	题《秧马歌》后（四）	5/2447

苏东坡全集

题《秧马歌》后	8/4014	题真一酒诗后	8/4025
题羊欣帖	5/2467	题子敬书	5/2465
题杨次公春兰	2/583	题子明诗后	5/2429
题杨次公惠	2/583	题子由《萧丞相楼诗》赠王文玉	5/2513
题杨朴妻诗	5/2455	题自画竹赠方竹逸	5/2529
题洋川公家藏古今画册	5/2524	题自作字	5/2492
题《遗教经》	5/2462	题醉草	5/2474
题逸少书（一）	5/2464	琩人娇（白发苍颜）	2/989
题逸少书（二）	5/2464	琩人娇（别驾来时）	2/989
题逸少书（三）	5/2465	琩人娇（满院桃花）	2/988
题逸少帖	5/2461	天地社稷宗庙神庙等处祈雨祝文	
题永叔会老堂	1/164		6/3309
题《与崔诚老》诗	5/2517	天汉台	1/256
题渊明诗（一）	5/2398	天华宫	6/2968
题渊明诗（二）	5/2398	天麻煎	6/3021
题渊明诗	8/4018	天麻煎丸	8/4142
题渊明诗	8/4041	天庆观乳泉赋	3/1088
题渊明《饮酒》诗后	5/2399	天球	6/3074
题渊明《咏二疏》诗	5/2398	天圣二僧皆蜀人,不见,留二绝	2/825
题云安下岩	6/2948	天石砚铭	6/3069
题云龙草堂石磬	1/317	天水牛	1/434
题赠黎子云《千文》后	5/2511	天仙子（走马探花花发未）	2/1013
题张安道诗后	5/2436	天阴弦慢	6/2941
题张白云诗后	5/2460	天章阁权奉安神宗皇帝御容祝文	
题张乖崖书后	5/2487		6/3308
题张子野诗集后	5/2441	天竺寺	2/681
题赵帆屏风与可竹	5/2499	天篆记	6/2904
题真一酒诗后	5/2508	天子六军之制	5/2670

篇名音序索引 4431

田表圣奏议叙	5/2359	同年程筠德林求先坟二诗	1/417
田单火牛	5/2771	同年王中甫挽词	1/263
田单火牛	8/4011	同秦仲二子雨中游宝山	2/567
田国博见示石炭诗,有"铸剑斩佞		同天节功德疏表	3/1367
臣"之句,次韵答之	1/331	同天节功德疏文	6/3301
调笑令（归雁）	2/1012	同天节进绢表	3/1349
调笑令（渔父）	2/1011	同王胜之游蒋山	1/424
帖赠杨世昌（一）	6/3058	同曾元恕游龙山,吕穆仲不至	1/186
帖赠杨世昌（二）	6/3058	同正辅表兄游白水山	2/702
铁沟行赠乔太博	1/240	铜陵县陈公园双池二首	2/841
铁墓厄台	8/3949	童珪父参年一百二岁可承务郎致仕制	
铁桥铭	6/3092		3/1129
铁拄杖	1/372	童混可特叙内殿崇班制	3/1106
听僧昭素琴	1/229	筒井用水鞴法	8/3951
听武道士弹贺若	2/608	茶蘼洞	1/258
听贤师琴	1/232	涂山	1/145
通关散	8/4144	涂巷小儿听说三国语	8/3904
通其变使民不倦赋	3/1094	团扇歌	6/2943
同景文咏莲塘	2/872	退圃	1/220
同柳子玉游鹤林,招隐,醉归,呈景纯		退之平生多得谤誉	8/3913
	1/218		

W

晚游城西开善院,泛舟暮归,二首 2/830	万松亭	1/359
万花会	8/4064	万州太守高公宿约游岑公洞,而夜雨
万菊轩	2/838	连明,戏赠二小诗 2/869
万山	1/90	汪覃秀才久留山中,以诗见寄,次其韵
万石君罗文传	6/3157	1/205

亡伯提刑郎中挽诗二首，甲辰十二月八日凤翔官舍书　2/820
亡妻王氏墓志铭　6/3255
王安石赠太傅制　3/1115
王弼引《论语》以解《易》其说当否　5/2657
王伯敭所藏赵昌花四首　1/442
王伯庸知人　6/2976
王崇拯可遥郡刺史制　3/1113
王大年哀词　6/3285
王定国诗集叙　5/2360
王定国砚铭（一）　6/3069
王定国砚铭（二）　6/3069
王定国真赞　6/3110
王定国自彭城往南都，时子由在宋幕，求家书，仆醉不能作，独以一绝句与之　2/839
王复秀才所居双桧二首　1/179
王公仪婺州路转运使程高婺州路转运判官制　3/1144
王巩屡约重九见访，既而不至，以诗送将官梁交且见寄，次韵答之。交颜文雅，不类武人，家有侍者，甚惠丽　1/284
王巩清虚堂　1/340
王韩论兵　5/2774
王海知河中府制　3/1107
王济王恺　8/3962

王嘉轻减法律事见《梁统传》　8/3960
王翦用兵　5/2772
王翦用兵　8/3995
王晋卿得破墨三昧，又尝闻祖师第一义，故画邢和璞，房次律论前生图，以寄其高趣。东坡居士既作《破琴诗》以记异梦矣，复说偈云2/835
王晋卿前生图偈　6/3145
王晋卿示诗欲夺海石，钱穆父，王仲至，蒋颖叔皆次韵。穆，至二公以为不可许，独颖叔不然。今日颖叔见访，亲睹此石之妙，遂悔前语。仆以为晋卿岂可终闭不予者？若能以韩幹二散马易之者，盖可许也。复次前韵　2/653
王晋卿所藏著色山二首　1/514
王晋卿作《烟江叠嶂图》，仆赋诗十四韵，晋卿和之，语特奇丽，因复次韵。不独纪其诗画之美，亦为道其出处契阔之故，而终之以不忘在营之戒，亦朋友忠爱之义也　1/513
王克臣可工部侍郎依前龙图阁直学士制　3/1102
王烈石髓　8/3927
王莽　1/237
王彭知婺州孙昌龄知苏州岑象求知果州制　3/1126
王平甫梦灵芝宫　6/2993

王平甫砚铭	6/3064	王振大理少卿制	3/1156
王齐万秀才寓居武昌县刘郎洄,正与		王郑州挽词	2/564
伍洲相对,伍子胥奔吴所从渡江也		王中甫哀辞	1/430
	1/364	王仲仪砚铭	6/3066
王钦若泯李士衡	6/2976	王仲仪真赞	6/3109
王钦若泯李士衡	8/4004	王仲至侍郎见惠稚栝,种之礼曹北垣	
王僧虔胡广美恶	5/2790	下。今百余日矣,蔚然有生意,喜	
王僧虔胡广美恶	8/3992	而作诗	2/661
王省惟岁	5/2630	王子立墓志铭	6/3250
王氏生子口号	2/809	王子韶主客郎中周尹考功郎中制	
王述谓子痴	5/2787		3/1127
王维吴道子画	1/114	王子直去岁送子由北归,往返百舍,今	
王文甫达轩评书	5/2478	又相逢巘上,戏用旧韵,作诗留别	
王文甫达轩评书	8/4027		2/792
王文玉挽词	2/642	往富阳新城,李节推先行三日,留风	
王暂可知卫州制	3/1113	水洞见待	1/183
王献可洛苑使制	3/1163	往年宿瓜步,梦中得小绝,录示谢民师	
王荀龙知棣州制	3/1151		2/748
王岩叟侍御史制	3/1160	往在东武,与人往反作粲字韵诗四首,	
王衍之死	5/2786	今黄鲁直亦次韵见寄,复和答之	
王夷甫	8/3963		1/328
王颐端砚铭	6/3069	忘不得	8/4265
王颐赴建州钱监求诗及草书	1/135	望夫台	1/77
王翊救鹿	6/2997	望海楼晚景五绝	1/165
王翊梦鹿剖桃核而得雄黄	8/3936	望江南（春未老）	2/960
王元龙治大风方	8/3941	望江南（春已老）	2/960
王元之画像赞	6/3108	望云楼	1/256
王者不治夷狄论	5/2539	韦偃《牧马图》	2/779

为佛印真赞题答	8/4304	文与可画墨竹屏风赞	6/3117
惟圣阁念作狂惟狂克念作圣	5/2631	文与可画筼筜谷偃竹记	6/2875
维琳	6/2985	文与可画赞	6/3116
维摩像,唐杨惠之塑,在天柱寺	1/114	文与可枯木赞	6/3117
卫瓘栘床	5/2786	文与可琴铭	6/3071
卫瓘欲废晋惠帝	8/3963	文与可琴铭	6/2942
卫青奴才	5/2775	文与可有诗见寄,云"待将一段鹅溪	
未足信	8/4262	绢,扫取寒梢万尺长",次韵答之	
畏威如疾	6/3042		1/302
慰皇太后上仙表	3/1364	文与可字说	5/2740
慰宣仁圣烈皇后祔庙礼毕表	3/1361	文忠公相	6/2978
慰宣仁圣烈皇后山陵礼毕表	3/1361	文宗访郑公后得魏暮	5/2650
慰正旦表	3/1360	闻辩才法师复归上天竺,以诗戏问	
魏武帝论	5/2567		1/303
温公过人	6/2977	闻潮阳吴子野出家	2/663
温陶君传	6/3164	闻复	6/2986
文保雍将作监丞制	3/1142	闻公择过云龙张山人,辄往从之,公	
文登蓬莱阁下,石壁千丈,为海浪所		择有诗,戏用其韵	1/299
战,时有碎裂,淘洒岁久,皆圆熟可		闻李公择饮傅国博家大醉二首	1/297
爱。土人谓此弹子涡也。取数百		闻林夫当徒灵隐寺寓居,戏作灵隐前	
枚以养石菖蒲,且作诗,遗垂慈堂		一首	2/640
老人	2/569	闻钱道士与越守钱穆父饮酒,送二壶	
文及可卫尉少卿制	3/1128		2/598
文骥字说	5/2742	闻乔太博换左藏知钦州,以诗招饮	
文勋篆赞	6/3120		1/261
文贻庆可都官员外郎居中可宗正寺		闻洮西捷报	1/384
主簿制	3/1158	闻正辅表兄将至以诗迎之	2/701
文与可飞白赞	6/3117	闻子由瘦	2/738

篇名音序索引 4435

闻子由为郡僚所挤,恐当去官	1/402	巫山	1/79
问初税亩	5/2647	巫山庙上下数十里,有乌鸢无数,取	
问大夫无遂事	5/2645	食于行舟之上,舟人以神之故,亦	
问大冶长老乞桃花茶栽东坡	1/391	不敢害	1/80
问定何以无正月	5/2646	无碍丸	8/4161
问供养三德为善	5/2640	无名和尚传赞	6/3138
问君子能补过	5/2641	无名和尚颂观音偈	6/3140
问鲁犹三望	5/2643	无题	2/689
问鲁作丘甲	5/2644	无题	2/842
问侵伐土地分民何以明正	5/2642	无题	2/854
问小雅周之衰	5/2641	无题七绝一首	2/884
问养生	5/2756	无锡道中赋水车	1/225
问养生	8/4223	无相庵偈	6/3142
问雪月何以为正	5/2645	无言亭	1/257
问渊明	2/591	吾从众	8/4291
蜗牛	1/434	吾谪海南,子由雷州,被命即行,了不	
卧病弥月,闻垂云花开,顺阇黎以诗		相知。至梧,乃闻尚在藤也。旦夕	
见招,次韵答之	2/576	当追及,作此诗示之	2/733
卧病愈月,请郡不许,复直玉堂。十		吴安持知苏州刘珵知滑州制	3/1149
一月一日,锁院,是日苦寒,诏赐宫		吴处厚知汉阳军贾种民知通利军制	
烛、法酒、书呈同院	1/510		3/1140
乌荆丸	8/4142	吴江岸	1/351
乌说	5/2762	吴婆散	8/4202
乌头煎丸 又方	8/4143	吴氏族谱序	5/2531
乌头散	8/4162	吴育不相(存目)	8/4087
乌夜啼(莫怪归心甚速)	2/983	吴中田妇叹	1/176
巫盐	8/4075	吴子野将出家,赠以扇山枕屏	2/663
巫盐	8/4110	吴子野绝粒不睡,过作诗戏之,芝上	

人、陆道士皆和，予亦次其韵 2/726 　武昌西山 　1/474

五谷耗地气 　8/4087 　武昌西山题名（一） 　6/3053

五积散 　8/4153 　武昌西山题名（二） 　6/3053

五君子说 　6/3034 　武昌主簿吴亮君采，携其友人沈君

五郡 　1/126 　《十二琴之说》与高斋先生空同子

五路之士 　5/2664 　之文《太平之颂》以示予，予不识

五禽言五首 　1/370 　沈君，而读其书，如见其人，如闻

五色雀 　2/749 　十二琴之声。予昔从高斋先生游，

五月十日，与吕仲甫、周邠、僧惠勤， 　尝见其宝一琴，无铭无识，不知其

惠思、清顺、可久、惟肃、义诠同泛 　何代物也。请以告二子，使从先生

湖，游北山 　1/191 　求观之。此十二琴者，待其琴而后

五岳四渎等处祈雪祝文 　6/3307 　和。元丰五年闰六月 　1/395

五岳四渎等处祈雨祝文（一） 6/3309 　武昌酌菩萨泉送王子立 　1/369

五岳四渎等处祈雨祝文（二） 6/3309 　武帝踞厕见卫青 　8/3957

五岳四渎等处谢雨祝文 　6/3310 　武肃王像赞 　6/3146

午窗坐睡 　2/745 　武王非圣人 　8/3965

武昌铜剑歌 　1/366 　物不可以苟合论 　5/2538

X

夕庵铭 　6/3081 　西湖戏作 　2/621

西汉风俗冶媚 　5/2775 　西江月（碧雾轻笼两凤） 　2/940

西汉风俗冶媚 　8/3997 　西江月（别梦已随流水） 　2/937

西湖绝句 　2/850 　西江月（点点楼头细雨） 　2/937

西湖秋澜，东池鱼荟甚，因会客，呼网 　西江月（公子眼花乱发） 　2/936

师迁之西池，为一笑之乐。夜归， 　西江月（怪此花枝怨泣） 　2/936

被酒不能寐，戏作放鱼一首 　2/610 　西江月（龙焙今年绝品） 　2/937

西湖寿星院此君轩 　2/579 　西江月（马趁香微路远） 　2/940

西湖寿星院明远堂 　2/880 　西江月（莫叹平原落落） 　2/938

篇名音序索引 4437

西江月（三过平山堂下） 2/939
西江月（世事一场大梦） 2/938
西江月（闻道双衔凤带） 2/937
西江月（小院朱阑几曲） 2/936
西江月（玉骨那愁瘴雾） 2/939
西江月（照野弥弥浅浪） 2/939
西江月（昨夜扁舟京口） 2/940
西京奉安神宗皇帝御容礼毕西京德
音敕文 3/1169
西京抚问奉安神御容礼仪使吕大
防已下口宣 3/1242
西京会圣宫应天禅院奉安神宗皇帝
御容礼毕开启道场斋文 6/3304
西京会圣宫应天禅院奉安神宗皇帝
御容前一日奏告永裕陵祝文6/3312
西京会圣宫应天禅院奉安神宗皇帝
御容奏告诸帝祝文 6/3313
西京会圣宫应天禅院奉安神宗御容
礼毕押赐礼仪使已下御筵口宣
3/1243
西京应天禅院会圣宫奉安神宗皇帝
神御祝文 6/3313
西京应天禅院会圣宫修神御帐座毕
功奉安诸神御祝文 6/3312
西京应天禅院会圣宫修神御帐座毕
功告迁诸神御祝文 6/3311
西路阙雨于济渎河渎淮渎庙祈雨祝文
6/3314

西塞风雨 2/607
西山诗，和者三十余人，再用前韵为谢
1/475
西山戏题武昌王居士 1/366
西蜀杨耆，二十年前见之，甚贫。今
见之，亦贫。所异于昔者，苍颜华
发耳。女无美恶，富者妍；士无贤
不肖，贫者鄙。使其逢时遇合，岂
减当世之士哉！顷宿长安驿舍，闻
泣者甚怨，问之，乃昔富而今贫者。
乃作一诗，今以赠杨君 1/133
西太一见王荆公旧诗，偶次其韵二首
1/471
西头供奉官张禧得三级转三官制
3/1107
西新桥 2/723
西岳庙开启祈雨道场青词 6/3295
西斋 1/246
西征途中诗 8/4088
昔在九江，与苏伯固唱和，其略曰：
"我梦扁舟浮震泽，雪浪横空千顷
白。觉来满眼是庐山，倚天无数开
青壁。"盖实梦也。昨日又梦伯固
手持乳香婴儿示子，觉而思之，盖
南华赐物也。岂复与伯固相见于
此耶？今得来书，知已在南华，相
待数日矣。感叹不已，故先寄此诗
2/781

郁超小人之孝	5/2789	喜雨亭记	6/2862
郁方回郁嘉宾父子事	5/2789	戏村校书七十买妾	2/893
郁方回郁嘉宾父子事	8/3989	戏答佛印	2/850
息壤诗	1/85	戏答佛印偈	2/885
惜花	1/245	戏答佛印偈	6/3144
溪洞画李师中像	8/4065	戏答王都尉传柑	2/657
溪洞蛮神事李师中	6/2973	戏和正辅一字韵	2/705
溪洞蛮神事李师中	8/4008	戏人	2/893
溪光亭	1/258	戏书	2/603
溪堂留题	2/818	戏书赫蹄纸	5/2485
溪阴堂	1/449	戏书李伯时画御马好头赤	1/507
熙河兰会路赐种谊已下银合茶药及		戏书王文甫家	2/894
抚问稿设汉蕃将校以下口宣		戏书吴江三贤画像三首	1/227
	3/1239	戏书颜回事	8/3958
熙宁手诏记	6/2901	戏题	6/3374
熙宁中,轼通守此郡,除夜,直都厅,		戏题巫山县用杜子美韵	2/865
囚系皆满,日暮不得返舍。因题一		戏咏子舟画两竹两鹊鸽	2/860
诗于壁。今二十年矣。衰病之余,		戏用晁补之韵	1/488
复秉郡寄。再经除夜,庭事萧然,		戏赠	1/173
三圄皆空。盖同僚之力,非拙朽所		戏赠虔州慈云寺鉴老	2/791
致。因和前篇,呈公济、子侔二通守		戏赠孙公素	2/770
	2/593	戏赠田辨之琴姬	2/813
席上代人赠别三首	1/192	戏赠秀老	2/836
洗儿戏作	1/404	戏周正孺二绝	1/476
洗儿戏作	8/4296	戏子由	1/152
洗玉池铭	6/3076	戏足柳公权联句	2/811
喜刘景文至	2/620	戏作贾梁道诗	1/125
喜王定国北归第五桥	1/461	戏作切语竹诗	2/831

篇名音序索引 4439

戏作种松	1/358	香姜散	8/4182
戏作鲫鱼一绝	1/424	香林八节	6/3072
榭亭	1/258	香说	6/3036
虾三德	8/4249	襄阳古乐府三首	1/89
峡山寺	2/684	襄阳乐	1/89
黠鬼赚牛头	8/4251	祥符寺九曲观灯	1/181
黠鼠赋	3/1084	祥符知县李之纪可广西提刑制	
下财启	4/1772		3/1103
夏侯太初论	5/2802	相度准备赈济第一状	3/1515
夏侯玄论乐毅	5/2800	相度准备赈济第二状	3/1517
仙不可力求	6/3043	相度准备赈济第三状	3/1520
仙都山鹿	1/75	相度准备赈济第四状	3/1522
仙姑问答	6/2996	相国寺题名	6/3054
仙游潭五首	1/127	相州赐大辽国贺兴龙节使副御筵口宣	
先夫人不许发藏	8/3937		3/1222
鲜于侁大理卿制	3/1140	相州赐大辽贺坤成节人使却回御筵	
鲜于侁可太常少卿制	3/1107	口宣	3/1266
鲜于侁左谏议大夫梁焘右谏议大夫制		相州赐大辽贺坤成节人使却回御筵	
	3/1159	口宣	3/1283
显圣寺寿圣禅院开启太皇太后消灾		相州赐大辽贺坤成节人使却回御筵	
集福粉坛道场斋文	6/3305	口宣	3/1233
岷山	1/90	相州赐大辽贺兴龙节人使回程御筵	
宪宗赐马总治泻痢腹痛方	8/4184	口宣	3/1275
宪宗姜茶汤	6/3016	相州赐大辽贺兴龙节使副却回御筵	
献蟠帖	6/3061	口宣	3/1251
献寿戏作	2/890	相州赐大辽贺兴龙节使副御筵口宣	
相如长门赋	5/2799		3/1251

相州赐大辽贺兴龙节使副御筵口宣		蝎虎	1/279
	3/1269	蝎虎	1/434
相州赐大辽贺正旦人使却回御筵口宣		携妓乐游张山人园	1/301
	3/1226	撷菜	2/726
相州赐大辽贺正旦人使却回御筵口宣		谢本路监司启	4/1740
	3/1254	谢曹子方惠新茶	2/577
相州赐大辽贺正旦人使御筵口宣		谢陈季常惠一揞巾	1/391
	3/1248	谢除兵部尚书赐对衣金带马状（一）	
相州赐大辽贺正旦人使御筵口宣			3/1355
	3/1274	谢除兵部尚书赐对衣金带马状（二）	
逍遥台	1/145		3/1355
萧士元知眉州赵永宁知永静军制		谢除两职守礼部尚书表（一）	3/1357
	3/1157	谢除两职守礼部尚书表（二）	3/1357
小柴胡汤	8/4148	谢除龙图阁学士表（一）	3/1333
小儿	1/247	谢除龙图阁学士表（二）	3/1333
小儿得效方	8/4241	谢除龙图阁学士知颍州表（一）	
小儿吸蟾蜍气（存目）	8/4070		3/1345
小黑膏	8/4200	谢除龙图阁学士知颍州表（二）	
小还丹	8/4185		3/1346
小建中汤	8/4159	谢除侍读表（一）	3/1331
小圃五咏	2/711	谢除侍读表（二）	3/1331
小饮公瑾舟中	1/451	谢赐对衣金带马表（一）	3/1329
小饮西湖,怀欧阳叔弼兄弟,赠赵景		谢赐对衣金带马表（二）	3/1329
呢、陈履常	2/624	谢赐对衣金带马表（一）	3/1334
小硃散	8/4190	谢赐对衣金带马表（二）	3/1334
小硃砂丸	8/4203	谢赐对衣金带马状（一）	3/1342
小篆《般若心经》赞	6/3120	谢赐对衣金带马状（二）	3/1343
晓至巴河口迎子由	1/368	谢赐对衣金带马状（一）	3/1347

篇名音序索引

谢赐对衣金带马状（二）	3/1347	谢惠生日诗启（二）	4/1746
谢赐对衣金带马状（一）	3/1358	谢贾朝奉启	4/1744
谢赐对衣金带马状（二）	3/1359	谢监司荐举启	4/1739
谢赐历日表	3/1360	谢监司礼启	4/1740
谢赐历日表（一）	3/1351	谢监司启（一）	4/1739
谢赐历日表（二）	3/1352	谢监司启（二）	4/1740
谢赐历日诏书表（一）	3/1338	谢兼侍读表（一）	3/1344
谢赐历日诏书表（二）	3/1338	谢兼侍读表（二）	3/1344
谢赐恤刑诏书表（一）	3/1353	谢兼侍读表（一）	3/1356
谢赐恤刑诏书表（二）	3/1353	谢兼侍读表（二）	3/1356
谢赐衣袄表	3/1361	谢交代赵祠部启	4/1741
谢赐御书诗表	3/1332	谢郡人田贺二生献花	1/244
谢都事惠米	2/870	谢量移汝州表	3/1319
谢范舍人书	4/1818	谢量移永州表	3/1371
谢复赐看坟寺表	3/1372	谢鲁元翰寄暖肚饼	8/3908
谢副使启	4/1745	谢吕龙图（一）	4/2171
谢副使启	4/1745	谢吕龙图（二）	4/2172
谢高丽大使土物启	4/1745	谢吕龙图（三）	4/2172
谢高丽大使远迎启	4/1744	谢梅龙图书	4/1817
谢关景仁送红梅栽二首	2/596	谢欧阳内翰书	4/1816
谢观音晴祝文	6/3363	谢卿材可直秘阁福建转运使制	
谢馆职启	4/1731		3/1106
谢管设副使启	4/1745	谢卿材陕西转运使制	3/1149
谢韩舍人启	4/1743	谢晴祝文	6/3356
谢翰林学士表（一）	3/1328	谢晴祝文	6/3356
谢翰林学士表（二）	3/1328	谢晴祝文	6/3359
谢惠猫儿头笋	2/872	谢晴祝文	6/3363
谢惠生日诗启（一）	4/1745	谢秋赋试官启	4/1738

谢人惠云巾方岛二首	1/388	谢中书舍人表（一）	3/1325
谢人见和前篇二首	1/239	谢中书舍人表（二）	3/1326
谢人送墨	2/888	谢中书舍人启	4/1735
谢三伏早出院表	3/1332	谢诸秀才启	4/1744
谢三伏早休表（一）	3/1345	谢庄公岳书	4/2311
谢三伏早休表（二）	3/1345	獬豸	8/4247
谢苏自之惠酒	1/133	辛丑十一月十九日,既与子由别于郑	
谢孙舍人启	4/1743	州西门之外,马上赋诗一篇寄之	
谢唐林夫	4/2282		1/95
谢王内翰启	4/1742	辛押陀罗归德将军制	3/1145
谢王泽州寄长松,兼简张天觉二首		新茶送签判程朝奉,以馈其母,有诗	
	1/495	相谢,次韵答之	2/578
谢吴山水神五龙三庙祝文	6/3357	新差通判齐州张琬可卫尉寺丞卫尉	
谢徐州失觉察妖贼放罪表	3/1318	丞韩敦立可通判齐州制	3/1138
谢宣谕札子	3/1612	新城陈氏园次晁补之韵	1/231
谢宣召入院状（一）	3/1327	新城道中二首	1/185
谢宣召入院状（二）	3/1328	新除权礼部尚书梁焘辞免恩命不允诏	
谢宣召再入学士院（一）	3/1341		3/1210
谢宣召再入学士院（二）	3/1342	新渡寺送任仲微	2/629
谢雪祝文	6/3353	新渡寺席上次赵景贶、陈履常韵,送	
谢雨祝文	6/3355	欧阳叔弼。比来诸君唱和,叔弼但	
谢雨祝文	6/3364	袖手旁睨而已。临别,忽出一篇,	
谢御膳表	3/1366	颇有渊明风致,坐皆惊叹	2/623
谢运使仲适座上送王敏仲北使	2/664	新淮南转运判官蔡滕可两浙运判制	
谢张太保撰先人墓碣书	4/1818		3/1104
谢张太原送蒲桃	2/820	新居	2/754
谢制科启（一）	4/1729	新年五首	2/715
谢制科启（二）	4/1730	新酿桂酒	2/690

篇名音序索引 4443

新茸小园二首	2/818	刑政	5/2607
新渠诗	1/91	行琼、僦间,肩舆坐睡,梦中得句,云:	
新滩	1/81	"千山动鳞甲,万谷酣笙钟。"觉而	
新滩阻风	1/82	遇清风急雨,戏作此数句	2/734
信道智法说	8/3942	行宿,泗间,见徐州张天骥,次旧韵	
兴国寺浴室院六祖画赞	6/3124		2/644
兴龙节功德疏文（一）	6/3297	行香子（北望平川）	2/977
兴龙节功德疏文（二）	6/3297	行香子（绮席才终）	2/975
兴龙节功德疏文（三）	6/3297	行香子（清夜无尘）	2/976
兴龙节功德疏文（四）	6/3297	行香子（三人承明）	2/976
兴龙节功德疏文（五）	6/3298	行香子（携手江村）	2/976
兴龙节功德疏文（六）	6/3298	行香子（一叶舟轻）	2/977
兴龙节功德疏文（七）	6/3298	行香子（昨夜霜风）	2/976
兴龙节集英殿宴教坊词十五首		形势不如德论	5/2543
	6/3327	杏	1/98
兴龙节集英殿宴教坊词又十五首		杏花白鹇	1/503
	6/3330	幸思顺服盗	6/2993
兴龙节集英殿宴口号	2/804	匈奴全兵	8/3916
兴龙节尚书省赐宰相已下酒果口宣		雄州白沟驿赐大辽贺坤成节人使却	
	3/1276	回御筵兼传宣抚问口宣	3/1282
兴龙节尚书省赐知枢密院事安焘已		雄州白沟驿赐大辽贺正旦人使御筵	
下酒果口宣	3/1270	口宣	3/1223
兴龙节侍宴,前一日微雪,与子由同		雄州赐大辽国贺正旦人使回程御筵	
访王定国,小饮清虚堂。定国出数		兼传宣抚问口宣	3/1279
诗,皆佳,而五言尤奇。子由又言		雄州赐大辽贺正旦人使回程御筵口宣	
昔与孙巨源同过定国,感念存殁,			3/1225
悲叹久之。夜归,稍醒,各赋一篇。		雄州抚问大辽国贺兴龙节使副口宣	
明日朝中,以示定国也	1/514		3/1221

苏东坡全集

雄州抚问大辽贺兴龙节使副口宣		徐寅	8/4019
	3/1245	徐元用使君与其子端常邀仆与小儿	
雄州抚问大辽贺正旦人使口宣		过同游东山浮金堂,戏作此诗	
	3/1277		2/775
雄州抚问大辽贺正旦使副口宣		徐则不传晋王广道	8/3936
	3/1245	徐忠愍扩铭	6/3257
雄州抚问大辽使副贺坤成节口宣		徐仲车二反	6/2980
	3/1236	徐仲车二反	8/3992
休兵久矣而国益困	5/2670	徐仲车二反	8/4079
修法云寺浴室疏	6/3342	徐州贺改元表	3/1372
修废官举逸民	5/2669	徐州贺河平表	3/1316
修身历	8/3939	徐州祭枯骨文	6/3282
修通济庙疏	6/3341	徐州莲华漏铭	6/3075
秀州报本禅院乡僧文长老方丈	1/179	徐州鹿鸣燕赋诗叙	5/2363
秀州僧本莹静照堂	1/136	徐州祈雨青词	6/3339
秀州长老	6/2985	徐州上皇帝书	3/1400
绣佛赞	6/3123	徐州送交代仲达少卿	1/275
须当归	8/4294	徐州谢奖谕表	3/1316
虚飘飘	1/506	徐州谢两府启	4/1733
虚粘奇帽	8/4253	徐州谢邻郡陈彦升启	4/1733
徐大正闲轩	1/429	徐州谢上表	3/1315
徐大正真赞	6/3110	徐州谢执政奖谕启	4/1734
徐君献挽词	1/404	徐州与人	4/2191
徐十三帖	6/3062	许懋秘阁校理知福州制	3/1136
徐使君分新火	1/389	许州西湖	1/92
徐问真从欧阳公游	6/2999	续辩才诗二句	2/896
徐熙杏花	2/778	续骨丸	8/4194
徐寅	6/3057	续丽人行	1/297

篇名音序索引 4445

续欧阳子朋党论	5/2602	雪后书北台壁二首	1/239
续养生论	5/2756	雪后至临平,与柳子玉同至僧舍见陈	
续养生论	8/4224	尉烈	1/214
轩窗	1/97	雪浪石二首	2/666
宣德郎刘锡永父元年一百四岁可承		雪浪斋铭	6/3085
事郎制	3/1111	雪林砚屏率鲁直同赋	1/475
宣诏许内翰入院口宣	3/1261	雪诗八首	2/882
学不得	8/4264	雪堂记	6/2906
学龟息法	6/3013	雪堂问潘邠老	8/3953
学士院试《春秋》定天下之邪正论		雪堂义尊	8/4084
	5/2536	雪溪乘兴	2/606
学士院试孔子从先进论	5/2534	雪夜独宿柏仙庵	1/267
雪后便欲与同僚寻春,一病弥月,杂		雪斋	1/328
花都尽,独牡丹在尔。刘景文左藏		荀卿论	5/2580
和顺闍黎诗见赠,次韵答之	2/576	荀子疏謬	5/2772
雪后到乾明寺遂宿	1/380	循守临行出小鬟复用前韵	2/730

Y

压气散	8/4160	严颜碑	1/76
鸦种麦行	1/174	沿流馆中得二绝句	2/838
鸭搏兔	8/4246	沿路赐奉安神宗御容礼仪使吕大防	
雅安人日次旧韵二首	2/843	押班冯宗道并使臣已下银合茶药	
雅饰御容表本	6/3370	兼传宣抚问口宣	3/1244
研光帽	8/4071	沿路赐奉安神宗御容礼仪使吕大防	
延和殿奏新乐赋	3/1093	银合茶药诏	3/1189
延年术	8/3941	沿路赐奉安神宗御容押班冯宗道并	
延年术	8/4100	内臣等银合茶药敕书	3/1217
延州来季子赞	6/3105	盐官部役戏呈同事兼寄述古	1/172

盐官大悲阁记	6/2890	阳关曲（暮云收尽溢清寒）	2/993
盐官绝句四首	1/172	阳关曲（受降城下紫髯郎）	2/994
阎立本《职贡图》	2/625	《阳关》三叠	8/4063
颜阖	2/812	杨次公家浮磬铭	6/3074
颜回革瓢	5/2769	杨绘知徐州制	3/1115
颜乐亭诗	1/271	杨仪落待制知黄州崔台符王孝先各	
颜鲁公论逸少字	8/4084	降一官台符知相州孝先知濮州制	
颜真卿守平原以抗安禄山	5/2651		3/1139
颜蝣巧贫	5/2770	杨荐字说	5/2741
颜蝣巧于安贫	8/3958	杨康功有石，状如醉道士，为赋此诗	
假松屏赞	6/3118		1/454
宴同官行令	8/4311	杨凝式书	8/4081
滟滪堆赋	3/1079	佯不会	8/4261
燕若古知渝州制	3/1156	养老篇	6/3104
秋马歌	2/679	养生偈	6/3145
扬王子孝骞等二人荆王子孝治等七		养生偈	8/4226
人并远州团练使制	3/1118	养生诀	6/3010
扬雄论	5/2587	养生难在去欲	8/3906
扬州到任谢执政启	4/1737	养生说	8/3904
扬州上吕相公论税务书	4/1802	养生说	8/4224
扬州谢到任表（一）	3/1352	尧不诛四凶	5/2767
扬州谢到任表（二）	3/1352	尧不诛四凶	8/3999
扬州以土物寄少游	2/859	尧禅位许由	8/4244
阳丹诀	8/3906	尧桀之民	5/2767
阳丹诀	8/4136	尧舜之事	8/3956
阳丹阴炼	6/3005	尧逊位于许由	5/2766
阳关词三首	1/281	姚居简押木筏上京酬奖转三班借职制	
阳关曲（济南春好雪初晴）	2/994		3/1135

篇名音序索引 4447

姚屯田挽词	1/154	夜至永乐文长老院，文时卧病退院	
瑶池燕（飞花成阵）	2/1016		1/214
瑶池燕	6/2944	夜坐与迈联句	1/394
药歌	8/4229	谒敦诗先生因留一绝	2/815
药师琉璃光佛赞	6/3122	谒金门（今夜雨）	2/992
药诵	5/2758	谒金门（秋池阁）	2/992
耀州知白	8/4253	谒金门（秋帏里）	2/992
椰子冠	2/743	谒庙祝文	6/3354
野吏亭记	6/2899	谒圣庙文	6/3147
野人庐	1/259	谒文宣王庙祝文	6/3354
野鹰来	1/89	谒文宣王庙祝文	6/3354
叶待制求先坟永慕亭诗	2/618	谒文宣王庙祝文	6/3357
叶公秉王仲至见和次韵答之	2/563	谒诸庙祝文	6/3354
叶嘉传	6/3161	谒诸庙祝文	6/3357
叶教授和溽字韵诗，复次韵为戏，记		谒诸庙祝文	6/3360
龙井之游	2/586	一丛花（今年春浅腊侵年）	2/934
叶涛致远见和二诗，复次其韵	1/421	一斛珠（洛城春晚）	2/1013
夜泊牛口	1/72	一蟹不如一蟹	8/4241
夜泛西湖五绝	1/161	伊祁丸	8/4142
夜过舒尧文戏作	1/320	伊尹论	5/2568
夜梦	2/735	医生	8/3939
夜烧松明火	2/760	医者以意用药	6/3015
夜卧濯足	2/745	夷陵县欧阳永叔至喜堂	1/84
夜行观星	1/88	怡然以垂云新茶见饷，报以大龙团，	
夜饮次韵毕推官	1/296	仍戏作小诗	2/572
夜直秘阁呈王敏甫	1/133	移合浦郭功甫见寄	2/868
夜直玉堂，携李之仪端叔诗百余首，		移廉州谢上表	3/1370
读至夜半，书其后	1/515	遗爱亭记	6/2899

苏东坡全集

遗直坊	1/458	因擒鬼章论西羌人事宜札子	3/1433
疑二王书	5/2464	因月素行令	8/4310
以黄子木拄杖为子由生日之寿	2/746	阴丹诀	8/3906
以乐害民	6/2979	阴丹诀	8/4137
以乐害民	8/4007	阴丹阳炼	6/3006
以利害民	6/2979	阴阳二胜散	8/4162
以屏山赠欧阳叔弼	2/622	引气丹	8/4165
以双刀遗子由,子由有诗,次其韵		引说先友记	5/2509
	1/328	饮湖上初晴后雨二首	1/182
以伏道使民以生道杀民	5/2635	饮酒说	6/3035
以意改书	8/4066	饮酒说	6/3036
以玉带施元长老,元以衲裙相报,次		饮酒四首	2/862
韵二首	1/426	饮酒台	1/243
般舟迎恩亭题	6/3051	隐公不幸	8/3979
忆黄州梅花五绝	2/832	隐者杨朴(存目)	8/4071
忆江南寄纯如五首	2/647	印雨龙与指日蛮	8/4252
议富弼配享状	3/1418	英雄自相服	5/2788
议学校贡举状	3/1375	英雄自相服	8/3996
异鹊	2/571	英州谢上表	3/1369
异人有无	6/3004	英宗皇帝御书颂	6/3093
《易》解	5/2648	英宗惜臣子	6/2971
《易》《书》《论语说》	8/4089	樱桃	1/99
益智	8/4112	鹦鹉院	2/881
益智录	6/3026	迎奉神宗皇帝御容赴西京会圣宫应	
逸人游浙东	8/3899	天禅院奉安导引歌辞	6/3315
逸堂	1/220	营丘诸难	8/4245
薏苡	2/712	瀛州赐大辽贺坤成节人使回程御筵	
因打虱诘辨	8/4307	口宣	3/1234

篇名音序索引 4449

瀛洲赐大辽贺坤成节人使回程御筵	永安永昌永熙永裕陵忌辰奏告宣祖
口宣 3/1266	太祖太宗神宗皇帝表本 6/3291
瀛洲赐大辽贺坤成节人使回程御筵	永定院修盖舍屋祭告土地祝文
口宣 3/1286	6/3315
瀛洲赐大辽贺兴龙节人使回程御筵	永定院修盖舍屋奏告诸帝后祝文
口宣 3/1275	6/3315
瀛洲赐大辽贺正旦人使回程御筵口宣	永和清都观道士,童颜鬓发,问其年,
3/1258	生于丙子,盖与予同,求此诗 2/794
瀛洲赐大辽贺正旦人使回程御筵口宣	永洛事 6/2971
3/1279	永洛事 8/4002
颍川谢表 3/1346	永洛之役 8/4088
颍大夫庙 1/91	永兴军秋试举人策问:汉唐不变秦隋
颍州初别子由二首 1/142	之法近世乃欲以新易旧 5/2658
颍州到任谢执政启 4/1737	永遇乐（长忆别时） 2/975
颍州谢到任表（一） 3/1348	永遇乐（明月如霜） 2/975
颍州谢到任表（二） 3/1348	永裕陵二月旦表本 6/3292
应梦观音赞 6/3122	永裕陵十二月旦表本 6/3293
应梦罗汉 6/2995	永裕陵十月旦表本 6/3293
应梦罗汉记 6/2897	永裕陵四月旦表本 6/3292
应诏论四事状 3/1499	永裕陵修移角壝门户柏窆祭告土地
应制举上两制书 4/1788	祝文 6/3311
硬黄临二王书 8/4080	永裕陵修移角壝门户柏窆奏告神宗
雍秀才画草虫八物 1/433	皇帝祝文 6/3311
永安宫 1/79	永裕陵正月旦表本 6/3292
永安永昌永熙陵忌辰奏告昭宪孝惠	咏槟榔 2/842
孝明孝章淑德懿德明德元德章怀	咏怪石 2/823
章穆章懿章惠章献明肃皇后表本	咏汤泉 2/688
6/3291	用兵 8/4109

苏东坡全集

用尺寸取穴法	8/4219	游广陵寺题名	6/3056
用过韵冬至与诸生饮酒	2/759	游何山	2/848
用火法	8/4220	游鹤林招隐二首	1/221
用旧韵送鲁元翰知洛州	1/470	游桓山，会者十人，以"春水满四泽，	
用前韵答西掖诸公见和	1/465	夏云多奇峰"为韵，得泽字	1/329
用前韵再和霍大夫	2/790	游桓山记	6/2878
用前韵再和孙志举	2/790	游惠山	1/335
用前韵再和许朝奉	2/790	游金山寺	1/148
用前韵作雪诗留景文	2/621	游径山	1/160
用王巩韵送其任震知蔡州	1/469	游净居寺	1/357
用王巩韵赠其任震	1/469	游灵隐高峰塔	1/230
油水颂	6/3103	游灵隐寺得来诗，复用前韵	1/152
游白水书付过	8/3901	游灵隐寺，戏赠开轩李居士	1/196
游宝云寺，得唐彦猷为杭州日送客舟		游卢山次韵章传道	1/243
中手书一绝句，云："山雨霏微不满		游罗浮山一首示儿子过	2/686
空，画船来往疾轻鸿。谁知独卧朱		游三游洞	1/83
帘里，一榻无尘四面风。"明日，送		游沙湖	8/3900
彦猷之子珣赴鄂州，舟中遇微雨，		游山呈通判承议写寄参寥师	2/863
感叹前事，因和其韵。作两首送		游士失职之祸	8/3975
之，且归其书唐氏	2/597	游太平寺净土院，观牡丹，中有淡黄	
游博罗香积寺	2/694	一朵特奇，为作小诗	1/225
游藏春坞	8/4305	游武昌寒溪西山寺	1/366
游道场山何山	1/177	游张山人园	1/300
游东西岩	1/203	游中峰杯泉	2/580
游洞之日，有亭吏乞诗，既为留三绝		游诸佛舍，一日饮酽茶七盏，戏书勤	
句于洞之石壁，明日至峡州，吏又		师壁	1/207
至，意若未足，乃复以此诗授之		有美堂暴雨	1/199
	1/83	有言郡东北荆山下可以沟畎积水，因	

与吴正字、王户曹同往相视，以地多乱石，不果。还游圣女山，山有石室，如墓而无棺椁，或云宋司马桓魋墓。二子有诗，次其韵二首 1/287

有以官法酒见饷者，因用前韵，求述古为移厨，饮湖上 1/182

又跋汉杰画山（一） 5/2503

又跋汉杰画山（二） 5/2503

又次前韵赠贾耘老 1/348

又次韵二守同访新居 2/730

又次韵二守许过新居 2/730

又答毡帐 2/878

又和刘景文韵 2/579

又书王晋卿画四首 2/606

又兴龙节集英殿宴口号 2/805

又一首答二犹子与王郎见和 1/390

又赠老谦 2/857

右军砚铭图 5/2507

有老楮 2/741

於潜令刁同年野翁亭 1/189

於潜女 1/189

於潜僧绿筠轩 1/190

余过温泉，壁上有诗云："直待众生总无垢，我方清冷混常流。"问人，云长老可遵作。遵已退居圆通，亦作一绝 1/413

余将赴文登，过广陵，而择老移住石

塔，相送竹西亭下，留诗为别 1/452

余旧在钱塘，伯固开西湖，今方请越戏，谓伯固可复来开镜湖，伯固有诗，因次韵 2/651

余来僸耳，得吠狗，曰乌嘴，甚猛而驯。随予迁合浦，过澄迈，泗而济，路人皆惊，戏为作此诗 2/770

余去金山，五年而复至，次旧诗韵，赠宝觉长老 1/335

余希旦可知潍州制 3/1112

余昔过岭而南，题诗龙泉钟上，今复过而北，次前韵 2/784

余与李廌方叔相知久矣，领贡举事，而李不得第。愧甚，作诗送之 1/502

余主簿母挽词 1/248

鱼 1/98

鱼蛮子 1/393

鱼枕冠颂 6/3100

零泉记 6/2884

渔父四首 1/440

渔父（渔父笑） 2/1015

渔父（渔父醒） 2/1015

渔父（渔父饮） 2/1015

渔父（渔父醉） 2/1015

渔家傲（皎皎牵牛河汉女） 2/944

渔家傲（临水纵横回晚鞚） 2/945

渔家傲（千古龙蟠并虎踞） 2/944

渔家傲（送客归来灯火尽）	2/944	与辩才禅师（一）	4/2200
渔家傲（些小白须何用染）	2/945	与辩才禅师（二）	4/2200
渔家傲（一曲阳关情几许）	2/945	与辩才禅师（三）	4/2200
渔根	6/3073	与辩才禅师（四）	4/2201
渔樵闲话录上篇	8/4273	与辩才禅师（五）	4/2201
渔樵闲话录下篇	8/4277	与辩才禅师（六）	4/2202
渝州寄王道矩	1/74	与蔡朝奉（一）	4/2077
榆	1/351	与蔡朝奉（二）	4/2077
虞姬墓	1/145	与蔡景繁（一）	4/2029
虞美人（冰肌自是生来瘦）	2/985	与蔡景繁（二）	4/2029
虞美人（波声拍枕长淮晓）	2/984	与蔡景繁（三）	4/2029
虞美人（持杯遥劝天边月）	2/984	与蔡景繁（四）	4/2029
虞美人（定场贺老今何在）	2/983	与蔡景繁（五）	4/2030
虞美人（归心正似三春草）	2/983	与蔡景繁（六）	4/2030
虞美人（湖山信是东南美）	2/984	与蔡景繁（七）	4/2030
虞美人（深深庭院清明过）	2/985	与蔡景繁（八）	4/2030
愚子	8/4248	与蔡景繁（九）	4/2031
与□质夫提刑	4/2308	与蔡景繁（一○）	4/2031
与宝觉禅老（一）	4/2219	与蔡景繁（一一）	4/2031
与宝觉禅老（二）	4/2220	与蔡景繁（一二）	4/2032
与宝月大师（一）	4/2225	与蔡景繁（一三）	4/2032
与宝月大师（二）	4/2225	与蔡景繁（一四）	4/2032
与宝月大师（三）	4/2226	与参寥师行园中，得黄耳蕈	1/319
与宝月大师（四）	4/2226	与参寥子（一）	4/2202
与宝月大师（五）	4/2226	与参寥子（二）	4/2202
与宝月大师（一）	4/2266	与参寥子（三）	4/2203
与宝月大师（二）	4/2267	与参寥子（四）	4/2203
与宝月大师（三）（残）	4/2267	与参寥子（五）	4/2203

篇名音序索引

与参寥子（六）	4/2204	与陈伯修（二）	4/1937
与参寥子（七）	4/2204	与陈伯修（三）	4/1937
与参寥子（八）	4/2204	与陈伯修（四）	4/1937
与参寥子（九）	4/2205	与陈伯修（五）	4/1937
与参寥子（一〇）	4/2205	与陈朝请（一）	4/2069
与参寥子（一一）	4/2205	与陈朝请（二）	4/2070
与参寥子（一二）	4/2206	与陈承务（一）	4/2090
与参寥子（一三）	4/2206	与陈承务（二）	4/2090
与参寥子（一四）	4/2206	与陈大夫（一）	4/2060
与参寥子（一五）	4/2206	与陈大夫（二）	4/2060
与参寥子（一六）	4/2207	与陈大夫（三）	4/2060
与参寥子（一七）	4/2207	与陈大夫（四）	4/2060
与参寥子（一八）	4/2207	与陈大夫（五）	4/2061
与参寥子（一九）	4/2208	与陈大夫（六）	4/2061
与参寥子（二〇）	4/2208	与陈大夫（七）	4/2061
与参寥子（二一）	4/2208	与陈大夫（八）	4/2062
与曹君亲家	4/2309	与陈殿直	4/2291
与曹子方（一）	4/2127	与陈辅之	4/2087
与曹子方（二）	4/2127	与陈公密（一）	4/2059
与曹子方（三）	4/2128	与陈公密（二）	4/2059
与曹子方（四）	4/2128	与陈公密（三）	4/2059
与曹子方（五）	4/2128	与陈季常（一）	4/1945
与晁美叔（一）	4/2026	与陈季常（二）	4/1945
与晁美叔（二）	4/2026	与陈季常（三）	4/1945
与巢元修	4/2168	与陈季常（四）	4/1946
与潮守王朝请淙（一）	4/2151	与陈季常（五）	4/1946
与潮守王朝请淙（二）	4/2151	与陈季常（六）	4/1946
与陈伯修（一）	4/1936	与陈季常（七）	4/1946

与陈季常（八）	4/1947	与程全父（四）	4/1995
与陈季常（九）	4/1947	与程全父（五）	4/1996
与陈季常（一○）	4/1948	与程全父（六）	4/1996
与陈季常（一一）	4/1948	与程全父（七）	4/1996
与陈季常（一二）	4/1948	与程全父（八）	4/1997
与陈季常（一三）	4/1949	与程全父（九）	4/1997
与陈季常（一四）	4/1949	与程全父（一○）	4/1997
与陈季常（一五）	4/1949	与程全父（一一）	4/1998
与陈季常（一六）	4/1950	与程全父（一二）	4/1998
与陈季常（一）	4/2251	与程秀才（一）	4/1998
与陈季常（二）	4/2251	与程秀才（二）	4/1999
与陈季常（三）	4/2251	与程秀才（三）	4/1999
与陈季常（四）	4/2252	与程彝仲（一）	4/2107
与程德孺	4/2308	与程彝仲（二）	4/2107
与程德孺（一）	4/2050	与程彝仲（三）	4/2108
与程德孺（二）	4/2050	与程彝仲（四）	4/2108
与程德孺（三）	4/2050	与程彝仲（五）	4/2108
与程德孺（四）	4/2051	与程彝仲（六）	4/2108
与程怀立（一）	4/2041	与程懿叔（一）	4/2080
与程怀立（二）	4/2041	与程懿叔（二）	4/2080
与程怀立（三）	4/2041	与程懿叔（三）	4/2080
与程怀立（四）	4/2042	与程懿叔（四）	4/2080
与程怀立（五）	4/2042	与程懿叔（五）	4/2081
与程怀立（六）	4/2042	与程懿叔（六）	4/2081
与程六郎十郎	4/2284	与程正辅（一）	4/1967
与程全父（一）	4/1995	与程正辅（二）	4/1967
与程全父（二）	4/1995	与程正辅（三）	4/1968
与程全父（三）	4/1995	与程正辅（四）	4/1968

篇名音序索引

与程正辅（五）	4/1968	与程正辅（三三）	4/1979
与程正辅（六）	4/1968	与程正辅（三四）	4/1979
与程正辅（七）	4/1969	与程正辅（三五）	4/1979
与程正辅（八）	4/1969	与程正辅（三六）	4/1980
与程正辅（九）	4/1969	与程正辅（三七）	4/1980
与程正辅（一〇）	4/1969	与程正辅（三八）	4/1981
与程正辅（一一）	4/1970	与程正辅（三九）	4/1981
与程正辅（一二）	4/1970	与程正辅（四〇）	4/1981
与程正辅（一三）	4/1970	与程正辅（四一）	4/1982
与程正辅（一四）	4/1970	与程正辅（四二）	4/1982
与程正辅（一五）	4/1971	与程正辅（四三）	4/1982
与程正辅（一六）	4/1971	与程正辅（四四）	4/1982
与程正辅（一七）	4/1971	与程正辅（四五）	4/1983
与程正辅（一八）	4/1972	与程正辅（四六）	4/1983
与程正辅（一九）	4/1972	与程正辅（四七）	4/1983
与程正辅（二〇）	4/1973	与程正辅（四八）	4/1985
与程正辅（二一）	4/1973	与程正辅（四九）	4/1985
与程正辅（二二）	4/1973	与程正辅（五〇）	4/1987
与程正辅（二三）	4/1974	与程正辅（五一）	4/1987
与程正辅（二四）	4/1974	与程正辅（五二）	4/1988
与程正辅（二五）	4/1974	与程正辅（五三）	4/1988
与程正辅（二六）	4/1974	与程正辅（五四）	4/1989
与程正辅（二七）	4/1975	与程正辅（五五）	4/1989
与程正辅（二八）	4/1975	与程正辅（五六）	4/1989
与程正辅（二九）	4/1975	与程正辅（五七）	4/1989
与程正辅（三〇）	4/1976	与程正辅（五八）	4/1990
与程正辅（三一）	4/1978	与程正辅（五九）	4/1990
与程正辅（三二）	4/1978	与程正辅（六〇）	4/1991

与程正辅（六一）	4/1991	与邓安道（一）	4/2198
与程正辅（六二）	4/1991	与邓安道（二）	4/2199
与程正辅（六三）	4/1992	与邓安道（三）	4/2199
与程正辅（六四）	4/1992	与邓安道（四）	4/2199
与程正辅（六五）	4/1992	与邓圣求（一）	4/2283
与程正辅（六六）	4/1993	与邓圣求（二）	4/2283
与程正辅（六七）	4/1993	与邓圣求（二）	4/2283
与程正辅（六七）	4/1993	与东林广惠禅师（一）	4/2227
与程正辅（六八）	4/1993	与东林广惠禅师（二）	4/2228
与程正辅（六九）	4/1993	与董长官	4/2289
与程正辅（七○）	4/1994	与杜道源（一）	4/2112
与程正辅（七一）	4/1994	与杜道源（二）	4/2113
与程正辅（一）	4/2263	与杜道源（一）	4/2240
与程正辅（二）	4/2263	与杜道源（二）	4/2240
与程正辅（三）	4/2264	与杜道源（三）	4/2240
与程正辅（四）	4/2264	与杜道源（四）	4/2241
与处善宣德	4/2285	与杜道源（五）	4/2241
与纯父	4/2252	与杜几先	4/2114
与大别才老（一）	4/2233	与杜孟坚（一）	4/2113
与大别才老（二）	4/2233	与杜孟坚（二）	4/2114
与大别才老（三）	4/2233	与杜孟坚（三）	4/2114
与大觉禅师	4/2305	与杜子师（一）	4/2038
与大觉禅师（一）	4/2218	与杜子师（二）	4/2038
与大觉禅师（二）	4/2219	与杜子师（三）	4/2039
与大觉禅师（三）	4/2219	与杜子师（四）	4/2039
与道甫	4/2146	与段约之	4/2075
与道源秘校帖	4/2310	与顿起，孙勉泛舟，探韵得未字	1/312
与道源游西庄，遇齐道人，同住草堂，		与二郎侄	4/2299
为齐书此	2/866	与范梦得（一）	4/2062

篇名音序索引　　4457

与范梦得（二）	4/2062	与范子丰（六）	4/1842
与范梦得（三）	4/2063	与范子丰（七）	4/1842
与范梦得（四）	4/2063	与范子丰（八）	4/1842
与范梦得（五）	4/2063	与范子丰（一）	4/2265
与范梦得（六）	4/2063	与范子丰（二）	4/2265
与范梦得（七）	4/2064	与范子功（一）	4/1839
与范梦得（八）	4/2064	与范子功（二）	4/1839
与范梦得（九）	4/2064	与范子功（三）	4/1839
与范梦得（一〇）	4/2064	与范子功（四）	4/1840
与范元长（一）	4/1847	与范子功（五）	4/1840
与范元长（二）	4/1847	与范子功（六）	4/1840
与范元长（三）	4/1847	与方南圭（一）	4/2284
与范元长（四）	4/1848	与方南圭（二）	4/2285
与范元长（五）	4/1848	与方南圭（三）	4/2285
与范元长（六）	4/1848	与冯大钧（一）	4/2119
与范元长（七）	4/1848	与冯大钧（二）	4/2119
与范元长（八）	4/1849	与冯祖仁（一）	4/2006
与范元长（九）	4/1849	与冯祖仁（二）	4/2006
与范元长（一〇）	4/1849	与冯祖仁（三）	4/2006
与范元长（一一）	4/1850	与冯祖仁（四）	4/2007
与范元长（一二）	4/1850	与冯祖仁（五）	4/2007
与范元长（一三）	4/1851	与冯祖仁（六）	4/2007
与范中济	4/2284	与冯祖仁（七）	4/2007
与范子丰（一）	4/1840	与冯祖仁（八）	4/2007
与范子丰（二）	4/1841	与冯祖仁（九）	4/2008
与范子丰（三）	4/1841	与冯祖仁（一〇）	4/2008
与范子丰（四）	4/1841	与冯祖仁（一一）	4/2008
与范子丰（五）	4/1841	与佛印（一）	4/2209

与佛印（二）	4/2209	与郭功父（五）	4/1895
与佛印（三）	4/2209	与郭功父（六）	4/1895
与佛印（四）	4/2210	与郭功父（七）	4/1895
与佛印（五）	4/2210	与郭生游寒溪，主簿吴亮置酒，郭生	
与佛印（六）	4/2210	喜作挽歌，酒酣发声，坐为凄然。	
与佛印（七）	4/2210	郭生言吾恨无佳词，因为略改乐天	
与佛印（八）	4/2211	《寒食》诗歌之，坐客有泣者。其	
与佛印（九）	4/2211	词曰	2/831
与佛印（一〇）	4/2211	与郭廷评（一）	4/2287
与佛印（一一）	4/2211	与郭廷评（二）	4/2287
与佛印（一二）	4/2211	与过求婚启	4/1771
与佛印禅师	4/2304	与韩昭文	4/2066
与佛印嘲戏	8/4303	与杭守	4/2105
与佛印答问	8/4306	与何德顺（一）	4/2200
与佛印起令	8/4310	与何德顺（二）	4/2200
与佛印商谜	8/4309	与何浩然	4/2145
与傅质	4/2105	与何圣可	4/2147
与富道人（一）	4/2196	与何正通（一）	4/1953
与富道人（二）	4/2196	与何正通（二）	4/1953
与高梦得帖	4/2308	与何正通（三）	4/1953
与高梦得一首	4/2106	与侯德昭书	4/2310
与公仪大夫（一）	4/2290	与胡祠部游法华山	1/348
与公仪大夫（二）	4/2290	与胡道师（一）	4/2197
与郭澄江	4/2287	与胡道师（二）	4/2197
与郭功父（一）	4/1894	与胡道师（三）	4/2197
与郭功父（二）	4/1894	与胡道师（四）	4/2197
与郭功父（三）	4/1895	与胡郎仁修（一）	4/2189
与郭功父（四）	4/1895	与胡郎仁修（二）	4/2189

篇名音序索引

与胡郎仁修（三）	4/2190	与龚授之（五）	4/2016
与胡深父（一）	4/2066	与龚授之（六）	4/2016
与胡深父（二）	4/2067	与江惇礼（一）	4/2065
与胡深父（三）	4/2067	与江惇礼（二）	4/2065
与胡深父（四）	4/2067	与江惇礼（三）	4/2065
与胡深父（五）	4/2067	与江惇礼（四）	4/2066
与黄洞秀才（一）	4/2089	与江惇礼（五）	4/2066
与黄洞秀才（二）	4/2090	与姜唐佐秀才（一）	4/2097
与黄敷言（一）	4/2090	与姜唐佐秀才（二）	4/2098
与黄敷言（二）	4/2090	与姜唐佐秀才（三）	4/2098
与黄师是（一）	4/2100	与姜唐佐秀才（四）	4/2098
与黄师是（二）	4/2101	与姜唐佐秀才（五）	4/2098
与黄师是（三）	4/2101	与姜唐佐秀才（六）	4/2099
与黄师是（四）	4/2101	与蒋公裕	4/2241
与黄师是（五）	4/2101	与景倩	4/2147
与黄元翁	4/2077	与径山维琳（一）	4/2223
与黄州故人	4/2193	与径山维琳（二）	4/2223
与惠州都监	4/2177	与净慈明老（一）	4/2220
与几道宣义	4/2068	与净慈明老（二）	4/2220
与家复礼	4/2149	与净慈明老（三）	4/2221
与家退翁（一）	4/2275	与净慈明老（四）	4/2221
与家退翁（二）	4/2275	与净慈明老（五）	4/2221
与家退翁（三）	4/2276	与久上人	4/2305
与监丞事	4/2069	与鞠持正（一）	4/2152
与龚授之（一）	4/2015	与鞠持正（二）	4/2153
与龚授之（二）	4/2015	与康公操都管（一）	4/2051
与龚授之（三）	4/2015	与康公操都管（二）	4/2051
与龚授之（四）	4/2016	与康公操都管（三）	4/2051

苏东坡全集

与可拾诗	8/4082	与李亮工（三）	4/2117
与客游道场,何山,得鸟字	1/341	与李亮工（四）	4/2117
与寇君	4/2157	与李亮工（五）	4/2117
与黎子云	4/2285	与李亮工（六）	4/2117
与李伯时	4/1894	与李彭年同送崔岐归二曲,马上口占	
与李端伯宝文（一）	4/2109		2/819
与李端伯宝文（二）	4/2109	与李商老	4/2275
与李端伯宝文（三）	4/2110	与李廷评	4/2175
与李方叔书	4/1813	与李通叔（一）	4/2087
与李公择（一）	4/1881	与李通叔（二）	4/2087
与李公择（二）	4/1881	与李通叔（三）	4/2088
与李公择（三）	4/1881	与李通叔（四）	4/2088
与李公择（四）	4/1882	与李惟熙书	4/2312
与李公择（五）	4/1882	与李无悔	4/2144
与李公择（六）	4/1882	与李先辈	4/2092
与李公择（七）	4/1883	与李昭兒	4/2027
与李公择（八）	4/1883	与李知县	4/2103
与李公择（九）	4/1883	与梁先、舒焕泛舟,得临酿字,二首	
与李公择（一〇）	4/1884		1/277
与李公择（一一）	4/1884	与梁左藏会饮傅国博家	1/294
与李公择（一二）	4/1884	与林济甫（一）	4/2153
与李公择（一三）	4/1885	与林济甫（二）	4/2153
与李公择（一四）	4/1885	与林天和（一）	4/1999
与李公择（一五）	4/1885	与林天和（二）	4/2000
与李公择（一六）	4/1886	与林天和（三）	4/2000
与李公择（一七）	4/1886	与林天和（四）	4/2000
与李亮工（一）	4/2116	与林天和（五）	4/2000
与李亮工（二）	4/2116	与林天和（六）	4/2001

篇名音序索引

与林天和（七）	4/2001	与刘贡父（三）	4/1852
与林天和（八）	4/2001	与刘贡父（四）	4/1853
与林天和（九）	4/2001	与刘贡父（五）	4/1854
与林天和（一〇）	4/2002	与刘贡父（六）	4/1854
与林天和（一一）	4/2002	与刘贡父（七）	4/1855
与林天和（一二）	4/2002	与刘器之（一）	4/2033
与林天和（一三）	4/2002	与刘器之（二）	4/2033
与林天和（一四）	4/2002	与刘宜翁使君书	4/1809
与林天和（一五）	4/2003	与刘仲冯（一）	4/1859
与林天和（一六）	4/2003	与刘仲冯（二）	4/1859
与林天和（一七）	4/2003	与刘仲冯（三）	4/1859
与林天和（一八）	4/2003	与刘仲冯（四）	4/1859
与林天和（一九）	4/2004	与刘仲冯（五）	4/1860
与林天和（二〇）	4/2004	与刘仲冯（六）	4/1860
与林天和（二一）	4/2004	与刘壮舆（一）	4/1960
与林天和（二二）	4/2004	与刘壮舆（二）	4/1960
与林天和（二三）	4/2004	与刘壮舆（三）	4/1960
与林天和（二四）	4/2005	与刘壮舆（四）	4/1961
与林子中	4/2282	与刘壮舆（五）	4/1961
与林子中（一）	4/2024	与刘壮舆（六）	4/1961
与林子中（二）	4/2024	与鲁元翰（一）	4/2068
与林子中（三）	4/2024	与鲁元翰（二）	4/2069
与林子中（四）	4/2025	与陆固朝奉	4/2144
与林子中（五）	4/2025	与陆秘校	4/2114
与临安令宗人同年剧饮	1/190	与陆子厚	4/2198
与灵隐知和尚	4/2228	与罗秘校（一）	4/2123
与刘贡父（一）	4/1852	与罗秘校（二）	4/2123
与刘贡父（二）	4/1852	与罗秘校（三）	4/2123

与罗秘校（四）	4/2124	与米元章（一六）	4/2133
与马忠玉（一）	4/2282	与米元章（一七）	4/2133
与马忠玉（二）	4/2283	与米元章（一八）	4/2134
与马忠玉（三）	4/2283	与米元章（一九）	4/2134
与迈求婚启	4/1771	与米元章（二○）	4/2134
与毛令方尉游西菩提寺二首	1/232	与米元章（二一）	4/2134
与毛维瞻	4/2148	与米元章（二二）	4/2135
与眉守黎希声（一）	4/1942	与米元章（二三）	4/2135
与眉守黎希声（二）	4/1942	与米元章（二四）	4/2135
与眉守黎希声（三）	4/1942	与米元章（二五）	4/2135
与孟亨之	4/2107	与米元章（二六）	4/2136
与孟震同游常州僧舍三首	1/447	与米元章（二七）	4/2136
与梦得书	4/2309	与米元章（二八）	4/2136
与米元章（一）	4/2130	与明父权府提刑	4/2152
与米元章（二）	4/2130	与明上人颂（一）	6/3104
与米元章（三）	4/2130	与明上人颂（二）	6/3104
与米元章（四）	4/2130	与莫同年雨中饮湖上	2/567
与米元章（五）	4/2131	与某禅师	4/2305
与米元章（六）	4/2131	与某宣德书	4/2273
与米元章（七）	4/2131	与南华辩老（一）	4/2212
与米元章（八）	4/2131	与南华辩老（二）	4/2212
与米元章（九）	4/2132	与南华辩老（三）	4/2212
与米元章（一○）	4/2132	与南华辩老（四）	4/2213
与米元章（一一）	4/2132	与南华辩老（五）	4/2213
与米元章（一二）	4/2132	与南华辩老（六）	4/2213
与米元章（一三）	4/2133	与南华辩老（七）	4/2213
与米元章（一四）	4/2133	与南华辩老（八）	4/2214
与米元章（一五）	4/2133	与南华辩老（九）	4/2214

篇名音序索引

与南华辩老（一〇）	4/2214	与潘彦明（六）	4/1963
与南华辩老（一一）	4/2215	与潘彦明（七）	4/1963
与南华辩老（一二）	4/2215	与潘彦明（八）	4/1963
与南华辩老（一三）	4/2215	与潘彦明（九）	4/1963
与南华明老（一）	4/2227	与潘彦明（一〇）	4/1964
与南华明老（二）	4/2227	与庞安常	4/2275
与南华明老（三）	4/2227	与蒲诚之（一）	4/2165
与欧阳晦夫	4/2265	与蒲诚之（二）	4/2165
与欧阳晦夫（一）	4/2111	与蒲诚之（三）	4/2166
与欧阳晦夫（二）	4/2111	与蒲诚之（四）	4/2166
与欧阳亲家母	4/2292	与蒲诚之（五）	4/2166
与欧阳元老	4/2112	与蒲诚之（六）	4/2166
与欧阳知晦（一）	4/2110	与蒲传正	4/2168
与欧阳知晦（二）	4/2110	与蒲廷渊	4/2168
与欧阳知晦（三）	4/2111	与千乘任	4/2186
与欧阳知晦（四）	4/2111	与千之任（一）	4/2186
与欧阳仲纯（一）	4/1940	与千之任（二）	4/2187
与欧阳仲纯（二）	4/1941	与钱济明（一）	4/1930
与欧阳仲纯（三）	4/1941	与钱济明（二）	4/1931
与欧阳仲纯（四）	4/1941	与钱济明（三）	4/1931
与欧阳仲纯（五）	4/1942	与钱济明（四）	4/1931
与欧育等六人饮酒	1/442	与钱济明（五）	4/1932
与潘三失解后饮酒	1/372	与钱济明（六）	4/1932
与潘彦明（一）	4/1961	与钱济明（七）	4/1933
与潘彦明（二）	4/1962	与钱济明（八）	4/1933
与潘彦明（三）	4/1962	与钱济明（九）	4/1933
与潘彦明（四）	4/1962	与钱济明（一〇）	4/1934
与潘彦明（五）	4/1962	与钱济明（一一）	4/1934

与钱济明（一二）	4/1934	与钱穆父（二四）	4/1893
与钱济明（一三）	4/1935	与钱穆父（二五）	4/1893
与钱济明（一四）	4/1935	与钱穆父（二六）	4/1893
与钱济明（一五）	4/1935	与钱穆父（二七）	4/1893
与钱济明（一六）	4/1935	与钱穆父（二八）	4/1894
与钱穆父（一）	4/1887	与钱穆父（一）	4/2252
与钱穆父（二）	4/1887	与钱穆父（二）	4/2253
与钱穆父（三）	4/1887	与钱穆父（三）	4/2253
与钱穆父（四）	4/1888	与钱穆父（四）	4/2253
与钱穆父（五）	4/1888	与钱穆父（五）	4/2254
与钱穆父（六）	4/1888	与钱穆父（六）	4/2254
与钱穆父（七）	4/1888	与钱穆父（七）	4/2254
与钱穆父（八）	4/1889	与钱穆父（八）	4/2254
与钱穆父（九）	4/1889	与钱穆父（九）	4/2255
与钱穆父（一〇）	4/1889	与钱穆父（一〇）	4/2255
与钱穆父（一一）	4/1889	与钱穆父（一一）	4/2255
与钱穆父（一二）	4/1890	与钱穆父（一二）	4/2256
与钱穆父（一三）	4/1890	与钱穆父（一三）	4/2256
与钱穆父（一四）	4/1891	与钱穆父（一四）	4/2256
与钱穆父（一五）	4/1891	与钱穆父（一五）	4/2257
与钱穆父（一六）	4/1891	与钱穆父（一六）	4/2257
与钱穆父（一七）	4/1891	与钱穆父（一七）	4/2257
与钱穆父（一八）	4/1891	与钱穆父（一八）	4/2257
与钱穆父（一九）	4/1892	与钱穆父（一九）	4/2258
与钱穆父（二〇）	4/1892	与钱穆父（二〇）	4/2258
与钱穆父（二一）	4/1892	与钱穆父（二一）	4/2258
与钱穆父（二二）	4/1892	与钱穆父（二二）	4/2258
与钱穆父（二三）	4/1893	与钱穆父（二三）	4/2258

与钱穆父（二四）	4/2259	与人一首	4/2015
与钱穆父（二五）	4/2259	与任德翁（一）	4/2068
与钱穆父（二六）	4/2259	与任德翁（二）	4/2068
与钱穆父（二七）	4/2260	与若虚总管	4/2288
与钱穆父（二八）	4/2260	与僧法泰书	4/2311
与钱穆父（二九）	4/2260	与僧隆贤（一）	4/2235
与钱穆父（三〇）	4/2260	与僧隆贤（二）	4/2235
与钱志仲（一）	4/2154	与上官彝（一）	4/2073
与钱志仲（二）	4/2154	与上官彝（二）	4/2074
与钱志仲（二）	4/2154	与上官彝（二）	4/2074
与钱志仲（三）	4/2154	与上官彝（三）	4/2074
与钦之	4/2274	与沈睿达（一）	4/2102
与亲家母	4/2293	与沈睿达（二）	4/2102
与秦太虚，参寥会于松江，而关彦长、		与圣用弟（一）	4/2181
徐安中适至，分韵得风字，二首		与圣用弟（二）	4/2181
	1/337	与圣用弟（三）	4/2181
与清隐老师（一）	4/2232	与石幼安	4/2071
与清隐老师（二）	4/2232	与石幼安（一）	4/2247
与泉老	4/2229	与石幼安（二）	4/2247
与人（一）	4/2193	与史氏太君嫂	4/2180
与人（二）	4/2193	与史院主徐大师	4/2304
与人（一）	4/2194	与舒教授、张山人、参寥师同游戏马
与人（二）	4/2194	台，书西轩壁，兼简颜长道，二首
与人（三）	4/2194		1/317
与人（一）	4/2194	与述古自有美堂乘月夜归	1/199
与人（二）	4/2195	与司马温公书（一）	4/1831
与人（三）	4/2195	与司马温公书（二）	4/1831
与人（一）	4/2196	与司马温公书（三）	4/1831
与人（二）	4/2196	与司马温公书（四）	4/1832

与司马温公书（五）	4/1832	与孙子思（一）	4/2047
与宋汉杰（一）	4/2155	与孙子思（二）	4/2047
与宋汉杰（二）	4/2156	与孙子思（三）	4/2047
与苏子容（一）	4/1851	与孙子思（四）	4/2047
与苏子容（二）	4/1851	与孙子思（五）	4/2047
与苏子容（一）	4/2262	与孙子思（六）	4/2048
与苏子容（二）	4/2262	与孙子思（七）	4/2048
与苏子容（三）	4/2262	与晁秀倡和	8/4082
与苏子容（四）	4/2263	与堂兄（一）	4/2299
与孙叔静（一）	4/2128	与堂兄（二）	4/2300
与孙叔静（二）	4/2129	与堂兄（三）	4/2301
与孙叔静（三）	4/2129	与堂兄（四）	4/2301
与孙运勾	4/2103	与堂兄（五）	4/2301
与孙正藉（一）	4/2109	与堂兄（六）	4/2302
与孙正藉（二）	4/2109	与堂兄（七）	4/2302
与孙知损运使书	4/1809	与滕达道（一）	4/1861
与孙志康（一）	4/2044	与滕达道（二）	4/1861
与孙志康（二）	4/2044	与滕达道（三）	4/1861
与孙志同（一）	4/2043	与滕达道（四）	4/1862
与孙志同（二）	4/2043	与滕达道（五）	4/1862
与孙志同（三）	4/2044	与滕达道（六）	4/1862
与孙子发（一）	4/2048	与滕达道（七）	4/1863
与孙子发（二）	4/2048	与滕达道（八）	4/1863
与孙子发（三）	4/2049	与滕达道（九）	4/1863
与孙子发（四）	4/2049	与滕达道（一〇）	4/1864
与孙子发（五）	4/2049	与滕达道（——）	4/1864
与孙子发（六）	4/2049	与滕达道（一二）	4/1864
与孙子发（七）	4/2050	与滕达道（一三）	4/1864

篇名音序索引 4467

与滕达道（一四）	4/1865	与滕达道（四二）	4/1873
与滕达道（一五）	4/1865	与滕达道（四三）	4/1874
与滕达道（一六）	4/1865	与滕达道（四四）	4/1874
与滕达道（一七）	4/1866	与滕达道（四五）	4/1874
与滕达道（一八）	4/1866	与滕达道（四六）	4/1875
与滕达道（一九）	4/1866	与滕达道（四七）	4/1875
与滕达道（二〇）	4/1867	与滕达道（四八）	4/1875
与滕达道（二一）	4/1867	与滕达道（四九）	4/1876
与滕达道（二二）	4/1867	与滕达道（五〇）	4/1876
与滕达道（二三）	4/1868	与滕达道（五一）	4/1876
与滕达道（二四）	4/1868	与滕达道（五二）	4/1876
与滕达道（二五）	4/1868	与滕达道（五三）	4/1877
与滕达道（二六）	4/1868	与滕达道（五四）	4/1877
与滕达道（二七）	4/1869	与滕达道（五五）	4/1877
与滕达道（二八）	4/1869	与滕达道（五六）	4/1877
与滕达道（二九）	4/1869	与滕达道（五七）	4/1878
与滕达道（三〇）	4/1870	与滕达道（五八）	4/1878
与滕达道（三三）	4/1870	与滕达道（五九）	4/1878
与滕达道（三一）	4/1870	与滕达道（六〇）	4/1878
与滕达道（三二）	4/1870	与滕达道（六一）	4/1879
与滕达道（三四）	4/1871	与滕达道（六二）	4/1879
与滕达道（三五）	4/1871	与滕达道（六三）	4/1879
与滕达道（三六）	4/1871	与滕达道（六四）	4/1879
与滕达道（三七）	4/1872	与滕达道（六五）	4/1880
与滕达道（三八）	4/1872	与滕达道（六六）	4/1880
与滕达道（三九）	4/1872	与滕达道（六七）	4/1880
与滕达道（四〇）	4/1873	与滕达道（六八）	4/1880
与滕达道（四一）	4/1873	与滕达道（一）	4/2261

与滕达道（二）	4/2261	与王定国（一一）	4/1903
与滕达道（三）	4/2261	与王定国（一二）	4/1903
与滕达道（四）	4/2262	与王定国（一三）	4/1904
与滕兴公（一）	4/2280	与王定国（一四）	4/1904
与滕兴公（二）	4/2280	与王定国（一五）	4/1904
与滕兴公（三）	4/2281	与王定国（一六）	4/1905
与通长老（一）	4/2216	与王定国（一七）	4/1905
与通长老（二）	4/2216	与王定国（一八）	4/1906
与通长老（三）	4/2216	与王定国（一九）	4/1906
与通长老（四）	4/2216	与王定国（二〇）	4/1906
与通长老（五）	4/2217	与王定国（二一）	4/1907
与通长老（六）	4/2217	与王定国（二二）	4/1907
与通长老（七）	4/2217	与王定国（二三）	4/1907
与通长老（八）	4/2217	与王定国（二六）	4/1908
与通长老（九）	4/2218	与王定国（二四）	4/1908
与外生柳闳	4/2190	与王定国（二五）	4/1908
与汪道济（一）	4/2152	与王定国（二八）	4/1909
与汪道济（二）	4/2152	与王定国（二九）	4/1909
与王定国（一）	4/1898	与王定国（二七）	4/1909
与王定国（二）	4/1898	与王定国（三〇）	4/1910
与王定国（三）	4/1899	与王定国（三一）	4/1910
与王定国（四）	4/1899	与王定国（三二）	4/1910
与王定国（五）	4/1899	与王定国（三三）	4/1911
与王定国（六）	4/1900	与王定国（三四）	4/1911
与王定国（七）	4/1900	与王定国（三五）	4/1912
与王定国（八）	4/1901	与王定国（三六）	4/1912
与王定国（九）	4/1902	与王定国（三七）	4/1912
与王定国（一〇）	4/1902	与王定国（三八）	4/1913

与王定国（三九）	4/1913	与王敏仲（一〇）	4/2055
与王定国（四〇）	4/1913	与王敏仲（一一）	4/2055
与王定国（四一）	4/1913	与王敏仲（一二）	4/2056
与王定国（一）	4/2248	与王敏仲（一三）	4/2056
与王定国（二）	4/2248	与王敏仲（一四）	4/2056
与王定国（三）	4/2248	与王敏仲（一五）	4/2057
与王定国（四）	4/2249	与王敏仲（一六）	4/2057
与王定国（五）	4/2249	与王敏仲（一七）	4/2057
与王定国（六）（残）	4/2249	与王敏仲（一八）	4/2058
与王定国（七）（残）	4/2250	与王庆源（一）	4/2160
与王定国（八）	4/2250	与王庆源（二）	4/2161
与王晋卿（残）	4/2305	与王庆源（三）	4/2161
与王荆公（一）	4/1833	与王庆源（四）	4/2161
与王荆公（二）	4/1833	与王庆源（五）	4/2162
与王郎昆仲及儿子迈绕城观荷花，登		与王庆源（六）	4/2162
岷山亭，晚入飞英寺，分韵得"月		与王庆源（七）	4/2162
明星稀"，四首	1/347	与王庆源（八）	4/2163
与王郎书	4/2309	与王庆源（九）	4/2163
与王郎夜饮井水	1/344	与王庆源（一〇）	4/2163
与王敏仲（一）	4/2052	与王庆源（一一）	4/2164
与王敏仲（二）	4/2052	与王庆源（一二）	4/2164
与王敏仲（三）	4/2052	与王庆源（一三）	4/2164
与王敏仲（四）	4/2053	与王庆源子	4/2165
与王敏仲（五）	4/2053	与王文甫（一）	4/1966
与王敏仲（六）	4/2053	与王文甫（二）	4/1966
与王敏仲（七）	4/2054	与王文玉（一）	4/2277
与王敏仲（八）	4/2054	与王文玉（二）	4/2277
与王敏仲（九）	4/2054	与王文玉（三）	4/2277

苏东坡全集

与王文玉（四）	4/2278	与王佐才（一）	4/2076
与王文玉（五）	4/2278	与王佐才（二）	4/2076
与王文玉（六）	4/2278	与文公大夫	4/2284
与王文玉（七）	4/2278	与文郎	4/1896
与王文玉（八）	4/2279	与文叔先辈（一）	4/2092
与王文玉（九）	4/2279	与文叔先辈（二）	4/2092
与王文玉（一〇）	4/2279	与文与可（一）	4/1896
与王文玉（一一）	4/2279	与文与可（二）	4/1896
与王文玉（一二）	4/2280	与文与可（三）	4/1896
与王贤良	4/2177	与文与可（一）	4/2242
与王庠（一）	4/2169	与文与可（二）	4/2242
与王庠（二）	4/2169	与文与可（三）	4/2242
与王庠（三）	4/2170	与文与可（四）	4/2243
与王庠（四）	4/2170	与文与可（五）	4/2243
与王庠（五）	4/2170	与文与可（六）	4/2244
与王庠书	4/1815	与文与可（七）	4/2244
与王序	4/2171	与文与可（八）	4/2244
与王元直（一）	4/1965	与文与可（九）	4/2245
与王元直（二）	4/1965	与文与可（一〇）	4/2245
与王正夫朝奉（一）	4/2150	与闻复师	4/2225
与王正夫朝奉（二）	4/2150	与无择老师	4/2232
与王正夫朝奉（三）	4/2150	与吴将秀才（一）	4/2091
与王仲志（一）	4/2286	与吴将秀才（二）	4/2091
与王仲志（二）	4/2286	与吴君采（一）	4/2105
与王仲志（三）	4/2286	与吴君采（二）	4/2105
与王子高（一）	4/2074	与吴先辈	4/2291
与王子高（二）	4/2075	与吴秀才（一）	4/2096
与王子高（三）	4/2075	与吴秀才（二）	4/2096

篇名音序索引

与吴秀才（三）	4/2097	与徐得之（二）	4/2246
与鲜于子骏（一）	4/1939	与徐十二	4/2093
与鲜于子骏（二）	4/1940	与徐司封	4/2174
与鲜于子骏（三）	4/1940	与徐仲车（一）	4/2088
与贤师上人	4/2305	与徐仲车（二）	4/2088
与乡人	4/2193	与徐仲车（三）	4/2089
与萧朝奉	4/2123	与薛道祖（一）	4/2291
与萧世京（一）	4/2122	与薛道祖（二）	4/2292
与萧世京（二）	4/2122	与言上人	4/2229
与谢民师（一）	4/2043	与岩老	4/2114
与谢民师（二）	4/2043	与彦正判官	4/2089
与谢民师推官书	4/1812	与杨次公启	4/2311
与徐安中	4/2281	与杨济甫（一）	4/2157
与徐得之（一）	4/2081	与杨济甫（二）	4/2157
与徐得之（二）	4/2082	与杨济甫（三）	4/2158
与徐得之（三）	4/2082	与杨济甫（四）	4/2158
与徐得之（四）	4/2082	与杨济甫（五）	4/2158
与徐得之（五）	4/2082	与杨济甫（六）	4/2158
与徐得之（六）	4/2083	与杨济甫（七）	4/2159
与徐得之（七）	4/2083	与杨济甫（八）	4/2159
与徐得之（八）	4/2083	与杨济甫（九）	4/2159
与徐得之（九）	4/2083	与杨济甫（一〇）	4/2160
与徐得之（一〇）	4/2084	与杨康功（一）	4/2026
与徐得之（一一）	4/2084	与杨康功（二）	4/2027
与徐得之（一二）	4/2084	与杨康功（三）	4/2027
与徐得之（一三）	4/2084	与杨耆秀才醵钱帖	4/2092
与徐得之（一四）	4/2085	与杨元素（一）	4/2019
与徐得之（一）	4/2246	与杨元素（二）	4/2019

与杨元素（三）	4/2019	与毅父宣德（六）	4/2079
与杨元素（四）	4/2020	与毅父宣德（七）	4/2079
与杨元素（五）	4/2020	与引伴高丽练承议（一）	4/2104
与杨元素（六）	4/2020	与引伴高丽练承议（二）	4/2104
与杨元素（七）	4/2021	与引伴高丽练承议（三）	4/2104
与杨元素（八）	4/2021	与颍州运使刘昱启	4/1760
与杨元素（九）	4/2021	与游嗣立（一）	4/2118
与杨元素（一〇）	4/2022	与游嗣立（二）	4/2118
与杨元素（一一）	4/2022	与友人（一）	4/2293
与杨元素（一二）	4/2022	与友人（二）	4/2293
与杨元素（一三）	4/2023	与友人（三）	4/2294
与杨元素（一四）	4/2023	与友人（四）	4/2294
与杨元素（一五）	4/2023	与友人（五）	4/2295
与杨元素（一六）	4/2023	与友人（六）	4/2295
与杨元素（一七）	4/2024	与友人（七）	4/2295
与杨子微（一）	4/2160	与友人（八）	4/2296
与杨子微（二）	4/2160	与友人（九）	4/2296
与姚君（一）	4/2093	与友人（一〇）	4/2296
与姚君（二）	4/2093	与友人（一一）	4/2296
与姚君（三）	4/2094	与友人（一二）	4/2297
与叶淳老、侯敦夫、张秉道同相视新		与友人（一三）	4/2297
河，秉道有诗，次韵二首	2/601	与友人（一四）	4/2297
与叶进叔书	4/1814	与友人（一五）	4/2298
与毅父宣德（一）	4/2078	与友人（一六）	4/2298
与毅父宣德（二）	4/2078	与友人（一七）	4/2298
与毅父宣德（三）	4/2078	与友人（一八）	4/2298
与毅父宣德（四）	4/2078	与俞奉议	4/2113
与毅父宣德（五）	4/2079	与浴室用公	4/2233

篇名音序索引

与袁彦方	4/2195	与张安道（一）	4/2239
与袁真州（一）	4/2072	与张安道（二）	4/2240
与袁真州（二）	4/2073	与张逢（一）	4/2120
与袁真州（三）	4/2073	与张逢（二）	4/2120
与袁真州（四）	4/2073	与张逢（三）	4/2121
与圆通禅师（一）	4/2223	与张逢（四）	4/2121
与圆通禅师（二）	4/2224	与张逢（五）	4/2121
与圆通禅师（三）	4/2224	与张逢（六）	4/2121
与圆通禅师（四）	4/2224	与张嘉父（一）	4/1943
与乐推官	4/2173	与张嘉父（二）	4/1943
与运判应之	4/2148	与张嘉父（三）	4/1943
与曾子固	4/1855	与张嘉父（四）	4/1943
与曾子开	4/2281	与张嘉父（五）	4/1944
与曾子宣（一）	4/1855	与张嘉父（六）	4/1944
与曾子宣（二）	4/1856	与张嘉父（七）	4/1944
与曾子宣（三）	4/1856	与张景温（一）	4/2118
与曾子宣（四）	4/1856	与张景温（二）	4/2118
与曾子宣（五）	4/1856	与张君子（一）	4/2017
与曾子宣（六）	4/1857	与张君子（二）	4/2017
与曾子宣（七）	4/1857	与张君子（三）	4/2017
与曾子宣（八）	4/1857	与张君子（四）	4/2018
与曾子宣（九）	4/1857	与张君子（五）	4/2018
与曾子宣（一〇）	4/1858	与张秘校	4/2288
与曾子宣（一一）	4/1858	与张太保安道书	4/1835
与曾子宣（一二）	4/1858	与张天觉（一）	4/2273
与曾子宣（一三）	4/1858	与张天觉（二）	4/2273
与翟东玉	4/2103	与张天觉（三）	4/2274
与翟东玉求地黄	8/4222	与张天觉（四）	4/2274

苏东坡全集

与张元明（一）	4/2046	与章子平（八）	4/2012
与张元明（二）	4/2046	与章子平（九）	4/2012
与张元明（三）	4/2046	与章子平（一○）	4/2013
与张元明（四）	4/2046	与章子平（一一）	4/2013
与张正己	4/2148	与章子平（一二）	4/2013
与张忠甫（一）	4/2306	与赵陈同过欧阳叔弼新治小斋戏作	
与张忠甫（二）	4/2306		2/618
与章质夫（一）	4/2008	与赵德麟（一）	4/1926
与章质夫（二）	4/2009	与赵德麟（二）	4/1926
与章质夫（三）	4/2009	与赵德麟（三）	4/1926
与章质夫（一）	4/2306	与赵德麟（四）	4/1927
与章质夫（二）	4/2306	与赵德麟（五）	4/1927
与章质夫（三）	4/2307	与赵德麟（六）	4/1927
与章质夫（四）	4/2307	与赵德麟（七）	4/1927
与章质夫（五）	4/2307	与赵德麟（八）	4/1928
与章致平（一）	4/2013	与赵德麟（九）	4/1928
与章致平（二）	4/2014	与赵德麟（一○）	4/1928
与章子厚（一）	4/2009	与赵德麟（一一）	4/1928
与章子厚（二）	4/2010	与赵德麟（一二）	4/1929
与章子厚参政书（一）	4/1806	与赵德麟（一三）	4/1929
与章子厚参政书（二）	4/1807	与赵德麟（一四）	4/1929
与章子平（一）	4/2010	与赵德麟（一五）	4/1930
与章子平（二）	4/2010	与赵德麟（一六）	4/1930
与章子平（三）	4/2011	与赵德麟（一七）	4/1930
与章子平（四）	4/2011	与赵晦之（一）	4/2071
与章子平（五）	4/2011	与赵晦之（二）	4/2071
与章子平（六）	4/2011	与赵晦之（三）	4/2072
与章子平（七）	4/2012	与赵晦之（四）	4/2072

篇名音序索引 4475

与赵仲修（一）	4/2147	与周开祖（四）	4/2035
与赵仲修（二）	4/2147	与周文之（一）	4/2115
与正辅游香积寺	2/702	与周文之（二）	4/2115
与郑靖老（一）	4/2039	与周文之（三）	4/2115
与郑靖老（二）	4/2040	与周文之（四）	4/2116
与郑靖老（三）	4/2040	与周文之	8/4042
与郑靖老（四）	4/2040	与周长官、李秀才游径山，二君先以	
与知监宣义	4/2077	诗见寄，次其韵二首	1/201
与知郡	4/2292	与周主簿	4/2174
与知县	4/2292	与朱伯原（一）	4/2289
与知县（一）	4/2175	与朱伯原（二）	4/2289
与知县（二）	4/2175	与朱鄂州书	4/1811
与知县（三）	4/2175	与朱康叔	4/2246
与知县（四）	4/2175	与朱康叔（一）	4/2136
与知县（五）	4/2176	与朱康叔（二）	4/2137
与知县（六）	4/2176	与朱康叔（三）	4/2137
与知县（七）	4/2176	与朱康叔（四）	4/2137
与知县（八）	4/2176	与朱康叔（五）	4/2137
与知县（九）	4/2176	与朱康叔（六）	4/2138
与知县（一〇）	4/2177	与朱康叔（七）	4/2138
与任孙元老（一）	4/2188	与朱康叔（八）	4/2138
与任孙元老（二）	4/2188	与朱康叔（九）	4/2138
与任孙元老（三）	4/2188	与朱康叔（一〇）	4/2139
与任孙元老（四）	4/2189	与朱康叔（一一）	4/2139
与质翁	4/2288	与朱康叔（一二）	4/2139
与周开祖（一）	4/2034	与朱康叔（一三）	4/2139
与周开祖（二）	4/2035	与朱康叔（一四）	4/2140
与周开祖（三）	4/2035	与朱康叔（一五）	4/2140

苏东坡全集

与朱康叔（一六）	4/2141	与子安兄（七）	4/2179
与朱康叔（一七）	4/2141	与子敦书	4/2309
与朱康叔（一八）	4/2141	与子功	4/2252
与朱康叔（一九）	4/2142	与子厚	4/2288
与朱康叔（二〇）	4/2142	与子明（一）	4/2267
与朱行中（一）	4/2124	与子明（二）	4/2268
与朱行中（二）	4/2124	与子明（三）	4/2269
与朱行中（三）	4/2125	与子明（四）	4/2269
与朱行中（四）	4/2125	与子明（五）	4/2270
与朱行中（五）	4/2125	与子明（六）	4/2270
与朱行中（六）	4/2125	与子明（七）	4/2271
与朱行中（七）	4/2126	与子明（八）	4/2272
与朱行中（八）	4/2126	与子明（九）	4/2272
与朱行中（九）	4/2126	与子明兄	4/2180
与朱行中（一〇）	4/2126	与子由弟（一）	4/2182
与朱振（一）	4/2122	与子由弟（二）	4/2182
与朱振（二）	4/2122	与子由弟（三）	4/2182
与庄希仲（一）	4/2119	与子由弟（四）	4/2183
与庄希仲（二）	4/2119	与子由弟（五）	4/2183
与庄希仲（三）	4/2120	与子由弟（六）	4/2184
与庄希仲（四）	4/2120	与子由弟（七）	4/2184
与子安	4/2266	与子由弟（八）	4/2185
与子安兄（一）	4/2178	与子由弟（九）	4/2185
与子安兄（二）	4/2178	与子由弟（一〇）	4/2186
与子安兄（三）	4/2178	与子由弟	8/3992
与子安兄（四）	4/2179	与子由同游寒溪西山	1/369
与子安兄（五）	4/2179	与祖印禅师	4/2224
与子安兄（六）	4/2179	与遵老（一）	4/2221

与遵老（二）	4/2222	雨	2/885
与遵老（三）	4/2222	雨后行菜圃	2/713
予初谪岭南，过田氏水阁，东南一峰，		雨晴后，步至四望亭下鱼池上，遂自	
丰下锐上，里人谓之鸡笼山，予更		乾明寺前东冈上归，二首	1/363
名独秀峰。今复过之，戏留一绝		雨夜宿净行院	2/772
	2/786	雨中过舒教授	1/304
予前后守，倅余杭凡五年，秋夏之间，		雨中花（今岁花时深院）	2/933
蒸热不可过。独中和堂东南颊，下		雨中花慢（嫩脸羞蛾）	2/933
瞰海门，洞视万里，三伏常萧然也。		雨中花慢（蓬院重帘何处）	2/933
绍圣元年六月，舟行赴岭外，热甚，		雨中看牡丹三首	1/363
忽忆此处，而作是诗	2/676	雨中明庆赏牡丹	1/154
予去杭十六年而复来，留二年而去。		雨中邀李范庵过天竺寺作	2/890
平日自觉出处老少，粗似乐天。且		雨中游天竺灵感观音院	1/156
才名相远，而安分寡求，亦庶几焉。		庚亮不从孔坦陶回言	5/2788
三月六日，来别南北山诸道人，而下		玉津园	2/650
天竺惠净师以丑石赠行，作三绝句		玉津园赐大辽贺坤成节人使射弓例	
	2/604	物口宣	3/1233
予少年颇知种松，手植数万株，皆中		玉津园赐大辽贺坤成节人使射弓例	
梁柱矣。都梁山中见杜舆秀才，求		物口宣	3/1264
学其法，戏赠二首	2/644	玉津园赐大辽贺坤成节人使射弓例	
予昔作《壶中九华诗》，其后八年，复		物口宣	3/1282
过湖口，则石已为好事者取去。乃		玉津园赐大辽贺兴龙节人使射弓御	
和前韵以自解云	2/796	筵口宣	3/1273
予以事系御史台狱，狱吏稍见侵，自		玉津园赐大辽贺正旦人使射弓例物	
度不能堪，死狱中，不得一别子由，		口宣	3/1276
故作二诗授狱卒梁成，以遗子由		玉盘盂二首	1/260
	1/353	玉磬	6/3072
宇文昌龄吏部郎祝庶刑部郎制	3/1137	玉石偶	6/3141

玉堂砚铭	6/3063	齐万于江南。坐上得陈季常书,报
玉堂栽花,周正孺有诗,次韵	1/477	是月四日,种谔领兵深人,破杀西
玉岩隐居阳行先真赞	6/3139	夏六万余人,获马五千匹。众喜忭
郁孤台	2/680	唱乐,各饮一巨觥	1/384
郁孤台	2/787	元翰少卿宠惠谷帘水一器,龙团二
浴日亭	2/686	枚,仍以新诗为貺。叹味不已,次
欲往湖州,见孙莘老,别公辅、希元、		韵奉和	1/207
彦远、醇之、穆仲	2/827	元华子真赞	6/3111
御史台榆槐竹柏四首	1/351	元日次韵张先子野见和七夕寄莘老
御史中丞刘挚兼侍读制	3/1152	之作	1/180
御试札子二首	3/1447	元日过丹阳,明日立春,寄鲁元翰
御试制科策	5/2724		1/217
御试重巽以申命论	5/2533	元修菜	1/399
寓居定惠院之东,杂花满山,有海棠		元祐癸酉八月二十七日,于建隆章净
一株,土人不知贵也	1/362	馆,书赠王觌	2/867
寓居合江楼	2/687	元祐六年六月,自杭州召还,汶公馆我
裕陵偏头疼方	6/3017	于东堂,阅旧诗卷,次诸公韵三首
渊明非达	5/2790		2/608
渊明无弦琴	5/2800	元祐五年十二月十二日,同景文、义
元成诏语	5/2780	伯、圣途、次元、伯固、仲蒙游七宝
元帝诏与《论语》《孝经》小异8/3957		寺,题竹上	2/593
元丰七年十一月十三日,与几先自竹		元祐元年二月八日,朝退,独在起居
西来访庆老,不见,独与君卿供奉、		院,读《汉书·儒林传》,感申公故
蟾知客东阁道话久之	1/431	事,作小诗一绝	1/467
元丰七年,有诏京东、淮南筑高丽亭馆,		袁公济和刘景文登介亭诗,复次韵
密、海二州骚然,有逃亡者。明年		答之	2/584
钦过之,叹其壮丽,留一绝云	1/455	袁宏论佛说	8/3923
元丰四年十月二十二日,谒王文父、		圆通禅院,先君旧游也。四月二十四

日，晚至，宿焉。明日，先君忌日 | 月华寺 | 2/682
也。乃手写宝积献盖颂佛一偈，以 | 月兔茶 | 1/188
赠长老仙公。仙公抚掌笑曰："昨 | 月夜与客饮杏花下 | 1/330
夜梦宝盖飞下，著处辊出火，岂此 | 乐毅论 | 5/2579
样乎？"乃作是诗。院有蜀僧宣， | 阅世堂诗赠任仲微 | 2/629
逮事访长老，识先君云 | 1/412 | 越州张中舍寿乐堂 | 1/153
圆照 | 6/2985 | 云龙山观烧得云字 | 1/322
远近景图 | 5/2506 | 云母膏 | 8/4187
远楼 | 1/221 | 云师无著自金陵来，见予广陵，且遗
远游庵铭 | 6/3080 | 予支遁《鹰马图》，将归，以诗送
约公择饮，是日大风 | 1/295 | 之，且还其画 | 2/643
约吴远游与姜君弼吃蕈馒头 | 2/836 | 筼筜谷 | 1/259

Z

杂策：禹之所以通水之法	5/2668	宰相不当以选举为嫌	5/2663
杂记	8/4230	宰相不学	6/2978
杂评	5/2478	宰相不学	8/4008
杂诗	1/497	再跋《醉道士图》	5/2507
杂书琵琶（一）	6/3056	再次韵答田国博部夫还二首	1/330
杂书琵琶（二）	6/3056	再次韵德麟新开西湖	2/633
杂书琴曲十二首	6/2942	再次韵曾仲锡荔支	2/665
杂书琴事十首	6/2940	再观邸园留题	1/282
杂书子美诗	5/2409	再过常山，和昔年留别诗	1/456
杂书子美诗	8/3985	再过超然台，赠太守霍翔	1/456
宰我不叛	5/2769	再过泗上二首	2/859
宰我不叛	8/3996	再和（《次韵刘贡父春日赐幡胜》）	
宰我不叛	8/3998		2/563
宰我非叛臣	8/4109	再和（《次韵刘贡父省上》）	1/481

再和（《李杞寺丞见和前篇，复用元韵答之》） 1/152

再和（《叶公秉王仲至见和次韵答之》） 2/564

再和并答杨次公 2/582

再和二首（《次韵曾子开从驾二首》） 1/481

再和二首（《和黄鲁直烧香二首》） 1/478

再和潜师 1/406

再和杨公济梅花十绝 2/598

再荐赵令时状 3/1635

再荐宗室令时札子 3/1593

再论闭粜状 3/1637

再论积欠六事四事札子 3/1573

再论李直方捕贼功效乞别与推恩札子 3/1590

再乞罢详定役法状 3/1419

再乞发运司应副浙西米状 3/1530

再乞郡札子 3/1538

再上皇帝书 3/1393

再书赠王文甫 6/2955

再送二首（《送蒋颖叔帅熙河》）2/657

再谒文宣王庙祝文 6/3360

再用前韵（《十一月二十六日，松风亭下梅花盛开》） 2/690

再用前韵（《追钱正辅表兄至博罗赋诗为别》） 2/704

再用前韵寄莘老 1/175

再用数珠韵赠湜老 2/788

再游径山 1/205

在京诸宫观开启神宗皇帝大祥道场斋文 6/3302

在彭城日，与定国为九日黄楼之会，今复以是日相遇于宋。凡十五年，优乐出处，有不可胜言者。而定国学道有得，百念灰冷，而颜益壮。顾予衰病，心形俱悴，感之作诗 2/645

葬枯骨疏 6/3346

枣 1/99

皂罗特髻（采菱拾翠） 2/1011

择胜亭铭 6/3087

泽兰散 8/4198

赠包安静先生茶二首 2/714

赠别 1/187

赠别王文甫 6/2954

赠蔡茂先 2/821

赠常州报恩长老二首 1/447

赠陈守道 2/695

赠狄崇班季子 1/324

赠东林总长老 1/412

赠杜介 1/452

赠葛苇 1/453

赠黄山人 1/391

赠黄州官妓 2/839

赠惠山僧惠表	1/336	赠吴主簿	6/2944
赠江州景德长老	1/419	赠写御容妙善师	1/287
赠姜唐佐	2/848	赠写真何充秀才	1/232
赠李道士	1/491	赠眼医王彦若	1/441
赠李方叔赐马券	6/3375	赠袁陟	1/445
赠李兕彦威秀才	2/769	赠月长老	2/615
赠梁道人	1/433	赠张刁二老	1/228
赠岭上老人	2/784	赠张鹗	8/3907
赠岭上梅	2/784	赠张继愿	1/281
赠刘景文	2/590	赠章默	1/449
赠潘谷	1/429	赠郑清曼秀才	2/777
赠蒲涧信长老	2/685	赠治《易》僧智周	1/211
赠虔州术士谢晋臣	2/787	赠仲勉子文	2/868
赠钱道人	1/336	赠仲素寺丞致仕归隐潜山	2/858
赠青潍将谢承制	2/828	赠朱逊之	2/613
赠清凉寺和长老	2/676	雪上访道人不遇	1/339
赠人	1/391	斋日口号	2/806
赠山谷子	2/861	翟思知泉州周之纯知秀州沈季长知	
赠善相程杰	2/581	南康军制	3/1155
赠上天竺辩才师	1/157	詹守携酒见过,用前韵作诗,聊复和之	
赠邵道士	8/3923		2/691
赠诗僧道通	2/794	占春芳（红杏了）	2/1014
赠孙莘老七绝	1/177	张安道比孔北海	6/2978
赠县秀	2/697	张安道比孔北海	8/4003
赠王靓	2/663	张安道见示近诗	1/315
赠王寂	1/453	张安道乐全堂	1/249
赠王仲素寺丞	1/281	张诚一责受左武卫将军分司南京制	
赠王子直秀才	2/694		3/1130

苏东坡全集

张赴再任乾宁军制	3/1150	张永徽老健	6/2980
张憨子	6/2981	张之谏权知泾州康识权发遣鄜州制	
张厚之忠甫字说	5/2742		3/1155
张华《鹪鹩赋》	8/3962	张仲可左班殿直制	3/1130
张缜除宣德郎制	3/1165	张子野年八十五，尚闻买妾，述古令	
张近几仲有龙尾子石砚，以铜剑易之		作诗	1/211
	1/420	张子野诗	8/4080
张竞辰永康所居万卷堂	2/795	张子野戏琴妓	6/2940
张九龄不肯用张守珪牛仙客	5/2650	张作诗，送砚反剑，乃和其诗，卒以剑	
张庖民挽词	1/423	归之	1/420
张平叔制词	8/3919	章、钱二君见和，复次韵答之二首	
张平叔制词	8/4093		1/435
张汝贤可直龙图阁发运副使制	3/1110	章质夫寄惠崔徽真	1/486
张士逊中孔道辅	6/2975	章质夫送酒六壶，书至而酒不达，戏	
张士逊中孔道辅	8/4003	作小诗问之	2/711
张世矩再任镇戎军制	3/1135	长史变	6/2943
张恕将作监丞制	3/1122	障日峰	1/243
张寺丞益斋	1/290	招高丽（存目）	8/4089
张文定公墓志铭	6/3230	昭君村	1/81
张文裕挽词	1/249	昭君怨（谁作桓伊三弄）	2/962
张问秘书监制	3/1141	昭灵侯庙碑	6/3191
张无尽过黄州，徐君猷为守，有四侍		昭陵六马，唐文皇战马也。琢石象	
人，姓为孙、姜、阎、齐。适张夫人		之，立昭陵前。客有持此石本示	
携其一往婿家，既暮复还，乃阎姬		予，为赋之	2/861
也，最为徐所宠，因书绝句云	2/841	朝云墓志铭	6/3257
张先生	1/359	朝云诗	2/689
张仪欺楚	5/2771	召还至都门先寄子由	2/646
张仪欺楚商於地	8/3959	赵昌四季	2/779

篇名音序索引 4483

赵偶可淮南转运副使制	3/1106	赵州赐大辽国贺皇帝正旦使副茶药
赵成伯家有丽人,仆秦乡人,不肯开		口宣	3/1223
樽,徒吟春雪美句,次韵一笑	1/240	赵州赐大辽国贺太皇太后正旦大使
赵充国用心可重	5/2778	茶药诏	3/1173
赵德麟钱饮湖上,舟中对月	2/630	赵州赐大辽国贺太皇太后正旦使副
赵德麟字说	5/2743	茶药口宣	3/1222
赵高李斯	8/3976	赵州赐大辽贺皇帝正旦大使茶药诏
赵济落直龙图阁管勾中岳庙制			3/1191
	3/1126	赵州赐大辽贺皇帝正旦副使茶药诏
赵济知解州制	3/1123		3/1191
赵既见和,复次韵答之	1/266	赵州赐大辽贺皇帝正旦使副茶药口宣
赵景昽以诗求东斋榜铭,昨日闻都下			3/1245
寄酒来,戏和其韵,求分一壶作润		赵州赐大辽贺太皇太后正旦大使茶
笔也	2/626	药诏	3/1190
赵康靖公神道碑	6/3218	赵州赐大辽贺太皇太后正旦副使茶
赵郎中见和,戏复答之	1/264	药诏	3/1190
赵郎中往莒县,逾月而归,复以一壶		赵州赐大辽贺太皇太后正旦使副茶
遗之,仍用前韵	1/266	药口宣	3/1245
赵令晏崔白大图幅径三丈	1/479	赵州赐大辽贺太皇太后正旦使副茶
赵清献公神道碑	6/3199	药口宣	3/1276
赵清献公像赞	6/3147	赵州赐大辽贺兴龙节大使茶药诏
赵思明西上阁门副使制	3/1157		3/1171
赵思明知永静军制	3/1140	赵州赐大辽贺兴龙节副使茶药诏
赵先生舍利记	6/2902		3/1171
赵禹摩勘转朝议大夫制	3/1139	赵州赐大辽贺兴龙节人使茶药口宣
赵尧设计代周昌	8/3959		3/1221
赵尧真刀笔吏	5/2773	赵州赐大辽贺兴龙节使副茶药口宣
赵阅道高斋	1/349		3/1244

赵州赐大辽贺正旦副使茶药诏 3/1172

赵州赐大辽贺正旦使副茶药口宣 3/1275

赵州赐大辽皇帝贺兴龙节大使茶药诏 3/1188

赵州赐大辽皇帝贺兴龙节副使茶药诏 3/1188

赵州赐大使茶药诏 3/1173

赵州赐副使茶药诏 3/1173

赵州赐副使茶药诏 3/1173

赵倬成伯母生日口号 2/809

谪居三适 2/745

这回得自在 8/4262

鹧鸪天（林断山明竹隐墙） 2/945

鹧鸪天（罗带双垂画不成） 2/946

鹧鸪天（笑捻红梅弹翠翘） 2/946

真觉院有洛花，花时不暇往。四月十八日，与刘景文同往赏枇杷 2/579

真人之心 8/4084

真相院释迦舍利塔铭 6/3088

真兴寺阁 1/115

真兴寺阁祷雨 1/117

真一酒 2/694

真一酒 8/4086

真一酒法 6/3037

真一酒歌 2/769

真宗仁宗之信任 8/3957

真宗信李沆 6/2970

震陵孤桐 6/3072

镇宅狮子 8/4243

争闲气 8/4296

蒸豚诗 8/4086

正旦于福宁殿作水陆道场资荐神宗皇帝斋文 6/3302

正辅既见和，复次前韵，慰鼓盆劝学佛 2/701

正统论三首 5/2596

正献公焚圣语 8/4073

正月八日招王子高饮 2/842

正月二十六日，偶与数客野步嘉祐僧舍东南，野人家杂花盛开，扣门求观。主人林氏媪出应，白发青裙，少寡独居，三十年矣。感叹之余，作诗记之 2/693

正月二十日，往岐亭，郡人潘，古，郭三人送余于女王城东禅庄院 1/373

正月二十日，与潘、郭二生出郊寻春，忽记去年是日，同至女王城作诗，乃和前韵 1/386

正月二十四日，与儿子过、赖仙芝、王原秀才、僧昙颖、行全、道士何宗一同游罗浮道院及栖禅精舍。过作诗，和其韵寄迈、迨一首 2/693

正月二十一日病后，述古邀往城外寻春 1/182

正月九日，有美堂饮，醉归径睡，五鼓

篇名音序索引

方醒，不复能眠。起阅文书，得鲜		至秀州，赠钱端公安道，并寄其弟惠	
于子骏所寄《杂兴》，作《古意》一		山老	1/178
首答之	1/180	至真州再和二首	1/425
正月六日朝辞迩就驿赐大辽贺正旦		治裸中小儿脐风撮口法	8/4199
人使御筵口宣	3/1279	治暴下法	6/3027
正月十八日，蔡州道上遇雪，次子由		治鼻蚰	8/4178
韵二首	1/355	治鼻蚰不可止欲绝者三方	8/4179
正月一日，雪中过淮谒客，回作二首		治肠痔下血如注久不瘥者	8/4184
	1/436	治齿治目（存目）	8/4064
郑州超化寺祈雨斋文	6/3303	治疮疡甚者	8/4193
郑州超化寺谢雨斋文	6/3304	治疮疹方	8/4200
郑州抚问奉安神宗御容礼仪使吕大		治大风方（存目）	8/4064
防已下口宣	3/1242	治痘疮欲无瘢	8/4201
知楚州田待问可淮南转运判官制		治发疮疹不透，蓄伏危困者	8/4190
	3/1103	治肺喘方	8/4171
知徐州马默可司农少卿制	3/1104	治风气四神丹	8/4140
栀子汤	8/4167	治腹中气块方	8/4167
直不疑买金偿亡	5/2780	治骨鲠或竹木签刺喉中不下	8/4196
直不疑买金偿亡	8/3999	治甲疽臀肉裹甲胀血、疼痛不瘥	
任安节远来，夜坐三首	1/379		8/4194
职官令录郡守而用奔材	5/2654	治癞方	8/4192
止水活鱼说	6/3038	治痢腹痛法	6/3022
纸帐	1/151	治马背紧法	6/3021
枳构汤	6/3017	治马肺法	6/3020
枳壳汤	8/4151	治内障眼	6/3020
至宝丹	8/4172	治内障眼	8/4083
至济南，李公择以诗相迎，次其韵二首		治内障眼	8/4175
	1/271	治暑喝逐巡闷绝不救者	8/4150

苏东坡全集

治消渴方	8/4156	中和胜相院记	6/2888
治小便数方 又方	8/4181	中秋见月和子由	1/311
治小儿痔肥疮	8/4204	中秋月	1/282
治小儿脐久不干,赤肿,出脓及清水		中秋月三首	1/310
	8/4203	中山松醪赋	3/1087
治小儿热嗽	8/4204	中山松醪寄雄州守王引进	2/671
治小儿豌豆疮入目,痛楚,恐伤目		中太一宫真室殿开启天皇九曜消灾	
	8/4201	集福道场青词	6/3295
治泻痢方	8/4183	中太一宫真室殿为太皇太后消灾集	
治癣	8/4194	福罡散天皇九曜道场朱表	6/3296
治眼齿	8/3909	中隐堂诗	1/110
治眼齿	8/4177	中庸论上	5/2547
治喑方	8/4163	中庸论下	5/2550
治易洞	2/887	中庸论中	5/2549
治易洞磨崖	6/3050	忠懿王赞	6/3108
治阴疮痒痛出水久不瘥	又方8/4194	终局帖	5/2530
治痈疽方	8/4186	终始惟一时乃日新	5/2629
治痈疽疡久不合方	8/4187	锺守素	6/2984
治远年里外瘘疮不瘥者	8/4193	锺子翼哀词	6/3286
治肿毒痈疽	8/4186	种茶	2/731
治诸风上攻头痛方	8/4145	种德亭	1/301
治诸鲠	8/4196	种松得徕字	1/327
治诸目疾	8/4176	种松法	6/3028
治走马牙疳方	8/4201	冢中弃儿吸蟾气	8/3934
致仕	8/4294	仲殊	6/2986
致运句太博帖	4/2310	仲天贶,王元直自眉山来见余钱塘,	
智诚知宜州制	3/1129	留半岁,既行,作绝句五首送之	
中宫太一	8/4062		2/580

仲遥可遥郡防御使制	3/1119	以诗贺之	1/171
众狗不悦	8/4085	朱寿昌梁武忏赞偈	6/3141
众妙堂记	6/2872	朱炎学禅	8/3933
舟行至清远县,见顾秀才,极谈惠州		朱元经炉药	6/3004
风物之美	2/685	朱照僧	6/2984
舟中听大人弹琴	1/73	诛有尾	8/4247
舟中夜起	1/334	茱萸丸	8/4163
周炳文瓢砚铭	6/3068	诸葛亮八阵	5/2782
周东迁失计	8/3966	诸葛亮论	5/2588
周夫人挽词	2/825	诸葛武侯画像赞	6/3146
周公论	5/2569	诸葛盐井	1/78
周公庙,庙在岐山西北七八里,庙后		诸公钱子敦,轼以病不往,复次前韵	
百许步,有泉依山,涌沸异常,国史			1/482
所谓"润德泉世乱则竭"者也		诸宫观等处祈雨青词	6/3339
	1/125	诸子更相讥议	5/2658
周教授索枸杞,因以诗赠,录呈广倅		砗砂膏	8/4172
萧大夫	2/778	猪母佛	6/2991
周瑜雅量	5/2783	猪母佛	8/3935
咒法	8/4296	猪母佛	8/4098
朱贲琥珀散	8/4197	猪肉颂	6/3103
朱光庭左司谏王觌右司谏制	3/1159	竹	1/351
朱亥墓	1/93	竹雌雄	8/4092
朱亥墓志	6/3253	竹阁	1/199
朱晖非张林均输	8/4027	竹阁见忆	1/252
朱晖非张林均输说	5/2781	竹鹤	1/503
朱氏子出家	8/3924	竹鼬	1/129
朱寿昌郎中少不知母所在,刺血写		竹坞	1/255
经,求之五十年。去岁,得之蜀中,		竹叶酒	1/91

竹枝词	2/873
竹枝歌	1/77
竹枝自题	5/2525
逐气散	8/4180
渚宫	1/87
煮肝散	8/4143
煮鱼法	6/3036
煮猪头颂	8/4083
祝英台近（挂轻帆）	2/1014
转对条上三事状	3/1451
撰上清储祥宫碑奏请状	3/1536
庄子祠堂记	6/2860
装背罗汉荐欧阳妇疏	6/3344
追和沈辽赠南华诗	2/781
追和戊寅岁上元	2/762
追和子由去岁试举人洛下所寄《暴雨初晴楼上晚景》五首	1/193
追钱正辅表兄至博罗赋诗为别	2/704
追荐秦少游疏	6/3373
卓契顺禅话	8/3925
着饭吃衣	6/3046
浊醪有妙理赋	3/1092
资福白长老真赞	6/3135
子姑神记	6/2903
子美诗外有事在	8/4067
子思论	5/2576
子夜歌	6/2942

子由将赴南都，与余会，宿于逍遥堂。

作两绝句，读之，殆不可为怀。因和其诗以自解。余观子由自少旷达，天资近道，又得至人养生长年之诀，而余亦窃闻其一二。以为今者宦游相别之日浅，而异时退休相从之日长。既以自解，且以慰

子由云	1/280
子由生日	2/746

子由生日，以檀香观音像及新合印香银篆盘为寿一首 2/670

子由新修汝州龙兴寺吴画壁	2/674
子由幼达	6/2982
子由幼达	8/3990

子由在筠，作《东轩记》，或戏之为东轩长老。其婿曹焕往筠，余作一绝句送曹，以戏子由。曹过庐山，以示圆通慎长老。慎欣然，亦作一绝。送客出门，归入室，跌坐化去。子由闻之，仍作二绝，一以答余，一以答慎。明年，余过圆通，始得其详，乃追次慎韵 1/413

子由自南都来陈，三日而别	1/355

子由作二颂，颂石台长老问公：手写《莲经》，字如黑蚁，且诵万遍，勤不至席二十余年。予亦作二首 1/403

子玉家宴，用前韵见寄，复答之	1/219
子瞻患赤眼	8/3909
子瞻帽	8/4291

篇名音序索引 4489

子瞻杂记	8/4231	自评字	5/2485
紫宸殿正旦教坊词九首	6/3318	自普照游二庵	1/184
紫宸殿正旦口号	2/807	自清平镇游楼观、五郡、大秦、延生、	
紫粉丸	8/4164	仙游，往返四日，得十一诗，寄舍弟	
紫金丹	8/4154	子由同作	1/126
紫团参寄王定国	2/669	自书《归去来兮辞》及自作后	5/2522
自跋《洞庭春色赋》《中山松醪赋》		自书《庄子》二则跋	5/2510
	5/2511	自题出颍口初见淮山诗	5/2518
自跋《南屏激水偈》	5/2510	自题金山画像	2/844
自跋《胜相院经藏记》	5/2511	自题临文与可画竹	2/849
自跋诗文卷	5/2530	自仙游回，至黑水，见居民姚氏山亭，	
自跋《石格画维摩赞》《鱼枕冠颂》		高绝可爱，复憩其上	1/128
	5/2511	自笑一首	2/688
自跋《石格三笑图赞》	5/2510	自兴国往筠，宿石田驿南廿五里野人	
自昌化双溪馆下步寻溪源至治平寺		舍	1/415
二首	1/189	自差耻	8/4261
自海南归，过清远峡宝林寺，敬赞禅		字谜	8/4075
月所画十八大阿罗汉	6/3128	字说	8/4293
自画背面图并赞	6/3146	棕笋	2/602
自记庐山诗	5/2458	纵笔	2/724
自记吴兴诗	5/2428	纵笔三首	2/759
自记吴兴诗	8/4030	走笔谢吕行甫惠子鱼	1/483
自金山放船至焦山	1/148	奏告天地社稷宗庙宫观寺院等处祈	
自径山回，得吕察推诗，用其韵招之，		雨雪青词斋祝文	6/3307
宿湖上	1/160	奏劾巡铺内臣陈慥	3/1443
自净土步至功臣寺	1/160	奏户部拘收度牒状	3/1498
自雷适廉，宿于兴廉村净行院	2/772	奏淮南闭粜状（一）	3/1551
自评文	5/2385	奏淮南闭粜状（二）	3/1552

奏论八丈沟不可开状	3/1547	醉睡者	2/816
奏马澈不当屏出学状	3/1607	醉题信夫方丈	2/593
奏内中车子争道乱行札子	3/1592	醉翁操	2/847
奏乞御试放榜馆职皆侍殿上	3/1447	醉翁操	3/1100
奏乞增广贡举出题札子	3/1612	醉翁操（琅然，清圜）	2/1016
奏题诗状	3/1545	《醉翁亭记》书后跋	5/2512
奏为法外刺配罪人待罪状	3/1470	醉吟先生画赞	6/3107
奏巡铺郑永崇举觉不当乞差晓事使		醉中题鲛绡诗	2/842
臣交替	3/1442	昨见韩丞相言王定国，今日玉堂独	
奏浙西灾伤第一状	3/1507	坐，有怀其人	1/489
奏浙西灾伤第二状	3/1511	左经丸	8/4141
讯楚文	1/113	左侍禁李司可供奉官制	3/1110
钻火	8/4242	作书寄王晋卿，忽忆前年寒食北城之	
罪言	5/2755	游，走笔为此诗	1/327
醉白堂记	6/2858	作伪心劳	6/3046
醉落魄（苍颜华发）	2/991	作周恭先作周孚先	5/2631
醉落魄（分携如昨）	2/991	坐上复借韵送岢岚军通判叶朝奉	
醉落魄（轻云微月）	2/991		2/568
醉落魄（醉醒醒醉）	2/991	坐上赋戴花得天字	1/296
醉蓬莱（笑劳生一梦）	2/963	柞叶汤	8/4185
醉僧图颂	6/3094		